Kerstin Groeper

Donnergrollen im Land
der grünen Wasser

Für Rain, Blaize, Quintin, Cedar und Wade Jr.
und das Volk der Menominee, auf dass sie nicht vergessen
werden!

Donnergrollen im Land der grünen Wasser

Historischer Roman
von
Kerstin Groeper

Impressum

Donnergrollen im Land der grünen Wasser, Kerstin Groeper
TraumFänger Verlag Hohenthann, 2017

ISBN 978-3-941485-55-6
Lektorat: Michael Krämer
Satz und Layout: Janis Sonnberger, merkMal Verlag
Druck und Bindung: CPI
Titelbild: Andrew Knez
2. Auflage Juni 2018
Copyright by TraumFänger Verlag GmbH & Co. Buchhandels KG,
Hohenthann
Printed in Germany

Inhalt

Die Schildkröteninsel/Florida/alias USA

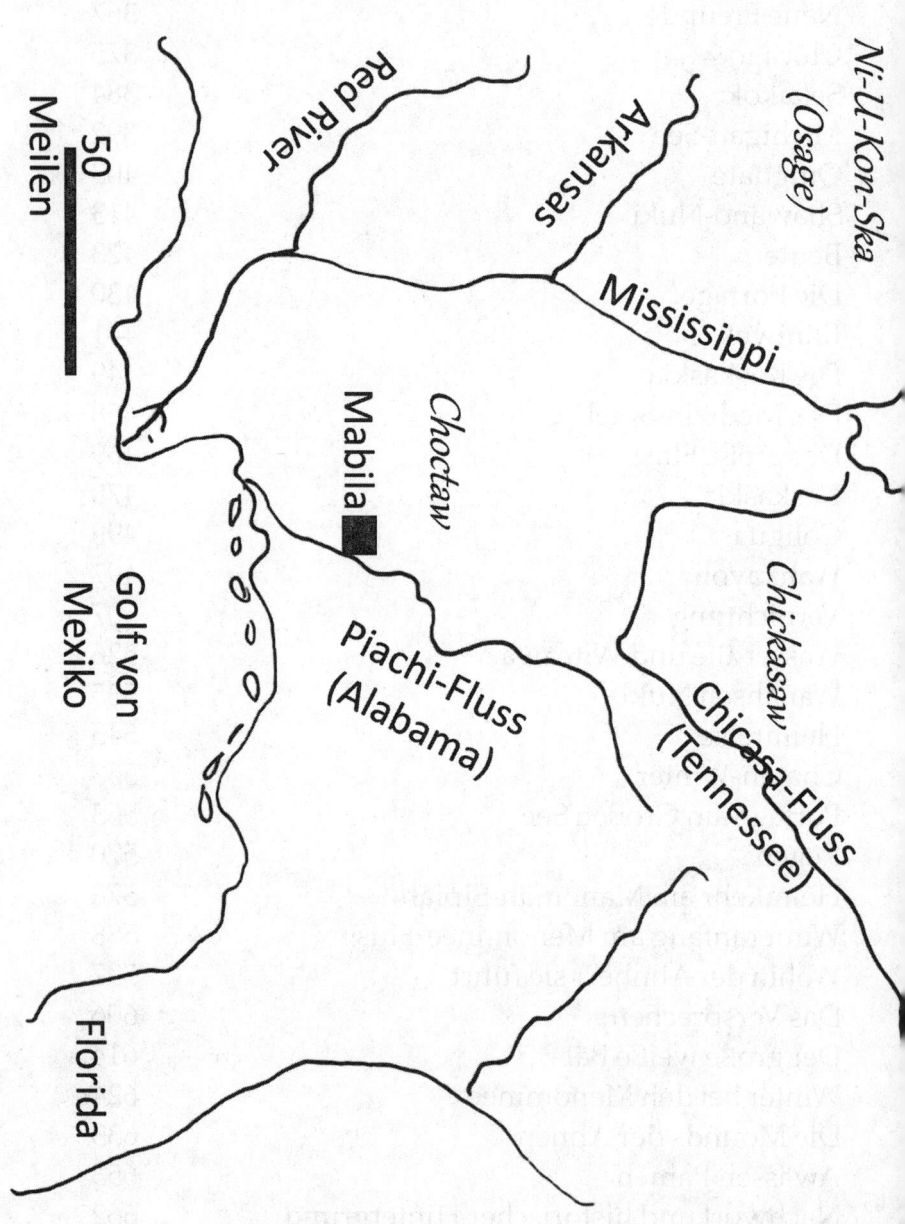

Anishinabe

Oberer See

Bah-kho-je
(Iowa)

Missouri

Mississippi

Dakota

Menominee

Menominee-Fluss

Stinkendes Wasser

Ho-Chunk

Wolfsfluss

Illiniwek-Fluss
(Illinois)

Illiniwek

Kaskaskia-Fluss

Pyčihkitsee

Anishinabe

Käqcekam See
(Michigan See)

Chicago

Pacaha

abash-Fluss

Neshnabe
(Potowatomi)

Huronen-
See

Erie-See

N

9

Maisblüte

(Mabila im Süden der Schildkröteninsel)

Es war bereits das Ende des Sommers, der Frauenmond nahte und die Menschen freuten sich auf die Ernte des Maises und die Zeit des Überflusses. Maisblüte hielt die Spindel in kreisender Bewegung, während ihre Finger die Baumwollflocken zu langen Fäden zupften. Hin und wieder rollte sie den Faden auf die Spule. Sie summte vor sich hin und freute sich auf die kommenden Tage. Sie war als Jungfrau auserwählt worden, die Zeremonien vor der Maisernte zu begleiten. Der Mais stand hoch in den Feldern und die Kolben hatten bereits gelbe Blätter. Einige Wochen zuvor hatte sie das Fest des grünen Korns begleitet, um für eine gute Ernte zu beten. Doch jetzt würde die Ernte eingebracht werden und alle freuten sich auf die Erneuerung der Feuer und den Beginn des neuen Lebens.

Neben Maisblüte saß die Mutter an einem einfachen Holzrahmen und webte bereits an einem hellen Tuch. Ihre Hände waren alt und runzelig, trotzdem wand sie den Faden geschickt auf und ab und klopfte ihn mit einem Kamm aus Holz fest, sodass die Fäden eng beieinander lagen. So entstand ein langes Tuch, aus dem man Kleidung herstellen konnte. Sie lächelte, als sie ihre Tochter summen hörte. „Bist du schon aufgeregt?"

Maisblüte nickte. „Ja, es ist eine hohe Ehre, dem Heiligen Mann und Hashtali, dem Sonnenvater, zu dienen! Hoffentlich mache ich nichts falsch."

Die Mutter nickte ernst. „Die Zeremonien sind wichtig! Wir werden eine gute Ernte haben und müssen beten, dass das Saatgut über den Winter nicht fault. Die Zeiten sind gut und dafür müssen wir danken. Auch die Männer haben viel Fleisch erlegt, sodass wir in der Zeit, in der das Gras stirbt, nicht hungern müssen." Ihre Stimme klang zufrieden.

Die beiden schwiegen, als sie sich wieder ihren Arbeiten widmeten. Es war bereits spät im Jahr und doch wehte eine laue Brise in die Chukka. Sie stand erhöht auf einem künstlich errichteten

kleinen Hügel, sodass bei Regen oder Hochwasser das Innere der Behausung trocken blieb. Die Wände und das Dach waren aus einem Gestell aus Ästen erbaut worden, die mit Schilfmatten bedeckt wurden. Das Dach war so stabil, dass Männer darauf stehen konnten. Nur wenige Häuser waren erhöht, die anderen waren ebenerdig. Es zeugte von dem hohen Stand ihrer Familie, denn nur einige Chukkas hatten dieses Privileg. Ihr Dorf bestand aus gut zweihundert Hütten, die von einem stabilen Palisadenzaun umgeben waren.

Ihr Volk waren die Chatah oder auch Hacha hatak, das Volk vom Fluss, und ihr Minko war ein gefürchteter Krieger namens „Tuscalusa", der schwarze Krieger. Zugleich war er auch der oberste Priester, der all das Wissen der Ahnen in seiner Person vereint hatte und so mit ihnen in Verbindung stand. Er war es, der die Gebete zum Sonnenvater schickte und für das Wohl des Volkes betete. Ihm zur Seite standen mehrere Hopaii, Heilige Männer, die die Zeremonien leiteten und den Minko unterstützten. Tuscalusa war ein mächtiger Mann, und damit war auch sein Volk stark und mächtig, sodass die letzten Winter eine Zeit des Friedens gewesen waren. Kaum ein Feind wagte es, die befestigten Dörfer anzugreifen. Tuscalusa griff mit harter Hand durch und ließ sich diesen Schutz von den anderen Dörfern mit Tributen bezahlen. Fremde, die in friedlicher Absicht kamen, wurden mit großer Gastfreundschaft bewirtet, doch Feinde wurden zur Abschreckung grausam gefoltert und die Überlebenden versklavt. Tuscalusa zählte auf Stärke und Abschreckung und nicht so sehr auf Verhandlungen.

Maisblüte genoss diesen Schutz. Als Mädchen konnte sie ungefährdet zum Badeplatz am Fluss gehen, im Wald Holz und Beeren sammeln oder auf den Feldern mit den anderen Frauen arbeiten. Sie erntete den weichen Flachs, der sich unter der Rinde des Maulbeerbaumes verbarg, und sammelte die Wolle der Baumwollpflanze, um daraus die Kleidung herzustellen. Sie konnte aber auch das Fell gerben und das Fleisch von der Jagdbeute verarbeiten, die der Vater brachte. Ihr Vater hieß „Große-Schlange",

und er gehörte zu den bevorzugten Kriegern des Häuptlings. Noch war er kräftig genug, um die Lanze oder den Bogen zu führen. Maisblüte hatte einen älteren Bruder, der bereits im Haus der unverheirateten Männer lebte.

Außerdem kümmerte sie sich um den kleineren Bruder, der erst sechs Winter zählte. Er hieß „Nanih Waiya", Lehnender Hügel, in Erinnerung an die Herkunft ihres Volkes. Die Legende erzählte, dass ihr Volk einst weit im Westen gelebt hätte. Ein Hopaii, ein Heiliger Mann, führte sie über schneebedeckte Berge immer weiter nach Osten. Jeden Abend stellte er einen rotbemalten Stock in die Erde, der sich am Morgen stets nach Osten neigte. Erst, wenn der Stock aufrecht stehenbleiben würde, hätten sie ihre neue Heimat erreicht. So hatten sie diese Ebene mit ihren fruchtbaren Böden und fischreichen Flüssen gefunden. Damals hatte der Stamm zwei Brüder als Anführer gehabt. Der eine hieß Chatah, und die Legende besagte, dass auch dies auf ihren Stammesnamen zurückführte. Der andere hieß Chicksaw, der seine Leute nach Norden führte, um dort zu siedeln. Chatah hatte an der Stelle, an der der rotbemalte Stock aufrecht stand, einen Hügel aus Sand aufschütten lassen. Dort hatten die Menschen ihre Ahnen bestattet, deren Knochen sie auf der langen Reise mitgeschleppt hatten. Sie waren in Zedernholzrinde gewickelt und ehrenvoll zur letzten Ruhe gebettet worden. Frauen hatten in mühsamer Arbeit den Sand in Körben vom Flussufer herbeigeschleppt, und die Männer hatten Zedern gefällt und daraus einen hohen Hügel errichtet. Anschließend war der Hügel mit schwarzer Erde bedeckt und mit Baumschösslingen bepflanzt worden, damit Regen und Schnee das künstliche Bauwerk nicht abtrugen.

Nanih Waiya war ein symbolträchtiger Name, aber für Maisblüte war der kleine Bruder einfach nur ein ungezogenes Kind, das ihr an den Haaren zog oder die mühsam gesäuberte und weichgeklopfte Maulbeerbaumrinde durcheinanderbrachte, wenn er mit seinen Freunden in die Hütte stob, um sich etwas zu essen zu holen. Sie schimpfte nicht, denn das stand ihr als Schwester nicht zu. Auch die Mutter schimpfte nie, weil sie den Geist des Kindes nicht brechen wollte. „Er wird einmal ein großer Krieger!", lächelte sie stets.

„Ja, groß darin, alles umzuwerfen!", lästerte Maisblüte dann.

„Du musst Geduld haben, wenn du einst Mutter wirst!"

Maisblüte erwiderte daraufhin nichts. Ihre Mutter hatte ja recht. Also nahm sie ihren Bruder stets liebevoll in die Arme und bat ihn flüsternd um mehr Aufmerksamkeit. „Sieh nur, wie viel Arbeit das macht. Bitte, mach es nicht kaputt! Sonst habe ich ja gar keine Zeit, um dir etwas Leckeres zu kochen!"

Das half immer, denn ihr kleiner Bruder hatte einen schier unstillbaren Hunger. Sein kleiner brauner Körper drückte sich dann vertrauensvoll an sie heran, im Sommer nur mit einem kurzen Lendenschurz bekleidet, und seine Haare im kurzen Schnitt der kleinen Jungen.

Der Vater hatte die langen Haare eines Kriegers, die er zu einem hohen Zopf zusammendrehte und mit einem Haarband zusammenhielt. Auch er trug im Sommer nur einen kurzen Lendenschurz, aber seine Haut war teilweise mit Tätowierungen verziert, die davon zeugten, welch gefürchteter Krieger er war, denn die Tätowierungen waren Auszeichnungen für Tapferkeit. Wenn er die Hütte betrat, strahlte er Präsenz und Kraft aus. Alle Arbeiten ruhten dann und die Aufmerksamkeit richtete sich auf die Bedürfnisse des Vaters.

Maisblüte hatte schon früh gelernt, dem Vater das Essen zu reichen, die Muskeln zu massieren oder die Kleidung zu richten. Die Aufgaben waren verteilt, nur im Mond des Windes halfen die Männer auf den Feldern, weil das Umgraben der Felder oder das Anlegen neuer Felder für die Frauen zu anstrengend war. Die Aussaat und Pflege der Felder dagegen war Frauenarbeit, aber die Ernte wurde wieder von allen eingebracht, sogar von den Kindern, und ehe die frechen Vögel sich zu sehr bedienten. Die Kinder sammelten auch die Pekannüsse, aus denen schmackhafte Fladen gebacken wurden, oder sammelten andere Nüsse, Früchte und Beeren. Die Körbe waren bereits gut gefüllt, und die erhöhten Vorratsspeicher warteten auf den Mais. In der Sonne vor den Hütten trocknete Fisch auf hölzernen Gestellen und am Ufer wurden die Fischnetze für das nächste Frühjahr geflickt. Der Hash Tek Inhashi, der Frauenmond, war eine Zeit des Überflusses, aber auch der Feste und des Dankes an den Sonnenvater.

Maisblüte legte die Spindel zur Seite und hob prüfend das Gewand, das sie am nächsten Tag für die Zeremonie anziehen würde. Es war aus heller Baumwolle gewoben und mit einigen Fäden der dunklen Maulbeerbaumrinde durchsetzt. Das ergab ein schönes Muster. Sie wickelte das Tuch um ihren Körper und band es über der linken Schulter zu. Gehalten wurde das Tuch mit einem einfachen Gürtel aus einem breiten Stück Leder. So hatte sie beide Hände frei, um die Schalen und heiligen Dinge des Hopaii, des Heiligen Mannes, zu tragen. Ihre langen schwarzen Haare blieben offen und flossen in natürlichen Wellen über den hellen Stoff. Sie hatte dreizehn Mal das Gras sterben sehen, und bald würde sie ihre ersten Riten haben, die sie zur Frau machten. Sie war groß und schlank, noch mit der jugendlichen Spannkraft eines Kindes, aber bereits mit weiblichen Rundungen. Ihre Brüste standen hoch, noch nicht ausgezehrt vom Stillen der Kinder. Ihre Gesichtszüge waren fein, mit hochstehenden Wangenknochen, einer hohen Stirn und ausdrucksvollen schwarzen Augen. Sie war eine Zierde für jeden Mann, und ihr Vater erwartete als mögliche zukünftige Schwiegersöhne nur die besten Krieger. Noch galt sie als Kind, aber sie genoss bereits die bewundernden Blicke unverheirateter und manchmal auch verheirateter Männer. Im Sommer trug auch sie nur einen Schurz, der nichts von ihrer schlanken Gestalt verbarg.

„Du bist hübsch!", lobte die Mutter bewundernd. Sie hieß „Langes-Schilf" und ihre immer noch schlanke Figur betonte die Herkunft ihres Namens. Sie gehörte zum Isha des Wolfes, zum Clan des Wolfes, ebenso wie alle ihre Kinder, die den Status vor ihr geerbt hatten. Ihr Vater gehörte zum Clan des Windes.

Maisblüte kicherte und drehte sich einmal im Kreis. „Nicht wahr?", forschte sie lobheischend.

Sie würde mit den anderen Mädchen durch die Reihen des Maises gehen und dem Hopaii die Schale reichen, mit dem der Mais gesegnet wurde. Erst dann würde das Volk die Kolben brechen und die Ernte in geflochtenen Körben einbringen. Jeder bekam seinen Anteil, doch ein Teil der Ernte würde in den Vorratsspeichern gestapelt werden. Die Chatah fürchteten Schlangen und

bevorzugten daher hohe Plätze für ihre Vorräte. Maisblüte hatte auch noch andere Aufgaben, sodass sie in diesem Herbst nicht viel bei der Ernte helfen würde. Diese Ehre erhielt ein Mädchen nur einmal in seinem Leben.

Bereits im Hash Bissi, im Mond der Schwarzbeeren, hatte sie die Felder gesegnet und dabei einen Tropfen ihres Blutes vergossen, damit der Sonnenvater ihre Ernsthaftigkeit erkannte und ihnen eine gute Ernte bescherte. Wenn die Zeiten schwer waren, war auch schon mal ein Gefangener geopfert worden, von dem das Blut auf den Feldern verteilt worden war. Der Heilige Mann hielt das nicht für nötig, und so war seit längerem darauf verzichtet worden. Maisblüte konnte sich nicht daran erinnern, dass zu ihren Lebzeiten je ein Gefangener geopfert worden wäre. Aber jedes Mädchen schnitt sich in den Finger und gab sein Blut, um den Sonnenvater um den Segen zu bitten. Vielleicht war es ja besser, das eigene Blut zu geben, um zu flehen, und nicht das Blut eines Gefangenen, der um sein Leben gekämpft hatte.

Sie hatte schon erlebt, dass Gefangene ins Dorf gebracht und brutal getötet worden waren. Mit Keulen war auf sie eingeschlagen worden, bis sich keiner mehr rührte. Gleichgültig ob Männer, Frauen oder Kinder, Tuscalusa kannte kein Erbarmen mit ihnen. Maisblüte taten die Kinder leid, die sich an ihre Mütter klammerten und vor Entsetzen schrien. Meist reichte ein Schlag, und es wurde still, während der Todeskampf der Männer länger dauerte. Auch, weil man mit ihnen kein Mitleid hatte und somit die ersten Schläge nicht tödlich waren. Maisblüte hatte in diesem Sommer einmal einer solchen Zeremonie beigewohnt und anschließend beobachtet, wie die Seele eines Getöteten besänftigt worden war. Manchmal trat auch jemand vor und forderte einen Gefangenen für sich.

Maisblüte sah dies als gute Sache an, denn sie wusste von einigen, die inzwischen wertvolle Mitglieder des Stammes waren. Die Chatah waren ein reiches Volk, das es sich leisten konnte, ein paar Mäuler mehr durchzufüttern.

***

Im Westen neigte sich die Sonne über die Ebene und der kühle Abendwind ließ die Menschen frösteln. Tagsüber war es noch warm, aber nachts kühlte es merklich ab. Die Winter hier waren mild, meist ohne Schnee, aber mit langen Regenzeiten und kühlem Wind, der vom Meer her die salzige Luft brachte.

Die Mutter beugte sich über die Glut und blies vorsichtig hinein, um das Feuer wieder anzufachen. Sie brach einige trockene Zweige ab und wartete, bis sie Feuer fingen, und legte dann einige Scheite nach. Der Vater würde bald kommen und so machte sie sich daran, eine einfache Mahlzeit zuzubereiten. Sie hatte aus den ersten Pekannüssen in diesem Jahr gemischt mit Maismehl einige Fladen gebacken, die sie mit Fleisch füllte. Der Vater liebte dieses Essen! Der süßliche Geschmack des Fladenbrotes mischte sich mit dem herzhaften Geschmack des Fleisches und gab ihm so eine ganz eigene Würze.

Zwei weitere Frauen, die in ihrem Haushalt lebten, betraten die Hütte und setzten sich in den Hintergrund. Sie waren Sklavinnen, die tagsüber auf den Feldern arbeiteten oder andere niedere Dienste verrichteten. Die Mutter ignorierte sie, denn als hohe Frau sprach sie fast nie mit den Untergebenen. Sie ignorierte es auch, wenn der Mann sich manchmal zu ihnen legte, um seine körperlichen Bedürfnisse zu befriedigen. Ein schwächliches Mädchen war bereits geboren worden, das aber den ersten Winter nicht überlebt hatte. Der Status der Frau hätte sich dadurch verbessern können, aber mit dem Tod des Kindes stand ihr dieses Privileg nicht mehr zu. Ihr Leib hatte sich wieder gerundet, und so hoffte der Mann auf einen weiteren Sohn. Langes-Schilf stand dem neuen Leben wohlwollend gegenüber und sorgte dafür, dass die Sklavin genug zu essen erhielt. Ein Kind hätte nicht den Status ihrer eigenen Kinder, aber es wäre ein vollwertiges Stammesmitglied, das auch den Status der Mutter ändern würde. Sie wäre dann eine untergeordnete Zweitfrau.

Der kleine Bruder schoss in die Hütte und ließ sich müde auf eine Matte gleiten. „Ich habe Hunger!", maulte er.

Kommentarlos drückte ihm die Mutter einen Fladen in die Hand. Kinder durften immer essen, während die Frauen meist warteten, bis der Mann seinen Hunger gestillt hatte. Nanih Waiya stopfte das Essen hungrig in seinen Mund und erzählte dann kauend von seinen Heldentaten. „Wir haben heute Krebse gefangen!"

„Wirklich?" Die Mutter lächelte gutmütig. „Und was habt ihr damit gemacht?"

„Na, eine Suppe gekocht! Wir haben alle aufgegessen!"

„Und dennoch hast du so einen Hunger?", wunderte sich die Mutter.

Der Junge nickte wichtig. „Na, wir waren doch so viele!" Er hob seine beiden Hände hoch, um die Zahl anzuzeigen. „Da bleibt nicht so viel für einen."

Maisblüte kicherte hinter vorgehaltener Hand. „Wie viele Krebse habt ihr denn gefangen?"

„Vier Hände voll!", erklärte der Junge stolz. „Jeder bekam zwei."

„Nun, davon wird man wahrlich nicht satt!", stimmte Maisblüte zu. „Das nächste Mal solltest du alleine fischen gehen. Dann kannst du alle Krebse essen und bist satt."

„Das macht aber nicht so viel Spaß!", weigerte sich das Kind. „Ich jage lieber mit meinem Stamm."

„Aha, und wer ist dein Stamm?"

„Na, alle meine Freunde! Wir teilen alles!"

„Das ist lobenswert!", meinte die Mutter. „Aber dann hungert ihr auch alle."

„Nächstes Mal fangen wir mehr Krebse. Jetzt wissen wir ja, wie es geht!" Nanih Waiya grinste frech. „Nächstes Mal bleibt so viel, dass ich euch auch was bringen kann!" Er streckte seinen runden Bauch vor und strotzte vor Selbstbewusstsein.

„So, so!" Die Mutter schüttelte ungläubig den Kopf. „Woher willst du das wissen?"

„Vater hat gesagt, dass er uns helfen wird!"

Die Mutter und Maisblüte lachten schallend und ernteten einen tadelten Blick des Jungen. „Wirklich!", beteuerte er.

Die Mutter kicherte immer noch und strich ihrem Sohn über die Haare. „Aber sicher. Ich glaube dir und freue mich für dich. Ich möchte wirklich gerne etwas von dieser Krebssuppe probieren!"

Ihr Lachen erstarb, als der Vater die Hütte betrat. Seine eindrucksvolle Erscheinung flößte sofort Respekt ein. Er ließ sich auf einer Matte nieder und lächelte freundlich. „Warum habt ihr gelacht?" Die Mutter zeigte auf den Sohn. „Er hat uns von seinem Jagderfolg erzählt. Und dass er wohl bald die ganze Familie ernähren kann!"

Der Vater schmunzelte erheitert. „Ja, ich zeige den Jungen morgen, wie sie Reusen bauen können, damit ihnen nicht so viele Krebse entwischen."

„Siehst du!", strahlte der Junge. „Vater hilft uns!"

Der Mann nahm den Jungen auf seinen Schoß und strich ihm über die Haare. „Du wirst einmal ein großer Jäger!", bestätigte er den Eifer des Kindes.

***

Dann wurde es wieder still, als ein weiterer Mann die Hütte betrat. Aller Augen richteten sich voller Erstaunen auf den Ankömmling. Es war Tuscalusa, der Minko des Dorfes. Sofort verschwanden die Frauen und Kinder im Hintergrund, um den Gast im Gespräch mit dem Vater nicht zu stören. Es war verwunderlich, dass der Häuptling eigens zu ihnen kam, also musste es wichtig sein. Doch manchmal besprach er seine Pläne erst mit seinem Ersten Krieger, dem Tishominko, ehe er seine Entscheidung im Rat mitteilte. Als Tishominko leitete Große-Schlange auch Zeremonien für den Minko und galt als sein Sprecher.

Große-Schlange legte bescheiden den Kopf zur Seite und wartete, was Tuscalusa mit ihm besprechen wollte. Sie waren seit ihrer Kindheit miteinander befreundet, und Große-Schlange hatte noch nie das Vertrauen des Minkos verraten. Er behielt Stillschweigen über alles, was Tuscalusa ihm anvertraute, und verlangte das Gleiche von seiner Familie. Mit einer Handbewegung schickte er den Jungen nach draußen zum Spielen. Er war noch zu klein, um Geheimnisse zu hüten.

Gehorsam huschte Nanih Waiya aus der Chukka und hoffte, noch einige Freunde zu finden, mit denen er ein weiteres Aben-

teuer erleben konnte. Was die Erwachsenen zu erzählen hatten, war bestimmt langweilig. Auf ein Nicken hin verschwanden auch die beiden Sklavinnen. Große-Schlange tätschelte kurz über den Bauch der Frau und schenkte ihr ein wohlwollendes Lächeln, ehe sie durch den Türvorhang verschwand.

Tuscalusa nickte dankbar und griff dann nach einer kleinen Pfeife, die Große-Schlange ihm reichte. Die beiden Männer schwiegen eine Weile, dann runzelte Tuscalusa besorgt die Stirn. „Ich habe Kunde von den Völkern im Osten", begann er langsam. „Sie erzählen merkwürdige Dinge."

Große-Schlange senkte den Blick und hörte aufmerksam zu. Sie hatten ein weitreichendes Handels- und Nachrichtennetzwerk, und so war es nicht ungewöhnlich, dass sie über Ereignisse informiert wurden, die in anderen Teilen des Landes stattfanden.

„Reisende aus einem fernen Land sind unterwegs zu uns", erzählte der Minko weiter. „Sie kommen nicht von unserer Insel, sondern aus einem Land jenseits des Meeres. Sie tragen seltsame Kleidung, die an den Panzer eines Käfers erinnert, und sie haben fremde Waffen und seltsame Tiere bei sich. Sie sind sehr kriegerisch und unterwerfen die Dörfer, durch die sie kommen. Sie plündern die Vorräte, nehmen sich die Frauen und Männer und versklaven sie." Der Häuptling zögerte verunsichert. Man konnte sehen, dass er nicht wusste, wie er diese Nachrichten einordnen sollte.

„Und sie sind auf dem Weg hierher?", fragte Große-Schlange.

„Ja! Mir wurde berichtet, dass Häuptling Coosa gefangen gehalten wird und dass viele seines Volkes für die Fremden die Lasten tragen müssen. Die Fremden wandern den Piachi-Fluss entlang und stehen kurz vor Talisi."

Große-Schlange machte eine abfällige Handbewegung. „Wir sind nicht wie Coosa! Sollen sie nur kommen!"

Tuscalusa lächelte ohne Humor. „Es kann nicht schaden, erst einmal zu spähen, wer diese Fremden sind! Ich kämpfe nicht gern gegen einen Gegner, den ich nicht kenne. Erst muss ich wissen, wie viele Fremde es sind, welche Waffen sie tragen und wie ihre Kampfkraft ist. Ich sehe es als Warnung, dass es ihnen gelungen ist, Coosa gefangen zu nehmen. Diese Fremden sind gefährlich,

denn wenn sie erst den Minko eines Dorfes haben, dann versklaven sie auch das Volk."

Große-Schlange runzelte die Stirn und warf einen Zweig ins Feuer. Sein Häuptling war nicht nur stark, sondern auch vorsichtig und überlegt. „Und wenn du einen Boten schickst? Du könntest eine Einladung schicken und inzwischen den Feind ausspähen, während du Vorbereitungen für einen Angriff triffst."

Tuscalusa verzog schmunzelnd die Mundwinkel. „Ich dachte genau das! Ich werde meinen Sohn schicken, als Zeichen meiner Wertschätzung, aber du wirst die Krieger der anderen Dörfer hier in Mabila zusammenziehen. Vielleicht gehe ich diesen Fremden sogar entgegen und wiege sie in Sicherheit. Doch sollten sie mich dabei gefangennehmen, dann vertraue ich darauf, dass du mich wieder befreist. Für das Wohl des Volkes und für das Andenken an die Ahnen."

„Ein Minko sollte sich dieser Gefahr nicht aussetzen. Du solltest ihnen nicht zu weit entgegengehen!", warnte Große-Schlange seinen Freund.

Tuscalusa zischte abfällig durch die Zähne. „Nur bis Atahachi. Das Dorf ist befestigt und die Chukka des Minkos dort bietet einen würdigen Rahmen, um diese Fremden zu begrüßen. Von dort locke ich sie nach Mabila. Dann werden wir wissen, wie ihre Kampfkraft ist. Ich werde den Hopaii und die Jungfrauen mitnehmen, um unsere Dörfer vor Hexerei und bösem Zauber zu schützen. Außerdem wird es die Fremden in Sicherheit wiegen."

Große-Schlange schloss für einen kurzen Augenblick die Augen, denn das würde bedeuten, dass auch seine Tochter den Minko begleitete. Wäre sie in Sicherheit? Andererseits war es ihre Pflicht, dem Minko und dem Hopaii zu dienen und das Volk vor Unheil zu bewahren. Er warf einen Blick in den Hintergrund der Chukka, wo seine Tochter still an irgendetwas arbeitete. Auch sie hatte innegehalten und blickte ihn erschrocken an. Dann senkte sie die Augen und arbeitete weiter. Sie würde gehorchen und das tun, was von ihr erwartet wurde. Dann entspannte sich Große-Schlange wieder. Der Minko würde sicherlich nicht sein Leben gefährden. Und das des Hopaii auch nicht. Große-Schlange

machte eine abschließende Handbewegung. „Ich werde dich nicht enttäuschen und alles für einen Kampf vorbereiten."

„Nur wenn es nötig ist!", meinte Tuscalusa sinnend. „Aber die Nachrichten meiner Kundschafter sind beunruhigend. Es ist besser, wir sind vorbereitet."

„Was ist mit der Ernte?", fragte Große-Schlange nachdenklich.

Der Minko seufzte schwer. „Nichts. Wir segnen morgen die Felder und bringen die Ernte ein. Es werden Tage vergehen, ehe mein Sohn die Fremden erreicht. Ich selbst werde in einigen Tagen aufbrechen, um sie in Atahachi zu empfangen. Das gibt auch dir Zeit, die Krieger zu versammeln. Die Maisernte ist wichtig. Erst dann schicke Boten aus, die die Männer zusammenrufen."

Mit einer schnellen Bewegung stand er auf, und auch Große-Schlange erhob sich, um seinem Freund Respekt zu zollen. Der Häuptling umarmte seinen Freund kurz und flüsterte ihm eine Warnung ins Ohr: „Pass auf! Meine Träume sind nicht gut!"

Große-Schlange erschrak zutiefst und sah seinem Freund nach, als dieser die Hütte verließ. Schlechte Träume waren immer eine Bedrohung.

Die Menominee
(Manomäh-Sipiah, Menominee-Fluss im Norden)

Machwao, der Schwarze Wolf, stieß das Kanu langsam durch die grünen hohen Halme des wilden Reises, die überall in Ufernähe des Manomäh-Sipiah, des Wildreis-Flusses, im Wasser wuchsen. Der Fluss hatte sich an dieser Stelle so verbreitert, dass er fast wie ein See anmutete. Wolkenfetzen bewegten sich darüber hinweg und eine leichte Brise wehte über das Wasser und ließ die Halme des Wildreises rauschen. Machwao benutzte zum Vorankommen einen langen Stock, mit dem er das Kanu vorwärts stieß; langsam, fast meditativ, steuerte er das Kanu zwischen den Halmen hindurch.

Es war Pawahan Kesoq, jener Mond, in dem das wilde Korn von der Ähre geschlagen wird. Noch war es tagsüber warm, doch einige Bäume hatten bereits begonnen, ihr Farbkleid zu wechseln. Sie funkelten in Rot, Braun und Gelb im Sonnenlicht, als wollten sie sich vor dem langen Winter ein letztes Mal aufbäumen und sich in ihrem besten Licht zeigen. Noch waren die Bäume voller Laub, sodass der Fluss in einem glitzernden Grün schimmerte, gemischt mit den Farben des nahenden Herbstes. Machwaos Haut glänzte in dem dunklen Braunton einer Kastanie, und sein langes Haar fiel wie das Gefieder des schwarzen Raben über seinen Rücken. Es glänzte leicht, denn er schmierte das Haar mit Fett ein, so wie es bei ihnen Gewohnheit war. Er zählte um die zwanzig Winter, und sein Körper war schlank und sehnig, seine Lenden nur von einem kleinen Schurz bedeckt. Sein rundes Gesicht war ebenmäßig, ohne die Falten eines entbehrungsreichen Lebens, überstrahlt von zwei blitzenden schwarzen Augen, die von winzigen freundlichen Lachfältchen umgeben waren.

Vor ihm knieten seine Schwester Kämenaw Nuki, Regenfrau, und seine Mutter, Nepewin Nuki, Wassergeistfrau. Seine Schwester hatte den zierlichen Körpers eines Mädchens, das noch nicht ganz zur Frau geworden war. Sie zählte erst dreizehn Winter. Sie

hatte das gleiche freundliche Gesicht wie ihr Bruder und ebenso schwarze Haare, nur dass sie dem Mädchen bis weit über den Rücken fielen. Die Mutter war älter, mit Runzeln und Falten im Gesicht, die ihre eigenen Geschichten erzählten. Auch sie war schlank, fast hager, und ihre Hände zeugten von harter Arbeit. Beide Frauen trugen Kittel aus weichem Leder, die über den Schultern von zwei Trägern gehalten wurden. Sie arbeiteten flink und harmonisch zusammen, als hätten sie diese Aufgabe schon oft gemeinsam erledigt. Eine bog die Halme mit einem Stab über die Bordwand des Kanus, während die andere mit einem Schläger aus Zedernholz den Wildreis von den Halmen schlug. Die hellgrünen Körner fielen auf den Boden des Kanus, viele landeten auch einfach im Wasser und bildeten die Saat für die nächste Ernte. Die Frauen blieben still, als sie sich ihrer Arbeit widmeten.

Der „Manomäh" war wertvoll für ihr Volk. In den Zeiten des langen kalten Winters würde er überlebensnotwendig sein, ebenso wie der Ahornsirup, den die Bäume ihnen schenkten, oder die Nahrungsmittelvorräte, die sie sonst anlegen konnten. In den Vorratsgruben, die neben ihren Gärten lagen, hatte die Familie schon Bohnen, getrocknete Früchte und Kürbisse gelagert. Der braune Reis würde ein weiteres willkommenes Nahrungsmittel sein, ebenso wie der Mais. Den ganzen Sommer hatten sie bereits Vorräte angelegt, nur darauf bedacht, den extrem langen Winter in diesen nördlichen Breiten zu überleben. Die Mutter hatte Fisch und Fleisch getrocknet, Beeren gesammelt, würde Nüsse und Pilze ernten, den Wildreis trocknen, Kürbisse lagern und darauf hoffen, dass ihr Sohn auch im Winter noch Beute nach Hause brachte.

Machwao dachte an die Zeremonien, die der Ernte des Wildreises vorangegangen waren. Tagelang hatten sie gesungen, bis der Wildreis-Häuptling schließlich mitgeteilt hatte, dass die Zeit der Ernte gekommen war. Eine Gruppe weiser Männer hatte beschlossen, welche Bereiche abgeerntet werden sollten, und die Familien waren diesen Anweisungen gefolgt. Voller Ehrerbietung hatten sie den Wassergeistern Tabakopfer gegeben, um

eine gute Ernte zu erhalten und Schaden abzuhalten. Seit Urzeiten sammelte das Volk auf diese Weise den braunen Reis, und es hatte sich als erfolgreich herausgestellt. Machwao lächelte kurz, als er seine Schwester beobachtete. Sie war das erste Mal dabei und sie war stolz auf diese wichtige Aufgabe. In einiger Entfernung vermutete Machwao die anderen Kanus, doch durch das hohe Schilf und Gras waren sie nicht zu sehen. Bis auf das leise Plätschern des Wassers und das Schlagen auf die Halme war es friedlich. Nur Myriaden von Mücken umschwärmten das Kanu und bildeten eine Gasse, als es ruhig durch die hektisch tanzenden Wolken glitt. Es roch nach modrigem Wasser und nach dem schweren Duft der Kiefern und Fichten.

Manchmal schwamm eine aufgeschreckte Ente vor ihnen davon, und jedes Mal war der Krieger versucht, nach seinem Bogen zu greifen, der am Boden des Kanus zur Verteidigung bereit lag. Die Enten und Gänse hatten Fett angesetzt für ihre lange Reise in den Süden. Auch sie wären eine willkommene Beute. Mit seinen Lippen deutete Machwao auf einige Enten, die arglos zwischen den Halmen davonschwammen. „Die Wahkayoh sind so fett, dass sie kaum fliegen können. Sie wären ein guter Braten!"
Seine Schwester hielt kurz inne, um in Richtung der Enten zu blicken. Ein Lächeln erhellte ihr Gesicht, als sie sich auffordernd zum Bruder umdrehte. „Warum jagst du sie nicht? Sie wären eine schöne Abwechslung zum Hirschfleisch." Ihr rundes Gesicht strahlte vor Aufregung.
„Meinst du?" Der Krieger grinste, als er den hungrigen Blick seiner Schwester sah. Aber auch die Mutter schien von der Idee ganz angetan zu sein. Er nannte sie respektvoll Ne'äh, während seine Schwester sie noch in der Kindersprache mit Mamah anredete.
Es war nicht üblich, sich beim Namen zu nennen, sondern man wählte die Verwandtschaftsbezeichnung, um zu zeigen, dass man mit Mäc-awätok, dem höchsten spirituellen Wesen, verwandt war.
So nannte Machwao seine kleine Schwester stets Nekoqsemäh, meine kleine Schwester, und sie rief ihn Näknäh, großer Bruder. Die Frauen hielten in ihrer Arbeit inne, als Machwao mit einer

ruhigen Bewegung nach seinem Bogen griff. Das Kanu glitt still durch das Wasser und schaukelte schließlich sanft hin und her. Die Enten ließen sich nicht stören, sondern gründelten nach Futter. Auch sie suchten nach dem wilden Korn. Ein wohlgezielter Pfeil traf eine Ente durch den Körper, während die anderen aufgeschreckt davonflatterten. Sofort nahm der Mann den Stab wieder auf und stakste das Kanu in Richtung der Beute.

Die Schwester griff nach dem Vogel und zerrte ihn ins Kanu. Ihre Augen funkelten vergnügt, als sie sich zu ihrem Bruder umdrehte. „Ich werde sie dir braten!"

„Und ich lasse dich auch mal abbeißen!", bot Machwao großzügig an. Ein kleiner Schatten verdüsterte das Gesicht des Mädchens und Machwao lachte dunkel. „Also gut, vielleicht auch zweimal …"

„Oder …", er zögerte, um seine Schwester ein wenig zu necken. „Oder ich erlege noch eine …!"

„Noch eine, noch eine!", rief seine Schwester aufgeregt. Sie zappelte hin und her und Machwao balancierte das Kanu vorsichtig aus. „Hey, wir werden die ganze Ernte verlieren, wenn du weiter hier herumhüpfst. Sitz still!" Das Kanu lag schon tief im Wasser, denn die Frauen hatten bereits einen wahren Berg an Wildreis geerntet.

Gehorsam kniete sich Kämenaw Nuki hin und Machwao tauschte einen belustigten Blick mit seiner Mutter. In aller Ruhe nahmen sie ihre Tätigkeit wieder auf, denn es würde eine Weile dauern, ehe sie auf die nächsten unvorsichtigen Enten stoßen würden.

Der Krieger lenkte das Kanu durch die hohen Halme und blinzelte, als die tiefer stehende Sonne ihn blendete. In einiger Entfernung sah er ein weiteres Kanu, das von einem seiner Freunde gelenkt wurde. Es war Awässeh-neskas, Bärenkralle, der mit seiner jungen Frau unterwegs war.

Sie war im Frühjahr von einem anderen Dorf zu ihnen gestoßen. Sie hieß Regen-auf-dem-Wasser und gehörte dem Kranichclan an, während ihr Mann, ebenso wie Machwao und seine Schwester, dem Bärenclan angehörten.

***

Seitdem der Ahnherr ihres Volkes, der große weiße Bär, aus seiner Höhle emporgestiegen war und sich in einen Menschen verwandelt hatte, wurde die Blutlinie des Clans über den Vater bestimmt. Der Bärenclan war der älteste Clan. Aus ihm wurden immer die Sprecher des Volkes und die Häuptlinge erwählt. Machwao gehörte zum Bärenclan, so wie sein Vater vor ihm und dessen Vater vor dessen Vater. Ihre Linie konnte bis zu dem Ahnherrn zurückverfolgt werden. Es war nicht möglich, einen Angehörigen des gleichen Clans zu heiraten, und meist lebten die Familien eines Clans in einem Dorf zusammen, sodass eine junge Frau das Dorf verlassen musste, wenn sie heiratete.

Machwao wusste, dass andere Stämme dies ungewöhnlich fanden, denn meist wurde die Blutlinie dort über die Mutter bestimmt. Aber die Menominee, die Menschen des wilden Reises, stellten ihr Erbe nicht in Frage. Sie folgten ihren Traditionen, so wie Mäc-awätok es von ihnen seit Urzeiten erwartete. Deswegen hießen sie auch Kiash Matchetiwuk, die Ältesten. Ihr Leben wurde bestimmt aus den Notwendigkeiten des Lebens, dem Verlauf der Jahreszeiten und den Zeremonien, die es für alle Bereiche des Lebens gab. Durch sie war es möglich, mit den Geistern zu sprechen und um Schutz vor der Unbill der Natur zu bitten. Nur durch Schutzgeister und Talismane war es möglich, den verheerenden Kräften zu entgehen, die allerorts auf einen lauerten. Selbst vor der Ernte des wildes Reises hatte er um Schutz gefleht, denn in den Seen und Flüssen lauerte sonst die gehörnte Schlange, Meqsekenupik, die nur zu gerne Kanus umwarf und die Insassen unter Wasser zerrte, um sie aufzufressen. Niemand wagte sich auf das Wasser hinaus, ohne vorher um Schutz gebetet zu haben.

Machwao stakste langsam in Richtung seines Freundes, auch wenn das bedeutete, dass er heute wohl keine Ente mehr erlegte. Ein frischer Wind kam auf und das Wasser kräuselte sich vor dem Bug des Kanus. Leichte Wellen schlugen gegen den Rand und trotz der drei Insassen schaukelte es leicht. Seine Mutter und seine Schwester waren immer noch darin vertieft, das Korn von den Halmen zu schlagen. Er schnalzte leise mit der Zunge und

als er ihre Aufmerksamkeit hatte, zeigte er mit gespitzten Lippen in Richtung des anderen Kanus. „Sie gehen bereits an Land. Wir sollten ihnen folgen und morgen weitermachen."

Die Mutter nickte ihr Einverständnis und so stieß Machwao das Kanu etwas schwungvoller vorwärts. Die Halme bogen sich auseinander, als es durch sie hindurchglitt und schließlich gegen den sandigen Boden des Ufers stieß. Er hüpfte ins Wasser und schob das Kanu mit einem kräftigen Ruck ins Trockene, sodass seine Schwester und seine Mutter trockenen Fußes an Land gehen konnten. Als sie ausgestiegen waren, zog er das Kanu vollends an Land. Dann beugten sie sich über die Schilfmatten, in denen sie das Korn gesammelt hatten, und hoben sie vorsichtig aus dem Kanu. An einer sonnigen Stelle legten sie die Matten aus und verteilten das Korn gleichmäßig zum Trocknen.

Machwao überließ die weitere Arbeit den Frauen und ging zu der Stelle, an der sein Freund bereits ein kleines Lager aufschlug. Sie waren nicht weit von ihrem Dorf entfernt, doch da sie am nächsten Tag weiterarbeiten wollten, hatten sie beschlossen, die Nacht hier zu verbringen. Noch war es warm, sodass sie die nächtliche Kälte nicht fürchten mussten. Sein Freund hieß Awässeh-neskas, Bärenkralle, und er ähnelte dem Bären nicht nur äußerlich mit seiner tapsigen Art. Es amüsierte das Volk, wie sehr der Name auf die Persönlichkeit abfärbte.

„Ich habe eine Ente erlegt!", verkündete Machwao.

„Ich auch! Und wir haben etwas Trockenfleisch dabei. Kommt doch her, dann brauchen wir nur ein Feuer!"

Machwao warf seinem Freund einen anzüglichen Blick zu. „Wirklich? Ich dachte, du möchtest vielleicht ein wenig Ruhe mit deiner jungen Frau." Er rollte vielsagend die Augen und bewegte sein Becken auf beredte Weise vor und zurück. Die Lachfältchen um seine Augen wurden tief.

Awässeh-neskas zeigte seine Zähne und legte mit zusammengekniffenen Augen den Kopf schief. „Such du dir mal lieber eine eigene Frau und schau dir nicht die Augen nach den hübschen Frauen deiner Freunde aus."

„Tss! Noch bestimme ich, welche Frauen hübsch sind oder nicht. Ich sagte nur, dass deine Frau jung ist!"

Die junge Frau, die in seinen Augen vielleicht nicht hübsch genug war, warf ihm einen vernichtenden Blick zu. Entschuldigend hob er die Hände und lächelte versöhnlich. „Ich lasse mir nur keine Worte in den Mund legen! Ich entscheide selbst, mit welchen Worten ich eine Frau beschreibe."

„Und welche Worte findest du für mich?" Ihr Blick war immer noch finster.

„Nun", er überlegte scharf und musterte sie kurz von oben bis unten. „Vielleicht wäre wunderschön passender? Oder ..." Sein Satz blieb unvollendet, als er in die schwarzen Augen seines Freundes blickte. Er schien dies nicht mehr lustig zu finden. „Hör bloß auf!", zischte er warnend.

Machwao musste so lachen, dass sein Freund ihn empört in den Bauch boxte. Schnaufend schnappte Machwao nach Luft und trat einige Schritte rückwärts, um sich aus der Reichweite von Awässeh-neskas Fäusten zu bringen.

„Warte nur, bis du eines Tages eine Frau hast. Dann kannst du froh ein, wenn ich sie nicht mit einer Schildkröte vergleiche!", knurrte Bärenkralle.

„Schildkröte!" Wieder prustete Machwao los. „Ich suche mir doch keine Schildkröte!"

„Wir werden sehen!", prophezeite Awässeh-neskas. „In meinen Träumen sah ich sehr merkwürdige Dinge."

Sofort wurde Machwao ernst. „Welche Dinge?" Er wusste, dass sein Freund oft Träume hatte, und glaubte an dessen Vorahnungen. Aus einer witzigen Bemerkung war plötzlich Ernst geworden und seine Lippen wurden schmal, als er einen Schatten im Gesicht des Freundes bemerkte.

Awässeh-neskas zuckte mit den Schultern und winkte mit einem Lächeln ab. „Wir können uns ja später über deine Schildkröte unterhalten. Lass uns ein Feuer machen und die Enten braten. Ich habe Hunger."

Machwao nickte und kehrte zu seinem Kanu zurück, um seine Sachen zu holen. Sein Freund hatte die kurze Andeutung mit einem Scherz abgetan und das beruhigte ihn. Wenn es etwas Wichtiges in seinen Träumen gab, würde er es ihm bestimmt mitteilen.

Aber sicherlich nicht, wenn Frauen und Kinder mit dabei waren. Es war Erntezeit und keine Zeit für tiefschürfende Gespräche.

Er warf die Ente vor die Füße seiner Mutter, damit sie die Federn rupfte und sie ausnahm, während er mit seiner Schwester Holz für das Feuer sammelte. Awässeh-neskas half ihm dabei und kurze Zeit später saßen sie bereits um das Feuer und beobachteten, wie die Flammen nach dem Fleisch griffen. Die Mutter wendete den Braten hin und her, damit das Fleisch von allen Seiten garte. Machwao lag auf der Seite und beobachtete die Funken, die hochstoben, wenn manchmal etwas Fett in das Feuer tropfte. Inzwischen war es dunkel geworden und ein heller Vollmond schob sich über die Spitzen der Fichten, die am Ufer standen. Der Mond spiegelte sich im Wasser und schickte ein leicht verzerrtes Bild nach oben zurück.

Awässeh-neskas musterte seinen Freund aus den Augenwinkeln und ließ sich ebenfalls auf die Seite sinken, sodass er fast neben Machwao lag. Er kaute an einem Grashalm und schien zu überlegen, wie er das Gespräch beginnen sollte. Regen-auf-dem-Wasser hatte sich am Feuer zu schaffen gemacht, sodass keine der Frauen auf das Gespräch der Männer achtete. Die Mutter unterhielt sich leise mit der Frau seines Freundes und Kämenaw Nuki stand im Fluss und beobachtete den Aufgang des Mondes. Ihre Füße wühlten den Schlamm auf, als sie einige Schritte auf und ab ging. „Bald kommt der Winter!", begann Awässeh-neskas umständlich. Manchmal machte er seinem Namensvetter, dem Bären, wirklich alle Ehre.

Machwao grinste breit. Was für eine Tatsache! „Ja, und dann kommt wieder der Frühling …!"

Auch der Freund lächelte, als er merkte, dass er vielleicht zu weit ausholte. Er wedelte mit der Hand und konzentrierte sich wieder auf seine Worte. „Nun, dann kommt der Frühling!", wiederholte er die Worte Machwaos. „Und Wapus möchte auf eine Handelsreise gehen. In den Süden." Er verstummte und schaute den Freund von der Seite an.

Machwao seufzte tief. Eine Handelsreise! Das bedeutete, dass er viele Monde unterwegs sein würde. Natürlich war es abenteu-

erlich und auch interessant, aber wollte er wirklich so lange von seinem Dorf getrennt sein? Andererseits war er jung genug, um so eine Reise zu wagen. Und er war noch nicht verheiratet, sondern versorgte nur eine Mutter und eine Schwester. Seine Familie war groß und so konnte er die beiden unbesorgt der Obhut seiner Onkel und Tanten überlassen. Auch sein Vater war Händler gewesen, ehe feindliche Anishinabe ihn bei einem Angriff getötet hatten.

Die Menominee versuchten mit allen Menschen in Frieden zu leben, aber manchmal gelang das nicht. Machwao hatte seinen Vater gerächt, indem er einen Mann der Feinde im Zweikampf getötet hatte. Nun verlangte dessen Familie nach Rache. Es war ein ewiger Kreislauf aus Tod und Rache, der sich kaum unterbrechen ließ. Irgendwann würde auch sein Dorf wieder das Ziel eines Angriffs sein, gleichgültig, ob es Anishinabe oder Ho-Chunk waren. Als Händler dagegen konnte er versuchen, die Beziehungen zu verbessern. Es gab sogar schon Ehen zwischen Menominee und Ho-Chunk, oder Menominee und Anishinabe. Meist handelte es sich um geraubte Frauen, aber es gab auch Ehen, die durch Handelskontakte entstanden waren.

Awässeh-neskas spuckte den Grashalm aus und fuhr mit seinen Überlegungen fort. „Ich dachte daran, ihn zu begleiten, und wollte auch dich fragen. Wakoh, der Fuchs, wird uns ebenfalls folgen."

„Hmh, das ist gut!" Machwao überlegte sich seine nächsten Worte. Wapus, der weiße Hase, war ein überlegter Mann, der bereits den Weg eines Medizinmannes eingeschlagen hatte. Er gehörte zur Metewin-Gesellschaft, den Medizinmännern, die ihr Wissen vom Morgenstern selbst erhalten hatte. Er hütete ein Bündel aus Otterfell, in dem sich sein geheimster Talisman in Form einer Muschel, Heilkräuter und andere Kleinigkeiten befanden. Mit diesem Bündel war es ihm möglich, sein Leben oder das Leben anderer zu verlängern oder ihnen in spiritueller Weise zu helfen.

Ja, und Wakoh war ein gefährlicher Kämpfer, ein unbarmherziger Krieger, der sich gerne solchen Reisen anschloss, weil er dann die unsicheren Blicke im Dorf vermied, die ihm immer wieder zugeworfen wurden. Er galt als rücksichtslos und unbeherrscht,

aber als guter Kämpfer. Ihn an seiner Seite zu wissen, war keine schlechte Sache. In Gesellschaft von Männern war er eigentlich ganz brauchbar. Er machte gute Scherze und war ein verlässlicher Freund. Nur Frauen gingen ihm lieber aus dem Weg, weil sie sein kriegerisches und unbeherrschtes Verhalten, aber auch sein angsterregendes Aussehen fürchteten. Er trug seltsame Tattoos im Gesicht und scherte sich wenig um die Meinung anderer.

„Wohin will Wapus denn gehen?", erkundigte er sich zögernd. Awässeh-neskas zeigte mit einem Rucken seines Kopfes in Richtung Süden. „Weit nach Süden. Vielleicht bis zu den Illiniwek. Wir könnten unsere grünen Steine mitnehmen. Und wir könnten Felle und Muscheln tauschen. Sie haben viele schöne Dinge, die weit aus dem Süden kommen. Vielleicht auch Tabak!"
„Das würde bedeuten, dass wir erst diese grünen Steine holen müssen!", wandte Machwao ein.
„Der Winter ist lang!", meinte Awässeh-neskas altklug. „Aber wir schaffen es vielleicht noch im Herbst. Ich wollte aufbrechen, wenn der Manomäh und der Mais in den Gruben ist."
Machwao hob zwei Finger. „Du redest von zwei Reisen. Eine im Herbst und eine im Frühjahr."
Der Freund schenkte ihm ein Grinsen und zuckte die Schultern.
Machwao nickte in Richtung der Frauen. „Und was sagt deine neue Frau dazu? Was wird sie denken, wenn du immer weg bist?"
„Ich muss mich ein wenig ablenken!" Awässeh-neskas machte ein triumphierendes Gesicht. „Von mir wird verlangt, dass ich enthaltsam bin. Wenn ich unterwegs bin, wird mir das leichter fallen!"
„Ah!" Machwao dehnte den Ausruf in die Länge. „Ach so!" Er schlug seinem Freund wohlwollend auf die Schulter. „Sehr gut!" Dann warf er ihm einen fragenden Blick zu. „Aber wirst du denn zurück sein, bis das Baby kommt?"
„Wenn wir früh genug aufbrechen …" Awässeh-neskas lachte breit. „Und anfangs sind sie ohnehin so klein, dass sie den Vater nicht bemerken. Ich muss dafür sorgen, dass meine Frau gut untergebracht ist, aber mein Clan wird sich gut um sie kümmern.

Ich werde meinen Sohn sehen, ehe ich in den Süden ziehe."

„Hmh." Es klang nicht so überzeugt.

„Was?"

„Nichts!" Machwao hob die Schultern. Es war nicht seine Sache. Sein Freund entschied selbst, was für ihn wichtig war oder nicht. Er selbst würde jedenfalls keine Frau, die von ihm ein Kind erwartete, alleine lassen. Wenn er je die Richtige fand. Seine Familie hatte bereits zweimal versucht, eine Ehe für ihn zu stiften, aber beide Male war nichts daraus geworden. Mäc-awätok hatte wohl andere Pläne für ihn. Vielleicht hatte er aber auch noch nicht genug Signale ausgesendet, dass er eine Ehefrau wollte. Ihm war es im Moment genug, seine Mutter und Schwester zu versorgen. Er war noch jung und hatte Zeit.

Maisernte

(Mabila, im Süden der Schildkröteninsel)

Maisblüte erwachte in aller Früh und ließ sich von einer der Dienerinnen die Haare kämmen. Dann schlüpfte sie in ihr Festgewand und legte ihren Schmuck aus Knochenperlen und Muscheln an. Nebel lag über den Feldern und einige Schwaden streiften über die Dächer der Hütten. Es war frisch und Maisblüte fröstelte, als sie vor den Eingang trat. Im Osten schimmerte der Nebel heller und ließ die Sonne dahinter erahnen. Der Tag würde schön werden. Langes-Schilf trat neben die Tochter und legte den Arm um die schmalen Schultern des Mädchens. „Sei mit deinen Gedanken bei deinen Gebeten, damit die Ernte gesegnet wird!", mahnte die Mutter eindringlich.

Maisblüte wusste um die wichtige Aufgabe, die ihr anvertraut war. Das Wohlergehen des ganzen Volkes hing davon ab. Der Heilige Mann und die Jungfrauen trugen die Wünsche zu den Geistern und der Sonne. An der Seite ihrer Mutter ging Maisblüte zu der Chukka des Hopaii, der ebenfalls auf einer Erhöhung wohnte. Sie stand in der Mitte des Dorfes, gleich neben der stattlichen Behausung des Minkos, die alle anderen Hütten überragte. Tuscalusa war nicht nur der Häuptling dieses Dorfes, sondern er hatte viele Dörfer unter seiner Macht vereint. Er lebte abwechselnd hier oder in dem Dorf Piachi. Sein Hügel hier in Mabila war neu errichtet worden, mit einem besonders großen Haus, das seiner Stellung gerecht werden sollte. Auch die Palisaden, die das Dorf umgaben, waren hoch und stark und die Wände mit Maisstroh und Lehm verputzt. Das hatte den Vorteil, dass Pfeile nicht durch die Zwischenräume ins Innere geschossen werden konnten. An der inneren Palisadenwand gab es sogar einen einfachen Wehrgang, von dem aus die Krieger angreifende Feinde abwehren konnten. Der Eingang war mit einem Tor geschützt, das man erst durch einen Wehrgang erreichte, der von beiden Seiten befestigt war. Von hier konnte man Angreifer sogar von zwei Seiten her unter Beschuss nehmen. Die Menschen fühlten sich sicher hinter diesen Wänden.

Maisblüte hielt ihren Blick sittsam gesenkt, als sie durch die Menschen schritt, die ihr ehrerbietig Platz machten. Dann stieg sie die Stufen zur Chukka des Hopaii empor. Auch andere Mädchen folgten ihr und verschwanden im Inneren. Die Mütter blieben draußen und warteten auf den Beginn der Zeremonien. Der Hopaii war ebenso in sein prächtigstes Gewand gekleidet. Er trug einen Schurz aus Jaguarfell, das von Stämmen weiter westlich gehandelt worden war. Seine Schultern waren mit einem Poncho aus kostbar gewebtem Stoff bedeckt und auf dem Kopf trug er eine Haube aus Federn. Am Gürtel hing ein Köcher mit Pfeilen und am Rücken trug er einen reich verzierten Bogen, der nicht so sehr zum Jagen oder Kämpfen diente, sondern wiederum seinen Status betonte. Es hieß, dass seine Pfeilspitzen mit dem Gift der Klapperschlange benetzt waren und daher besonders tödlich wären. Seine heiligen Utensilien trug er in einem Korb, der aus Bast geflochten war. So ausgestattet wartete er in aller Ruhe, bis sich die Menschen in der Mitte des Dorfes versammelt hatten oder bereits den Weg zu den Feldern säumten.

Mit wichtiger Miene schritt der Hopaii die Stufen hinunter, gefolgt von zwanzig Jungfrauen, die bereits die Schalen mit Sand und den Glutstücken trugen. Ein Sklave entzündete das Räuchergut und legte es dann in die Schalen, sodass sich sofort aromatischer Rauch ausbreitete. Die Prozession setzte sich in Bewegung und führte die Menschen aus dem Dorf heraus. Singend gingen sie zu den Feldern, in denen der Mais bereits hoch stand. Körbe standen am Feldrand, in denen später die Kolben geerntet werden sollten. Zwischen den Maisfeldern standen kleine Gerüste, auf denen die Wächter saßen und die Ernte vor den Krähen schützten. Aber auch Waschbären und Dachse machten sich gern an den leckeren Maiskolben zu schaffen. Die Bohnen und Kürbisse, die stets mit dem Mais gemeinsam gepflanzt wurden, waren bereits geerntet worden, nur einige Sonnenblumen säumten noch die einzelnen Felder.
Hinter dem Hopaii ging der Minko. Auch er trug kostbar hergestellte Kleidung und einen hohen Federschmuck, der ihn wie einen Riesen erscheinen ließ. Tuscalusa war ohnehin schon ein

Hüne, aber die Federn ließen ihn noch größer und eindrucksvoller erscheinen. Sein muskulöser Körper war mit Öl eingeschmiert, sodass er kriegerisch und gefährlich wirkte. Auch sein Körper war voller Tattoos, sodass manchmal die ursprüngliche Farbe seiner Haut nicht mehr zu erkennen war. Er war sich seiner Wirkung bewusst und umgab sich mit dieser Aura aus Gefahr, Bedrohung und gleichzeitig Schutz. Die wichtigsten Krieger begleiteten ihn, die seine Würde noch unterstrichen. Hier schritt ein Häuptling, der wahre Macht ausübte.

Maisblütes Augen fanden den Vater, der die Prozession des Hopaii begleitete. Sie war stolz auf ihn und sie hoffte, dass er sie einst einem ebensolchen Mann gab. Noch war sie zu jung, um zu heiraten, obwohl es durchaus üblich war, schon junge Mädchen zu verheiraten, um sie abzusichern. Aber sie entstammte einer geachteten Familie und ihr Vater wollte abwarten, bis sie ihre ersten Riten hatte. Maisblüte sah wieder auf die Schale in ihren Händen und blies hinein, um das Räucherwerk anzufachen. Aromatischer Rauch stieg auf und sie lächelte zufrieden. Mit einem Fächer wedelte sie den Maispflanzen den Rauch zu, während sie anmutig durch die Reihen schritt. Die Jungfrauen hatten sich verteilt, sodass zwanzig Mädchen durch die Reihen gingen.

Die Menschen standen am Rand und sangen ein Lied zu Ehren des Maises und schlugen dazu kleine Trommeln. Der Heilige Mann schritt ebenfalls durch die Reihen und schlug mit einer Keramiktrommel, die mit Leder überzogen und mit Wasser gefüllt war, einen gleichmäßigen Rhythmus, um mögliche böse Geister zu verscheuchen. Es dauerte den ganzen Vormittag, die Felder abzuschreiten. Erst dann gab der Hopaii das Zeichen, die Felder abzuernten. Singend schritten die Menschen mit ihren Körben durch die Reihen und brachen die Kolben von den Stängeln. Andere hieben die Stängel um, die später als Dünger oder als Baumaterial verwendet wurden. Alles verlief geordnet und mit ruhigen Bewegungen, weil die Menschen dies schon oft gemacht hatten. Die Aufgabe der Jungfrauen war getan und so kehrte Maisblüte mit den anderen Mädchen ins Dorf zurück, um

sich umzuziehen. Dann eilte sie zu den Feldern zurück und half dabei, den Mais zu ernten.

**

Tage vergingen, in denen geerntet, der Mais von den Kolben geschabt und zum Teil zum Trocknen in die Sonne gelegt wurde. Fast hatte Maisblüte das Gespräch ihres Vaters mit dem Minko vergessen, so sehr war sie mit ihren Arbeiten beschäftigt. Nur die Ankunft weiterer Krieger aus Nachbardörfern zeugte davon, dass etwas Ungewöhnliches vor sich ging. Die Täler am Piachi-Fluss waren fruchtbar und daher dicht besiedelt. Jedes Dorf schickte Männer zur Verteidigung, während andere auch dort die Ernte einbrachten. Dann kam ein Kundschafter, den der Sohn des Häuptlings geschickt hatte, mit beunruhigenden Nachrichten zurück. Er berichtete von dem schnellen Vorwärtskommen der Fremden und mit welcher Brutalität sie dabei vorgingen. „Sie haben jedes Dorf auf ihren Weg ausgeraubt und geplündert! Meine Kundschafter erzählen auch von den Dörfern noch weiter im Osten. Dort sind im letzten Jahr seltsame Krankheiten ausgebrochen, die viele Menschen dahingerafft haben. Sie glauben, dass es die Fremden sind, die Tod und Zerstörung bringen. Wir müssen uns vorbereiten."
Maisblüte hörte von ihrem Vater über diese besorgniserregenden Nachrichten. Große-Schlange schüttelte energisch den Kopf. „Wir müssen diese Fremden aufhalten, ehe sie Tod und Zerstörung zu uns bringen! Der Heilige Mann soll seinen Zauber über sie ausbreiten, damit wir sie vernichten können!"
Maisblüte erkannte sehr wohl die Gefahr, in die sie sich begab. Aber sie war eine Jungfrau und so war es ihre Aufgabe, das Volk zu schützen. Es war nicht mehr nur eine abenteuerliche Reise, sondern eine heilige Handlung. Sie musste packen, damit sie am nächsten Tag ihre Reise antreten konnte. Ihr war seltsam zumute, denn sie war noch nie von ihrem Dorf entfernt gewesen. Atahachi lag drei bis vier Tagesreisen von Mabila entfernt und mindestens einmal mussten sie einen Fluss überqueren. Sie hatte keine Ahnung, wie diese Fremden, von denen der Häuptling gesprochen

hatte, sein würden. „Mutter!", bat sie mit bangem Herzen. „Was wird von mir erwartet, wenn wir diesen Fremden begegnen?"

Die Mutter faltete einen Umhang zusammen und legte ihn bedächtig in einen Tragekorb. „Du wirst es wissen, wenn du dort ankommst! Mach dir keine Sorgen! Der Heilige Mann wird dir sagen, was zu tun ist. Und es werden so viele Krieger dabei sein, die euch schützen werden."

„Und wenn es zum Kampf kommt?"

„Tuscalusa wird nicht in Atahachi kämpfen! Er lockt diese Fremden hierher. Warte nur ab!" Die Mutter klang so zuversichtlich, dass Maisblüte ihre Zweifel beiseite schob. Es wäre respektlos, ihre Mutter weiter zu ängstigen.

„Außerdem sind auch unsere anderen Dörfer befestigt. Wir haben überall Krieger, die sich zu verteidigen wissen", fuhr die Mutter fort. „Du darfst dich nicht mit zu vielen Gedanken quälen, denn sonst kommt Impashilup und frisst deine Seele. Denke an gute Dinge, denn das wird dich schützen!"

Maisblüte schob sich eine Strähne ihres Haares nach hinten, die ihr vor die Augen gefallen war. „Ach, ich bin einfach nur aufgeregt", murmelte sie entschuldigend. Sie sagte nicht, dass auch die Dörfer der Stämme weiter im Osten befestigt gewesen waren. Dort hatten sich die Menschen nicht schützen können.

Die Mutter lächelte. „Tochter! Ich wäre auch aufgeregt, wenn ich so eine Reise machen dürfte. Du wirst die anderen Dörfer sehen und viele Menschen treffen. Du hast eine wichtige Aufgabe!"

Maisblüte nickte geschmeichelt. „Ja, ich weiß. Man ist nur einmal die Jungfrau des Heiligen Mannes. Bald werde ich eine Frau sein und heiraten, dann kann ich diese Dinge nicht mehr tun."

„Erinnere dich an die Tugenden und an die Aufgabe, die dir anvertraut wurden. Du begleitest den Hopaii und den Minko, um diesen Fremden zu begegnen und Schaden von uns abzuwenden. Das ist ehrenvoll."

Maisblüte senkte den Blick. „Ich weiß. Ich werde tun, was von mir verlangt wird."

„Hier, diese Sachen ziehst du auf der Reise an, damit deine schönen Gewänder geschont werden." Die Mutter gab Maisblüte einen einfachen Schurz und einen Umhang aus Hirschfell. Es

wurde bereits kühl, sodass es klug war, an wärmere Kleidung zu denken. Außerdem reichte sie ihr Mokassins, die mit einer weiteren Sohle verstärkt waren. Meist liefen die Menschen einfach barfuß, aber der Weg war lang und steinig. Es gab Wege zwischen den Dörfern, doch für einen langen Fußmarsch war es besser, Mokassins zu tragen. Zwischen Mabila und dem nächsten Dorf musste ein Berg überwunden werden, der als unwegsam galt. Dann wickelte die Mutter ein wenig Wegzehrung in Maisblätter. Sie vertraute darauf, dass die Krieger unterwegs Wild jagten, aber ein bisschen getrocknetes Fleisch und Fladen würden Maisblüte unterwegs guttun. Dann suchte sie einen ausgehöhlten Kürbis, in dem Maisblüte Wasser mitführen konnte. Anschließend führte sie ihre Tochter zur Chukka des Hopaii. Dort würde sie mit den anderen Mädchen die Nacht verbringen, um dann am Morgen die Reise anzutreten.

Maisblüte verabschiedete sich mit einer Umarmung von ihrer Mutter, dann winkte sie ihrem Bruder zu, der am Fuß des Hügels stand und sich nicht traute, die Stufen emporzusteigen. Er war traurig, dass sie ging. Sie winkte ihm zu, um ihn aufzuheitern, und trat dann in die Chukka. Im Inneren saßen bereits die anderen Mädchen. Einige waren ihre engsten Freundinnen, andere waren aus anderen Dörfern zu ihnen gestoßen. Auch das war auf die Politik des Häuptlings zurückzuführen. Er verlangte aus allen Dörfern die edelsten Jungen und Mädchen, die mit großer Ehrerbietung behandelt wurden, aber nichtsdestotrotz Geiseln waren. Der Häuptling war großzügig und erlaubte Besuche, sodass es mehr ein Austausch von Beziehungen war. Auch zwei seiner eigenen Töchter wuchsen in zwei anderen Dörfern heran, um einst einen dortigen Häuptlingssohn zu heiraten.

Maisblüte erkannte einer ihrer Freundinnen und suchte ihre Nähe. Mit einem Lächeln setzte sie sich neben Nebel-am-Morgen und legte ihre Bündel ordentlich neben die Schlafmatte. Auch Vogel-im-Bach kam näher und bat schüchtern darum, neben ihnen liegen zu dürfen. Sie war etwas jünger als die beiden Freundinnen, eigentlich noch ein Kind. In Maisblüte erwachte der Be-

schützerinstinkt und sie nahm das Mädchen an der Hand. „Bleib nur bei uns! Wir passen auf dich auf!"

Vogel-im-Bach nickte beruhigt. „Habt ihr von diesen Fremden gehört?", flüsterte sie.

Maisblüte schlug sich die Hand vor den Mund. „Hasch! Wir sollten nicht darüber reden. Allein laut darüber zu sprechen, kann schon Unheil auf uns lenken. Wir tun, was der Heilige Mann uns befiehlt. Mehr nicht!"

Alle Mädchen schwiegen plötzlich und starrten Maisblüte mit großen Augen an. „Schlaft jetzt!", befahl Maisblüte. „Morgen haben wir einen langen Weg vor uns."

Die Mädchen legten sich wie geheißen auf ihre Matten und schlossen die Augen. Einige waren müde und schliefen tatsächlich, andere lagen noch lange wach, und in ihren Gedanken spukten Bilder von den Fremden, denen sie begegnen würden, im Kopf herum.

***

Am Morgen wurden sie von lautem Rufen geweckt. Der Heilige Mann begrüßte die Sonne, die Wärme und ewiges Leben schenkte. Eilig packten die Mädchen ihre Bündel und stellten sich auf die Terrasse, die sich vor der Hütte befand. Mit großen Augen blickten sie auf die Abordnung, die sich am Fuß des kleinen Hügels zum Aufbruch formierte. Vorn stand der Häuptling inmitten seiner Krieger, dann folgten der Heilige Mann und seine Träger. Auf einen Ruf hin ordneten sich die Mädchen in den Zug, ebenfalls von Kriegern und Dienerinnen umgeben. An die zweihundert Personen machten sich auf den Weg nach Osten, um diesen Fremden zu begegnen. Der Häuptling sicherte sich nach allen Richtungen ab, denn zehnmal hundert Fremde waren eine gewaltige Bedrohung.

Nachdem sie die unmittelbare Nähe des Dorfes verlassen hatten, schritten sie durch schattige Wälder. Einige Blätter verfärbten sich bereits rot und gelb, sodass es in der Sonne ein prächtiges Farbenspiel gab. Moskitos schwirrten um die Menschen, die mit zügigen Schritten in Richtung Osten marschierten.

Sie folgten einem Trampelpfad, der zeitweise in der Nähe eines Flusses verlief. Das Tempo war schnell, sodass den Mädchen der Atem fehlte, um sich zu unterhalten. Dann wurde der Weg steiler, als sie einen Berg erklommen. Gegen Mittag schlugen sie eine kurze Rast ein und blickten schweigend über das Land, das sich unter ihnen ausbreitete. Sie hatten fast den Kamm erreicht und genossen den Ausblick. Wälder wechselten sich ab mit Dörfern und Feldern. In den Flussniederungen löste sich der Nebel auf, sodass ein leichter Schleier über dem Land lag. Es war ein reiches Land, in dem sie lebten. Die Wälder waren voller Wild, die Flüsse voller Fische und der Boden fruchtbar.

Maisblüte wischte sich den Schweiß von der Stirn und trank einige Schlucke aus der Kalebasse. Einige Gänse flogen am Himmel über sie hinweg und sie wedelte mit der Hand in Richtung des Schwarms. „Sie kommen, um zu überwintern!"
Vogel-im-Bach kicherte. „Stell dir vor, wir müssten immer so von Norden nach Süden ziehen!"
Maisblüte zuckte mit den Schultern. „Auch wir sind einst einen weiten Weg gewandert, um hierher zu gelangen. Vielleicht haben diese Vögel ihre Heimat noch nicht gefunden?"
„Meinst du?" Die Augen des Mädchens wurden groß. „Es gibt so viele Vögel, die hin und her wandern! Vielleicht haben die alle ihre Heimat noch nicht gefunden?"
Maisblüte kicherte. „Oder sie finden es einfach nur lustig. Es muss doch schön sein, wenn man dort oben fliegt und die Erde unter einem dahingleitet. Fast so wie jetzt …!" Sie deutete mit ihrer Hand auf die Landschaft.
„Oh, da würde mir schlecht werden …!", wehrte Vogel-im-Bach ab. „Das ist mir zu hoch."
Ihre Unterhaltung verstummte, denn die Krieger drängten erneut zum Aufbruch. Der Weg war nicht mehr so beschwerlich, denn es ging bergab.

Am Abend lagerten sie am Ufer eines Baches und Maisblüte nutzte die Gelegenheit, ihre Kürbisflasche wieder mit frischem Wasser zu füllen.

Am nächsten Tag erreichten sie das Dorf Piachi und übernachteten in einer Hütte, die eigens für sie hergerichtet worden war. Der Minko verbrachte die Nacht in seiner stattlichen Behausung, die ebenfalls auf einem künstlichen Hügel errichtet worden war. Maisblüte staunte, denn dieses Haus war noch größer und stattlicher als das Haus in Mabila, wenn das überhaupt noch möglich war. Das Dorf lag auf einem Hügel am Fluss Piachi, den sie am Morgen mit Kanus überqueren wollten. Auch dieses Dorf hatte Palisaden und schien wegen seiner erhöhten Lage kaum einnehmbar zu sein.

**

Als die Sonne höher stieg, wurde die Abordnung mit den Kanus über den Fluss gepaddelt. Maisblüte saß mit zwei anderen Mädchen in einem Kanu, das von zwei Männern des Dorfes geführt wurde. Es ziemte sich nicht, dass die Mädchen mit fremden Männern sprachen, und so achtete Maisblüte nur darauf, dass ihre Bündel nicht nass wurden. Am anderen Ufer wartete sie geduldig, bis alle übergesetzt hatten, und nutzte die Zeit, schnell ihre Sachen zu überprüfen. Manchmal leckten die Kanus und sie wollte nicht, dass ihre schöne Kleidung Wasserflecken hatte.

Tuscalusa schickte die Männer des Dorfes zurück und gab Befehl, die Frauen und Kinder mit den Kanus fortzuschaffen. „Wir müssen diesen Fremden nicht noch helfen, sich in unserem Land zu bewegen!" Er grinste ohne Humor und machte eine ungeduldige Handbewegung, die zeigte, dass er wusste, dass seine Befehle nicht in Frage gestellt wurden. Er sorgte sich um die Frauen und Kinder. Es war weise, sie in Sicherheit zu bringen. Außerdem würde es die Fremden aufhalten, wenn sie keine Kanus hatten, um den Fluss zu überqueren.

Einen Teil der Krieger schickte er in Richtung Mabila, um dort die Krieger zu verstärken. Maisblüte sah dies mit Argwohn. Würde es einen Kampf geben? Anscheinend waren die Berichte über diese Fremden besorgniserregend, aber sie wagte nicht zu fragen. Die nächste Nacht verbrachten sie zwischen einigen Hügeln. Feuer wurden entzündet, denn nachts wurde es kalt. Sie hüllten

sich in Umhänge aus Hirschfell und legten Matten auf den Boden. Alle freuten sich darauf, am nächsten Tag Atahachi zu erreichen.

Der Sohn des Häuptlings war zurückgekehrt und berichtete von den merkwürdigen Dingen, die er gesehen hatte. Er sprach von Wesen, die auf riesigen vierbeinigen Tieren ritten, und von Menschen, die seltsamste Kleidung trugen. Er sprach aber auch von den vielen Menschen, die versklavt worden waren, um den Fremden die Lasten zu tragen. Mit einem höhnischen Lächeln erzählte er, dass der feindliche Häuptling Coosa schließlich von den Fremden freigelassen worden wäre. Aber sein Schicksal war trotzdem besiegelt worden, denn er fiel dem Sohn Tuscalusas in die Hände. „Wir fanden ihn auf dem schnellen Rückweg in sein Stammesgebiet, doch er entkam unseren Keulen nicht!"
Tuscalusa grinste über diese Nachricht. Seinen Widersacher loszusein war ein nicht zu verachtendes Ereignis. Trotzdem wusste er um die Tragweite. Coosa war ebenfalls ein mächtiger Mann gewesen, der ein großes Volk befehligt hatte und der oberste Priester für sie gewesen war. Sein Tod war ihm eine Warnung, diese Fremden nicht zu unterschätzen. Aber er wollte sich ganz sicher nicht unterwerfen lassen! Mit der Schläue des Politikers wollte er diese Fremden über seine wahren Absichten im Unklaren lassen. Er würde sie mit Freundlichkeit einlullen, während seine Kriegshäuptlinge den Angriff vorbereiteten. Vielleicht siegte ja auch die Diplomatie. Aber Friedensverhandlungen wären nur erfolgreich, wenn diese Fremden von seiner Stärke überzeugt waren. Und er hatte genaue Vorstellungen, wie er die Fremden beeindrucken wollte. Atahachi wäre der geeignete Ort dafür!

Maisblüte war müde, als sie endlich Atahachi erreichten. Das Dorf lag erhöht auf einem Hügel und die Chukka des Häuptlings stand auf einem künstlich errichteten Hügel, einem Mound, vor dessen Eingang sich eine große Terrasse befand. Die Hütte war langgestreckt und das Innere mit mehreren Decken abgeteilt. Alles war bereits für ihre Ankunft hergerichtet worden, sodass die Mädchen schnell im hinteren Teil verschwanden, der für sie

vorgesehen war. Der Minko blieb im vorderen Teil, zusammen mit dem Hopaii und seinen Vertrauten. Die anderen wurden in den umliegenden Hütten beherbergt. Frauen trugen Töpfe mit Essen herein, das gerecht verteilt wurde. Jeder erhielt eine hölzerne Schale mit Essen, das nach der langen Wanderung köstlich schmeckte. Es war eine Suppe aus Mais, gemischt mit Fleisch und Zwiebeln. Alle lachten, als ihnen das Fett über das Kinn lief. Niemand sprach von den bevorstehenden Ereignissen, um die Gastgeber nicht zu beleidigen. Heute wurde nur das Essen gewürdigt.

Am nächsten Tag berichteten Kundschafter von dem Näherrücken der Fremden. Sie näherten sich in zwei Kolonnen, mit all ihren Sklaven, Getier und Gepäck. Tuscalusa befahl, dass alle sich schmücken sollten, um den Anführer ehrerbietig zu begrüßen. Der Heilige Mann sprach ein Gebet und flehte die Sonne um Unterstützung an, während die Jungfrauen in ihre schönsten Gewänder gehüllt neben ihn standen und seine Utensilien hielten. So warteten sie auf dem erhöhten Platz auf die Ankunft der Fremden. Die hochaufgerichtete Gestalt des Häuptlings wirkte dabei noch riesiger, aber genau das war ja seine Absicht. Er trug einen kostbaren Mantel aus Federn und hinter ihm stand ein Sklave, der einen Fächer aus Schilf hielt. Noch stand der Häuptling im hellen Sonnenlicht. Er blinzelte nach oben und sah zufrieden, dass die Große Sonne ihre Gespräche hören würde. Ohne ihren Schutz hätte er dieses Zusammentreffen abgesagt und auf gutes Wetter gewartet.

Maisblüte verschlug es den Atem, als die Abordnung der Fremden schließlich durch das Dorf kam und vor dem Hügel hielt. So etwas hatte sie noch nie gesehen! Sie widerstand dem Impuls, einfach wegzulaufen, auch, weil ihre Knie ohnehin einzuknicken drohten. Ihre Hände zitterten, als sie ungläubig auf das Bild blickte, das sich ihr bot. Wesen, die oben den Körper von Menschen hatten, aber unten die vier Beine eines Tieres, das aussah wie ein riesiger Hund. Sie kannte Kashehotopolo, ein Wesen, das halb Mensch und halb Hirsch war. Wenn man es ärgerte, dann rannte es mit großer Geschwindigkeit vor einem her und vertrieb

das Wild oder warnte die Feinde. Aber diese Wesen hier ähnelten nichts, was sie je gesehen oder gehört hatte. Ihre Kleidung glänzte schwarz in der Sonne und erinnerte an den Panzer eines Käfers. Auf dem Kopf trugen diese Menschen einen Hut aus dem gleichen Material, das von der Sonne reflektiert wurde. Einige dieser Männer trugen lange Speere in ihren Händen. Dahinter reihte sich ein Zug aus vielen Männern und Sklaven, die die Bündel trugen. Bei einigen waren die Füße mit Fesseln zusammengebunden, sodass sie kaum laufen konnten. All dies erblickte Maisblüte in den ersten Augenblicken. Dabei gab es so viele Kleinigkeiten, die sie noch nie zuvor gesehen hatte. Alles war fremd! Einfach alles! Das Aussehen, die Kleidung, die Ausrüstung, das Haar in den Gesichtern der Männer, die Waffen. Maisblüte wollte sich gar nicht vorstellen, was die Fremden alles in den Bündeln hatten, die sie mit sich führten. Gleichzeitig schockierte sie das Aussehen der Sklaven. Auch bei ihrem Volk wurden Gefangene nicht gut behandelt, aber diese Demütigung zu sehen, war schrecklich. Es gab ihr einen Geschmack von dem, was passieren würde, wenn es Tuscalusa nicht gelang, diese Fremden zu besiegen oder Frieden zu schließen.

***

Ein Mann trat vor und Maisblüte hörte auf die Worte, die aus seinem Mund kamen. Er sprach die Sprache der Chatah, aber schlecht. Sein Name sei Juan Ortiz und er war bereits als Kind in ihr Land gekommen und hätte die Sprachen der Eingeborenen gelernt. Er erzählte, dass diese Fremden von weither über das Wasser aus einem Land namens Spanien kamen. Maisblüte hatte keine Vorstellung davon, was das sein sollte, aber es musste ein unheimlicher Ort sein, wenn es solche Menschen hervorbrachte. Der Mann sprach immer wieder von einer heiligen Frau namens „Heilige Maria", in deren Namen diese Menschen fremde Länder eroberten. Hier seien sie auf der Suche nach einem Weg zu einem anderen Meer, um dort ein Dorf zu gründen. Außerdem suchten sie nach etwas, das sie Gold nannten. Der hohe Herr, den er „Gouverneur" nannte, ersuchte um Männer und Frauen, die

ihm halfen, diesen Weg zu erkunden. Um seinen guten Willen zu bekunden, brächte er Geschenke für den hohen Herrn dieses Landes. Der Mann trat einen Schritt beiseite und winkte einige der Träger näher, die eine Kiste abluden.

Tuscalusa nickte gnädig und erlaubte ihnen, die Kiste die Stufen emporzutragen. Dann sah er unbeeindruckt zu, wie die beiden Männer die Kiste öffneten und ihm den Inhalt zeigten. Maisblüte konnte nicht erkennen, was sich darin befand. Auch der Häuptling zeigte mit keiner Miene, ob er beeindruckt war oder nicht. Mit einem Handzeichen rief er die Krieger herbei, die für die Fremden einen Tanz zeigten. Die Jungfrauen traten näher und umrahmten die Krieger mit ihrer Schönheit und demütigen Haltung.

Dann sprach der Häuptling zu den Spaniern: „Ich freue mich über die Geschenke und heiße euch in meinem Land willkommen. Die Dinge, die ihr fordert, kann ich euch hier nicht geben. Aber einige Tagesreisen von hier liegt Mabila. Dort werde ich euch mit dem ausrüsten, was ihr fordert." Er hoffte natürlich, die Fremden auf diese Weise friedlich durch sein Gebiet zu schleusen und wieder loszuwerden. „Bis dahin seid meine Gäste und nehmt die Vorräte, die ich euch großzügig überlasse."

Männer und Frauen brachten Körbe, in denen sich viele Vorräte befanden. Es stellte nur einen kleinen Teil ihrer Nahrungsvorräte dar, aber anscheinend waren die Fremden zufrieden damit. Sie luden den Häuptling und sein Gefolge zu einer Demonstration ihrer Fähigkeiten ein. Sie nannten es „Pferderennen". Maisblüte erfuhr, dass es sich bei den Vierbeinern um „Pferde" handelte und die Männer darauf nicht mit ihnen verschmolzen waren, sondern auf- und absteigen konnten. Sie benutzten dazu ein Ding, das sie „Sattel" nannten. Es war aus Leder gefertigt und bot Riemen, die es den Männern gestatteten, auf das Tier zu klettern. Tuscalusa weigerte sich, seinen Hügel zu verlassen, stattdessen ließ er den Hauptweg räumen, damit die Fremden ihr Können zeigten. Die Menschen kletterten einfach auf die Dächer der Häuser, um besser sehen zu können, oder verteilten sich an der Wegstrecke.

Maisblüte blieb mit den anderen Mädchen neben dem Häuptling stehen und hatte so eine gute Sicht. Nebel-am-Morgen und Vogel-im-Bach standen neben ihr. Sie kicherten vor Aufregung und freuten sich auf das Spektakel. Noch hatten sie die Gefahr nicht verstanden, in der sie alle schwebten. Sie hatten das Gespräch zwischen Tuscalusa und Große-Schlange nicht gehört und Maisblüte hatte ihnen ebenfalls nichts erzählt. Sie fühlten sich sicher in der Gegenwart des Häuptlings. „Sieh nur, wie ihre Kleidung glänzt!", lächelte Vogel-im-Bach.

„Ich möchte wissen, was in dieser Kiste ist", überlegte Nebel-am-Morgen. „Der Minko schien nicht so beeindruckt gewesen zu sein."

Maisblüte kicherte. „Er zeigt nie, wenn er beeindruckt ist. Sonst wäre er ja kein so großer Minko."

Die Mädchen lachten. „Das stimmt. Wenn es leicht wäre, ihn zu beeindrucken, dann wäre es schwierig, so respekteinflößend zu sein. Seht nur, wie er diese Fremden behandelt! Als hätte er so etwas schon oft gemacht!"

***

Dann wurden alle still, als zehn Reiter plötzlich eine Attacke gegen den Hügel des Häuptlings ritten und erst im letzten Moment die Tiere durchparierten. Staub wirbelte auf und außer dem Schnauben der Pferde war nichts zu hören. Den Mädchen war vor Entsetzen das Gesicht gefroren, nur langsam wagten sie wieder auszuatmen, während der Häuptling ganz ruhig dastand und gnädig mit dem Kopf nickte. Maisblüte bewunderte ihn. Wie konnte er sich so schnell von diesem Schrecken aus der Geisterwelt erholen? Die riesigen Wesen, die aus einem vierbeinigen Wesen und einem Menschen zusammengewachsen schienen, waren beängstigend. Obwohl ihr von diesem Fremden, der ihre Sprache sprach, erklärt worden war, dass es sich um gezähmte Tiere handelte, auf denen diese fremden Männer saßen, schauderte sie vor Entsetzen. Sowohl die großen Tiere als auch die Männer erschienen ihr gefährlich, außerdem stanken sie. Selbst auf die Entfernung konnte sie den Schweiß und die Ausdünstungen der

Männer riechen. Es roch wie bei einem Stachelschwein, das sich gegen den Jäger wehrte. Es dauerte eine Weile, ehe es ihr gelang die Augen von dem Spektakel abzuwenden. Doch der Gestank erinnerte sie daran, dass auch sie sich baden musste. Nach der langen Reise war ihr Haar staubig.

Der Minko winkte die Männer gnädig heran. Einige Diener hielten die Pferde fest, während die fremden Männer den Hügel emporschritten. Einer musterte Maisblüte mit lüsternen Augen und sie erstarrte vor Schreck. Es war den Männern nicht gestattet, sie anzusehen! Nicht so! Die Männer schienen noch jung zu sein, obwohl das wilde Haar in ihrem Gesicht sie älter erscheinen ließ. Ihre Augen waren dunkelbraun und wild. Ihre Haut von einem helleren Braun als die ihre. Unter dem seltsamen Hut, der ebenfalls an den Panzer eines Käfers erinnerte, quollen braun-schwarze Haare hervor, die teils gelockt waren. Die Füße der Männer steckten in seltsamen hohen Mokassins und ihre Beine waren vollständig mit Tuch verhüllt. Maisblüte konnte erkennen, dass sie unter dem Brustharnisch, der ebenfalls wie dieser Käferpanzer glänzte, noch weitere Kleidung trugen. Die Männer schwitzten unter der Last der Kleidung, dabei war es kühl. All dies sah Maisblüte, als sie die Fremden unter gesenkten Wimpern musterte.

Ein unangenehmes Schweigen entstand, dann zogen die Männer plötzlich ihre Waffen und umringten den Häuptling. Er war nun ihr Gefangener. Ein Aufschrei ging durch die versammelten Menschen, denn Tuscalusa war nicht nur ihr Minko, sondern der oberste Priester! Ihn gefangenzusetzen bedeutete für die Menschen den Untergang des Volkes. Klagende Stimmen erhoben sich, die darauf warteten, dass die Sonne sich verdunkelte.

Maisblüte war so entsetzt, dass sie zu keiner Bewegung mehr fähig war. Mit einer Handbewegung beruhigte Tuscalusa seine Männer und machte gute Miene zum bösen Spiel. „Ich führe euch nach Mabila, wo ihr eure Unterstützung bekommen werdet!", ließ er den Dolmetscher übersetzen.

Dem Gouverneur schien das zu genügen, denn die Männer ließen die Waffen sinken. Der Gouverneur winkte zwei Männer

herbei, die einen seltsamen langen Ast mit sich trugen. Mit lauter Stimme richtete er seine Worte an die versammelten Menschen, die von einem Führer übersetzt wurden: „Ich bin der Sohn der Sonne und wenn ihr nicht gehorcht, dann werde ich Blitze auf euch schleudern!"

Er trat etwas zurück und gab mit Handzeichen zu verstehen, dass auch Tuscalusa etwas Abstand halten sollte. Auf ein weiteres Zeichen stützten die Männer ihre Stöcke auf ein Gestell und richteten sie gen Himmel. Dann ertönte der lauteste Knall, den Maisblüte je gehört hatte. Blitz und Donner kamen aus den Stöcken, sodass die Menschen sich vor Schreck zu Boden warfen und in lautes Wehklagen ausbrachen. Einzig Tuscalusa war neben dem Sohn der Sonne stehengeblieben, aber sein Gesicht war vor Schreck wie erstarrt. Nur mühsam gelang es ihm, die Angst zu beherrschen und würdevoll stehen zubleiben.
Der Gouverneur war sehr zufrieden mit dieser Demonstration und wandte sich wieder dem Häuptling zu: „Ich freue mich schon, in deinem Dorf begrüßt zu werden. Sei solange mein Gast!"
Die Soldaten folgten Tuscalusa in höflicher Weise, trotzdem war klar, dass sie den Häuptling nicht aus den Augen lassen würden. Sie führten ihn in das Haus zurück und ließen auch seine Begleiter eintreten. Dann schickten sie nach dem Hopaii und den Jungfrauen. Noch wurden alle respektvoll behandelt, als Gäste, aber es war klar, dass sich das ändern würde, wenn der Häuptling sich nicht den Anweisungen fügte. Tuscalusa ertrug seine Gefangennahme mit stoischer Ruhe. Er hatte dies vorhergesehen und bereits Vorkehrungen getroffen. Seine Zähne knirschten vor Zorn, als er an die Krieger in Mabila dachte. Bald!
Der Gouverneur kam in Begleitung des Dolmetschers herein und setzte sich zu dem Minko, um mit ihm zu reden. Er wirkte herrisch und arrogant. Seine Kleidung sollte Respekt einflößen mit all dem Tand, aber im Moment stank sie bestialisch. Selbst Maisblüte, die im Hintergrund der Hütte saß, rümpfte angeekelt die Nase. Der Gouverneur äußerte sich in blumigen Worten, die im Gegensatz zu seinen Taten standen. „Ich bin hier, um eure

Freundschaft zu suchen! Wenn ihr mir die Wünsche erfüllt, die ich habe, dann gelobe ich, dass ich euch freilasse. Ihr bekommt großzügige Geschenke und ihr erhaltet das Wohlwollen des Sohnes der Sonne. In meinem Land ist es Sitte, sich die Hand zum Zeichen des Friedens zu schütteln und sich beim Namen zu nennen. Ich heiße DeSoto und es ist eine große Ehre für den großen Häuptling, wenn er mich mit meinem Namen anreden darf!"

DeSoto hielt Tuscalusa fordernd die ausgestreckte Hand hin, doch der Häuptling ignorierte die Geste mit völliger Missachtung. Letztendlich war es gleichgültig, wie der Fremde hieß, und er würde ganz bestimmt nicht die Hand eines Fremden schütteln! DeSoto war darüber verärgert und befahl mit harscher Stimme den Aufbruch. Anscheinend waren ihm in dem Dorf zu viele Krieger. Der Häuptling wurde mit seinem Gefolge aus der Hütte getrieben und unter dem Protest der Krieger aus dem Dorf geführt. Das schrille Schreien war ohrenbetäubend, und nur durch Tuscalusas beruhigende Gesten wurden weitere Ausschreitungen verhindert. Dabei waren die Lippen des Häuptlings vom Hass verzerrt, aber er wusste, dass er die Fremden in Sicherheit wiegen musste, um zu seinem Ziel zu gelangen. Er wusste auch, dass es keinen Frieden geben würde.

Sie verbrachten die Nacht in dem Lager der Spanier, gut bewacht von den bewaffneten Reitern. Maisblüte wurde mit den anderen Mädchen zu einem Teil des Lagers geführt, in dem gefangene Frauen ihre Dienste verrichteten. Das Lager war gewaltig, denn die Fremden führten nicht nur Soldaten, sondern auch Gepäck, Frauen, Zelte, Vorräte und Vieh mit. Maisblüte sah zum ersten Mal zahme Schweine. Sie ähnelten jenen Stachelschweinen, die man in ihren Wäldern fand, waren aber deutlich größer. Maisblüte überblickte das Gewimmel und ihr Blick blieb an riesigen Hunden kleben, die bis zur Hüfte der Männer reichten und die Zähne fletschten. Die seltsamen Pferde schnaubten und überall klangen Geräusche, die sie noch nie gehört hatte. Über großen Feuern hingen Töpfe, die aus einem Material waren, das Maisblüte noch nie gesehen hatte. Es ähnelte wohl den Käferhüten der Männer. Einige Krieger setzten sich zu den Jungfrauen, um diese

vor den anzüglichen Blicken der fremden Männer zu schützen. Der Gouverneur ließ sie gewähren und gab Befehl, die Mädchen mit Respekt zu behandeln.

Maisblüte war zu aufgeregt, um in dieser Nacht zu schlafen. Die Gefahr lag zum Greifen in der Luft und die fremdartigen Geräusche ließen sie immer wieder hochschrecken. Am schlimmsten war dieser Knall aus den Donnerrohren gewesen. Wie konnten Menschen sich den Donner zu eigen machen? Sie wusste, dass Heloha in den Wolken wohnte und dort ihre Eier legte, die dann donnernd über den Himmel rollten, immer begleitet von Helohas Gefährten Melatha, der so schnell war, dass er eine Spur aus Funken hinterließ. Aber diese Fremden hatten Heloha und Melatha in ihren Donnerrohren gezähmt. Sie wünschte, dass ihr Vater bei ihr wäre, aber sie wusste, dass er in Mabila den Kampf vorbereitete. Ebenso ahnte sie mit schrecklicher Gewissheit, dass es Kampf geben würde. Diese Fremden führten sich auf, als gehörte das Land ihnen. Aber Maisblüte fürchtete sich vor der Zerstörungskraft der Donnerrohre. Vogel-im-Bach klammerte sich an sie und Maisblüte umarmte das Mädchen tröstend. „Alles wird gut!", flüsterte sie. „Der Minko schützt uns!"

„Er hätte uns nicht hierherbringen dürfen!", schluchzte Vogel-im-Bach.

Maisblüte schluckte schwer. Sie war da anderer Meinung. Tuscalusa hatte sich selbst in Gefahr gebracht, um den anderen mehr Zeit zu geben. Nur ein wahrer Minko handelte so. Und er konnte von den Jungfrauen verlangen, dass auch sie das Volk schützten. Das war ihre Aufgabe. „Wir müssen tun, was uns befohlen wird. Hab keine Angst vor deiner Bestimmung!", hauchte sie.

Machwao

(Menominee-Fluss im Norden)

Machwao nutzte den Sonnenaufgang, um auf eine kleine Anhöhe zu gehen, um zu beten. Sein Blick wanderte über den Flussarm und er erfreute sich an der Aussicht, die er von hier aus hatte. Seine Mutter und seine Schwester schliefen noch und so genoss er die Ruhe des frühen Morgens. Mit seiner Hand umklammerte er den kleinen Talisman, den er an einer Schnur um den Hals trug. Es handelte sich um einen kleinen Beutel, in dem eine Wolfspfote steckte. Der Wolf war ein Begleiter und gleichzeitig sein Beschützer. In seinen Träumen tauchte er immer wieder auf und warnte ihn vor bevorstehenden Ereignissen. In letzter Zeit waren die Botschaften jedoch seltsamer geworden. Der Wolf benutzte Worte, die es nicht gab. Und er erzählte von Dingen, die es gar nicht gab. Ob Bärenkralle auch solche Träume hatte?

Machwao stimmte einen leisen Gesang an und bat Mäc-awätok um Klarheit. Zugleich bedankte er sich für die gute Ernte und den Jagderfolg. Die Vorräte, die sie gesammelt hatten, würden sie gut über den Winter bringen. Er blieb eine Weile und genoss die warmen Strahlen der Sonne auf seiner Haut, dann kehrte er zurück zum Lager. Awässeh-neskas, Bärenkralle, stand bereits am Ufer und verrichtete sein Geschäft, während die Frauen eine einfache Mahlzeit zubereiteten. Von der Ente war nichts mehr übrig und so begnügten sie sich mit Trockenfleisch, das sie mit Wasser und Kochsteinen in einem Gefäß aus Birkenrinde weichkochten. Die Mutter wendete den Wildreis auf den Matten und schüttete ihn probeweise durch, um nach Ungeziefer zu suchen. Später würde man ihn stampfen und vorsichtig in die Luft werfen, damit die grünen Hülsen einfach weggeweht wurden und nur noch die braunen Körner übrig blieben. Wenn sie einige Handvoll Körner gereinigt hatte, legte sie diese in die bereitgestellten Körbe. Machwao freute sich schon auf die nahrhaften Mahlzeiten. Mit Ahornsirup, Nüssen, Beeren und Fleisch angereichert, schmeckte das Essen besonders gut.

Sie verbrachten zwei weitere Tage am Ufer der breiten Flussaue und hatten schließlich eine beachtliche Menge Wildreis geerntet. Nebenbei hatte Machwao ein paar Enten erlegt, und Kämenaw Nuki, Regenfrau, hatte einen Hain mit Nüssen entdeckt, die sie eifrig gesammelt hatte. Sie verstauten die Körbe mit den Lebensmitteln im Kanu und Machwao paddelte sie den Manomäh-Fluss hinauf, bis sie wieder das Dorf erreichten. Die Hütten standen weit verteilt auf einer kleinen Anhöhe in der Nähe des Flusses zwischen den Bäumen. An die hundert Menschen lebten hier und so war es ein ziemlich großes Dorf. Sie hatten keine Palisaden, weil das Dorf mitten im Wald lag und so gut getarnt war. Dies hinderte jedoch Feinde nicht daran, sie immer wieder auszuspähen und zu überfallen. Die Menominee nahmen es hin, so wie sie dem Tornado oder Blizzard widerstanden.

In der Mitte des Dorfes stand ein längliches Versammlungshaus und daneben die längliche Hütte der Metewin-Gesellschaft. Ansonsten waren die verstreuten Wigwams halbrunde Gestelle aus Ästen, die mit Lagen aus Birkenrinde gedeckt waren. Meist stand eine halbüberdachte Kochstelle daneben und auf einem Gerüst trocknete das Dörrfleisch. Verteilt standen auch Gestelle, an denen Häute gegerbt wurden. Abseits im Wald befand sich zudem die Hütte für menstruierende Frauen. Zwischen den Bäumen waren Beete zu erkennen, in denen die Frauen Mais, Bohnen und Kürbis zogen. Bis auf die Kinder, die zwischen den Hütten spielten, war es ruhig im Dorf.

Awässeh-neskas war ihnen mit seinem Kanu gefolgt und legte fast gleichzeitig am Ufer an. Die Kinder sprangen ihnen entgegen, barfuß und fast nackt, denn tagsüber war es noch warm. Viele Erwachsene waren ebenfalls noch unterwegs, um die Vorräte zu ergänzen. Geblieben waren die Ältesten und die Kinder, die zu klein waren, um zu helfen, oder Frauen in ihrer Mondzeit.

Machwao half seiner Mutter, die Körbe zu dem Wigwam zu bringen und in einer Ecke zu verstauen. Ihr Garten lag etwas abseits im Wald, die meisten Früchte waren bereits geerntet und in den Vorratsgruben verstaut worden. Neben dem Wigwam stand ein Gestell aus Ästen, auf denen Fleischstreifen trockneten. Einige

Stellen waren leer und die Mutter schimpfte über die Hunde, die das Fleisch sicherlich gestohlen hatten.

Machwao sagte nichts, sondern trug die Weidenkörbe mit den getrockneten Fleischstreifen zu den vorbereiteten Gruben. Es war ein ausgeklügeltes System, mit dem die Vorräte haltbar gemacht wurden. Ganz unten standen die Tongefäße mit Saatgut für das nächste Jahr. Darüber stapelten sich Gefäße mit Bohnen, Kürbis und getrockneten Früchten. Zum Schluss kam das Dörrfleisch. Die Grube wurde mit Ästen abgedeckt und mit Erde verschlossen. Ein Stab kennzeichnete die Grube, damit sie auch bei Schnee zu finden war. Die Familie hatte mehrere dieser Gruben und blickte entsprechend zuversichtlich auf den kommenden Winter. Aber selbst wenn die eigenen Vorräte aufgebracht waren, würden alle Familien teilen, damit kein Stammesmitglied verhungern musste.

***

Am Abend versammelte sich die Familie am Feuer des Wigwams und Machwao lehnte sich entspannt zurück. Die halbrunde Form der Hütte, die mit Lagen aus Birkenrinde und mit Schilfmatten gegen den Regen geschützt war, strahlte Behaglichkeit aus. Die Hütte war gerade so hoch, dass ein Mann stehen konnte. Sie war aufgeteilt in einen Frauen- und einen Männerbereich. An den Wänden standen Körbe und Tongefäße mit Nahrungsmitteln und an den Wänden hingen Ausrüstungsgegenstände. Der Boden war mit Matten ausgelegt und die Schlafstätten mit Fellen abgedeckt. Im Sommer und frühen Herbst wurde meist nicht im Wigwam gekocht, sondern vor dem Wigwam stand ein halbüberdachtes Gerüst, das den Außenkochplatz vor Regen schützte. Im Moment brannte nur ein kleines Feuer, das im Laufe der Nacht herunterbrennen würde.

Seine Mutter brachte eine Schale mit Essen herein und reichte sie ihm höflich. Freudig schnupperte er daran, denn der Herbst war eine Zeit des Überangebots. Es roch nach Fleisch und Zwiebeln und er nahm einen Löffel aus einer Muschel, um die köstliche

Mahlzeit zu probieren. Das Fleisch war weichgekocht und hatte den Geschmack des Kürbisses und der Zwiebeln angenommen. Machwao dachte an die Aufforderung, seine Freunde auf der Reise zu begleiten. Vielleicht sollte er doch lieber hier bleiben, denn er wusste aus Erfahrung, dass die Kochkünste seiner Freunde zu wünschen übrig ließen. Es würde Fleisch geben und dann Fisch und dann wieder Fleisch.

Er bereitete seine Mutter ein wenig schonungslos auf seine Reisepläne vor. Unvermittelt stellte er die leere Schale auf die Seite und richtete das Wort an sie. „Ich werde mit meinen Freunden nach Süden ziehen und die grünen Steine holen."

Die Augen seiner Mutter wurden rund. „Wann wirst du gehen, mein Sohn?"

„Bald!" Er verzichtete auf weitere Erklärungen. Immerhin hatte er ihr gesagt, dass er nur die wertvollen Steine holen ging und nicht beabsichtigte, auf einen Kriegszug zu gehen. Das musste reichen, um sie zu beruhigen.

Sie schien tatsächlich beruhigt zu ein, abgesehen davon, dass sie ihn auch kaum hindern würde, wenn er etwas anderes vorhatte. „Wir wollen im Frühjahr nach Süden ziehen, um zu handeln."

„Ah!" Auch seine Mutter erkannte, dass die grünen Steine eine Handelsware waren, mit denen er im Süden Tauschgeschäfte machen wollte.

Vor langer Zeit hatte ihr Ahnherr, der große weiße Bär mit dem Kupferschwanz, ihnen diese Steine als Geschenk gegeben. Nur wenige Männer wussten, wie man die Steine bearbeitete, um scharfe Klingen oder Schmuck daraus herzustellen. Mancher Krieger trug die grünen Steine als Talisman um den Hals, während die Frauen die scharfen Klingen als wertvolles Werkzeug erachteten. Auch im Süden waren diese Dinge willkommen und so würde ihr Sohn kaum in Gefahr geraten. Händler waren willkommene Gäste.

„Bringst du mir dann Schmuck aus diesen Perlen?", wagte sie zu fragen.

Er lächelte sanft. „Aber gerne! Wenn er dir gefällt?"

„Ja, er gefällt mir. Vielleicht auch für deine Schwester? Sie hat bald ihre ersten Riten und ich möchte sie schmücken, wenn der

erste Mann um sie wirbt." Sie tauschte einen verschmitzten Blick mit Kämenaw Nuki, die verlegen die Augen senkte.

Machwao lächelte freundlich und kniff dann die Augen zusammen. Ja, bald wäre seine Schwester kein Kind mehr, und dann musste er seinen Onkel darum bitten, dass sie gut verheiratet wurde. Er wollte einen guten Mann für sie. Einen guten Jäger, der sie ernähren konnte, aber auch einen Mann, der sich selbst beherrschen konnte. Auf jeden Fall nicht Wakoh, der Fuchs, obwohl er von einem anderen Clan war und somit als potentieller Ehemann in Frage kam. Er gehörte zum Clan der Donnervögel und damit zu den ersten Gefährten, die der große weiße Bär zu sich gerufen hatte, um mit ihm in Menschengestalt über die Erde zu wandeln. Der Bär und der Adler waren die ältesten Clans der Menominee. Aber Wakoh wäre vielleicht kein guter Ehemann. Nein, seine Schwester verdiente einen Mann, der Rücksicht nahm und sich beherrschen konnte. Machwao dachte kurz an seine Freunde und schüttelte dann unmerklich den Kopf. Im Frühjahr oder wenn er von seinen Reisen zurückkam, würde er in den anderen Dörfern nach einem geeigneten Ehemann Ausschau halten und seiner Familie vorschlagen. Bis dahin blieb noch Zeit.

***

Die nächsten Tage verbrachte die Familie damit, den Wildreis in den Tontöpfen zu rösten. Sie hatten durch Klopfen und Treten die Schalen entfernt und dann immer kleine Mengen des Wildreises über einem niedrigen Feuer geröstet. Es war viel Arbeit, aber durchaus lohnenswert, denn der Wildreis würde sie über den Winter bringen. Anschließend verstauten sie ihn in geflochtenen Körben und stapelten diese in den Vorratsgruben. Machwao inspizierte indessen das neue Kanu, das er gerade baute. Er hatte mit Hilfe eines Keils Planken aus einem Baumstamm getrieben, sie in Wasser eingeweicht und anschließend mit Hilfe eines Rahmens in eine halbrunde Form gebogen. Das Gerüst aus zwei langen Stangen aus Eschenholz lag zwischen dem Haltegestell eingeklemmt, das dem Kanu bereits die spätere Form vorgab. Erst

dann wurden die Kanten des Kanus um einen Holzrahmen mit fünf Querleisten gebogen und ebenfalls an den Rahmen gebunden. Besonders schwierig war es dabei, den etwas höheren Stern und Bug des Bootes zu biegen. Aber er war notwendig, damit beim Paddeln kein Wasser von vorne ins Boot schwappte. Der Sommer war kurz und Machwao arbeitete schon seit Beginn des Sommers an diesem Kanu.

Im frühen Sommer hatte er lange Streifen an Birkenrinde gewonnen und mit der Innenseite nach außen auf den Boden gelegt und mit Steinen beschwert. Seine Mutter hatte die Rinde mit kochendem Wasser begossen, um sie gut durchzuweichen und in Form zu bringen. Er hatte bereits die seitlichen Birkenstreifen hochgezogen und die Pfosten angebracht, die das Kanu in seine Form brachten.

Seine Mutter und Schwester vernähten die aufeinanderliegenden Rindenteile mit den langen Strängen der Fichtenwurzel. Machwao hatte die langen Wurzelstränge der Schwarzfichten in der Nähe des Ufers im sandigen Boden ausgegraben. Er hatte eine eigene Methode erfunden, wie er die Wurzel von der Rinde befreite. Anstatt seine Zähne zu benutzen, hatte er sie durch ein gespaltenes Brett gezogen. Das war viel einfacher gewesen. Dann hatte er die langen Stränge im Wasser einweichen lassen und gespalten, damit sie geschmeidiger wurden und sich wie Sehnen nähen ließen. Die Frauen bohrten mit einem spitzen Stock kleine Löcher in die Rinde und führten dann die Wurzelfäden hindurch. Bald wäre es so weit, dass seine Mutter die Nähte mit Schwarztannenharz verstreichen konnte.

Seine Familie hatte bereits ein Kanu, aber es war nie schlecht, ein zweites zu besitzen. Immer wieder musste es geflickt werden und dann konnte er auf das andere Boot ausweichen. Er brauchte das Kanu auch, um auf traditionelle Weise den Fisch zu fangen. Ein Kanu vereinfachte das Leben. Er hatte in diesem Sommer Zeit gehabt und deshalb mit dem Bau angefangen. Auch hierzu hatte er erst den Rat des Medizinmannes eingeholt und Gebete zum Schöpfer geschickt.

Wenn er seine Freunde auf der Reise begleiten wollte, dann

musste er sich beeilen. Wenn es erst kalt wurde, dann würde es schwierig werden, den Bau des Kanus zu beenden. Das Holz und die Rinde würden sich schlechter biegen lassen. Er wollte nicht bis zum nächsten Jahr warten, um die Arbeit fertigzustellen. Seufzend sah er auf seine schmerzenden Hände, denn die Arbeit war schwer. Das Material war sperrig und nur durch Ziehen und Zerren in die richtige Lage zu bringen. Aber ein Krieger beendete, was er anfing. So nutzte er die verbliebenen Tage, um die Planken aus Zedernholz in das Gestell einzuarbeiten, während seine Mutter bereits die Nähte mit Harz versiegelte. Sie hatte hierzu die Harzklumpen gesammelt und in einem Gefäß aus Birke mit Kochsteinen erhitzt. Die Harzmasse hatte sich nach oben abgesetzt und war mit einem Löffel abgeschöpft worden. Anschließend war die Masse mit kaltem Wasser abgekühlt worden, sodass sich eine gummiartige Substanz gebildet hatte, die man auswringen konnte. Um streichfähiges Harz herzustellen, musste diese Masse wieder in einem Birkentopf erhitzt werden. Vermengt mit Asche und vor allen Dingen Fett entstand dann das Harz, mit dem die Nähte des Kanus versiegelt wurden. Das Harz stank beim Verarbeiten und die Mutter passte auf, dass kein Tropfen auf ihr Kleid fiel. Aber ihre Hände waren bereits klebrig und sie wusste, dass es einige Tage dauern würde, bis sie den Geruch wieder abbekam. Sie klagte nicht, denn ein Kanu war für jede Familie wichtig, und so wussten fast alle Menschen, wie man es herstellte. Die Arbeit musste getan werden, also jammerte auch niemand darüber. Mit ein wenig Glück und Wissen hielt so ein Kanu drei bis vier Winter.

Hin und wieder kam ein Onkel vorbei, der die Arbeit mit kritischem Auge überwachte. Es war ein Bruder der Mutter, der seit dem Tod des Vaters die kleine Familie unterstützte. Er war sehr zufrieden mit der Arbeit seines Neffen und nickte anerkennend.

„Du hast Geduld und das hilft dir bei deiner Arbeit!"

Machwao streckte seinen schmerzenden Rücken und blinzelte ihn von der Seite an. „Hach, wieso hilft mir das? Ich habe das Gefühl, nie fertig zu werden!"

Der Onkel lachte verständnisvoll. „Ja, aber du hast gewartet, bis die Rinde von dem Wasser wirklich weich wurde. Und sieh nur,

wie gleichmäßig deine Planken geworden sind. Du hast den Keil sehr sorgsam angesetzt und genau beobachtet, wie der Stamm sich spaltet. All dies hilft dir jetzt, dass dein Kanu eine gute Form hat."

Machwao trat einen Schritt zurück und streifte seine Arbeit mit einem ebenso kritischen Blick. „Ob es sich um ein gutes Kanu handelt, wissen wir erst, wenn wir es ins Wasser lassen."

Der Onkel verzog amüsiert die Lippen. „Oder an der Geduld, die jemand aufbringt."

„Gerade eben bin ich nicht sonderlich geduldig", gestand Machwao mit einem Seufzen.

„Weil deine Freunde dich drängen?", vermutete der Onkel. Er hieß Maciskaw Apähsos, Rennender-Hirsch, nicht so sehr, weil er ein guter Läufer war, sondern weil der Medizinmann einen Hirsch an seiner Seite gesehen hatte, als er dem Säugling vor langer Zeit in die Augen gesehen hatte. In seiner Jugend war Maciskaw Apähsos tatsächlich ein guter Läufer gewesen, doch inzwischen gehörte er dem Rat der Ältesten an und sein Bauch hatte sich gerundet.

Machwao hob kurz die Schultern. „Ja, sie wollen die grünen Steine holen." Er zeigte mit seinem Kopf in Richtung Süden. „Dort, wo der Okaw-Sipiah, der Hechtfluss, in den Käqcekam, den Großen See, mündet." Er wusste, dass dort die grünen Steine zu finden waren, obwohl der Platz geheim gehalten wurde. Der Stein ließ sich auf geheimnisvolle Weise bearbeiten und einige wenige Männer hatten erlernt, daraus Schmuck und scharfe Messerklingen anzufertigen.

Das Wissen wurde von dem Vater an den Sohn weitergegeben und war verbunden mit heiligen Zeremonien, um den Ahnherrn versöhnlich zu stimmen, wenn sie sein Geschenk bearbeiteten. Im Grunde wurden alle Dinge, die sie benutzten, mit Gebeten bedacht. Selbst für eine einfache Schale wurde ein Gebet geflüstert, um sich zu bedanken und zu beteuern, dass man sie auf die richtige Art nutzen würde. Diese kleinen Gedanken und Gebete waren den Menschen in Fleisch und Blut übergegangen. Es zeigte, wie winzig sie in den Augen des Schöpfers waren und wie sehr sie von all den Dingen abhängig waren, die sie umgaben. Gleichgül-

tig, ob es das Schilf am Ufer, die Pflanzen oder Tiere des Waldes oder die fliegenden Geschöpfe am Himmel waren. Ohne die Beeren, die im Frühling wieder wuchsen, die Störe, die im Frühling zurückkehrten, oder die Rotkehlchen, die mit ihren vollgefressenen Bäuchen das Nahrungsangebot ergänzten, waren sie nichts. Wenn ein Wirbelsturm die Gärten verwüstete, wurde das Überleben im Winter schwierig, ebenso wenn der Winter das Land zu lange in seinen Klauen hielt. Schon früh lernten die Kinder, der Natur und ihren Geistern Respekt entgegenzubringen und sich durch Visionen und Träume zu schützen. Machwao wusste, dass er sich reinigen musste, ehe er aufbrach, die grünen Steine zu holen. Und er würde mit dem Medizinmann reden, wann ein guter Zeitpunkt wäre.

Er wandte sich dem Bug des Kanus zu und überprüfte die hochgezogene Rundung. Es sah gut aus! Sorgsam platzierte er die Rinde daran und zog sie über den Rand. Seine Mutter begann sofort, die noch weiche Rinde mit ihrer Knochenahle an der späteren Naht zu durchlöchern, ehe die Rinde trocknete und zu hart wurde. Wenn es warm blieb, würde die Rinde schnell hart und steif werden.

Machwao ließ die Frauen allein und half seinem Onkel dabei, Planken aus seinem Baumstamm zu schlagen. Sein Onkel wollte ebenfalls ein Kanu bauen und war spät dran. Aber die Birkenrinde war bereits weich und ebenso die langen Stangen, die den Kanu die Form gaben. Nun brauchte er nur noch die Planken einweichen und biegen. Es war harte Arbeit und so war die Unterhaltung zum Erliegen gekommen. Machwao half seinem Onkel bei der nächsten Planke und erhielt ein besonders breites Stück Holz. Sinnend hielt er es in den Händen und lächelte schließlich.

„Ich werde dieses Holz der Frau von Awässeh-neskas geben. Sie erwartet ein Baby und braucht dieses Brett vielleicht für eine Babytrage."

Der Onkel nickte ebenfalls. „Gute Idee. Es ist schön flach, aber auch stabil. Wie gemacht für eine Babytrage. Wahrscheinlich hat Mäc-awätok deine Hand geführt, weil du an deinen Freund gedacht hast."

Machwao hielt das Holz in den Händen und drehte es hin und her. Es musste nur noch ein wenig mit einem Stein glattgeschliffen werden und dann wäre es wirklich sehr geeignet, um als Unterbrett für eine Babytrage herzuhalten. Er hatte tatsächlich an seinen Freund gedacht und so riss er erstaunt die Augen auf. Er musste vorsichtiger mit seinen Gedanken sein. Vielleicht „erträumte" er sich sonst eine Ehefrau. Er gluckste in sich hinein und überlegte, warum ihm dieser Gedanke gerade Angst gemacht hatte. Wollte er keine Ehefrau? Oder schützte er sich, um nicht abgewiesen zu werden? Andererseits hatte sein Herz bisher noch nicht für ein Mädchen höher geschlagen.

Im Grunde wäre er sogar zufrieden, wenn seine Familie endlich ein Mädchen für ihn erwählte, dann müsste er sich nicht mit einer Entscheidung quälen. Er galt als schüchtern und so wusste er nicht wirklich, wie er bei den Besuchen von anderen Familien die Aufmerksamkeit der unverheirateten Mädchen auf sich lenken sollte. So viele Begegnungen mit möglichen Ehefrauen gab es nicht.

Sein Onkel hatte seine Erheiterung bemerkt und stieß ihn von der Seite an. „Was?"

Machwao riss sich aus den Gedanken los und grinste leicht. „Nichts! Ich dachte nur an Awässeh-neskas und seine Frau. Ich freue mich auf das Baby der beiden. Wem es wohl ähnlich sehen wird?"

Der Onkel runzelte nachdenklich die Stirn. „Wer weiß? Vielleicht erwählt auch einer unserer Vorfahren die beiden als seine Eltern und kehrt zu uns zurück."

Machwao gefiel der Gedanke. „Ja, das wäre schön!" Nicht jedes geborene Kind war eine Wiedergeburt, aber manchmal zeigte ein neues Leben ganz klare Persönlichkeitsmerkmale einer verstorbenen Person, und das erforderte sehr viel Fürsorge und Achtsamkeit von den Eltern.

Kinder waren ein Mysterium, das ganz nahe bei Mäc-awätok stand.

***

Am nächsten Tag brach Machwao bereits vor der Dämmerung auf, um zu jagen. Er hatte schlecht geschlafen und so wollte er den angebrochenen Tag nutzen. Außerdem wollte er sicherstellen, dass seine Familie genug zu essen hatte. Das Gerüst für das Trockenfleisch war leer. Seine Reise würde mehrere Tage dauern und wenn er noch etwas Fleisch brachte, dann konnte seine Mutter die verbliebenen Herbsttage zum Trocknen des Fleisches verwenden. Er fröstelte etwas, als er leichtfüßig durch den Wald lief und die Umgebung des Dorfes verließ. Die Gegend war leicht hügelig und dicht mit Wald bewachsen. Der Boden war feucht und verschluckte seine Tritte. Er folgte einem Wildwechsel und entfernte sich eine gute Strecke, ehe er schließlich auf einen Baum kletterte, um sich auf die Lauer zu legen. Unter ihm breitete sich eine kleine Lichtung aus, die mit weichem Gras bewachsen war. Wenn er Glück hatte, dann würde ein Hirsch oder ein Elch hier zum Äsen herauskommen. Er lehnte im Geäst des Baumes und hörte auf die ersten Vogelstimmen. Er war müde und kämpfte ein bisschen gegen das Einschlafen. Erste Sonnenstrahlen traten durch die Zweige und wärmten ihn, was seine Müdigkeit eher noch verschlimmerte. Er konnte nicht sagen, warum er so schlecht geschlafen hatte, denn er konnte sich an seine Träume nicht erinnern. Wenn sie wiederkehrten, würde er besser aufpassen und hinhören!

Aber er nickte tatsächlich ein wenig ein und wäre fast vom Baum gestürzt, wenn sich nicht ein Vogel auf dem Ast neben ihn gesetzt hätte. Der Beinahe-Sturz machte ihn hellwach und er balancierte sein Gleichgewicht wieder aus. Die winzige Bewegung vertrieb den Vogel und Machwao sah ihm nach, als er in den Wald flatterte.

Dann erregten zwei junge Schwarzbären seine Aufmerksamkeit. Die jungen Bären purzelten spielend und raufend auf die Lichtung und schienen die Welt um sich herum vergessen zu haben. Obwohl er wusste, dass er heute keinen Jagderfolg mehr haben würde, blieb Machwao sitzen und beobachtete die Szene. Amüsiert sah er dem Spiel der kleinen Bären zu, die fast wie kleine Kinder herumtollten und tapsig wie junge Hunde waren. Schließlich kam die besorgte Bärenmutter und führte die beiden

Jungen zurück in das schützende Dickicht des Waldes. Machwao lächelte entspannt und kletterte wieder den Baum hinunter. Die Bären waren ein gutes Zeichen! Jetzt konnte er beruhigt seine Reise planen. Er würde am nächsten Tag erneut zur Jagd gehen, aber er wusste, dass Mäc-awätok seine Gründe gehabt hatte, ihm heute die Bären zu schicken.

Maiswinter
(Mabila im Süden)

Maisblüte starrte auf den Piachi-Fluss, den sie inzwischen erreicht hatten, und wartete in Ruhe auf die Anweisungen, die man ihr geben würde. Verwundert beobachtete sie, dass an zwei Stellen Lager aufgebaut wurden, um die Überquerung vorzubereiten. Die meisten Einwohner des Dorfes waren in ihren Kanus geflohen, sodass die Spanier erst Flöße bauen mussten. Dies nahm einige Zeit in Anspruch. Stoßtrupps der Fremden durchkämmten das Land und brachten Lebensmittel aus anderen Ansiedlungen. Die Gegend war dicht besiedelt, aber viele Bewohner waren vor den Fremden geflohen, wie es Tuscalusa befohlen hatte.

Maisblüte durfte mit den anderen Jungfrauen wieder in der scheinbaren Sicherheit des Häuptlings verweilen. Die Mädchen drängten sich zusammen und wagten es nicht, sich allein zu entfernen. Es war beschämend, die Krieger um Hilfe zu bitten, wenn sie sich für ihre Bedürfnisse entfernen mussten. Sie wurden misstrauisch beobachtet und stets überwacht. Zu den anderen Gefangenen, die dem Tross folgten, hatten sie bisher keinen Kontakt. Nur aus der Ferne beobachteten sie, wie die Fremden ihre Kolonne führten. Die seltsamen Schweine wurden von Soldaten vorwärtsgetrieben und die Ausrüstung auf die Sklaven verteilt.

Maisblüte wunderte sich darüber, was die Fremden alles mitschleppen. Sie hatte gesehen, dass für den Anführer stets ein eigenes Zelt aufgebaut wurde, das mit seltsamen Gestellen ausgestattet war, an die der Mann sich setzte, um zu essen. Er hatte Tuscalusa zu so einem Essen eingeladen und mit dem Fleisch der fetten Schweine bewirtet. Hierbei hatte der Häuptling zum ersten Mal Bewunderung geäußert und anschließend seinen Kriegern zugezwinkert, dass er im Falle eines Sieges diese Schweine als Beute wollte. Dies hatte die Runde gemacht und auch die Mädchen hatten darüber gelacht.

Maisblüte konnte darüber nur den Kopf schütteln. „Fleisch haben wir doch wahrlich genug. Ich möchte lieber eins von diesen

großen Wesen. Es muss lustig sein, darauf zu sitzen." Sie hatte beobachtet, dass die neuen Tiere meist sanft waren, wenn die Reiter nicht auf ihnen saßen. Außerdem fraßen sie nur Gras und Mais. Das hatte ihre Angst etwas gedämpft. Vielleicht waren es nur große Hunde, die freundlich waren, wenn man sie gut behandelte. Nebel-am-Morgen starrte sie sprachlos an. „Du würdest es wagen, auf diesen Tieren zu sitzen?", fragte sie ungläubig.

„Warum nicht?" Maisblüte kicherte leicht, als sie sich ihrer eigenen Forschheit bewusst wurde.

„Es sind böse Geister aus einer anderen Welt. Darum!"

„Aber sie haben ganz sanfte Augen. Ich glaube nicht, dass es böse Geister sind", verteidigte Maisblüte ihren Wunsch. „Sie sind nur böse, wenn diese Männer auf ihnen sitzen."

„Das wird der Heilige Mann entscheiden", meinte Nebel-am-Morgen altklug. „Uns steht es nicht zu, über die Wesen zu urteilen."

Maisblüte schwieg lieber. Ihre Freundin hatte recht. Erst einmal mussten sie Mabila erreichen und diesen Fremden entkommen. Sie lagerten auf einer Halbinsel, die der Fluss formte. Der Haupttross lagerte an einer anderen Stelle, sodass die Mädchen die relative Ruhe genossen. Es war sogar möglich, dass sie sich badeten, ohne von Männern beobachtet zu werden. Maisblüte zog frische Kleidung an und packte ihre schönen Sachen in den Tragekorb. Gegenseitig kämmten sie sich die langen Haare und flochten dann strenge Zöpfe, in denen sich der Staub nicht so leicht verfangen würde.

***

Nach einer einfachen Mahlzeit wurden die Mädchen von den Kriegern zu einer Stelle des Flusses geführt, an der die Fremden bereits die ersten Kanus gebaut hatten. Maisblüte stand staunend am Ufer und beobachtete, wie diese mit Streitäxten aus seltsamem Material Bäume fällten und mit Schnüren zusammenbanden. Andere fällten große Bäume und höhlten sie mit Werkzeugen aus, die sie ebenfalls noch nie gesehen hatte. Maisblüte blickte auf das Gewimmel der Menschen und hörte auf die lau-

ten unbekannten Rufe, mit denen sie sich Anweisungen zubrüll-
ten. Sie wunderte sich über die schwere, unbequeme Kleidung,
die diese Fremden trugen. Ihre Körper waren vollständig bedeckt, während die Krieger ihres Dorfes meist nur einen Schurz
trugen und das Haupt mit Federn schmückten. Sie konnte gar
nicht sagen, welche Hautfarbe diese Menschen hatten, weil außer der Kleidung und den Hüten nichts zu sehen war. Maisblüte
verstand nicht, wozu so etwas gut sein sollte. Sie verstand auch
nicht, warum es nötig war, sich ständig anzuschreien. Die gebell-
ten Befehle dröhnten in ihren Ohren und sie hatte bereits jetzt
eine Abneigung gegen diese Sprache. Es war eine Sprache der
bellenden Hunde. Sollten sie doch in ihr Käferland zurückkehren! Ihr fehlte der Respekt für diese Menschen mit den schlechten
Manieren. Erhobenen Hauptes ging sie an das sandige Ufer und
wartete ab, was als Nächstes passieren sollte.

Ein langes Seil war über den Fluss gespannt worden, an dem
das Floß hinübergezogen wurde. Es hatte sogar eine Art Geländer, an dem man sich festhalten konnte. Die Spanier benutzten
lange Stangen, mit denen sie das Floß ebenfalls vorwärtsbewe-
gen konnten. Ein Fremder kam und bat die Mädchen galant, auf
ein wartendes Floß zu steigen. Er war ganz offensichtlich stolz
auf die Errungenschaften seines Volkes. Maisblüte verbarg ihre
Gefühle, denn Kanus konnte auch ihr Volk bauen! Hoheitsvoll
schritt sie zum Floß und ließ sich hochhelfen. Sie hielt sich mit
einer Hand an dem Geländer fest und wartete in aller Ruhe, bis
es ablegte. Die Fremden stießen sich mit den langen Stangen am
Ufer ab, während andere das Seil ergriffen und das Floß auf diese
Weise über den Fluss zogen. Der Piachi-Fluss war an dieser Stelle relativ breit, führte aber ruhiges Wasser, sodass alle gefahrlos
übersetzten.
Maisblüte hüpfte an Land und ging mit den anderen Mädchen
zum Dorf. Einige der Fremden zogen durch die Hütten und plünderten dort die Lebensmittelvorräte, die sie fanden. Maisblüte
war empört, als sie die Verwüstung mit ansah. Es waren nicht
viele Menschen in dem Dorf geblieben, sodass die Mädchen sich
in eine Hütte zurückzogen. Die Überquerung würde einige Zeit

dauern und so machten sie es sich bequem, froh darum, der Gegenwart der Spanier zu entgehen.

Einige Krieger blieben in ihrer Nähe, während andere den Häuptling und den Hopaii schützten, die sich in das Haus des Häuptlings zurückgezogen hatten. Der Gouverneur hatte Wachen eingeteilt, die zeigen sollten, dass der Häuptling sein Gefangener war. Tuscalusa ließ es zu. Er tat so, als wollte er sich den Fremden unterordnen, und übte sich in Geduld.

Am nächsten Morgen brachen sie wieder auf. Tuscalusa verlangte, dass seine Eskorte vorausging. Er wollte den Eindruck vermitteln, dass die Fremden willkommene Ehrengäste seien, die mit Achtung und Respekt nach Mabila geleitet wurden. Der Gouverneur ließ sich blenden und schickte einen Teil seiner Reiter und Soldaten aus, um in anderen Dörfern Vorräte zu sammeln. Tuscalusa verriet mit keiner Miene, was er davon hielt, sondern ließ den Hopaii und die Jungfrauen vorangehen, um die Wichtigkeit seines Gastes zu unterstreichen.

Maisblüte hatte ein beklommenes Gefühl in ihrem Herzen, denn sie näherten sich stetig ihrem Zuhause. Was würde dort geschehen? Sie hoffte auf den Augenblick, an dem ihre Dienste nicht mehr gebraucht wurden und sie zu ihrer Mutter zurückkehren konnte. Fast wünschte sie ihre erste Blutung herbei, damit sie endlich aus dem Dienst der Jungfrauen entlassen wurde. Die Anwesenheit der Fremden löste Angst in ihr aus.

Am Abend schlugen sie ihr Lager in der Nähe eines Dorfes auf. Die Menschen hatten es längst verlassen, sodass die Reiter dort nur die Vorratsbehälter ausraubten. Maisblüte staunte darüber, wie viel Mais die Fremden für ihre Reiter und Tiere brauchten. Tuscalusa sah auch in den großen Tieren eine Gefahr, die bekämpft werden musste. „Diese großen Wesen kämpfen für ihre Herren und trampeln uns nieder. Auch sie sind eine Gefahr, die wir vernichten müssen!" Maisblüte widersprach dem nicht. Sie hatte gesehen, wie diese Tiere sich in Bestien verwandelten, wenn die Reiter auf ihnen saßen. Ein Hund, der bissig war, wurde erschlagen.

Am nächsten Tag brachen sie sehr früh auf. Tuscalusa hatte gesagt, dass sie bald Mabila erreichen würden und dass er dort den Fremden die gewünschten Lebensmittel und Träger geben könnte. Er ordnete an, dass die Jungfrauen in ihren besten Kleidern voranschreiten und singend und tanzend in das Dorf einziehen sollten. Dahinter sollten der Heilige Mann und er selbst folgen, umgeben von seinen besten Kriegern. Der Anführer der Fremden willigte ein und ließ vierzig Reiter auswählen, die mit ihm die ersten sein sollten. Er schien verärgert darüber zu sein, dass einige aus seinem Tross sich selbständig gemacht hatten und auf eigene Faust bereits die umliegenden Dörfer eroberten. Er ordnete an, dass diese sofort aufschließen sollten.

***

Maisblüte ging neben Vogel-im-Bach und Nebel-am-Morgen den Fußweg entlang und hoffte auf ein gutes Ende der Reise. In den Tälern lag Nebel, der über die abgeernteten Felder strich und sich in den Wipfeln der Bäume verfing. Sie dachte an all die Arbeit und Mühe, die es gekostet hatte, den Mais zu pflanzen und zu ernten. Und den die Fremden sich jetzt einfach nahmen. Sie überzogen wie Nalusa Chito, das große schwarze Ding, das Land mit Tod, Gier und Schrecken, bis nichts mehr übrig blieb. Selbst Tuscalusa verlangte nicht allen Mais von seinen Untergebenen, sondern nur einen kleinen Teil. Dafür bot er Frieden und Stärke. Schon lange hatte es kein Feind mehr gewagt, ihre Dörfer zu überfallen.

Es war immer noch am frühen Vormittag, als die Abordnung das Dorf erreichte. Tuscalusa schritt durch das geöffnete Tor und ließ die Jungfrauen vorangehen. Sie tanzten und sangen ein Willkommenslied. Die Fremden folgten ihnen ahnungslos. Sie boten einen beeindruckenden Anblick, denn an die vierzig Reiter waren ihrem Anführer gefolgt. Im Anschluss folgten Fußsoldaten, Priester und Sklaven, die das Gepäck trugen. Auch einige der Frauen der Spanier waren mit ihrem Gepäck in ihrer Begleitung. Die Menschen wichen ehrfürchtig zurück, als die Reiter auf ihren Pferden durch das Dorf ritten. So etwas hatten sie noch nie gese-

hen. Sie bewunderten den Mut ihres Minkos, der mit erhobenem Haupt neben diesen fremden Wesen schritt. Tuscalusa wies den Fremden zwei große Chukkas zu, in die die Fremden ihre Sachen und Pferde brachten. Die Priester und die Frauen blieben mit einer Wache in der Hütte, während der Gouverneur der Einladung des Häuptlings folgte. Tuscalusa führte die Fremden zu dem erhöhten Haus, in dem er sonst residierte. Er schickte die Jungfrauen voraus, lächelte verbindlich und lud DeSoto ein, die Chukka zu betreten. Ebenso höflich ließ der Gouverneur dem Minko den Vortritt. Tuscalusa nickte geschmeichelt und ehe die Spanier reagieren konnten, verschwand der Minko mit einigen schnellen Schritten im Inneren der Hütte. Erst jetzt bemerkten die Fremden, was geschah, denn als sie den Häuptling wieder herauszerren wollten, stießen sie auf eine Übermacht bewaffneter Krieger, die sich in der Hütte verborgen gehalten hatten. Schützend stellten sie sich vor ihren Häuptling und hoben die Waffen, unter ihnen auch Große-Schlange, der die besten Krieger zusammengezogen hatte, um den Minko zu befreien. Mit ihren Keulen drängten sie die Soldaten aus der Hütte und stießen dabei ihre Kriegsschreie aus.

Maisblüte versteckte sich mit den anderen Mädchen hinter den Kriegern und versuchte das Zittern zu kontrollieren, das sie befiehl. Sie hatte ihren Vater sofort erkannt und fürchtete um ihn, als er mit der Keule gegen die Soldaten kämpfte. Er trug nur einen Lendenschurz und hatte ansonsten seinen Körper mit Streifen und Mustern bemalt. Er sah furchterregend aus. Überall dröhnten plötzlich Trommeln und die Krieger stießen hohe Schreie aus. Dann hatten die Krieger die Fremden aus der Hütte geschoben und der Hopaii beruhigte die Mädchen mit seiner sanften Stimme. „Wir beten zu Hashtali, damit er uns beisteht!", befahl er. Sogleich stimmten die Mädchen ihre Lieder an.
Draußen verlor einer der Fremden die Nerven und zog sein Rapier, als die Indios erregt hin und her drängten. Er trennte einem von ihnen fast den Arm ab und verletzte ihn schwer. Ein empörter Aufschrei war zu hören, dann gab es kein Halten mehr. Ein wahrer Pfeilhagel prasselte auf die Fremden nieder und von

überallher drangen die Krieger auf die Fremden ein. Sie schlugen mit Keulen und Messern auf die Feinde ein, ihre Körper nur mit dem Nötigsten bedeckt, um im Kampf nicht behindert zu werden. In vorderster Reihe kämpfte Tuscalusa, der seine Krieger gegen die verhassten Feinde warf, die es gewagt hatten, ihn als Geisel zu nehmen! Sein Mut war allen Männern ein Vorbild und so überwanden sie ihre Furcht vor den seltsamen vierbeinigen Monstern mit den Reitern.

Die Spanier hatten Glück, dass der Platz sehr beengt war und die Krieger zwischen den vielen Hütten nicht in ihrer vollen Stärke angreifen konnten. Mit ihren Degen und Lanzen kämpften sie sich den Weg frei und zogen sich bis zum Tor zurück. Dabei mussten sie bereits schwere Verluste hinnehmen, denn die Pfeile der Krieger trafen gut. Es war kein geordneter Rückzug, sondern eine heillose Flucht, um diesem Hexenkessel zu entkommen. Pferde und Ausrüstung wurden aufgegeben und wer nicht fliehen konnte, wurde einfach seinem Schicksal überlassen. Einige Reiter waren zu Pferde geblieben, um mit dem Mut der Verzweiflung den Weg für die anderen freizukämpfen. Die Pferde verwandelten sich bei dem ohrenbetäubenden Lärm in ebensolche Kampfmaschinen wie die Reiter auf ihren Rücken. Lanzen und Degen bohrten sich in die braunen Leiber und hackten den Weg zum Ausgang aus dieser Hölle frei.

***

Todesmutig stürzten sich die Krieger diesen Fremden entgegen und viele wurden schwer verletzt, als die neuartigen Waffen sich durch ihre Körper bohrten. Die Schwerter und Degen trennten Arme von den Körpern, Köpfe rollten über den blutüberströmten Boden und über alles erhob sich der ohrenbetäubende Schlachtruf. Krieger, die zurückweichen wollten, wurden von den Hufen getroffen. Die Pferde stiegen und schlugen aus, als wären auch sie kämpfende Krieger. Tuscalusa hatte sich zurückgezogen und stand vor seiner Hütte, um den Kampf von seiner erhöhten Position aus zu beobachten. Mit ihren Kriegsschreien trieben die Krieger die Feinde weiter auf die Ebene hinaus. Sie kämpften wa-

gemutig und zornerfüllt. Andere versuchten in die Hütte einzudringen, um die Feinde, die sich dort aufhielten, zu töten. Große-Schlange führte diesen Angriff und schickte einige Männer auf das Dach, damit sie von oben in die Chukka eindrangen. Aber die Spanier wussten sich zu wehren und vertrieben die Krieger mit ihren Armbrüsten. Die Wachen der Priester und Frauen kämpften mit dem Mut der Verzweiflung und konnten die Krieger am Eindringen hindern. Gebete wurden geflüstert und die Jungfrau Maria angefleht.

Dann wurde der Angriff zurückgeworfen, als die Verzweifelten endlich Verstärkung vom Tross erhielten. Immer mehr Soldaten mit Hellebarden und Armbrüsten trafen ein und unterstützten ihren Anführer in seinem Kampf gegen die wilden Eingeborenen. Mit einer Attacke ritten sie gegen das Dorf und befreiten die eingeschlossenen Priester und Frauen aus der Hütte. Es gelang ihnen, doch dabei mussten sie die gesamte Ausrüstung zurücklassen. Die Pferde, die in einer anderen Hütte standen, waren bereits verloren, denn die Krieger hatten sich Zutritt verschafft und sie allesamt getötet. Die Pferde galten als Krieger und wurden somit als Feinde getötet.

Tuscalusa hatte tapfer gekämpft und ordnete den Rückzug an. Sein Dorf war gut befestigt und so glaubte er, sich hinter dem geschlossenen Tor verschanzen zu können. In Windeseile kletterten seine Krieger auf die Palisaden, um von dort die Angreifer abzuwehren. Der Heilige Mann wies die Jungfrauen an, noch lauter für das Volk zu beten und zu singen. Ihr Gesang sollte den Menschen Kraft für den Kampf geben und die Krieger auf den Tod vorbereiten.

Hechtfluss

(Gebiet der Menominee im Norden)

Machwao saß hinten im Kanu und führte das Paddel gleichmäßig durch das Wasser. Am Bug saß Wakoh, der Fuchs, und paddelte im gleichmäßigen Takt. In der Mitte saßen Awässeh-neskas und Wapus, die sich gerade ausruhten. Es war nicht nötig, dass alle Männer ruderten, denn das Kanu bewegte sich mit der Strömung. Von einem Tag auf den anderen war die Luft frostig geworden. Morgens lag dichter Nebel auf dem Wasser und nachts kam bereits der erste Frost. Die Männer hatten sich in warme Umhänge gewickelt und in ihren Bündeln waren warme Decken verstaut.

Machwao wollte vor dem ersten Schnee – und ehe die Seen zufroren – wieder zurück sein. Mit einem misstrauischen Blick streifte er die dunklen Wolken am Himmel. Obwohl es noch früh im Jahr war, sahen sie aus, als würden sie den ersten Schnee bringen. Sie mussten sich beeilen! Natürlich konnten sie auch im Winter reisen, aber dann würden sie die grünen Steine nicht mehr finden. Wenn erst Schnee lag und der Boden gefror, würde der Weiße Bär sein Geschenk nicht mehr hergeben. Er schüttelte kurz den Kopf, um die Zweifel zu vertreiben. Der Metewin-Mann hatte nichts dergleichen gesagt. Sie hatten Tabakopfer gereicht, Opfergaben gegeben und die Geister gnädig gestimmt. Der Medizinmann hatte ihnen den Zeitpunkt des Aufbruchs genannt und sie hatten die nötigen Reinigungsrituale durchgeführt. Warum sollten die Geister ihnen nicht wohlgesinnt sein? Seine Jagd war erfolgreich gewesen und seine Mutter würde die nächsten Tage vollauf mit dem Verarbeiten der Beute beschäftigt sein. Alle Vorzeichen waren gut gewesen.

Dann setzte ein Eisregen ein, der die Männer zwang, den Schutz des Ufers aufzusuchen. In Windeseile suchten sie einige lange Äste zusammenn, bauten ein einfaches Gerüst und deckten es mit Decken aus Elchhaut ab, um darunter Schutz zu suchen. Die Ausrüstung legten sie unter das Kanu, das sie an Land gezogen und

umgedreht hatten. Frierend drängten sie sich aneinander und schauten auf den Eisregen, der das Land peitschte. Blätter und Äste wurden von den Bäumen gedroschen und selbst der Unterschlupf bot kaum ausreichend Schutz vor der Unbill der Natur. Die Männer kannten das und warteten einfach ab, bis die Regengeister sich wieder beruhigt haben würden. Meist dauerte so ein Unwetter nicht lange.

Als es sich verzogen hatte, schüttelten die Männer die Decken aus und hängten sie zum Trocknen über einige Äste. Dann sahen sie nach der Ausrüstung. Zum Glück hatte das Kanu alles gut geschützt, sodass die Männer schnell die Sachen wechselten, die feucht geworden waren. Machwao schlug vor, die Nacht hier zu verbringen, damit sie die Felle und Kleidungsstücke trocknen konnten. Niemand widersprach und so brannte kurz darauf ein kleines Feuer. Es qualmte leicht, weil es schwierig wurde, trockenes Holz zu finden. Sie legte weitere Äste und Scheite neben das Feuer, damit sie trocknen konnten, und setzten sich dann dazu. Mit trockener Kleidung und vollen Bäuchen war die Stimmung schnell wieder gut. Regen, Schnee, Hagel und Sturm gehörten zu ihrem Leben dazu.

Wapus zog seine kleine Trommel hervor und begann ein Versöhnungslied für die Regengeister zu singen. Die anderen lauschten andächtig und schickten ebenfalls gute Gedanken zu den Geistern. Wapus war noch jung, etwa im gleichen Alter wie Machwao und doch wirkte er älter, als er die heiligen Lieder sang. Die Metewin-Gesellschaft hatte früh seine Fähigkeiten erkannt und ihn zu sich gerufen. So war er von einem Ernst, der nicht zu seinem jungen Alter passte. Ansonsten war er schlank wie fast alle Männer der Menominee und hatte ein rundes, ebenmäßiges Gesicht, das von freundlichen Augen dominiert wurde. Das Lied und die Trommel verklangen und die Männer grinsten sich verschmitzt an. Ihre Augen funkelten wie bei kleinen Jungen, die gerade einen Streich aushecken.

„Woah, ich hoffe, dass wir den heiligen Ort erreichen, ehe der erste Schnee fällt", meinte Wakoh ein wenig besorgt. Er hatte sich bis auf einen Schopf die Haare abgeschnitten und mit seinem

Messer die Kopfhaut rasiert, sodass er noch wagemutiger wirkte. Er meinte, dass auf Reisen die wenigen Haare besser zu pflegen wären. Machwao hatte darüber den Kopf geschüttelt, aber seine Schwester hatte Wakoh bewundernde Blicke zugeworfen. Mädchen schienen kraftvolle, gefährlich wirkende Männer zu bevorzugen.

„Wir würden nicht hier sitzen, wenn der Medizinmann dies vorhergesehen hätte. Er sagte aber, dass noch kein Schnee fallen würde", wies Machwao ihn zurecht.

Alle schwiegen erschrocken und senkten kurz die Köpfe. Wakoh ließ sich nicht so schnell einschüchtern und wedelte mit seiner Hand in Richtung des Himmels. „Und was war das dann?" Machwao grinste frech. „Eisregen!"

„Aha, und Eis ist kein Schnee?", wunderte sich Wakoh.

„Nein, Eisregen ist kein Schnee!" Machwao beließ es bei dieser Aussage und verzichtete auf eine Erklärung.

„Und wieso nicht?" Wakoh war keineswegs zufrieden mit dieser kurzen Antwort.

Es war Wapus, der hierfür eine Antwort fand: „Eisregen ist lediglich eine Warnung, dass bald der Winter kommt. Schnee wäre schlimmer, weil es dann meist so kalt ist, dass er liegen bleibt. Ihr werdet sehen, dass morgen nichts mehr von der Kälte zu bemerken ist."

Machwao war damit zufrieden. Er wickelte sich in eine Decke und streckte seine kalten Füße in die Nähe des Feuers. Seine Freunde taten es ihm gleich und alle fühlten die wohltuende Wärme.

***

Am Morgen war der Himmel wieder klar und nichts deutete auf eine Verschlechterung des Wetters hin. Mit einem Rucken seines Kopfes deutete Machwao auf die aufgehende Sonne. „Seht ihr! Heute wird es schön!"

Wakoh schenkte ihm ein schiefes Grinsen und warf seine Bündel in das Kanu. Dann kletterte er ungefragt in den Bug des Kanus und nahm das Paddel in die Hände. Mit einem Nicken forderte

er die anderen auf, endlich einzusteigen. Machwao grinste und wartete, bis alle ihren Platz gefunden hatten, dann schob er das Kanu nach vorne und sprang ebenfalls hinein. Mit seinem Paddel korrigierte er die Fahrtrichtung und passte sich dann dem Paddelschlag seines Freundes an. Er lächelte, denn Wakoh war einfach so. Er gab nicht gerne die Kontrolle ab und so war es selbstverständlich für ihn, im Kanu vorne zu sitzen und den Takt anzugeben. Nichts war schlimmer für ihn als nichts zu tun. Wakoh zählte an die fünfundzwanzig Winter und war etwas älter als Machwao. Auch er war noch nicht verheiratet, sondern schien Freude daran zu finden, seine Freunde auf abenteuerlichen Reisen zu begleiten. Er war ein guter und gnadenloser Kämpfer, der schon manches Mal das Dorf gegen Angreifer verteidigt hatte. Sein Körper war muskulös und mit Tattoos verziert, eine Angewohnheit, die sonst eher unüblich war. Auch sein Gesicht hatte ein schwarz-rotes Tattoo, das auf Feinde durchaus gefährlich und abschreckend wirkte. Aber vielleicht war auch das der Grund, warum er bisher keine Frau gefunden hatte. Wakoh glaubte jedoch, dass die Tattoos ihn schützen würden. Er hatte sie zum Teil selbst gestochen und eingefärbt. Nur im Gesicht hatte er sich von einem Metewin-Mann helfen lassen, der diese Bemalung auch für ihn geträumt hatte. Das Kinn war schwarz tätowiert und auf der Stirn waren drei rote Streifen zu sehen.

Gegen Mittag erreichten sie den Käqcekam und paddelten in kurzer Entfernung zum Ufer gegen Südwesten dahin. Es war nicht ganz ungefährlich, denn auf dem See waren sie weithin zu sehen. Kein Schilf, kein Wildreis, einfach nichts schützte sie vor möglichen Feinden. Der Große See machte das Reisen leicht, aber vergrößerte auch die Gefahr, durch Feinde entdeckt zu werden. Sie brauchten zwei Tage, um die Mündung des Okaw-Sipiah zu erreichen, doch dann paddelten sie aufatmend die Mündung des Flusses stromaufwärts. Wie sie es erwartet hatten, war der Fluss hier durch Schilf und hohe Halme geschützt, die den Blick auf ein einsames Kanu verbargen. Manchmal stob ein Wasservogel vor ihnen davon, ansonsten war es ruhig. Die Tage waren warm, wie ein später Indianersommer. Nur nachts lagerten die Männer

um ein warmes Feuer und erinnerten sich daran, dass der Herbst auch schnell ein anderes Gesicht zeigen konnte.

Nach einem weiteren Tag erreichten sie endlich ihr Ziel: eine kleine Ausbuchtung des Flusses, an dessen Ufer die seltsamen grünen Steine zu finden waren. Manche lagen einfach im Kies des Flussbettes, andere musste man gewinnen, indem man ein wenig im Kies und Sand des Flusses grub. Man konnte die Steine einfach durch Klopfen in die gewünschte Form bringen, aber es gab auch Wissende, die mehrere Steine erhitzten, miteinander verbanden und dann diese größere Fläche bearbeiteten. Keiner der Freunde war dazu im Stande. Ihre Aufgabe war es, dieses wertvolle Erz zu sammeln und zum Volk zurückzubringen. Allein das Sammeln stellte eine gewisse Gefahr dar, denn man entfernte sich von den geschützten Gefilden des Dorfes.

Machwao steuerte die Sandbank an und konnte ein Grinsen nicht mehr unterbinden, als Wakoh in den Fluss sprang und das Kanu ans Ufer schob. Sein Freund achtete nicht darauf, dass seine Mokassins inzwischen trieften. Die anderen kletterten trockenen Fußes an Land und zogen dann das Kanu aus dem Wasser heraus. Im Nu war ein kleines Lager errichtet und eine Feuerstelle ausgehoben. Dann saßen alle zufrieden beisammen und berieten den nächsten Tag.
„Wir sollten uns aufteilen, dann können wir einen größeren Bereich nach den Steinen absuchen", schlug Wapus in seiner ruhigen Art vor.
Machwao nickte sein Einverständnis. „Gute Idee, dann finden wir wahrscheinlich mehr."
„Dann sind wir aber auch verwundbarer!", wandte Wakoh, der Fuchs, ein. „Ich denke, dass wir einfach von hier aus in eine Richtung gehen sollten. Gemeinsam! Dann sehen wir ja, welche Geschenke der Weiße Bär für uns vorgesehen hat."
Machwao staunte über die plötzliche Besonnenheit seines Freundes. „Eine gute Idee! Wir sind nicht so verletzlich, schützen uns gegenseitig und liefern uns nicht den Feinden aus."
Wakoh nickte und seine sonst so gefährlich wirkenden Tattoos

verloren ihre beängstigende Wirkung. „Ja, nicht wahr, es gibt auch andere Völker, die vielleicht diesen Ort kennen?"

Wapus stimmte zu. „Sehr richtig. Wakoh hat gut gesprochen. Wir sollten achtsam sein und unseren Schutz nicht vergessen."

Machwao runzelte die Stirn. „Hast du etwas in deinen Träumen gesehen?"

„Nein!", beeilte sich Wapus zu sagen. „Das ist eine reine Vorsichtsmaßnahme. Meine Träume waren gut!"

„Wenn deine Träume gut sind, wieso brauchen wir dann Vorsichtsmaßnahmen?", wagte Awässeh-neskas zu fragen. Vielleicht dachte er zum ersten Mal an seine Frau, die zuhause auf ihn wartete.

Wapus zuckte mit den Schultern. „Es ist nie schlecht, an Vorsichtsmaßnahmen zu denken. Mäc-awätok kann nicht überall sein."

„Tss …!" Awässeh-neskas schüttelte entrüstet den Kopf. „Natürlich ist er überall! Vielleicht sollten wir erneut um seine Gunst beten. Ich meine … wenn du nicht sicher bist!" Seine Sorge stand gut lesbar in seinem Gesicht und aller Augen richteten sich erwartungsvoll auf Wapus.

Wapus schüttelte die Verantwortung unwillig von seinen Schultern. „Wir haben gebetet! Ich sagte nur, dass es keinen Sinn hat, in der Aufmerksamkeit nachzulassen. Oder glaubt ihr, dass Mäc-awätok, das Große Geheimnis, Mitleid mit den Unaufmerksamen oder Leichtfertigen hat?"

Das klang einleuchtend und alle senkten die Köpfe, um darüber nachzudenken.

Schließlich wagte es Wakoh, das Schweigen zu brechen. Er hatte sich schon immer auf seine eigenen Fähigkeiten verlassen. „Ich werde euch schützen, wenn ihr nach den grünen Steinen sucht. Meinem Auge entgeht nichts."

„Das ist gut!", beeilte sich Machwao zu sagen. Ohne es wirklich so zu benennen, war er zum Anführer der Reise geworden. Er hatte es weder angeregt noch geplant, noch hatte er diesen Rang gewollt, aber er spürte, dass alle ihm vertrauten und seine Meinung oft den Ausschlag gab. „Ich fühle mich besser, wenn du über uns wachst, wenn wir die Steine sammeln."

Wakoh nickte geschmeichelt. „Ich werde euch gut schützen! Und wenn wir zurück sind, dann wirst du vielleicht gut von mir denken!" Seine Augen fraßen sich in den Augen von Machwao fest.

„Ich denke immer gut von dir!", verteidigte sich Machwao verwirrt. „Wie meinst du das?" Er strich die langen Haare nach hinten und musterte den Freund.

Wakoh zögerte verunsichert und wurde dann deutlich. „Ich hoffe, dass deine Schwester bald zur Frau wird. Ich bin nicht vom Bärenclan, sondern gehöre dem Wolfsclan an. Ich hoffte, dass sie mich vielleicht bemerken würde." Seine Stimme war ungewohnt sanft und er zeigte plötzlich eine ganz andere Seite.

Machwao unterdrückte ein Stöhnen. Die Lachfältchen um seine Augen glätteten sich, als er ernst wurde. Er konnte diese unausgesprochene Bitte jetzt nicht mit einem Scherz abtun. Wakoh war ein guter Freund, ein guter Kämpfer, aber ein Ehemann für seine Schwester? Wahrscheinlich fürchtete sie ihn genauso wie alle anderen Mädchen! Oder hatte sie diesen verwegenen Krieger schon wohlwollend bemerkt? Zumindest der kahlgeschorene Kopf mit dem Haarschopf schien sie keineswegs gestört zu haben. „Huh!", stöhnte er übertrieben langsam. „Sie hatte noch nicht einmal ihren ersten Mond. Noch ist sie ein Kind! Kaum alt genug, um sie überhaupt zu beachten."

Wakoh schenke ihm ein sanftes Lächeln. „Ich kann warten. Deine Schwester ist sanftmütig, fleißig und wäre eine Zierde für meinen Wigwam. Ich würde immer gut auf sie achten."

„Das weiß ich!" Machwao winkte ungeduldig ab. Natürlich würde Wakoh seine Schwester achten und ehren. Aber wäre er auch ein guter Ehemann? Kurz streifte sein Blick über die auffälligen Tattoos, die das Gesicht seines Freundes schmückten. Natürlich würde er seine Schwester schützen, aber würde er sie auch lieben? Andererseits wollte er seinen Freund auch nicht enttäuschen. Mit einem Achselzucken tat er die indirekte Frage ab. „Noch ist sie nur ein Kind. Wer weiß schon, was ihr in den nächsten Monden einfällt und welcher Mann ihr Herz dann berührt."

„Aber du würdest es gutheißen, wenn ich um sie werbe?" Wakohs Mimik drückte plötzlich eine Verletzlichkeit aus, die Machwao erstaunte.

„Aber sicher!", beeilte er sich zu sagen. „Jede Frau kann froh sei, wenn sie dich als Ehemann hat!" Mit plötzlicher Klarheit erkannte er, dass er die Wahrheit sagte. Wakoh war ein guter Jäger, der seine Familie sicherlich gut versorgen würde. Nur das war wichtig.

Über das Gesicht von Wakoh lief ein weiches Lächeln, das all die furchterregenden Tattoos vergessen ließ. Ja, er wäre ein guter Ehemann! Wahrscheinlich war er nur auf diese Reise mitgekommen, um Machwao überhaupt diese Frage zu stellen. Machwao gab das Lächeln zurück und legte sich auf seine Felle. Es war nicht das Schlechteste, wenn er Wakoh als Schwager bekam. Gerade eben hatte er ihm auch eine liebenswerte Seite gezeigt. Eine Sanftheit, die er auch Kämenaw Nuki gegenüber zeigen würde.

***

Am nächsten Tag ehrten sie erst Geister mit einem Tabakopfer, ehe sie sich auf die Suche nach den grünen Steinen machten. Wakoh hatte sich unsichtbar gemacht und versteckte sich am hochliegenden Ufer, um mögliche Feinde auszuspähen. Die anderen suchten den Fluss ab und fanden bereits nach kurzer Zeit die seltsamen grünen Steine, die im Süden eine so wertvolle Handelsware darstellten. Umsichtig verstauten sie die Fundstücke in den Wildlederbeuteln, die sie mitgebracht hatten. Machwao streckte manchmal seinen Rücken, denn ständig in gebückter Haltung nach den Steinen zu suchen, war anstrengend. Nach den Arbeiten an seinem Kanu und dem langen Paddeln spürte er jeden einzelnen Muskel im Leib.

Dann ertönte völlig unvermittelt der Warnruf ihres Freundes. Nachdem der Vormittag so ruhig verlaufen war, riss er die Freunde aus ihrer geruhsamen Suche nach dem Stein des Weißen Bären. Mit einem Hechtsprung rettete sich Machwao an das Ufer, während Wapus noch völlig irritiert im Fluss stand. Nur Awässeh-neskas hatte sich ebenfalls in Sicherheit gebracht.

„Geh in Deckung", schrie Machwao voller Angst seinem Freund zu. Endlich reagierte Wapus und suchte Schutz hinter einem Fel-

sen. „Was ist los?", rief er besorgt. Seine Augen waren rund, als er sich vorsichtig nach allen Seiten umsah.

„Keine Ahnung!", schrie Machwao zurück. „Wakoh hat uns gewarnt!"

Erste Pfeile schlugen unvermittelt in der Nähe der Männer ein und alle duckten sich in die Deckung von Felsen oder Bäumen. So viele Feinde konnten es nicht sein, denn die Pfeile waren zählbar, nichtsdestotrotz gefährlich. Dann ertönte ein verzweifeltes Gurgeln und Stille breitete sich über den Arm des Flusses aus.

Machwao wagte sich aus der Deckung und rannte in Höchstgeschwindigkeit auf die Böschung zu. Dann hechtete er kopfüber in ein Dickicht, tauchte hinter einen umgestürzten Baumstamm und schnappte nach Luft. Jetzt! Jetzt, würde ihn sicherlich ein tödlicher Pfeil treffen! Er wartete mehrere Atemzüge, doch nichts geschah. Erst dann wagte er es, sich vorsichtig auf den Bauch zu drehen und die Umgebung in Augenschein zu nehmen. Wo waren die Feinde? In einiger Entfernung beobachtete er, wie jemand durch den Wald schlich. Ohne zu denken erhob er sich aus der Deckung und bewegte sich in Richtung des Feindes. Er verschwendete keinen Gedanken daran, um wen es sich handelte, denn hier ging es nur darum, seine Freunde zu retten.

Nach wenigen Schritten hatte er den Fremden eingeholt und mit einem furchterregenden Schrei warf er sich auf ihn. Genauso überrumpelt versuchte der fremde Krieger ihn abzuschütteln, doch Machwao hatte seine Kriegskeule erhoben und schlug erbarmungslos zu. Er fühlte nichts außer dem Willen, seine Freunde zu retten und selbst zu überleben. Kurz musterte er den Feind, den er mit einem kräftigen Schlag seiner Keule getötet hatte. Ja, er war jung, vielleicht in seinem Alter. Und er schien vom Volk der Anishinabe zu sein. Warum auch wagten sie sich in die Jagdgründe der Menominee? Abgesehen davon, dass die Menominee gar nichts dagegen hätten, wenn Anishinabe hier in der Gegend auftauchten. Die Häuptlinge suchten nach Möglichkeiten des Friedens mit allen benachbarten Völkern. Kurz wallte das Mitleid in Machwao hoch, einen so jungen Feind besiegt zu haben. Aber er war angegriffen worden und hatte keine andere Wahl gehabt.

In einiger Entfernung hörte er den Siegesschrei von Wakoh, dem Fuchs, und er dankte es seinem Freund, dass er sie alle gewarnt hatte. Es war umsichtig gewesen, dass er angeboten hatte, über sie zu wachen.

Machwao lief zum Flussufer zurück und gab mit Zeichen zu verstehen, dass Wapus und Awässeh-neskas gefahrlos aus dem Wasser kommen konnten. Sein Freund Awässeh-neskas, Bärenkralle, war verletzt und kam nur langsam aus der Deckung eines Felsens hervor. Ein Pfeil steckte in seiner Schulter und sein Gesicht war schmerzverzerrt. „Hoh, wo sind denn diese Feinde so plötzlich hergekommen?"

Machwao lachte dunkel, als die Erleichterung ihn übermannte. Er hob die Hände in einer Geste der Unwissenheit. „Ich habe sie auch nicht bemerkt. Gut, dass Wakoh so aufmerksam war, sonst würden wir jetzt nicht mehr hier stehen. Lass mich dir helfen!"

Awässeh-neskas ließ sich in den Kies plumpsen und ähnelte nun wirklich einem kleinen Bären, der sich die Wunden leckte. Auf seiner Stirn sammelte sich trotz der Kälte Schweiß und er atmete keuchend. Fast sah es aus, als würde sein Geist ihn gleich verlassen.

Wapus kniete sich neben den Verletzten und begutachtete die Wunde. Der Pfeil steckte tief in der Schulter und Wapus warf Machwao einen besorgten Blick zu. „Ich muss die Wunde weiten, um den Pfeil herauszuziehen. Er wird viel Blut verlieren. Hilfst du mir, ihn festzuhalten?"

Machwao spürte, wie ihm die Kehle eng wurde. Sein Freund würde Schmerzen haben! Er konnte so etwas schwer aushalten. Er sah auf, als Wakoh angerannt kam. Außer Atem kniete auch dieser sich neben den Krieger und sah vorwurfsvoll von einem zum anderen. „Habt ihr meinen Warnruf nicht gehört?"

Machwao schluckte seinen Zorn hinunter und warf ihm einen finsteren Blick zu. „Du urteilst vorschnell! Wir haben dich gehört, doch deine Warnung kam reichlich spät. Ein Pfeil fliegt schnell!"

„Hoh!" Wakoh schluckte die Kritik hinunter und schüttelte den Kopf. „Sie waren vorsichtig. Seht, was ich gefunden haben!" Er zeigte den Männern einen ledernen Beutel, in dem bereits viele dieser grünen Klumpen lagen. Offensichtlich kannten auch

einige Anishinabe den geheimen Platz und waren hierhergekommen, um sich daran zu bereichern.

Machwao nickte kurz und zeigte dann auf den verletzten Freund. „Wir müssen den Pfeil herausschneiden. Hilf mir, ihn festzuhalten!"

Awässeh-neskas schüttelte verneinend den Kopf. „Ich kann das alleine. Ihr müsst mich nicht festhalten."

Es war Wapus, der entschlossen ein Machtwort sprach. „Ich bohre nicht mit einem Messer in dir herum, ohne dass du festgehalten wirst. Ich kenne dich und will nicht von deinen Tatzen erschlagen werden, wenn du wütend wirst."

Awässeh-neskas rollte empört die Augen, dann ließ er sich widerstandslos nach hinten sinken. Seine Lider waren nun geschlossen und es sah aus, als würde er schlafen.

Mit seinem Messer schnitt Wapus den Umhang über der Verletzung auf. Als Wapus die Wunde freigelegt hatte, drang er mit dem Messer am Schaft entlang in das blutende Fleisch. Er weitete die Wunde, bis er schließlich die Pfeilspitze erreicht hatte. Er musste verhindern, dass die Spitze in der Wunde blieb, wenn er den Pfeil herauszog. Das Blut floss in Strömen über den Körper des Verletzten und Awässeh-neskas bäumte sich auf. Machwao und Wakoh knieten fast auf den Armen von Awässeh-neskas, um ihn am Boden zu halten. Der Mann kämpfte gegen die Schmerzen an und seine Lippen wurden blutig, bis Machwao ihm ein Stück Leder in den Mund schob.

Umsichtig schnitt Wapus das Fleisch um die Pfeilspitze herum auf und bohrte dann unter den Pfeil. Mit einer leichten Hebelwirkung versuchte er, den Pfeil nach oben zu schieben. Es ging ganz leicht, weil der Pfeil den Knochen noch nicht durchschlagen hatte. Kurze Zeit später lag der Pfeil im Kies und Wapus entfernte alle kleinen Teilchen, die er sehen konnte. Wenn Dreck zurückblieb, dann konnte sich die Wunde entzünden. Es blutete stark, doch das würde eher helfen, die Wunde zu reinigen. Awässehneskas lag ganz still da. Eine gnädige Ohnmacht hatte ihn von den Schmerzen befreit.

Wapus öffnete sein heiliges Bündel und suchte nach den Kräutern und anderem Zauber, der seinem Freund bei der Heilung

unterstützen würde. Aber er wusste, dass es besser wäre, schnell wieder heimzukommen. Die Wunde war schwer und es würde einige Zeit dauern, bis sie verheilt war. Sein Freund brauchte einen warmen Wigwam und Pflege. Sie hatten gefunden, was sie wollten, und jetzt hatte die Genesung des Freundes Vorrang. Außerdem musste das Volk wissen, dass Anishinabe in der Nähe waren.

Der Kampf um Mabila

(Im Süden)

Maisblüte wollte zu ihrer Mutter, doch die Pflicht, aber auch die Angst, ließen sie verharren. Von draußen waren der Kampflärm und die Schreie der Krieger zu hören. Ihr Herz klopfte, als sie mit den anderen die heiligen Gesänge zum Sonnenvater schickte. Der Heilige Mann sang ebenfalls und begleitete die Gesänge wieder mit seiner kleinen Trommel. Sie war aus einem Tontopf, der mit Leder bespannt war. Durch eine kleine Öffnung konnte Wasser eingefüllt werden, das der Trommel ihren besonderen Klang gab. Sie wurde mit einem Schlegel geschlagen, doch bei dem Lärm konnten die Jungfrauen ihren Klang kaum noch hören. Auch die Gesänge der Jungfrauen waren in dem Lärm des Kampfgeschehens nur mehr ein Hauch. Frauen und Kinder versteckten sich schreiend vor Angst in den Hütten und verschlossen die Türen. Die Krieger besetzten die Palisaden und schrien den Feinden ihre Schmährufe entgegen, beantwortet von den Befehlen und Schlachtrufen der Spanier.

Vor den Toren versammelte sich kurz darauf die Hauptmacht des Feindes. Die Patrouillen waren zur Vorhut gestoßen, sodass die Ebene mit Reitern und Soldaten überflutet war, die von allen Seiten gegen die Palisaden stürmten. DeSoto konnte es sich nicht erlauben, dass ein Dorf ihm Widerstand leistete, und hatte Befehl gegeben, dieses Dorf auszulöschen. Mit ihren Äxten und Beilen versuchten sie, die Palisaden einzureißen, während die Krieger von oben ihre Pfeile auf die Angreifer schossen. „Santiago!", erscholl der Schlachtruf der Fremden. Der Angriff kam jetzt koordiniert, mit all der Tücke und Kriegskunst, zu der die Spanier fähig waren. Ihr Expeditionskorps war immer noch die am besten ausgerüstete Truppe der Welt. Ihr Anführer Hernando DeSoto war ein fähiger, wenngleich skrupelloser Kommandeur. Die Arkebusen rissen Löcher in die Palisaden und trafen die Krieger, die dahinter Schutz gesucht hatten. Der ohrenbetäubende Knall rollte wie ein Donner über das Dorf und ließ die Menschen darin vor Schreck erstarren. Dann gaben die Trommelwirbel der Trommler-

jungen das Signal zum Sturm und in die Trompeten und Pfeifen mischte sich das hohe Kriegsträllern der Bewohner. Viele Krieger ließen sich von den Palisaden herab und kämpften im offenen Feld gegen die Angreifer, aber die Reiter mit ihren Lanzen spießten sie auf, als wären es Strohpuppen. Die Flinkheit, die sonst der Vorteil der Indios war, wurde ihnen nun zum Verhängnis, weil sie die Schnelligkeit der Pferde unterschätzt hatten. Staub wirbelte auf, als die Reiter in voller Geschwindigkeit über den sandigen Boden galoppierten. Ihre hohen Lanzen ragten aus der Staubwolke heraus und verschwanden dann plötzlich, wenn der Reiter sie senkte, um sein tödliches Handwerk zu verrichten.

Dann wurde der Angriff plötzlich unterbrochen und andere Männer traten vor, die neues Unheil brachten. Brennende Pfeile schossen über die Palisaden und steckten die Hütten in Brand. Gleichzeitig liefen Soldaten an die Palisaden heran, die brennende Ballen vor sich her schoben. Im Nu brannte das trockene Holz und die Krieger mussten sich vor den Flammen zurückziehen. Auch im Dorf brach Panik aus, als die Feuersbrunst sich in Windeseile verbreitete. Krieger versuchten die Brände zu löschen und die eingeschlossenen Frauen und Kinder zu befreien. Einzelne Kinder konnten über das Dach entwischen, ehe es lichterloh brannte. Sie waren von ihren Müttern hochgehoben worden, kletterten über die brennenden Dächer und sprangen dann nach unten, nur um dort von weiteren Flammen und Rauch eingehüllt zu werden. Hustend versuchten sie einen Weg aus der Feuerhölle zu finden, während sich auf der Haut bereits Brandblasen bildeten. Die anderen starben schreiend im Feuer oder erstickten, ehe das Feuer sie erreichte. Alles geschah in unglaublich kurzer Zeit. Gerade eben noch hatten die Krieger erfolgreich die Feinde aus dem Dorf vertrieben, doch nun wurden sie von allen Seiten bedrängt und ihr Dorf durch das Feuer zerstört. Verzweiflung breitete sich aus, Hoffnungslosigkeit und die Erkenntnis, dass sie einem übermächtigen Feind gegenüberstanden.

Große-Schlange warf seine Krieger verbissen gegen den Feind und ermutigte sie durch sein kühnes Vorbild, nicht aufzugeben.

Wenn erst die Palisaden von den Feinden überwunden wurden, dann gäbe es kein Entkommen mehr. An Flucht war nicht mehr zu denken, denn die Spanier hatten das Dorf umzingelt. Halten oder Sterben. Schreie waren zu hören, verbranntes Fleisch verpestete die Luft und die Hitze des brennenden Dorfes wurde unerträglich und nahm den Menschen den Sauerstoff.

Große-Schlange starb, als ein Pfeil seine Brust durchbohrte und er rückwärts von der Palisade fiel. Für einen winzigen Augenblick spürte er die Überraschung des nahenden Todes, eine tiefe Furcht vor der schwarzen Finsternis, die ihn umfing, dann wurde es licht und hell und Frieden umfing ihn. Er spürte nicht mehr, wie er unsanft zu Boden krachte und Flammen an seinem Haar züngelten.

***

Seine Frau erfuhr nichts mehr von seinem Tod. Ihre Chukka brannte lichterloh und im letzten Moment half sie Nanih Waiya, auf das Dach zu klettern. Die Balken lagen dicht, aber der Junge war schmal genug, um sich durchzuquetschen. Aber auch das Dach stand bereits in Flammen und das Kind kreischte vor Entsetzen. „Versteck dich!", rief die Mutter hustend. Der Atem wurde knapp und die Hitze brannte in ihren Lungen. Die beiden Sklavinnen kreischten in Todesangst und versuchten ebenfalls, der Flammenhölle zu entkommen. Mit ihren Händen rissen sie das Stroh von den Wänden und versuchten, einen Ausgang zu finden. Dann wurde der Qualm so schlimm, dass sie hustend zusammenbrachen. Auch der Mutter tränten die Augen und sie rang keuchend nach Luft. Sie hörte noch, wie ihr Sohn auf dem Dach um Hilfe schrie, dann sank sie zu Boden. „Hashtali, nimm mich zu dir!", flehte sie. „Ich habe keine Angst!" Dann erreichten die Flammen ihren Körper und steckten die Kleidung in Brand. Die Schmerzen waren unerträglich und sie rannte als brennende Fackel durch ihre Hütte. Ihr Schreien mischte sich mit dem Todeskreischen der Sklavinnen. Hier, in dieser Feuersbrunst, gab es keine Unterschiede mehr. Ihr Todeskampf dauerte eine Ewigkeit, ehe Hashtali ein Einsehen hatte und die drei Frauen zu sich rief.

Die Spanier hatten inzwischen das Tor überwunden und stürmten mordend durch das brennende Dorf. Sie hieben auf alles ein, was sich ihnen in den Weg stellte, gleichgültig ob es Mann, Frau oder Kind war. Sie waren in einem Blutrausch, der nicht mehr aufzuhalten war. Ihre Degen und Lanzen schnitten furchtbare Wunden in das Fleisch und das Blut lief in Strömen. Die Männer stiegen über eingeschlagene Köpfe, blickten in starre, aufgerissene Augen und hieben Arme ab, die sich ihnen bittend entgegenstreckten. Andererseits kämpften auch die Krieger mit dem Mut der Verzweiflung. Keiner wollte in Gefangenschaft geraten und man wählte lieber den Freitod. Manch ein Mann nahm die Sehne seines langen Bogens, knüpfte sie an den Palisaden fest und erhängte sich, um der Gefangenschaft zu entgehen. Es gab kein Entkommen bei der furchtbaren Übermacht der Feinde, denn das Dorf war eingekesselt, also kämpften die Menschen lieber bis zum Tod. Einer nach dem anderen fiel, bis sich die Körper auf den Wegen stapelten. Es waren Tausende, die an diesem Tag den Tod fanden. Das Dorf mit den Palisaden war zur Todesfalle geworden.

Auch die Fremden hatten schwere Verluste, aber ihre Waffen waren überlegen und das Feuer war auf ihrer Seite. Der Rauch breitete sich aus und die Hitze der Flammen war schier unerträglich. Die Männer husteten und spuckten, doch am schlimmsten war der Geruch nach verbranntem Fleisch. Immer wieder dröhnte der Schlachtruf „Santiago", der ihnen Kraft gab, weiter gegen diese „Wilden" zu kämpfen. Auch der Anführer kämpfte vom Pferd aus, selbst als ein Pfeil ihn in die Hüfte traf. Von allen Seiten drangen die Fremden in das Dorf vor und töteten die wenigen Überlebenden. Es gab kein Erbarmen.

Schließlich erreichten die Spanier die Hütte des Häuptlings. Sie hatte als einzige kein Feuer gefangen, weil es in der Mitte des Dorfes auf dem künstlichen Hügel stand. Die Jungfrauen befanden sich mit dem Hopaii darin und klammerten sich aneinander. Sie schrien vor Furcht, als ein Soldat in die Hütte stürmte und dem Heiligen Mann einfach den Kopf abschlug. Er benötigte mehrere Schläge, ehe der Kopf über den Boden rollte. Schreiend

drängten sich die Mädchen in eine Ecke, als weitere Männer mit gezückten Waffen auf sie zukamen. Hier gab es kein Entrinnen, denn die Hütten waren stabil gebaut worden. Auf einen Befehl hin ließen die Soldaten die Hellebarden sinken und starrten die Mädchen lüstern an. Die Soldaten forderten endlich den Preis des Sieges. Jetzt und hier! Es gab keinen Ehrenkodex, der die Einwohner einer gefallenen Stadt schützen würde, schon gar nicht, wenn es sich um Heiden handelte. Draußen dunkelte es bereits und die Nacht senkte sich gnädig über das Schlachtfeld.

Für die Männer gab es kein Halten mehr. Sie hatten den ganzen Tag gekämpft und ihr Leben dabei riskiert. Sie sahen es als gerecht an, dass sie sich anschließend die Beute teilten. Die Männer waren verschwitzt und dreckig, sie waren aufgeputscht vom Kampf und das Adrenalin pochte in ihren Adern. Gierig rissen sie den Mädchen die Kleider vom Leib und zerrten sie zu Boden, um sich an ihnen zu bedienen. Sie wussten, dass ihnen nicht viel Zeit blieb, denn irgendwann würde ein Befehlshaber kommen und die Soldaten zur Ordnung rufen. Also stürzten sie sich auf die Beute und nutzten die kurze Zeit völliger Gesetzlosigkeit, in der es kein Mitleid und kein Erbarmen gab, wie in so vielen Schlachten vorher. Sie stießen kaum auf Widerstand, weil die Mädchen so entsetzt waren, dass sie nicht an Gegenwehr dachten. Die Soldaten mit ihren blutbesudelten Harnischen und glänzenden Helmen wirkten wie Ausgeburten der Unterwelt, wie wütende Götter, die ihren Zorn an den Mädchen ausließen.

Erst als sie grob zu Boden gestoßen wurden, ahnten sie, was ihnen bevorstand. Ihr Weinen und Klagen rührte die Männer nicht, denn sie hatten Angst, dass andere kamen und ihnen den Spaß verdarben. Frauen waren schon länger Mangelware, sodass sie ihren aufgestauten Instinkten freien Lauf ließen. Sie öffneten die Hosen, spreizten die Beine der Jungfrauen und drangen brutal in das junge Fleisch ein. Das Keuchen der Männer mischte sich mit dem Weinen der Mädchen, das bald von einem qualvollen Stöhnen abgelöst wurde. Es hinderte die Männer nicht an ihrem Tun. Ihr verschwitzter Körper presste das Mädchen unter sich gegen

den Boden, ihre blutverschmierten Hände hielten die Handgelenke umfasst, und ihr stinkender Atem schlug keuchend in das Gesicht, das angsterstarrt unter ihnen lag. Der widerliche Akt dauerte nicht lange, denn in ihrer grenzenlosen Gier wollten die Männer schnell zum Ziel. Rücksichtslos nahmen sie sich die Beute, stießen und verletzten, ohne Reue, ohne Mitleid und ohne Schamgefühl. Heute würde es keine Strafe geben. Es war ein Gemetzel gewesen, und dieser Akt der Barbarei war lediglich die Vollendung. Die Männer stöhnten vor Befriedigung, als sie sich in den Mädchen ergossen und sich dann aus der blutigen Wunde zurückzogen. Sie hatten mit ihrem körpereigenen Schwert zugestoßen. Sie beeilten sich, denn der nächste Mann wartete bereits auf die Beute. Das Weinen hatte aufgehört.

Einer der Männer hatte immer noch nicht genug. Er zog sein Messer und stieß es dem Mädchen in die Scheide. Brutal stach er zu und schlitzte es auf. Er lachte hysterisch, als das Mädchen vor Schmerzen schrie. Wieder stieß er zu und das Blut lief über sein Handgelenk. Er war wie wahnsinnig, als er das Messer nahm und dem Mädchen schließlich die Kehle durchschnitt. Ein Schwall Blut ließ den Schrei verstummen. Ihre Hände bebten, dann erschlaffte der Körper und die Augen brachen. Kaltschnäuzig wischte der Mann sein Messer an ihrer zerfetzten Kleidung sauber, dann rannte er aus der Hütte. Vielleicht fürchtete er nun doch die Strafe DeSotos. Irgendjemand maulte, dass er jetzt seine Lust an einem anderen Mädchen befriedigen musste.

***

Maisblüte hatte die Augen geschlossen und ergab sich ihrem Schicksal. Sie hatte den ganzen Tag gebetet und der Sonnenvater hatte ihnen seine Gnade verwehrt. Mit dem Tod des Hopaii war auch ihr eigenes Leben vorbei. Als die Hand des Mannes ihr schönes Tuch zerriss, wusste sie, was ihr bevorstand. Sie wurde mit einer solchen Brutalität zu Boden geworfen, dass ihr die Luft wegblieb. Eine Hand quetschte ihre Handgelenke zusammen, die andere presste ihre Beine auseinander. Sie wollte sie zusam-

menpressen, aber der Mann riss ein Bein so weit nach oben, dass sie vor Schmerzen stöhnte. Schweiß und Gestank schlugen ihr ins Gesicht, als die Fratze des Mannes sich über sie beugte. Seine Haare waren verschwitzt und seine seltsamen braunen Augen glänzten vor Gier. Sein Mund saugte heftig an ihren Brüsten und sie versuchte sich wegzudrehen. Er war schwer und so grinste er nur widerlich. Wieder fand sein Mund ihre Brüste und er riss viel zu heftig daran.

Dann spürte Maisblüte, wie das Geschlecht des Mannes gegen ihren Schoß presste. Nein, dachte sie, noch nicht, ich hatte noch nicht meine ersten Riten! Dann übertraf der Schmerz all ihre Gedanken, als sich der Mann stoßend seinen Weg in ihr Innerstes suchte. Sie wollte die Beine zusammenpressen, irgendwie diesem Schmerz entgehen, doch es gelang ihr nicht. Sie lag offen und ungeschützt unter ihm, hörte sein gepresstes Keuchen und das Klatschen seines Fleisches auf dem ihren. Neben sich hörte sie ein anderes Mädchen schreien, dem das Gleiche widerfuhr. Es war Vogel-im-Bach, deren Jugend auch sie nicht schützte.

Maisblüte verschwendete keinen Gedanken an ihre Freundin, denn was ihr geschah, war so unbeschreiblich, dass ihr schwindelte. Die Schmerzen in ihrem Schoß waren schier unerträglich und sie wollte nur noch, dass es aufhörte. Der Mann aber steigerte sich in einen Rausch und drang so heftig in ihr vor, dass sie vor Schmerzen stöhnte.

Aufhören, dachte sie nur noch. Aufhören! Dann bäumte auch dieser Mann sich auf und beendete sein schändliches Geschäft. Er lachte wie befreit und sah ihr dann lüstern in die Augen. Immer noch hatte er ihre Handgelenke umfasst, sodass sie nicht aufstehen konnte.

Nur langsam kehrten die Geräusche zurück und Maisblüte hörte das Weinen der anderen Mädchen. Hier hatte es kein Erbarmen gegeben. Der Mann zwang sie aufzustehen und schubste sie zu den anderen Mädchen, die sich weinend an die Wand drückten. Viele bluteten zwischen den Beinen, was die Männer nur noch mehr reizte. Sie machten Witze und strichen mit ihren dreckigen Fingern immer wieder zwischen die Beine der Mädchen.

Maisblüte hatte das tote Mädchen am Boden entdeckt und schrie vor Entsetzen. Es war Nebel-am-Morgen, die dort mit durchschnittener Kehle lag. Maisblüte ahnte, dass auch sie getötet werden würde. Ihr Klagen mischte sich in das Flehen der anderen, die ebenfalls den Tod erwarteten. Würde Hashtali sie zu sich rufen, damit sie ihren Angehörigen in die andere Welt folgen konnten? Wer waren diese fremden Götter, die ihr Dorf ausgelöscht hatten?

Vielleicht war es dieses Flehen, vielleicht war aber auch der Rausch vorbei, warum die Männer endlich innehielten und etwas betroffen auf das tote Mädchen starrten. Es wäre nicht nötig gewesen. Einer der Soldaten trat vor und erlaubte den anderen Mädchen, dass sie sich bedeckten. Er nahm ein zerrissenes Gewand und reichte es Maisblüte, damit sie ihren Körper verhüllen konnte. „Wir tun euch nichts!", versicherte er, obwohl er wusste, dass Maisblüte ihn nicht verstehen konnte.

Die Soldaten packten die Mädchen am Arm und führten sie aus der Hütte heraus. Draußen war es dunkel, nur hier und da brannte noch ein Feuer und beleuchtete den Ort des Gemetzels. Erst jetzt konnte Maisblüte das Ausmaß des Angriffs erkennen. Das Dorf war vollständig zerstört worden! Überall lagen die toten Krieger und in den heruntergebrannten Chukkas konnte man verkohlte Skelette erkennen. Ihre Mutter! Wo war die Mutter? Und wo war ihr kleiner Bruder? Ihre schwarzen Augen wurden groß, als sie mit entsetzlicher Sicherheit ahnte, dass niemand mehr am Leben war. Neben ihr erklang erneutes Wehklagen, als die anderen Mädchen erkannten, dass ihre Lieben wohl alle getötet worden waren.

Maisblüte stieg über Leichenberge, als die Soldaten sie aus dem Dorf führten. Ihre Füße rutschten in dem Matsch aus Staub und Blut aus, sodass einer der Männer sie kurz stützte. Maisblüte erschrak bis ins Mark, denn die Hand an ihrem Arm erinnerte sie an die Tortur, die sie gerade erst überstanden hatte. Sie riss sich los und erntete das Gelächter der Soldaten. Maisblüte versuchte einen Blick auf ihre Chukka zu erhaschen, aber in der Dunkelheit und in dem Rauch konnte sie nicht so weit sehen. Vielleicht war

es gut so. So blieb ihr der Anblick der verkohlten Leichen erspart. Ihr Leben, wie sie es bisher gekannt hatte, war mit einem Schlag zu Ende. Sie wusste nicht, was ihnen noch bevorstand. Aber es war klar, dass sie alle versklavt werden würden. In der Ferne wurde einigen überlebenden Männern der Kopf abgeschlagen, während andere Soldaten durch die Reihen der Gefallenen schritten und jeden töteten, der sich noch rührte. Sie machten keine männlichen Gefangenen.

Die Mädchen klammerten sich aneinander und weinten vor Angst. Sie stolperten, als ihre Knie vor Furcht zu zittern begannen, aber niemanden scherte das. Die Mädchen wehrten sich nicht, als ihnen die Händen gefesselt wurden und sie durch die Meute der Soldaten gezogen wurden. Kurz erlaubte man ihnen, sich etwas abseits hinzusetzen, dann wurden sie wieder aufgescheucht und durch das Lager getrieben, das etwas abseits der schwelenden Hütten aufgebaut wurde. Es war fast dunkel, als sie in ein großes Zelt gezerrt wurden. Einige Mädchen schrien, als ihnen erneut die Kleidung vom Leib gerissen wurde, und sie drängten sich ängstlich aneinander. Was würde jetzt geschehen? Würden sie geopfert werden? Würden sie ihren Familien in die andere Welt folgen können? Mit großen Augen verfolgten sie das Geschehen und einige erkannten, was ihnen blühte. Sie würden an diese Männer gegeben werden! Das Weinen wurde zu einem Schluchzen, als sie schamlos gemustert wurden und ein Mann nach dem anderen vortrat, um sich seine Beute zu holen. Ohne Rücksicht wurden sie auseinandergerissen und in die Zelte ihrer neuen Herren verschleppt.

Juan de Anasco
(Alabama, Oktober im Jahre des Herrn 1540)

Juan de Anasco hatte eine Mordswut im Bauch. Diese Wilden hatten es gewagt, ihn und seine Lanzenreiter anzugreifen und den Gouverneur in eine Falle zu locken. Seitdem sie in Florida gelandet waren, hatte dies noch keiner dieser Häuptlinge, auf die sie bisher gestoßen waren, gewagt. Er hatte diesen Tuscalusa von Anfang an misstraut, doch die scheinbare Ergebenheit hatte die Soldaten und auch den Gouverneur eingelullt. Noch nie hatte irgendein Dorf den bewaffneten Widerstand gewagt! Noch nie! Seit zwei Jahren hatten sie dieses Land durchquert, hatten Dörfer geplündert und Sklaven genommen, immer auf der Suche nach den Goldschätzen, die sie erhofft hatten zu finden, doch der erbitterte Widerstand dieses Häuptlings hatte ihnen böse zugesetzt.

Juan war ebenso wie der Gouverneur aus der Extremadura und sie waren im Namen von Spanien nach Florida gekommen, um das Land für die spanische Krone in Besitz zu nehmen, Gold zu finden und den Weg zum anderen Ozean zu finden, der ihnen eine Passage nach China sichern sollte.

Nach der Reconquista, bei der die Mauren aus Spanien vertrieben wurden, war gerade diese Provinz beseelt von einem fanatischen christlichen Sendungsbewusstsein, was so weit führte, dass bei ihren Eroberungen in den Dörfern das Kreuz errichtet und versucht wurde, den Häuptling und sein Gefolge zu bekehren. Die Bulle des Papstes erteilte ihnen Absolution in all ihrem Gebaren. Sie war 1493 von Papst Alexander VI. verfasst worden und besagte, dass alles Land, das nicht von Christen bewohnt war, entdeckt, erobert und ausgebeutet werden durfte. Sie hatte immer noch Bestand und wurde inzwischen auch von anderen Eroberern als Legitimation benutzt.

Juan sah in den Einheimischen ungläubige Wilde, die keine Gnade verdienten. Er wollte Reichtümer erwerben und fühlte, ebenso wie viele der anderen Soldaten, kein Mitleid mit den Menschen,

die er besiegte und ausraubte. Einige Soldaten hatten schon mit DeSoto in Südamerika gekämpft und einigen Reichtum erworben. Auch Juan war dem Ruf DeSotos damals gefolgt und hatte sich ihm ein weiteres Mal angeschlossen. Mit drei eigenen Pferden und seiner gesamten Ausrüstung war er aufgebrochen und er stellte nüchtern fest, dass seit dem Aufbruch nicht mehr viel übrig geblieben war. Ein Pferd hatte er bereits verloren, sein Sklave war entlaufen und seine Ausrüstung war in einem schlimmen Zustand. Fast hatte er vergessen, dass er ebenfalls der Capitán eines Schiffes war, das an der Küste auf ihn wartete. Er zählte Mitte Vierzig und er war durch und durch ein skrupelloser Abenteurer. Er hatte bereits Reichtümer angehäuft und plante, sich nach dieser Expedition als reicher Mann zur Ruhe zu setzen. Noch hatte er nicht geheiratet, weil sein Lebenswandel kein Umgang für eine christliche Frau war. Außerdem schätzte er das Herumhuren. Aber irgendwann würde er sich zur Ruhe setzen und von seinen Erinnerungen zehren. Wenn er es aus diesem von Gott verfluchten Land zurück schaffte.

Sein Aussehen spiegelte sein abenteuerliches Leben. Er war selbst für einen Spanier sehr groß und damit eine eindrucksvolle Erscheinung. Sein Körper war durchtrainiert, wie es sich für den Capitán der Lanzenreiter gehörte, der sich stets mit seinen Männern in das dichteste Kampfgetümmel stürzte. Sein Gesicht war hager, mit einer gebogenen Nase und strengen Mundwinkeln, die auf zynische Art nach unten gezogen waren. Seine dunklen Augen lagen unter dichten Augenbrauen und schienen alles durchbohren zu wollen. Eine hohe Stirn wurde teils von schwarzen Locken verborgen und ein ungepflegter Bart bedeckte die untere Gesichtshälfte. Es war deutlich zu sehen, dass der Mann schon länger auf Körperpflege und Schneiderei verzichten hatte müssen, denn seine einst prächtige Kleidung war zerschlissen und wirkte heruntergekommen.

Die Armverletzung schmerzte und dies brachte Juan in die Realität zurück. Missmutig sah er auf den zerrissenen Ärmel seines Gewandes, das der Barbier aufgetrennt hatte, um den Pfeil dieser undankbaren Eingeborenen zu entfernen. Der Mann war gerade

damit beschäftigt, einen Verband um den Oberarm zu wickeln. „Nicht schlimm!", meinte er mit wenig Mitgefühl.

Juan spuckte wütend auf den Boden und runzelte die Stirn. Die Armverletzung war tatsächlich nicht das Problem. Schlimmer war der Verlust der Ausrüstung und Kleidung, die den Flammen zum Opfer gefallen war. Er sah an sich hinunter und seufzte tief. Die Brokatstoffe standen vor Dreck und das ursprünglich weiße Unterhemd mit dem weißen Kragen hatte sich von dem Schweiß gelblich verfärbt.

Die Wunde am Arm pochte und kurz schloss er die Augen, um den Schwindel zu vertreiben. Der Geruch nach verbranntem Menschenfleisch lag schwer in der Luft und er wünschte sich eine frische Meeresbrise herbei. Wenn er die Augen schloss, konnte er das Stöhnen der Verletzten umso deutlicher hören, und er dachte kurz an die Männer, die gefallen waren. Sie hatten es hinter sich, während die Verwundeten immer noch darauf warteten, versorgt zu werden. Selbst der Gouverneur hatte dieses Mal einen Pfeil abbekommen. In den Allerwertesten! Eigentlich war das zum Lachen, wenn die Verluste nicht so arg wären.

Juan öffnete die Augen, als der Barbier ihn erneut ansprach. „Sie müssen den Arm ruhig halten, damit die Wunde heilen kann!", wurde er ermahnt.

Juan unterdrückte eine böse Bemerkung. Er hatte keinen Sklaven mehr, der die Arbeit für ihn verrichtete. Er konnte höchstens seinen Soldaten Befehle erteilen und die Weiber im Tross bitten, seine Wäsche zu waschen. „Wie viele Verwundete haben wir?", erkundigte er sich mit ruhiger Stimme. Er wollte wissen, ob sie entscheidend in ihrer Kampfkraft geschwächt waren.

„Über zweihundert!", antwortete der Barbier. „Ich habe alle Hände voll zu tun. Meist Pfeilwunden, aber auch Brandverletzungen."

„Und Tote?"

Der Barbier zuckte mit den Schultern. „Weiß ich noch nicht genau. Einige werden ihren Verletzungen wohl noch erliegen. Genaues weiß ich erst in ein paar Tagen."

„Wir können also nicht weiterziehen?" Es klang gereizt.

Der Barbier schüttelte den Kopf. „Auf keinen Fall! Es wird sicherlich ein paar Tage dauern, ehe die Verwundeten transportfähig sind." Der Barbier packte seine Bündel und warf dem Capitán einen freundlichen Blick zu. „Soll ich Sie zu Ihrem Zelt begleiten?"

Die Mundwinkel von Juan zogen sich spöttisch nach unten. „Ich habe eine Verletzung am Arm, nicht am Fuß!"

„Also dann! Ich melde mich, wenn ich die genauen Verluste habe!"

Juan nickte gnädig und setzte sich langsam in Bewegung. Sein Blick schweifte durch das Lager, das in aller Eile aufgebaut worden war. Lagerfeuer beleuchten die ersten Zelte, in die die Verwundeten getragen wurden. Es war bereits dunkel, sodass die schlimmsten Eindrücke verborgen blieben.

Juan ging zum Zelt des Gouverneurs, der seine Berater um sich versammelt hatte. Er salutierte kurz und setzte sich dann auf eine provisorische Bank, die für die Offiziere aufgebaut worden war. Kurz musterte er die anwesenden Herren, die ebenfalls noch keine Zeit gefunden hatten, sich umzuziehen. Blutbesudelte Gewänder zeugten davon, dass alle an den Kampfhandlungen beteiligt gewesen waren. Sie stanken nach Blut, Schweiß und Rauch. Juan wischte sich den Schweiß von der Stirn und wartete auf die Worte des Gouverneurs. Dann stand er auf, als ein Priester zuerst ein Gebet sprach und sich bei der Jungfrau Maria für den Sieg über die Heiden bedankte. „Amen!", flüsterten alle, dann blickten sie mit Spannung auf den Gouverneur.

„Es ist im Moment noch nicht abschätzbar, welcher Schaden entstanden ist", fing der Gouverneur mit bedächtigen Worten an. „Unsere Gedanken gelten den Verletzten und denjenigen, die nicht mehr unter uns weilen. Mein Neffe ist gefallen, wie ihr vielleicht wisst! Ich möchte seinen Tod nicht hervorheben, denn jeder Mann, der heute gefallen ist, stellt einen herben Verlust dar. Ich kann noch nicht sagen, wie viele Verletzte wir haben, aber es sind beträchtlich viele. In den nächsten Tagen erwarte ich detaillierte Berichte. Außerdem warte ich auf Nachricht von den Schiffen, die in diesen Tagen vor der Küste eintreffen müssten."

„Haben wir Gefangene gemacht?", erkundigte sich Juan.

Der Gouverneur schüttelte verneinend den Kopf. „Diese Wilden haben eher Selbstmord begangen, als sich uns auszuliefern. Einige Kinder konnten flüchten, aber ansonsten sind die Bewohner entweder tot oder verbrannt. Die Hölle wird diese Heiden aufnehmen! Einzig die Frauen des Priesters haben überlebt. Sie waren in der Hütte auf dem Hügel, wo die Flammen nicht hingekommen sind. Ich dachte daran, sie Euch zu überlassen. Sie werden als Sklavinnen sicherlich gute Dienste tun."

„Und wer soll diese Frauen bekommen?", erkundigte sich Luis de Mostoso. Er war der Maestro del Campo, der Lagerverwalter, und stand in der Hierarchie gleich nach dem Gouverneur. Er befehligte den gesamten Tross und damit den Nachschub. „Wir bräuchten wirklich wieder Träger und Frauen!" Es war ein kleiner Hieb, denn der Maestro verabscheute das Verschwenden von Ressourcen. Ein Dorf mit fast fünftausend Menschen zu vernichten, war in seinen Augen keine gelungene Aktion. Obwohl er zugeben musste, dass diese „Indios" sich besonders kriegerisch verhalten hatten und damit auch keine wertvollen Sklaven gewesen wären.

Der Gouverneur blickte streng in die Runde und rief seine Offiziere zur Ordnung. Natürlich war die sexuelle Unterwerfung von Sklaven gang und gäbe bei den Truppen, aber er wollte zumindest die Form wahren. „Ich dachte daran, die Frauen den Verletzten zuzuweisen, damit sie ihnen behilflich sind. Ich dachte, das wäre eine angemessene Kompensation."

Zustimmendes Gemurmel war zu hören. Es bedeutete, dass die Frauen nicht den niederen Rängen zur Belustigung überlassen wurden. Keiner der Anwesenden machte sich darüber Gedanken, dass die Gefangenen fast noch Kinder waren. Auch andere Eroberer hatten schon Mädchen, die nicht älter als neun oder zehn waren, als Gespielinnen an die Männer gegeben. Die meisten hatten es nicht überlebt. Alles, was bereits leichte Brüste hatte, wurde im Bett nicht geschont. Wobei es auch Männer gab, die Knaben bevorzugten. Über das Leben von Eingeborenen und Heiden musste niemand Rechenschaft ablegen und ebenso wenig über besondere Neigungen.

***

Der Gouverneur gab mit seiner Hand einen Befehl und ließ die Gefangenen hereinführen. Mit vor Angst geweiteten Augen traten die Mädchen herein, an den Händen gefesselt, zum Teil unbekleidet. Ihre schmalen Körper drückten sich hilfesuchend aneinander und mancher liefen die Tränen über die Wangen. Ein Soldat riss den letzten, die sich noch mit Kleidung geschützt hatten, die Fetzen vom Leib, sodass sie vollkommen nackt den Männern feilgeboten wurden. Der Gouverneur runzelte zwar empört die Stirn, schritt aber bei dieser demütigenden Handlung nicht ein. Auf ein weiteres Zeichen kamen jetzt auch die Unteroffiziere und Mannschaftsführer in das Zelt, um die Beute in Augenschein zu nehmen. Nachdem ohnehin die meisten Verletzungen davongetragen hatten, war es nur eine Frage, wer sich als Erster bedienen durfte.

Juan de Anasco musterte die Gefangenen mit lüsternem Blick. Meist blieb ihm bei seinen Angriffen oder Erkundungen keine Zeit, sich an den Indiofrauen zu bedienen. Er hatte schon lange keine Frau mehr gehabt und es juckte ihn, als er die Mädchen sah. Ihre Brüste standen hoch und ihre braunen Körper waren jung und wohlgeformt. Sie waren zierlich, mit schwarzen ausdrucksvollen Augen und langen Haaren. Er hatte die Mädchen schon bei diesem heidnischen Priester gesehen, aber da waren sie bekleidet gewesen und hatten sittsam die Augen gesenkt. Hier gab es nichts mehr zu verbergen. Ihr Häuptling hatte auch ihre Zukunft aufgegeben, als er beschlossen hatte, sich gegen die Spanier aufzulehnen.

Er trat vor, um seine Ansprüche anzumelden. Als Capitán der Lanzenreiter stand ihm das zu. „Ich wurde verletzt und kann meinen Arm nicht bewegen. Ich möchte mir eine Sklavin auswählen!", forderte er mit fester Stimme.

Der Gouverneur lächelte freundlich. „Aber selbstverständlich! Ihnen steht schon länger ein Diener zu. Was ist mit Ihrem Schwarzen geschehen?"

Juan kniff wütend die Lippen zusammen. „Er hat die Flucht gewagt und meine Patrouillen haben ihn nicht finden können.

Ich hoffe, dass er in irgendeinem Kochtopf dieser Heiden verschwunden ist!"

„Nun, eine Frau ist sicherlich besser zu halten. Allerdings müsst ihr diesen Heiden erst einmal etwas beibringen. Es wird wohl eine Weile dauern, ehe sie wirklich eine Hilfe ist", befürchtete der Gouverneur.

Juan verkniff sich ein Lachen. Für das, was er wollte, brauchte diese kleine Hure keine Ausbildung! Er verbeugte sich galant und lächelte freundlich. „Zumindest wird sie meine Wäsche waschen und mein Zelt aufbauen. Vielleicht kann sie sogar kochen."

Der Gouverneur legte etwas überrascht den Kopf schief. „All diese Dinge sollten eigentlich die Waschweiber erledigen. Wieso klappt das nicht?" Er wandte sich an den Maestro.

Juan wedelte entschuldigend mit der Hand. „Das klappt schon. Aber es ist doch einfacher, wenn ich jemanden habe, der nur für mich zuständig ist. Ich kann manchmal einfach nicht warten, wenn ich wieder los muss. Und im Moment brauche ich ja sogar Hilfe, wenn ich nur pinkeln muss!" Ein kurzes Auflachen belohnte ihn für diesen Witz.

Der Gouverneur nickte großzügig und gab mit einem Winken zu verstehen, dass der Capitán selbstverständlich die erste Wahl hatte. Die Lanzenreiter und sein Capitán waren das Herzstück dieser Expedition. Gerade die Reiterei versetzte die Einheimischen in Panik und garantierte den Erfolg. Es war nicht gut, den Capitán zu verärgern. Ihn mit einer Sklavin zu belohnen, wenn er dies wollte, war das Mindeste.

Juan bemühte sich, seine Gier nicht allzu offen zu zeigen, als er zu den Gefangenen schritt, um sich eine auszusuchen. Die Wahl fiel ihm schwer, denn sie waren alle jung und hübsch, wenn man davon absah, dass sie vor Angst wie erstarrt waren. Abschätzend ließ er seinen Blick über ihre Körper wandern und fühlte wieder dieses Jucken in seiner Hose. Der Anblick ihrer wohlgeformten Brüste ließ seinen Mund trocken werden. Er hatte eine solche Lust, dass er zu platzen drohte, obwohl er sehen konnte, dass schon andere ihre Lust befriedigt hatten. Er entschied sich für ein Mädchen, das nicht nur einen wohlgeformten Körper, sondern

auch schöne Augen hatte. Sie weinte nicht, sondern hatte ihm fast trotzig in die Augen geschaut. Sie würde sich anpassen und lernen ihm zu gefallen. Außerdem schien sie kräftig und gesund zu sein. Er wusste, dass Eingeborene oft nicht lange lebten. Er hoffte, dass er ein wenig länger Freude an dieser Sklavin hatte.

Gefangenschaft
(Mabila, im Süden)

Maisblüte wurde von einem Mann ausgewählt, der eine Verletzung am Arm hatte und sie mit lüsternen Augen musterte. Sie wusste, was nun folgen würde, und ihr liefen die Tränen hinunter. Sie hatte diesen Mann schon vorher gesehen und die Furcht ließ ihre Knie schlottern. Er war einer jener Männer, die auf den vierbeinigen Monstern ritten. War er ein Gott? So wie der fremde Anführer behauptet hatte, der Sohn der Sonne zu sein? War auch dieser Mann ein Sohn der Sonne? Aber warum ließ Hashtali es zu, dass seine Söhne verletzt wurden?

Sie griff nach dem letzten Fetzen ihrer Kleidung und klammerte sich daran fest, als sie nackt durch das Lager geführt wurde. Willenlos ließ sie sich von ihm zu einem Zelt zerren und hineinstoßen. Der hünenhafte Mann folgte ihr und der Gestank seiner Ausdünstungen stieg ihr in die Nase. Er roch nach Blut, Mord und Brand. Seine ganze Kleidung, sein ganzer Körper und auch sein mitleidloser Gesichtsausdruck zeigten deutlich, dass er gegen ihr Volk gekämpft hatte, dass er ihre Familie und Freunde getötet hatte. Sie kreuzte die Hände vor der Brust, doch er lachte nur und drückte sie zu Boden. Der seltsame Stoff kratzte auf ihrer Haut und eine Schnalle riss eine kleine Wunde in ihre Seite. Sie schluchzte vor Angst, als der Mann schwer und fordernd auf ihr lag. Wieso tat der Sohn der Sonne ihr so etwas an? Wieso forderte ein Gott ihren Körper? Ihr Schoß war eine offene Wunde. Sie konnte das nicht noch einmal ertragen! Sie konnte sehen, dass der Mann kein Mitleid hatte, und biss die Zähne zusammen, um ihn nicht zu verärgern. Er würde es tun und sie konnte es nicht verhindern.

Der Mann grinste in lüsterner Vorfreude und nestelte an seiner Hose herum. Dann packte er ihre Beine und nahm ihren Schoß in Augenschein. Selbst in der Dunkelheit musste er sehen, dass sie verletzt war, aber das schien ihn eher anzustacheln. Ohne abzuwarten drang er in sie ein und verhinderte, dass sie ihre Beine schloss. Es tat so weh, dass es ihr den Atem nahm und sie sich

in das schwarze Dunkel gleiten ließ, das nach ihr griff. Sein keuchender Atem war das Letzte, was sie noch vernahm. Götter stanken doch nicht!

***

Juan ärgerte sich, dass das Mädchen schon benutzt worden war. Er bemerkte ihre Ohnmacht und schlug ihr ein paar Mal ins Gesicht. Es machte keinen Spaß, wenn er einen fast leblosen Körper bestieg. Als sie nicht erwachte, beendete er den Akt auf brutale Weise. Für ihn war es ein körperliches Abreagieren, ein Kopulieren, um die Energie des Kampfes abzubauen. Es störte ihn nicht, dass er sie weiter verletzte und Blut über ihre Oberschenkel lief und die Decke benetzte. Er hatte schon lange keine Frau mehr gehabt und er würde sich an dieser hier bedienen, so oft er es wollte. Im Grunde war es ja keine Frau, sondern ein Wesen ohne Seele und Glauben. Wahrscheinlich war sie zu wahren Gefühlen gar nicht fähig.

Er fesselte sie an Händen und Füßen, anschließend ging er zum Fluss und wusch sich das Blut und den Schweiß vom Körper. Auch andere Männer wuschen sich den Dreck und Staub vom Körper und Juan nickte ihnen zu.

Der Mond beleuchtete die gespenstische Szene. In einiger Entfernung loderten immer noch Brände und Feuer, ansonsten kam aus dem Dorf kein Laut mehr. Dafür war das Lager umso lauter. Befehle schallten über den Fluss, Schreie waren zu hören, der Rauch der Lagerfeuer stieg in die dunkle Nacht und die Weiber des Trosses gingen schon wieder ihren Geschäften nach. Ihr hysterisches Kichern übertönte so manches Stöhnen. Juan achtete darauf, dass sein Verband trocken blieb, und kehrte mit seiner Kleidung im Arm zurück. Zwei Mann salutierten, als er an ihnen vorbeikam, und machten ihm Platz. Er nickte ihnen zu, dann schlüpfte er wieder in das Zelt, das seine Männer für ihn aufgebaut hatten. Das war der Vorteil an seiner Position: Irgendwer war immer eingeteilt, sich um die Ausrüstung des Capitán zu kümmern. Sein Blick gewöhnte sich an die Dunkelheit und er musterte seine Sklavin. Das Mädchen lag immer noch bewegungslos auf der De-

cke und für einen Augenblick sah es so aus, als würde sie nicht mehr atmen. Er fasste an ihren Hals und überprüfte das leichte Pulsieren. Dann entzündete er eine Kerze und betrachtete seine Gefangene genauer. Sie war jung, mit ebenmäßigen Gesichtszügen. Er hatte sie mit seinem Tun verletzt, aber es bereitete ihm keine Gewissensbisse, denn eine Sklavin verdiente kein Mitleid. Er suchte ein Tuch aus seinem Gepäck und legte es ihr zwischen die Beine. Dann deckte er sie zu. Der Rausch des ersten Kopulierens war vorbei und er beschloss, das Mädchen etwas zu schonen, bis die Wunden verheilt waren. Solange konnte sie ihm dienen und bei den Arbeiten behilflich sein. Es war kein Mitleid, das sein Denken bestimmte, sondern der Nutzen, eine gefangene Frau zu besitzen. Er dachte dabei an Isabella, die er in Spanien zu heiraten gedachte. Diese Sklavin bedeutete ihm nichts, sondern diente nur seinen Gelüsten, wie all die anderen, die er bereits auf seinen abenteuerlichen Reisen gehabt hatte.

Diese Indioweiber waren nicht viel Wert, denn meist starben sie schnell in Gefangenschaft. Er hatte sich inzwischen an die Nacktheit dieser Indioweiber gewöhnt, obwohl die Soldaten immer wieder nach diesen Frauen geiferten. Diese Heiden waren vollkommen hemmungslos und ohne jeden Anstand. Natürlich gefiel es ihm, wenn er die Brüste der Frauen sah, die ihre Nacktheit schamlos zur Schau stellten. Warum sollte er sich dann nicht bedienen?

Sein Arm schmerzte und er legte sich neben die Gefangene, um zu dösen. Aus den anderen Zelten klang Stöhnen, manchmal Schreie, wenn die Verletzten die Schmerzen nicht mehr aushielten. Über zweihundert ihrer Männer waren verwundet worden und morgen würden die Gefallenen bestattet werden. Er dachte an den Neffen DeSotos, der unter seinem Kommando gestanden hatte, und an Don Carlos, der ebenfalls sein Leben gelassen hatte. Gesprächsfetzen drangen an seine Ohren und die anderen Geräusche des Lagers. Er konnte keinen Sinn in den Silben erkennen, die an sein Ohr drangen, und so wurde er müde. Sein Blut hatte aufgehört, in seinen Kopf zu pulsieren, und so pustete er die Kerze aus und ließ sich in den Schlaf treiben. Am Morgen würde

er dem Mädchen Ketten anlegen lassen, damit sie ihm nicht weglief. Sie war nicht besonders wertvoll, aber besser als nichts.

***

Maisblüte erwachte mit einem schalen Geschmack im Mund. Sie war orientierungslos und wusste erst nicht, wo sie sich befand. Nur langsam kehrten die Erinnerungen an den letzten Tag zurück und sie versuchte, ihre schweren Glieder zu bewegen. Ihre Arme und Beine waren so taub, dass es zu mühsam war, sie zu bewegen. Ihr Schoß brannte und brachte die Erinnerung an das zurück, was die Männer ihr angetan hatten. Ihr nächster Gedanke war, dass diese Männer es wieder tun würden. Sie war jetzt eine Sklavin, so wie die Frau im Haushalt ihres Vaters. Ihr war klar, was das bedeutete. Sie hatte keinen Schutz mehr, denn ihre Eltern waren tot. Ihre Augen füllten sich mit Tränen, als sie an all die Menschen dachte, die Hashtali sich geholt hatte. Warum waren ihre Gebete nicht erhört worden? Hatten sie die Zeremonien nicht immer voller Ehrerbietung abgehalten? Was hatte ihr Volk getan, um solche Unbill auf sich zu lenken? Was hatte sie getan, dass sie diese Strafe erhielt? Sie atmete tief ein und versuchte sich aufzusetzen. Benommen griff sie nach dem zerrissenen Kleid und versuchte sich vor seinen Blicken zu schützen. Der fremde Mann starrte sie lüstern an und verzog die Lippen. Sollte es ein Lächeln sein? Es sah seltsam aus in diesem behaarten Gesicht. Er zeigte mit dem Finger auf sich und meinte „Capitán Juan". Sie verstand, dass dies sein Name war, und nickte verstehend. Es war nicht klug, ihn zu verärgern.
„Und du?", fragte der Mann in seiner Sprache.
„Tanchi!", hauchte sie. Maisblüte. Ihre Kehle kratzte vor Angst.

***

Für den Mann war der Name unaussprechlich oder zu heidnisch. „Maria!", sagte er mit Nachdruck. Maria war jetzt ihr Name. Mit einer Handbewegung gab er ihr zu verstehen, dass sie ihm folgen sollte. Er drückte ihr dabei einen Schwung Kleidung in die Arme.

Maisblüte folgte ihm zum Fluss und verstand, dass sie seine Kleidung mit einem Stück stinkendem Stein waschen sollte. Sie kannte keine Seife und hatte so etwas noch nie gesehen, geschweigen denn so einen Geruch vernommen. Der Stein schäumte seltsam, als sie wie geheißen den Stoff damit rubbelte. Dann rutschte das glitschige Ding in den Fluss und der Mann schimpfte gereizt. Es war schwierig, den glitschigen Stein wieder einzufangen, doch sie griff mit beiden Händen danach, bis sie ihn wieder in den Händen hielt. Wesentlich vorsichtiger begann sie die Kleidung zu waschen, während der Capitán sich auf einen Stein am Ufer setzte.

Unter ihren Wimpern nahm Maisblüte die Umgebung in Augenschein. Überall waren diese Fremden und verrichteten ihre Arbeiten. In der Ferne lag immer noch Qualm über den verbrannten Chukkas und Soldaten waren damit beschäftigt, die Leichen auf Haufen zu legen und zu verbrennen. Es gehörte sich nicht, denn die Chatah bestatteten ihre Toten in Erdhügeln und gaben ihnen Lebensmittel für ihre Reise in die nächste Welt mit. Dort wurde der Ahnen noch lange gedacht und ihnen immer wieder Essen gebracht. Der Shilombish ihrer Eltern würde auf ewig hier herumgeistern, wenn sie nicht angemessen bestattet wurden. Der Shilombish war die äußere Seele eines Menschen. Wenn ein Mensch ermordet worden war, blieb diese äußere Seele solange in der Nähe, bis sie gerächt worden war. Nur der Shilup, die innere Seele, ging in das Glückliche Land und wartete auf die Wiedervereinigung mit dem Shilombish. Aber wer sollte ihre Eltern rächen? Wer sollte sie angemessen begraben? Sie sah nur wenige Überlebende. Tränen liefen über ihre Wangen, als sie die Ausweglosigkeit ihrer Lage erkannte. Sie war diesem Mann auf Gedeih und Verderb ausgeliefert. Warum war sie nicht wie all die anderen gestorben? Warum durfte sie ihre Mutter und ihren Vater nicht in das Glückliche Land begleiten?

Sie wischte die Tränen beiseite und konzentrierte sich auf die Arbeit. Sie wollte nicht, dass Impashilup ihre Seele fraß. Vielleicht hatte es einen Grund, warum Hashtali ihr Leben verschont hatte. Sie musste nach vorne blicken. Vielleicht ergab sich eine Gelegen-

heit zur Flucht. Sie konnte in andere Dörfer der Chatah fliehen und dort um Schutz bitten. Unter gesenkten Lidern schaute sie sich um und versuchte, ihre Chancen abzuschätzen. Wie mächtig waren diese fremden Götter? Und warum verhielten sie sich nicht wie Götter?

Die Fremden hatten ihr Lager in einiger Entfernung aufgeschlagen. Überall standen ihre großen und kleinen Zelte, zudem wurden Verschläge für die Tiere gebaut. An langen Leinen baumelte Kleidung im Wind und am Fluss herrschte reges Treiben, weil die Soldaten und das Fußvolk dort badeten. Wunden wurden versorgt, Waffen gereinigt, die Ausrüstung erneuert, und Stoßtrupps brachten Lebensmittel aus anderen Dörfern der Chatah, die ebenso viele ihrer Krieger verloren hatten und sich kaum noch verteidigen konnten. Maisblüte hockte am Wasser und schrubbte die Kleidung des Mannes, dem sie als Sklavin dienen musste. Sie wunderte sich über diese Sitte, denn ihr Volk wusch die Kleidung nicht, sondern fertigte sich einfach neue an. Die Umhänge aus Maulbeerbaumrinde wurden meist nur geklopft und ließen sich schnell herstellen, und die Lederkleidung wurde steif, wenn sie nass wurde. Warum sich also die Arbeit machen? Der Stoff in ihren Händen sog sich voll Wasser und wurde schwer. Sie brauchte beide Hände, um es der Strömung wieder zu entreißen. Noch schwieriger war es, die Kleidung auszuwringen. Dann legte sie die Wäsche auf einen Haufen und wartete ab. Der Mann untersuchte gerade seinen Verband und beachtete sie nicht. Konnten Götter von Sterblichen verletzt werden? Ihr kamen langsam Zweifel, denn der Soldat, der diesen vierbeinigen Dämonen ritt, handelte wie ein gieriger Mann. Sonst nichts. Und man konnte ihn verletzen und töten!

Sorgfältig beobachtete Maisblüte das Geschehen um sich herum. Ganz in ihrer Nähe war eine Umzäunung für die Pferde der Soldaten gebaut worden. Sie staunte, wie schnell diese Menschen in ihren Arbeiten waren. Sie hatten einfach Pfosten in den Boden gehauen und dazwischen Balken angebracht, die von Lederschnüren gehalten wurden. Sie glaubte nicht, dass diese Tiere wirklich

darin gehalten werden konnten, wenn sie es nicht wollten, aber nun grasten sie friedlich und schienen nicht an Ausbruch zu denken. Vielleicht hatten sie längst erkannt, dass dies aussichtslos war. Oder sie waren bereits so lange in Gefangenschaft, dass sie sich daran gewöhnt hatten.

Maisblüte überdachte ihre Situation. Noch war an Flucht nicht zu denken, selbst wenn sie es schaffte, diesem Mann zu entwischen. Die Ebene war überflutet mit diesen fremden Menschen, die sie sofort wieder einfangen würden. Aber in der Nacht konnte sie vielleicht davonschleichen? Sie spülte die Seife aus der Kleidung und wunderte sich im Stillen über das seltsame Tuch, das die Fremden verwendeten. Ein kurzer Blick auf ihr eigenes Gewand ließ sie seufzen. Ihr Gewand stand vor Dreck und Blut und sie hatte es notdürftig zusammengeknotet, wo grobe Hände es zerrissen hatten. Sie konnte es nicht waschen, denn dann würde sie nackt vor diesem Mann sitzen. Zum Glück trug sie noch ihre Reisemokassins. Wieder füllten sich ihre Augen mit Tränen, als sie an ihre Mutter dachte, die diese Dinge in liebevoller Hingabe hergestellt hatte. Ihr schmaler Körper bebte, als sie das Schluchzen nicht mehr unterdrücken konnte. Mit einer Hand benetzte sie das Gesicht, um die Tränen abzuwaschen.

***

Der Capitán saß unbeeindruckt am Ufer und mahnte mit einer ungeduldigen Handbewegung, dass sie sich beeilen sollte. Dann wurde seine Aufmerksamkeit von einem Rascheln im Gebüsch abgelenkt. Er zog seinen Degen und ging misstrauisch darauf zu. Auch Maisblüte hielt in ihrer Arbeit inne und beobachtete das Geschehen.

Ein kleiner Junge durchbrach das Gestrüpp und versuchte, dem Mann mit dem Degen zu entkommen. Der Mann lachte und hielt das strampelnde Kind einfach am Arm hoch. Es war ein entsetzlicher Anblick, wie der hünenhafte Soldat mit erhobenem Degen kurz davor stand, den kleinen Jungen in Stücke zu hacken. Der Junge strampelte verzweifelt und sein hohes Schreien schallte über den Fluss.

Maisblüte blieb das Herz stehen, als sie Nanih Waiya erkannte, der schmutzig und mit verweintem Gesicht verzweifelt gegen den Soldaten kämpfte. Ihr Bruder! Ihr Bruder war irgendwie dieser Feuersbrunst entkommen! Doch jetzt schien sein Leben von diesem Soldaten ausgelöscht zu werden. „Keyu!", schrie sie mit gellender Stimme. „Keyu! Nein! Bitte tue ihm nichts! Er ist mein Bruder!" Sie war hysterisch vor Angst und griff dem Mann einfach in den Degen, um ihren Bruder zu schützen. Blut lief über ihre Hand, als der scharfe Stahl ihre Handfläche aufschnitt. Verzweifelt klammerte sie sich an dem Mann fest und versuchte, das Kind aus dem harten Griff zu befreien. Der Soldat war völlig verwirrt und ließ das Kind einfach los. Vielleicht hatte er ihm auch gar nichts tun wollen.

Maisblüte legte schützend ihre Arme um den Bruder und weinte ihre Verzweiflung heraus. „Bitte, er ist mein Bruder! Er ist doch nur ein Knabe!" Sie hob bittend die Hand, von der das dunkle Blut tropfte.

Der Capitán steckte das Rapier weg und hob ebenfalls die Hände in einer begütigenden Geste. „Ich tue ihm doch nichts!", versicherte er. Seine dunklen Augen waren vor Ärger zusammengekniffen, als er ihre Verzweiflung sah. „Ich tue ihm nichts!", wiederholte er und trat dabei einen Schritt zurück. Der Kampf war vorbei und sah er keinen Sinn darin, einen kleinen Jungen zu töten.

Maisblüte verstand kein Wort, aber sie erkannte das Zeichen des Friedens und beruhigte sich ein wenig. Sie nahm ihren Bruder an die Hand und legte den Kopf an seine Wange. „Darf er bei mir bleiben?", fragte sie den Soldaten. Sie hielt den Bruder fest und zeigte dem Mann so, was sie wollte. Ihr ganzer Körper zitterte vor Verzweiflung. Der Bruder war das Letzte, was ihr geblieben war. Es war ein Zeichen, dass er überlebt hatte! Ein Zeichen von Hashtali!

Der Mann runzelte nachdenklich die Stirn und musterte das verschreckte Kind. Es musste in irgendeiner Verbindung zu dem Mädchen stehen, obwohl es offensichtlich nicht der Sohn sein konnte. Er war ziemlich klein und vermutlich eher ein unnützer Esser, aber wahrscheinlich wäre das Mädchen dankbar und ihm

mehr zugetan, wenn er erlaubte, dass das Kind bei ihr blieb. „Bueno", murmelte er. Er machte eine leichte Handbewegung und verzog sein behaartes Gesicht zu einem leichten Lächeln. „Bringe ihn ins Zelt mit!"

„Yokoke!", hauchte Maisblüte. Wieder liefen Tränen über ihr Gesicht, aber dieses Mal vor Dankbarkeit. Es war bestimmt ein Zeichen der Großen Sonne, dass ihr Bruder überlebt hatte! Bestimmt! Wenigstens der Bruder war ihr geblieben. Sie war jetzt verantwortlich für ihn. Ihre Augen hefteten sich auf den fremden Mann, immer noch voller Angst, was er tun würde. Durfte der Bruder wirklich bleiben? Immer noch drückte sie das Kind an sich, fühlte das Zittern und Weinen des kleinen Jungen. Auch ihr liefen die Tränen über das Gesicht und sie schluchzte unkontrolliert. Der Soldat trat tatsächlich näher und wischte ihre Tränen beiseite.

„Wie heißt denn der kleine Kerl?", fragte der Capitán. Maisblüte verstand die Frage nicht und der Mann seufzte ungeduldig. „Juan, Maria … und der da?", wiederholte er.

„Nanih Waiya!", antwortete Maisblüte. Würde es helfen, wenn der Soldat den Namen des Bruders kannte?

Der Mann lachte laut und schüttelte sichtlich erheitert den Kopf. „Das kommt ja gar nicht in Frage! Das kann sich kein christlicher Mensch merken! Er heißt jetzt Nana, verstehst du? Nana!"

Maisblüte nickte und drückte ihren Bruder an sich. „Nana!", wiederholte sie gehorsam. Der Mann nahm seufzend ihre Handverletzung wahr und deutete auf das Kind. „Sag ihm, dass er die Wäsche tragen soll. Du versaust sonst alles mit deinem Blut." Er zeigte auf das Wäschebündel und dann auf das Kind, damit sie verstand, was er wollte.

Maisblüte beugte sich zu ihrem Bruder hinunter, der immer noch vor Angst schlotternd neben ihr stand. „Wir gehören diesem Mann und müssen ihm gehorchen. Du trägst die Kleidung zu dem Zelt, in dem wir nun leben."

Nanih Waiya verzog schmollend den Mund, gehorchte aber ohne zu widersprechen. Sein verweintes Gesicht drückte das Entsetzen aus, das er empfunden hatte. In nur einem Tag war seine

ganze Welt zerstört worden. Er verstand nicht, warum. Er ahnte, dass er die Mutter und den Vater nie wiedersehen würde, ebenso wenig wie den großen Bruder, aber er verstand noch nicht, wie lange das „nie" war. Er vermisste seine Eltern und hätte ihres Trostes bedurft. Er trottete neben Maisblüte her und trug die nasse Wäsche des Mannes, der geholfen hatte, sein Dorf auszulöschen. Sein Gesicht drückte Hass, aber auch Unverständnis aus.

Am Zelt angekommen gab der Soldat Maisblüte ein Stück Tuch, damit sie ihre Hand verbinden konnte. Dann zeigte er ihr, wie sie die Wäsche über einer Leine aufhängen konnte. Nanih Waiya hatte sich an ihren Schurz geklammert und wich nicht von ihrer Seite. Mit sicherem Instinkt wusste er, dass er besser still war, bis der Mann gegangen war. Kurze Zeit später saßen die beiden auf der Decke des Zeltes und warteten weitere Anweisungen ab. Maisblüte hatte keine Vorstellung davon, was jetzt geschehen oder wie ihr Leben verlaufen würde. Sie hoffte nur, von einem Tag zum nächsten zu überleben und die schrecklichen Demütigungen zu vergessen, die ihr angetan worden waren. Gleichzeitig wusste sie, dass dies erst der Anfang war. Wie sollte sie ihren Bruder in dieser grausamen Welt schützen? Und wie sollte sie verbergen, was der Mann ihrem Körper wieder antun würde?

Der Mann warf seine Ausrüstung vor ihre Füße und zeigte ihnen, wie man sie reinigte. Zum ersten Mal fasste Maisblüte den seltsamen Hut aus dem Käferpanzer an. Er war hart wie Stein, fühlte sich aber glatt an. Auch die anderen Teile waren aus diesem Material. Der Soldat wollte, dass sie geputzt und eingeölt wurden. Auch der Junge sollte dabei helfen. Mit einer herrischen Geste drückte er ihm die hohen Schuhe in die Hand, damit er sie putzte. Dann verließ er das kleine Zelt.
Zum ersten Mal konnte Maisblüte mit ihrem Bruder reden. Sie ließ den Lappen sinken und betastete den Körper des Jungen. Er hatte Brandblasen, schien aber sonst unverletzt zu sein. „Chim achukma?", fragte sie besorgt. Wie geht es dir?
Der Junge wischte mit der Hand über sein Gesicht. „Es ist nichts!", wehrte er ihre Sorge ab. „Ich bin nur hungrig."

„Was ist geschehen?", flüsterte Maisblüte. „Wie konntest du dem Feuer entkommen?"

„Mutter hat mich nach oben gehoben, damit ich auf das Dach klettere. Aber dann wurde es so heiß und stickig, dass ich weg musste. Mutter hat geschrien und die anderen auch! Aber ich konnte doch nicht helfen, nicht wahr?" Er blickte trostsuchend zu seiner Schwester.

Maisblüte schüttelte nur den Kopf. Sie wusste längst, dass ihre Mutter nicht mehr lebte und schluckte schwer. „Und dann?" Ihre Stimme war brüchig.

„Es war dunkel und ich schlich bis zum Fluss, um mich dort zu verstecken. Ich kam erst raus, als ich dich sah!"

„Das war sehr gefährlich, denn der Fremde hätte dich töten können."

„Aber was soll ich denn tun?" Das Kind schluchzte unterdrückt.

Maisblüte senkte den Kopf. „Wir gehören jetzt diesem Mann und müssen tun, was er sagt. Manchmal wird er mir wehtun, dann wartest du draußen, bis ich dich rufe. Hörst du?"

„Aber warum tut er dir weh?" Die Augen des Knaben waren groß vor Unverständnis.

„Er tut das, was Männer eben tun. Du bist noch zu klein, um das zu verstehen. Aber ich möchte, dass du bei mir bleibst. Vielleicht gelingt uns bald die Flucht. Dann sind wir wenigstens zusammen."

„Und Mutter und Vater?"

Maisblüte schüttelte den Kopf. „Trage die Erinnerung an sie in deinem Herzen. Alles ist nun anders. Wir müssen einen Weg finden, um zu überleben. Ich weiß auch nicht, was wir tun können. Wir warten ab und lernen mehr über diese Fremden. Jetzt mach, was er dir gesagt hat."

Trotzig warf Nanih Waiya die Bürste zu Boden. „Ich bin kein Sklave!"

Maisblüte fasste ihn eindringlich an der Schulter. „Doch, wir sind nur Sklaven. Diese Menschen können mit uns tun, was immer ihnen beliebt. Sie haben in ihren Donnerstöcken den Blitz gezähmt und haben Waffen, die uns alle vernichten. Du bist nur ein kleines Kind und hast keinen Wert. Wenn du dich widersetzt, dann wird

er dich töten oder mich bestrafen. Bitte! Sei still und tue, was von dir verlangt wird. Das ist unser einziger Schutz. Verstehst du?"

Der Junge nickte unglücklich. „Auch wenn er dir wehtut?"

„Auch, wenn er mir wehtut!", wiederholte Maisblüte mit Nachdruck. „Du musst leben! Versprich mir das!"

„Ich werde dir gehorchen!", antwortete das Kind. Er war so unglücklich, dass Maisblüte ihn kurz in die Arme nahm. „Du bist doch mein kleiner Bruder!", meinte sie tröstend. Nur wegen ihres Bruders würde sie ihr Schicksal ertragen, denn sie war für das Kind verantwortlich. Nur das würde ihr die Kraft geben, zu überleben. Allein das gab ihr einen Sinn. Sie putzte weiter an der Käferkleidung und nickte Nanih Waiya zu, seine Arbeit zu machen.

Juan kehrte in Begleitung eines anderen Mannes wieder, der ein rasselndes Teil mit sich trug. Er setzte sich zu ihren Füßen und schnappte sich einen ihrer Knöchel. Maisblüte wollte ihn zurückziehen, doch ein scharfer Befehl von Capitán Juan ließ sie innehalten. Mit großen Augen starrte Maisblüte auf die Fesseln, die der Soldat ihr anlegen ließ. Sie waren aus dem gleichen Material wie der Helm. Mit einem Hammer legte der fremde Mann die Fesseln an, die mit einer Kette verbunden waren. Sie war schwer und rasselte, als sie die Beine zurückzog. Maisblüte überkam das heulende Elend, als sie die Fesseln betrachtete. Sie war eine Gefangene! Mit diesen Fesseln konnte sie unmöglich fliehen! Nanih Waiya saß still daneben und starrte den Soldaten mit großen Augen an. Dann rannte er in plötzlicher Panik einfach davon.

„Bleib hier!", schrie Maisblüte voller Verzweiflung. „Bleib doch hier!"

Der Capitán lachte dunkel und machte eine lässige Handbewegung. „Der kommt schon wieder, wenn er Hunger hat!" Er zeigte mit der Hand auf seinen Mund und rieb sich den Bauch. Er machte sich nicht die Mühe, dem Kind zu folgen, weil es keinerlei Wert für ihn hatte. Er verabschiedete sich von dem Fremden und kniete sich dann sichtlich zufrieden vor sein Opfer. Besitzergreifend tätschelte er ihre Wange und lächelte. „Maria!", säuselte er. Die scharfe Hakennase und die dunklen Augen wirkten bedrohlich, sodass sie angeekelt zurückzuckte.

Eine Bewegung am Eingang des Zeltes lenkte den Mann ab und so erhob er sich in gebückte Haltung. Ein Soldat hatte Nanih Waiya eingefangen und führte ihn am Nacken gepackt wieder zu seinem Herrn zurück. Das Kind wehrte sich dagegen und beide Männer lachten über seine vergeblichen Versuche, sich zu befreien. Der Capitán packte das Kind am Handgelenk und zerrte es auf die Decke neben Maisblüte. „Schluss jetzt!", rief er ungeduldig.

Nanih Waiya klammerte sich an die Schwester und starrte den Mann hasserfüllt an. Der hob drohend seinen Finger. „Du kleine Bestie! Wenn du dich nicht benimmst, verkaufe ich dich! Ist das klar?"

Maisblüte erkannte am Tonfall, dass der Capitán keine Geduld mehr haben würde. „Hör auf!", zischte sie warnend. „Bitte, hör auf!"

„Aber deine Fesseln!", klagte der Junge. Sein kleiner Körper schlotterte vor Angst und Entsetzen.

„Es ist doch sein Recht! Sitze endlich ruhig, ehe er dir auch noch Fesseln anlegt."

Nanih Waiya erstarrte und schaute hilflos von einem zum anderen. Der Soldat hob mahnend die Augenbrauen und beließ es dabei. Mit einer befehlenden Handbewegung forderte er Maisblüte auf, ihm beim Wechseln des Verbandes zu helfen. Maisblüte erhob sich und bewegte sich vorsichtig. Die Fesseln waren schwer und behinderten sie, aber sie konnte kleine Schritte machen. Sie versorgte die Verletzung des Mannes und erkannte nicht ohne Schadenfreude, dass es sich um einen Pfeilschuss handelte. Aber es verheilte bereits und so würde der Mann nicht lange eingeschränkt in seinen Bewegungen bleiben.

Anschließend führte Capitán Juan die beiden in die Mitte des großen Lagers. Maisblüte sah sich aufmerksam um, als sie neben dem Mann her schlurfte. Sie hatte Nanih Waiya an sich gepresst, der von all den fremden Eindrücken völlig überwältigt war. An mehreren Feuern hingen große Töpfe, in denen Suppe köchelte. Die Infanterie mit ihren Hellebardenträgern, Arkebusieren und Armbrustschützen machte einen Großteil der Expedition aus. Sie

saßen um die Feuer und versuchten, ihre Waffen wieder in Ordnung zu bringen, oder kümmerten sich um ihre Verletzungen. Dazwischen hockten Sklaven, Köche, Mägde, christliche Frauen, Hundeführer, Trommler, Priester, Pferdepfleger, Schweinehirten und Handwerker. Es war ein unübersichtlicher Haufen, der ausgezogen war, um in Amerika sein Glück zu finden.

Juan schickte Maisblüte los, um Essen zu holen. Auf einen Teller wurde die Suppe eingeschenkt und ehrerbietig brachte Maisblüte das Essen ihrem neuen Herrn. Anschließend durfte auch sie sich einen Teller holen, den sie sich mit dem Bruder teilte. Maisblüte hatte Angst vor den riesigen Hunden, die an ebensolchen Ketten hingen wie sie und jeden anknurrten, der ihnen zu nahe kam. Sie waren genauso furchteinflößend wie die Pferde, nur mit dem Unterschied, dass sie vermutlich einen Menschen in Stücke reißen konnten. Sie vermied es, ihnen zu nahe zu kommen, und schöpfte die Suppe in eine Schale. Die fremden Laute verwirrten sie und die gierigen Blicke auf ihren Körper ließen sie erschauern. Die Ketten behinderten sie stark und Maisblüte unterdrückte die Tränen. Sie war der Besitz dieses Mannes. Es war klar, dass er verhindern wollte, dass sie eines Tages die Flucht wagte. Aber wohin denn?

Maisblüte kostete die Suppe, die aus Mais und Schweinefleisch bestand. Das Fleisch war fetter als das Fleisch der Stachelschweine, das ihre Männer manchmal aus den Wäldern holten, aber es schmeckte gut. Mit vollem Magen ließ es sich auch besser denken. Nanih Waiya schlürfte gierig die Suppe in sich hinein und schien halbwegs versöhnt zu sein. Er schielte nach dem großen Topf und hoffte wohl auf mehr. Juan lachte dröhnend und gab mit einem Zeichen zu verstehen, dass Maisblüte dem Kind noch mehr geben durfte. Er erntete daraufhin ein scheues Lächeln, was ihn sehr zu erheitern schien. Maisblüte seufzte erleichtert. Anscheinend fand der Soldat Gefallen an dem Kind. Vielleicht gelang es auch ihr, das Herz dieses Mannes zu berühren, damit er eines Tages diese Fesseln wieder entfernte. Nur dann konnte sie die Flucht wagen.

***

Dann wurde sie von einem anderen Spektakel abgelenkt, das alle Aufmerksamkeit auf sich zog. Einige Wachen brachten einen Gefangenen, der mit gefesselten Händen und einem Seil um den Hals durch die Mitte des Lagers gezerrt wurde. Es war ein junger Krieger, der an vielen Stellen blutete. Er wehrte sich nach Kräften, aber es gelang ihm nicht, sich loszureißen. Er trug nur einen Schurz um seine Lenden und war ansonsten nackt. Er spuckte und schrie seine Verachtung heraus. Die Menschen bildeten einen Kreis und drohten wutentbrannt mit ihren Fäusten. Dann schichteten sie auf einen Befehl hin einen großen Haufen Holz auf. In der Mitte wurde ein Pfahl angebracht und der junge Mann daran festgebunden. Maisblüte stockte der Atem, als ihr klar wurde, was dort geschah. Dann wurden zwei weitere Gefangene herbeigezerrt und ebenfalls dort festgebunden. Man machte sich gar nicht die Mühe, sie auch an einen Pfahl zu binden, sondern band sie nur an Armen und Beinen fest. Mit einer Kette, die um den Pfahl gewickelt wurde, verhinderte man, dass sie sich wegwälzten. Maisblüte erkannte, dass es sich um einen Jungen und eine Frau handelte.

Die Menschenmenge jubelte sich in eine wahre Ekstase und feuerte den Soldaten an, der mit einer Fackel das Holz in Brand setzte. Sie ereiferten sich daran, wie die beiden sich qualvoll hin und her wälzten und ihre Schmerzen heraus schrien. Ihre Haare fingen Feuer und die Menschen lachten vor Begeisterung und Schadenfreude. Der junge Mann am Pfahl hob die Füße, als die Flammen ihn erreichten, was die Zuschauer noch mehr zu erheitern schien. Einige Soldaten warfen noch mehr Scheite ins Feuer, bis die Flammen bis zu seinen Haaren hochzüngelten. Der Mann wollte tapfer sein, doch sein Schreien überstieg sogar noch den Jubel der Menge. Das Zappeln und Winden der anderen beiden hatte schließlich aufgehört und Maisblüte hoffte, dass auch der Todeskampf des Mannes endlich vorbei war. Er bäumte sich in den Flammen auf, doch die Fesseln gaben nicht nach. Er schrie noch, als seine Haut Blasen schlug, dann wurde daraus ein ersticktes Keuchen und Gurgeln. Es dauerte eine Ewigkeit, ehe er endlich zusammensank und die hohen Flammen die Sicht auf seinen geschundenen Körper verbargen. Maisblüte war dankbar,

dass die grausame Szene endlich ein Ende gefunden hatte. Tod gehörte für ihr Volk dazu. Ihr ganzes Leben wurden sie auf den Tod vorbereitet und man gedachte der Ahnen. Auch bei ihnen gab es manchmal Opfer, die auf glühenden Kohlen zu Tode kamen, aber es geschah, um den Mut des Feindes zu proben. Es gab auch Feinde, die so tapfer waren, dass man sie von den Kohlen zerrte und leben ließ. Maisblüte hatte diese Zeremonien immer mit großen Augen verfolgt. Einerseits hatte es ihr einen Schauer über den Rücken laufen lassen, andererseits hatte sie den Mut und die Ausdauer der Gefangenen bewundert. Sie sah zu, wie sich die Menschen verstreuten, als das Schauspiel vorbei war. Ruhe kehrte ein und es war, als hätte der Tod dieser drei Menschen Frieden zu diesen Fremden gebracht. Ihr Rachedurst war hoffentlich gestillt worden. Maisblüte nahm den Bruder an der Hand, der merkwürdig still geworden war und sie nur mit großen Augen anstarrte. „Hörst du!", zischte sie warnend. „Das passiert mit uns, wenn wir nicht gehorchen."

Steinemacher

(Menominee im Norden)

Machwao steuerte das Kanu bedächtig den Manomäh-Sipiah hoch. Sie paddelten gegen die Strömung und so halfen auch Wakoh und Wapus, das Kanu voranzutreiben. Gleichmäßig glitten die Paddel durch das Wasser, das ihnen mit leicht gekräuselten grauen Wellen entgegenkam. Zwischen ihnen lag Awässeh-neskas mit geschlossenen Augen. Er fieberte leicht und sie hatten ihn gefesselt, damit er nicht durch eine plötzliche Bewegung das Kanu zum Kentern brachte. Um ihn warm zu halten, hatten sie ihn in ein warmes Elchfell gewickelt. Manchmal wälzte er sich mit ruckartigen Bewegungen hin und her, sodass das Kanu gefährlich hin und her schwankte. Machwao glich die schlingernde Bewegung dann mit seinem Gewicht aus. Er sehnte den Augenblick herbei, an dem sie endlich das Dorf erreichten, denn ihrem Freund ging es schlecht.

Es war der dritte Tag nach dem Angriff. Sie hatten die beiden Feinde mit Steinen bestattet und sich ihrer Waffen bemächtigt. Dann hatten sie Tabakopfer niedergelegt und Salbei verbrannt, damit die Geister der Toten sie nicht verfolgten. Machwao bedauerte die kurze Auseinandersetzung, denn sie würde Racheakte nach sich ziehen. Irgendwer würde diese Männer vermissen und sich auf die Suche nach ihnen begeben. Und irgendwer würde nach Rache dürsten. Es musste nicht unbedingt sein, dass sein eigenes Dorf damit in Gefahr war, aber es war sehr wahrscheinlich, dass irgendein Dorf dafür büßen musste. Der Ort lag im Gebiet der Menominee und diese Feinde würden die Mörder also bei den Menominee suchen.

Machwao seufzte tief, denn es war nicht in ihrer Absicht gewesen, jemanden zu töten. Sie waren darauf vorbereitet worden, die heiligen grünen Steine zu sammeln, und nicht gegen Feinde zu kämpfen. Ein Kriegszug musste stets wohlüberlegt sein und durfte nicht ohne lange Zeremonien und Vorbereitungen durchgeführt werden. Wenn sie heimkehrten, dann mussten sie sich

reinwaschen und die Geister um Verzeihung bitten. Er wurde aus seinen Gedanken gerissen, als sein Freund aus seiner kurzen Ohnmacht erwachte und sich stöhnend hin und her wälzte. Machwao steuerte das Ufer an und ließ das Kanu in den Sand rutschen. Wapus und Wakoh hatten erkannt, was er tun wollte, und legten die Paddel bereits in das Innere. Wakoh sprang an Land und zog das Kanu noch ein Stück höher. Dann blickte er Machwao fragend an. Die roten Striche auf seiner Stirn kräuselten sich dabei.

Mit vorgeschobenen Lippen deutete Machwao auf den Verletzten. „Er braucht Wasser! Außerdem sollten wir nach der Wunde sehen. Es sieht aus, als würde sie wieder bluten."

***

Wapus legte besorgt die Stirn in Falten, denn es war nicht gut, dass die Wunde sich einfach nicht schloss. Auch er hoffte auf den nächsten Tag, wenn sie endlich das Dorf erreichten. Er beugte sich über den Freund und schob vorsichtig die blutigen Baststreifen zur Seite. Machwao hatte recht. Die Wunde blutete wieder. Jede kleine Bewegung verhinderte, dass die Wunde sich endlich schloss. Die fiebrigen Augen zeigten ihm, dass Awässeh-neskas bereits mit den Geistern sprach. Stöhnend wälzte der Freund sich hin und her. Seine Arme und Beine waren gefesselt, sodass er nur kleine Bewegungen machen konnte, aber er lag nicht ruhig genug, damit die Wunde sich endlich schließen konnte. Wapus flößte dem Mann etwas Wasser mit einer Kürbisschale ein und richtete sich auf, um die weiteren Schritte zu überlegen. Als Metewin-Mann wusste er, dass man eine Wunde auch nähen könnte, doch er hatte dies noch nie selbst gemacht. Außerdem fürchtete er, dass dann das Böse, das die Heilung verhinderte, nicht mehr hinaus konnte. Nein, er brauchte die Stöcke, die ihnen einst der Großmuttergeist der Erde gegeben hatte, um die Heilkräfte von Awässeh-neskas zu stärken. Sein Freund hatte sein Medizinbündel dabei und durch Lieder und Singen würde es ihnen gelingen, dass es ihrem Freund wieder besser ging. Er legte neue Kräuter auf die Wunde, die die Hitze aus dem Körper ziehen würden,

nahm zwei Stöcke, die er in der Nähe fand, und begann einen eintönigen Takt zu schlagen. Mit lauter Stimme sang er die Lieder,
die sein Vater ihm in der Metewin Hütte gelehrt hatte. Wakoh
und Machwao standen neben ihm und beobachteten die kleine
Zeremonie. Auch Awässeh-neskas lag still und schien mit klarem
Verstand den Liedern zu lauschen. Das Wasser hatte ihm gutgetan.

***

Wakoh trat einige Schritte zur Seite und beobachtete sorgsam die
Umgebung. Das Letzte, was sie gerade gebrauchen konnten, war
ein weiterer Überraschungsangriff. Nach seinem Geschmack waren die Anishinabe viel zu weit südlich. Die Menominee hatten
schon einmal, vor langer Zeit, ihre Dörfer verlegt, um dem Druck
dieses mächtigen Volkes auszuweichen. Vielleicht war es an der
Zeit, sich tiefer in die Wälder zurückzuziehen? Seine Muskeln
waren angespannt, seine Augen leicht zusammengekniffen, als
er aufmerksam den Blick schweifen ließ. So leicht entging ihm
nichts! Er war schon mehrmals zu seinem Kriegsanführer ausgewählt worden, denn die Menschen vertrauten seiner Kampfkraft.
Es waren kleinere Geplänkel gewesen, die mehr den Zweck verfolgt hatten, ihre Jagdgründe zu sichern. Besonders nachdrücklich gingen sie hierbei jedoch nicht vor. Die Menominee waren
eher als Händler und friedliebendes Volk bekannt. Kämpfer wie
Wakoh waren daher die Ausnahme. Die meisten Männer waren
geschickte Jäger, vermieden aber Konflikte mit anderen Völkern,
außer sie wurden angegriffen. In ihrem Kosmos waren alle Lebewesen und Dinge miteinander verwandt und wurden respektvoll behandelt – selbst Feinde.

Die Aufmerksamkeit von Wakoh ließ nach, als er nichts Verdächtiges bemerkte. Bald hätten sie ohnehin ihr Dorf erreicht und
er glaubte nicht daran, dass Feinde sich so nahe heranwagten.
Zu leicht konnte man hier auf spielende Kinder oder Jäger stoßen, die dann das Dorf warnten. Andererseits konnte er seinem
Freund im Moment kaum helfen und so kletterte er ein Stück das

Ufer hoch und verschwand zwischen den Bäumen. Er erreichte eine felsige Anhöhe und kletterte hinauf, um von dort den Fluss zu überblicken. Sie waren kurz vor der Stelle, an der der Fluss sich zu einem See erweiterte. Dichtes Schilf verdeckte einen Teil des Ufers und im Wasser ragten die Halme des wilden Reises heraus. Es war still, denn die Ernte war vorbei, und viele Wasservögel hatten bereits die Reise in den Süden angetreten. Nur vom Ufer unter ihm erklangen der eintönige Singsang von Wapus und das rhythmische Schlagen der Stöcke.

Er lauschte kurz der Zeremonie und kletterte dann die Felsen wieder hinunter. In Gedanken versunken ging er ein Stück in den Wald. Seine weichen Sohlen vermieden jedes Geräusch, sodass er wie ein Geist über die Ranken und Flechten schwebte. Unhörbar, als würde er sich an ein Tier schleichen. Es war nicht beabsichtigt, sondern gehörte zu seinen ureigenen Bewegungen wie das Atmen. Sein Überleben hing davon ab, dass er nicht gesehen oder gehört wurde, gleichgültig ob er jagte oder gejagt wurde. Aber diese Dinge waren ihm vertraut. Hier fühlte er sich wohl. Er ging gern mit Freunden zur Jagd oder auf Reisen, denn dann vermied er unangenehme Begegnungen im Dorf. Er ahnte, dass junge Frauen ihn eher mieden, weil er als unnahbar galt, dabei sehnte er sich nach einer Gefährtin. Bei Kämenaw Nuki spürte er diese Vorbehalte nicht und so hatte er beschlossen, auf ihre ersten Riten zu warten. Es freute ihn, wenn sie ihn mit einem langen Blick aus ihren Augen verfolgte, wenn sie glaubte, dass er es nicht bemerken würde. Er ließ sie stets in diesen Glauben und lächelte dann voller Glück. Dass Machwao keine Einwände hatte, wenn er irgendwann um das Mädchen werben würde, hatte ihn erfreut. Kämenaw Nuki war bereits wie eine Knospe erblüht und es war absehbar, dass sie bald zur Frau heranreifte. Er hatte Geduld!

Seine Gedanken kehrten in die Wirklichkeit zurück und er richtete die Aufmerksamkeit wieder auf die Umgebung. Er schlug einen leichten Bogen und kehrte schließlich zum Fluss zurück, um sich seinen Freunden anzuschließen. Der Gesang war verstummt und er wusste, dass sie aufbrechen wollten. Awässeh-neskas gehörte in die Hände erfahrener Medizinleute.

Mit einer schnellen Bewegung ließ Wakoh sich zu Boden gleiten, als etwas in einiger Entfernung seine Aufmerksamkeit erregte. Es war nur ein Lichtreflex gewesen, wie wenn ein Blatt sich im Sonnenlicht wendete, und doch hatte es ihn aufgeschreckt. Sein Herz pochte plötzlich Blut durch seine Adern und seine Atmung wurde schneller. Es waren kaum noch Blätter an den Bäumen! Etwas hatte sich bewegt und dadurch das Licht unterbrochen! Kurz überlegte er, ob er zum Ufer zurückrennen sollte, um seine Freunde zu warnen. Andererseits wäre es besser, wenn er wirklich wüsste, ob tatsächlich eine Gefahr drohte. Wo zwei Anishinabe waren, lungerten vielleicht noch andere herum. Waren sie nur einer Vor- oder Nachhut begegnet? Sie waren nur langsam vorwärtsgekommen, weil sie immer wieder hatten halten müssen, um ihren Freund zu versorgen. Also wäre es durchaus möglich gewesen, dass andere Anishinabe sie überholt hatten.

Auf allen vieren kroch er durch das Unterholz, sorgsam darauf bedacht, sich nicht durch unvorsichtige Bewegungen zu verraten. Hinter einigen Felsen richtete er sich vorsichtig auf und wagte einen Blick in die Richtung, aus der die Lichtreflexion gekommen war. Zwischen den Bäumen konnte er die deutlichen Umrisse einer Elchkuh und ihres Kalbes erkennen, die friedlich ästen und dabei in langsamen Schritten vorwärtsgingen. Ein dunkles, erleichtertes Lachen stieg in ihm hoch, das die beiden natürlich sofort in die Flucht trieb. Krachend brachen sich die beiden ihren Weg durch das Unterholz, trampelten bei ihrer panischen Flucht alles nieder, was ihnen entgegenkam, während Wakoh sich vor Lachen den Bauch hielt.

Das Kälbchen stakste dabei auf seinen dürren Beinen neben der Mutter her und bei dem Versuch, unter ihren Bauch zu schlüpfen, brachte es die Elchkuh fast zum Stürzen. Mit einem hohen Sprung brachte sich die Kuh in Sicherheit, während das Kälbchen kläglich blökte.

Hohhoh! Wenn er jemandem erzählte, dass er sich vor einer Elchkuh und ihrem Kalb gefürchtet hatte, dann wäre es um seinen Ruf geschehen. Kopfschüttelnd drehte Wakoh sich um und lief schnellen Fußes zum Kanu zurück. Seine Freunde sahen ihn

fragend an und er machte eine beruhigende Handbewegung. „Nichts! Ich habe eine Elchkuh und ihr Kalb erschreckt."

Machwao grinste frech. „Oder haben sie dich erschreckt?"

Wakoh steckte die Anspielung mit einem Lächeln weg. „Vielleicht! Ich war in Sorge, ob vielleicht noch mehr Anishinabe in der Nähe sind."

„Und?"

Die forschenden Augen ließen Wakoh ernst werden. „Nein! Wo eine Elchkuh mit ihren Kalb friedlich frisst, sind sicherlich keine Feinde."

„Wieso nicht? Du warst ja auch in der Nähe!"

Wakoh lachte dunkel. „Ja, aber ich habe gelacht, als ich sie gesehen habe. Erst dann sind sie weggelaufen."

„Auch unsere Feinde sind geschickt darin, sich lautlos anzuschleichen", gab Machwao zu bedenken.

Wakoh nickte nur. Dazu gab es nichts zu sagen. Er half Wapus und Machwao, das Kanu ins Wasser zu schieben, und setzte sich wieder nach vorne. Vorsichtshalber legte er den Bogen griffbereit neben sich. Das Kanu schaukelte leicht, als auch Machwao und Wapus an Bord kletterten. Machwao steuerte das Kanu in die Mitte des verbreiterten Flusses, um es außerhalb der Pfeillänge möglicher Feinde zu bringen. Hier konnten sie aber auch bereits von weitem entdeckt werden. Im Schilf wären sie versteckt gewesen. Alles hatte seine Vor- und Nachteile. Aber Machwao wollte nicht durch die Uferpflanzen aufgehalten werden, sondern das Dorf möglichst schnell erreichen. Sie paddelten wieder zu dritt. Mit ruhigen, kräftigen Schlägen trieben sie das Kanu über das Wasser. Im Westen neigte sich die Sonne bereits dem Horizont zu und sie wussten, dass die Nacht schnell kommen würde. Die Tage waren bereits kurz.

***

Es war Abend, als sie endlich das Ufer ihres Dorfes erreichten. Wakoh rief um Hilfe und sogleich näherten sich die Bewohner, um zu sehen, was sich ereignet hatte. Wakoh deutete mit einer Kopfbewegung auf die am Boden liegende Gestalt und erzählte

122

kurz, was passiert war. „Anishinabe haben uns überrascht und Awässeh-neskas schwer verletzt. Bringt ihn in die Metewin-Hütte."

Ein spitzer Schrei erhob sich aus der Menge und eine junge Frau drängte sich durch die Anwesenden. Es war die hochschwangere Ehefrau von Awässeh-neskas, die sich bestürzt über das Kanu beugte. „Mein Mann, mein Mann, was ist geschehen?" Ihr Wehklagen war weithin zu hören, als die Männer den Verletzten vorsichtig aus dem Kanu bargen und zur Hütte der Metewin-Männer brachten. Der Eintritt wurde ihr verwehrt und so blieb sie klagend davor stehen, schlug die Hände vors Gesicht und sank schließlich in die Knie. Aber es war besser so. Die Medizinleute brauchten all ihr Wissen, all ihre Gesänge und all ihre spirituelle Kraft, um Awässeh-neskas zu helfen. Eine Frau, die kurz davor stand, ein Baby zu gebären, wäre keine Hilfe. Sie musste sich auf andere Dinge vorbereiten. Mehrere Frauen kamen zu Hilfe und führten die Frau in ihren Wigwam zurück. Die Schwiegermutter nahm die Frau tröstend in die Arme und es waren ihre Worte, die Regen-auf-dem-Wasser aus der Trauer rissen, denn auch die Schwiegermutter machte sich sicherlich große Sorgen um den Sohn. „Mutter, Mutter, wir müssen flehen!", bat sie mit tränenerstickter Stimme.

„Ja, meine Tochter. Wir müssen die Geister anflehen, ihn genesen zu lassen. Setz dich zu mir!", forderte die Mutter ihre Schwiegertochter auf.

Sie sangen und flehten die ganze Nacht, steigerten sich in eine Art Trance, als sie die Geister darum baten, Awässeh-neskas in seinem Kampf gegen das Böse in seinem Körper zu helfen. Ihre Stimmen mischten sich mit den Gesängen aus der Medizin-Hütte. Auch dort behandelte man den Verletzten hauptsächlich damit, seine spirituelle Medizin zu stärken. Dann wechselten sie die Verbände um die Schulter und überließen Awässeh-neskas dem Schlaf. Vielleicht lag es an den Gesängen, vielleicht an dem Kraut, das der Medizinmann auf seine Wunde gelegt hatte, oder an dem einschläfernden Trank, den man ihm eingeflößt hatte, aber Awässeh-neskas schlief ruhig und ohne sich hin und her zu wälzen.

Am Morgen war das Fieber gesunken und die Männer trugen den Mann zurück in seinen Wigwam. Dort knieten die beiden Frauen – erschöpft von der langen Nacht – und sahen mit bangen Augen auf den erschöpften Krieger. Der Medizinmann trat hinzu und gab den Frauen noch Anweisungen, wie sie den Verband in den nächsten Tagen wechseln sollten. Dann verabschiedete er sich mit einem freundlichen Nicken. Auch er war müde. Die Geister forderten ihren Tribut, wenn sie Hilfe gewährten.

Machwao begleitete unterdessen Wapus zu einem besonderen Mann. Er hatte die grünen Steine dabei, die sie gesammelt und erbeutet hatten. Nur auserwählte Männer durften sie bearbeiten. Es gab nur wenige Menschen, die das Geheimnis kannten und wussten, wie man die grünen Steine bearbeitete und schöne Dinge daraus herstellte. Mit diesen Waren wollten die Männer dann im Frühling aufbrechen, um weit im Süden Dinge einzutauschen, die es hier nicht gab. Auf ihrem Weg kam ihnen Wakoh entgegen. Auch er sah übernächtigt und müde aus. „Hast du etwas gesehen?", fragte Machwao misstrauisch.
Wakoh schüttelte den Kopf. „Nein, ich habe die ganze Nacht gewacht, aber mir ist nichts aufgefallen."
Machwao senkte nachdenklich den Kopf. Es war nicht üblich, Wachen aufzustellen, aber vielleicht war doch Vorsicht geboten. Entschlossen schaute er Wakoh in die Augen. „Dann werde ich heute Nacht nochmals wachen!", erklärte er sich bereit.
Wakoh schenkte ihm ein dankbares Lächeln. „Das ist gut! Dann werde ich sicherlich viel besser schlafen, wenn ich weiß, dass du über meinen Schlaf wachst."
Machwao grinste schief. „Du solltest jetzt schlafen! Du siehst furchtbar aus."
Wakoh nickte nur und trottete wie ein kleiner Hund davon. Er verschwand in dem kleinen Wigwam, in dem er allein mit seiner Mutter lebte. Er war der einzige Überlebende von insgesamt fünf Geschwistern. Das war vielleicht auch ein Grund, warum er oft so zurückhaltend war, denn er war mit Tod und Trauer aufgewachsen. Das Lachen war schon früh aus diesem Wigwam verschwunden.

Wapus zog Machwao mit sich fort, der dem Krieger immer noch nachdenklich hinterher sah. „Was ist los? Stimmt was nicht?"

„Hoh, ich dachte daran, mit Biberherz darüber zu reden, ob es vielleicht vorausschauend wäre, auch tagsüber Wachen aufzustellen", meinte Machwao ausweichend.

Wapus blieb wieder stehen und nickte. „Du hast recht! Wir werden erst sicher sein, wenn der erste Schnee fällt."

Biberherz war der derzeitige Führer des Stammes. Er gehörte dem Bärenclan an und war somit geeignet gewesen, diese Rolle zu übernehmen. Er hatte sie von seinem Vater, einem ebenso geachteten Anführer, geerbt. Ihm zur Seite standen die anderen Ratsmitglieder, die jedoch stets auch die Clanmütter befragten, wenn es um wichtige Entscheidungen ging. Biberherz zählte bereits mehr als fünfzig Winter, doch von ihm wurden weniger Tapferkeit und Kampfeskraft als weise Entscheidungen gefragt. Für Kriegszeiten wurde der Kriegshäuptling gewählt. Die beiden machten einen kleinen Umweg und duckten sich, als sie nach einem Räuspern in den Wigwam des Häuptlings traten. Innen war es geräumig und warm. An den Wänden standen erhöhte Bettgestelle, doch um das Feuer herum lagen einige Felle, die den Besucher zum Sitzen einluden. Noch wurde vor dem Wigwam gekocht, sodass die Männer allein mit Biberherz sprechen konnten.

Der Häuptling hörte aufmerksam zu und machte eine abschließende Handbewegung. „Es war weise von Wakoh, diese Nacht über uns zu wachen. Ich werde dem Rat berichten und empfehlen, die nächsten Tage Wachen aufzustellen. Euer Rat ist wohlüberlegt. Ich denke auch, dass wahrscheinlich mehr Anishinabe hierher unterwegs sind. Wenn nicht zu diesem Dorf, dann doch zu anderen. Wir sollten auch Läufer aussenden, die die anderen Dörfer warnen. Vielleicht war das der Grund, warum Awässehneskas verletzt wurde? Um uns zu warnen?"

Wapus hob die Schultern. „Es geschieht nichts ohne Grund. Wir waren auch nicht unvorsichtig. Wakoh hatte uns gewarnt, denn er hatte die Feinde erspäht. Trotzdem hat der Pfeil Awässeh-neskas erwischt."

Biberherz nickte. „Seht ihr! Ihr denkt wie ich. Wir werden Wachen aufstellen. Und ich werde den Frauen und Kindern sagen, dass sie das Dorf nicht verlassen sollen!" Er trat mit den beiden Männern vor den Wigwam und gab einigen Jugendlichen, die in der Nähe der Erwachsenen darauf warteten, vielleicht spannende Geschichten zu hören, die Anweisung, die Nähe des Dorfes auszukundschaften. Nur zu gerne machten die Jungen sich auf den Weg, denn es war eine ehrenvolle Aufgabe. Feinde auszuspähen hörte sich nach Gefahr an und die Jungen wollten sich bewähren und ihren Wert für das Volk zeigen. Biberherz schüttelte schmunzelnd den Kopf und machte sich auf den Weg zum größeren Wigwam, der für die Ratsversammlungen genutzt wurde.

***

Halbwegs beruhigt gingen Machwao und Wapus zum Steinemacher des Dorfes. In dessen Wigwam hingen viele Zaubergegenstände an der Decke, denn die Arbeit mit den grünen Steinen verlangte viele Gebete und Zeremonien. Der große weiße Bär mit dem Kupferschwanz überwachte genau, was mit seinem Geschenk geschah. Der Mann war aber auch ein Meister darin, Pfeilspitzen herzustellen und Bögen zu bauen. Er hieß „Bärenauge", was ja gut passte, denn er hütete das Geschenk des Bären wie seinen Augapfel. Auch er war schon älter und wurde gerade deswegen mit besonderem Respekt behandelt. Bärenauge hatte einen Sohn, der bereits in die Geheimnisse eingeweiht wurde. Ein anderer Sohn war ein guter Jäger, der lieber einen anderen Weg für sich suchte. Außerdem hatte der Steinemacher noch einen Schüler seines Clans, den er für gut befunden hatte, um ihn auszubilden. Niemand stellte dies in Frage, denn es war seit Anbeginn der Zeit so.
Machwao reichte dem älteren Mann ehrerbietig den Beutel mit den Steinen. Der Mann ließ sich genau erklären, wie sie zu den Steinen gekommen waren, und legte dann nachdenklich den Kopf zur Seite. „Nachdem ihr die Steine mit Blut bezahlt habt, müssen wir erst eine Reinigungszeremonie machen!"
Machwao sagte nichts und Wapus senkte verlegen den Kopf. „Sie

haben uns überrascht. Ohne Wakoh wären wir vielleicht tot!"
Bärenauge lächelte weich, denn er sah darin keinen Widerspruch.
„Ihr habt euer Leben verteidigt!", beeilte er sich zu sagen. „Dennoch wurden Leben geopfert, die wir nun versöhnen müssen!
Erst dann ist es möglich, die grünen Steine zu bearbeiten."
„Hätten wir sie besser liegen lassen sollen?"
Der Steinemacher legte wieder den Kopf schief und dachte darüber nach. „Nein, denn sie waren bereits gesammelt worden. Das
Geschenk des Bären abzulehnen, hätte sicherlich Strafe nach sich
gezogen."
„Hmh!" Machwao war nicht so ganz überzeugt, denn sein
Freund hatte einen hohen Preis hierfür bezahlt.
Der Steinemacher überhörte die gebrummten Zweifel.
„Ich kenne jetzt eure Geschichte und kann die Geister um Verzeihung bitten. Anschließend werde ich wunderschöne Dinge
erstellen können." Er nahm abschätzend einen Klumpen in die
Hand und zeigte ihn den beiden Männern. „Seht ihr? Hieraus
lässt sich eine Figur zaubern." Er nahm einen anderen Klumpen
in die Hand und drehte ihn hin und her. „Und hier sehe ich eine
scharfe Messerklinge …!" Er machte eine auffordernde Handbewegung und scheuchte die Männer damit hinaus. „Und nun
geht! Ich habe Arbeit vor mir!"

Gewalt

(Lager bei Mabila)

Maisblüte war wie in einem Alptraum gefangen. Sie war diesem Käfer-Mann auf Gedeih und Verderb ausgeliefert. Immer wieder verlangte er den Beischlaf, bis sich bei Maisblüte eine gewisse Gleichgültigkeit einstellte. Sie öffnete ihre Beine, soweit es die Fesseln erlaubten, ließ ihn seine Lust befriedigen und drehte sich dann auf die Seite, um zu schlafen. Sie hatte gelernt, dass es besser war, sich die intime Stelle mit dem Fett der Suppe einzureiben, damit es nicht so wehtat.

Der Mann war sehr zufrieden und begnügte sich damit, ihren jungen Körper zu besitzen. Er verzichtete auf Quälereien und sorgte dafür, dass sie genug zu essen bekam. Er lachte vergnügt und lehrte vor allen Dingen Nana die Worte seiner Sprache. Das Kind lernte geschwind und das schien ihm zu gefallen. Nana durfte sich ungehindert im Lager bewegen und hatte lediglich die Aufgabe, die Ausrüstung zu putzen und Feuerholz zu sammeln. Maisblüte dagegen blieb meist in dem winzigen Zelt und kochte für den Mann. Die Ausrüstung der Fremden war in einem schlimmen Zustand, sodass sie inzwischen dazu übergingen, sich Kleidung aus den Fellen der einheimischen Tiere zu schneidern. Maisblüte konnte gerben und verarbeitete geschickt die Felle, die Juan ihr gab. Sie lernte mit den dünnen Nähnadeln zu arbeiten und die Stiche enger zu setzen, damit es Juan gefiel. Manchmal weinte sie, wenn die Fesseln an ihren Knöcheln juckten. An einer Stelle hatte sich nach kurzer Zeit eine Entzündung gebildet, aber Juan achtete nicht auf ihre zaghaften Hinweise.

Capitán Juan schickte das Kind hinaus, wenn er ihren Körper forderte, und ließ sich auch durch Flehen und Bitten nicht in seiner Absicht hindern. Er schien es zu genießen, wenn sie ihm nicht entfliehen konnte und die Ketten an ihren Füßen rasselten. Er verging sich fast täglich an ihr und genoss es, an ihren jungen Brüsten zu saugen. Für Juan war sie kein Mensch, sondern ein Lebewesen, das nur dafür da war, ihm zu gefallen. Manchmal be-

stieg er sie wie ein Hund und schnaufte vor Befriedigung, während sie stöhnend unter ihm zusammensank. Die Verletzung an seinem Arm war verheilt und so war er oft unterwegs, um die umliegenden Dörfer nach Nahrungsmitteln zu durchstreifen. Die Gegend war dicht besiedelt, aber die Menschen flohen, wenn die Spanier näher kamen.

Oft kamen die Spanier aber auch in Dörfer, die von Krankheiten heimgesucht worden waren. In diesen Dörfern stießen sie meist nur noch auf Leichen. Anscheinend war niemand mehr da, der sie hätte begraben können, oder die Überlebenden hatten das Dorf in Panik verlassen. Die Spanier suchten dann nach den Lebensmittelvorräten, den erhöhten Kammern mit Mais, Bohnen und Kürbis. Der Gouverneur hatte beschlossen, mit der Weiterreise zu warten, bis die Verwundeten genesen waren. Auch bei den Spaniern waren einige Menschen erkrankt, aber dies stand in keinem Vergleich zu den Toten in den Dörfern, die sie durchstreiften. Juan glaubte an eine Strafe Gottes, mit denen diese Heiden bestraft wurden. Er überlegte, ob er Maria und Nana nicht taufen lassen sollte.

Einmal verlegten die Spanier ihr Lager ein Stück weiter, um neue Nahrungsmittelvorräte zu erschließen. Maisblüte trug das Gepäck des Mannes und schlurfte mit den Ketten an den Füßen neben den anderen her. Auch Nana trug ein schweres Bündel und ging gebückt unter der Last. Vielleicht zum ersten Mal seit Tagen begegnete ihnen Vogel-im-Bach, deren Augen dumpf und blicklos waren. Auch sie war in Ketten gelegt worden und trug die Bündel ihres Herrn. Maisblüte konnte erkennen, dass sie aufgegeben hatte. Sie schien weitab mit ihren Gedanken zu sein und diese Welt längst verlassen zu haben. Maisblüte versuchte mit ihr zu sprechen und erntete nur einen ausdruckslosen Blick. Am nächsten Morgen fand man Vogel-im-Bach an einem Ast hängend. Sie hatte ihre Seele befreit und war in das Glückliche Land übergetreten. Ihr Herr schimpfte lauthals über seinen Verlust und trug grummelnd seine Bündel selbst.

Maisblüte hasste ihn, denn Vogel-im-Bach war noch ein Kind gewesen. Was musste dieser Mann ihr angetan haben, dass sie ent-

schieden hatte, ins Land der Ahnen zu gehen? Wahrscheinlich war ihr das Gleiche angetan worden wie auch ihr, aber Maisblütes Lebenswillen war noch nicht ganz gebrochen. Doch auch sie dachte immer öfter daran, ihr Leben zu beenden. Immer, wenn sich das Geschlecht des Mannes in sie zwängte, dachte sie daran, ihrem Leben ein Ende zu setzen. Aber noch fehlte ihr der Mut für diesen Schritt. Außerdem trug sie die Verantwortung für ihren kleinen Bruder. Was sollte er ohne sie tun? Wer würde ihn dann trösten? So trottete sie in dem Tross der Menschen dahin, mit schmerzenden Knöcheln und hoffte auf eine baldige Rast und auf ein Ende dieser Torturen.

Die Spanier wählten offenes Land für ihr neues Lager, um vor Überraschungsangriffen sicher zu sein. Auch der Fluss mit seinen kleinen Stromschnellen war inzwischen ein ganzes Stück entfernt, sodass es für Maisblüte beschwerlich wurde, das Wasser für den Herrn zu holen. Aber sie genoss es, sich endlich waschen zu können. Es verwunderte sie, wie wenig die Fremden auf Reinlichkeit achteten. Es ekelte sie vor dem stinkenden Körper ihres Herrn, der sich nie zu waschen schien. Es war ihm wohl zu kalt, während Maisblüte von klein auf gelernt hatte, sich mit dem kalten Wasser zu waschen. Der Winter nahte und doch genoss Maisblüte diese Möglichkeit, sich zu säubern. Sie stellte sich vor, dass sie all den Dreck und den Gestank des Mannes von sich wusch. Es machte ihr inzwischen nichts mehr aus, wenn er sich in sie hineinzwängte. Sie drehte einfach ihren Kopf zur Seite und wartete ab, bis es vorbei war. Ihr Körper gehörte nicht mehr zu ihr.

***

Maisblüte erlebte tagtäglich, wie es um die anderen Sklaven stand. Männer wurden ausgepeitscht und gefoltert und irgendwann gehörten das Stöhnen und die Qualen der Gefangenen zu diesen immer wiederkehrenden Alptraum. Sie erlebte, dass Frauen in Ketten einfach in die Büsche gezerrt wurden, wenn einer dieser Männer sein Bedürfnis verrichten wollte, und dass jeder Widerstand zwecklos war. Sie wusste, dass nur die Anwesenheit

des Capitán sie schützte und so hoffte sie auf seinen Schutz. Es war ihr unangenehm, wenn er sie zu Besorgungen losschickte, denn dann sah sie sich der Willkür der anderen Männer ausgesetzt, die in ihren Augen übernatürliche Wesen waren, denen man gehorchen musste.

Die Gebräuche der neuen Herren waren ihr nicht geläufig, so wunderte sie sich nicht, als sie eines Tages beim Wäschewaschen am Fluss von einem anderen Mann belästigt wurde. Sie hatte dies schon lange befürchtet und auch vorausgeahnt. Aber während sie zum Holzsammeln ihren Bruder losschicken konnte, blieb das Wäschewaschen nach wie vor ihre Aufgabe. Sie versuchte, sich dem Mann zu entziehen, doch er versperrte ihr mit einem Grinsen den Weg. Sie wusste nicht, wie sie sich in so einem Fall verhalten sollte, außerdem war an Flucht nicht zu denken, weil die Ketten sie behinderten. Immer noch glaubte sie an Götter, die in diesem Teil der Welt gekommen waren, um die Menschen zu bestrafen. Maisblüte versuchte es mit Flehen, doch der Soldat ließ sich nicht beirren. Verzweifelt sah Maisblüte sich nach Hilfe um, doch sie befand sich allein an der Stelle des Flusses. Und wer würde ihr schon gegen einen Gott zu Hilfe kommen? Wenn sie schrie, würde sie höchstens die Aufmerksamkeit von anderen Soldaten auf sich ziehen. Die Miene des Soldaten zeigte Ärger, als sie nicht gleich gehorchte, und so legte sie das Bündel mit der Wäsche zur Seite, um ihm gehorsam zu sein. Je mehr man diese Götter warten ließ, umso ungestümer und verletzender verhielten sie sich. Unterwürfig legte sie sich hin und wartete auf das Unvermeidliche. Sie glaubte, dass dies von ihr verlangt wurde und zu diesen seltsamen Sitten der Fremden gehörte, auch, weil es unentwegt mit den anderen Frauen geschah.
Auch die Sklavinnen ihres Vaters hatten sich dessen Wünschen ergeben und so fügte sie sich gehorsam. Maisblüte ging davon aus, dass ihr Körper nicht mehr ihr Eigen war, sondern diesen Göttern gehörte. Das Gesicht des Soldaten verzog sich zu einem Grinsen, als er sich fordernd auf sie legte. Wieder stieg ihr dieser widerliche Geruch in die Nase. Warum wuschen sich diese Fremden nicht?

Dann wurde der Soldat mit einem lauten Fluch von ihrem Körper weggezogen und das rot angelaufene Gesicht ihres Herrn tauchte auf. „Lauf, du Bastardo!", schrie Juan wutentbrannt und gab dem Soldaten einen Tritt in den Hintern. „Hau ab!"

Maisblüte richtete ihre Kleidung, verwundert über seine Wut. Alle Männer taten dies. Sie nahmen sich doch die Frauen, wie es ihnen gerade gefiel.

„Du Hure, du Puta, du heidnisches Weib!" Juan riss die Sklavin an den Haaren hinter sich her und schüttelte sie dabei hin und her.

Für Maisblüte kam dieser Ausbruch völlig unerwartet. Was hatte sie falsch gemacht? Gerade noch war sie froh um die Hilfe gewesen, doch nun hatte sie Angst vor seinem Zorn. Sie kreischte in ihrer Not und bat um Erbarmen. „Keyu!" Bitte nicht! Sie verstand nicht, warum sie geschlagen wurde, sie war doch gehorsam gewesen! Wieso reagierte er so wütend darauf?

Juan ließ sich in seiner Wut nicht bremsen und schlug mit der Faust auf sie ein. Seine Schläge waren brutal und schonungslos. Ihre Lippe platzte und sie hielt sich die Hand vor das Gesicht, um es vor weiteren Schlägen zu schützen. Was hatte ihn so erzürnt? War sie nicht demütig genug vor den fremden Göttern gewesen? Der hünenhafte Mann stand vor Wut geifernd über dem jungen, zierlichen Mädchen, das sich in seiner Not kaum wehren konnte. „Bitte!", flehte sie immer wieder. Dann musste sie sich hinknien und auspeitschen lassen für ihr hündisches Wesen. Sie hatte verstanden, dass er sie als Hündin bezeichnete, aber sie verstand nicht, warum. Die Hiebe auf ihren Rücken waren schmerzhaft und sie wimmerte. Das schien ihn umso mehr anzustacheln, denn er prügelte wie ein Wahnsinniger auf sie ein. „Keyu!", rief sie in ihrer Not. „Keyu!"

Er trat ihr so brutal in den Bauch, dass sie flach zu Boden ging und nach Luft schnappte. Immer wieder trat er sie, während er sie als Hündin beschimpfte und erneut mit seiner Peitsche traf. Er griff ihr so brutal an die Kehle, dass sie sich mit beiden Händen dagegen wehrte, weil sie zu ersticken drohte. Seine Peitsche traf ihre Brüste und blutige Striemen zogen sich über die weiche Haut. Dann hatte er offenbar genug und sein Zorn verrauchte.

Kurz warf er ihr noch einen verächtlichen Blick zu, dann ging er, ohne sie weiter zu beachten, ins Lager zurück.

Maisblüte schnappte keuchend nach Luft und drehte sich auf die Seite. Ihr war schwindelig und schlecht. Es war das erste Mal seit längerer Zeit, dass Juan ihr wirklich und mit Absicht wehgetan hatte. Schwankend erhob sie sich und tastete über ihren geschundenen Körper. Ihr Kopf dröhnte und sie fühlte, wie Blut über ihre Lippe floss. Sie taumelte vor Schwindel und ging nur langsam in das Zelt zurück. Dort legte sie sich stöhnend auf ihr Lager. Sie verstand nicht, was den Zorn dieses Mannes erregt hatte.

Nanih Waiya sah sie mit großen Augen an. „Was ist passiert?"

„Ich habe dem Mann missfallen", stammelte Maisblüte unter Schmerzen.

„Warum?"

Maisblütes Schultern zuckten. „Ich weiß nicht! Ich diene den Männern, aber es scheint ihm nicht zu gefallen. Ich kann mich aber nicht wehren, wenn ich am Fluss bin. Sie tun, was immer sie wollen, und nichts kann sie aufhalten. Wir müssen hier weg, oder ich sterbe bald!"

„Wie soll uns das gelingen, solange du diese Fesseln hast?" Nana runzelte unwillig die Stirn. Er hatte unter dem Herrn nicht zu leiden, sodass er eher fürchtete, kein Essen mehr zu erhalten.

Maisblüte weinte. Sie hatte keine Kraft mehr und sie fürchtete sich vor weiteren Bestrafungen. Sie verstand einfach nicht, was diese Menschen hier taten und warum. Sie legte sich auf die Matte und schloss die Augen vor der grausamen Welt. Ihr Vater hatte sie immer einem ehrenhaften Krieger zur Frau geben wollen, doch jetzt fristete sie das Leben einer niedrigen Sklavin. Vielleicht wäre der Tod besser als diese ständigen Demütigungen? Sollte sie einfach aufhören zu atmen?

Nach einiger Zeit bemerkte sie die Anwesenheit des Mannes und öffnete die Augen, um ihn nicht weiter zu reizen. Es war nicht ratsam, ihn zu ignorieren. Sie kniete demütig vor ihm und hoffte, dass seine Wut verraucht war. In einfachen Worten versuchte er ihr zu erklären, dass sie nur ihm dienen durfte. Ihm allein! Mais-

blüte liefen die Tränen über die Wangen. „Ich nicht Hund!", erklärte sie mit den wenigen Worten, die sie bisher kannte. „Soldat böse!"

Juan runzelte erstaunt die Stirn und starrte sie an. „Wieso böse?", fragte er. Zum ersten Mal zeigte sich Unverständnis in seinem harten Blick. Misstrauisch musterte er sie. „Wer ist böse?"

Maisblüte weinte schluchzend. „Ich will nicht!", sagte sie. Mehr Worte kannte sie nicht. Wie sollte sie ihm auch erklären, dass der Soldat sie wie ein Ding behandelt hatte, das man benutzen konnte.

Juan verstand trotzdem, was sie damit sagen wollte. Wieder wurde sein Blick zornig und die Gesichtsfarbe wechselte in ein ungesundes Rot. „Oh Gott!", schimpfte er los. Und dann folgte eine Schimpftirade, von der Maisblüte kein Wort verstand. Sie sah nur, wie der Mann sich in einen fürchterlichen Zorn hineinredete, und wich angsterfüllt vor ihm zurück. Die Hiebe und Schläge brannten auf ihrer Haut und sie konnte unmöglich noch mehr Schmerzen ertragen. Sie zuckte panisch zurück, als seine Hand ihr Gesicht berührte, und es dauerte eine Weile, ehe sie erkannte, dass er nicht mehr wütend auf sie war. „Es tut mir leid!", flüsterte er sanft. „Warte hier, ich kläre das! Es tut mir leid! Ich dachte …"

Mit diesen seltsamen Worten verließ er das Zelt und ließ sie völlig verwirrt zurück.

Nach Norden

(Mabila, Vollmond am 14. November)

Juan de Anasco verließ das Zelt und ließ die beiden allein. Er kochte vor Zorn, weil es jemand gewagt hatte, sich an seinem Eigentum zu vergreifen. Er hatte den Cabo Espindola erkannt, der sich an seiner Sklavin vergriffen hatte, und wollte ihn zur Rede stellen. Sein Herz pochte vor Wut, obwohl er den Soldaten wahrscheinlich noch rechtzeitig erwischt hatte, ehe er kopulieren konnte. Dieses Mädchen hatte sich ihm gar nicht hingegeben, sondern war gezwungen worden. Was fiel diesem Schuft eigentlich ein? Er war der Capitán der Lanzenreiter! Niemand vergriff sich an seinem Eigentum! Er fand den Soldaten im Lager der Kavallerie und ließ ihn wutentbrannt antreten. Mit einer Handbewegung rief er zwei weitere Soldaten zu sich, die den Kerl festnehmen sollten.

„Die Not überkam mich, Herr!", versuchte der Mann sich zu entschuldigen. Er hatte nur einen niedrigen Rang und so fürchtete er zu Recht die Bestrafung durch den Capitán.

„Die Frau ist mein Besitz! Wie kannst du es wagen, sie überhaupt anzusehen, geschweige denn anzufassen?"

„Die Not, Herr! Die Not!" Espindola wusste, dass es keine Entschuldigung gab. „Ich wusste nicht, dass sie Euer ist, Herr!"

Juan de Anasco schnaufte vor Wut. Andererseits war die Sklavin zwar sein Besitz, aber nachdem nicht wirklich etwas geschehen war, hatte er kaum eine Möglichkeit, den Kerl zu bestrafen.

„Zwanzig Stockhiebe, weil ich dich mit meinem Eigentum erwischt habe!"

„Danke, Herr! Danke! Es wird nicht wieder vorkommen!" Espindola erkannte, dass er gerade glimpflich davon kam. Es gab genug Frauen, an denen er sich befriedigen konnte, da war es besser, das Eigentum dieses Capitán in Ruhe zu lassen. Er fand es nur verwunderlich, dass der Caballero sich überhaupt darüber aufregte.

Der Capitán überwachte die Strafe, während er über die mangelnde Disziplin nachdachte. Im Grunde war dies ein gutes

Exempel an seine Truppe, es nicht zu weit zu treiben. Seit ihrer Ankunft in Florida war einige Zeit vergangen und die Männer verrohten zusehends.

Aber es waren nicht nur die Männer, um die er sich Sorgen machte. Die Kampfkraft der Expedition hatte sehr gelitten und ein Großteil der Ausrüstung war vernichtet worden. Viele Soldaten forderten die Rückkehr zum Meer, um dort mit Schiffen die Rückreise nach Mexiko antreten zu können. Bisher hatten sie keine Reichtümer finden können und die Menschen wurden ungeduldig. Seit fast zwei Jahren waren sie in diesem feindlichen Land unterwegs, ohne die versprochenen Schätze gefunden zu haben. Stattdessen waren sie auf äußerst kriegerische Wilde gestoßen, die sie immer weiter in die Irre geführt hatten. Die Munition für die Arkebusen wurde spärlich und eigentlich nur noch zur Einschüchterung der Eingeborenen verwendet, ebenso schlecht stand es um all die anderen Teile der Ausrüstung. Der Gouverneur hatte Meldung erhalten, dass an der Küste Schiffe warteten. In nur wenigen Tagesreisen wäre es möglich, diese zu erreichen. Der Winter stand bevor und sie hatten fast keine Vorräte mehr.

Auch Juan wollte zurück. Der Kampf war schrecklich gewesen und hatte ihnen gezeigt, dass die Eingeborenen ihnen erheblichen Schaden zufügen konnten. Bisher hatte die Expedition nur Geld gekostet und Juan glaubte nicht mehr daran, dass hier noch Reichtümer zu finden waren. Immer öfter dachte er an die spanischen Frauen mit ihren warmen braunen Augen und ihrer dezenten Erscheinung. Ihre Körper waren stets mit schweren Stoffen umhüllt und zeigten sich nicht in dieser Nacktheit der eingeborenen Frauen. Der Mieder der spanischen Frauen war sogar mit einer Platte verstärkt, damit niemand an ihre Weiblichkeit erinnert wurde. Die Haare waren zu kunstvollen Frisuren hochgesteckt, die umrahmt waren von der weißen Spitzenkrause, die jetzt modern war. Die Frauen schminkten ihre Gesichter weiß, was ihnen ein nobles Aussehen verlieh. Juan fand die schwarzen Augen des eingeborenen Mädchens abstoßend und ihre braune Haut entsprach ebenfalls nicht seinem Ideal. Selbst als Hausmädchen

wäre sie nicht zu gebrauchen. Ehe er nach Spanien zurückkehrte, würde er sie und den Bruder als Sklaven verkaufen. Seufzend dachte er an seine Kleidung, die inzwischen starken Schaden genommen hatte. Seine Rüstung rostete an mehreren Stellen und musste immer wieder poliert und eingeölt werden. Die Schnallen und Ösen zersetzten sich und es war nur noch eine Frage der Zeit, wann er den Brustharnisch nicht mehr anziehen konnte. Einzig der Helm schien stabil genug zu sein und der Witterung zu trotzen. Seine Stiefel fielen auseinander, weil das Leder spröde wurde, und seine Alltagskleidung war zerschlissen. Sein Spitzenkragen hing unansehnlich herunter, seine kurze Jacke hatte Risse und seine Hemden waren höchstens noch Putzlumpen. Dieses dumme Eingeborenenmädchen wusste nichts davon, wie man Kleidung flickte, und so wandte er sich an die edlen Frauen des Gefolges, die ihm diese Dienste taten.

Manchmal bereute er, dass er keine Frau mitgebracht hatte, aber dann überkam ihn die Vernunft. Es war besser, eine Frau nicht diesen Gefahren und diesem einfachen Leben auszusetzen. Er stellte sich Isabella in dieser Umgebung vor und schüttelte den Kopf. Nein, ihr würde es so ergehen wie den anderen Geschöpfen, die ihren Männern hierher gefolgt waren. Verschollen in der Wildnis, umgeben von Wilden, ohne Komfort und angemessene Unterkunft. Einige Frauen waren den Fußsoldaten gefolgt und sie litten unter den Entbehrungen. Ihre Kleider waren ebenfalls zerschlissen, ihre Reifröcke kaputt und ihre Mieder fielen auseinander. Es war kaum noch möglich, sich anständig zu kleiden, und Juan befürchtete, dass die Frauen irgendwann herumlaufen würden wie diese Wilden. Selbst die Damen der Offiziere sahen inzwischen aus wie Vogelscheuchen. Der Gouverneur hatte immer noch Tisch und Stühle dabei, lebte in seinem großen Zelt und hofierte wie ein König. Doch die Priester beklagten den Verlust des Messweins und der heiligen Ornamente. Auch einige Truhen mit Kleidung waren verbrannt, was einen herben Verlust bedeutete, weil sie nicht ersetzt werden konnten. Don Antonio Osorio, der in Spanien das Leben eines Königs geführt hatte, lief inzwischen barfuß, und unter der zerfetzten Kleidung schaute das Fleisch

heraus. Anfangs hatte Juan das höfische Benehmen des Mannes belächelt, aber inzwischen war nichts mehr von dessen Noblesse übrig geblieben. Hier waren alle gleich. Die Stimmung war gedrückt, verstummt waren das Singen am Abend und die melancholische Begleitung auf der Gitarre. Die letzte Gitarre war in Mabila ein Raub der Flammen geworden. Verstummt war auch das Lachen der wenigen Kinder, die den Tross begleitet hatten. Sie waren an den Strapazen gestorben und neugeborene Babys überlebten meist die ersten Wochen nicht. Dieses Land war gänzlich ungeeignet, um besiedelt zu werden!

***

Juan trat in das Zelt des Gouverneurs und nickte den anderen Offizieren zu. Alle hatten sich in den Tagen von den Strapazen erholt und warteten in Ruhe ab, was der Gouverneur entscheiden würde. Noch hatten sie das Vertrauen in ihn nicht verloren. Sie waren Soldaten und der Tod gehörte zu ihrem Leben. Bisher waren sie siegreich gewesen, auch wenn inzwischen über hundert von ihnen in der fremden Erde bestattet waren. Aber auch die Eroberung des Inka -Reiches hatte ihren Tribut gefordert. Sie salutierten zackig, als der Gouverneur eintrat, und versuchten zumindest mit ihrer Haltung, wie Caballeros auszusehen. DeSoto schenkte ihnen ein Lächeln, dann hielt er eine flammende Rede über ihre bisherigen Errungenschaften: „Die Jungfrau Maria war mit uns, als wir diese Wilden besiegt haben. Tuscalusas übellistiger Täuschungsversuch ist fehlgeschlagen und er wurde mit seinem ganzen Volk vernichtet. Das ist ein Zeichen, dass unsere Expedition immer noch unter einem guten Stern steht!"

Sein Blick wanderte über die Versammlung und er hob die Hand, um seinen Worten mehr Nachdruck zu verleihen. „Noch haben wir unsere Aufgabe nicht erfüllt! Wir sollen für die Krone den südlichen Seeweg nach China erkunden. Florida ist größer, als wir erwartet haben, aber irgendwo muss das nördliche Ufer sein, von dem aus wir nach China segeln können. Wir wollen einen Hafen anlegen und den Seeweg sichern. Denkt nach, wie viel

Gold wir mit Pizarro gefunden haben. Die gleichen Reichtümer warten auch hier auf uns. Wir müssen sie nur finden! Mit Gottes Hilfe!"

„Mit Gottes Hilfe!", murmelten die Männer nicht ganz so begeistert.

„Wir gehen daher nach Norden und sichern uns Vorräte. Wenn wir einen geeigneten Platz gefunden haben, überwintern wir dort und machen uns dann im Frühjahr wieder auf den Weg. Bei Vollmond brechen wir auf. Nach Norden!"

Niemand protestierte, obwohl einige Männer verlegen zu Boden blickten und die Erde mit dem Stiefel beiseite schoben. Noch einen Winter hier verbringen zu müssen, lockte kaum. Aber DeSoto war der Anführer und niemand stellte seine Entscheidung in Frage. Der Gouverneur gab Anweisung, dass ein Bote zu den Schiffen geschickt wurde, damit diese sich im nächsten Winter in der Bucht einfanden.

Juan seufzte. Noch ein Jahr in diesem fremden Land! Er überlegte, ob er dann nicht wie einer dieser Wilden herumlaufen würde. Gleichzeitig wurde ihm der Wert dieser Gefangenen klar. Wenigstens hatte er jemanden für sich, der seine männlichen Bedürfnisse befriedigen konnte. Wenn sie erst eine gewisse Wegstrecke hinter sich gebracht hatten, würde er die Frau von ihren Fesseln befreien. Dann war die Wahrscheinlichkeit gering, dass sie die Flucht wagte. Und wohin denn? Ihr Dorf war vernichtet und ihre Familie tot.

Er behandelte das Kind mit Freundlichkeit, weil der Junge bereitwillig seine Sprache lernte und schon viele Worte nachplapperte. Es amüsierte ihn. Einst wollte er auch einen Sohn haben, aber natürlich mit heller Haut und braunen Locken. Zumindest stellte sich seine Großzügigkeit als gute Investition heraus, denn wenn der Junge erst seine Sprache konnte, wäre er ein nützlicher Diener. Ihn konnte er vielleicht als Beute nach Hause mitbringen. Wenn er erst in seinem Castello war, konnte er mit diesem seltsamen Fang die Gäste erfreuen.

***

Es war an einem Sonntag zum Vollmond, als der Tross nach Norden aufbrach. Eine gewisse Ordnung hatte sich wieder eingestellt: Kundschafter ritten voraus und sicherten die Umgebung, unter ihnen Juan. Er hatte dafür gesorgt, dass seine Ausrüstung und das Zelt gut verpackt waren und Maria und Nana sich dem Tross der Expedition anschlossen. Er hatte einen Diener eines Freundes beauftragt, auf die beiden zu achten und Übergriffe auf die Sklavin zu verhindern. Die beiden konnten nicht alles von ihm tragen und so hatte er ein Gestell aus Ästen gebaut, das Maria hinter sich herziehen konnte. Auf ihm lagen das Zelt und eine Truhe. Außerdem schleppte Maria ein großes Bündel auf ihrem Rücken. Mit ihren Fesseln konnte sie nur kleine Schritte machen, aber noch befanden sie sich mitten in ihrem Land, sodass er es nicht wagte, die Ketten zu entfernen. Er hatte gesehen, dass sich die Knöchel entzündeten, doch im Moment konnte er sich nicht darum kümmern.

Mit zwanzig Lanzenreitern erkundete Juan die Gegend nördlich von ihnen und stieß immer wieder auf kleinere Ansiedlungen. Die Landschaft wechselte von brachliegenden Feldern und Dörfern zu dichten Wäldern mit kahlen Laubbäumen und vielen dunklen Fichten und Kiefern und morastigen Sümpfen. Dann kamen sie an einem klaren Fluss mit Stromschnellen und einem kleinen Wasserfall vorbei. Nebel lag in der Luft und ein kühler Wind wehte. Am Himmel kreisten einige Bussarde, ansonsten war es still. In der Ferne schlich ein Opossum durch das gelbe Gras. Die Spanier hatten in diesem Land schon viele seltsame Tiere entdeckt, aber diese hatten sich vor dem Hufgetrappel der Pferde versteckt.

Am Abend erreichten sie einen breiten Fluss, an dessen Ufer ein großes Dorf lag. Juan schickte einen Meldereiter zurück, der den Auftrag hatte, den Tross hierher zu führen. Er selbst schlug sein Lager auf und erkundete am nächsten Morgen das Dorf. Die Menschen hatten es fluchtartig verlassen und warteten am anderen Ufer. Die Krieger standen dort mit Pfeil und Bogen, um die Spanier an der Überquerung zu hindern. Juan fand die Vorräte aus Bohnen, Mais und Kürbis. Außerdem stieß er auf gut gegerb-

tes Leder, das sich für neue Kleidung verwenden ließ. Die Provinz, die sie durchquerten, war reich, und er hatte keine Skrupel, sich an ihrem Reichtum zu bedienen. Der Dolmetscher hatte erzählt, dass sich im Norden das Land der Chickasa befand, in dem sie endlich auf Reichtümer zu stoßen hofften. Dort sollte sich angeblich auch ein großes Handelszentrum der „Indios" befinden. Bis auf einige Ketten mit wertvollen Perlen hatten sie nichts erbeuten können. Vielleicht stießen sie dort auf das versprochene Gold?

Zwei Tage später traf die Hauptstreitmacht ein und Juan erfuhr von Nana, dass das Dorf Talicpacana hieß. Juan ließ Maria das Zelt aufbauen und verstaute die Sachen darin. Sein prüfender Blick wanderte über ihr erschöpftes Aussehen und blieb an den Knöcheln hängen. Die Ketten hatten sie wundgescheuert und verkrustetes Blut mischte sich mit Eiter und offenen Gerinnseln. Er musste etwas tun, oder seine Gefangene wäre bald ein Krüppel. Maria konnte kaum die Füße heben und ließ sich müde auf die Matte fallen. Sie stank nach Schweiß und Blut. Er führte sie zum Fluss, damit sie sich wusch und die Wunden gereinigt wurden. Er dachte, dass die Verletzungen in ein paar Tagen vergehen würden. Es würde einige Tage dauern, ehe sie den Fluss überqueren konnten und bis dahin konnte sie die Füße ruhig halten. Er misstraute ihr gerade jetzt, denn auf der anderen Seite warteten diese Wilden, denen sie sich anschließen konnte. Er überlegte sogar, ob er nicht auch Nana in Ketten legen sollte, aber wahrscheinlich waren seine Füße so schmal, dass sie einfach durchrutschten.

In der Nacht legte er sich zu einer Sklavin und forderte ihren Körper. Sie wimmerte vor Schmerzen und es ärgerte ihn. Die Eingeborenen galten als frivol und freizügig mit ihrem Körper, aber dieses Mädchen hier schien nicht so viel Gefallen daran zu finden. Vielleicht waren es ja nur die Schmerzen? Es würde besser werden, sobald er entschied, ihr die Ketten abzunehmen. Er winkte Nana herein, der in solchen Augenblicken immer draußen warten musste. Der Junge schien es hinzunehmen, ohne wei-

ter darüber nachzudenken. „Hast du Hunger?", fragte Juan gut gelaunt. Er zog seine Hose hoch und runzelte unwillig die Stirn, als Maria die Beine anzog und sich zusammenrollte.

„Si, Señor!", antwortete Nana mit leuchtenden Augen.

Juan strich dem Kind über die kurzen Haare. Missbilligend stellte er fest, dass der Junge kaum etwas zum Anziehen hatte, sondern immer noch die gleichen Lumpen wie bei seiner Gefangennahme trug. Das Kind fügte sich besser als die Schwester und er fühlte ein gewisses Wohlwollen. „Sag deiner Schwester, dass sie dir etwas nähen soll!"

Nana schaute ihn mit großen Augen an und versuchte die Worte zu verstehen. „Nähen?"

Juan grinste. „Ja, für dich! Hose und Hemd!"

Nana lächelte und sah an ich herunter. „Hose und Hemd für Nana?"

„Genau! Hose und Hemd für Nana!" Juan lachte laut, als er feststellte, dass der Junge Fortschritte machte. „Und Essen für Juan, Nana und Maria!" Das Wort „Essen" hatte Nana als Allererstes gelernt.

Der Junge rieb sich den Bauch und deutete an, dass er Hunger hatte. „Kein Essen!", maulte er vorwurfsvoll.

„Aha, ihr habt wohl länger nichts zu essen bekommen", stellte Juan fest. „Dann komm mal mit. Wir holen das Essen und bringen auch Maria etwas."

Vertrauensvoll nahm Nana ihn an der Hand und zog ihn mit sich fort. Juan fühlte sich nicht wohl und entzog dem Kind die Hand wieder. Er wollte keine Vertraulichkeiten von einem Untergebenen. Er holte Essen in einem Topf und kehrte in sein Zelt zurück. Er verteilte das Essen auf drei Teller und gab es den Sklaven. Der Junge schaufelte die Suppe gierig in seinen Mund, während Maria teilnahmslos liegenblieb. „Iss!", befahl Juan verärgert. Wenn sie nichts aß, dann würde er ihr die Nahrung zwangsweise einflößen. Er hatte keine Lust, auf sie zu verzichten. Er gab ihr einen Tritt und beobachtete, wie sie sich langsam in sitzende Position erhob und die Schale in die Hand nahm. „Iss!", wiederholte er.

Hirschjagd

(Dorf der Menominee)

Der erste Schnee fiel und verbannte die Menschen in die warmen Wigwams. Machwao war froh um die Nahrungsvorräte, die sein Dorf angelegt hatte. Natürlich war es auch möglich, im Winter auf Schneeschuhen zur Jagd zu gehen. Doch dies war mühsam und wurde eher gemacht, um an die wertvollen Pelze zu gelangen. Aus dem Winterpelz der Tiere konnten die Frauen warme Kleidung herstellen. Kein Mann war besonders erpicht darauf, den ganzen Tag auf Schneeschuhen durch die Wildnis zu streifen. Das Wild wurde spärlich und musste mühsam aufgestöbert werden. So saß Machwao lieber am Feuer und schnitzte an neuen Pfeilen oder besserte seine Waffen aus.

Seine Mutter webte aus Halmen und Binsen neue Körbe und Matten, während seine Schwester einen Tontopf mit einem einfachen Muster bemalte. Noch hatte sie ihre ersten Riten nicht durchlaufen und so fanden seine Überlegungen bezüglich eines Ehemanns kein Gehör. Die Mutter schob diese Gedanken weit von sich und lächelte stets, wenn er auf seine Schwester zu sprechen kam. Nepewin Nuki war selbst in sehr jungen Jahren einem Mann als Ehemann versprochen worden und hoffte für ihre Tochter auf eine ebenso sichere Zukunft. Sie war glücklich gewesen, denn ihr Ehemann war gut zu ihr gewesen. Ihre Eltern hatten eine gute Wahl getroffen. Trotzdem hoffte sie, dass die Tochter noch eine Weile in ihrem Haushalt verblieb. Sie sah es als gutes Zeichen, dass die Tochter bisher noch nicht ihre ersten Riten gehabt hatte. So galt sie als Kind. All die Gespräche um einen möglichen Ehemann waren also nur Geplapper. Und ganz sicher würde sie nicht mit einem Schwiegersohn namens „Wakoh" einverstanden sein! Er war ihr viel zu kämpferisch und verantwortungslos. Machwao dagegen sah seine anderen Qualitäten. „Siehst du nicht, dass er ein guter Jäger ist, der seine Familie stets ernähren kann? Hinzu kommt, dass er wirklich ein tapferer Kämpfer ist, der seine Familie immer beschützen würde!"

Die Mutter schüttelte energisch den Kopf. „Er ist eigennützig. Er sieht nur den eigenen Erfolg. Niemals könnte er sich zum Wohle einer Frau zurücknehmen!"

Machwao wurde ungewohnt wütend. „Er würde für sie sterben. So ist das! Ich habe es gesehen. Ich habe es erlebt. Als wir gegen die Feinde gekämpft haben, wäre er für uns gestorben!"

Die Mutter senkte verunsichert den Kopf. „Ja, aber das heißt nicht, dass er auch ein guter Ehemann wäre. Er ist viel zu unüberlegt."

Kämenaw Nuki, die kleine Schwester, mischte sich auf gänzlich ungewohnte Weise ein. „Noch bin ich nur ein Kind. Aber eines Tages werde ich einen Mann erwählen. Und jede Frau könnte sich glücklich schätzen, Wakoh an ihrer Seite zu wissen." Ihre Augen funkelten verliebt, als sie Machwao verschwörerisch zublinzelte.

Machwao war sprachlos und schenkte seiner Schwester einen verblüfften Blick. Die Mutter dagegen schalt ihre Tochter: „Wie kannst du so etwas sagen? Was weißt du schon von Männern? Sei still und überlege dir das nächste Mal, was du sagst!"

Kämenaw Nuki senkte schweigend den Kopf und doch konnte Machwao fühlen, dass sie ihre Meinung nicht ändern würde. Sie bewunderte Wakoh! Und tatsächlich hatte sie recht. Wakoh war schon als Kind von den Donnergeistern auserwählt worden. Seine Eltern hatten ihn früh mit den Dingen des Krieges beschenkt und dafür gesorgt, dass er bestens mit Pfeil und Bogen vertraut war. Schon als kleiner Junge hatte er von den Donnervögeln geträumt und in seinem Kriegsbündel befanden sich eine winzige Kriegskeule, ein kleiner Bogen mit winzigen Pfeilen und die donnernden runden Steine. Machwao wusste von einigen Dingen, aber er wusste auch, dass Wakoh inzwischen weitere Glücksbringer erhalten hatte. Seine Schutzgeister waren mächtig.

Machwao grinste und wechselte dann das Thema. Es war nicht gut, die Mutter auf falsche Gedanken zu bringen. „Morgen werden wir zur Jagd aufbrechen und ich werde Awässeh-neskas begleiten. Wir wollen Biber fangen."

„Geht es ihm wieder gut?", erkundigte sich die Mutter.

„Aber ja. Ich sorge dafür, dass er schnell wieder seine Familie versorgen kann. Es wird Zeit!"

„Oh, das ist schön. Es hat lange gedauert!" Die Mutter lächelte. Machwao schwieg, als er an den Freund dachte. Ja, Awässeh-neskas hatte wirklich mit dem Tod gerungen, doch nun ging es ihm wieder besser. Er wartete auf die Geburt seines ersten Kindes und ein bisschen Abwechslung würde ihm die Kraft zurückgeben. Der Schnee lag hoch, hatte das Land fest in seinen eisigen Klauen und die Jagd mit Schneeschuhen würde ihn auf andere Gedanken bringen.

***

Der Winter war lang so weit nördlich, doch die Menominee waren ihn gewohnt. Kinder rodelten auf Schlitten die Hänge hinunter, warm eingemummelt in warme Pelze und mit gefütterten Mokassins an den Füßen. Die Vorratsgruben waren gefüllt und mit langen Stecken gekennzeichnet, damit man sie auch bei Schnee noch fand, und neben den Feuerstellen lagen die Holzstapel zum Trocknen, damit das Feuer in den Wigwams nicht rauchte.
Machwao holte sich eine Schale Suppe, die mit Kochsteinen in einem Gefäß aus Birkenrinde gekocht worden war. Die Mutter hatte Fleischstreifen hineingetan, wilde Zwiebeln, Wildreis und Kürbis. Sie schmeckte köstlich und war ausgesprochen sättigend. Manchmal süßte sie die Suppe auch mit Ahornsirup, aber noch war nicht die Zeit dafür, den süßen Saft von den Bäumen zu sammeln. Anschließend kontrollierte Machwao seine Schneeschuhe. Manchmal wurde das Leder brüchig und dann mussten die Lederbänder ausgewechselt werden. Er fettete das Leder gut ein und prüfte sein Werk zufrieden. Ebenso sorgsam prüfte er seinen Bogen und die Pfeile. Biber wurden meist mit einer Keule erschlagen, doch er würde seinen Bogen mitnehmen, weil man nie wissen konnte, ob ihm nicht anderes Wild vor die Füße lief. Wenig aufmerksam lauschte er dem Gespräch der Frauen und horchte erst auf, als die Mutter wieder das Wort an ihn richtete.
„Diese Arbeit wird sehr anstrengend für mich ...", begann sie mit ihrer Wortkeule. Er wusste genau, was jetzt kommen würde! Sie würde ihm die Vorzüge aufzählen, die eine junge Schwiegertoch-

ter bringen würde. Dabei hatte sie in der Tochter wahrlich eine gute Hilfe.

„Sehnt sich dein Herz denn nicht nach einer Frau?", fragte die Mutter fast vorwurfsvoll. Vielleicht hatte sie auch Bedenken, dass er andersherum war und sich eher zu Männern hingezogen fühlte.

Machwao überhörte den versteckten Vorwurf und lächelte freundlich. „Bald!", versprach er kurzangebunden.

„Oh?" Das Gesicht der Mutter war eine offene Frage. Hatte sie etwas übersehen?

Auch Kämenaw Nuki hatte in ihrer Arbeit innegehalten und musterte den Bruder interessiert. Machwao schüttelte vergnügt den Kopf. „Ich dachte nur daran, dass die Gelegenheit vielleicht günstig ist, wenn ich im Frühling auf Reisen gehe. Ich werde auch in anderen Dörfern vorbeikommen und dann kann ich ja mal sehen, ob es hübsche Mädchen gibt."

„Du solltest dich nach fleißigen Mädchen umsehen!", schalt die Mutter ihn.

„Mutter!", schimpfte Kämenaw Nuki. „Sei doch froh, wenn er überhaupt solche Gedanken hat. Ich kenne kein Mädchen, das nicht fleißig wäre und nicht wüsste, was eine Frau zu tun hat!"

Machwao lachte laut bei dem Ausbruch seiner Schwester. „Stimmt! Alle Mädchen sind fleißig. Aber es schadet ja nichts, wenn sie auch ein bisschen hübsch ist."

„Schönheit vergeht!", mahnte die Mutter erneut. „Ich werde mich umhören, welches Mädchen in Frage kommt. Eine Ehe muss wohlüberlegt sein!"

Machwao senkte den Blick und vertiefte sich demonstrativ in seine Arbeit. Ja, er wusste, dass die meisten Ehen von den Verwandten gestiftet wurden, aber er hatte seine eigenen Träume. Seine Schwester kicherte erheitert und er schenkte ihr ein breites Lächeln. Er würde sehen!

***

Er holte aus dem hinteren Teil des Wigwams ein sorgfältig verpacktes Bündel, in dem sich seine Jagdmedizin befand. Die bei-

den Frauen verzogen sich auf ihre Schlafmatten, denn der Krieger brauchte Ruhe, um mit den Geistern in Kontakt zu treten. Sorgfältig reinigte er den Boden von Staub, legte eine Matte aus und öffnete dann behutsam das Bündel. Leise sang er das Lied, das ihm bereits von seinem Vater und Großvater weitergegeben worden war.

Das Jagdbündel gehörte zu den vier Bündeln, das ihnen einst, vor langer Zeit, von der Eulenfrau gegeben worden waren. Die Legende erzählte, dass damals ein kleines Mädchen von den Eltern geschimpft worden war. Die Eltern hatten gedroht, dass sie es aus dem Wigwam schicken würden, wenn es nicht aufhörte zu weinen, und dann die Eule käme, um es zu holen. Eines Tages warf die Mutter das Kind tatsächlich aus dem Wigwam und rief mit lauter Stimme: „Eule, sieh her, ich schenke dir dieses Kind!" All die anderen Eulen hörten dies und sagten zu der Eule: „Warum nimmst du das Mädchen nicht zu dir? Schließlich hat man es dir geschenkt!" Die Eule brachte also das kleine Mädchen zu ihrer Höhle, die in einem Baumstamm war, und versorgte es mit Blaubeeren. Sie hatte sogar eine kleine Schüssel, damit das Kind essen konnte. Es blieb dort vier Jahre, aber die Zeit erschien nur wie ein Jahr. Dann beschloss die Eule, das Kind zurückzuschicken. Sie fertigte vier Bündel aus Eichhörnchenfell an und steckte in jedes eine bestimmte Substanz mit magischer Kraft.

Dann band sie die Bündel mit farblich verschiedenen Bändern zu, damit man sie unterscheiden konnte. Das Bündel mit dem roten Band enthielt Liebesmedizin, das Bündel mit dem gelben Band machte den Träger zum Empfänger wertvoller Geschenke, das mit dem schwarzen Band enthielt Jagdmedizin und das letzte ohne eine bestimmte Farbe enthielt Glück beim Spiel. Das Kind war inzwischen ein junges Mädchen und die Eule lehrte es die Lieder, die zu jedem Bündel gesungen werden mussten, damit sie wirksam waren. Die Eule brachte das Mädchen zurück zu seinem Dorf und öffnete das Bündel mit der Liebesmedizin, damit es willkommen geheißen wurde. Zum ersten Mal zeigte sich die Eule kurz in ihrer wahren Gestalt und verwandelte sich dann wieder in die Gestalt einer Großmutter zurück. Es war das erste Mal, dass das junge Mädchen erkannte, dass es die ganze Zeit bei

einer Eule gelebt hatte. Das Mädchen kehrte in sein Dorf zurück und wurde von der Mutter herzlich willkommen geheißen. „Wo bist du nur all die Zeit gewesen?", fragte sie besorgt. – „Ich war bei einer alten Frau!", erzählte das junge Mädchen. „Und sie gab mir zum Abschied diese Geschenke!"

Machwao sang das Lied zu Ehren der gehörnten Eule: Koko`ko e, Koko`ko e mo na me he weto`katowuk wa ha a … a … a … me ye hi a weto`katowuk wa a a … Dann sang er seine eigenen Lieder, die er geträumt hatte, und bot dem Eulengeist eine Schüssel mit Essen dar. Sorgfältig bemalte er sein Gesicht mit der schwarzen Farbe, die sich in dem Bündel befand. So war er für die Jagd bestens vorbereitet.

***

Am Morgen brach Machwao schon früh auf. Sein Freund Awässeh-neskas lief im ausdauernden Trab neben ihm her. Der Schnee knirschte unter den Schneeschuhen und vor ihren Gesichtern bildeten sich kleine Wolken, wenn sie den Atem ausstießen. Es war bitterkalt und die Flüsse und Seen begannen bereits zu gefrieren. Die beiden Männer bewegten sich durch die weiß-graue Landschaft. Sie wählten einen Weg durch den Wald, da hier der Schnee nicht ganz so hoch liegen würde. Manchmal kamen sie über Lichtungen, die völlig im Schnee versunken waren. Machwao deutete auf einige Spuren, die im Schnee gut zu sehen waren. „Hier sind Hirsche vorbeigekommen!"
Awässeh-neskas nickte. „Sie sind nahe bei unserem Dorf. Vielleicht sollten wir den Spuren folgen. Die Biber werden auch noch morgen in ihrem Bau sein."
Machwao schätze ab, wie alt die Spuren waren, und entschloss sich, dem Rat des Freundes zu folgen. „Gut, lass uns den Spuren folgen."
Frisches Fleisch war nicht zu verachten. Dabei war es schon reichlich spät, weit nach Sonnenaufgang und somit nicht die beste Zeit, um Hirsche zu jagen. Eine Taktik war, sie bei Dunkelheit mit einer Fackel anzulocken, ähnlich wie sie auch die Fische jag-

ten, aber dafür war es zu hell. Wenn die Suche nach den Hirschen erfolglos blieb, konnten sie immer noch den Biberbau aufsuchen. Sie folgten den Spuren über einen kleinen bewaldeten Hügel und kamen bald ins Keuchen, denn der Anstieg in den Schneeschuhen war kraftzehrend. Auf der anderen Seite schlängelte sich ein kleiner Bach durch das Tal, der noch nicht zugefroren war. Einige Hirsche standen dort und hatten mit ihren Hufen den Schnee zur Seite geschoben.

Machwao nickte seinem Freund zu und zeigte mit seinen Händen an, dass er sich von der anderen Seite an die Hirsche heranschleichen und sie dann in die Richtung von Awässeh-neskas treiben würde. Sein Freund war bereits erschöpft und er wollte ihn ein wenig schonen. Awässeh-neskas nickte mit zusammengepressten Lippen, hatte aber keine Einwände. Er duckte sich in den Schatten einiger Eschen und machte das Zeichen, dass er warten würde.

Machwao umging die Lichtung in einem weiten Bogen. Mit Schneeschuhen wäre es unmöglich, sich nahe genug an die Hirsche heranzuschleichen, um in Pfeilschussnähe zu gelangen. Aber er konnte dafür sorgen, dass sein Freund einen gezielten Schuss abgab. Mit ein bisschen Unterstützung der Geister würden die Hirsche nur langsam vor ihm ausweichen. Er musste verhindern, dass sie in Panik davonstoben, denn dann konnte auch Awässeh-neskas keinen gezielten Schuss abgeben. Behutsam pirschte Machwao durch den Schnee. Er brauchte eine ganze Weile, um das Tal zu umgehen.

Schließlich näherte er sich von der anderen Seite des Tals und gab sich dabei keine große Mühe, Geräusche zu vermeiden. Hirsche waren neugierig und so klapperte er leicht mit seinem Köcher, während er behutsam und langsam in Richtung der Tiere ging. Sein Plan war gut, aber die Wirklichkeit sah oft anders aus, denn irgendetwas erschreckte die Hirsche so, dass sie in weiten Sprüngen davonstoben. Sie liefen tatsächlich in Richtung des Freundes, aber Machwao konnte nicht erkennen, ob es ihm gelungen war, einen Schuss abzugeben. Jetzt konnte man es ohnehin nicht mehr ändern. Im leichten Trab lief er über die Lichtung und erreichte

wenig später seinen Freund. Der lag schwer atmend im Schnee und versuchte gerade, sich wieder hochzurappeln. „Was ist passiert?", keuchte Machwao besorgt.

Awässeh-neskas machte eine verlegene Handbewegung. „Nichts, nichts! Sie kamen so schnell, dass sie mich umgerannt haben!"

In Machwao stieg unbändiges Gelächter hoch. „Umgeworfen?" Er schnappte vor Lachen nach Luft. „Sie kamen dir so nahe, dass sie dich umgeworfen haben? Oh Mann! Hast du wenigstens schießen können?"

Awässeh-neskas stieß seinen Freund in die Rippen. Es tat nicht weh, denn der Umhang dämpfte den Schlag ein wenig. „Hör auf zu lachen. Natürlich habe ich getroffen! Dort!" Er deutete mit dem Kinn in Richtung einiger Bäume. „Es rannte noch ein kleines Stück und ist dann zusammengebrochen."

„Hoh!" Der Tonfall verwandelte sich von Spott in ehrliche Bewunderung. „Dann war die Jagd also erfolgreich!"

Die beiden Männer liefen zu der erlegten Beute und beugten sich ehrerbietig darüber. Awässeh-neskas holte etwas Tabak aus seinem Beutel und streute ihn über das Tier. Leise murmelte er ein Gebet, um sich beim Geist des Tieres dafür zu bedanken, dass es sein Fleisch geopfert hatte. Dann sammelten sie einige größere Äste und bauten einen einfachen Schlitten, auf den sie das Tier legten. Mit Riemen zogen sie es anschließend durch den Schnee. Es war ganz einfach, nur einmal mussten sie eine Steigung überwinden und mühten sich mit der Last den Hang hinauf.

Es war fast Abend, ehe sie wieder die Wigwams des Dorfes erreichten. Die Menschen strömten herbei, als einige Kinder, die draußen gespielt hatten, die Heimkehrer entdeckten und ihnen lärmend entgegenrannten. Sogleich machten sich die Frauen an die Arbeit, den Hirsch auszunehmen. Das Fell gehörte dem Jäger, doch das Fleisch wurde gerecht zwischen den Familien aufgeteilt. Auch andere Jäger kehrten erfolgreich von der Jagd zurück und die Menschen begrüßten es, so viel frisches Fleisch zu haben. Es waren gute Zeiten.

***

Machwao kehrte mit einer Hirschschulter in seinen Wigwam zurück und übergab das Fleisch einer Mutter. Sie begann sofort, es in Streifen zu schneiden, und legte dann den Knochen in die Asche, um auch die letzten Fleischfetzen zu garen. Den Knochen abzuknabbern galt als Delikatesse. Erst dann wurden die Knochen den Hunden gegeben. Sie waren ohnehin keine so gern gesehenen Gäste, denn sie brachten Flöhe und anderes Ungeziefer in die Betten. Im Sommer schliefen sie daher vor den Wigwams und streunten als Rudel durch das Dorf. Nur wenn es zu kalt wurde, durften sie in die Wärme des Wigwams und erhielten einen Platz in der Nähe des Eingangs. Sie galten als gute Wächter, deshalb wurden sie geduldet. Auch die Familie gewährte einer buntgefleckten Hündin Obdach, die sich diesen Platz mit freundlichem Gewedel und unterwürfigem Verhalten erbettelt hatte. Sie war ausgesprochen still und so wurde es fast übersehen, wenn sie anwesend war.

Kämenaw Nuki hielt sie für schlau und fütterte sie schmunzelnd mit einigen Leckereien und Knochen. Die Hündin wedelte jedes Mal in ihrer scheuen Art und schien stets sehr zufrieden zu sein. Sie bettelte nicht, sondern wartete ab, was die Menschen ihr zugedachten. Die Mutter nannte sie „Kleiner Fleck", weil sie sich so zusammenkringelte, dass man fast über sie stolperte. Machwao nahm den Hund nicht zur Kenntnis. Für ihn waren Tiere in erster Linie Beute.

Die Menominee aßen keine Hunde, aber sie hatten auch keine besonders innige Beziehung zu ihnen. Im Rudel waren sie eher lästig, frech und unberechenbar. Aber es gab eine Geschichte darüber, wie die Hunde als Geschenk der Wölfe zu ihnen gekommen waren, und so wurden sie geduldet. Es gab Männer, die einen Hund sogar mit zur Jagd nahmen, doch Machwao fürchtete, dass der Hund mit seinem Gebell das Wild verscheuchte. Er kannte die Geschichte, wie die Hunde zu den Menschen gekommen waren und hatte sie früher gern der Schwester erzählt. Schon damals waren sie großartige Diebe gewesen. Die Legende erzählte, dass

die Hunde ursprünglich mit den Wölfen gelebt hatten und ihnen dienen mussten. Doch dann kamen die Wölfe auf die Idee, die Hunde auszuschicken, um den Menschen das Feuer zu stehlen. Die Wölfe hatten es erst selbst versucht, weil sie die Menschen um das Feuer beneideten. Als sie mehrmals gescheitert waren und sich fürchterlich die Pfoten verbrannt hatten, schickten sie die Hunde los, um diese Aufgabe zu erledigen. Die Hunde entschieden jedoch, dass auch sie sich nur die Pfoten oder das Maul verbrennen würden, und entschieden, lieber bei den Menschen zu bleiben. Da die Menschen die Wölfe fürchteten, beschlossen die Hunde, sich zu verstellen. Sie machten sich ganz klein, kniffen den Schwanz ein und schauten besonders treuherzig zu den Menschen auf, als würden sie sich fürchten. Ein Mann, der von den Wölfen geträumt hatte, dachte, dass diese Hunde ein Geschenk der Wölfe wären, und erlaubte ihnen zu bleiben. Fortan lebten die Hunde bei den Menschen und genossen die Wärme der Feuer.

Machwao hingegen sah immer noch etwas Falschheit in ihrem Verhalten und rollte jedes Mal mit den Augen, wenn er sah, wie die Hunde sich die Knochen stahlen. Ja, sie waren nach wie vor Diebe! Er duldete Kleiner Fleck, weil die Frauen ihre Freude mit ihr hatten, und nicht, weil er sie besonders mochte. Außerdem würde sie demnächst Junge werfen und er fürchtete schon den Tag, an dem hier kleine Welpen durch den Wigwam tobten.

Über den Fluss

(Alabama)

Maisblüte wusste, dass sie diese Schmerzen nicht mehr lange aushalten konnte. Ihre Knöchel waren eine einzige schwärende Wunde und die letzten Pfeillängen des Marsches waren nur noch eine Tortur gewesen. Wie sollte sie mit diesen Verletzungen dem Mann eine Hilfe sein? Was er tat, ergab für sie keinen Sinn. Auch Nanih Waiya wurde still, als er ihre Schmerzen sah. Auch er verstand nicht, warum der Mann ihm gegenüber so gütig und seiner Schwester gegenüber so grausam war. Er benutzte die Schwester wie einen Hund, den man treten und schlagen konnte. Die Fremden aßen die Hunde sogar und er fragte sich, ob sie auch ihn und seine Schwester als Hunde betrachteten, die man essen konnte. Er hatte die Fremden in den letzten Tagen genau beobachtet und viele seltsame Dinge entdeckt. Zwei seiner Freunde, die überlebt hatten, waren inzwischen gestorben und verscharrt worden. Er konnte nicht erkennen, woran sie gestorben waren, aber es machte ihn misstrauisch. Auch einige Gefangene von anderen Stämmen waren gestorben und er erzählte seiner Schwester von seinen Entdeckungen.

Maisblüte schwieg dazu. Wahrscheinlich waren die Frauen an den gleichen Entbehrungen gestorben, die auch sie erleiden musste. Einige hatten sich auch erhängt, wie es Vogel-im-Bach getan hatte. Ein Mädchen war an den Misshandlungen der Männer verblutet und ein anderes Mädchen eines anderen Volkes starb, als es viel zu früh ein Kind gebar. Auf dem langen Marsch hatte sie zum ersten Mal wieder mit anderen ihres Volkes sprechen können, die ihr diese grausamen Wahrheiten erzählt hatten. Alle litten unter den Demütigungen und der schweren Arbeit, die ihnen auferlegt wurde. Viele waren wie sie in Ketten gelegt worden, es gab aber auch Gefangene von Stämmen aus dem Osten, die sich ohne Fesseln bewegen durften. Es waren wenige. Maisblüte hatte verstanden, dass die meisten Gefangenen entweder gestorben oder, wenn sie Glück hatten, gegen Lebensmittel und andere Geschenke wieder ausgelöst worden waren. „Wenn wir

ihnen nicht mehr nützlich sind, dann töten sie uns oder schicken uns weg!", hatte eine Gefangene der Coosa erzählt. „Es wird auch nicht besser, wenn man ihre Kinder gebiert, denn für die Söhne der Sonne sind diese Kinder keine wahren Kinder, sondern nur weitere Sklaven."

Maisblüte hatte auch diese Worte verstanden. Bei ihrem Volk besserte sich der Status einer Gefangenen, wenn sie dem Volk Kinder gebar. Warum das bei den Fremden nicht so war, konnte sie nicht begreifen. „Manchmal freuen sie sich auch, wenn ein Kind geboren wird, aber meist wird die Frau dann weggeschickt. Eine Frau, die ein Kleines stillt, kann nicht so viel tragen und ist damit weniger wert."

Maisblüte wollte manchmal nichts mehr hören und sehen. Sie schlurfte in dem Tross aus Soldaten, Frauen und Kindern, sah, wie die seltsamen Schweine getrieben wurden und die Menschen Karren mit Rädern hinter sich herzogen. Diese Karren waren das einzig Sinnvolle, das sie bisher gesehen hatte, obwohl sie oft holpriges Gelände durchquerten, bei denen diese Karren eher hinderlich waren. Die Wege der Einheimischen waren Trampelpfade, die auf alten Wildwechseln entstanden waren. Sie waren kaum so breit, dass ein Karren auf ihnen gezogen werden konnte. Deshalb brauchten sie auch so viele Träger. Die Frauen schnauften unter der Last des Werkzeugs und der schweren Truhen. Es war kalt und viele hatten nicht genug Kleidung am Leib, weder die Fremden noch die Gefangenen.

Zum ersten Mal erkannte sie, dass es auch um die Fremden nicht gut stand. Deshalb erbeuteten sie ja auch alles, was sie fanden. Für Maisblüte war das ein Hoffnungsschimmer. Die Kampfkraft der Fremden würde nachlassen. Ihre Aufmerksamkeit würde abgelenkt sein und dann konnte sie über Flucht nachdenken. Sie hoffte darauf, dass der Mann sie eines Tages wegschickte, weil sie als Belastung sah oder er seine Vorräte nicht mehr teilen wollte. Sie war jung und hübsch. Vielleicht fand sie ein anderes Dorf, in dem sie leben konnte? Oder würden feindliche Krieger sie einfach töten, wenn sie auf sie stieß? Was geschah dann mit Nanih

Waiya? Würde der Mann auch ihn wegschicken, wenn er ihrer überdrüssig wurde? Noch war sie nicht bereit, das Leben ihres Bruders zu gefährden oder ihn allein zu lassen.

Also flehte sie zu Hashtali, damit er ein Einsehen hatte und sie endlich von diesen Schmerzen befreite. Keine Fesseln mehr, bitte, keine Fesseln mehr. Aber der Sonnenvater schwieg und ließ sie in ihrem Schmerz alleine. Ihre Züge verhärteten sich im Laufe der Gefangenschaft. Jeder Tag erschien ihr wie ein ganzes Leben. Sie nutzte jede Möglichkeit, um sich zu schonen, und bewegte sich nur, wenn der Mann es ihr befahl.

***

Dann ging auch das nicht mehr, denn der Tross war wieder nach Norden aufgebrochen. Vorbei war es mit der kurzen Pause und der Möglichkeit, ihre Gelenke zu schonen. Maisblüte stolperte schon seit Tagen in der Kolonne der Spanier und fragte sich, wann der Weg ein Ende hätte. Sie hatte die Wolken am Himmel beobachtet und wusste, dass sie Schnee brachten. Wieso rasteten die Fremden nicht? Der Winter war eine Zeit der Ruhe, doch diese Menschen schienen keine Ruhe zu kennen. Nanih Waiya fror erbärmlich und hielt sich nur durch Bewegung warm. Am Abend kuschelte er sich ans Feuer und hüllte sich in ein Fell, das kaum gegerbt war. Auch Maisblüte fror. Der Umhang war nicht geeignet, die Kälte auf lange Zeit abzuhalten. Sie brauchten eine Chukka mit Schutzwänden und dem heiligen Feuer in der Mitte. Das Zelt des Mannes nässte bei Regen durch, sodass die Ersatzkleidung feucht wurde. Maisblüte versuchte stets, die Kleidung am Feuer wieder zu trocknen, aber sie machte sich Sorgen, wie es weitergehen sollte.

Zum Glück fror auch Juan, sodass sie hoffte, dass der Gouverneur bald ein Lager für den Winter aufschlagen ließ. Sie fragte sich nur, wie sie in den Zelten überwintern sollten. Sie dachte an ihr erhöhtes Schlafgestell, an die warmen Decken und das gemütliche Kissen in der Chukka ihrer Eltern. Dort hatten es Töpfe aus Ton gegeben, Löffel aus Horn, Körbe aus Binsen und stets gutes Essen. Vater hatte gejagt und gefischt, sie hatten Mais, Bohnen und Kür-

bis angepflanzt und die Früchte der Bäume gesammelt. Ihr Leben war gut gewesen, bis diese Fremden es in einem Tag zerstört hatten. Der Norden war kalt und unfreundlich. Sie hatte Angst, dass sie und ihr Bruder den Winter nicht überleben würden. Sie fertigte ihm einfache Beinkleider und Mokassins aus den Häuten, die der Mann ihr gegeben hatte. Außerdem schnitt sie einen Umhang aus Fellen, den der Junge nur über seinen Kopf ziehen musste. Nanih Waiya strahlte sie mit zwei Lücken in den Zähnen an und freute sich über die warme Kleidung. „Du brauchst auch etwas Warmes!"

Maisblüte nickte. Auch sie hatte Felle um ihre Beine gewickelt und trug einen warmen Umhang. Sie hatte alle Felle verwendet und hoffte, dass der Mann nicht wütend wurde.

***

Juan hatte die nächsten Tage Zeit, denn der Gouverneur wollte die Indios überlisten und an einer anderen Stelle den breiten Fluss überqueren. Er ließ ein Lager errichten und gab seinen Soldaten ein paar Tage frei. Juan nutzte die Zeit, um zu jagen. Er erlegte einen Hirsch und erlaubte auch Maria, davon zu essen. Er steckte Leder zwischen das Eisen der Ketten und ihrer Haut, damit sie nicht mehr so scheuerten. Er erlaubte, dass sie meist im Zelt blieb, damit die Verletzungen heilten. Er dachte darüber nach, Maria bald von den Ketten zu befreien, um ihre Arbeitskraft zu erhalten. Außerdem sorgte er sich um das Seelenwohl der beiden und nahm sie zu den sonntäglichen Messen mit. Er wollte die beiden taufen lassen, um von zivilisierten Wilden umgeben zu sein.

Eigentlich waren die Tage in diesem Land völlig gleichgültig, aber sie hatten trotzdem die Wochentage gezählt und sonntags die Messe gelesen. Seit dem Kampf bei Mabila hatte es nur noch Wasser als Messwein gegeben, obwohl die Lagermeister versuchten, Mais zu vergären. Sie stellten eine Art Bier her, das süßlich schmeckte und zur Not getrunken werden konnte. Vor einem Kampf hatte es eine enthemmende Wirkung auf die Truppen, weshalb der Gouverneur den Ausschank gestattete. Als Messwein wurde es jedenfalls nicht ausgeschenkt. Auch gab es keine

Hostien mehr. Die Priester und Messdiener hatten die meisten Utensilien verloren, sodass die Messe sich inzwischen auf mahnende Worte beschränkte. Der Priester warnte vor den unfrommen Wilden und dem Fluch der Fleischeslust. Natürlich war ihm nicht verborgen geblieben, was mit den gefangenen Frauen geschah, aber verhindern konnte er es kaum. Er ließ die Wilden knien und taufte sie im Namen Christi, um sie vor der Hölle zu bewahren. Einige Indios, die seine Worte verstanden, wandten sich nur allzu gerne diesem neuen mächtigen Gott zu, denn sie erhofften sich dessen Schutz.

Auch Maria und Nana wurden getauft, obwohl sie kaum verstanden, was diese Zeremonie bedeutete. Außerdem änderte es nichts. Juan jedoch war zufrieden und sah sich als großzügiger Herr. Er hatte seine Sklaven vor dem Fegefeuer bewahrt. Nun sah er in ihnen Diener, denen man eine gewisse Sorge angedeihen ließ. In einem Kessel schmorte die Suppe und er erkannte, dass die beiden offensichtlich schon gegessen hatten. Juan lächelte gönnerhaft und stemmte die Hände in die Hüften. „Welche Maus hat denn hier genascht?"
Nana kicherte und wischte sich den Mund sauber. „Ich Maus!"
Sein Lachen war so ansteckend, dass Juan nicht böse sein konnte. Wohlwollend strich er dem Jungen über die Haare. „So, so!"

Juan setzte sich auf einen Schemel, den die Schreiner ihm gebaut hatten, und ließ sich von Maisblüte eine Schale reichen. Teller und Löffel waren inzwischen Mangelmare, aber er hatte noch einen Löffel ergattert, während andere das Essen mit ihren Fingern in den Mund schaufeln mussten. Inzwischen war der Löffel fast sein größter Schatz, mit Ausnahme seines Rapiers, den er hütete wie seinen Augapfel. Ohne den Degen, mit dem er schon seit seiner Kindheit vertraut war, wäre er kein Soldat mehr. Er war froh um das Zelt, denn die meisten Mitglieder der Expedition hatten diesen Komfort nicht. Die Sklaven schliefen ohnehin im Freien und starben wie die Fliegen. Bald hätten sie keine Träger mehr und dann mussten sie neue Wilde gefangennehmen. Maria und Nana brauchten sich also nicht zu beschweren! Er schickte das

Kind hinaus, um weiteres Feuerholz zu holen, und winkte Maria näher, damit sie sich auf seinen Schoß setzte. Er schlug ihren Umhang beiseite und bediente sich an ihren festen Brüsten. Er ließ sich sein Wohlwollen bezahlen! Das Mädchen rührte sich nicht und ließ ihn gewähren. Ihr Blick war abwesend, als wäre sie ganz woanders. Juan benutzte ihren Körper und freute sich darauf, sich im Winter nachts daran zu wärmen. Das war praktischer, als beim Pferd zu schlafen.

***

Die Baumeister arbeiteten unterdessen an einer großen Piragua, eine Pirogge, mit der die Truppen in den nächsten Tagen übersetzen sollten. Sie fanden einen riesigen Baum, der gut geeignet war, um ihn auszuhöhlen. Der Gouverneur hatte vor, die Piragua weiter flussabwärts zu transportieren und dort überzusetzen. In nur vier Tagen schafften es die Baumeister, das Boot herzustellen. Während des Dunkels einer Neumondnacht transportierten sie es heimlich mit zwei Karren flussabwärts und setzten es dort in den Fluss. Über vierzig Soldaten setzten über und schlugen die wenigen Krieger in die Flucht. Die Pfeile, die auf sie regneten, richteten dabei kaum Schaden an. Die Soldaten vertrieben die Indios und sicherten das Ufer, damit die restlichen Soldaten übersetzen konnten.

Juan führte seine Männer am nächsten Tag weiter nach Norden und eroberte ein Dorf namens Zabusta. Sie fanden weitere Maiskammern und durchsuchten die Hütten nach Kleidung. Von den Bewohnern fehlte jede Spur. Juan wusste, dass es dauern würde, bis der Tross folgen würde, und setzte seine Männer wieder in Gang. Er folgte dem Lauf eines Flusses und eroberte mehrere kleine Dörfer an seinem Ufer.
Der Tross folgte ihm mit einem Tag Verzögerung. Mit Karren und Pferden schleppten sie die Piragua bis zum nächsten Flusslauf und setzten sie dort ins Wasser. Der Gouverneur ließ die Ausrüstung in die Piragua verladen und mit Pferden den Fluss entlangziehen. Außerdem benutzten sie dazu einige Kanus, die sie

gefunden hatten. Sie kamen ziemlich schnell voran und nutzten den Fluss, um weiter nach Norden vorzustoßen. Sie plünderten jedes Dorf, durch das sie kamen, und nahmen dabei einen Häuptling namens Apafalaya gefangen. Sie zwangen ihn, unter Ketten als Dolmetscher und Führer zu arbeiten. Seine Krieger brüllten ihren Zorn heraus, doch wagten sie es nicht, die Spanier auf deren Pferden anzugreifen.

Juan verließ den Fluss und führte seine Kundschafter nach Norden. Der Weg führte an dicht bewaldeten Hügeln vorbei, die von Nord nach Süd verliefen. Juan führte seine Männer durch die Senken, obwohl er befürchtete, dass die Wilden vielleicht die strategisch günstigen Hügel für einen Hinterhalt nutzen würden. Das Wetter wurde schlechter und die Ufer der Bäche waren oft schon vereist. Manchmal fiel der erste Schnee und die Männer froren in ihrer Kleidung. Der Weg wurde unwegsamer und sie durchquerten viele kleine Flüsse und kamen an Sümpfen vorbei. Die Gegend war wenig besiedelt, dafür entdeckte Juan viel Wild in den Wäldern. Wenn er mehr Zeit hätte, würde er seine Lanzenreiter zur Jagd einsetzen. Er wusste, dass der Gouverneur einen Platz zum Überwintern suchte, und hoffte dort ein wenig Zeit für derartige Vergnügungen zu haben. Er verlangsamte sein Tempo und ritt dann wieder den Weg zurück, damit der Tross zu ihnen aufschließen konnte. Es wurde zu kalt, um ungeschützt im Freien zu kampieren. Seine Reiter folgten ihm willig, denn auch sie lockte die Aussicht auf ein wärmendes Feuer. Alle freuten sich auf eine trockene Unterkunft.

***

Am nächsten Morgen ließ er Maria alles ordentlich einpacken und gab sie in die Obhut des Maestros. Ihre Ketten schleiften am Boden und er ignorierte ihr schmerzverzerrtes Gesicht. Bald würden sie einen breiten Fluss überqueren; dann wäre eine Flucht nicht mehr so wahrscheinlich und er konnte sie abnehmen. Jetzt hatte er keine Zeit mehr, sich darum zu kümmern.

Er führte seine Truppe erneut nach Norden, gefolgt von der Infanterie. Am späten Morgen nach einer klaren Vollmondnacht

erreichten sie den Chickasa-Fluss und fanden ein Dorf an dessen steilem Ufer. Der Fluss war über das Ufer getreten und schien sehr breit und gefährlich zu sein. Am Ufer hatte sich bereits Eis gebildet. Ein großes Dorf lag auf dieser Seite des Flusses und die Krieger hatten sich ihnen mit Waffen und Schilden entgegenstellt. Juan schätzte sie auf über tausend. Sie machten einen Scheinangriff und zogen sich dann mit all ihrer Habe und den Frauen und Kindern über den Fluss zurück.

Juan ließ das Dorf einnehmen, damit der Tross in den nächsten Tagen eine Unterkunft hatte. Es würde nicht für alle reichen, aber die Handwerker konnten zusätzliche provisorische Hütten bauen. Es würde einige Tage dauern, ehe sie den breiten Fluss überwunden hatten. Er fand einige Vorratsgruben, außerdem Häute und Felle, die die Einheimischen bei ihrer hastigen Flucht zurückgelassen hatten. Er sicherte sich eine warme Decke, die ihm bei der Kälte gute Dienste leisten würde. Dann war seine Arbeit erst einmal getan. Er stellte sein Pferd innerhalb des Dorfes zu den anderen Pferden, die dort bereits Schutz gefunden hatten. Ein kalter Wind wehte, sodass die Pferde sich an die Palisaden drängten, um im Windschatten zu bleiben.

Juan suchte sich eine Hütte aus, in der noch immer ein Feuer schwelte, und wartete darauf, dass der Tross eintraf. Er erlaubte zehn weiteren Reitern, ebenfalls hier zu schlafen, die diese Großzügigkeit mit wahren Lobpreisungen belohnten. Juan winkte großzügig ab. Sie würden hier nur wenige Tage bleiben und dann den Fluss überqueren. Er hoffte, dass der Gouverneur am anderen Ufer endlich einen Ort fand, an dem sie die schlimmste Kälte abwarten konnten. Dieses Dorf hier war zu klein, um ihnen länger Schutz zu gewähren. Er blickte auf, als Baltasar de Gallegos sich neben ihn setzte. Er war der Teniente Coronel, der in der Abwesenheit des Gouverneurs die Befehlsgewalt hatte und ansonsten die Truppen befehligte. Auch der Capitán befehligte zusätzlich zu seinen Lanzenreitern an die vierzig Fußsoldaten, die ihm direkt unterstanden. Tatsächlich hatte er sie mit seinem eigenen Geld ausgestattet. Ebenso wie das Schiff, mit dem er die Bucht

von Charlotte gefunden hatte, von dem aus sie aufgebrochen waren. Er war wild und cholerisch, und er liebte das Kampfgetümmel, aber er wollte endlich Erfolg.

Er gab der Sklavin ein Zeichen, damit sie dem hohen Gast einen Teller Essen brachte. Das Mädchen gehorchte demütig und er beachtete es nicht weiter.

Baltasar schaufelte das Essen in sich hinein und lächelte zufrieden. „Gut, dass wir ein paar Vorräte gefunden haben!"

Juan schnaubte unwillig. „Nicht genug, um den Winter zu überstehen. Wir haben zu viele Gefangene dabei!"

Baltasar riss ein wenig ungläubig die Augen auf und zuckte die Schultern. „Was kümmern mich die Gefangenen? Wenn wir weiterziehen, werden wir neue Gefangene machen."

„Schon, aber es ist einfacher mit Gefangenen, die ein bisschen unsere Sprache sprechen. Er deutete nachlässig auf Nana. „Er versteht bereits, was ich von ihm will. Und Maria lernt es auch bald."

„Sie geben ihnen Namen?" Ehrliche Verwunderung klang in der Stimme des Teniente Coronel.

„Warum nicht? Irgendwie muss ich sie ja rufen." Juans Stimme klang kaum interessiert. Sie waren in seinen Augen nur Sklaven. Selbst Hunde hatte Namen. Und einen treuen Hund behandelte er ebenfalls gut.

Baltasar nickte und wechselte das Thema. „Ihr wisst, warum der Gouverneur den Fluss überqueren will?"

„Sicher! Er fließt nicht nach Süden. Er verhindert damit, dass Leute desertieren, wenn wir ihn erst einmal überquert haben." Es war eine sehr nüchterne Betrachtung.

„Und was sagt Ihr dazu?" Die Augen des Teniente Coronel sprachen Bände. Auch er war müde, enttäuscht und desillusioniert. Sie hatten in diese Expedition investiert, weil sie sich die gleichen Reichtümer erhofften wie in Mexiko oder Peru. Aber bis auf wertloses Kupfer hatten sie kaum etwas gefunden. Die Indios hatten Schmuck aus Perlen, der aber kaum die Ausgaben ausgleichen würde.

Juan zuckte die Schultern. Einige seiner Männer saßen im Hintergrund der Hütte und er wollte nicht, dass sie vom Glauben ab-

fielen. „Bisher haben wir viel fruchtbares Land für die spanische Krone gefunden. Und mit Sklaven kann man auch sein Geld verdienen."

„Das meine ich nicht."

Juan lachte ohne Humor. „Ich weiß!" Dann wurde seine Stimme ernst. „Es ist ein Risiko, an solch einer Expedition teilzunehmen. Nicht immer findet man Gold. Aber noch gebe ich nicht auf. Dafür hat es mich bisher zu viel gekostet. Wir haben einen Auftrag, und den werde ich erfüllen, solange die Jungfrau Maria mir wohlgesinnt ist."

Baltasar wischte sich mit der Hand über den Mund und stellte den Teller zu Boden. Auch seine edle Kleidung hatte gelitten und hing unansehnlich an ihm herunter. Außerdem hatte er stark abgenommen, ebenso wie Juan. Juan war eher ein Lebemann und galt als feist, doch die letzten zwei Jahre hatten auch an ihm gezehrt. Seine Erscheinung war drahtig und die überflüssigen Pfunde waren verschwunden. Ein brutaler Zug lag um seinen Mund, der kaum von dem Bart überdeckt wurde. Man widersetzte sich ihm besser nicht. Im Grunde wunderten sich seine Untergebenen über die Geduld, die er gegenüber dem Sklavenkind aufbrachte. Sonst galt er als jähzornig und unberechenbar.

„Was machst du mit den Sklaven, wenn wir nach Mehiko zurückkehren?" Die Augen von Baltasar verschlangen fast den wohlgeformten Körper der einheimischen Frau.

Juans Lippen wurden schmal vor Unwillen. Im Grunde waren die beiden eher lästig, weil seine Kameraden mit Neid darauf reagierten. Die Frau erinnerte sie an Dinge, die sie längst vermissten. „Das werde ich mir überlegen, wenn sie bis dahin noch am Leben sind. Meist leben diese Eingeborenen nicht lange. Gott ist mit uns und nicht mit diesen Wilden. Der Junge könnte einen ganz guten Diener abgeben, aber die Frau werde ich wohl vorher wieder loswerden. Ich kann mit ihr ja schlecht in Spanien auftauchen."

„Na ja, wenn man sie in die richtigen Gewänder hüllt, dann macht auch sie eine gute Dienerin."

„Tsss, was soll ich mit irgendwelchen Bastardkindern? Mein Ruf würde darunter leiden. Die Zeiten haben sich geändert und die

Kirche sieht so etwas nicht gerne. Wenn ich zurückkehre, will ich meinen Reichtum genießen und ein geachteter Mann sein. Ein Caballero. Selbst hier mustert mich der Priester schon wie ein Insekt."

Baltasar lachte auf widerliche Weise. „Selbst der Priester hält sich nicht wirklich an seine Gelübde. Er benutzt die Knaben. Ihr solltet mal hören, wie die Kinder schreien, bis er ihnen einen Knebel in den Mund steckt. Aber es sind ja zum Glück keine Menschen, sonst würde er wohl bald in der Hölle schmoren."

Juan runzelte die Stirn. „Wenn selbst der Papst eine Mätresse hat! Warum sollte dann der Priester nicht seinen Gelüsten nachgehen?" Er musterte Nana mit einem nachdenklichen Blick. Offensichtlich war der Junge viel mehr wert, als er angenommen hatte.

Tennessee Fluss
(Vollmond im Dezember 1540)

In den nächsten Tagen ließ der Gouverneur erneut zwei Piraguas bauen. Die Arbeiter machten dies im Hinterland, an einer Stelle, an der ein Bach in den großen Fluss mündete. Außerdem formte die natürliche Vegetation einer Insel im Fluss einen natürlichen Sichtschutz, damit die Einheimischen auf der anderen Seite nichts von ihrem Tun bemerkten. Nach der Insel verengte sich der Fluss und dort wollte Hernando DeSoto seine Armee übersetzen lassen. Dort war das Ufer flach genug, um die Piraguas ins Wasser zu setzen, und auch auf der anderen Seite war eine geeignete Landestelle, weil dort ebenfalls ein Bach mündete. Er hoffte, dass die Piraguas nicht abgetrieben wurden, denn sonst hatte der Fluss Steilufer, an denen man nicht landen konnte. Der Gouverneur befahl über hundert seiner Handwerker und Soldaten, wie schon zwei Wochen zuvor, zwei Piraguas und ein stabiles Floß zu bauen. Sie taten dies eine Legua vom Fluss entfernt, wo sie geeignetes Holz fanden und die Einheimischen ihr Tun nicht bemerken würden.

Zwei Tage später zogen sie die Piraguas und das Floß über das überflutete Bachbett bis zum Fluss. Noch in der Nacht wollten die Soldaten mit ihren Pferden übersetzen. Es war eine alte Taktik, die sie auch in Spanien schon oft angewandt hatten. Juan gab seinen Lanzenreitern den Befehl, den Pferden die Hufe mit Lappen zu umwickeln, um sie möglichst leise auf das Floß zu führen. „Umwickelt alle Schnallen und sichert eure Waffen, damit nichts klirrt!", befahl er mit ruhiger Stimme. Er kontrollierte seine Aufregung, denn der Kampf war etwas, was er zur Genüge kannte. Der Erfolg dieses Angriffs hing davon ab, ob sie die Wilden am anderen Ufer überraschen konnten. Wenn die Lanzenreiter erst auf den Pferden saßen, würden die Eingeborenen ohnehin die Flucht ergreifen. „Leise!", warnte er flüsternd, als die ersten Männer die Pferde auf das Floß führten. Die ausgebildeten Kavalleriepferde stellten sich ruhig auf das schwankende Gefährt

und manches schnaubte auch. Es war vom anderen Ufer jedoch nicht von den übrigen Geräuschen zu unterscheiden, die die Indios den ganzen Tag gehört hatten. Das Lager der Spanier war ohnehin stets ein Ort des Lärms, sodass die Geräusche auf dem Floß im übrigen Lärm untergingen. Juan überwachte das Beladen und gab dann einem Soldaten namens Lopez das Zeichen, dass die übrigen Soldaten auf der Piragua Platz finden würden. Vorsichtig löste sich die Piragua vom Ufer, mit langen Stangen vorwärtsgestoßen.

Die Strömung trieb das Floß ein wenig ab, aber die Soldaten stemmten sich mit aller Kraft dagegen, um es zum anderen Ufer zu bringen. Aufmerksam behielten die Männer dabei das gegenüberliegende Ufer im Auge, doch die dunkle Wand blieb ruhig. Ein leichter Schimmer im Osten verriet den nahenden Sonnenaufgang und Juan kniff abschätzend die Augen zusammen. Schneller, dachte er unruhig. Schneller! Er drehte den Kopf und erkannte, dass auch die zweite Piragua sich in Bewegung gesetzt hatte. Leider blieb sie nicht hinter ihm, sondern trieb bereits ein gutes Stück weiter flussabwärts. Wenn sie weiter abgetrieben wurde, dann würden sie das flache Ufer auf der anderen Seite verpassen und gegen die Klippen prallen. Doch dann hatte er keine Zeit mehr, darauf zu achten, denn das Floß stieß gegen das Ufer. Jetzt musste alles schnell gehen. Flüsternd gab er den Befehl zum Aufsitzen und sofort die Lanzen anzulegen. Zwischen den Bäumen war das Lager der Einheimischen zu erkennen, in dem sich erste Menschen taumelnd erhoben und völlig überrascht auf die Soldaten starrten.
Ein Warnruf erscholl, doch es war zu spät. Mit ihrem Schlachtruf „Santiago" griffen die Reiter die überraschten Krieger an. Sie ritten eine erste Attacke gegen die unbewaffneten Krieger, die entweder niedergetrampelt wurden oder zwischen die Bäume flüchteten.
Juans Gesicht war zu einer triumphierenden Maske verzerrt, als er sah, wie die Indios auseinanderstoben. Er spießte einen Körper mit seiner Lanze auf, griff dann nach seinem Schwert und schlug auf alles ein, was vor ihm auftauchte. „Lopez!", schrie er

mit überschnappender Stimme. „Sichert das Ufer und sorgt dafür, dass die anderen anlegen können!"

Der Soldat nickte ihm zu und riss dann sein Pferd herum, um den Befehl auszuführen. Die zweite Piragua war etwas abgetrieben worden, und die Männer kämpften mit ihren Rudern und Stangen darum, die Anlegestelle zu erreichen. Vom Land her waren bereits das Kampfgetümmel und das Kriegsgebrüll der Wilden zu hören. Dann setzten die Pfeifer und Trommler ein, die das Kriegsgebrüll noch übertrafen. Gefahrlos konnte die Piragua anlegen und die zweite Abteilung ging an Land, während die Piraguas zurückgeschickt wurden, um die nächsten Soldaten zu holen. Die Soldaten richteten ein Gemetzel an, als sie in Formation gegen die Krieger ritten und sie mit ihren Lanzen aufspießten. Die einfachen Schilde der Krieger waren kein Schutz vor den Waffen der Angreifer, die auf ihren Pferden außerdem um einiges schneller waren als die fliehenden Krieger. Die Überlebenden flohen in die Wälder, wo sie nicht mehr gesehen wurden. Der Gouverneur gab Befehl, den Tross übersetzen zu lassen, während er sich auf den Weg machte, das Dorf des Häuptlings dieser Gegend zu erreichen. Dort wollte er den Winter verbringen und die Ausrüstung instand setzen lassen.

Am späten Abend erreichten sie das Dorf des Häuptlings, das aus ungefähr zweihundert Hütten bestand. Die Einwohner waren geflohen und so richteten sie sich für die Nacht ein. Wachen wurden aufgestellt, während andere die Pferde versorgten. Juan war froh, die Nacht im Warmen verbringen zu können. Mit den anderen durchsuchte er die Hütten nach Nahrungsmitteln, aber die meisten waren leer. Am anderen Tag traf die nächste Abteilung Reiter unter dem Befehl von Baltasar de Gallegos ein und gemeinsam erkundeten sie die nähere Umgebung. Von den Einheimischen war nichts zu sehen, dafür fanden sie viele Felder, die noch nicht abgeerntet worden waren. Anscheinend hatten die Einheimischen aus Angst vor den Feinden alles stehen und liegen lassen. Der Gouverneur gab Befehl, dass einige Männer den Mais ernten sollten, bis die Hauptstreitmacht nachgerückt war. „Wir werden hier den Winter verbringen, denn wir haben Unterkunft und Verpflegung!", verkündete der Gouverneur.

Juan hatte zudem viele Nüsse und Esskastanien entdeckt, die man ebenfalls ernten konnte. Außerdem fanden sie Gruben mit Kürbissen und Bohnen. Er vermutete, dass in den umliegenden Wäldern genug Wild zu finden war, das man jagen konnte, und ordnete an, das Wild nicht zu stören. Wenn der Tross folgte, würde er Bogenschützen losschicken, um die Wälder zu durchstreifen.

***

Maisblüte wurde unterdessen mit den anderen Gefangenen in der Piragua über den Fluss gebracht. Sie achtete gut auf die Bündel ihres Herrn und hielt Nanih Waiya an der Hand, der ebenfalls einige Bündel zwischen den Füßen hatte. Ihr fiel auf, wie schlecht es den anderen ging. Die meisten Gefangenen waren unterernährt, froren erbärmlich und wiesen Spuren von Misshandlungen auf. Die Ketten waren blutig von den eitrigen Wunden. Soldaten wachten darüber, dass sie sich nicht miteinander unterhielten.

Maisblüte schwieg und hüllte den Umhang fester um den Körper. Sie und ihr Bruder waren die Einzigen, die sich überhaupt vor der Kälte schützen konnten. Trotzdem fieberte das Kind leicht und es hustete. Maisblüte erkannte, dass es sich um einen bösen Geist dieser Fremden handeln musste, der sich in dem Kind festgesetzt hatte. Viele der Gefangenen waren schon daran gestorben und sie fürchtete um den Bruder. Ob Gebete die fremden Geister vertreiben würden? Sie passte auf, dass er genügend trank und aß. Sie war froh um den Nahrungsbeutel, den Juan ihnen gegeben hatte. Wenn ihr Bruder so schwach wie die anderen wäre, würde er schneller dahinsiechen. So hatte er vielleicht genug Kraft, den bösen Geist zu bekämpfen.

Müde schlurfte Nanih Waiya neben ihr her, als sie das andere Ufer erreicht hatten und sich in die Kolonne einreihten. Auch ihre Füße bewegten sich nur langsam. Die Ketten scheuerten wieder, obwohl sie sich Leder zwischen die Ketten und der Haut gestopft hatte.

„Mir ist so kalt!", klagte der Junge.

„Wir machen bald Rast und dann kannst du dich ans Feuer setzen!", tröstete ihn Maisblüte.

„Ich will mein Bett!"

Maisblüte sagte nichts dazu. Wie sollte sie seinen Wunsch auch erfüllen? Hier gab es keine Chukka mit Betten und warmen Decken. Sie verstand ohnehin nicht, warum die Fremden wieder weiterzogen. Sie hatten doch ein Dorf mit all seinen Vorräten erobert. Warum also diese Eile? Es machte überhaupt keinen Sinn, den Fluss mitten im Winter zu überschreiten und nach den nächsten Dörfern zu suchen. Wo wollten diese Heuschrecken eigentlich hin?

Sie merkte, dass die Reise an ihren Kräften zehrte und ihren Bruder das Leben kosten würde. „Heute Abend baue ich dir das Zelt auf und mache ein Feuer!", versprach sie leise.

„Ich kann gar nicht mehr gehen!", beschwerte sich der Junge. Seine Schritte wurden noch langsamer, wenn das überhaupt möglich war. Er hustete und setzte sich müde an den Wegesrand. Maisblüte nahm ihm die Bündel ab und zerrte ihn hoch. „Komm!", befahl sie streng.

Der Junge torkelte neben ihr her und sie konnte ihn nicht an der Hand nehmen, weil sie das Gepäck kaum tragen konnte. Zum Glück gingen sie an diesem Tag nicht so weit, weil auch die anderen Träger bald zusammenbrachen.

Einige Frauen weigerten sich weiterzugehen und die Soldaten ließen sie am Wegesrand liegen, nachdem sie das Gepäck auf eine Karre geladen hatten. Die Frauen starben in der Nacht an der Kälte, weil niemand gekommen war, um ihnen zu helfen. Maisblüte verschloss ihre Augen und Ohren vor dem Elend. Wie sollte sie auch helfen?

Einige dieser Frauen waren aus ihrem Dorf und sie trauerte um sie. Andere waren aus anderen Völkern gefangengenommen worden. Sie teilte das gleiche Schicksal mit ihnen. Hier gab es keine Unterschiede mehr. Manche wählten den Tod, weil es keinen Ausweg mehr gab. Auch Maisblüte verwarf ihre Fluchtpläne. Wohin denn? Außerdem wäre eine Flucht im Winter aussichtslos. Der Weg nach Süden war durch den Fluss versperrt und ein

Überleben in der winterlichen Landschaft sowieso unmöglich. Sie waren umgeben von feindlichen Stämmen, die vermutlich keine Gnade kannten. Welchen Grund sollten sie auch haben, ein junges Mädchen und einen Knaben eines anderen Volkes aufzunehmen? Der Winter war für alle eine schwere Zeit. Ihr beider Überleben hing allein von diesem Mann ab.

Der Tross schlug das Lager in der Nähe des Baches auf, an dem sie entlanggezogen waren, und Maisblüte sammelte einige lange Äste, um provisorisch das Zelt aufzubauen. In dieser Nacht gab es kein Feuer und die beiden kuschelten sich aneinander, um sich gegenseitig zu wärmen. Das Lager war klein, denn die Piraguas hatten noch nicht alle Menschen über den Fluss geschafft. Soldaten sicherten den Tross und die wertvolle Ausrüstung gegen Überraschungsangriffe.

Noch vor Sonnenaufgang machten sie wieder sich auf den Weg. Maisblüte wunderte sich über die Eile, die die Menschen an den Tag legten, aber sie hoffte, dass dies ein gutes Zeichen war. Nanih Waiya hatte etwas Wasser getrunken und lustlos den Brei aus Nüssen gegessen, den Maisblüte ihm gereicht hatte. Nun schlurfte er wieder neben ihr her und zog ein Gestell mit Bündeln hinter sich her. Maisblüte hatte die Äste des Zeltes dafür verwendet, um ihren Rücken zu schonen. Ziehen war nicht so schlimm wie tragen. Ein Soldat mit riesigen Hunden drängte sich an ihr vorbei und sie wich zur Seite. Fast wäre das Gestell dabei gekippt.

Dann kamen zwei weitere Soldaten mit diesen Hunden und sie drückte Nanih Waiya an sich heran. Geschrei war zu hören und der gesamte Tross kam zum Stehen. In der Ferne sah Maisblüte zwei Gestalten, die verzweifelt versuchten, den Waldrand zu erreichen. Es waren gefangene Träger, die einen Fluchtversuch wagten. Sie hetzten über das vereiste Gras und suchten Schutz in der dunklen Wand des Waldes. Ihre Gestalten verschwammen bereits mit den Nebelschwaden. Dann setzten die riesigen Hunde hinterher. Mit den Sprüngen eines Pumas griffen die Hunde aus, ihre Gebisse furchteinflößend aufgerissen und ein hohes Kläffen ausstoßend. Sie hetzten mit langen Sprüngen hinter den

Flüchtlingen her, bis ihre dunklen Umrisse ebenso mit den Nebelschwaben verschwammen. Dann hatten sie die Beute erreicht und Schmerzensschreie hallten durch das Tal. Das Knurren und Reißen war bis zum Tross zu hören, ebenso wie die furchtbaren Schreie der beiden Männer. Dann wurde es still und das Entsetzen griff nach Maisblüte. Das geschah also mit Menschen, die die Flucht wagten. Sie hielt Nanih Waiya an der Hand und versuchte das Zittern zu kontrollieren, das sie befiel. Waren die Wesen aus ihren Legenden lebendig geworden? War dies die Strafe der Großen Sonne? Aber für was? War es ihre Bestimmung, diesen Fremden zu dienen und dabei zu sterben? War es auch Nanih Waiyas Bestimmung? Welchen Sinn hatte es, ihn so leiden zu lassen? Er war doch nur ein kleiner Junge.

Ein Soldat näherte sich, der sie unmissverständlich vorwärtsschubste. Maisblüte nahm das Gestell hoch und zog die Bündel wieder hinter sich her. Nanih Waiya folgte ihr schweigend. Sein Gesicht war eine Maske des Schreckens. Er fand keine Worte, um darüber zu sprechen. Maisblüte ordnete sich wieder in die Reihe der Sklaven und folgte dem Pfad nach Norden. Es schneite leicht und ihre Füße rutschten manchmal in dem Matsch aus, der den Weg bedeckte. Ihre Mokassins waren nicht gefüttert und so verwandelten sich ihre Füße bald in Eisklumpen. Auch um den Bruder stand es schlecht und so wickelte sie zwei Felle um die Füße, um sie warm zu halten. Mehr Felle hatte sie nicht. Sie hoffte darauf, dass es am Abend ein Feuer gab. Sie atmete auf, als am späten Nachmittag das Dorf vor ihnen auftauchte. Vielleicht konnten sie in einer der Chukkas schlafen? Wo war Juan? Würde er ihnen Essen geben und einen Platz zum Schlafen? Mit ihren klammen Händen umfasste sie das Schleppgestell fester und ging zu den ersten Hütten. Nanih Waiya folgte ihr langsam. Seine Augen waren geschlossen und er stolperte nur noch. „Juan!", rief Maisblüte laut. „Herr, hilf mir!"

Das Dorf war groß und Maisblüte erkannte, dass Juan sie in dem Lärm der Menschen, die soeben eintrafen, kaum hören konnte. Noch waren hauptsächlich Reiter in dem Dorf, Soldaten und die ersten Träger des Trosses. Der Hauptanteil war noch beim Über-

setzen am Fluss oder unterwegs. Maisblüte orientierte sich an den Pferden, denn ihr Herr blieb meist in der Nähe seiner zwei Tiere. Die Pferde standen in der Nähe der Palisaden und Maisblüte hoffte dort auch Juan zu finden. Wieder rief sie seinen Namen, während sie sich immer wieder zu ihrem Bruder umdrehte, der kaum noch laufen konnte. Hashtali, Sonnenvater, bitte hilf uns! Lass uns diese Nacht nicht wieder im Freien verbringen, dachte sie verzweifelt. „Juan!", rief sie laut.

„Hierher!", erschallte die vertraute Stimme. „Kommt her!" Maisblüte hatte Tränen in den Augen, als sie in die Chukka stürzte. Ein warmes Feuer brannte in der Mitte und sie ließ das Gepäck einfach fallen und zog den Bruder in die Wärme. Vorsichtig streckte sie ihre Hände dem Feuer entgegen und zog die feuchten Mokassins aus. Ihre Füße waren blau vor Kälte.

***

Juan de Anasco packte wortlos die Bündel in eine Ecke und schaute dann nach seinen Sklaven. Stirnrunzelnd blickte er auf die zwei Menschen, die sich dort ans Feuer gehockt hatten. Das Kind sah krank aus, ebenso die Frau. Der Junge hustete trocken und der ganze Körper schien zu beben. Juan nahm zwei Decken und legte sie den beiden um die Schultern. Hasenfell war minderwertig und saugte gerne Feuchtigkeit, aber sie waren inzwischen so abgerissen, dass sie sich gezwungen sahen, aus den vielen Hasen, die die Wilden ihnen brachten, diese Decken herzustellen. Juan hatte noch nie gesehen, dass Indios diese Felle verwendeten. Die Frau würdigte ihn keines Blickes und er ärgerte sich darüber, aber vielleicht war sie wirklich nur erschöpft. Später würde er ihnen eine warme Schale mit Essen reichen. Er überprüfte die Bündel und stellte fest, dass die beiden seine Ausrüstung vollständig gerettet hatten. Es erfüllte ihn mit Zufriedenheit. Vielleicht war es doch nicht so schlecht, zwei Sklaven zu haben. Juan verließ die Hütte, um seine Pferde zu holen. Sie waren wertvoll und so wollte er sie nicht in der Kälte draußen lassen. Er stellte sie in eine Ecke der Hütte und band sie fest. Viel Platz blieb nicht mehr. Die meisten Reiter hatten sich Hütten ausgesucht und die

171

Pferde untergestellt. Das war ihr Recht, denn die Pferde sicherten den Erfolg der Expedition mehr, als es die Sklaven tun würden. Die meisten Gefangenen und auch das Fußvolk verbrachten die ersten Nächte in Zelten oder unter freiem Himmel, bis die Baumeister weitere Hütten gebaut hatten. Die wenigen Sklaven, die einzelnen Soldaten oder Edelleuten zugewiesen waren, hatten Glück, denn sie durften bei ihren Herren schlafen, während die anderen zusammengepfercht wurden wie die Schweine. Man maß ihnen keinen Wert bei und betrachtete sie nur als unnütze Esser.

Maria und Nana aber gehörten Juan de Anasco und unterstanden somit nicht dem Maestro del Campo. Der hatte eine klare Rangordnung: Zuerst wurden die Edelleute mit ihren Frauen untergebracht, dann die Pferde und Reiter, dann die Trommler, Pfeifer und Fußsoldaten mit dem ganzen Tross. Hierfür mussten schnellsten Zelte errichtet und Hütten gebaut werden. Außerdem mussten Umzäunungen für die Schweine errichtet werden. Ganz zum Schluss wurden die Gefangenen untergebracht. Es störte herzlich wenig, dass die meisten bereits nach wenigen Tagen einfach gestorben waren. Wenn der Tross wieder aufbrach, konnte man sich neue Träger holen. Der Maestro del Campo nahm dann die Fußfesseln zurück, damit er für die nächsten Gefangenen genug hatte. Nur der Tod befreite die Gefangenen von ihren Eisen. Einige Gefangene versuchten trotzdem, ihrem Schicksal zu entfliehen. Sie sollten körbeweise alte Nüsse sammeln, die meist unter den Bäumen lagen, weil niemand sie geerntet hatte. Sie erwiesen sich als nahrhaftes Futter für die Schweine und so wurden sie in Körben gesammelt, ehe zu viel Schnee lag. Manch ein Gefangener nutzte die Gelegenheit zur Flucht.

Niemand kümmerte sich darum, weil die Offiziere davon ausgingen, dass ohnehin niemand überleben würde. Das Gleiche galt bei Desertation. Der Gouverneur hatte den Chickasa Fluss überschritten, damit seine Soldaten nicht doch versuchten, bis zum Golf von Mexiko durchzukommen. Hier waren sie so weit abgeschnitten, dass sie entweder verhungerten oder von feindlichen

Einheimischen getötet werden würden. Ordentlich erstreckten sich die Zelte und neuen Hütten in Reihen von Nord nach Süd, und dazwischen waren Wege angelegt worden. Da es sich um ein Winterlager handelte, achteten sowohl der Gouverneur als auch der Maestro del Campo auf Zucht und Ordnung. Wachen wurden eingeteilt, zwischen den beiden Bächen Latrinen und Waschplätze angelegt, Koppeln für die Pferde ausgewiesen, Burschen für die Schweine eingeteilt und der Befehl gegeben, die gesamte Ausrüstung zu erneuern oder zu reparieren. Selbst neue Sättel wurden angefertigt und aus dem Hartholz, das man in den Wäldern fand, neue Lanzen und Hellebarden hergestellt. Die Frauen flickten die Kleidung so gut es ging und nähten aus den Fellen warme Umhänge. Es entsprach nicht mehr der spanischen Mode zu dieser Zeit, war aber warm.

Awässeh-neskas

(Dorf der Menominee)

Machwao war auf dem Weg zur Begräbnisstätte des Stammes. Sein Herz war so schwer, dass er kaum atmen konnte. Er hatte sich an den Tod gewöhnt und doch traf es ihn dieses Mal hart. Nicht wegen ihm, sondern wegen seines Freundes. Die Frau von Awässeh-neskas war bei der Entbindung gestorben und jetzt half Machwao seinem Freund, die Beerdigung vorzubereiten. Die junge Frau hatte sich mehrere Tage durch die Wehen und Schmerzen gequält, bis schließlich ihr Herz aufgehört hatte zu schlagen. Selbst die Frauen und alle Gebete hatten nicht geholfen. Es war furchtbar gewesen, die Qualen der Frau mitanzuhören, die schließlich ihr Schreien nicht mehr hatte unterdrücken können. Sie hatte um den Tod gebeten, doch niemand hatte den Mut gehabt, ihr diesen Wunsch zu erfüllen, bis die Frau selbst entschieden hatte, diese Welt zu verlassen. Das Baby war mit ihr gestorben, aber ohne Mutter wären seine Überlebenschancen ohnehin gering gewesen.

Der Verlust dieser beiden Leben war so grausam und unvorstellbar, dass es still geworden war. Die Menschen wussten nicht, wie sie die Familie trösten sollten. Das Klagen der Familie und das herzzerreißende Weinen von Awässeh-neskas schallten tagelang durch das Dorf und gingen den Menschen durch Mark und Bein. Verwandte saßen bei den Unglücklichen und stimmten in das hohe Kreischen ein. Die Schwiegermutter bereitete die junge Frau für die Beerdigung vor und hatte sie in ihre schönste Kleidung gewandet. Das Gesicht war sorgfältig mit roter Farbe bemalt worden und auf den Bauch hatte man die Wiege gelegt, die bereits für das Kind angefertigt worden war.

Awässeh-neskas hatte den Wigwam verlassen und begab sich ebenfalls zur Begräbnisstätte. Sein Gesicht war vor Trauer wie erstarrt und er hatte seine Haare bereits abgeschnitten, wie es Sitte war. Er nickte Machwao dankbar zu und verharrte einen kurzen

Augenblick, um sich zu sammeln. Sein Blick wanderte über die Gräber, in denen bereits so viele Vorfahren und Angehörige lagen. Unter ihnen befanden sich auch junge Menschen und Kinder. Das Leben war hart und forderte seinen Preis. Niemand wusste, warum Mäc-awätok auch junge Menschen zu sich rief. Immer wieder formte sich in Awässeh-neskas Kopf dieselbe Frage. Warum? Warum? Warum? Er hatte Regen-auf-dem-Wasser geliebt und sich so sehr auf das Baby gefreut. Was hatte er getan, dass ihm dies genommen wurde?

Der Boden war gefroren und so bauten Machwao und Awässeh-neskas aus Ästen eine Grabstätte. Sie würden Regen-auf-dem-Wasser hier aufbahren, mit Ästen und Steinen abdecken und erst im Frühjahr mit Erde bedecken. Oberhalb des Grabes würden sie einen kleinen Wigwam errichten, in dem sie dem Geist der Frau Nahrung bereitlegen würden. Sie konnten nur beten, dass der Geist des Kindes sich bald einen neuen Leib suchen würde, in dem es heranwachsen konnte.

Als die Grabstätte vorbereitet war, kehrten die Männer zurück und forderten den Körper der jungen Frau. Sie war bereits in Bastmatten gewickelt worden und helfende Hände reichten das Bündel aus dem Wigwam. In einer Prozession schritten die Menschen zu der Grabstätte und hoben die Tote hinein. Dann legten die Männer sorgfältig Äste und Planken über das Grab und beschwerten es mit großen Steinen, um Aasfresser abzuhalten. Geschenke wurden auf das Grab gelegt, um dem Geist zu gefallen. Regen-auf-dem-Wasser würde immer noch da sein und die Menschen würden hierher kommen, um ihr Geschenke und Essen zu bringen und Neuigkeiten zu erzählen. Die Geister der Gestorbenen wachten über die Lebenden, bis sie irgendwann wiedergeboren wurden. Es war einfach nur eine andere Form des Seins.

Awässeh-neskas kniete neben dem Grab und sang mit heiserer Stimme seine Trauerlieder. Die anderen kehrten nach und nach ins Dorf zurück. Die Familie hatte ein Essen zubereitet und lud alle ein, daran teilzuhaben. Mit Schüsseln in der Hand kamen die Menschen herbei und nahmen das Essen in Empfang. Nur

der trauernde Ehemann blieb noch am Grab bei seiner Frau. Ihm wurde dieser letzte Abschied zugestanden, während die anderen in den nächsten Tagen ihren Aufgaben nachgehen würden. Das Leben ging weiter, nachdem die rituelle Trauerzeit vorbei war. Auch von Awässeh-neskas wurde erwartet, dass er die Trauer in seinem Herzen verschloss und sich wieder den Lebenden zuwandte. Es war hart, aber notwendig.

Machwao kehrte kurz vor der Dunkelheit an die Begräbnisstätte zurück und riss seinen Freund aus der Erstarrung. Es war zu kalt, um die Nacht hier draußen zu verbringen. „Komm!", murmelte er mahnend. „Sie würde nicht wollen, dass du hier erfrierst!" Awässeh-neskas nickte zustimmend. Sein Freund hatte recht. Erst jetzt merkte er, wie die Kälte nach ihm griff und ihn erschauern ließ. Er war so in seiner Trauer versunken gewesen, dass er die Kälte nicht gespürt hatte und sich nur mühsam erheben konnte. Wieder schossen ihm Tränen in die Augen, als er ein letztes Mal auf das Grab blickte. Er hatte Regen-auf-dem-Wasser geliebt und sich auf das Baby gefreut. Er verstand nicht, warum nun alles zu Ende sein sollte. Aber er stellte das Schicksal nicht in Frage. Wenn Mäc-awätok es so wollte, dann musste man es hinnehmen. Vielleicht war er zu unbedarft mit dem Geschenk des Lebens umgegangen und hatte sein Glück als selbstverständlich angenommen. Vielleicht hatte irgendetwas die Geister erzürnt und so war er seiner Familie beraubt worden. Es wäre nötig, um Visionen zu bitten und sich und seinen Geist zu reinigen, ehe er je wieder an eine neue Familie denken konnte. Er musste fasten, um all das Böse zu besänftigen. Vielleicht wäre es gut, möglichst weit fortzugehen, um sein Volk und seine Familie nicht zu gefährden. Andererseits brachte er dann vielleicht seine Freunde in Gefahr? In Gedanken versunken folgte er Machwao ins Dorf zurück und ließ sich von ihm in seinen Wigwam begleiten. Es war gut, dass er nicht alleine war, denn die Einsamkeit war nicht auszuhalten. Seine Eltern brachten einige Schalen mit warmer Suppe und setzten sich ebenfalls zu ihm ans Feuer. Schweigen breitete sich aus, als alle ins Feuer starrten und hin und wieder an der Suppe nippten.

Andere Verwandte betraten den Wigwam und setzten sich ebenfalls an das Feuer. Ihre Anwesenheit tat gut und zeigte dem Mann, dass er in seiner Trauer nicht allein blieb. Mit einem dankbaren Blick musterte er Wakoh und Wapus, die in der Nähe des Eingangs saßen und mit ihrer ganzen Körperhaltung ihr Mitgefühl ausdrückten. Ja, er musste auch an ihre Sicherheit denken, wenn er sich entschloss, mit ihnen in den Süden zu gehen. Genauso wie er sicherstellen musste, dass Machwao nicht durch ihn in Gefahr geriet. Er würde fasten und beten und das Gespräch mit den Metewin-Männern suchen.

Achtlos stellte er die Schale mit dem Essen zur Seite und richtete die Augen auf die Anwesenden. „Ich werde fasten!", erklärte er in die Stille hinein.

Alle murmelten beifällig und nickten Awässeh-neskas aufmunternd zu. Jeder wählte seinen eigenen Weg, mit dem Verlust umzugehen. Die Hilfe der Geister anzuflehen, war eine gute Entscheidung. „Ehe wir in den Süden aufbrechen, werde ich um eine Vision flehen", fuhr der Mann fort. „Ich möchte meine Freunde nicht in Gefahr bringen, wenn ich sie begleite." Auch diese Entscheidung war weise und wohlüberlegt.

Machwao schenkte seinem Freund ein Lächeln. „Das ist gut, mein Freund. Doch deine Anwesenheit wird niemals eine Gefahr sein!"

Awässeh-neskas senkte den Kopf und machte eine hilflose Bewegung mit der Hand. „Ich habe sie nicht schützen können ..." Seine Stimme brach vor Trauer.

Es war seine Mutter, die ihn energisch unterbrach. „Du kannst nicht wissen, was die Geister bewogen hat, so zu entscheiden. Deine Frau wird im anderen Sein ein gutes Leben haben. Dessen bin ich mir sicher. Und dein Sohn in ihrem Leib wird eines Tages geboren werden. Du wirst sehen. Vielleicht wart ihr alle noch nicht bereit für diese Aufgabe. Deshalb ist es gut, wenn du um eine Vision bittest und deine Freunde begleitest. Du wirst viele Dinge sehen, die dir den Weg in deinem Leben zeigen können."

Awässeh-neskas kniff traurig die Lippen zusammen und dachte über die Worte seiner Mutter nach. Ja, er hatte sehr jung gehei-

ratet. War dies falsch gewesen? Er erinnerte sich, wie ihr junges Gesicht ihn angelacht und sein Herz hatte höher schlagen lassen. Wie stolz war er gewesen, als er erfuhr, dass sie bald ein Kind von ihm gebären würde! Aber war es zu früh gewesen? Hätte er geduldiger sein müssen? Seine Mutter hatte erzählt, dass sie noch versucht hatten, das Kind im Leib der Mutter zu drehen, doch sie war bereits so erschöpft gewesen, dass es zu spät gewesen war. Warum hatten sie solange damit gewartet? Vielleicht war es gar nicht seine Schuld gewesen? Hatte Mäc-awätok entschieden, die Frau von ihren Qualen zu erlösen, damit sie ein neues Leben beginnen konnte? Ihre Seele war frei und konnte entscheiden, wohin sie gehen würde. Ebenso wie das Kind entscheiden konnte, in einem anderen Leib geboren zu werden. Aber warum konnten sie nicht bei ihm bleiben? Oder wären sie immer noch da? In seinem Kopf und in seinem Herzen? So viele Fragen, auf die es keine Antworten gab. In seinen Träumen würde er vielleicht Antworten erhalten. Er machte eine abschließende Handbewegung und meinte mit fester Stimme. „Ich werden hören, was meine Träume mir sagen."

„Wann wirst du gehen?", erkundigte sich Machwao. Er konnte in der Stimme von Awässeh-neskas etwas hören, das ihn mit Besorgnis erfüllte.

„Morgen!", antwortete der Krieger entschlossen.

Machwao runzelte die Stirn und unterdrückte ein Seufzen. Eine Visionssuche im Winter war etwas Außergewöhnliches und außerdem etwas Gefährliches. „Dann werde ich über dich wachen!", sagte er ebenso entschlossen. Ganz bestimmt würde er seinen Freund in dieser Situation nicht alleine lassen. Awässehneskas nickte sein Einverständnis. Es war gut so.

***

Wie verabredet brachen die beiden bei Sonnenaufgang auf. Machwao hatte warme Kleidung und Decken dabei. Außerdem trug er einen Beutel mit Proviant, der für mehrere Tage reichen würde. Sein Freund trug nur eine warme Büffeldecke, sonst hatte er nichts dabei. Machwao sagte nichts dazu, denn er erkannte,

dass sein Freund seinen eigenen Weg finden musste. Er hatte keine Ahnung, wohin sein Freund gehen würde, sondern folgte ihm nur schweigend. Sie bewegten sich auf Schneeschuhen durch die verschneite Landschaft, die ganz unter den eisigen Klauen des Riesen im Norden erstarrt zu sein schien.

Gegen Mittag erreichten sie eine kleine Anhöhe, die Awässehneskas als geeignet fand, um in seinen Träumen zu versinken. Der Krieger ruckte mit dem Kopf in die ungefähre Richtung und sprach zum ersten Mal an diesem Tag. „Dort werde ich bleiben. Wirst du über mich wachen?"
Machwao nickte nur. Sein Blick folgte dem Freund, als dieser sich allein auf den Weg machte. Eine traurige Gestalt, eingehüllt in ein warmes Büffelfell, die nun die kleine Anhöhe erklomm und sich schließlich unter einer Pinie niederließ. Seine Schneeschuhe hatte er bei seinem Freund gelassen.

Machwao baute sich als Erstes einen Windschutz aus Zweigen und Ästen und sammelte dann Holz für die Nacht, um ein Feuer zu machen. Er hatte nicht vor, am Boden festzufrieren. Seine Bündel legte er unter das schräge Dach des Windschutzes. Zum Glück schneite es nicht mehr, aber er wusste auch, dass das Wetter jederzeit umschlagen konnte.
Die Dämmerung neigte sich bereits über das Land und er machte sich auf den Weg zu seinem Freund, um zu sehen, wie es ihm ging. Er folgte den Spuren, die im Schnee gut zu sehen waren, und blieb schließlich in achtsamer Entfernung stehen, um seinen Freund nicht in seinen Träumen zu stören. Das Gesicht seines Freundes war mit schwarzer Kohle bemalt, wie er es schon als Kind gelernt hatte. Sein Gesicht wirkte eingefallen und gespenstisch. Er hockte dort auf dem Boden, den er mit Zweigen und Moos gegen den Frost isoliert hatte, und hatte sich tief unter dem warmen Fell versteckt, sodass nur sein Kopf herausragte.
Machwao sah die kleinen Atemwölkchen, die vor der Nase seines Freundes aufstiegen, und machte sich beruhigt auf den Rückweg. Es war kalt und er seufzte tief. Die nächsten Tage würden nicht einfach sein! Er entfachte in aller Ruhe ein Feuer und setzte

sich dann unter den Windschutz. Auch er hatte warme Decken dabei, die ihn vor der Kälte schützten. Gedankenverloren ließ er seinen Blick durch das Tal schweifen und beobachtete dann, wie die untergehenden Sonnenstrahlen den Schnee in Lila und Blau tauchten. Die Bäume warfen lange Schatten, die mit dem grauen Horizont verschmolzen. Schnell wurde es dunkel und die Welt versank in der Stille des Winters, bei der das Prasseln des Feuers wie ein Hohn klang. Machwao ließ das Feuer nach einer Weile herunterbrennen und verteilte dann die Glut in die Länge. Um das Feuer herum war der Boden nicht mehr gefroren und mit Hilfe seines Messers schaufelte er etwas lockere Erde auf die Glut. Kurze Zeit später war ein Bett aus warmer Erde entstanden, die die Wärme noch eine ganze Weile halten würde. Machwao wickelte sich in seine Decken und schlief die Nacht hindurch. Es war wenig wahrscheinlich, dass irgendjemand sie in der Schwärze der Nacht fand. Außerdem waren Tritte im Schnee gut zu hören und würden ihn daher wecken.

***

Am Morgen entfachte er wieder ein Feuer und genehmigte sich eine kleine Mahlzeit. Er konnte sehen, dass sein Freund immer noch dort oben saß und schenkte ihm gute Gedanken. Der Himmel zeigte das erste sanfte Orange und er konnte die Manitukiwug, die Geisterfrauen, sehen, die dort im Osten am Himmel ihr Würfelspiel spielten, um ihren sterblichen Schwestern auf der Erde ihr Wohlwollen zu schicken. Er kannte ihre Namen: Osawapun-nuki, die Kupfermorgenfrau, und Kesekokiu, die Himmelsfrau, ebenso wie Wapun-omitawin, die Medizinfrau aus dem Osten, oder Wapun-inuki, die Frau des Sonnenaufgangs, sowie die Junge Frau, die Älteste Frau und die Ewige Frau. Sie erschienen den Frauen in ihren Träumen und wachten über sie. Außerdem hatten sie den Frauen ein magisches Würfelspiel gelehrt, mit dem Heilungen möglich waren. Die Geisterfrauen verlangten in so einem Fall, dass ein Festessen für sie abgehalten wurde und sie in einer Rede geehrt wurden, dann schickten sie ihre Heilkräfte und guten Wünsche. Das rituelle Würfelspiel war ein Teil

der Heilzeremonie. Machwao kannte es, denn seine Mutter hatte es einst gespielt, als seine kleine Schwester sehr krank gewesen war. Seine Mutter besaß den glatten Panzer einer Schildkröte, den sie als Wurfschale benutzte. Die Würfel waren geschnitzte runde Scheiben aus Holz, die auf der einen Seite schwarz und auf der anderen Seite rot bemalt waren. Zusätzlich hatte sie zwei geschnitzte Figuren: Eine stellte eine Schildkröte und die andere einen Halbmond dar. Die Figuren und Würfel wurden nach oben geworfen und je nachdem, wie sie fielen, ergaben sie Punkte. Die Mutter hatte damals sieben ihrer Freundinnen eingeladen, so-dass es zwei Gruppen aus je vier Spielerinnen gab. Die Frauen hatten den ganzen Abend gewürfelt und dabei gute Gedanken zu den Geisterfrauen und zu Kämenaw Nuki geschickt, damit es ihr wieder besser gehen würde. Anschließend hatte es ein Festessen gegeben, um die Geisterfrauen gnädig zu stimmen. Ein Hexer war gerufen worden, der eine besonders gute Beziehung zu den Geisterfrauen im Osten hatte. Er hatte seine Lieder gesungen und schließlich einen Stein kreisen lassen, den alle Frauen hatten küssen müssen. Der kleinen Schwester ging es wirklich wieder besser und die Mutter hatte die Pflicht, jedes Mal im Frühjahr ein Würfelspiel zu veranstalten.

Machwao verfolgte das Farbenspiel am Himmel, bis die Geisterfrauen schließlich im gleißenden Sonnenlicht verschwanden und er so geblendet wurde, dass er blinzeln musste. Der Schnee reflektierte das Licht und die Helligkeit war mühsam zu ertragen. Er zog seine kleine Schneebrille aus Holz heraus und setzte sie auf. Nun konnte er nur durch zwei schmale Schlitze sehen und das war weit angenehmer. Er sorgte sich um seinen Freund und überlegte, ob er nach ihm sehen sollte. Er lächelte still vor sich, als ihm einfiel, dass er sich verhielt wie ein besorgter Vater, der seinen Sohn auf die erste Visionssuche begleitete. Er zog die Schneeschuhe an und machte sich an den Aufstieg auf den Hügel, den sein Freund gewählt hatte. Awässeh-neskas saß unverändert da und kurz erschrak Machwao, als er für einen Augenblick fürchtete, dass sein Freund vielleicht gestorben war. Doch dann sah er wieder die kleinen Atemwölkchen, die vor der Nase seines

Freundes erschienen. Er ahnte, dass Awässeh-neskas ihn gehört hatte und wartete einfach ab. Er wollte schon leise umkehren, als sein Freund die Augen öffnete und ihn herbeiwinkte.

„Wie geht es dir?", fragte Machwao leise.

„Gut!", murmelte Awässeh-neskas. „Die Geister sprechen zu mir. Aber ich muss noch warten. Komm morgen wieder!"

Machwao senkte den Blick und musterte seine Schneeschuhe, an denen dicke Eisklumpen hingen. „Gut!" Seine Antwort war ebenfalls nur ein Flüstern und doch schwang Erleichterung in seiner Stimme mit. Awässeh-neskas hatte voller Kraft gesprochen, so als hätten die Geister ihm den Weg gezeigt.

Ohne noch etwas zu sagen, drehte Machwao sich um und rutschte den Abhang hinunter. Er vermied es, noch weitere Spuren zu legen, auf die ein Feind vielleicht stoßen würde, und musterte kurz den Himmel. Er war klar und so würde kein Schneefall die Spuren wieder verbergen. Es wäre besser, einfach bei dem Windschutz zu bleiben und ebenfalls den Gedanken freien Lauf zu lassen. Es war immer gut, seine Schutzgeister aufzusuchen und sich gut mit ihnen zu stellen.

Die kalte Luft stach in seine Lungen und er war froh, wieder das Feuer anzuschüren. Er hatte die Glut abgedeckt, sodass es ein Leichtes war, sie wieder zu entfachen. Er streckte seine Füße wohlig der Wärme entgegen und dachte an seinen Freund, der hoffentlich keine Erfrierungen davontrug. Dösend saß er am Feuer, warf hin und wieder weitere Äste hinein und sah zu, wie die Funken nach oben flackerten. Er achtete darauf, dass das Feuer rauchfrei blieb, denn der Rauch konnte oberhalb der Baumwipfel gesehen werden. Er machte sich weniger Sorgen um den Schein des Feuers, denn der dichte Wald und die Helligkeit des Tages würden es tarnen.

Machwao verbrachte die Nacht halb wachend und halb dösend. Am Morgen kämpfte er mit dem Feuer, weil ein kalter Wind aufgekommen war, der es schwierig machte, das Feuer zu entfachen. Es dauerte eine Weile, doch dann züngelten endlich kleine Flammen am Holz entlang. Machwao war müde von der Nacht und

trank einige Schlucke Wasser aus einer Kalebasse. Obwohl er ein wenig geschlafen hatte, fühlte er die Kälte und eine gewisse Ausgezehrtheit. Manche Träume erholten nicht, sondern forderten Kraft. Er konnte sich nur kaum an den Traum erinnern, auch, weil er Dinge geträumt hatte, die er nicht verstand. Er hatte seltsame Wesen auf sechs Beinen gesehen, die alles auf der Erde verschlangen. Er war nicht hochgeschreckt, wie er es sonst tat, wenn ihn ein Alptraum berührte, aber er konnte die Warnung förmlich spüren. Etwas Schreckliches würde passieren.

Etwas später schrak er hoch, als Awässeh-neskas sich in Bewegung setzte und langsam den Hügel herunterkam. Sein Freund bewegte sich steif und ungelenk, doch schließlich hatte er das kleine Lager erreicht und setzte sich ans Feuer. Frierend streckte er seine Hände gegen die Wärme. Machwao wusste, dass er dem Freund nichts zu essen oder zu trinken anbieten durfte, und schwieg.

„Ich muss mich aufwärmen", murmelte Awässeh-neskas. Die Kohle in seinem Gesicht war verwischt und Machwao erkannte, dass sein Freund geweint hatte.

„Ruh dich aus!", lud er ihn ein. „Ich wache über deinen Schlaf!"

Awässeh-neskas nickte erleichtert und rollte sich neben dem Feuer zusammen. Wieder ragte nur der Kopf aus dem Büffelfell heraus und so sah er aus wie ein Bär im Winterschlaf. Machwao hielt das Feuer in Gang und kaute an einem Stück Trockenfleisch. Einige Waldbüffel durchbrachen in einiger Entfernung das Dunkel des Waldes, stapften kurz über eine Lichtung und verschwanden dann wieder zwischen den Bäumen, um dort mit ihren Hufen den Schnee wegzukratzen und nach Gras zu suchen. Sie wären eine wertvolle Jagdbeute gewesen, doch niemals durfte eine Visionssuche auf diese Art entehrt werden. Machwao merkte sich die Stelle, denn er wollte den Jägern den Ort verraten, an dem er die wertvollen Bisons gesehen hatte. Sie würden selbst in ein oder zwei Tagen nicht weit wandern. Im Winter blieben sie gern unter den schützenden Zweigen der Bäume. Ihr Fell war dicht und so würden die Menschen schöne warme Umhänge und Decken erhalten. Auch das Fleisch wäre eine willkommene Abwechslung.

Am Nachmittag rührte sich Awässeh-neskas und schaute ihn mit klaren Augen an. „Ich hatte einen Traum!", flüsterte er besorgt. „Einen seltsamen und beängstigenden Traum!"

„Ich auch!", murmelte Machwao. „Wir sollten zurückgehen." Er ruckte mit seinem Kopf in Richtung der Bündel, die er bereits gepackt hatte.

„Du hast auch geträumt?", wunderte sich Awässeh-neskas.

„Ja! Der Traum kam einfach zu mir. Aber ich habe es nicht verstanden. Ich spürte nur die Gefahr für unser Dorf!"

Awässeh-neskas legte nachdenklich den Kopf zur Seite. „Ich sah seltsame Wesen auf sechs Beinen. Weißt du, was das zu bedeuten hat?"

Machwao schüttelte den Kopf. „Nein, aber vielleicht droht Gefahr von Feinden? Wir sollten das Dorf warnen! Es gibt seltsame Wesen zwischen hier und den Geistern. Wesen, von denen uns Manaqpudz vielleicht nichts erzählt hat. Wir müssen den anderen von unserem Traum erzählen und darauf hoffen, dass er sich uns offenbart."

Awässeh-neskas runzelte besorgt die Stirn und nickte zustimmend. „Mein Fasten war wichtig, das sehe ich."

Machwao zog etwas getrocknetes Fleisch aus dem Bündel und reichte es seinem Freund. Der Krieger nahm jedoch zuerst einige Schlucke Wasser und wischte sich dann über den Mund. Seine Augen strahlten eine neue Entschlossenheit aus.

Winterlager

(Tennessee-Fluss im Süden)

Juan de Anasco wartete ein paar Tage ab, ehe er das Kind hinausschickte, um Holz zu sammeln. Es hatte sich die ersten zwei Tage nach ihrer Ankunft fast nicht gerührt und er empfand so etwas wie Mitleid. Er hatte gehört, dass keines der Kinder der gefangenen Einheimischen mehr lebte und schüttelte missbilligend den Kopf. Es war Weihnachten und ein bisschen christliche Nächstenliebe konnte doch nicht schaden. Er schenkte Maria einen warmen Umhang und Nana ein geschnitztes Tier zum Spielen. Er bemühte sich, in den beiden nur Sklaven zu sehen, denn eigentlich war ihm der Umgang mit den beiden zu familiär. Er wusste, dass der Gouverneur den Umgang mit Gefangenen ablehnte, aber der war ja schließlich auch verheiratet. Er wusste von den anderen Männern, dass sie keine Skrupel hatten, auch wenn sie in der Heimat eine Frau hatten. Die Zeit wurde ihnen anscheinend zu lang.

Auch Juan genoss in den kalten Winternächten die Wärme des Mädchens und ließ sie am Fußende seines Bettes wie einen Hund schlafen. Er hatte ihr aus Holz einen Kamm geschnitzt, mit dem sie sich die Haare kämmen konnte. Ihr Haar war tiefschwarz und glänzend. Seit sie es regelmäßig kämmte, sah sie hübsch damit aus. Auch die Haare des Kindes waren gewachsen und so schnitt er es ein wenig kürzer, damit er nicht wie ein Mädchen aussah. Auch bei ihnen trugen die Männer die Haare meist etwas länger, aber nicht bis über die Schultern. Nana war brav am Feuer sitzengeblieben, als Juan mit dem Messer seine Haare geschnitten hatte. Der Junge schien sich nicht mehr über die Dinge zu wundern, welche die Spanier so trieben, sondern passte sich an. Täglich schickte der Capitán das Kind los, um Feuerholz zu sammeln, und der Junge erwies sich als eifriger Diener.

Maisblüte blieb meist in der Hütte, flickte seine Sachen und kochte eine Suppe aus Mais, Bohnen und dem Fleisch, das er brachte. Der Maestro del Campo hatte Jäger eingeteilt, die tatsächlich mit Hirsch, Bär und allerlei Getier zurückkehrten, das in den Koch-

töpfen verschwand. Sogar eine einheimische Kuh mit warmem Fell hatten sie erlegt. Außerdem gab es Schweinefleisch aus der eigenen Zucht.

Juan wurde in die große Hütte gerufen, die der Gouverneur nach seinen Wünschen hatte einrichten lassen. Es war die einzige Hütte, die mit Tisch und Stühlen ausgestattet war, ansonsten war von der einstigen Pracht nicht viel übriggeblieben. Der Gouverneur erwartete eine Delegation der Einheimischen und bat seine Offiziere in vollem Staat zu sich. In der weiteren Umgebung gab es viele Dörfer, in der die geflohenen Einwohner Zuflucht gefunden hatten. Der Gouverneur hatte Befehl erlassen, diese nicht zu behelligen, weil seine Truppen nicht in der Verfassung waren, gegen diese zu kämpfen. Der Häuptling erwies sich als freundlich und bat um die Freundschaft der Spanier. Er wollte sogar zwei weitere Häuptlinge überreden, sich den Spaniern unterzuordnen, und bot an, in Begleitung dieser Männer zu einem Freundschaftsbesuch zu kommen.

Der Gouverneur war hocherfreut und schickte sogar ein Pferd, auf dem der Häuptling reiten sollte. Nun erwarteten die Offiziere gespannt die Ankunft dieser Männer. Juan stellte sich neben Baltasar de Gallegos und unterhielt sich leise mit ihm. Er erkundigte sich nach den Unterkünften für die Reiter und wie es um die Verpflegung stand. Baltasar war soeben von einem Jagdausflug zurückgekehrt und erzählte mit leuchtenden Augen von seinem Erfolg. „Hier gibt es wilde Kühe mit dichtem Fell. Wenn es uns gelingt, ein paar zu töten, dann haben wir keine Sorgen im Winter."

„Haben Sie denn welche erlegt?"

Baltasar schüttelte den Kopf. „Sie sind wild und gefährlich. Es ist besser, sie mit einer Armbrust zu töten. Sie scheinen keine Angst vor uns oder den Pferden zu haben, sodass wir nicht nahe herangehen können."

„Wieso war dann die Jagd erfolgreich, wenn Sie keine erlegt haben?", wunderte sich Juan.

„Ha, ha, ich habe mit meinen Leuten einen Bären erlegt! Es war ein eindrucksvoller Kampf, aber dann haben wir ihn mit unseren

Lanzen aufgespießt. Jetzt habe ich ein warmes Fell für den Winter."

Juan grinste. „Das werden Sie allerdings brauchen!"

Baltasar rempelte ihn an. „Dafür haben Sie etwas anderes, das Sie wärmt!"

Juan fand das nicht lustig. „Wenn man seine Gefangenen erfrieren lässt, muss man sich nicht wundern!"

Baltasar wunderte sich über die plötzliche Menschenfreundlichkeit des Capitán. „Beim Aufstand der Gefangenen letztes Jahr hatten Sie nichts dagegen, dass die Träger allesamt hingerichtet wurden."

Juan nickte ernst. „Das waren Krieger, die uns töten wollten. Sie waren als Träger unbrauchbar, weil sie es wieder versucht hätten. Sie haben uns Schaden zugefügt und mussten dafür bestraft werden. Hier liegen die Dinge anders."

Seine Aufmerksamkeit wurde abgelenkt, als es am Eingang unruhig wurde. Er nahm Haltung an und mahnte auch seine Männer, sich in Positur zu begeben. Der Häuptling der Chickasa schritt hoheitsvoll durch die Tür, in Begleitung von zwei weiteren Häuptlingen und einigen Kriegern. Er hatte es abgelehnt, auf dem seltsamen Tier zu reiten. Die Indios trugen Hauben aus Federn und hatten bemalte Umhänge um ihre Schultern gelegt. Sie übergaben dem Gouverneur einen riesigen Berg frisch erlegter Hasen und legten Felle und Häute dazu. Auf ein Handzeichen hin trat ein junger Mann hervor, der eine Sprache sprach, die auch der Dolmetscher Juan Ortiz verstand. Mit diesen beiden war es möglich, sich zu verständigen. Der Häuptling beteuerte, dass er Frieden mit den Fremden wünschte. Er stellte seine Unterhäuptlinge als Alibamo und Nicalasa vor, nannte aber nie seinen eigenen Namen. Er bewunderte die vielen Krieger, die Hernando DeSoto in seinem Gefolge hatte.

Dann beklagte er sich, dass einer seiner Unterhäuptlinge namens Sacchuma sich gegen ihn erhoben hätte, und bat den Gouverneur um Hilfe. An die neunzig Dörfer wären ihm genommen worden und so könnte er nicht mehr für den Frieden garantieren.

Der Gouverneur hörte aufmerksam zu und entschied dann, dass

es von Vorteil wäre, den Häuptling als Verbündeten zu behalten und in seinen Forderungen zu unterstützen. So ordnete er an, dass die Hälfte seiner Soldaten mit den Kriegern des Häuptlings gegen den aufständischen Unterhäuptling ziehen sollten. Der Handel wurde mit einem Festessen beschlossen, bei dem den Einheimischen Schweinefleisch gereicht wurde. Das hatte zur Folge, dass die Einheimischen es so sehr danach gelüstete, dass fortan nachts immer wieder Schweine verschwanden. Das Lager war nur zum Teil befestigt, sodass es ein Leichtes war, in die Ställe zu gelangen. Obwohl der Gouverneur Wachen aufgestellt hatte, konnte nicht verhindert werden, dass immer wieder Sachen aus den Hütten und Zelten verschwanden.

Juan machte sich übellaunig auf den Weg, mit den angeblichen Verbündeten gegen die aufständischen Einheimischen in den Kampf zu ziehen. Weder hatte er Lust dazu, noch sah er einen Sinn darin. Die Pferde brauchten Ruhe, ebenso die Soldaten. Nun die Hälfte der Truppen auf diese Weise einzusetzen, war eine Verschwendung sondersgleichen. Er ließ Maria und Nana in der Hütte zurück und ordnete an, dass sie versorgt wurden; mehr konnte er im Moment nicht für sie tun.

***

Maisblüte hatte die Aufbruchstimmung des Mannes bemerkt und sich insgeheim gewundert. In den letzten Tagen hatten die Spanier Hütten gebaut und sie hatte gestaunt, in welcher Schnelle dies vonstatten ging. Die Fremden richteten sich offensichtlich für den Winter ein und so verstand sie nicht, warum Juan wieder seine Bündel packte. Es hatte kaum Zeit gegeben, seine Sachen zu reinigen und zu flicken. Außerdem fürchtete sie sich, wenn er abwesend war. Sie hatte bemerkt, in welch verheerendem Zustand die anderen Gefangenen waren und fürchtete um den Bruder und sich selbst. Niemals konnte sie die Gefangenschaft und diese Misshandlungen ertragen, wenn ihr Bruder sie verließ! Sie war froh um die Wärme und die Nahrung, die es ihr erlaubten, den Bruder zu pflegen. Draußen hätte er überhaupt keine

Überlebenschance. Sie hatte offensichtlich einen gewissen Wert für diesen grausamen Mann und dies musste sie ausnutzen. Solange er sich an ihrem Körper erfreuen konnte, gewährte er ihr eine gewisse Sicherheit. Vielleicht verzichtete er eines Tages auf die Fesseln. Sie erkannte, dass die Käfermänner hier überwintern würden, und war froh um die Ruhepause. Sie kümmerte sich hauptsächlich um das Essen und flickte die Kleidung dieses seltsamen Mannes. Die Schwielen an den Knöcheln verheilten langsam, denn sie bewegte sich in den Ketten kaum.

Der Mann gestattete es ihr großmütig, dass sie sich um den Bruder kümmerte, und so ging es dem Kind von Tag zu Tag besser. Sie war froh, als das Fieber sank und auch der Husten besser wurde. Es lag einfach an der Wärme und dem Essen, dass es dem Kind bald besser ging, während andere Gefangene ihrem Schicksal überlassen wurden und einfach starben. Sie dachte an ihr schönes Leben vor der Gefangenschaft, erinnerte sich an ihre Eltern und Freundinnen und träumte vor sich hin. Vielleicht war es auch ein Schutz davor, wahnsinnig zu werden.

***

Die Fremden hatten sie bis in das Land der Chickasa gebracht und obwohl sie einst ein Volk gewesen waren, wusste sie nicht, ob diese Menschen ihnen feindlich oder freundlich gesonnen waren. Die Chickasa galten als unerschrockene Krieger, die ein großes Gebiet kontrollierten und viele Dörfer hatten. Wieder dachte Maisblüte an Flucht, auch weil es Nanih Waiya wieder besser ging. Er durfte sich frei im Dorf bewegen und kam immer wieder mit spannenden Geschichten zurück, die er erlebt oder gesehen hatte. Bereitwillig schleppte er Holz heran und sammelte zusätzlichen Mais für seine Schwester. Die Kleidung wärmte ihn und wenn es ihm zu kalt wurde, dann kehrte er in die Chukka zurück. Juan hatte ihn angewiesen, auch die Pferde zu putzen, und der Junge übernahm die Aufgabe gern. Er hatte keine Angst mehr vor den Pferden, seitdem er erkannt hatte, dass sie ganz friedlich waren. Er durfte sie sogar bewegen und an ihrem Zügel durch das Dorf führen. Nanih Waiya war stolz auf diese Aufgabe

und erfüllte sie gewissenhaft. Dieses große Tier neben sich herzuführen, war für einen kleinen Jungen etwas sehr Aufregendes. Manchmal setzte Juan ihn auf den Rücken des Pferdes und lächelte, wenn der Junge vor Begeisterung strahlte.

Maisblüte hatte Angst davor, aber Nanih Waiya wischte ihre Sorgen beiseite. „Der große Hund ist ganz brav und folgt mir wie einer unserer Hunde, glaube mir!" In der Sprache der Chatah gab es noch keine Bezeichnung für dieses seltsame Wesen und so benutzte der Junge einfach die Worte für einen „großen Hund".

„Ja, schon, aber trotzdem sind sie gefährlich. Die Fremden benutzen sie, um gegen uns Krieg zu führen. Sie sind ebenso gefährlich wie diese großen Hunde!"

„Ach, ihre Zähne sind ganz anders!", meinte der Junge belehrend. „Damit können sie gar nicht beißen! Außerdem fressen sie nur Gras und Mais."

„Sie sind nicht von hier, genauso wenig wie diese Fremden. Ihre Geister sind böse und deshalb traue ich ihnen nicht. Sie trampeln uns nieder."

Nanih Waiya schwieg. Für ihn hatte sich ohnehin die ganze Welt verändert. Er versuchte sich anzupassen und die Sprache zu lernen. Er hatte schon die eine oder andere Situation gemeistert, weil er sich verständlich machen konnte. Wenn ihn jemand misshandeln wollte, dann schrie er inzwischen laut um Hilfe und bat darum, zu seinem Herrn gebracht zu werden. Der Name Juan de Anasco half da Wunder. Nana hatte keine Ketten und sah gut genährt aus, sodass ihm meist Glauben geschenkt wurde. Niemand wollte sich mit dem Capitán der Lanzenreiter einlassen. Dafür war das Kind einfach nicht wichtig genug.

Maisblüte dagegen hatte Angst vor der Zukunft. Was geschah, wenn dieser Mann nicht mehr zurückkehrte? Und was geschah, wenn sie ihr Ziel erreicht hatten? Mit einem dünnen Zweig fuhr sie zwischen ihre Ketten und kratzte sich die Haut. Diese Ketten waren unerträglich und ebenso unnötig. Wo sollte sie denn hin? Sie war an die Chukka gefesselt, denn die Ketten schmerzten, wenn sie zu weit ging. Sie besuchte nur zweimal am Tag den

Waschplatz, und blieb ansonsten in der Wärme der Chukka. Ihre einzige Gesellschaft waren der Bruder und dieser Mann, der die Rast genutzt hatte, sich des Nachts in sie zu zwängen. Ihr machte das nicht mehr so viel aus, aber immer noch ekelte sie sich vor den Ausdünstungen des Mannes. Er stank nach Pferd, Rauch, Schweiß und Fett und schien es nicht für nötig zu finden, sich regelmäßig zu waschen. Sein haariges Gesicht schreckte sie so sehr ab, dass sie immer ihren Kopf wegdrehte, wenn er auf ihr lag, um sich zu befriedigen. Wenigstens hatte sie einen warmen Umhang und Essen, während andere Gefangene in der Kälte einfach erfroren oder verhungerten. Sie verstand die Fremden nicht. Warum ließen sie die Menschen nicht gehen, wenn sie keine Verwendung mehr für sie hatten?

Sie sah auf, als Nanih Waiya in die Chukka zurückkehrte und sich zu ihr setzte. Seine Hände waren kalt und so hielt er sie gegen das Feuer, um sie zu wärmen. „Der Maestro del Campo ist wütend, weil wieder Schweine gestohlen wurden", erzählte er wichtig. Mühelos sprach er die schwierigen Worte in der Sprache der Fremden.
„So?" Maisblüte schien nicht wirklich interessiert zu sein.
Der Junge nickte. „Ich habe es gesehen! Es waren tapfere Männer mit Pfeil und Bogen. Sie waren ganz leise und dann haben sie dem Schwein einfach die Kehle durchgeschnitten und es weggetragen."
Maisblüte warf ihm einen erschrockenen Blick zu. „Sie hätten dich töten können! Du solltest dich nicht so weit entfernen!" Sie wusste, dass die Schweine etwas außerhalb untergebracht waren. Nanih Waiya winkte ungeduldig ab. „Wo soll ich denn sonst noch Holz finden? Selbst die Soldaten laufen weit, um Holz zu schlagen. Ich bin schon vorsichtig, keine Sorge! Vielleicht sollten wir mit den fremden Kriegern gehen? Was meinst du?" Er drehte das geschnitzte Spielzeug in den Händen und warf es schließlich in das Feuer. „Dann wären wir keine Sklaven mehr."
Maisblüte legte ihm die Hand auf den Mund. „Schluss damit! Du weißt, was sie manchmal mit unseren Gefangenen gemacht haben. Willst du auf ihren Kohlen verbrennen?"

Nanih Waiya presste die Lippen zusammen und schüttelte den Kopf. „Ich dachte ja nur. Diese Krieger sind so mutig! Vielleicht können wir bei ihnen leben?"

Maisblüte senkte den Kopf und wackelte mit den Füßen. „Wie soll ich mit diesen Ketten entkommen? Sag mir das!"

Der Blick des Jungen wurde ernst. „Wir werden gehorchen, bis dieser Mann sie dir abnimmt, und dann wagen wir die Flucht!"

Maisblüte nickte und zog die Beine näher an ihren Körper. Sie dachte an die Soldaten, die Lanzenreiter und die großen Hunde. Und wieso sollte der Mann ihr die Fesseln abnehmen? Jetzt war Winter und eine Flucht ohnehin aussichtslos. Sie würde wieder darüber nachdenken, wenn der Frühlingsstern kam. In der Zwischenzeit würde sie mehr über diese Fremden lernen, denn nur wenn sie ihren Feind kannte, würde eine Flucht gelingen. „Du sprichst schon einige Worte dieser Sprache ...", wandte sie sich an ihren Bruder. „Lehre sie mich, damit ich sie auch verstehe!"

Verraten und verkauft

(Winterlager der Spanier)

Juan de Anasco ritt unterdessen durch die Kälte und zog den Umhang aus Fellen enger um seine Schultern. Darunter trug er den leichten Brustharnisch, der alles andere als wärmte. Den Kopf hatte er mit einem Tuch geschützt, damit der Helm nicht auf seinem Kopf festfror. Seine Hände steckten in einfachen Fellfäustlingen, die Maria ihm genäht hatte. Seine Stiefel waren geflickt, ebenso die weite Hose, sodass seine Beine und Füße halbwegs vor dem kalten Wind geschützt waren. Seine Truppen folgten ihm in ihrer Ausrüstung, die ebenfalls schon bessere Tage gesehen hatte.

In einiger Entfernung liefen gut zweihundert Krieger der Chickasa in einem ausdauernden Trab. Sie waren mit Umhängen bekleidet, die warm aber bequem waren. Auf ihren Rücken wippten Bögen und in ihren Händen hielten sie bemalte Schilde. Mehrere Kundschafter spähten vorne den Weg aus und geleiteten die Lanzenreiter gegen die aufständischen Dörfer. Juan konnte nicht umhin, diesen Verbündeten zu misstrauen. Er hatte das Gefühl, sinnlos im Kreis zu reiten. Der Proviant neigte sich bereits dem Ende zu und bisher hatten sie nur verlassene Dörfer gesehen, die von den Chickasa in Brand gesteckt worden waren. Was sollte das?

Als er schließlich zurückkehrte und Meldung erstattete, war der Gouverneur dennoch sehr zufrieden mit der Expedition. Der aufständische Häuptling hatte um Frieden gebeten und seine Treue bekundet. Anscheinend war ihm der Verlust der Dörfer doch zu groß. Juan erzählte von den kleinen Ansiedlungen und den Vorräten, die er konfisziert hatte. Er überstellte sie dem Maestro del Campo, der damit die Feldküche aufrüstete. Die Nahrung reichte gerade mal zur Versorgung der Truppen, aber nicht für die vielen Sklaven und Gefangenen. Die meisten waren inzwischen an Kälte und schlechter Ernährung gestorben, sodass für die Weiterreise neue Träger gefunden werden mussten. Die wenigen, die noch lebten, waren zu schwach oder befanden sich in Privatbesitz.

Juan kehrte mit dem Pferd in seine Hütte zurück und wunderte sich über die plötzliche Enge. Der Maestro del Campo hatte noch weitere Personen eingewiesen, sodass es eng wurde. Für die Pferde waren inzwischen einfache Ställe gebaut worden und so wies Juan das Kind an, sein Pferd dorthin zu bringen. Nana gehorchte willig und Juan warf seine Ausrüstung in die Ecke, die ihm zugewiesen worden war. Maria hatte sie mit einer Decke abgehängt, um sich und Nana vor den Blicken der anderen zu schützen. Die anderen Bewohner waren Lanzenreiter und Fußtruppen, alles Männer, die gierig ihren Körper betrachteten. Nur dass sie als Eigentum von Caballero Juan de Anasco betrachtet wurde, hatte sie vor Schlimmerem bewahrt.

Juan setzte sich schlecht gelaunt an das Feuer und streckte Maria die Füße hin, damit sie ihm die Stiefel auszog. Ihm klangen noch die Worte des Gouverneurs in den Ohren, der ihm geraten hatte, die Sklaven dem Maestro del Campo zu unterstellen. Die Anwesenheit einer Frau in seinen Diensten wäre ein schlechtes Beispiel für die Truppen. Juan hatte es knurrend zur Kenntnis genommen und höflich salutiert, doch nun musste er überlegen, wie er mit seinem Eigentum verblieb. Wenn er sie dem Maestro del Campo unterstellte, würden sie bald sterben und er hätte nichts. Wahrscheinlich wäre es am klügsten, wenn er die beiden Sklaven schnellstens verkaufte und wenigstens einen kleinen Gewinn erzielte. Im Grunde hatte der Gouverneur recht. Er war der Capitán der Lanzenreiter und so durfte er sich nicht binden oder seine Aufmerksamkeit ablenken lassen. Der Winter wäre bald vorbei und dann würden sie wieder zu Felde ziehen. Abschätzend sah er hoch, als das Kind wieder zurückkam und ihn mit seinen Zahnlücken anlächelte. Er hatte den Winter ganz gut überstanden und sah wohlgenährt aus. Vielleicht würde einer der Priester ihn nehmen? Es war einen Versuch wert. Er wusste, dass die Priester sich an Knaben bedienten, aber das war nicht das schlechteste Leben, das er dem Kind zumutete. Er konnte sich an schwarze Kinder erinnern, die in den Castellos zu Hause dienten und in hübschen Anzügen ihren Herrn Luft zufächelten. Mit Maria würde es schwieriger werden. Sie sah ganz hübsch aus und gepflegter als

die anderen Frauen, weil sie sich regelmäßig die Haare kämmte. Aber sie entsprach rein gar nicht dem spanischen Schönheitsideal. Nicht einmal für eine Magd. Außerdem sprach sie immer noch kaum Spanisch, was ebenfalls ein Nachteil war. Er konnte sie dem Maestro del Campo zuteilen, der bestimmt eine Wäscherin brauchte, aber der würde dafür kaum etwas zahlen. Andererseits hätte sie einen gewissen Wert, wenn er überhaupt etwas für sie zahlen musste, und dann behandelte er sie vielleicht auch besser. Er wollte nicht, dass sie genauso dahinsiechte wie die anderen Gefangenen. In den nächsten Tagen würde er mit dem Maestro reden. Er konnte es auch bei Baltasar versuchen, aber da wäre der Gouverneur sicherlich ebenfalls nicht begeistert. Edelleute sollten ein Vorbild sein. Der Gouverneur ließ sich nie mit den Frauen der Wilden ein. Juan war weit davon entfernt, ein vorbildlicher Edelmann zu sein, aber er wollte dem Gouverneur auch nicht missfallen. Ein Wunsch des Gouverneurs war im Grunde ein Befehl. Juan seufzte, als ihm klar wurde, dass er seine Bedürfnisse das nächste Mal eher im Verborgenen befriedigen durfte. Aber da gab es auf seinen Streifzügen genug Möglichkeiten. In der Vergangenheit wurde es ja auch kaum wahrgenommen, was er so tat. Die meisten Wilden sahen in ihm einen Gott und überließen ihm ihre Frauen.

Zwei Tage später befahl er Nana, ihm zu folgen, und brachte ihn zu Herrera, einem Priester mit feistem Gesicht und geröteten Wangen. Wie der Mann es in dieser Zeit der Entbehrungen schaffte, immer noch so korpulent sein, war ihm ein Rätsel. Aber dann hatte wahrscheinlich auch der Junge genug zu essen. Herrera rieb sich die Hände, als er Nana sah, und versicherte, dass er sich gut um den Jungen kümmern würde. „Ich brauche einen Messdiener und Nana spricht ja schon ein wenig unsere Sprache, nicht wahr?"
Nana nickte und blickte verständnislos von einem zum anderen. Ihm war nicht klar, was hier gerade geschah.
Juan strich dem Jungen über die Haare und bekräftigte seine Vorzüge. „Er ist auch schon getauft!"
„Natürlich, natürlich!", bestätigte der Priester und leckte sich

über die Lippen. „Er soll es gut bei mir haben. Er bekommt Essen und ein Bett. Wenn er erst die Gebete kann, wird er mir ein guter Ministrant sein. Es ist ja fast ein Wunder, dass er noch lebt. Die anderen Kinder sind alle gestorben."

Juan interessierte sich nicht für das Schicksal der anderen Kinder und winkte ungeduldig ab. „Wir sind uns also einig? Fünfhundert Pesos?"

"Si, Señor!", beeilte sich Herrera zu bestätigen. „Ich unterschreibe einen Schuldschein."

„Hmh, und wenn Sie nicht zurückkehren? Das Risiko ist mir zu groß."

Der Priester schlug ein großes Kreuz vor seiner Brust. „Aber Capitán, bei meiner Ehre! Natürlich werden die Schulden auch nach meinem Tod bezahlt."

„Ich möchte die Bezahlung lieber sofort. Das soll kein Misstrauen sein, aber man weiß ja nie. Ich habe schon viel gesehen und erlebt, da wird man vorsichtig."

Herrera zog verärgert die Augen zusammen und dachte nach. „Ich hätte einen Ring …."

„Ganz wunderbar!", unterbrach Juan den Priester. „Ganz wunderbar!"

Umständlich zog der Priester einen Ring aus den Falten seines schäbigen schwarzen Rocks, den er um seinen massigen Körper gewickelt hatte.

Juan nahm ihn prüfend in die Hand und nickte zufrieden. „Abgemacht!" Damit schob er Nana in die Fänge von Herrera. „Du bleibst jetzt bei ihm und gehorchst ihm! Verstanden?"

Erst jetzt verstand Nana, was da vor sich ging, und er klammerte sich an den Capitán. „No, Señor, no! Nicht weggehen!"

Mitleidlos löste der Capitán die Hände des Jungen und schob ihn zu Herrera. „Schluss jetzt! Du gehörst nun ihm! Hast du mich verstanden?!" Es war keine Frage, sondern ein Befehl. Nana kämpfte dagegen an, doch gegen zwei Männer, die ihn einfach zur Hütte des Priesters schleppten, hatte er keine Chance. Das Kind strampelte, bis sie die Hütte erreicht hatten und schrie nach seiner Schwester. Der Lärm des Lagers übertönte seine Schreie und nur wenige hoben den Kopf, als das weinende Kind an ihnen vorbei-

gezerrt wurde. Kurz überlegte Juan, wie das in den nächsten Tagen gehen sollte, wenn der Junge einfach zu ihm zurücklief. Aber in wenigen Tagen wäre er ohnehin unterwegs und dann war es nicht mehr sein Problem. Der Priester warf das Kind zu Boden und fesselte es an Armen und Beinen. „Er wird sich schnell an mich gewöhnen!", versicherte er.

„Das wird auch besser sein!", bemerkte Juan gereizt. Der Widerstand des Jungen hatte ihn überrascht und auch beschämt. Er ließ sich nicht gerne beschämen. Er warf dem Kind noch einen letzten Blick zu und verließ dann die Hütte. Dies war jetzt nicht mehr sein Problem.

Er kehrte in seine Hütte zurück und ließ Maria ihre Bündel packen. Sie sah ihn fragend an und er wusste, dass sie nach Nana fragte. „Er lebt bei dem Priester!", erklärte er lahm. „Nun komm, auch du bekommst einen neuen Herrn."

Maria starrte ihn verständnislos an und Juan ärgerte sich darüber. Glaubte sie etwa, dass er sie als Weib mit in die Heimat nahm? Eine Wilde? Grob packte er sie am Arm, drückte ihr eine Decke und den Umhang in die Arme und zerrte sie aus der Hütte. Der Maestro del Campo wollte sie als Wäscherin für seine Männer. Anscheinend war Maria von besserer Gesundheit und Widerstandskraft, sodass er sich einen guten Handel ausmalte. Er hatte dem Capitán dreihundert Pesos angeboten und dies schien ein angemessener Preis für ein Geschenk zu sein. Er hatte den Preis sogar bar bezahlt. Juan zerrte Maria durch das Lager und lieferte sie bei Mostoso ab. Maria weinte nicht, sie leistete auch keinen Widerstand, sodass hier die Übergabe ohne Probleme verlief. Wahrscheinlich empfanden Indios ohnehin nichts. Sie stand einfach mit gesenkten Augen da und ergab sich ihrem Schicksal. Mit einem schneidigen Salut verabschiedete sich Juan von dem Maestro del Campo und ging zurück, um sich um seine Angelegenheiten zu kümmern.

Der Maestro del Campo brachte Maria zu den anderen Gefangenen. Es waren nicht mehr viele und sie befanden sich in einem verheerenden Zustand. Die wenigen, die überlebt hatten, standen

kurz vor dem Hungertod und schauten mit leeren Augen hoch, als Maria zu ihnen trat. Sie saßen unter einem Dach, das kaum vor Wind und Wetter schützte. Selbst die Pferde und Schweine waren besser untergebracht. Alle trugen Fußfesseln, die teilweise mit einer Kette verbunden waren, sodass ihnen selbst mit Ketten die Flucht unmöglich gemacht wurde. Hier konnte man nur sterben oder leiden.

Zwei Soldaten bewachten nachlässig die Gefangenen und langweilten sich in ihrem Dienst. Sie salutierten, als der Maestro erschien und die neue Gefangene brachte. „Sie soll Wäsche waschen! Ich habe Geld für sie bezahlt, also behandelt sie gut und gebt ihr genug zu essen. Sie ist mein Eigentum!"

„Si, Señor!", versicherten die beiden Soldaten, obwohl ihr Blick einen Moment zu lange an der Frau kleben blieb. Sie war jung und hübsch und nicht so abgenutzt wie die übrigen Gefangenen. „Ich schicke meinen Diener mit der Wäsche, damit sie sich nützlich macht. Sorgt dafür, dass sie zum Fluss kann und nicht entflieht."

„Selbstverständlich! Wir passen auf sie auf!" Die beiden Soldaten nickten eifrig. Sie waren eigentlich nur noch an ihren Waffen als Soldaten zu erkennen. Ansonsten wirkten sie eher wie einer Horde Wegelagerer entsprungen und kaum vertrauenerweckend. Ihre Schuhe hingen in Fetzen herunter, ebenso wie ihre Kleidung. Die Männer hielten sie notdürftig mit Riemen und Stricken zusammen. An den Schuhen löste sich die Sohle und sie hatten ebenfalls einen Riemen darum gewickelt, um nicht barfuß laufen zu müssen. Ihr ganzes Erscheinungsbild wirkte ungepflegt und vernachlässigt.

Die Soldaten schenkten ihm ein schmieriges Lächeln und dem Maestro schlug der Geruch des Maisbieres entgegen. Außerdem erblickte er mehrere faulige Zahnstumpen. Mostoso sagte nichts, denn in seinem Mund sah es nicht besser aus und auch er erfreute sich an dem Maisbier. Es war der einzige Luxus, den es noch gab. Vorbei waren die Abende, an denen sie noch Musik gemacht und getanzt hatten. Manchmal erklang Gesang, aber selbst diese Abende waren selten geworden.

Der Maestro drehte sich um und ließ Maria bei den Soldaten zurück. Er hatte Befehle gegeben, obwohl er wusste, dass sich die Soldaten kaum daran halten würden. Aber er konnte sich nicht persönlich um eine Gefangene kümmern. Er konnte nur dafür sorgen, dass sie arbeitete und dafür Essen erhielt.

Die beiden Männer zogen Maria in ihre einfache Wachhütte, in der wenigstens ein Feuer brannte. Sie wiesen ihr eine Ecke zu und betatschten anzüglich ihre Hüften. „Wenn du ein bisschen lieb zu uns bist, dann kannst du hier im Warmen bleiben." Es war ein klarer Handel und noch nicht einmal ein schlechtes Angebot. Im Warmen zu sein, bedeutete überleben zu können. Maria nickte und legte sich auf die Matte, um den geforderten Preis zu zahlen. Die Männer kicherten belustigt und handelten aus, wer als Erster durfte.

„Die hat bisher nur Don Juan de Anasco gehört. Da waren noch nicht viele Männer dran!", bemerkte der Erste mit einem Grinsen. Er hieß Lopez und er war ein einfacher Soldat, der bisher kaum auf seine Kosten gekommen war. „Du hältst Wache und lässt mich zuerst."

Der zweite Mann riss die Augen auf. „Wieso du?"

Lopez grinste frech. „Na, dann muss ich mich beeilen und du kannst länger."

Der Soldat dachte darüber nach. „Bueno!", stimmte er zu. Wenn sie zu lange debattierten, kam vielleicht der Maestro zurück. „Ich pass auf, aber mach nicht so lange!"

Lopez hatte den Kameraden schon längst vergessen, als er sich zu der Frau legte. Sie wehrte sich nicht und so beendete er gierig sein Geschäft. Ihr Gesicht verriet nicht, was sie dachte oder fühlte, aber nachdem sie kein wirklicher Mensch war, störte ihn das nicht. Wilde konnten ohnehin nicht so fühlen wie wahre Menschen. Eine Hündin bot sich ja auch jedem Rüden an, wenn sie läufig war. „Na, du bist heiß, was?", zischte er säuselnd.

„Bist du endlich fertig?", kam von draußen die ungeduldige Stimme seines Kameraden.

„Ja, ja, komm rein. Die habe ich richtig geschmiert. Wirst deinen Spaß haben."

Der andere Soldat hatte bereits die Hose geöffnet, so ungeduldig war er. Er stürzte sich auf die Frau, um sie zu rammeln. „Oh, ist die weit!", stöhnte er vor Lust. „Sieh nur, ihre Brüste."

„Dafür hatte ich keine Zeit", maulte Lopez. „Du hast ja schon gehechelt vor Gier."

Der Soldat lachte sabbernd und begann dann gierig an den Brüsten zu saugen. Dann stutzte er, als er bemerkte, dass Lopez noch in der Hütte war. „Wolltest du nicht Wache halten?"

„Lass noch was übrig von der! Will ja keinen Ärger mit dem Maestro!"

„Ich krümme ihr kein Haar!", versicherte der Mann. „Sie ist ja Eigentum!" Er lachte meckernd und stieß dann wieder zu. Er hatte das Gefühl, sein Schwert völlig in ihr zu versenken, und stöhnte vor Lust. Sie hätten die eine oder andere weibliche Gefangene doch besser behandeln sollen.

***

Maisblüte nahm es hin. Sie fühlte den Mann in sich und vergaß, dass es jemand anderer war, der ihren Körper benutzte. In der kleinen Hütte war es warm und sie wollte nicht bei den anderen Gefangenen in der Kälte hocken. Sie hatte gesehen, dass diese Menschen das Frühjahr nicht mehr erleben würden. Sie aber wollte leben! Nur nicht unter diesen Umständen. Während der Mann auf ihr lag, dachte sie über die Worte Nanas nach. Flucht! Sie hatte keine Angst mehr vor feindlichen Stämmen. Entweder würde man sie töten, oder ihr gelang die Flucht nach Süden. Es gab noch Menschen ihres Volkes, zu denen sie zurückkehren konnte. Alles wäre besser, als bei diesen Fremden zu bleiben, selbst der Tod. Aber sie wollte ihren Tod selbst wählen und nicht dahinsiechen wie die anderen. Wenn sie überlebte, weil sie diesen Männern hier gefiel, dann würde sie es hinnehmen. Sie war keine Jungfrau mehr, sondern eine Sklavin, die versuchte am Leben zu bleiben. Selbst der Versuch, deren Sprache zu erlernen, würde sie im Grunde nicht schützen. Sie kniete sich ans Feuer und wickelte sich in ihre Decke. Die Soldaten setzten sich zufrieden zu ihr und grinsten freundlich. Sie nahm die Schüssel entgegen, die man ihr

reichte, und schlürfte die warme Suppe. So war das eben. Ihr Körper im Tausch gegen Wärme und Suppe. Sie war kein Kind mehr. Obwohl sie ihre ersten Riten noch nicht gehabt hatte, war sie gezwungen worden, eine Frau zu sein. Aber sie hatte gelernt, ihren Verstand und ihre Gefühle zu verbergen. Mehr Sorgen machte sie sich um Nanih Waiya. Wohin hatte man den Bruder gebracht? Wenn sie das Vertrauen dieser Männer erschlichen hatte, dann wollte sie nach ihm suchen. So groß war das Lager ja nicht.

Ho-Chunk

(Dorf der Menominee)

Machwao befand sich auf dem Rückweg ins Dorf. Er lief mit seinen Schneeschuhen voran und trat somit eine Spur für Awässehneskas, der ihm leichter folgen konnte. Er konnte den keuchenden Atem seines Freundes hören, der nur wenige Schritte hinter ihm lief. Die kalte Luft stach in den Lungen und doch hatte der würzige Duft nach Kiefern und Fichten etwas Spirituelles, als würde der ganze Wald die Luft reinigen. Manchmal fiel von oben Schnee auf sie, wenn sie einen Ast streiften. Vor ihren Nasen und Mündern sammelte sich etwas Nebel, der beim Ausatmen entstand. Kurz vor dem Dorf trafen die beiden auf zwei kleine Mädchen, die unter einer riesigen Fichte spielten. Sie hatten sich unter den dichten Zweigen eine kleine Höhle gebaut und den Boden mit Zweigen abgedeckt. Die Männer hatten sie überhaupt nur entdeckt, weil sie das leise Gekicher der Mädchen gehört hatten. Fast ein wenig erschrocken musterten die beiden die Männer, als diese die Zweige beiseite schoben. Die Kinder trugen warme Umhänge aus Fell und gefütterte Mokassins. Ihre Waden waren ebenfalls mit warmem Fell umwickelt.

Als sie Machwao erkannten, erhellten sich die runden Gesichter zu einem erleichterten Lächeln. Es war ungewöhnlich, dass sich kleine Kinder vom Dorf entfernten, und so kniete Machwao sich zu den beiden hin und sprach sie mit sanfter Stimme an. Sein Freund hatte aufgeschlossen und sicherte mit wachen Augen die Umgebung.

„Was macht ihr denn hier?", erkundigte sich Machwao freundlich. Er wollte die Kinder nicht beunruhigen und mäßigte sich in seiner Sorge.

Die Mädchen zeigten ihm ihre Beute. Sie hatten ein wenig Wintergrün gesammelt, um darauf zu kauen. Außerdem hielten sie die Enden einiger Kiefernzweige in ihren Händen, die sie ihm eifrig entgegenstreckten. „Wir wollen tanzende Puppen basteln", erklärte das größere Mädchen. Es handelte sich um Lachendes-Wasser, eine kleine Cousine von ihm. Sie zählte fünf Winter und

war eine Tochter von Omanepi Nuki, der Schwester von seiner Mutter und damit seiner Tante. Bei dem anderen Kind handelte es sich um Eis-Schnee, ebenfalls eine entfernte Cousine von ihm.

Machwao lächelte freundlich und erinnerte sich kurz an die Spiele seiner Schwester. Sie hatte auch immer Kiefernzweige gesammelt, um dann Puppen daraus zu basteln. Man band einfach einige Nadeln zu Armen ab, schmückte die Puppe mit einem Kopf und ließ sie dann auf einer kleinen Matte tanzen, indem man die Matte etwas hin und her bewegte. Die Mädchen machten auch gerne Wettspiele, welche Puppe am längsten tanzte, ehe sie umfiel. Trotzdem sollten die beiden nicht alleine unterwegs sein! Er legte den Kopf zur Seite und zwinkerte den beiden zutraulich zu. „Es wird bald dunkel. Wollt ihr nicht mit uns ins Dorf zurückkehren?"
Die Mädchen nickten erleichtert. „Ja, wir sollten hier auf Nokomäh warten, sie wollte uns bald holen."
Machwao erhob sich und runzelte alarmiert die Stirn. Aber wo war die Großmutter? Nokomäh war auch seine Großmutter, die Mutter seiner Mutter. „Wo ist sie denn hingegangen?", erkundigte er sich besorgt.
Lachendes-Wasser schob die Lippen vor und deutete damit auf die Spur im Schnee. „Sie wollte noch ein wenig Holz sammeln."

Machwao warf seinem Freund einen warnenden Blick zu und überlegte. Es wäre besser, erst einmal die Kinder in Sicherheit zu bringen, ehe er sich auf die Suche nach der Großmutter begab. Sein Traum verhieß nichts Gutes und er wollte lieber das Dorf warnen. „Ich werde Nokomäh suchen, aber erst bringe ich euch zurück. Euch ist doch bestimmt schon sehr kalt, nicht wahr?"
Die Kinder nickten und nahmen vertrauensvoll seine Hände in die ihren. Er trug einfache Fäustlinge, die gut vor der Kälte schützten, ebenso wie die beiden Mädchen. Mit einem Ruck schulterte er seine Ausrüstung und brachte die Waffen auf seinem Rücken wieder in die richtige Lage. Umsichtig trat er eine Spur, die sich bald mit anderen Spuren überkreuzte, die in Richtung des Dorfes führten. Hier war bereits ein kleiner Weg ent-

standen, sodass das Vorwärtskommen leichter war. Er passte sich den kleinen Schritten der Kinder an, was mit den Schneeschuhen nicht ganz einfach war. Er war froh, als er die schneebedeckten Hütten erblickte, aus denen fast unsichtbarer Rauch emporstieg. Sie standen vereinzelt zwischen den Bäumen, mit Rindenstücken und Matten bedeckt und mit Ästen geschützt, damit der Wind sie nicht abdecken konnte. Zwischen den Hütten waren Trampelpfade entstanden, die fast frei von Schnee waren. Neben den Hütten gab es immer noch die Kochstellen aus einem schräg errichteten Windschutz, der die Kochstelle etwas überdachte. Wenn das Wetter es erlaubte, wurde auch im Winter hier gekocht, um den kleinen Wigwam zu entlasten. Mehrere Familien teilten sich so eine Kochstelle, denn das Holzsammeln war beschwerlich. Einige Kinder liefen ihnen neugierig entgegen, als er zwischen die ersten Hütten trat, und Machwao nickte ihnen zu. Ein Junge namens Adlerkralle trat zu Awässeh-neskas und erkundigte sich nach dessen Befinden. Machwao aber ließ keine Verzögerung zu, denn er spürte eine mögliche Gefahr und wollte den anderen Männern des Dorfes Bescheid geben. Er sah seinen Freund Wakoh und zeigte mit einem warnenden Blick, dass etwas nicht in Ordnung war. Freundlich wandte er sich den Mädchen zu und schickte sie mit einer Handbewegung davon. „Sagt euren Eltern, dass ich ihre Hilfe brauche, um Nokomäh zu suchen."
Die Kinder nickten gehorsam und verschwanden hurtig in ihren Hütten, um Bescheid zu geben.

Unterdessen näherte sich Wakoh und musterte die beiden Männer aufmerksam. „Was ist los?", fragte er.
Machwao zeigte mit dem Rucken seines Kopfes auf Awässeh-neskas. „Awässeh-neskas hatte einen seltsamen Traum – und ich auch. Wir sollten besser die anderen warnen! Außerdem ist die Großmutter von Lachendes-Wasser verschwunden. Wir sollten nach ihr suchen! Ruf einige Männer zusammen, die mich begleiten. Wir gehen sofort, ehe es zu dunkel wird!" Er beugte sich zu Adlerkralle hinunter, der immer noch neben ihnen stand, und schob auffordernd die Lippen vor. „Geh zurück und sage auch deiner Familie Bescheid!"

Der Junge nickte eifrig und sauste dann davon. Auch Wakoh rannte los, um die Männer zusammenzutrommeln, während Awässeh-neskas in seinem Wigwam verschwand. Er war zu Tode erschöpft und zu schwach, um den anderen bei der Suche zu helfen. Machwao brachte seine Bündel indessen zu seiner Mutter und grüßte sie nur kurz. Erleichtert stellte er fest, dass auch seine Schwester anwesend war. Die beiden Frauen waren mit dem Flechten einer Tasche aus Bast beschäftigt und unterhielten sich leise. „Wir vermissen Nokomäh und gehen sie suchen!", verkündete er. Die Großmutter wohnte bei der Familie ihrer anderen Tochter, weil dort noch kleine Kinder lebten, die versorgt werden mussten. Die Großmutter genoss die Zeit mit den vielen Enkelkindern und wusste, dass sie dort gebraucht wurde. Nach dem Tod des Mannes vor einigen Wintern war es gut, dass sie dort versorgt wurde.

„Warum ist sie noch nicht zurück?" Die Augen seiner Mutter wurden groß vor Sorge.

Machwao hob die Schultern und versuchte sie zu beruhigen. „Die Mädchen sagten, dass sie Holz sammelt. Vielleicht ist sie längst da und sucht nach den Kindern. Sie weiß ja nicht, dass wir sie mitgenommen haben. Ich beeile mich besser! Du weißt ja, wie sie schimpft, wenn etwas nicht nach ihren Plänen läuft. Sie wird murren, was uns einfällt, einfach die Kinder zu entführen." Er lachte leise und beruhigte auf diese Weise seine Mutter. „Wir sind bestimmt gleich wieder da!" Machwao schlüpfte in ein trockenes Paar Wintermokassins und schulterte erneut seine Waffen. Dann verließ er den Wigwam wieder.

***

Machwao zuckte zusammen, kaum dass er den Wigwam verlassen hatte. Ohrenbetäubendes Kriegsgebrüll überraschte ihn völlig und ein Pfeil schlug zitternd neben ihm in den Wigwam ein. Sein Herz schlug ihm plötzlich bis zum Hals, als er sich erschrocken wegduckte. Ein weiterer Pfeil verfehlte ihn knapp und er tauchte mit einem Satz in den Schutz der überdachten Kochstelle. Hastig griff er nach seinen Waffen und sah sich dann nach mögli-

chen Feinden um. Die Lage war unübersichtlich, weil die Angreifer aus mehreren Richtungen kamen. Krieger mit schwarz bemalten Gesichtern, trotz der Kälte mit entblößten Oberkörpern, die durch das Dorf rannten und sich den Männern entgegenstellten, die erschrocken aus den Wigwams stürzten.

Machwao hatte bereits den ersten Pfeil auf die Sehne gelegt und suchte sein Ziel. Ein feindlicher Krieger, der geduckt auf den Eingang seines Wigwams zurannte, wurde mit einem gezielten Schuss niedergestreckt. Er fiel mit dem Kopf voran durch den Vorhang, der den Eingang schützte, und von innen erklang der schrille Schrei seiner Schwester. Das ganze Dorf war jetzt alarmiert und überall waren Schreie und Gebrüll zu hören, als Männer aus den Hütten stürzten, um ihre Familien zu verteidigen. Machwao hatte bereits den zweiten Pfeil auf der Sehne, als ein weiterer Feind in sein Gesichtsfeld kam. Der Krieger hatte offensichtlich nicht damit gerechnet, dass er hier in der Deckung des Unterstandes Schutz suchte, sondern dachte wohl, dass alle Menschen in den Wigwams an den Feuern saßen. Nun auf solchen Widerstand zu treffen, überraschte die Angreifer. Er zeigte einen ungläubigen Gesichtsausdruck, als der Pfeil seine Schulter durchbohrte.

Dann gewahrte er Machwao in der Deckung der Kochstelle und ging mit erhobener Keule auf ihn los. Machwao ließ den Bogen einfach fallen, denn ihm blieb keine Zeit mehr, einen weiteren Pfeil anzulegen. Er zog die Keule aus seinem Gürtel und ging ebenfalls auf den Angreifer los. Um ihn herum verschwamm alles, als er sich nur noch auf den Angreifer konzentrierte. Das Schreien und Stöhnen um ihn herum mobilisierte seine Kräfte, denn er wusste, dass es hier um das Überleben seines Dorfes ging. Wenn er fiel, dann würde der Angreifer auch seine Schwester und Mutter nicht verschonen. Mit einem unwirklichen Krachen verkeilten sich die beiden Keulen kurz, dann wichen beide Krieger ein Stück zurück, um einen erneuten Schlag anzubringen. Der Feind wurde vorsichtiger und umtänzelte Machwao abschätzend. Aus Mund und Nase kam der Atem, der sein schwarz bemaltes Gesicht verwischte. Der nackte Oberkörper glänzte vor

Fett und in der Kälte wirkte es unwirklich, als stünde Machwao einem Wesen aus der Unterwelt gegenüber. Erst jetzt bemerkte er, dass auch der Oberkörper des Feindes schwarz bemalt war und kurz stieg in ihm das Bild eines schwarzen Untergrund-Panthers in den Kopf, der sein Leben forderte. Dann sah er das Blut, das dem Krieger an der Brust entlanglief, und sein Blick blieb an dem Pfeil kleben, der dem Feind in der Schulter steckte. Dieser Mann war kein überirdisches Wesen! Dieser Mann konnte verletzt und auch besiegt werden. Unter den Füßen hatte sich durch das Tänzeln Matsch gebildet und Machwao wusste, dass er bald im Vorteil wäre. Um ihn herum hörte er weitere Kampfgeräusche, aber er achtete nicht auf sie. Erst musste die unmittelbare Gefahr beseitigt werden!

Wieder wagte der Feind einen Angriff und schlug mit voller Wucht auf Machwao ein. Dieses Mal wich Machwao mit einer flinken Drehung aus und schlug beim Ausweichen von der Seite zu. Er traf den Mann in die Rippen und dieser krümmte sich stöhnend zusammen. Sofort setzte Machwao nach und schlug ein zweites Mal zu. Zielsicher traf er den Feind an der Stelle, wo der Pfeil ihn verletzt hatte. Die Wunde riss weiter auf und das Blut floss in Strömen die Brust hinunter und hinterließ ein Rinnsal auf der schwarz bemalten Haut. Der Feind rutschte nach hinten weg und keuchte vor Anstrengung.

Auch Machwao atmete schwer, als er seinen Feind musterte. Der Mann war etwas größer und schwerer als er. Die Geister standen wirklich auf seiner Seite, denn es war ihm gelungen, zwei gezielte Schläge anzubringen. Der Feind hatte keine andere Wahl. Obwohl er schwer verletzt war, musste er um sein Leben kämpfen, denn er konnte von den Menominee keine Gnade erwarten. Sie waren hierhergekommen, um zu töten oder getötet zu werden. Kurz warf er einen Blick in die Runde, um zu sehen, wie es seinen Freunden erging. Auch Machwao orientierte sich für einen Augenblick und atmete tief ein, als er erkannte, dass seine Freunde die Angreifer zurückgeschlagen hatten. Sie waren vorbereitet gewesen, weil sie ihre Waffen schon in der Hand hielten, als die Feinde angegriffen hatten. Das hatte ihnen einen winzigen Vorteil verschafft.

Machwao wandte sich wieder dem Feind zu und wartete dessen Angriff ab. Mit seinen Augen maß er die Kraft, die dieser wohl noch aufbringen konnte. Der Mann taumelte und so würde es kein fairer Kampf mehr sein. Aber umgekehrt würde auch sein Gegner kein Mitleid zeigen. Er konnte ihm nur noch einen ehrenvollen Tod schenken, um ihn vor der Rache der Frauen und Männer zu bewahren. Wenn es Opfer in seinem Dorf gab, dann würden die Verwandten das Leben dieses Mannes fordern und ihn zu Tode quälen. Kurz dachte er an Nokomäh, die vermutlich das erste Opfer dieser Feinde gewesen war. Sein Herz wurde schwer vor Trauer. Zum Glück hatten sie die Mädchen nicht entdeckt! Er wurde wütend, als er an die schutzlosen Kinder dachte, die dieser Krieger sicherlich erbarmungslos getötet hätte. Nein, hier gab es kein Mitleid! Wieder umkreiste er den Feind, dessen Bewegungen unsicher und kraftlos wurden. Sein Atem kam schnell und abgehackt, als hätte er nicht mehr genügend Luft zum Kämpfen. Machwao ließ sich Zeit, denn jede weitere Bewegung würde den Mann weiter schwächen. Die Haartracht verriet ihm, dass er vermutlich einen Ho-Chunk vor sich hatte. Das Volk siedelte südwestlich von ihnen und er wertete es als schlechtes Zeichen, dass sie im Winter ein Dorf überfielen. Hatten sie nicht genügend Vorräte? Das war eigentlich der einzige Grund, mitten im Winter ein anderes Dorf zu überfallen.

Machwao machte einen Scheinangriff zur linken Seite des Mannes und grunzte verächtlich, als der Mann ihm ein weiteres Mal seine verletzte Seite zudrehte. Wieder schlug er zu und traf den Mann an der Schulter. Stöhnend ging der Krieger in die Knie und mit einem harten Schlag auf den Kopf des Mannes beendete Machwao den Kampf. Dann war es einen kurzen Augenblick still.

Irgendwo flatterten ein paar Raben hoch, ein Kind weinte, eine Frau schrie hysterisch, Hunde bellten, dann brach ein erleichterter Jubel aus, als die Menschen erkannten, dass sie die Angreifer zurückgeschlagen hatten. Fünf Männer waren getötet worden, drei Gegnern war die Flucht gelungen und ein Mann war gefan-

gen genommen worden. Er lag gefesselt am Boden und wurde mit Spott überzogen. Schläge und Tritte prasselten auf ihn ein, als die Menschen ihrem Zorn freien Lauf ließen. Machwao konnte es ihnen nicht verdenken. Auch ihm stieg die Hitze des Kampfes zu Kopf und er stieß einen lauten Siegesschrei aus. Seine Mutter und seine Schwester kamen aus dem Wigwam und fielen ebenfalls mit ihren hohen Stimmen ein.

***

Machwao überließ die getöteten Feinde den Frauen und sah sich mit besorgten Blick um. Hatte es Verluste gegeben? Noch war nirgends Wehklagen zu hören. Er sah Wakoh und Wapus, dann erblickte er Awässeh-neskas, der ebenfalls aus seinem Wigwam herausgestürzt war, um das Dorf zu verteidigen. Der Kampf war so schnell vorbei gewesen, dass er jetzt zu spät kam. Machwao schüttelte grinsend den Kopf und atmete erleichtert ein. Alles schien gut zu sein. Aber wo war Nokomäh? Hatten jene Ho-Chunk sie im Wald getötet? Er ging zu der Menschenmenge und hörte erleichtert, wie Biberherz als Häuptling des Dorfes bereits erste Anweisungen gab. „Wakoh, nimm ein paar Männer und sichere die Umgebung des Dorfes!" Er drehte sich zu Machwao und nickte ihm ebenfalls zu: „Nimm du ebenfalls ein paar Männer und sieh nach Wolkenfrau. Sie ist noch nicht zurück! Sie müsste in der Nähe des Ortes sein, wo du die Kinder gefunden hast."

Machwao winkte nach Wapus und einem älteren Mann namens Schützt-den-Fluss, der einer seiner Onkel war. Er richtete seine Waffen und führte dann die Männer zu der Stelle, wo er die Kinder gefunden hatte. Es wurde schnell dunkel und sie mussten sich beeilen, wenn sie noch Spuren finden wollten. Die Kinder hatten offensichtlich unter den Zweigen einer dichten Fichte gespielt und waren daher nicht entdeckt worden, denn Spuren deuteten darauf hin, dass hier Männer entlanggeschlichen waren. Es war nicht ungewöhnlich, dass in der Nähe eines Dorfes viele Spuren zu finden waren, auch die von Kindern, und so hatten die Feinde nicht weiter darauf geachtet. Die Kinder hatten wahrlich

die Hilfe der Geister gehabt! Aber Machwao wusste nun mit Gewissheit, dass die Feinde hier vorbeigekommen waren. Dass Nokomäh bisher nicht zurückgekehrt war, bedeutete nichts Gutes.

Es dauerte nicht lange, als die drei Männer schweigend vor der Gestalt standen, die mit blutigem Schädel im Schnee lag. Neben ihr lag noch das Holz, das sie bereits gesammelt hatte. Es war ordentlich zusammengeschnürt, bereit, nach Hause getragen zu werden. Die Frau war von hinten überrumpelt worden und hatte sich offensichtlich nicht gewehrt. Der Tod war schnell zu ihr gekommen, wahrscheinlich hatte sie nicht einmal bemerkt, in welcher Gefahr sie schwebte. Ein wohlgezielter Schlag, der ihr Leben ausgelöscht hatte.

Machwaos Herz wurde schwer, als die Trauer ihn übermannte. All die Jahre war sie dagewesen, hatte ihm und seiner Schwester Geschichten erzählt und ihnen Leckereien zugesteckt. Ihr Lachen hatte ihnen Trost gespendet und ihre Anwesenheit hatte ihnen geholfen, mit dem Tod des Vaters fertigzuwerden. Sie kannte all die Lieder und Zeremonien, war vertraut mit den Geistern und wusste, welche Pflanzen die Kraft hatten, Menschen zu heilen. Ihm schwindelte, als er die Gestalt vor sich liegen sah, aus der alles Leben entwichen war. Dies war nicht mehr seine geliebte Nokomäh. Dies war nur noch eine Hülle. Kurz brannte die Frage auf seiner Seele, ob sie vielleicht noch leben würde, wenn er gleich nach ihr gesehen hätte, aber die Spuren verrieten ihm, dass die Feinde schon vor längerem hier vorbeigekommen waren. Als er die Kinder gefunden hatte, war sie bereits tot gewesen.

Wapus fasste ihn tröstend an der Schulter und einen Moment lang überließ Machwao sich der Trauer. Auch Schützt-den-Fluss stand betroffen im Schnee und presste traurig die Lippen zusammen. Er spürte die Trauer seines Neffen und so legte er ebenfalls den Arm um dessen Schulter. Als Bruder des Vaters wurde er mit „Vater" angeredet und nach dem Tod seines Bruders war er in die Verantwortung getreten, die kleine Familie zu ernähren. Nokomäh war nicht seine Mutter, aber er fühlte die gleiche Trauer und den gleichen Zorn. Die Menominee suchten den Frieden mit

ihren Nachbarn, aber immer wieder kam es zu Kampfhandlungen, die auf beiden Seiten Opfer forderten.

„Bringen wir sie zurück!" Machwaos Stimme brach, als er sich aus der Starre riss und an das Naheliegende dachte. Es wurde dunkel und er wollte die Leiche seiner Großmutter nicht den Aasfressern überlassen. Im Winter würden diese schnell kommen und sich an dem Fleisch gütlich tun. Allein der Gedanke daran ließ ein Schaudern über seinen Rücken laufen. Er sah zu, wie sein Onkel einige lange Äste brachte und ein einfaches Tragegestell baute, auf das sie den Körper der toten Frau legten. Sie kreuzten die Arme auf der Brust und banden dann die steife Gestalt mit Schnüren fest, damit sie nicht rutschte. Das Gesicht war unversehrt und so versuchte Machwao in einer letzten sanften Geste die Augen der alten Frau zu schließen. Es ging nicht, denn die Kälte hatte den Körper bereits steifwerden lassen. Trotzdem war das Gesicht friedlich und ohne Angst, denn sie war von dem Schlag völlig überrascht worden. Mit versteinertem Gesicht nahm Machwao die zwei langen Äste in die Hände und begann, das Tragegestell durch den Schnee zu ziehen. Sein Onkel ging hinter ihm und achtete darauf, dass sich das Gerüst nirgends verhedderte, während Wapus den Weg nach vorne sicherte. Er hielt die Waffen griffbereit in den Händen, denn die Angreifer konnten immer noch in der Nähe sein.

Sie brachten Nokomäh zum Wigwam ihrer Tochter und trugen sie hinein. Im Wigwam wurde es still, als die Familie die grausame Tatsache begriff. Lachendes-Wasser begann furchtbar zu schluchzen und eine ältere Schwester nahm das Kind zu sich auf den Schoß. Auch ihr liefen die Tränen über das Gesicht. Omanepi Nuki, Frühlingswasser, war vor Trauer wie erstarrt, als sie die Leiche ihrer Mutter sah. Sie war die jüngste Schwester von Nepewin Nuki, Machwaos Mutter. Sie war nur wenig älter als Machwao und als Kinder hatten sie es belächelt, dass er eine so junge Tante hatte, die eher wie eine ältere Schwester für ihn war. Sie standen sich nahe und sie so traurig zu sehen, traf ihn mitten ins Herz. Machwao sah auf, als auch seine Mutter in den Wigwam stürzte und haltlos zu weinen anfing, als sie ihre tote Mutter

dort liegen sah. Kämenaw Nuki setzte sich weinend an den toten Körper der Großmutter und schaukelte klagend vor und zurück. Es war herzzerreißend.

Im Wigwam wurde es eng, als immer mehr Verwandte eintraten, um der alten Frau ihren Respekt zu erweisen. Rennender-Hirsch, als einzig überlebender Sohn, kam mit seiner ganzen Familie. Er hatte zwei Frauen und sieben Kinder, darunter bereits zwei erwachsene Söhne, die im Moment noch mit der Verfolgung der Feinde beschäftigt waren. Alle setzten sich um den Leichnam und hielten die Totenwache für die Seele der verstorbenen Frau. Es war Nepewin Nuki, die als älteste Tochter die Aufgabe übernahm, Wolkenfrau die rote Farbe im Gesicht aufzutragen. So wäre sie den acht Geisterfrauen am nächsten.

Machwao saß in sich zusammengesunken bei seinen Onkeln und versuchte den Hass zu kontrollieren, der in ihm hochstieg. Jetzt war die Zeit der Trauer. Erst nach der rituellen Bestattung durfte er an Rache denken! Aber für was? Damit anschließend wieder andere Gegner zu ihren Dörfern kamen, um sich ebenfalls zu rächen? Wieso waren diese Ho-Chunk mitten im Winter gekommen? Das ergab doch überhaupt keinen Sinn. Die Wälder waren voller Wild und die Flüsse brachten genügend Fisch. Selbst Vögel gab es genug zu jagen. Wozu dieses Risiko eingehen, ein benachbartes Dorf anzugreifen? Diese Männer waren nicht gekommen, weil sie Ruhm wollten, sondern weil sie Beute machen wollten. Er hing seinen Gedanken nach, während er still beobachtete, wie die Frauen den Leichnam reinigten und für die Bestattung herrichteten.

Dann begann für Nanih Waiya eine unvorstellbare Tortur, die ihm für immer die Kindheit und seine Unschuld nahmen. Der Priester ergötzte sich an dem Schreien des Jungen, an dem Winden und Flehen, doch es erweichte ihn nicht. Die Lust des Verbotenen war größer als der Wert eines Menschen. Er verletzte das Kind nicht wirklich, sondern er presste sein Geschlecht zwischen die Beine des Jungen und kopulierte dann auf den Hintern, weil er sein Eigentum nicht beim ersten Mal beschädigen wollte. Zwei Knaben der Indios waren bereits unter ihm gestorben, aber für die hatte er auch nichts zahlen müssen. Diese Investition war wertvoll und er hatte vor, sie längere Zeit zu nutzen.

Als der Priester fertig war, zog er die Kutte wieder zusammen und erhob sich würdevoll. „Siehst du, es war doch nicht so schlimm!", meinte er wohlwollend. „Du bist jetzt mein Diener und wirst tun, was ich von dir verlange." Er erwartete keine Antwort. Er nahm das Kind hoch und legte es auf eine Matte, dann strich er ihm durch die strubbeligen Haare. „Du hast es gut bei mir! Du bekommst genug zu essen und ein Bett. Nun weine nicht, sondern füge dich in dein Schicksal."

Nanih Waiya blieb bewegungslos liegen und schämte sich. Was dieser Mann getan hatte, war unwürdig und demütigend. Er hatte ihn wie ein Mädchen benutzt und ihn als Jungen gedemütigt. Er wusste, was Männer und Frauen taten, denn dies hatte er bei seinen Eltern erlebt. Aber da war es etwas Schönes gewesen, liebevoll, die Vereinigung von Mann und Frau. Er war noch ein Kind und doch wusste er, dass dies nicht hätte geschehen dürfen. Er wollte kein Mädchen sein! Er wollte nicht benutzt werden. Noch immer fühlte er die verschwitzten Hände des Mannes auf seiner Haut und er ekelte sich davor. Eine klebrige Flüssigkeit lief an ihm herunter und er rollte sich auf den Rücken, um sie abzuwischen. Seine Anstrengungen, sich von den Fesseln zu befreien, wurden zum Kampf. Er war wütend und er riss an den Fesseln, bis seine Handgelenke blutig waren. Als es ihm nicht gelang, sich zu befreien, weinte er hemmungslos. Er wollte hier weg! Eine hemmungslose Wut stieg in ihm hoch, die seine Befreiungsversuche zur Raserei steigerten. Schließlich blieb er ausgepumpt

liegen, sein tränenüberströmtes Gesicht auf die Matte gedrückt, diesem Priester auf Gedeih und Verderb ausgeliefert. Er würde es wieder tun.

Als der Priester am Abend zurückkehrte, ignorierte er das Kind, das bewegungslos vor Angst auf der Matte lag. Er zog die Kutte aus, sodass sein Rücken frei war, dann nahm er eine Knute und begann, sich selbst für seine Lust zu bestrafen. Kaum verheilte Striemen zeugten davon, dass er dies nicht zum ersten Mal tat. „Mea culpa!", flüsterte er demütig. „Herr, erlöse mich von dem Übel! Befreie mich von meiner Schuld!" Immer wieder traf die Knute seine gepeinigte Haut, bis er schließlich stöhnend vornüber sank. Der Knabe war der Teufel und er musste sich von diesem Übel befreien. Er beugte sich zu dem Kind, das immer noch gefesselt war und angstvoll von ihm wegrutschte. „Du Teufel! Dir werde ich die Sünde austreiben und alle sündhaften Gedanken, die du hast!" Und mit unglaublicher Brutalität, begann er den Jungen auszupeitschen. Die Knute traf den Rücken, bis sich ein blutiges Muster bildete, und der Junge sich in Qualen wand. Der Priester stopfte ihm einen Knebel in den Mund, damit die Bewohner der Nachbarzelte nicht gestört wurden. Er schlug weiter auf den Wehrlosen ein, bis dieser bewegungslos vor ihm lag, dann vollendete er, was er vorher nicht gewagt hatte. Er presste sein Geschlecht in den After des Jungen, er schob und riss, schnaufte und schwitzte, bis sein widerliches, gottloses Tun seinen Höhepunkt erreichte und er endlich die Erlösung fand, die er benötigte. Es war ihm gleichgültig, ob das Kind dabei verletzt wurde oder starb, denn er hatte bereits Buße getan. Mit einem glückseligen Lächeln nahm er den Jungen in die Arme und schlief ein.

***

Juan de Anasco war in seine Unterkunft zurückgekehrt und setzte sich ans Feuer zu seinen Männern. Der Gouverneur hatte den Häuptling der Chickasa kommen lassen und von ihm zweihundert Träger gefordert. DeSoto wollte endlich weiter und dazu

brauchte er einheimische Träger und Führer. Der Häuptling der Chickasaw hatte ihn auf den nächsten Tag vertröstet und beteuert, dass er Träger schicken würde. Der Gouverneur hatte ihn wohlwollend ziehen lassen, aber Juan und der Maestro del Campo trauten dem Frieden nicht. Irgendwie erschienen ihnen die Indios zu beflissen und freundlich. Juan bereute bereits, dass er seine Sklavin und den Jungen verkauft hatte, denn er würde seine Sachen selbst schleppen müssen, wenn sie keine Träger bekamen. Die Chickasa erschienen ihm recht wild und so mochte er nicht daran glauben, dass sie freiwillig als Träger arbeiteten. Auch kannten sie keine Sklaven, sodass er erst an die Träger glaubte, wenn er sie sah. Er wusste, dass der Gouverneur sich die Träger sonst mit Gewalt holen würde, aber diese Wilden waren kriegerisch und gefährlich. Er überprüfte seine Ausrüstung, ob sie für einen baldigen Kampf gerichtet war. Dann legte er sich zu Bett. Er dachte in keiner Minute an Maria oder Nana.

Er wachte auf, als der Warnruf durch das Dorf schallte. „Feuer! Feuer!" Benommen taumelte Juan de Anasco hoch und griff nach seinem Rapier. Seine Männer sprangen ebenfalls hoch und er gab den Befehl, sich zu bewaffnen. Das Dach seiner Hütte brannte bereits, ebenso die Seitenwände, und der Rauch reizte ihn zum Husten. „Raus!", rief er keuchend. Er hatte keine Zeit, die Situation zu überdenken, wenn er nicht lebendig verbrennen wollte. Was war geschehen? War das Feuer außer Kontrolle geraten? Die ersten Männer drängten bereits fast unbekleidet durch die Tür, als sofort ein Kampfgetümmel entstand. Draußen warteten bereits die Krieger der Chickasa auf die Ahnungslosen und schlugen mit Beilen und Keulen auf die Soldaten ein. Es war nur der Umsicht Don Anascos zu verdanken, dass seine Männer nicht sofort abgeschlachtet wurden, denn andere, die sich nicht bewaffnet hatten, wurden mitleidlos abgeschlachtet.

Juan zog den Rapier und bildete mit seinen Männer eine Kette. „Zum Wald!", gab er den Befehl zum Rückzug. Er hatte mit einem Blick gesehen, dass hier nur der Tod lauerte. Das Dorf stand in Flammen, die Wachen waren überrumpelt worden und überall

standen diese wilden Krieger und töteten alles, was sich bewegte. Sie hatten Feuer an die Hütten gelegt und warteten einfach darauf, dass die Bewohner in Panik herausrannten, um sie zu töten. Juan hörte in der Ferne das schrille Wiehern der Pferde, die in ihren Ställen verbrannten. Einige hatten sich losgerissen und rannten in völliger Panik durch das Dorf. In das Wiehern der Pferde mischte sich das grauenvolle Quieken der Schweine, die ebenfalls in ihren Pferchen verbrannten. Juan dachte für einen Augenblick an seine Pferde, doch dann wurde er von den Angreifern abgelenkt. Hier ging es nur noch um das nackte Überleben. „Linie halten!", brüllte er.

Seine Männer waren gut gedrillt und so standen sie in geschlossener Formation und wehrten die Krieger mit ihren Degen ab. Langsam wich Juan zu einem Ausgang des Dorfes zurück, dann zeigte er auf den dunklen Wald. „Wir ziehen uns in den Wald zurück. Dort ist es dunkel und wir werden nicht so leicht gesehen." Entschlossen rückten die Männer zusammen und schlugen sich den Weg frei. Krieger brachen blutüberströmt zusammen, als die Degen ihre Körper durchdrangen. Dann kamen den Soldaten einige Pferde zu Hilfe, die im wilden Galopp aus dem Tor stoben. Die Indios dachten an einen Angriff und rannten entsetzt davon. Juan nutzte die winzige Chance, die sie hatten, und gab den Befehl zum Rückzug. „Lauft!", schrie er. „Lauft zum Wald!" In wilder Hast flüchteten die Männer über die kurze Ebene und verschwanden dann im Dunkel der Bäume. Sie schlugen sich rücksichtslos den Weg durch das Gestrüpp, bis sie keuchend an einem schmalen Bach innehielten und sich duckten. „Kein Wort!", zischte Juan. „Wir warten und rücken dann geordnet vorwärts. Weiß jemand, was geschehen ist?" Alle schüttelten die Köpfe, ihre Augen im Licht der Sterne weit aufgerissen, sodass das Weiße in ihnen leuchtete. „Die Indios!", flüsterte einer.

Juan verkniff sich ein spöttisches Lachen. Ja, die Indios! Diesen hier konnte man offensichtlich nicht die Mär von ihrer Unsterblichkeit erzählen. Weitere Soldaten schlossen zu ihnen auf und

Juan atmete tief ein, als er das Kommando übernahm. „Wir rücken geordnet vor und sammeln die Männer hinter uns. Dann treiben wir die Indios aus dem Dorf raus und überblicken den Schaden."

„Unsere Ausrüstung!", schimpfte ein Soldat. Kaum einer hatte es geschafft, seine Rüstung anzulegen oder sich wirklich zu bewaffnen. Ein eisiger Wind fegte über das Land und die Männer zitterten vor Kälte. Manche waren mit nacktem Oberkörper aus den Hütten geflohen und einige waren sogar barfuß, so sehr hatte der Angriff sie überrascht.

Juan dachte an die brennenden Hütten und wagte nicht abzuschätzen, welcher Schaden sonst noch entstanden war. Er hob seinen Degen und gab den Befehl zum Vorrücken. Die Soldaten hatten vielleicht den Mut verloren, aber sie wussten, dass sie in der Kälte nicht überleben würden, und vertrauten dem Mut des Caballeros. Es hatte zu regnen begonnen und so hofften sie, wenigstens einen Teil der Ausrüstung zu bergen.

Als sie aus dem Wald kamen, überblickten sie das volle Ausmaß des Angriffs. Das gesamte Dorf stand in Flammen, ebenso die notdürftigen Zelte und Ställe. Menschen rannten in Panik hin und her, viele versuchten den Fluss zu erreichen, an dessen Uferböschung sie sich Schutz erhofften. Dazwischen rannten Ferkel, die einzigen, die es geschafft hatten, sich durch die Stäbe der Einzäunung zu quetschen, während Sau und Eber elendig verbrannten. Über hundert Tiere fanden auf diese Weise den Tod. Juan rief zum Sturm auf das Dorf und rannte in Formation in Richtung der Pferdeställe. Er kam zu spät, denn auch hier waren über siebzig Pferde verbrannt. „Madre dios!", fluchte er entsetzt. Die Pferde waren das Herzstück ihrer Expedition! Wie sollte es nun weitergehen?

Er verharrte einen Augenblick, um das ganze Ausmaß der Schäden abzuschätzen: Die Hütten und Zelte waren völlig heruntergebrannt, sodass nichts mehr geborgen werden konnte. Wie durch ein Wunder hatten die Indios den Angriff abgebrochen, sonst hätte vermutlich niemand überlebt. Juan sah sich nach dem Feind um, doch dieser hatte sich schier in Luft aufgelöst. „Sam-

meln!", rief er mit überschnappender Stimme. „Alle hier sammeln!"

Dann bildete Juan Suchtrupps aus je zehn Mann, die nach Überlebenden suchen sollten. Die ersten trauten sich bereits aus ihren Verstecken heraus, als sie merkten, dass die Soldaten die Kontrolle übernommen hatten. Mit fliegenden Röcken kamen einige Waschweiber angelaufen und versteckten sich hinter den kampfbereiten Soldaten. Sie weinten und schrien, waren sie doch eben erst der Todesgefahr entkommen. „Sammelt alles ein, was ihr finden könnt, dann brechen wir sofort auf. Anderthalb Leguas von hier ist ein Dorf, wo wir Zuflucht finden können!" Seine ruhige Autorität flößte Vertrauen ein und so gehorchten alle seinen Befehlen. „Wo ist der Gouverneur?", fragte Juan einige Wachen, die gerade aus Richtung des Flusses zurückkehrten.

„Er hat dort oben gekämpft! Wie ein Löwe!", erzählte der Soldat atemlos.

„Ich will keine Geschichten, sondern ich will wissen, wo er jetzt ist!", herrschte Juan den Soldaten an.

„Si, Señor! Er kümmert sich dort hinten um ein paar Verletzte!"

„Danke!", knurrte Juan. Dann machte er sich auf den Weg, um mit dem Gouverneur die nächsten Schritte zu besprechen. Er fand ihn neben einem Priester, der blutüberströmt am Boden lag und von einem anderen Priester die heiligen Sakramente empfing. „Ich habe gesündigt!", stöhnte er immer wieder. „Ich will Absolution! Ich bitte Euch! Erteilt mir Absolution!"

Juan blieb in der Nähe stehen und beobachtete das Sterben des Mannes. Ihm war nicht mehr zu helfen. Das Blut quoll in Strömen aus seinem Mund, sodass seine Worte bald nur noch ein Gurgeln waren. „Ich wollte nicht …!", stammelte er kaum verständlich. „Ich wollte ihm nicht wehtun! Bitte verzeiht mir." Der Priester erteilte ihm die letzte Absolution und ließ ihn das Kreuz küssen. Wieder quoll Blut aus dem Mund des Schwerverletzten und der Priester wischte das Kreuz mit einem Tuch sauber.

„Ich wollte nicht …", hauchte der Mann. Er sah dabei bittend Juan de Anasco an und den beschlich ein seltsames Gefühl. Die Augen des Sterbenden verdrehten sich und plötzlich wurde es ganz still. Der Priester hatte seinen Frieden gefunden. Trotzdem

wunderte sich Juan über dessen letzte Worte. Hatte er den Jungen benutzt oder gar getötet?

***

Nanih Waiya erwachte, als die Kriegsschreie an seine Ohren drangen. Er war benommen und sein ganzer Körper schmerzte so sehr, dass er sich kaum rühren konnte. Seine Arme und Beine waren immer noch gefesselt und in seinem Mund steckte der Knebel. Feuer und Rauch vernebelten ihm die Sinne und für einen Augenblick dachte er, dass er wieder in der Chukka seiner Eltern war. Dann sah er den Mann in seiner schwarzen Kutte neben sich und die Wirklichkeit holte ihn mit einem Schlag ein. Er rüttelte an seinen Fesseln, obwohl die Schmerzen des gepeinigten Rückens kaum auszuhalten waren. Die Angst beherrschte sein Denken, als er sah, wie das Feuer immer näher zu ihm kroch. Der Mann saß neben ihm und betete um Vergebung. Er hustete, als der Rauch ihn einhüllte. Schließlich sprang er auf und rannte aus der Chukka hinaus. Vor der Tür erklang Schreien und ein kurzes Kampfgetümmel, dann war nur noch das Stöhnen des Priesters zu hören.

Nanih Waiya rüttelte wieder an seinen Fesseln und die Todesangst stieg in ihm hoch. Überall waren Feuer und Rauch und er würde verbrennen, wenn er hier liegen blieb. Mit aller Kraft dehnte er die Arme und zog sie schließlich über seinen schmalen Körper nach vorne. Würgend riss er den Knebel aus seinem Mund und begann wie wahnsinnig an den Lederriemen zu knabbern. Er rutschte weiter in den Hintergrund der Hütte, um ein wenig Zeit zu gewinnen, und stieß dabei auf die Ausrüstung des Priesters. Mit fliegenden Fingern suchte er nach einem Messer oder irgendeinem Gegenstand, mit dem er sich von den Fesseln befreien konnte. Er fand ein kleines Messer und klemmte es sich zwischen die Knie, um dann vorsichtig die Riemen an seinen Handgelenken durchzuschneiden. Er unterdrückte ein Husten, als der Qualm ihm in die Nase stieg, und arbeitete wie besessen. Über ihm brannte das Dach und er wusste, dass er nicht mehr viel

Zeit hatte. Endlich fielen die Riemen zu Boden und er schnappte keuchend nach Luft, als der Rauch unerträglich wurde. Atmen war kaum mehr möglich. In Windeseile versuchte er mit dem Messer die Fußfesseln durchzuschneiden, dabei wurde ihm bereits schwindelig und schlecht. Schweiß lief ihm über das Gesicht und er wischte ihn beiseite, um besser sehen zu können. Gleich! Gleich hätte er es geschafft! Die Riemen fielen und er stürzte dem Ausgang entgegen.

Ohne nachzudenken stürzte er aus der Tür und ließ sich nach einigen Metern erschöpft zu Boden gleiten. Sein Atem war schwer, weil auch hier alles voller Rauch war, aber wenigstens schützte ihn der vor den angreifenden Kriegern. Zum ersten Mal dachte er nach, was er als Nächstes tun sollte. Er musste hier weg und er musste diesen Angreifern entgehen. Der beste Ausweg erschien ihm der Fluss zu sein, der an drei Seiten das Lager umschloss und eigentlich einen guten Schutz bot. Er hastete durch den Qualm und das Feuer, duckte sich in den dunklen Schatten, um sich zu verbergen, bis er schließlich durch einen Ausgang des Dorfes schlüpfte und Richtung Fluss verschwand. Pferde überrannten ihn fast und er hechtete mit einem Satz zur Seite. Die Schmerzen, die durch die schnelle Bewegung ausgelöst wurden, waren unerträglich und nahmen ihm die Luft. Seine Augen brannten wegen des Qualms und wegen der Schmerzen. Hinzu kam ein weiterer Schmerz im After, den er bisher nicht wahrgenommen hatte. Je weiter er lief, desto schlimmer wurde es. Schatten huschten an ihm vorbei und er erkannte Soldaten und andere Menschen, die zum Fluss flüchteten. Die Luft wurde klarer, weil es angefangen hatte zu regnen. Das Atmen wurde leichter und er nahm einige tiefe Züge. Es war mitten in der Nacht und der Morgen noch fern.

Nanih Waiya erreichte das Flussufer und verbarg sich im Schilf. Zitternd hockte er in der Dunkelheit und lauschte den entfernten Kampfgeräuschen. Er fror, weil er fast nichts anhatte und der leichte Regen ihn durchnässte. Außerdem wehte ein eisiger Wind. Er kühlte die misshandelte Haut, sodass die Schmerzen erträglich wurden. Darum setzte der Junge sich mit den Hintern in das eisige Wasser, um auch hier die Schmerzen zu vertreiben. Er

wusste nicht, was mit ihm geschehen war, und so wunderte er sich über die Wunde an dieser intimen Stelle. Die Kälte machte ihn für die Schmerzen unempfindlich. Zum ersten Mal überlegte er, wo seine Schwester war. Würde sie den Angriff überleben? Er weinte, als er an sie dachte. Immer wieder kamen Tod und Zerstörung über ihn. Wann würde dies endlich aufhören?

***

Maisblüte lag zwischen den beiden Soldaten, als der Angriff sie aus dem Schlaf riss. Die Wachen stürzten völlig überrascht aus dem Zelt und wurden sofort von mehreren Kriegern angegriffen. Sie hatten nur ihre Dolche dabei, sodass sie schnell überwältigt wurden und sich schreiend vor Angst am Boden wälzten, von den Keulen und Messern unbarmherzig zerhackt. Ihr Kampf dauerte lange, denn die Krieger waren in Rage und schlugen einfach wahllos auf die am Boden Liegenden ein. Sie zertrümmerten das Schlüsselbein des einen, sodass der sich nicht mehr wehren konnte, und trafen beim nächsten Hieb den Arm. Ein weiterer Schlag zertrümmerte das Schienbein des Mannes. Die Schmerzensschreie übertönten für kurze Zeit das Kampfgetümmel, dann traf der nächste Schlag den Kopf des Mannes und zerschmetterte das Gehirn. Dem anderen erging es ähnlich. Er kroch am Boden und schrie um Hilfe, bis ein Schlag in den Nacken ihn lähmte. Mehrere Messerstiche trafen ihn in den Rücken und an den Armen, dann riss ein Krieger seinen Kopf hoch und schnitt ihm die Kehle durch. Es dauerte gerade so lange, dass Maisblüte sich unter dem Zelt herausrollen und hinter einem Holzstoß verstecken konnte.

Sie hatte ihren warmen Umhang dabei, den sie sich um die Schultern legte. Sie verschwand fast in dem Holz und zog noch einige Scheite über sich, weil sie hoffte, in dem Chaos um sie herum einfach zu verschwinden. Wenn sie sich bewegte, dann würde sie ebenso getötet werden. Die Krieger würden während des Angriffs kein Mitleid mit ihr haben. Neben ihr ging das Zelt in Flammen auf und sie duckte sich noch tiefer. Der Rauch würde sie verbergen. Die Krieger tobten an ihr vorbei, Menschen schrien

in Panik und sie hörte das Wiehern der Pferde. Überall war plötzlich Rauch und Feuer und sie sah, dass die Krieger das Feuer in kleinen Schalen gebracht und gegen die Chukkas geworfen hatten, die sofort brannten. Sie schlugen auf die Soldaten ein, die sich ins Freie retten wollten und stießen dabei markerschütternde Kriegsschreie aus. Maisblüte zog die Füße etwas näher und erstarrte, als die Ketten dabei klirrten.

Ein Krieger drehte sich in ihre Richtung und kam misstrauisch näher. Vor den Flammen und dem Rauch wirkte seine Statur noch furchteinflößender. Er trug die Haare zu einem Schopf hochgebunden und hatte einige Federn hineingesteckt. Sein Oberkörper war trotz der Kälte nackt und Maisblüte erkannte großflächige Tätowierungen. In der Hand trug er einen Totschläger, den er drohend erhoben hatte. Am schlimmsten war sein Gesicht. Es war tätowiert und er trug einen großen Nasenring, der seine Lippen überdeckte. Maisblüte erstarrte und wagte es nicht, zu atmen. Es war zu spät, um zu fliehen, und so flehte sie zu Hashtali, dass der Krieger sie nicht fand. Qualm und Rauch wehten in ihre Richtung und nahmen dem Mann zum Glück die Sicht. Dann begann es leise zu regnen und der Krieger sah prüfend nach oben. Er zuckte die Schultern, drehte sich um und sagte etwas zu den anderen Männern. Diese verschwanden in den Rauchschwaden und der Krieger wandte sich wieder dem Holzstoß zu, der sein Interesse erregt hatte. Er sah den Umhang und zog ihn mit einem Ruck zur Seite. Maisblüte schlug die Hände vor das Gesicht und wartete auf den tödlichen Schlag. Sie zitterte so sehr, dass ihre Zähne aufeinanderschlugen. Ohne dass sie es wollte, entwich ihrem Mund ein Wimmern. Der Mann verzog seine Lippen zu einem Grinsen und packte ihr Handgelenk, um es vom Gesicht wegzuziehen. „Habe Mitleid!", hauchte Maisblüte in ihrer Verzweiflung. „Habe Mitleid!"

Der Mann war davon wenig beeindruckt, aber dann sah er die Fußketten und runzelte verblüfft die Stirn. Er hatte so etwas noch nie gesehen, aber ihm war wohl klar, dass sie eine Gefangene war. Sie war kein ebenbürtiger Gegner, denn sie konnte sich nicht ver-

teidigen. Vielleicht hatte er auch erkannt, dass sie ursprünglich vom gleichen Volk kam. Er ließ das Handgelenk los und zögerte einen kurzen Augenblick. Dann drehte er sich um und ließ sie einfach sitzen.

Maisblüte konnte ein Schluchzen nicht mehr unterdrücken. Sie schlug die Hände vor den Mund, als sie haltlos zu weinen anfing, immer in der Angst, dass ein anderer Krieger sie entdecken könnte. Ihr Atmen kam keuchend und viel zu schnell. Sie war so jung und was Hashtali ihr zumutete, war einfach zu viel. Erst die Gefangenschaft bei Juan, dann die anderen zwei Männer, die sich an ihr bedienten, die ewigen Fesseln und jetzt dieser Krieger, der sie einfach hätte töten können. Die Rufe und Schreie um sie herum, das Feuer und der Rauch verloren an Bedeutung, als sie nach hinten sackte und in Ohnmacht fiel.

Rache
(Dorf der Menominee)

Machwao horchte auf, als er hörte, wie die Krieger mitten in der Nacht zurückkehrten. Sie stießen Freudenrufe aus und schienen sehr erfolgreich gewesen zu sein. Mit einem letzten Blick auf die Trauernden verließ Machwao den Wigwam und gesellte sich zu den Menschen, die den Ankömmlingen entgegenliefen. Als Erstes gewahrte Machwao, dass die Krieger Gefangene gemacht hatten, und die Wut stieg in ihm hoch. Am liebsten hätte er in seiner Wut sein Messer gezogen und dem ersten besten die Kehle durchgeschnitten. Aber auch diesen Gefangenen gebührte die Ehre, in Würde zu sterben und vorher ihre Kraft zu demonstrieren, indem sie den Foltern standhielten. Er fiel in die wuterfüllten Rufe ein, die auf die Gefangenen prasselten, und begann ebenfalls, sie mit Schlägen zu attackieren.

Die beiden Gefangenen taumelten durch das Spalier der Wut, das sich im Nu aufgetan hatte, bis schließlich Biberherz dazwischentrat und dem ein Ende bereitete. „Bringt sie ins Versammlungshaus und fesselt sie gut! Wir werden morgen entscheiden, was mit ihnen geschieht. Geht schlafen!"

Machwao begleitete Wakoh und zwei weitere Männer, die ihre Gefangenen mit Tritten und Stößen zum Versammlungshaus trieben. Er beobachtete, wie sie zusammengeschnürt und schließlich mit den Füßen voran an einem Gestell festgebunden wurden. So war es ihnen unmöglich, sich zu bewegen, und die Stellung war extrem schmerzhaft. Ein dritter Gefangener lag verletzt am Boden und schien das Bewusstsein verloren zu haben. Machwao gab ihm einen Tritt, doch der Mann rührte sich nicht. Entweder konnte er gut täuschen, oder er war wirklich schwer verletzt. Es machte keinen Unterschied. Wenn er starb, ersparte er sich höchstens die Folter.

Wakoh wandte sich an seinen Freund und erkundigte sich nach Nokomäh. Er senkte traurig den Kopf, als er von ihrem Tod hörte, und machte eine hilflose Handbewegung. „Wir erwischten diese Diebe bei unseren Vorratsgruben. Die anderen sind über den ver-

eisten Fluss entwischt. Sie hatten Schlitten, um bis hierher zu gelangen. Diese hier …", er machte eine verächtliche Bewegung zu den Gefangenen, „hatten wohl die Aufgabe, uns zu bestehlen."

„Wären wir nicht vorbereitet gewesen, hätten sie mehr Menschen getötet", meinte Machwao nüchtern. „Ich hinderte einen daran, in unseren Wigwam zu gehen. Er hätte meine Mutter und meine Schwester mit Sicherheit getötet. Ich frage mich nur, was sie im Dorf wollten, denn für einen wirklichen Angriff waren es zu wenige."

„Geht es deiner Schwester gut?", erkundigte sich Wakoh besorgt. Seine Lippen zitterten leicht.

„Ja, ihr ist nichts passiert! Aber sie trauert um ihre Großmutter! Dieser Angriff hat unsere Familie hart getroffen. Und doch bin ich froh, dass wir nicht mehr Opfer zu beklagen haben."

Wakoh runzelte nachdenklich die Stirn. „Vielleicht kommen noch mehr Feinde?"

Machwao schüttelte den Kopf. „Nein, sie hätten nicht angegriffen und sich verraten, ehe nicht alle dagewesen wären, um einen Überraschungsangriff auszuführen. Das wäre eine schlechte Taktik."

„Hmh!"

Machwao konnte sehen, dass diese Antwort seinen Freund nicht beruhigte. „Vielleicht wollten sie nur stehlen und Nokomäh kam ihnen in die Quere. Vielleicht dachten sie, dass jemand sie bereits entdeckt hatte?"

„Aber warum kamen sie dann bis ins Dorf? Wenn ich entdeckt werde, dann bringe ich mich doch in Sicherheit!"

Machwaos Augen wurden eng, als er über diese Worte nachdachte. Sein Freund hatte recht. Hier stimmte etwas nicht. „Wir sollten diese Gefangenen erst befragen, ehe wir sie töten."

Wakoh grinste ohne Freude. „Sie werden nichts sagen, weil sie wissen, dass sie ohnehin getötet werden."

„Man kann so oder so getötet werden", meinte Machwao gefährlich leise. „Wir werden sehen, was diese Männer aushalten und was nicht."

Wakoh warf seinem Freund einen verwunderten Blick zu. Das waren sonst seine Worte! Er staunte über die Veränderung, die

mit seinem Freund vor sich gegangen war. Der Tod der Großmutter hatte ihn verändert. Er sah seinem Freund nach, als dieser das Versammlungshaus wieder verließ.

***

Machwao kehrte in den Wigwam seiner Tante zurück und setzte sich wieder zu den Trauernden. Er sang die Lieder, die notwendig waren, um die Person auf die lange Reise zu schicken, und nahm Abschied von einem Menschen, der ihn so viele Dinge gelehrt hatte. Nokomäh hatte so viele lustige Geschichten erzählt, ihn aber auch in die alten Legenden eingeweiht, die nur zu bestimmten Zeiten erzählt werden durften. Manche Namen und Ereignisse durften nur zu ganz bestimmten Zeremonien erwähnt werden, ansonsten fürchtete man, dass Ereignisse zur falschen Zeit stattfinden könnten. Andere Geschichten dagegen dienten der Belustigung oder zeigten auf, wie man besser nicht handeln sollte. Machwao erinnerte sich an all diese Geschichten und beschloss, sie einst seinen Kindern weiterzugeben, wie es bei ihnen Sitte war. Solange würde er sie in seinem Herzen bewahren.

Er kürzte sich die Haare als Zeichen der Trauer und sah zu, wie Mutter und Schwester sich ebenfalls die schönen langen Haare abschnitten. Auch die anderen folgten seinem Beispiel und die rituelle Handlung vereinte die Menschen in ihrer Trauer. Niemand kümmerte sich um die Gefangenen, denn die Trauerzeit war den Toten gewidmet. Jugendliche wechselten sich darin ab, die Gefangenen zu bewachen, ansonsten wurden sie sich selbst überlassen. Es war eine Gnadenfrist. Oder die Möglichkeit, sich auf den Tod einzustellen. Manche Gefangene begaben sich in eine Art Trance, um die anschließende Folter durchzustehen.

Am vierten Tag brachten die Verwandten Nokomäh zur vorbereiteten Grabstätte. Es war das zweite Opfer in diesem Winter. Sorgfältig wurde sie in Matten eingewickelt aufgebahrt und mit Steinen und Ästen abgedeckt. Im Frühjahr wäre es Machwaos Aufgabe, den Grabhügel mit Erde aufzuschütten. Schweigend standen die Menschen um die Begräbnisstätte und nahmen Ab-

schied. Dann war die rituelle Trauerzeit vorbei und die Familie versammelte sich, um die Verstorbene mit einem Festessen zu ehren. Nepewin Nuki und ihre Schwester hatten die Vorratsgruben geplündert und alles aufgekocht, was der Winter hergab. Sie wollten die Geisterfrauen im Osten ehren und darum bitten, Wolkenfrau gut auf ihrem Weg zu geleiten. Es war ein wahrer Festessen und die Menschen nahmen dankbar die Gelegenheit wahr, sich die Bäuche vollzuschlagen. Machwao wusste, dass er wieder zur Jagd gehen musste, aber er nahm dies gelassen zur Kenntnis. Alle würden ihre Vorräte mit ihm und der Familie seiner Tante teilen. Dessen war er sich gewiss.

Nach der Beerdigung wandten sich die Menominee den Gefangenen zu. Sie hatten seit vier Tagen nichts gegessen oder getrunken und hingen immer noch in der quälenden Position. Der Verletzte war an den schweren Wunden gestorben und so zogen sie ihn einfach aus der Hütte heraus und legten ihn zu den anderen Leichen. Die feindlichen Krieger wurden in allen Ehren bestattet und man gab ihnen Geschenke für die lange Reise mit. Niemand wollte, dass sie sich vielleicht in böse Geister verwandelten, die das Dorf heimsuchten.

Dann schnitt Wakoh die beiden Unglücklichen von dem Gerüst herunter und half ihnen in eine sitzende Position. Die beiden konnten sich kaum rühren und ihre Gesichter waren verzerrte Fratzen von unterdrücktem Schmerz. Sie trugen Leggins, Lendenschurz und Wintermokassins und saßen mit noch immer entblößten Oberkörpern vor ihnen. Sie froren entsetzlich, denn die Hütte war kaum befeuert worden. Ihre Augen lagen tief in den Höhlen, als sie ihren Peinigern entgegenblickten. Die Menominee hatten keinen Grund, freundlich zu sein, und musterten die beiden mit kalten Augen. Sie waren verletzt, aber auch hier hatten sie mit keiner Hilfe zu rechnen. Das Blut war verkrustet und die Wunden hatten sich geschlossen. Der eine Krieger war noch sehr jung, kaum dem Knabenalter entwachsen, und sein Blick flackerte, als er die Entschlossenheit in den Gesichtern der Menominee erkannte. Er hatte eine Verletzung am Kopf, die sich geschlossen hatte, doch das Blut hatte seine schwarzen Zöpfe verklebt. Er

konnte nur mühsam aus einem Auge blinzeln. Der andere war älter, wirkte stoischer, obwohl auch er am Ende seiner Kräfte war. Sein Arm war gebrochen und die Fesseln mussten ihm furchtbare Schmerzen zufügen.

Machwao hatte seinen Zorn überwunden und ließ es zu, dass das Wohl des Dorfes dringender war als sein Wunsch nach Rache. Es war nicht gut, wenn die Wut seine Handlungen bestimmte. Fast bereute er, dass diese Männer überhaupt lebend in ihre Hände gefallen waren. Er wartete ab, was der Häuptling zu sagen hätte und wie die Ältesten entscheiden würden. Die Angreifer hatten sieben Männer verloren und somit war Nokomäh gerächt worden. Jedes weitere Opfer würde nur noch mehr Blutvergießen nach sich ziehen. Er beobachtete, wie Wakoh sich herausfordernd vor die Gefangenen setzte und in Zeichensprache mit ihnen zu sprechen anfing. Sein schwarzes Tattoo wirkte furchteinflößend, als er seinen Zeichen mit Worten Nachdruck verlieh. Wir-wollen-wissen-wo-ihr-herkommen? Wo-euer-Dorf? Mit einem Messer löste er die Fesseln des jüngeren Gefangenen, damit er ihm antworten konnte. Der Junge warf seinem Mitgefangenen einen unsicheren Blick zu und schwieg dann demonstrativ. Wakoh grinste herausfordernd und stellte eine Schale Wasser vor die Nase des Jungen. Du-sprechen-du-trinken! Es war ein großzügiges Angebot. Der Junge schüttelte bockig den Kopf und erntete dafür ein gereiztes Raunen. Die Menominee verstanden nach dem Angriff keinen Spaß und hatten auch keine große Geduld.

Es war ausgerechnet Machwao, der einer Eingebung folgend mit den Ältesten sprach und auch Biberherz um Gnade für die Gefangenen bat. Er wusste, dass die Gefangenen ihn nicht verstehen würden, und so sprach er offen aus, was er dachte: „Es ist bereits viel Blut geflossen. Die Ho-Chunk sind ein großes Volk. Es ist nicht klug, sie gegen uns aufzubringen. Vielleicht wäre es besser, gnädig zu sein. Sie haben sieben Krieger verloren! Das ist ein hoher Preis für einen Angriff. Vielleicht erreichen wir mehr, wenn wir diese hier heimschicken. Sie könnten einen Frieden für uns aushandeln."

Wakoh verschluckte sich fast vor Wut, als er seinem Freund eine Antwort entgegenschrie. „Du willst sie laufen lassen? Nachdem sie uns angegriffen haben? Nachdem sie deine Großmutter getötet haben?"

Machwao nickte verhalten. „Ich habe darüber nachgedacht. Ich habe die gleiche Wut gespürt wie du, aber jetzt ist mein Herz kalt. Einige Ho-Chunk sind uns entwischt und sie werden ihrem Volk berichten, was hier geschehen ist. Ich befürchte, dass sie in viel größerer Zahl zurückkehren werden. Vielleicht wäre es gut, ihre Gunst zu erwerben und Frieden mit ihnen zu schließen. Wir sind kein kriegerisches Volk! Wir sollten auf die Warnung hören, die uns von den Geistern geschickt worden ist. Sich mit seinen Nachbarn zu verbünden, ist eine gute Sache."

Die Männer waren sprachlos, denn Machwao hatte allen Grund, den Tod dieser beiden Krieger zu fordern. Dass er jetzt um Versöhnung bat, stimmte alle nachdenklich. Auch Wakoh senkte den Kopf und dachte darüber nach. Träume durften nicht ignoriert werden. Seine Backenmuskeln arbeiteten, als er sich mühsam beherrschte, um seinem Freund nicht vor den Kopf zu stoßen. Die Rache lag bei Machwao.

Awässeh-neskas erhob ebenfalls seine Stimme: „In meinem Traum sah ich seltsame Wesen, die uns alle verschlingen wollten. Vielleicht haben auch die Ho-Chunk so etwas gesehen? Auch ich denke, dass es besser wäre, einen Frieden auszuhandeln. Wenn wir großmütig sind, beeindruckt das unsere Feinde."

Biberherz nickte nachdenklich und musterte die beiden Gefangenen prüfend. Ihr Tod wäre lediglich ein Racheakt. Er warf Rennender-Hirsch einen fragenden Blick zu, der immerhin den Tod seiner Mutter zu beklagen hatte. Auch Machwao beobachtete seinen Onkel. Die Entscheidung läge sicherlich bei ihm. Wenn er den Tod forderte, dann würde niemand ihm dies verwehren.

Maciskaw Apähsos, Rennender Hirsch, haderte sichtlich mit dieser Entscheidung. Seine Finger gruben sich in die Leggins, als er mit sich rang, welche Entscheidung er treffen sollte. Er schwankte zwischen dem Hass auf diese fremden Menschen und dem Wohlergehen seines eigenen Dorfes. Die Menominee waren ein lusti-

ges Volk. Er wollte wieder das Lachen in seinem Wigwam hören und das Kreischen der Kinder, wenn sie im Sommer im Fluss badeten. Er verstand nicht, was diese Ho-Chunk veranlasst hatte, ihr Dorf zu überfallen, aber er wollte, dass es aufhörte. Er hatte von Völkern weiter im Osten gehört, die sich im Krieg gegeneinander fast aufgerieben hatten. Er wollte nicht, dass dies mit den Menominee geschah. Ihr Volk war klein. Zu klein, um sich mächtige Feinde zu machen. Zögernd erhob er seine Stimme in die Stille hinein, als er seine Entscheidung traf. „Das Leben meiner Mutter ist mit sieben Leben gerächt worden. Das ist genug! Ich werde mit den Clan-Müttern reden, damit sie das Leben dieser Männer verschonen und auf die Rache des Dorfes verzichten."

Machwao nickte erleichtert. „Das ist gut! Wir sollten den beiden etwas zu essen und zu trinken geben, bis die Mütter ihre Entscheidung getroffen haben!"

Ein erleichtertes Seufzen ging durch die Versammlung und Biberherz machte eine abschließende Handbewegung. „Ich befrage die Ältesten! Passt auf die beiden auf und sorgt dafür, dass sie leben."

Die Männer sahen ihm nach, wie er das Versammlungshaus verließ. Machwao gab einem der Jugendlichen namens Roter-Luchs zu verstehen, dass er etwas zu essen und zu trinken holen sollte, und wartete dann einfach ab.

Es wurde still, als die Männer die Gefangenen musterten, die immer noch halb zusammengesunken vor ihnen saßen. Kurze Zeit später kehrte Roter-Luchs in Begleitung einiger Frauen zurück, die Schalen mit Essen und Trinken brachten. Mit einer auffordernden Geste erlaubte Machwao den Gefangenen, sich zu bedienen. Diese zuckten mit keiner Wimper und blieben einfach stoisch sitzen. Vielleicht fürchteten sie weitere Folter oder andere Gemeinheiten der Menominee. Machwao konnte es ihnen nicht verdenken. Er wäre in der gleichen Situation auch misstrauisch. Unberührt standen die Schüsseln vor den Kriegern, die sicherlich kurz vor dem Verdursten waren. Roter-Luchs machte sich am Feuer zu schaffen, sodass wenigstens die Kälte verging. Leise verschwanden die Frauen wieder aus dem Versammlungshaus

und die Männer beobachteten die Fremden unter gesenkten Augen. Machwao hing seinen Gedanken nach und überlegte, wie sie aus dieser Situation doch noch einen Nutzen ziehen konnten. Immer wieder waren fremde Völker in ihre Jagdgründe eingefallen, doch meist hatten die Menominee die Situation friedlich lösen können. Sie hatten den Wildreis mit anderen Stämmen geteilt und ihnen gezeigt, wie man ihn zubereiten konnte. Warum sollte dies nicht auch mit den Ho-Chunk möglich sein? Und warum hatte seine Großmutter dafür sterben müssen?

Es dauerte eine ganze Weile, ehe Biberherz zurückkehrte, doch dann hatte er gute Nachrichten: „Die Clan-Mütter befürworten unseren Wunsch nach Frieden. Sie sagen, dass sieben Leben genug für das Leben von Wolkenfrau sind. Wir wollen keine Racheaktionen auf uns lenken. Unsere Dörfer sind nicht befestigt und die Geister schicken seltsame Träume, sodass Vorsicht geboten ist!" Ein beifälliges Murmeln war zu hören und alle warteten, was Biberherz entscheiden würde. Immer noch saßen die beiden Gefangenen regungslos vor den Männern und warteten ab, was mit ihnen geschehen würde. Auch Biberherz sagte nichts, sondern blickte nur fragend von einem zum anderen. „Und nun?"
„Wir kümmern uns um ihre Wunden, geben ihnen Essen und Trinken und schicken sie heim!", meinte Wapus auf seine pragmatische Art.
Wakoh verschluckte sich fast, als er versuchte, das aufkommende Lachen zu ersticken. „Wir pflegen ihre Wunden?"
Wapus zuckte die Schultern. „Wir können sie ja kaum in die Kälte hinausjagen. Dann könnten wir sie ja gleich töten!"
Alle nickten zustimmend. Da hatte er sicherlich recht. „Wir behandeln sie wie Gäste und geben ihnen Geschenke mit, um unsere Gesprächsbereitschaft zu signalisieren", fuhr Wapus mit seinen Überlegungen fort. „Wir könnten ihnen das Medizin-Spiel anbieten, um den Frieden zu sichern."

Machwao atmete tief ein, aber er verstand, was sein Freund beabsichtigte. Wenn sie keine Gefangenen mehr waren, dann galten sie als Gäste. Gäste wurden mit Hochachtung behandelt. Es

war ein schwerer Schritt, der nur vielleicht zum Frieden führte. Jedenfalls hatten die Menominee bewiesen, dass sie sich zu verteidigen wussten. Entschlossen stand er auf, setzte sich den beiden Männern gegenüber und zeigte in Zeichensprache, dass sie frei wären. Dann reichte er den beiden eine Schale mit Wasser. Er ergötzte sich an ihrer völligen Verblüffung und stellte fest, dass dies genauso befriedigend war, als hätte er die beiden zu Tode gefoltert. Damit hatten sie also nicht gerechnet! Die beiden tranken vorsichtig und rechneten offensichtlich damit, dass dies nur ein Trick war, um ihre Leiden zu verlängern.

Dann stellte Wapus zwei Schüsseln Suppe vor ihre Nasen und bedeutete mit einer einladenden Handbewegung, dass sie sich bedienen durften. Wieder erwarteten die Männer eine Gemeinheit, doch als nichts geschah, verzehrten sie die Suppe hungrig.

Machwao wartete höflich ab, bis die beiden ihren ärgsten Hunger und Durst gestillt hatten, dann forderte er wieder ihre Aufmerksamkeit. Wir-kämpfen, zeigte er in Zeichensprache, ihr-töten-meine-Großmutter-und-wir-töten-sieben-Krieger. Er machte eine kurze Pause, um die Schwere seiner Worte auszudrücken. Ich-in-Trauer, erklärte er weiter. Ihr-in-Trauer. Wir-schützen-unser-Dorf. Wir-nicht-wissen-warum-ihr-kämpfen. Aber-wir-wollen-Frieden. Ihr-gehen-heim– zu-eurem-Dorf-und-sagen-dass-wir-wollen-Frieden. Gut? Wir-treffen-uns-zu-Medizin-Spiel-ehe-der-Herbst-kommt.

Die beiden waren so verblüfft, dass sie eine Weile brauchten, um die Worte wirklich zu begreifen. Wir-hungern, erklärten sie mit Handzeichen. Wir-wollen-Gras-das-in-Wasser-wächst.

Machwao riss vor Verblüffung die Augen auf. Diese Männer hatten den weiten Weg gewagt, weil sie den Wildreis wollten! Gras-überall. Wir-teilen! Der Wildreis wuchs doch überall an den Ufern der Seen und Flüsse. Darum musste man doch nicht streiten!

Die Ho-Chunk wechselten ebenso erstaunte Blicke und schienen das erst einmal verdauen zu müssen. Wie konnte man so ein Nahrungsangebot einfach teilen? Letzte-Ernte-nicht-gut, zeigten sie beschämt.

Wir-wollen-Frieden, erklärte Machwao mit Nachdruck. Unsere-Kinder-spielen-an-den-Flüssen-und-im-Wald. Unsere-Frauen-holen-Holz-in-Frieden. Wir-wollen-nicht-Krieg!

Der ältere Ho-Chunk zeigte zum ersten Mal einen entspannten Gesichtsausdruck. Anscheinend wurde ihm klar, dass dies wirklich ein ehrliches Angebot war und er zu seinem Volk zurückkehren durfte. Kurz schloss er die Augen, dann öffnete er sie langsam und flackernd, als würde er zum zweiten Mal geboren werden. Er hatte mit dem Leben abgeschlossen und war überrascht über die Wendung, die sein Schicksal jetzt nahm. Er machte das Zeichen für einen Vertrag und verzog die Lippen zu einem winzigen angedeuteten Lächeln. Frieden, zeigte er mit seinen Händen.

Machwao brummte erfreut und zeigte dann mit vorgeschobenen Kinn auf Wapus. Er-heiliger-Mann, erklärte er. Er-Wunden-verbinden.

Der Ho-Chunk nickte sein Einverständnis und deutete auf seinen Arm, der seltsam verrenkt aussah und bereits geschwollen war. Machwao kniff die Lippen zusammen und grinste diabolisch. Du-Schmerzen-haben, drohte er vorausahnend. Wenn Wapus den Arm richtete, würde der Krieger vor Schmerzen schreien.

Wapus holte sein Otterbündel, das seine Medizin enthielt, und setzte sich zu den Verletzten. Das Otterbündel war reich mit gefärbten Stachelschweinborsten verziert und die Nase war mit Federn durchstochen worden. In dem Balg bewahrte Wapus über sechzig verschiedene Heilkräuter auf, die für die verschiedensten Krankheiten verwendet wurden. Außerdem befand sich in dem Bündel seine eigene Medizin, die den Medizinmann vor Krankheiten und bösen Geistern schützte. In einem besonderen Beutel befanden sich außerdem Muschelschalen, mit denen er einen Kranken beschießen konnte, um die Krankheit endgültig auszutreiben. Zu jeder Medizin gab es besondere Lieder, die zudem die Geister anlocken sollten, den Kranken zu helfen. Ein gebrochener Arm erforderte nicht so viel Magie, trotzdem konnten sich Entzündungen ausbreiten, die die Heilung hemmten. Hier musste beachtet werden, dass der Bruch bereits ein paar Tage alt war. Vorsichtig tastete er über den gebrochenen Knochen und runzel-

te die Stirn. Er musste erst eingerenkt werden, ehe er ihn schiente. Mit einem Nicken wies er Machwao an, ihm zu helfen. „Halte ihn fest. Es wird wehtun! Aber ich muss den Knochen richten, sonst wächst er falsch zusammen und er kann ihn nicht mehr nutzen." Machwao wusste, was das bedeutete. Wenn der Arm nicht heilte, dann wäre der Mann ein Krüppel. Eigentlich keine schlechte Idee bei einem Feind! Er zeigte dem Mann in Zeichensprache, dass er sich hinlegen sollte, und packte ihn dann bei den Schultern.

Der jüngere Gefangene kniete sich ebenfalls dazu, um zu helfen. Gemeinsam hielten sie den Mann am Boden, als Wapus wenig feinfühlig den Knochen in die richtige Lage brachte. Die Backenmuskeln des Verletzten zeigten die wahnsinnigen Schmerzen, die er aushalten musste. Sein Körper versuchte sich aufzubäumen, doch die beiden Männer hielten ihn fest an den Boden gedrückt. Mit einem Stöhnen warf sich der Mann zurück, dann verließen ihn die Sinne. Wapus nutzte die Zeit, um den Knochen sorgfältig aufeinanderzuführen. Es war kein offener Bruch und so hoffte er, dass es zu keiner Entzündung kommen würde. Anschließend stabilisierte er den Arm mit einem geraden Stock und baute eine Schlinge für den Mann, damit er den Arm ruhig hielt. Er ließ sich heißes Wasser bringen und suchte in seinem Bündel nach Kräutern, die den Schmerz lindern würden und zugleich eine Entzündung bekämpften. Die ganze Zeit beobachtete ihn der jüngere Gefangene aufmerksam, doch schließlich schien er gewiss zu sein, dass Wapus wirklich ein Medizinmann war. Sein Gesicht zeigte Erleichterung, aber auch eine deutliche Müdigkeit.

***

Machwao kehrte in seinen Wigwam zurück und suchte zwei warme Umhänge heraus, die er den Ho-Chunk geben wollte. Zwei andere Männer kamen mit Decken, die sie den Gefangenen schenken wollten. Machwao wies seine Schwester an, etwas Wasser aufzuwärmen und ihm zum Versammlungshaus zu bringen. „Der jüngere Ho-Chunk hat getrocknetes Blut in seinem Haar. Vielleicht hilfst du ihm, dass er es sich herauswäscht?"

Die Augen seiner Schwester wurden rund vor Überraschung. „Ich soll ihm helfen? Nach all dem, was sie unserer Familie angetan haben?"

Machwao nickte. „Es ist genug Blut geflossen. Wir wollen keinen Krieg mit den Ho-Chunk. Wenn wir jetzt großmütig sind, erreichen wir vielleicht einen Frieden zwischen unseren Völkern. Das wäre gut, denn ich will, dass unsere Kinder gefahrlos in den Wäldern spielen können. Vielleicht spielen wir das Medizin-Spiel, um den Schöpfer von unseren Absichten zu beeindrucken."

Kämenaw Nuki senkte den Blick und biss sich auf die Zunge, um keine unüberlegten Worte entweichen zu lassen. Auch die Mutter sagte nichts und sah ihn nur mit großen Augen an. Aber auch Machwao hatte seine Großmutter verloren. Wenn er sich jetzt für diesen Weg entschied, musste das gewichtige Gründe haben.

„Ich wärme Wasser auf und bringe es dir dann", antworte die Schwester leise.

„Das ist gut!" Er beließ es dabei und kehrte wieder in die Versammlungshütte zurück.

Der jüngere Gefangene saß bereits an einem Feuer und aß eine weitere Schüssel Suppe. Der andere lag immer noch mit geschlossenen Augen am Boden. Machwao konnte nicht erkennen, ob er noch ohnmächtig oder nur erschöpft war. Er warf Wapus einen fragenden Blick zu.

„Er schläft!", erklärte Wapus. „Die beiden sind müde und erschöpft. Morgen wird es ihnen besser gehen."

Machwao lächelte belustigt über die plötzliche Sorge des Medizinmannes. Noch vor wenigen Augenblicken hätte auch er gerne das Leben dieser beiden Menschen gefordert. Sie würden bald sehen, ob ihre Entscheidung gut gewesen war. Er blickte auf, als die Schwester mit einem Gefäß aus Birkenrinde die Hütte betrat. Auch der Gefangene sah auf und unterbrach das Essen.

Machwao deutete auf das Wasser und zeigte in Zeichensprache, dass Kämenaw Nuki ihm helfen würde, das Haar zu waschen. Wieder erschien dieser Ausdruck völliger Verblüffung und es reizte Machwao zu einem Kichern. Tod und Leben lagen so nah beieinander. Er hoffte, dass nicht ausgerechnet diese beiden Män-

ner am Tod von Nokomäh Schuld waren. Alte-Frau, zeigte er mit seinen Händen, meine-und-ihre-Großmutter! Wir-dir-helfen-trotzdem!

Ein Schatten huschte über das Gesicht des Mannes, als er sich seiner Taten bewusst wurde. Er legte die Hand auf sein Herz und deutete an, dass er den Tod bedauerte. Aber er war hier im Dorf gewesen und hatte die alte Frau nicht gesehen. Jetzt war er froh darüber. Ich-kämpfen-hier, erklärte er.

Machwao nickte. Du-kämpfen-gegen-Krieger-das-gut!

Nicht-für-meinen-Kopf, erklärte der junge Mann frech.

Machwao antwortete mit einem Lächeln, dann zeigte er auf seine Schwester. Nicht-kämpfen-gegen-sie, drohte er.

Der junge Mann hob beide Hände, um anzudeuten, dass ihm dies ganz sicher nicht einfallen würde. Er wirkte nun wirklich eher wie ein Knabe und nicht wie ein gefährlicher Krieger. Er ließ es zu, dass Kämenaw Nuki seine Zöpfe aufband, beugte brav seinen Kopf in das warme Wasser, während das Mädchen vorsichtig das verkrustete Blut aus den Haaren wusch. Sie hatte etwas Asche mit Fett vermengt und benutzte dies als Seife, um das Blut besser zu lösen. Die Haare des Mannes waren lang und so dauerte es eine Weile. Dann nahm sie die langen Haare in ihre Hand und wand das Wasser aus ihnen heraus. Lang und sauber fiel es über den Rücken des Mannes. Sie ließ es offen, damit es trocknen konnte. Dann kniete sie sich vor ihn hin und tupfte vorsichtig die Stirn sauber. Als sie seinen Blick bemerkte, nahm sie ihre Sachen und huschte schnell davon.

Machwao musterte die beiden Männer und entschied, dass es noch einige Tage dauern würde, ehe man sie heimschicken konnte. Er überlegte, wie weit die Dörfer wohl entfernt waren und wie lange es dauern könnte, bis ein weiterer Angriff wahrscheinlich war. Er suchte die Aufmerksamkeit des Mannes und fragte ihn: dein-Dorf-wie-weit?

Das Gesicht wurde zu einer Maske, als der Mann sich weigerte, etwas preiszugeben. Machwao verstand die Sorge des Mannes, aber auch er fürchtete um sein Dorf. Eure-Krieger-werden-kommen! Ich-will-nicht-kämpfen!

Der Ho-Chunk senkte den Blick und machte schließlich eine beruhigende Handbewegung: Sie-nicht-kommen-in-Winter. Sie-denken-wir-tot.

Machwao wechselte einen Blick mit Wapus und dachte darüber nach. Er würde mit den Ältesten reden, was zu tun war. Es war nicht üblich, Wachen aufzustellen, aber vielleicht war diese Maßnahme jetzt notwendig. Auch Wapus schien dieser Aussage nicht ganz zu trauen und legte zweifelnd den Kopf schief.

Der junge Mann sah die Zweifel und entschloss sich, die Wahrheit zu sagen. Unser-Dorf-am-großen-See-im-Süden.

Machwao riss verwundert die Augen auf. Dort-viel Nahrung!

Ja-aber-dort-eure-Jagdgründe! Wir-kommen-aus-Süden! Dort-viele-Kämpfe. Schlechte-Ernte. Wir-wollen-hier-bleiben!

Machwao runzelte die Stirn und sah den Mann prüfend an. Ihr-bringen-Krieg-hierher, stellte er fest. Hier-wir-leben-in-Frieden!

Wir-nicht-wissen! Es sah wie ein Schuldeingeständnis aus.

Alle-Seen-haben-viel-Korn. Die Wälder-voller-Wild. Boden-fruchtbar. Wir-müssen-nicht-kämpfen, teilte Machwao dem jungen Mann mit. Er reichte ihm einen Umhang und lächelte. Für-dich! Du-nun-warm.

Der Ho-Chunk war so beschämt, dass er verlegen den Blick senkte und nicht wusste, wie er sich bedanken sollte.

„Waewaenen!", half ihm Machwao. Das-bedeuten-Danke.

„Waewaenen!", wiederholte der junge Mann. „Waewaenen!" Es war ein gutes Wort, das er als erstes in dieser fremden Sprache lernte.

Witcawa

(Dorf der Menominee)

Witcawa, der jüngere der Ho-Chunk Männer, schloss die Augen, als die feindlichen Menominee endlich die Hütte verließen und nur ein junger Krieger am Feuer zurückblieb, der jedoch betont unaufmerksam das Feuer hütete und die beiden Krieger ignorierte. Witcawa wickelte sich in die Decke und fühlte, wie die Wärme langsam seinen Körper durchfloss. Noch immer war er völlig verwirrt von der plötzlichen Wendung, die die Geschehnisse genommen hatten. Sein ganzer Körper schmerzte von den Fesseln und er rieb seine Handgelenke, damit das Blut wieder besser zirkulierte. Die unbequeme Lage hatte verhindert, dass er schlafen konnte, und so rollte er sich jetzt erschöpft und müde zusammen. Er hatte nur wenig gegessen, weil sein Magen sich erst wieder an größere Mengen gewöhnen musste, aber sein Durst war noch lange nicht gelöscht. Er hätte einen ganzen See austrinken können! Kurz richtete er sich auf, um noch einige Schlucke zu nehmen. Der junge Mann am Feuer hatte die Bewegung gesehen und sich sofort alarmiert in seine Richtung gedreht. Sie waren zwar frei, aber so ganz schien man ihnen immer noch nicht zu trauen. Witcawa grinste schief. Er traute diesen Menominee auch nicht! Aber welchen Grund hätten sie, ihre Gefangenen von den Fesseln zu befreien, wenn sie tatsächlich etwas anderes vorhatten? Nein, er glaubte daran, dass sie tatsächlich frei waren, aber die Menominee eine gewisse Vorsicht walten ließen. Das konnte ihnen auch niemand verübeln. Er grinste, als er die Besorgnis in dem Gesicht des jungen Mannes sah, und machte eine beruhigende Handbewegung. Durst, zeigte er mit seinen Händen.

Ich-holen-Wasser, bot der junge Mann an. Er stand bereitwillig auf und verließ die Hütte.

Witcawa überraschte das. Gleichzeitig beruhigte es ihn. Behutsam beugte er sich zu seinem Freund und tastete nach dessen Stirn. Sein Freund hieß Falke und Witcawa war froh, dass er überleben würde. Sieben ihrer Freunde waren bei dem Angriff getötet worden und die Trauer um sie lähmte sein Denken. Wie

sollten sie dies den Familien erklären? So viele Familien hatten den Vater, Bruder, Onkel, Ernährer, Ehemann und Sohn verloren. Der ganze Kriegszug war ein furchtbarer Fehlschlag gewesen. Niemals hätten sie dieses Dorf tatsächlich angreifen dürfen! Warum hatten sie nicht wie geplant einfach die Vorräte genommen? Witcawa kniff die Lippen zusammen und dachte über ihr eigenes Verhalten nach. Wer hatte diese dumme Idee gehabt? Wer hatte nicht auf die Geister gehört und damit alle Krieger in Gefahr gebracht? War es Übermut gewesen? Er konnte sich nicht wirklich daran erinnern, wer den Angriff vorgeschlagen hatte, weil alle trunken vor Begeisterung und Siegesgewissheit gewesen waren. Alle wollten sich bewähren und so war es leicht gewesen, den Angriff auszuhecken. Aber wieso war dieses Dorf gewarnt worden? Fast alle Männer hielten bereits die Waffen in den Händen, als der Überraschungsangriff kam. Sonst hätte es schlimm für dieses Dorf ausgesehen.

Witcawa seufzte tief, als er über die eigene Situation nachdachte. Vier Tage lang hatte er darauf gewartet, dass die Menschen ihn foltern und töten würden. Er hatte Abschied genommen und versucht, sich auf den Tod vorzubereiten, während er immer schwächer wurde. Die Schmerzen waren unerträglich, sodass er froh war, wenn eine Ohnmacht ihn für kurze Zeit davon befreite. Dann kam der Durst, der seine Kehle ausdörrte, seinen Magen zusammenzog und ihn fast in den Wahnsinn getrieben hatte. Der Boden war feucht gewesen und er hatte versucht, etwas Feuchtigkeit zu saugen. Aber die Erde in seinem Mund hatte den Durst nur noch verschlimmert. Neben ihm hatte Falke irgendwann vor Schmerzen gestöhnt. Der gebrochene Arm hatte dafür gesorgt, dass auch er immer wieder in das Dämmerland verschwand.

Manchmal hatte Witcawa gehofft, dass das Leiden seines Freundes vorbei wäre. So wie auch Büffelrücken an seinen Verletzungen gestorben war. Witcawa konnte nicht einmal sagen, wann der Krieger seinen letzten Atemzug getan hatte. Er wusste nur, dass er am ersten Tag ihrer Gefangenschaft noch gelebt hatte und auch kurz das Bewusstsein wiedererlangt hatte. Er hatte wirres Zeug

geflüstert, bis eine gnädige Ohnmacht ihn von seinen Schmerzen erlöst hatte. Am zweiten Tag hatte er sich nicht mehr bewegt und nur an den feinen Atemwölkchen war überhaupt zu erkennen gewesen, dass er noch lebte. Die Menominee hatten seinen Körper aus der Hütte gezogen und Witcawa hoffte, dass sie ihm seine Würde gelassen und ihn bestattet hatten. Dann wäre es ein ehrenvoller Tod. Er wusste, dass Büffelrücken sein Kriegsbündel sorgsam vorbereitet hatte. Er hatte, genauso wie auch Witcawa, zu den Geistern der Nacht und den Donnerwesen gefleht. Witcawa wusste nicht genau, welche Dinge die Geister seinem Freund geschenkt hatte, aber gleichgültig welche es gewesen sein mögen, Büffelrücken hatte sie mit Sicherheit in seinem Bündel verwahrt. Warum Wachopini chete, das Große Geheimnis, seinem Freund den Schutz versagt hatte, konnte er sich nicht erklären. Vielleicht hatten die Menominee die besseren Schutzgeister? Wachopini chete hatte nicht nur Büffelrücken, sondern mit ihm viele andere Krieger zu sich gerufen. Witcawa hatte einige fallen sehen, wusste aber nicht genau, wer tatsächlich entkommen oder wer gefallen war. Sein Kopf dröhnte wieder und so schloss er endgültig die Augen, um ein wenig zu schlafen. Er hörte nicht mehr, wie der Mann zurückkam und ihm frisches Wasser in einer Schale hinstellte.

Als Witcawa wieder erwachte, war er völlig orientierungslos. Er hätte nicht sagen können, ob es Tag oder Nacht war. Einzig der Druck auf die Blase war unangenehm und er überlegte, ob er die Hütte verlassen durfte. Falke war auch erwacht und sah ihn mit einem skeptischen Blick an. „Was wollen diese Menominee?", flüsterte er leise.

„Ich glaube, dass sie wirklich den Frieden wollen!", antwortete Witcawa mit einem Achselzucken.

„Tss … sie haben unsere Freunde getötet! Mein Beil ist alles, was ich ihnen schenken werde! Auf den Kopf!"

„Wenn sie uns gehen lassen, haben wir eine Aufgabe zu erfüllen. Sie schicken uns, um einen Frieden auszuhandeln, und dies sollten wir auch tun. Nur unser Rat kann entscheiden, ob sie das Friedensangebot annehmen wollen oder nicht."

„Hohch!" Falke kotzte bald vor Wut. „Rede nicht von Frieden! Weißt du eigentlich, wie sehr mein Arm schmerzt?"

„Sehr?", vermutete Witcawa.

Falke wusste nicht, ob es Witcawa ernst war, und warf ihm einen beleidigten Blick zu. „Sehr!", bestätigte er maulend. „Wann kommen diese Madenfresser wieder?"

Witcawa grinste schief und richtete sich etwas auf. Sie waren tatsächlich allein. Der junge Wächter war verschwunden. „Der Krieger kommt bestimmt gleich wieder. Sie lassen uns nicht lange unbeaufsichtigt."

„Aha! Vielleicht war das alles nur ein Trick. Warte nur ab… heute Abend werden wir Qualen erleiden."

Witcawa schüttelte den Kopf. „Nein, das glaube ich nicht. Dieser eine Mann meinte es ernst. Beruhige dich! Ich hatte mit meinem Leben abgeschlossen, aber jetzt bin ich froh, wenn ich zu meiner Familie zurückkehren kann."

Falke zischte verächtlich durch die Zähne. „Du redest wie ein Mädchen. Ich krieche nicht vor diesen Madenfressern."

Witcawa schluckte schwer und rutschte ein Stück von seinem Freund weg. Er war ganz sicher kein Mädchen! Er hatte tapfer gekämpft und war ebenfalls verletzt worden. Er grinste schief, als er erkannte, dass es seinem Freund einfach nur schlecht ging. „Du jammerst wie ein Mädchen", schimpfte er leise. „Anstatt dankbar zu sein, dass diese Menschen uns ihre Freundschaft anbieten, glaubst du nur an eine üble Tat. Auch wir sind großzügig, wenn unsere Feinde tapfer sind, vergiss das nicht!"

Falke schwieg einen Augenblick und lachte dann stöhnend. „Du hast recht. Ich jammere wie ein Mädchen. Ich traue diesen Menominee nicht. Warten wir ab und sehen, ob sie die Wahrheit sagen."

Beide verstummten, als der junge Mann in die Hütte trat und sich nach ihnen umsah. „Ich muss mich waschen!", forderte Witcawa mit Handzeichen. Ein freundliches Lächeln antwortete ihm und mit einem Nicken forderte der junge Mann die beiden Ho-Chunk auf, ihm zu folgen.

Witcawa half seinem Freund hoch und folgte dann dem jungen Mann aus der Hütte. Blinzelnd sah er sich um, als das helle

Sonnenlicht ihn blendete. Das Dorf lag ruhig vor ihm, nur einige kleine Jungen spielten zwischen den Hütten. Sie waren warm eingemummelt und nahmen keine Notiz von ihnen. Dann deutete einer der Jungen auf die beiden Ho-Chunk und sofort wandte sich das Interesse den beiden Kriegern zu. Neugierig kamen die Jungen näher, zeigten mit einem Grinsen ihren Mut und verschwanden dann hurtig. Niemand sonst stellte sich ihnen in den Weg, als der junge Mann die beiden Ho-Chunk zum Badeplatz der Männer führte. Mit einem Beil schlug er in Ufernähe ein Loch in das Eis, damit die Männer etwas frisches Wasser hatten. Noch war es so kalt, dass der Fluss zugefroren war. Witcawa tauchte seine Hände in das eisige Wasser und erschauerte, als er Gesicht und Nacken damit wusch. Dann zog er den Umhang aus und wusch auch seinen verschwitzten Oberkörper. Er half Falke, weil der sich mit dem gebrochenen Arm nicht selbst waschen konnte. Beide lachten leise, als der Schmutz und Schweiß von ihren Körper gewaschen wurden. Sie schlüpften auch aus dem kurzen Lendenschurz, um sich gründlich zu reinigen.

Kurz darauf schlüpften sie wieder in ihre warme Kleidung und frierend kehrten sie ins Dorf zurück. Ein weiterer Mann kam ihnen entgegen, der sie mit einem freundlichen Nicken begrüßte. Es war der Mann, der sie befragt hatte.
Sie-mich-nennen-Machwao, erklärte er mit Handzeichen. Ihr-kommen-zum-Essen? Sein Lächeln war ohne Argwohn und so entschied Witcawa, dass es gut wäre, hier Freunde zu finden. Er wusste, dass dieser Mann einen Verwandten verloren hatte, und so wunderte er sich über dessen Freundlichkeit. Höflich nickte er und zog Falke einfach mit sich, als der dem Krieger in dessen Wigwam folgte. Das freundliche Mädchen, das ihm die Haare gewaschen hatte, saß am Feuer und sah mit einem erstaunten Blick hoch. Dann hatte sie sich wieder im Griff und bot höflich den Gästen etwas zu essen an.
Meine-Schwester-Kämenaw-Nuki, stellte Machwao sie vor. Witcawa grinste frech und warf seine Haare nach hinten. Haare-nun-sauber, stellte er fest. Er lachte dunkel, als Kämenaw Nuki errötete und sich weiter in den Hintergrund setzte. Die Menominee

hatten wirklich hübsche Mädchen! Vielleicht war es ganz gut, Frieden mit diesen Menschen zu schließen. Kurz schätzte er seine Chancen ab, ob es ihm gelingen könnte, so ein hübsches Mädchen als Braut zu entführen. Bei seinem Volk war das recht einfach: Wenn ein junger Mann ein Mädchen zur Frau wollte, dann entführte er es und schaffte einfach Tatsachen. Nur aus dem gleichen Clan durfte sie nicht sein! Falke hatte wohl seine Hintergedanken erraten, denn er stieß ihn warnend in die Rippen. Auch Machwao hatte den Blick erkannt, tat es aber mit einem Grinsen ab. Witcawa verdrückte das leckere Essen und bewunderte, dass dieses Volk selbst im Winter noch so viele Nahrungsvorräte hatte. Wann-wir-können-gehen, fragte er vorsichtig.

Immer, antwortete Machwao freundlich. Ihr-seid-unsere-Gäste! Witcawa rollte kurz mit den Augen, denn diese Freundlichkeit verblüffte ihn. Sie konnten gehen? Einfach so. Wenn-dein-Freund-wieder-gut-dann-ihr-könnt-gehen, bestätigte Machwao erneut. Ein bisschen klang es, als wäre er froh, wenn die beiden tatsächlich bald aufbrechen würden.

Witcawa schenkte ihm ein breites Grinsen und nickte. Falke-bald-gut! Dann-wir-gehen! Nicht-mehr-essen-eure-Vorräte! Machwao schüttelte den Kopf. Wir-genug-Vorräte! Aber-wir-wollen-Frieden. Ihr-überbringen-diese-Botschaft.

Witcawa wurde ernst. Die Menominee wollten keinen Krieg! Dabei waren sie nicht feige, wie er selbst zu spüren bekommen hatte. Dieses Dorf war von den Kriegern tapfer verteidigt worden. Nachdenklich legte er den Kopf zur Seite und musterte Machwao prüfend. Die sanften Augen täuschten darüber hinweg, dass auch dieser Mann im Ernstfall gefährlich werden konnte. Witcawa dachte an seine eigene Situation. Auch ihr Volk wurde vom Süden her von den Illiniwek bedroht. Es war nicht klug, auf zwei Seiten Krieg zu führen. Das Friedensangebot war im Grunde eine gute Sache. Die Ho-Chunk galten als grimmige, furchtlose Krieger, aber warum einen Krieg gegen ein Volk führen, das den Frieden suchte? Hier schien es genügend Wild und Wildreis zu geben, sodass die Menominee bereit waren, ihre Jagdgründe zu teilen. Er war nur ein junger Mann, aber er würde Machwao nicht

enttäuschen, sondern diese Botschaft des Friedens überbringen. Alles andere oblag der Entscheidung der Ältesten.

Falke hatte sein Essen verzehrt und deutete an, dass er wieder in die Hütte zurückkehren wollte. Machwao sagte ihnen den Namen des jungen Mannes und teilte ihnen mit, dass Roter-Luchs sie zu einem Wigwam führen würde, den die Frauen für sie vorbereitet hatten. Dort durften sie bleiben, bis Falke stark genug war, um die Heimreise anzutreten. Ihr-nun-Gäste, erklärte er. Niemand-wird-euch-bewachen.

Witcawa nickte bestätigend. Es war selbstverständlich, dass keiner von ihnen das Gastrecht verletzen würde. Kurz zwinkerte er Machwao zu, denn das Gastrecht schloss selbstverständlich auch aus, dass er irgendein Mädchen entführte! Machwao grinste zurück, denn auch er hatte die Gedanken des jungen Mannes richtig interpretiert.

***

In den nächsten Tagen richteten Witcawa und Falke sich gemütlich ein. Sie hatten einen kleinen Wigwam erhalten, in dem auch ihre Waffen lagen, und die Mädchen des Dorfes kümmerten sich darum, dass immer genügend Feuerholz bereit war. Dabei wurde Witcawas Interesse auf ein junges Mädchen gelenkt, das Wasserlilie genannt wurde. Er hatte irgendwann herausgefunden, dass Kämenaw Nuki noch ein Kind war und zudem dieser reichlich kriegerische Wakoh ein Auge auf sie geworfen hatte, sodass er diesen Mann keinesfalls verärgern wollte. Außerdem fürchtete er sich vor Nepewin Nuki, die einfach nicht vergessen konnte, dass die Ho-Chunk ihre Mutter getötet hatten. Vielleicht wäre es besser, Beziehungen zu einer Familie zu knüpfen, die nicht unter einem solchen Verlust zu leiden hatten. Noch waren es nur verliebte Blicke, die sie miteinander austauschten. Aber vielleicht verliefen die Verhandlungen gut und dann käme eine Ehe in Betracht? Das Medizin-Spiel wäre eine gute Sache, um die Familien zu vereinen. Nachdem ihm die Sitten und Bräuche der Menominee nicht bekannt waren, verhielt er sich zurückhaltend und vorsichtig. Er schnappte einige Worte der Menominee-Sprache

auf, brachte den Eltern des Mädchens manchmal etwas Jagdbeute vorbei und suchte ansonsten Kontakt mit den anderen jungen Männern des Dorfes. Besonders die Kinder liefen im gern hinterher und so balgte er sich in endlosen Scheinkämpfen mit ihnen. Die Erwachsenen mochten es, wenn er sich geschlagen gab und den Kindern den Sieg über den Feind ließ. Gerade dieses harmlose Herumbalgen machte ihn sympathisch und die Vorbehalte gegen sein Volk wurden weniger.

Auch Falke verlor seine Zurückhaltung und freundete sich mit einigen Kriegern an. Sein Arm heilte und es ging ihm von Tag zu Tag besser. Er dachte an seine Familie bei den Ho-Chunk, die er vielleicht bald wiedersehen durfte. Er wusste, dass niemand mehr mit seiner Rückkehr rechnen würde, und freute sich darauf, die Trauer aus ihren Herzen zu vertreiben. Seine Frau und seine beiden Kinder würden so froh sein! Jeden Tag drängte er zum Aufbruch, damit er sie endlich in die Arme schließen konnte.

Ruhepause

(Tennessee-Fluss, Lager der Spanier)

Juan de Anasco und Baltasar sammelten am Morgen die Truppen zusammen und versuchten den Schaden abzuschätzen, den die Indios mit ihrem Angriff angerichtet hatten. Fast alle Zelte und Hütten waren niedergebrannt und mit ihnen auch der größte Teil der Ausrüstung und Kleidung. Er hatte Männer eingeteilt, die schnellstmöglich Palisaden um das neue Lager errichten sollten, das sie in dem verlassenen Indiodorf errichtet hatten. Es befand sich auf einem Hügel und sollte sich einigermaßen verteidigen lassen. Sie hatten dort Vorräte und Felle gefunden. Die Hütten reichten bei Weitem nicht, um alle Menschen aufzunehmen, und so bauten sie einfache Unterschlupfe, die sie mit Fellen abdeckten.

Einige Soldaten suchten in den verkohlten Resten nach Brauchbarem und fanden Helme, Rüstungsteile, Schilde und die Metallteile von Lanzen und Äxten. Das Feuer war nicht so heiß gewesen, dass diese Teile geschmolzen wären. Nur die Stiele, Riemen und Schnallen waren verbrannt. Die Handwerker würden in der Lage sein, die Holzteile oder Riemen zu ersetzen. Schlimmer stand es um die Kleidung, denn alles, was die Menschen bei ihrer überhasteten Flucht nicht am Leibe getragen hatten, war verbrannt. Hier konnte nur noch die Kleidung der Wilden helfen. Es würde Wochen dauern, bis sie die Ausrüstung ersetzt hatten. Viele Soldaten waren verwundet und mussten die Verletzungen ausheilen, sodass an ein Vorwärtsrücken ohnehin nicht zu denken war.

Juan seufzte traurig, als er an all die Dinge dachte, die er verloren hatte. Am schlimmsten traf ihn der Verlust der Pferde. Sie waren bei den anderen Pferden im Stall gewesen, als dieser heruntergebrannt war. Er wollte nicht dorthin und die verkohlten Überreste mit ihren offenen Mäulern sehen. Über siebzig Pferde waren verbrannt und der Rest in alle Winde verstreut. Einige Männer hatten sich auf die Suche nach ihnen begeben und mit ein bisschen Glück konnte man das eine oder andere wieder einfangen.

Seine Männer schleppten die geborgene Ausrüstung zum Lager, damit die Schmiede und Handwerker daraus wieder provisorische Waffen herstellen konnten. Sie hatten Eschen gefunden, aus denen man wieder harte und lange Lanzenstiele herstellen konnte. Juan hatte Kundschafter ausgeschickt, die rechtzeitig warnen sollten, wenn die Indios zurückkamen, doch diese hatten sich verzogen. Es war Glück, denn im Moment hätten sie einem Angriff kaum etwas entgegensetzen können.

Juan fand Maria, als diese orientierungslos hochtaumelte und mit großen Augen auf das Bild der Zerstörung blickte. Ihre Lippen zitterten vor Kälte, obwohl sie sich in einen Umhang gehüllt hatte. Ihr Gesicht war mit Ruß verschmiert und die Haare voller Asche. Sie starrte Juan mit ihren schwarzen Augen an und wartete einfach ab, was er ihr befehlen würde. So viel Demut und Verzweiflung lag in ihrer Haltung, dass Juan wütend die Zähne zusammenbiss. Was erlaubte sich der Gouverneur eigentlich, ihm dieses Mädchen zu verbieten? Sie war gehorsam und geschickt! Gerade jetzt würde sie ihm gute Dienste leisten. Wahrscheinlich war sie die Einzige, die in der Lage war, ihm einfache Schuhe und Kleidung zu nähen. Sie schwankte leicht, als er auf sie zuging, und er hielt sie am Arm fest. „Du bleibst bei mir!", befahl er ungewohnt sanft.

„Nicht andere Männer?" In ihren Augen sammelten sich Tränen und er wusste, was sie damit sagen wollte.

„Nein, keine anderen Männer!" Er brachte sie in das Dorf und wies ihr einen Platz in seiner Hütte zu. „Das ist mein Bett! Bleib hier und warte, bis sich wiederkomme. Bist du verletzt?"

Maria schüttelte den Kopf. „Nur müde!"

Juan lächelte und nickte in Richtung des Bettes. „Ruh dich aus. Wir werden eine Weile hier bleiben und die Ausrüstung erneuern. Da kannst du mir helfen."

Maria nickte nur und setzte sich gehorsam auf die Matte. Sie wirkte apathisch und kaum ansprechbar. „Wo ist mein Bruder?"

Juans runzelte die Stirn. Der Priester gehörte zu den Toten, aber wo war der Junge? Wie durch ein Wunder waren nur vierzehn Leute getötet worden und er hatte nirgends die Leiche des Kindes gesehen. War ihm die Flucht gelungen? Das Kind würde in

der Wildnis kaum überleben und so schätzte er, dass er sich irgendwo versteckt hatte. „Ich weiß nicht!" Er zuckte die Schultern. „Er versteckt sich irgendwo. Ich habe nirgends seine Leiche gesehen."

Er wollte sie beruhigen, aber ihre Augen hatten wieder diesen Ausdruck eines erschrockenen Rehs. „Nicht tot!", versicherte er schnell.

„Nicht tot?", wiederholte sie ängstlich.

Er schüttelte nachdrücklich den Kopf. „Nein!"

Sie wollte sich erheben, aber er hielt sie mit einer befehlenden Handbewegung zurück. „Ich finde ihn!"

Er hatte eigentlich andere Aufgaben, aber es konnte nicht schaden, die Augen offen zu halten und nach dem Kind zu sehen. Fast musste er über sein eigenes Mitgefühl lächeln. Irgendwie war es erheiternd, dass die beiden doch wieder bei ihm landeten. Nach diesem schrecklichen Angriff würde der Gouverneur ihm vermutlich keine Vorschriften mehr machen. Was er am Ende der Expedition mit den beiden machte, würde er dann entscheiden. Mit einem Stirnrunzeln beobachtete er, wie sich Maria auf der Matte zusammenrollte und die Augen schloss. Ihr ging es nicht gut, das war deutlich zu sehen.

***

Nanih Waiya beobachtete, wie es langsam hell wurde und der Regen nachließ. Er fror entsetzlich und er wusste, dass er dringend der Wärme bedurfte. Der Kampflärm hatte aufgehört und er konnte beobachten, dass in der Ferne die Soldaten das Lager nach Brauchbarem durchkämmten. Noch wagte er nicht, sich zu zeigen, weil er Angst hatte, dorthin zurückzukehren. War der Mann im schwarzen Rock noch am Leben? Was würde geschehen, wenn wieder ein Mann ihn auspeitschte oder nehmen wollte wie ein Mädchen? Er war noch klein und so konnte er kaum gegen sie ankämpfen. Die Kälte wurde so unerträglich, dass ihm die Aussichtslosigkeit seiner Situation klar wurde. Hier würde er sterben! Der einzige Mensch, der gut zu ihm gewesen war, hatte ihn verraten und verkauft. Wo sollte er nun hin? Er wusste,

dass er niemandem mehr trauen konnte, aber trotzdem abwarten musste, bis er einen besseren Zeitpunkt gefunden hatte. Ohne Kleidung und Vorräte wäre eine Flucht aussichtslos. Er schlich ins Lager zurück und suchte nach irgendwelchen Fellen, mit denen er sich bedecken konnte. Die Soldaten beachteten ihn nicht und so wurde er mutiger in seinem Tun. Am Rande des Dorfes lagen die Toten bereit, um bestattet zu werden, und er schlich näher, um zu sehen, ob dieser schwarze Mann darunter war. Es bereitete ihm eine gewisse Genugtuung, als er vor der Leiche des Priesters stand. Er stieß ihn mit seinem Fuß an, als wollte er überprüfen, ob er wirklich tot war. Dann riss er ihm die schwarze Kutte vom Leib und wickelte sich darin ein. Ein Soldat trat verblüfft näher, nickte dann aber nur, kniete sich hin und zog dem Toten die Stiefel von den Füßen. „Die braucht er jetzt nicht mehr!"

Auch die anderen Toten waren geplündert worden, nur an dem Priester hatte niemand gewagt sich zu vergreifen. Nanih Waiyas Gesicht war starr, als er auf seinen Peiniger sah. Dieser hier würde niemals wieder irgendjemandem wehtun! Die Kutte war warm und so überlegte er, was er als Nächstes tun sollte. Der Rücken schmerzte und er hoffte, dass er irgendwo seine Schwester finden würde. Es beruhigte ihn, dass sie nicht hier lag. Dann fühlte er eine schwere Hand auf seiner Schulter. „Da bist du ja! Komm mit, deine Schwester sorgt sich um dich!" Es war die Stimme von Juan. Nanih Waiya blickte nicht auf, sondern überlegte, was er tun sollte. Wenn dieser Mann ihn wieder verkaufte? Er ließ die Kutte kurz sinken und zeigte Juan seinen blutigen Rücken. „Nicht mehr verkaufen!", flüsterte er. Er drehte sich um, um die Reaktion des Mannes zu sehen.

***

Juan de Anasco war sprachlos. Er hatte dem Priester den Jungen für einen hohen Preis verkauft und dieser Wahnsinnige hatte nichts Besseres zu tun, als ihn halbtot zu prügeln? Hatte er dafür Vergebung haben wollen? Dann senkte er den Blick, als er in den Augen des Jungen las. Der Priester hatte den Jungen benutzt! Die

Augen von Nana sprachen aus, was seine Zunge nie sagen würde. Es war Schamgefühl, Entsetzen, Verwirrung und Hass. Dieses Kind hatte seine Unschuld verloren! Gleichzeitig wurde ihm klar, dass er die Verantwortung dafür hatte. Er, Juan de Anasco, Edelmann aus der Extremadura. Niemand sonst. Er hatte genau gewusst, was passieren würde, und es hatte ihn nicht interessiert. Er war davon ausgegangen, dass er niemals mit diesen Augen konfrontiert sein würde. Es war kein Mitgefühl, das er plötzlich hatte, sondern ein gewisses Schamgefühl. Der Junge hatte ihm vertraut und er hatte ihn verraten. „Nein!", meinte er bestimmt. „Du bleibst bei mir! Und deine Schwester auch."

Die Augen des Knaben blieben schwarz und ausdruckslos. Aber nach dem, was er erlebt hatte, war das auch kein Wunder. Es würde Zeit brauchen, bis die Wunden verheilten. Der Schmerz in der Seele aber würde bleiben. Zum ersten Mal sah Juan in Nana nur das Kind und nicht einen Sklaven, der kein Gefühl kannte.

Er führte Nana zu seiner Unterkunft und lächelte, als Maria das Kind voller Dankbarkeit an sich drückte. Dann verschwand sein Lächeln, als er das blanke Entsetzen in Marias Augen sah. Zitternd fuhren ihre Finger über den blutigen Rücken des Bruders und sie schluchzte vor Verzweiflung. „Ich hole den Barbier", murmelte er verlegen. Sie hatten keinen Medico dabei und so musste eben der Barbier genügen. Er verstand sich auf das Heilen von Wunden und Knochenbrüchen. Auch hatte er schon den einen oder anderen Zahn gezogen. Meist war er damit so beschäftigt, dass er kaum Zeit hatte, die Bärte der Männer zu stutzen.

Es dauerte eine Weile, ehe Juan den Barbier überzeugen konnte, mit ihm zu gehen. Viele Soldaten hatten Verletzungen davongetragen und so verstand er nicht, warum er sich plötzlich um ein Sklavenkind kümmern sollte. Nur der hohen Stellung des Capitán war es zu verdanken, dass er schließlich kam. Seine Ausrüstung war zum Glück in einer Truhe gewesen, die kaum Feuer gefangen hatte. Der Barbier sah genauso ungepflegt aus wie all die anderen, wenn nicht sogar schlimmer. Sein Bart hing unansehnlich bis auf die Brust und die Kleidung war so zerschlissen, dass man nicht sagen konnte, was davon das Hemd oder was da-

von die Beutel waren, die er sich umgehängt hatte. Er schleppte die kleine Truhe mit, die sie all sein Wissen und seinen Reichtum enthielt. In ihr befanden sich Flaschen und Dosen und Säckchen mit Heilkräutern in einem heillosen Durcheinander, das aber eher damit zu erklären war, dass er in den letzten Stunden viele Patienten versorgt hatte. Murrend setzte er sich zu dem Kind und schwieg dann, als er die Brutalität erkannte, mit der hier zugeschlagen worden war. „Madre mia!", schimpfte er. „Wer schlägt denn ein Kind?"

„Ich nicht!", beeilte sich Juan zu sagen. „Dieser Priester hat sich an ihm vergriffen."

Der Barbier nickte verstehend. „Der hat schon mehr Kinder auf dem Gewissen!", erzählte er jovial. „Da kam ich immer zu spät." Er beugte sich vor und untersuchte den Hintern des Knaben. Nana wimmerte und versuchte sich wegzudrehen. Auch Maria hatte gesehen, was hier geschehen war, und hatte die Hände vor die Augen geschlagen. Ihr Gesicht war nur noch eine Maske des Grauens.

„Wird wohl eine Weile wehtun, wenn er scheißen muss", meinte der Barbier wenig einfühlsam. „Aber scheint nicht so schlimm zu sein. Ich gebe Euch eine Salbe für die Striemen. Mehr kann ich auch nicht tun. Wenn er Fieber bekommt, dann macht ihm Wadenwickel."

Juan de Anasco pfiff gereizt durch die Zähne. Er würde sich gewiss nicht um den Knaben kümmern, denn er musste die Befestigung des Lagers überwachen. Aber er gab Maria ein paar Anweisungen und beobachtete, wie der Barbier vorsichtig die Salbe auf den Rücken des Jungen schmierte. Als Nana sich wieder wegdrehen wollte und vor Schmerzen heftig atmete, wies er ihn ungeduldig an, mit dem Zappeln aufzuhören. Dann verließ er die Hütte, um sich um dringendere Dinge zu kümmern.

Er traf sich mit dem Maestro del Campo und besprach mit ihm die anstehenden Maßnahmen. Nebenbei ließ er fallen, dass er das Mädchen wieder für sich wollte. Mostoso war nicht sonderlich überrascht und nickte gefällig. „Bueno! Wir werden wohl eine Weile hier sein und dann ist so eine Frau durchaus nützlich. Was

machen wir mit dem Preis?" Das Gesicht des Maestros bekam einen gierigen Ausdruck, aber er schien den Capitán auch nicht verärgern zu wollen.

„Ich besorge Ihnen eine andere!"

„Die sprechen dann aber noch kein Spanisch und sind nicht so viel Wert!"

„Schön, dann also zwei!"

„Abgemacht!" Der Maestro rieb sich die Hände. „Vielleicht auch lieber Männer, die können mehr tragen!"

Juan de Anasco lachte schallend. „Im Ernst? Diese wilden Krieger wollen Sie als Sklaven? Sie müssten schon bei den Weibern von denen aufpassen, dass Sie euch des Nachts nicht mit einem Messer kitzeln."

Der Maestro legte empört den Kopf schief. „Das überlassen Sie mal besser mir! Ich brauche zwei kräftige Sklaven, die sich um meine Dinge kümmern. Ich nehme beides, ob Mann oder Frau, nur Kinder brauche ich keine."

Juan nickte herablassend. „Bueno!" Er salutierte und schritt davon. Er traf sich mit dem Gouverneur, der sich in der größten Hütte eingerichtet hatte. Auch er hatte die meiste Ausrüstung verloren und tafelte an einem Tisch aus schlecht gehobelten Brettern. Tischdecken, Kerzenleuchter und anderer Tand waren bei dem Feuer verbrannt. Als Stuhl hatte er lediglich zwei Planken, die über ein wackeliges Gerüst gelegt worden waren. Er stand vornüber gebeugt über einer Karte und blickte hoch, als Juan die Hütte betrat. „Setzen Sie sich!", forderte er den Capitán auf.

Juan nahm auf dem wackeligen Gestell Platz und wartete höflich, was der Gouverneur von ihm wollte.

„Und, wie schätzen Sie die Lage ein?", erkundigte sich der Gouverneur.

Juan seufzte tief. „Mit Gottes Segen werden wir wohl ein paar Wochen brauchen, ehe wir uns von diesem Schlag erholt haben."

Der Gouverneur funkelte böse, sagte aber nichts. Sein Schweigen war ohnehin deutlich genug.

Juan leckte sich über die Lippen und versuchte einen neutralen Ton zu finden. „Die Waffen müssen erneuert werden, wir brauchen neue Kleidung und Zelte, die Sättel wurden großteils ver-

brannt und müssen erneuert werden, wir haben keine Sklaven und Vorräte …"

Er brach ab, als DeSoto eine ungeduldige Handbewegung machte. „Das meine ich nicht. Wie schätzen Sie unsere Kampfkraft ein? Ist die Expedition gefährdet?"

Juan schnaubte unwillig. „Wir sind sehr wohl geschwächt, Señor! Ohne neue Waffen brauchen wir nicht weiterziehen. Ich kann erst etwas sagen, wenn ich weiß, wie viele Pferde eingefangen werden können. Ohne die Lanzenreiter und die Vorarbeit der Kundschafter sieht es schlecht aus."

Der Gouverneur nickte widerwillig. „Das ist mir klar. Nehmen Sie die Pferde, die sie bisher einfangen konnten, und suchen Sie die anderen. Sie sind das Rückgrat unserer Expedition. Ich werde Baltasar mit der Sicherung des Lagers beauftragen. Wenn Sie zurück sind, werden Sie mit Ihren Männern nach weiteren Vorräten suchen."

Juan salutierte und verabschiedete sich höflich. Der Auftrag war genau nach seinem Geschmack. Außerdem konnte er sich dabei um die beiden versprochenen Sklaven für den Maestro del Campo kümmern.

***

Maisblüte wartete, bis der Mann verschwunden war, und nahm dann den Bruder in die Arme. Nanih Waiya schob sie weg und schüttelte den Kopf. „Ich bin nicht mehr klein!", murmelte er unter Schmerzen.

Es brach Maisblüte das Herz, ihren Bruder so zu sehen. Er hatte an Seele und Körper Schaden genommen, genauso wie sie. Diese Fremden machten keinen Unterscheid zwischen Mann, Frau oder Kind. Sie kniff die Lippen zusammen, denn auch ihre Krieger hatten schon Kinder getötet. So war eben der Krieg. Mit dem Feind hatte man kein Erbarmen. Aber in ihrem jungen Leben war es ihr nie in den Sinn gekommen, dass einst auch sie und ihr Bruder dieses Schicksal teilen würden.

Sie deckte den Bruder zu und strich ihm über die Haare. „Schlaf ein bisschen! Nun sind wir wieder bei Juan!"

„Ja, damit er dir wieder wehtut!" Seine Stimme war bitter vor Hass.

Sie schluckte schwer. „Ja, aber er ist nur ein Mann, nicht viele! Das andere hätte ich nicht lange überstanden." Sie sprach ganz offen mit dem Kind.

Nanih Waiya schloss die Augen. „Wir müssen hier weg. Sobald es mir besser geht. Ich will nicht, dass Juan uns wieder fortschickt."

„Wir werden gehen!", versprach Maisblüte mit fester Stimme. „Ich werde Juan gehorchen, damit er mich nicht wieder den anderen Männern gibt, aber eines Tages werden wir gehen."

„Gut!"

Der Junge überließ sich dem Schlaf und Maisblüte rutschte näher ans Feuer, um Holz nachzulegen. Sie waren in einer Chukka der Chickasa und sie hatte einige Felle gefunden, aus denen sie einen Umhang nähen konnte. Von draußen drangen die Geräusche des Lagers an sie heran. Bäume wurden mit Äxten gefällt und Palisaden gebaut. Männer brüllten Befehle und Hunde bellten. Ihr war aufgefallen, dass diese grässlichen Hunde alle überlebt hatten. Irgendwo erklang das Wiehern eines Pferdes und sie war fast ein wenig enttäuscht, dass es den Fremden gelungen war, viele dieser Tiere wieder einzufangen. Eine Flucht war damit gefährlicher, weil die Fremden mit den Pferden schnell vorankamen. Trotzdem würde sie es versuchen. Das hatte sie dem Bruder versprochen. Sie würde warten, bis die Wunden verheilt waren, und dann nach Süden aufbrechen. Oder irgendwohin.

Am Abend kehrte der Mann zurück und reichte Maisblüte einen Beutel mit Mais. Sie nahm ihn wortlos entgegen und suchte sich einen Mörser, um den Mais zu mahlen. Die Bewohner hatten die Chukka in wilder Flucht verlassen und dabei viele Dinge einfach liegengelassen. Der Mann setzte sich geduldig ans Feuer und lächelte ihr zu. Er schien gute Laune zu haben, was sie nach diesen zwei Tagen wunderte. „Eines meiner Pferde ist wieder da!", verkündete er mit einem Strahlen.

„Bueno!", meinte sie höflich.

Ihm gefiel das. „Nicht wahr? Alle sind wieder da. Pferd, Maria und Nana!"

Sie lächelte und behielt ihre Gedanken für sich.

In der Nacht legte er sich wieder zu ihr und liebkoste ihren Körper. Die Ketten klirrten dabei und er stutzte für einen Moment. „Die lasse ich morgen entfernen. Die brauchst du nicht mehr!" Sie öffnete ihre Beine und ließ ihn eindringen; dabei hoffte sie, dass er sein Versprechen hielt. Juan grunzte vor Lust und bäumte sich auf, als er sich in ihr ergoss. Sie nahm es hin, als er an ihren Brüsten saugte, obwohl es wehtat. Alles war besser, als wieder zu diesen Männern zu gehen oder zu irgendwelchen anderen. Juan bedeutete Schutz, solange sie hier nicht wegkonnte, und sie würde versuchen, ihn an sich zu binden. Solange Juan Freude an ihr hatte, hoffte sie auch Nanih Waiya schützen zu können. Sie verstand nicht, warum er sie weggeben hatte, denn sein Stöhnen zeigte ihr, dass er sie begehrte. Aber diese Fremden waren nicht zu verstehen.

In den nächsten Tagen arbeitete sie an einfacher Kleidung. Sie versuchte sich an dem Schnitt der spanischen Kleidung, aber Pluderhosen aus Leder anzufertigen war schier unmöglich. So entstanden unförmige Hosen und Hemden, die an den Ärmeln einfach zusammengeknüpft wurden. Sie waren warm und praktisch. Sie hatte sich und Nanih Waiya ebenfalls so etwas angefertigt, weil sie beobachtet hatte, dass die Frauen der Fremden sich und ihre Brüste bedeckten. Sie trug inzwischen einen längeren Schurz um ihre Hüften und einen Poncho mit einfachen Ärmeln um die Schultern. Die lüsternen Blicke hatten aufgehört, wenn sie durch das Lager ging. Sie zeigte nur noch Juan ihren Körper.
Nanih Waiya hatte einige Tage Fieber gehabt, doch jetzt ging es ihm langsam besser. Die Haut heilte, doch es würden lange Narben zurückbleiben. Ein rotes Muster aus langen Streifen zog sich über den Rücken des Knaben. Die andere Stelle verheilte ebenfalls langsam, aber darüber sprachen sie nicht. Maisblüte ahnte, dass ihr Bruder dies nie vergessen würde.
Eine gewisse Ordnung war eingekehrt. Das Dorf war mit Palisaden befestigt worden, Wachen sicherten die Umgebung, Handwerker stellten emsig neue Waffen und Ausrüstung her, Jäger brachten Fleisch und Felle und Kundschafter ritten in die Umgebung, um ausgerissene Pferde einzufangen. Die Herde stand

inzwischen wieder auf einer Koppel und graste friedlich. Auch Schweineställe gab es wieder, in denen man die Ferkel aufpäppelte. Fast sah es aus, als ob die Spanier hier siedeln wollten. Die Handwerker schmolzen altes Eisen ein und stellten neue Waffen her, die natürlich nicht mehr die Qualität wie sonst hatten. Die Spanier hatten eine einfache Schmiede und einen Amboss dabei, auch einen Blasebalg, aber sie erreichten damit nicht so hohe Temperaturen, um Schwerter herzustellen. Aber es reichte, um Hufeisen zu erneuern, Äxte und Lanzenspieße herzustellen und Nägel zu formen. Kessel konnten geflickt werden und Eisenteile an den Rüstungen ausgebessert werden. Selbst neue Sattelgestelle wurden aus Holz hergestellt.

Maisblüte verbrachte die meiste Zeit mit Nähen und Kochen. Früher hatte sie auch Körbe geflochten oder Gefäße getöpfert, doch diese Fertigkeiten wurden hier nicht verlangt. Sie blieb meist im Dorf oder in der Chukka, damit die Knöchel sich nicht entzündeten. Nur morgens schlurfte sie zum Fluss, um sich gründlich zu waschen. Niemand belästigte sie mehr und so nahm sie sich Zeit, um am Ufer zu sitzen und die Vögel zu beobachten.
Nanih Waiya begleitete sie stets und genoss diese friedlichen Momente. Hier waren sie wieder Bruder und Schwester vom Wolfsclan der Chatah. Maisblüte mahnte ihren Bruder immer wieder, dies nicht zu vergessen. Der Bruder schwieg dazu, denn seine Gedanken drehten sich um Flucht.
„Ich will, dass sie alle sterben!", meinte er hasserfüllt.
„Bete zu Hashtali, vielleicht erhört er unser Flehen!", ermunterte ihn Maisblüte.
„Ach!" Der Junge wischte den Rat unwillig mit einer Handbewegung weg. „Der hört gar nichts!"
Maisblüte nahm den Bruder in die Arme. „Doch, Achafa Chito, der Eine-Große, hört auf das Flehen von allen Lebewesen, auch von uns." Sie lächelte. „Du kennst doch die Geschichte, wie die Ameisen entstanden sind?"
Nanih Waiya schüttelte den Kopf. „Nein."
„Doch, du hast es nur vergessen! Weißt du nicht, wie die Menschen erschaffen wurden?"

Der Junge sah sie mit großen Augen an. Vielleicht wusste er es, vielleicht nicht. Also erzählte Maisblüte die kleine Geschichte: „Der eine Große erschuf die Menschen und Grashüpfer aus gelbem Lehm. Sie lebten erst in einer großen Höhle. Um an die Oberfläche zu gelangen, mussten beide durch einen engen Tunnel krabbeln. Die Menschen aber waren unvorsichtig und traten auf die kleinen Grashüpfer. Sie töteten dabei sogar die große Mutter aller Grashüpfer, sodass diese fürchteten, von den Menschen ausgelöscht zu werden. In ihrer Not flehten sie Hashtali an, ihnen beizustehen. Der Eine-Große hörte die Hilferufe und entschied, den Grashüpfern zu helfen. Er verwandelte all die Menschen, die die Höhle noch nicht verlassen hatten, in Ameisen. Auf diese Weise rettete er die Grashüpfer. Du musst wissen, dass die Ameisen unsere Verwandten sind, und du musst darauf achten, dass du nicht auf sie trittst."

Der Junge kicherte belustigt. „Ich werde beten! Vielleicht verwandelt Hashtali diese Menschen ja auch in Ameisen oder Käfer?"

„Ganz bestimmt. In Käfer mit seltsamen Käferhüten."

Nomähpen kesoq – Die Rückkehr der Störe

(Dorf der Menominee)

Machwao stand am Fluss und sah auf das brechende Eis. Noch immer herrschte winterliche Kälte, doch tagsüber hatte die Sonne das Eis der Flüsse bereits schmelzen lassen. Bald würden die Störe zum Laichen zurückkehren und das Nahrungsangebot des Dorfes ergänzen. Die Vorratsgruben waren fast leer und das Fleisch der Fische würde allen Menschen Kraft geben. Weiter unten standen zwei Jugendliche, die die Aufgabe hatten, die Rückkehr der Störe zu melden. Sie waren warm eingepackt in Felle und gefütterte Mokassins und doch gingen sie hin und her, um sich warmzuhalten. Der Fluss führte bereits Hochwasser und einige Niederungen waren überschwemmt worden. Die Bäume ragten aus den überfluteten Auen und mancherorts sammelte sich totes Holz und staute sich zu Barrikaden auf. Weiter im Norden, an dem Ort, wo die fallenden Wasser waren, schlugen die Wellen gegen die Felsen und riefen mit ihrem Dröhnen die Störe zurück. Es war wie der Klang einer großen Trommel.

Machwao grinste und machte sich auf den Rückweg zum Dorf. Es wurde Zeit, die beiden Gäste zu verabschieden und endlich nach Hause zu schicken. Die Abreise hatte sich verzögert, weil die Heilung des gebrochenen Armes doch eine Weile gedauert hatte. So war durch viele Gespräche eine gewisse Freundschaft entstanden. Nur Wakoh war diesen Gesprächen anfangs ferngeblieben, denn nach seinem Geschmack warf der jüngere dieser Ho-Chunk einem gewissen Mädchen zu viele lange Blicke hinterher.
Machwao hatte dies bemerkt, hütete sich jedoch, anzügliche Bemerkungen zu machen. Sein Freund war leicht reizbar und schlug dann wahllos um sich. Außerdem hatte seine Schwester noch nicht ihre ersten Riten gehabt und galt somit noch als Kind. Er wertete die Blicke eher als Dankbarkeit gegenüber einer Person, die als Erste ihre Vorbehalte aufgegeben und ihren Fein-

den geholfen hatte. Auch ihm selbst gegenüber spürte er diese Freundlichkeit. Der jüngere der beiden Ho-Chunk namens Witcawa war wirklich um Freundschaft bemüht. Er würde die Botschaft des Friedens auf gute Weise überbringen!

Dann hörte Machwao eilige Schritte hinter sich, als einer der Jugendlichen ebenfalls in Richtung des Dorfes rannte. Seine Füße brachen durch die Schneekruste, als er Machwao überholte und ihm als Erster die frohe Botschaft entgegenschrie: „Die Störe sind zurück!"
Machwao lächelte erfreut. Ja, die Störe kehrten endlich heim! Nicht einer oder zwei, nein, sie kamen in ganzen Schwärmen und schwammen die Ströme hinauf, um dort zu laichen. In dieser Zeit waren sie blind und taub und daher eine leichte Beute für seine Speere. Hoh, er konnte das Festessen schon förmlich riechen! Bald kämen auch die ersten Zugvögel zurück und dann war die Zeit des Darbens vorbei. Gut gelaunt erreichte er das Dorf und ging sofort zum Versammlungshaus, denn die Rückkehr der Fische wurde mit vielen Zeremonien begleitet. Er nickte den beiden Ho-Chunk zu, die nach wie vor in einem kleinen Wigwam lebten und darauf warteten, dass sie endlich aufbrechen konnten. Sie wollten zu ihren Familien zurück, die sicherlich nicht damit rechneten, dass die beiden noch lebten. Ihre Heimkehr wäre ein wahres Wunder.
Der Ältere namens Falke hielt seinen Arm immer noch in der Schlinge, doch nach über einem Mond des Heilens war er abgeschwollen und schien gut zusammenzuwachsen. Der Mann konnte seine Finger bewegen und war darüber sehr erleichtert, denn er hatte lange Zeit eine Taubheit gespürt, die ihn mit Besorgnis erfüllt hatte. Die beiden waren wie Ehrengäste behandelt worden und erste Freundschaften waren entstanden. Die Ältesten unterstützten dies, denn nur so wäre ein langfristiger Frieden möglich. Sie berieten sich, tatsächlich eine große Delegation nach Süden zu schicken und den Frieden mit einem Medizin-Spiel im Sommer zu segnen. Es würde Zeit brauchen, die Dörfer zu erreichen, und noch mehr Zeit, bis diese ebenfalls eine Abordnung und Spieler schicken konnten. Der Sommer war nur kurz und

die Zeit würde gerade reichen, dieses Spiel noch im selben Jahr zu veranstalten. Auch die Ho-Chunk kannten dieses Spiel und würden gute Männer schicken, um das Kriegsbeil auf ewig zu begraben. Beide Mannschaften würden mit ihren Schlägern das Beste geben, um den Ball in das Tor zu schlagen. Dabei war es nicht so wichtig, das Spiel auch zu gewinnen, sondern man gab das Letzte, um dem Schöpfer zu gefallen und das Wohlwollen für das Volk auf sich zu lenken. Alle Wut und Aggression würden ausgetobt werden und danach wäre ein dauerhafter Frieden zwischen den beiden Stämmen möglich. Die Allianz würde durch verwandtschaftliche Beziehungen gestärkt werden, die das Miteinander förderten. Deshalb sahen die Menschen einer Verbindung zwischen den Ho-Chunk und den Menominee durchaus wohlwollend entgegen.

Der jüngere Krieger hatte sein Interesse einem anderen hübschen Mädchen zugewandt und die Familie schien keine Einwände zu haben, ihn als Schwiegersohn zu akzeptieren. Vielleicht gewann man auf diese Weise mächtige Verbündete?

Wakoh schien das, im Hinblick auf ein anderes Mädchen, sehr zu gefallen, denn er hatte angeboten, die beiden ein gutes Stück zu begleiten. Er wollte verhindern, dass sie auf weniger freundlich gesinnte Menominee stießen. Die anderen Dörfer ihres Volkes lagen weiter im Norden, bis hin zur Quelle des Manomäh-Sipiah. Dort war der Legende nach der Urahn ihres Volkes, der weiße Bär mit dem langen Kupferschwanz, aus seiner Höhle gekommen und hatte sich in einen Menschen verwandelt. Er war der Urahn des Bärenclans, dem auch Machwao angehörte.

***

Am Abend wohnte Machwao der Zeremonie bei, die für die Rückkehr der Fische abgehalten wurde. Die Metewin murmelten die uralten Zauberformeln, Opfergaben wurden gegeben, rituelle Lieder gesungen und das heilige Bündel geöffnet. Die Ho-Chunk saßen höflich im Hintergrund und beobachteten die heilige Zeremonie. Als Geste des Vertrauens hatte man sie nicht hinausgeschickt. Die Speere wurden geweiht und dann kamen

die Frauen, um den Stören zu Ehren einen Fischtanz zu tanzen. Sie ahmten die Bewegungen der Störe nach, die diese zur Paarung machten, wenn sie sich Laib an Laib umschmeichelten. Die Männer schlugen hierzu einen schnellen Rhythmus auf ihren kleinen Trommeln, die mit Wasser gefüllt waren. Andere begleiteten die Gesänge, indem sie mit Stöcken aufeinanderschlugen. Die Stöcke waren das älteste Instrument, das sie kannten und das ihnen von dem Helden Manaqpudz gegeben worden war. Mit diesen Stöcken konnte man böse Geister vertreiben oder gute Geister anlocken. Sie schlugen den uralten Rhythmus, der ihnen vor Urzeiten gegeben worden war.

Am Morgen brachen die Jäger mit Speeren bewaffnet auf. Die Störe laichten gerne am Ufer, sodass man sie von Felsen oder sogar vom Ufer aus jagen konnte. Es wäre die erste Jagd, der noch viele folgen würden, denn man wollte sicherstellen, dass die Störe genug ablaichten, damit auch in den nächsten Jahren genug Fische übrig blieben. So wurden am ersten Tag nur die Fische gejagt, die für ein Festessen nötig waren.
Als Machwao am Ufer stand und die uralten Fischbrüder und -schwestern sah, die seit Urzeiten die Flüsse und Seen bevölkerten, spürte er Dankbarkeit. Die grau-blauen Körper glitten durch das Wasser und ihre Länge war erstaunlich. Sie waren bestimmt so lang wie ein Mann und ebenso breit, als wären es einst Menschen gewesen, die beschlossen hatten, im Wasser zu leben. Er beobachtete, wie die anderen Männer am Ufer Aufstellung bezogen oder auf einige Felsen kletterten, die ins Wasser ragten. Sie hatten die Aufgabe, die Störe in die Richtung der Jäger zu treiben. Dann konzentrierte Machwao sich ganz auf das Wasser unter sich und wartete geduldig auf die Beute. Es dauerte nicht lang und so ein gewaltiges Wesen schwamm an ihm vorbei. Es handelte sich um ein älteres Exemplar, das vermutlich im geeigneten Alter war, um zu laichen, und so verschonte er es. Dann zielte er mit seinem Speer auf einen Stör, der etwa die Größe eines Kindes hatte, und stieß zu. Er traf den Stör hinter dem Kopf und sofort begann der Fisch wie wild hin und her zu zappeln. Er stemmte sich mit seinem Gewicht nach unten und stieg in das eisige Wasser, um ihn

zu halten, während ein zweiter Mann ebenfalls zu ihm kam, um zu helfen. Der Kampf dauerte nur kurz, dann gelang es den beiden, den Stör an Land zu ziehen. Mit seiner Keule schlug Machwao ein paarmal zu, bis der Fisch sich nicht mehr rührte. Hoh! Die kurze Zeit im Wasser hatte ihm gereicht! Machwao murmelte ein Gebet und segnete den Stör mit einem Tabakopfer.

Jubelschreie erklangen, als auch die anderen Jäger ihre Beute ans Ufer zogen und dort den Frauen übergaben. Selbst größere Kinder waren anwesend und halfen, die Fische auszunehmen und zu zerteilen. Einige Störe wurden jedoch im Ganzen gelassen, denn sie sollten nicht getrocknet, sondern sofort verzehrt werden.

Die beiden Männer gingen schließlich zu ihren Bündeln und holten trockene Mokassins und Leggins heraus. Sie lachten, als sie die nassen Sachen auszogen und in die trockenen schlüpften. Dann hauchten sie in ihre Hände, um sie zu wärmen. Was für ein Fang! Auch andere Jäger kehrten mit ihrer Beute zurück und ausgelassen standen die Menschen um die Störe herum. Kinder lutschen an ihren Fingern, als sie an das gute Essen dachten, das es bald geben würde.

Die Frauen hatten inzwischen vom Ufer des Flusses Ton ausgehoben. Die Arbeit war mühsam gewesen, denn noch war es kalt und der Boden gab den Ton nur zögerlich her. Mit Grabstöcken und den Schulterblättern der Hirsche hatten die Frauen den Ton ausgegraben und in großen Basttaschen zum Dorf getragen. Dann nahmen sie den Fisch aus, umgaben ihn mit einer Hülle aus Ton und legten ihn auf die Seite, damit der Ton einige Zeit antrocknen konnte. In der Zwischenzeit entfachten die Frauen mehrere große Feuer und warteten, bis die Glut herunterbrannte und sich eine gleichmäßige Wärme ausbreitete. In diese Glut legten sie den vorbereiteten Fisch. Wenn der Ton die Farbe veränderte, war auch der Fisch darin fertig gegart. So entstand ein Festmahl für den ganzen Stamm, zu dem Wildreis mit Früchten und Nüssen gereicht wurde. Es war ein üppiges Festessen, zu dem auch die beiden Ho-Chunk eingeladen wurden.

***

Zwei Tage später brachen sie auf. Wakoh und zwei weitere Männer begleiteten sie mit ihren Schneeschuhen. Auch die beiden Ho-Chunk trugen warme Kleidung und hatten ebenfalls Schneeschuhe an den Füßen, alles Geschenke von neugewonnenen Freunden. Zusätzlich trug jeder auf dem Rücken ein Bündel mit Lebensmitteln und Decken für die Nacht. Außerdem hatten sie Zunder und Feuersteine dabei, um sich in der Nacht mit einem Feuer gegen die Kälte zu schützen.

Machwao sah ihnen mit gemischten Gefühlen nach. Er hatte den Tod seiner Großmutter nicht vergessen und doch hoffte er, dass es zu keinen weiteren Angriffen mehr kam. Sie lebten hier schon seit Urzeiten, länger als jedes andere Volk, und das Land hatte sie stets gut ernährt. Die alten Großmutterbäume erzählten die alten Geschichten ihres Volkes und die Steine waren ihre stillen Zeugen. Dieses Land war heilig. Ihre Ahnen lagen hier begraben und die neuen Generationen würden ihr Andenken bewahren, bis es vielleicht eines Tages keine Menominee mehr gab. In der Nähe des Wolfsflusses gab es einen uralten Stein, an dem sie sich oft versammelten, um Gaben niederzulegen. Die Legende erzählte von drei Jägern, die von den Ältesten auf eine lange Reise geschickt wurden. Sie wollten zum Wolfsfluss gehen und dort Tabak opfern. Jedem sollte dafür ein Wunsch gewährt werden. Die drei Männer machten sich auf den Weg. Sie überstanden viele Gefahren und erreichten schließlich den Wolfsfluss. Sie opferten wie geheißen den Tabak und der erste Krieger dachte über seinen Wunsch nach. Schließlich bat er Mäc-awätok um die Fähigkeit, ein guter Jäger zu sein, denn er hatte eine große Familie zu versorgen. Der mächtige Geist war gerührt von dieser Bitte und gewährte sie ihm. Der zweite überlegte ebenfalls eine Weile, dann äußerte er ebenfalls seinen Wunsch. Er hoffte auf eine gute Frau, denn obwohl er reich an Dingen war, hatte er niemanden, mit dem er sie teilen konnte. Mäc-awätok erfüllte auch diese Bitte. Der dritte Mann trat voran und starrte auf den Boden. Als er die Augen hob, sagte er: „Oh, Mäc-awätok, könntest du mir ewiges Leben geben?" Der Mächtige Geist war erbost über diesen eigennützigen Wunsch. Der Tod gehörte ebenso zum Kreislauf des Le-

bens wie die Geburt oder die Jahreszeiten. Ihn in Frage zu stellen, bedeutete, die Schöpfung an sich in Frage zu stellen. Jeder hatte seinen Platz im Universum und musste nach seiner Bestimmung leben und sterben. Aber er erfüllte den Wunsch dieses Mannes, indem er ihn in einen Felsen verwandelte. Auf diese Weise konnte er für immer leben! Den anderen aber sagte er, dass sie dies als Warnung den anderen erzählen sollten. Wenn der Felsen je zerfallen würde, dann würden auch die Menominee aufhören zu existieren. Seither kamen die Menschen hierher und gedachten der Worte von Mäc-awätok. Sie brachten Geschenke und Tabakopfer und erinnerten sich daran, dass es gut war, seine Wünsche nicht zu hoch zu stecken.

Machwao dachte an die Ho-Chunk und daran, dass dieses Volk hierher gekommen war. Vielleicht würden auch noch andere Stämme in ihr Gebiet einfallen. Er erinnerte sich an den seltsamen Traum und kniff ängstlich die Augen zusammen. Welche Monster würden sie verschlingen wollen? Er hatte nicht den Eindruck, dass mit dem Traum die Ho-Chunk gemeint waren. Er wollte mit Awässeh-neskas darüber reden, denn sein Freund hatte den gleichen Traum gehabt. Er kehrte in seinen Wigwam zurück und stöhnte kurz auf, als er sah, dass die Hündin gerade geworfen hatte. Wie er es befürchtet hatte! Er zählte fünf kleine Welpen, die bereits an den Zitzen der Hündin saugten. Sie ließ ihn näherkommen, ohne zu knurren, und schien ihm zu vertrauen. „Na du? Bist du stolz auf deine Babys?", murmelte er leise. Kein Wunder, dass sie sich bei dieser Kälte keine Höhle gesucht hatte, sondern den warmen Wigwam bevorzugte. Er blickte auf das Gewimmel und grinste schließlich. Auch der Hund gehörte zum Leben. Kleiner-Fleck wedelte ganz leicht, als hätte sie den Stimmungswechsel ihres Herrn bemerkt, dann leckte sie weiter ihre Welpen sauber.
Kämenaw Nuki setzte sich ebenfalls hinzu und streichelte die winzigen Lebewesen. „Sind sie nicht süß?", fragte sie begeistert.
Machwao verdrehte die Augen und unterdrückte ein Stöhnen. Süß! Nur einem Mädchen konnte so etwas einfallen. In wenigen Tagen würden sie hier herumkrabbeln und alles annagen! Dann

wären sie nicht mehr süß! „Sehr niedlich!", murrte er verhalten.
„Bis sie hier Unsinn anstellen!"
„Ach, dann wird es auch wärmer und sie können draußen spielen!", erklärte die Schwester gut gelaunt.
„Ich werde wohl mehr jagen müssen, um sie satt zu bekommen!"
Deutlich war die Kritik zu hören.
Kämenaw Nuki ignorierte seinen Missmut. „Ach wo, sie können bald selbst Mäuse jagen. Und Kleiner-Fleck sorgt ja auch für sich selbst!"
Hah, da hatte er eine andere Meinung. Kleiner-Fleck war ganz groß darin, überall Knochen und Leckereien zu erbetteln. Die musste gar nicht jagen! Jetzt wären da noch fünf weitere Bettelmäuler, die ihn mit großen Augen anhimmeln würden und ihn für den besten aller Menschen hielten, wenn er ihnen etwas zusteckte. Wahrscheinlich würden sie ihn auf Schritt und Tritt begleiten, bis er eines Tages über eines dieser Fellknäuel stürzte. Aber er sagte nichts über seine Befürchtungen, denn er sah, wie glücklich seine Schwester war. Nach dem Tod der Großmutter lenkten die Welpen sie ab und brachten sie auf andere Gedanken. Die Menominee dachten in Generationen und es war gut, wenn die junge Generation nach vorne sah.

***

Machwao verließ seine Schwester und ging zur Hütte von Awässeh-neskas. Sein Freund war allein und so setzte er sich zu ihm ans Feuer. Prüfend musterte er ihn und erkannte, wie sehr dieser immer noch unter dem Tod seiner Frau litt. Er sprach nicht mehr darüber, denn das würde die Weisheit von Mäc-awätok in Frage stellen. Machwao schwieg respektvoll und wartete in Ruhe ab, bis Awässeh-neskas das Wort an ihn richten würde. Es dauerte eine ziemlich Weile, doch dann machte der Freund eine fahrige Bewegung mit der Hand, als müsste er sich mit Gewalt aus seinen Träumen reißen. „Ich dachte an meinen Traum", erzählte er mit leiser Stimme.
Machwao lächelte und entspannte sich etwas. Sein Freund hatte also gespürt, was ihm auf dem Herzen lag. „Ich auch!", ermutigte

er ihn fortzufahren. „Deswegen bin ich hier. Auch ich habe diese Träume."

„Ich sah diese Monster, die alles zu verschlingen schienen. Ich hatte solche Angst, dass ich davon aufgewacht bin", erzählte Awässeh-neskas ehrlich.

„Ich habe sie auch gesehen!", bestätigte Machwao. „Und der Wolf hatte mir vor einiger Zeit auch schon mal einen solchen Traum geschickt."

„Ist es denn klug, unter diesen Vorzeichen eine weite Reise zu unternehmen?" Awässeh-neskas spielte auf die geplante Handelsreise im Frühling an.

Machwao dachte darüber nach. Dann legte er nachdenklich den Kopf zur Seite. „Vielleicht haben auch die anderen Stämme solche Nachrichten erhalten. Das wäre gut zu wissen!"

Awässeh-neskas nickte zustimmend. „Du hast recht. Mäc-awä-tok schickt seine Warnungen auf verschiedenen Wegen. Am großen Fluss, dort, wo viele Menschen zum Handeln hinkommen, erfahren wir vielleicht mehr. Aber wir müssen uns gegen böse Geister schützen! Wir sollten vorher Wabeno, den Zaubermann, aufsuchen, damit er uns hilft."

Machwao seufzte erleichtert. Das war eine gute Idee. Wabeno würde ihnen bestimmt Zaubermittel gegen die bösen Geister mitgeben, damit sie geschützt waren. Außerdem kamen sie auf ihrer weiten Reise durch viele Gebiete mit Völkern, die sie nicht kannten. Da war spiritueller Schutz eine Notwendigkeit.

Der Zaubermann hatte eine eigene kleine Hütte, in der er die Hilfesuchenden empfing. Manchmal suchte er nur Heilkräuter für die Kranken heraus, ähnlich wie die Metewin, aber meist suchte er den Kontakt zu den Geistern, um den Menschen zu helfen. Er kannte auch Liebeszauber und andere Dinge, die geeignet waren, das Seelenleben der Suchenden zu schützen oder zu verbessern. Er nahm dankbar die Geschenke an, die Machwao und Awässeh-neskas brachten und hörte dann aufmerksam zu, als die beiden von ihren Träumen sprachen. Beeindruckt schwieg er eine lange Zeit, dann kramte er in seinen Bündeln und reichte jedem eine weiße Muschelschale. „Diese hier haben sehr viel Macht und sie

werden euch auf der Reise gut beschützen. Aber ihr müsst euch reinigen und fasten, ehe ihr aufbrecht, sonst verlieren sie ihre Wirkung. Und jeden Morgen müsst ihr dem Großen Geist im Süden ein Opfer darbringen. Ihr dürft dies auf eurer Reise keinen Tag vergessen!"

Die beiden verstauten den Talisman sorgfältig in ihren Medizinbündeln und verabschiedeten sich von Wabeno. Es war noch zu früh, um aufzubrechen, außerdem kam erst noch die Zeit des Zuckermachens. Der Schnee schmolz und so warteten weitere Aufgaben auf sie. Sie hatten sich mit anderen Jägern verabredet, um in der Nacht wieder Jagd auf Störe zu machen. Die Zeit des Paarens war vorbei und die Störe waren nicht mehr so leicht zu erwischen. Am besten ging es bei Nacht, wenn man sie mit Feuer von einem Kanu aus an die Oberfläche lockte.

Wakoh hatte einen Korb aus starken und bereits grünen Eschenzweigen gebastelt, der nicht so leicht Feuer fangen würde. Dieser Korb wurde an einer langen Stange befestigt und dann über das Wasser gehalten, während ein anderer Mann darauf wartete, dass ein Stör sich dem Licht näherte. Die Männer nutzten hierzu eine Erweiterung des Flusses, weil er hier schön ruhig floss und sich das Kanu dadurch kaum bewegte. Die Männer beteten mit ihren heiligen Bündeln, ehe sie sich bei Dunkelheit auf den Weg machten. Sie erreichten die Stelle gegen Mitternacht und entzündeten die Feuerbälle über den Kanus. Abwartend knieten die Jäger in den Kanus und schauten auf die schemenhaften Bewegungen unter Wasser, während ein weiterer Mann mit dem Paddel das Kanu in der Strömung hielt. Mit ihren Speeren erlegten die Männer mehrere Störe, ehe das Feuer den Korb in Brand setzte und die Männer ihn ins Wasser fallen ließen. Sie lachten ausgelassen, als sie wenig später mit dem Fang zurück ins Dorf kamen. Es war gar nicht so leicht gewesen, die schweren Fische ins Boot zu hieven, aber mit gemeinsamer Kraftanstrengung war es ihnen gelungen. Ein Mann hatte sich dabei als Gegengewicht weit auf die andere Seite lehnen müssen. Es kam gar nicht so selten vor, dass dabei ein Kanu umkippte und die Beute verloren war. Diese Nacht war jedoch erfolgreich gewesen und so konnten sich die Menschen an dem Fisch sattessen.

Die Barrikade
(Lager der Spanier)

Es war der Tag vor Neumond im April, als der Gouverneur den Befehl zum Aufbruch gab. Eine Woche zuvor wäre Ostern gewesen, aber da die meisten Dinge verbrannt waren, wurde keine Messe gelesen. Juan de Anasco hatte das Gefühl, dass sie sich alle langsam in Barbaren verwandelten. Irgendwann würde er sich wie diese Indios tätowieren lassen und nur noch mit einem Schurz durch die Gegend laufen. Dann wäre er der passende Ehemann für dieses Weib. Er nahm an, dass sie längst schwanger war, und wahrscheinlich sogar von ihm, ohne dass es ihn besonders berührte. Er hatte schon mehr Sklaven gehabt und seinen Samen in sie gepflanzt. Sklaven bekamen Sklavenkinder. So war das halt. Aber es war kein Grund, sie schlecht zu behandeln. In Spanien hatte er auch einen Sohn mit einer Magd, den er erziehen ließ, ohne ihn als legitim anzuerkennen. Ein Indiokind war kein Sohn oder Tochter, sondern Ware.

Juan de Anasco führte seine Lanzenreiter nach Norden über eine flache mit Gras bewachsene Ebene. Der Frühling kam hier erst spät. Das helle Grün der ersten Blätter war ein schöner Kontrast zu den immergrünen dunklen Kiefern. Am Himmel zogen Zugvögel nach Norden, wahrscheinlich die letzten in diesem Frühjahr, denn Juan hatte die Schwärme schon seit einiger Zeit beobachtet. Manchmal stöberten die Männer Hasen auf, die das frische Gras und erste Kräuter knabberten. Ansonsten sahen sie nicht viel Wild.

Die Lanzenreiter eroberten am Nordende der Ebene ein kleines Dorf im Sturmangriff. Die gefangenen Frauen und Kinder wurden dem Maestro del Campo überstellt, während die Männer zum Teil unter der Folter Informationen über den weiteren Weg preisgaben. Die Spanier waren den Chickasa nicht besonders wohlwollend gegenüber eingestellt und sahen keinen Grund, freundlich mit diesen Menschen umzuspringen. Sie hatten viel Zeit verloren! Juan konfiszierte die gefundenen Vorräte, denn die

Gefangenen hatten erzählt, dass vor ihnen mehrere Tagesreisen lägen, in denen es keine Dörfer und Vorräte gäbe. Juan hatte kein Mitleid mit dem Mann, dem ein Auge ausgerissen worden war, ehe er endlich die Dinge erzählte, die der Capitán wissen wollte. Er ließ ihn als Warnung für alle anderen bei lebendigem Leib verbrennen, während die anderen Gefangenen gezwungen wurden, dabei zuzusehen. Der Tross brauchte Träger und er wollte den Wilden ihre Macht demonstrieren. Abschreckung war schon immer ein geeignetes Mittel gewesen.

Am Abend erreichte der Großteil des Trosses das Dorf und schlug das Lager auf. Der Maestro del Campo übersah die Vorräte und schüttelte missbilligend den Kopf. Sie würden kaum reichen, um die Expedition mehrere Tage zu versorgen. Also gab der Gouverneur die Anweisung, dass die Lanzenreiter samt Fußsoldaten ausrückten, um in der Umgebung weitere Dörfer zu plündern. Juan de Anasco verzog sich in sein Zelt, das inzwischen aus Häuten zusammengenäht war. Er fluchte laut, weil dieses Dorf nicht einmal so groß war, dass er in einer der Hütten unterkam. Er gab Nana einen Fußtritt, damit er aus dem Zelt verschwand, während er seinen Ärger an der Frau abreagieren konnte. Gehorsam verschwand der Junge und allein dies kühlte Juans Wut beträchtlich ab. Er legte sich zu Maria und drückte sie mit seinem schweren Körper unter sich. Die nächsten Tage wäre er unterwegs und da wollte er sich auf seine Weise verabschieden. Er hörte das Rasseln der Ketten und grinste. Irgendwie hatte er vergessen, dass er sie von diesen Folterinstrumenten befreien wollte.

Am nächsten Tag führte er seine fünfzehn Lanzenreiter und vierzig Armbrustschützen weiter durch das unbekannte Terrain. Der Weg führte an einem Fluss entlang, der sich nach Norden schlängelte und an steilen Hügeln vorbeiführte. Kurze Zeit später erreichten sie eine Barrikade, die dort von Indios errichtet worden war. Die Wilden standen dahinter, schlugen ihre Trommeln und schrien ihnen ihre Kampfbereitschaft entgegen. Juan ließ anhalten und staunte über diese Barrikade. So etwas hatte er noch nie gesehen. Indios, die an einer strategisch günstigen Position

eine Barrikade errichteten, um sie aufzuhalten! Er sah auch keine Frauen und Kinder, sondern die Krieger waren hier zusammengeeilt, um die Spanier aufzuhalten. Er zog sich etwas zurück und stellte die Männer mit Schilden vor die Reiter, um gegen Pfeile geschützt zu sein, dann schickte er drei Reiter zum Gouverneur zurück, um Verstärkung zu holen. Die Gegend war wild und hügelig, sodass ihnen nur der Weg am Fluss übrig blieb. Pfeile flogen ihm entgegen und einige Krieger waren über die Barrikade geklettert, um ihren Mut zu beweisen.

Juan schätzte die feindlichen Kräfte auf dreihundert Mann. Er wandte sich an seinen Adjutanten und runzelte erbost die Stirn. „Seht Euch diese Indios an! Offensichtlich hat sich unsere Kampfkraft noch nicht zu denen herumgesprochen! Bleibt außerhalb der Reichweite ihrer Pfeile und sagt den Armbrustschützen, dass sie hinter ihren Schilden in Deckung gehen sollen. Sie sollen diese Wilden mit ihren Armbrüsten auf Distanz halten, bis Verstärkung eintrifft!

„Si, Señor!" Der Adjutant salutierte vorschriftsmäßig, um die Befehle auszuführen.

Der Gouverneur kam nach kurzer Zeit mit fast allen Soldaten und Reitern und überblickte die Situation. Er spuckte vor Wut, denn er erkannte, dass sein Ruf als unsterblicher Sohn der Sonne Schaden genommen hatte. Diese Indios hier glaubten tatsächlich, es mit ihm aufnehmen zu können. „Wir bilden vier Kompanien und greifen die Barrikade an! Ich will erst die Armbrustschützen vorne, die diese Wilden in Deckung zwingen, und dann sollen die Lanzenreiter den Rest übernehmen! Keine Gefangenen! Diese Wilden sollen sehen, was ihnen blüht, wenn sie sich mir in den Weg stellen!"

Juan de Anasco grinste diabolisch. So ein Kampf war nach seinem Geschmack! Endlich bekamen seine Lanzenreiter und seine Armbrustschützen Arbeit! „Vorrücken!", befahl er laut, gleichzeitig freute er sich über das schnellere Herzklopfen. Er liebte Kampf und Abenteuer, auch wenn es um sein Leben ging. Es war wie ein Tanz mit dem Teufel, dem er schon oft von der Schippe gesprungen war. Er zog den Helm tiefer, umschloss mit der Faust die Lanze und wartete auf den Pfeilhagel der Armbrustschützen,

die den Weg für ihn ebnen würden. Dann gab er das Signal zum Sturm. Die Trommeln dröhnten und die Pfeifer ließen ihre Instrumente erklingen, sodass ein Höllenlärm entstand. Juan stellte dabei fest, dass die Soldaten zumindest ihre Trommeln und Pfeifen in Schuss hielten. Er war froh, dass sie nicht verbrannt waren, denn die Indios ließen sich damit immer noch gut erschrecken.

***

Die Krieger kämpften mit dem Mut der Verzweiflung, doch als sie sahen, dass sie die Barrikade nicht halten konnten, ergriffen sie die Flucht. Viele ihrer Pfeile waren ohne Schaden anzurichten an den Rüstungen abgeprallt. Als sie sahen, wie Pferde und Reiter gegen die Barrikade ritten, entschlossen sie sich zum Rückzug. Sie rannten auf eine leichte Brücke aus Holzstämmen zu, die nördlich der Barrikade über den Fluss führte. Viele wurden auf der wilden Flucht einfach von den Lanzenreitern aufgespießt und niedergeritten. Andere versuchten im Wasser zu entkommen, doch die Pferde folgten ihnen, sodass es auch dort kein Entrinnen gab.

Andere erreichten die wackelige Brücke und entkamen zur anderen Seite. Dort erklommen sie einen steilen Hügel und verschwanden in der aufkommenden Dämmerung. Andere flohen über die Ebene und DeSoto, der erbost über die Frechheit der Indios war, ihn anzugreifen, ließ sie von den Lanzenreitern verfolgen. Er musste ein Stück zurück, um den Fluss bei einer Furt zu überqueren. Er verlor dabei Zeit, sodass die Krieger außer Sicht waren, als er die Ebene erreichte. Außerdem wurde es dunkel und der Neumond machte eine Verfolgung unmöglich.

Juan war erschöpft, als er schließlich seine Männer sammelte und die Verwundeten zählte. Der Angriff hatte sie erneut geschwächt und so blieben sie an Ort und Stelle, um die Verwundeten zu versorgen und Vorräte zu ergänzen. Es war noch früh im Jahr und so war außer einem bisschen Wild und Fisch nichts zu finden. Zumindest wurde es schnell wärmer, sodass es nicht mehr zu kalt war, in einem Zelt zu übernachten.

Der Maestro del Campo ließ die Vorräte streng einteilen und versorgte das Lager über die gemeinschaftliche Küche. An mehreren Feuern wurde Suppe gekocht und verteilt. Es reichte kaum für alle und so bekamen die Gefangenen nichts. Einzig Maria und Nana hatten das Glück, dass der Capitán ihnen wortlos einen Napf mit Suppe reichte. Man hatte sich an ihren Anblick gewöhnt. Außerdem machten sie inzwischen einen halbwegs zivilisierten Eindruck. „Gracias!", bedankte sich Nana höflich. Sein Gesicht zeigte nicht den Hass und die Verachtung, die er empfand. Er setzte sich zu seiner Schwester und lehrte sie die neuen Worte, die er aufgeschnappt hatte.

Die Spanier blieben drei Tage, weil es einige Schwerverletzte gab, die versorgt werden mussten. Sie bauten Tragen, auf denen die Verwundeten transportiert werden konnten. Die Versorgungslage spitzte sich zu, weil die Vorräte bei so vielen Menschen schnell aufgebraucht wurden. Der Gouverneur drängte also zur Eile, denn er wusste, dass sie durch unbewohntes Gebiet mussten. Nördlich der Barrikade überquerten sie schließlich den Fluss und wanderten im schnellen Tempo nach Norden. Die Landschaft wurde zerklüfteter, mit Hügeln und dichten Wäldern, abgelöst von Sümpfen und Flüssen, die durchquert werden mussten. Für die Pferde war das zu schaffen, aber der Tross quälte sich tagelang über steinige Wege und sumpfige Pfade, in denen die Füße versackten.

Die Tage wechselten sich ab mit langen Märschen und kurzen Ruhepausen. Nachts wurde immer nur ein provisorisches Lager aufgeschlagen, sodass die Menschen den Launen des Frühlingswetters ausgesetzt waren. DeSoto peitschte den Zug vorwärts, denn nach dem langen Winter wollte er endlich Erfolge sehen. Wo war das Gold in diesem Land? Die Situation wurde immer unbefriedigender. Es war bereits spätes Frühjahr, doch bei einigen Flüssen waren die Frühlingsfluten noch nicht zurückgegangen, sodass das Überqueren schwierig blieb. Am schlimmsten war für alle der Hunger, denn das Wild war spärlich und es blieb auch keine Zeit zur Jagd. Die wenigen Vorräte wurden streng eingeteilt, sodass für jeden höchstens eine Mahlzeit am Tag ausge-

geben wurde. Einige der gefangenen Frauen, die die Ausrüstung trugen, brachen schließlich vor Erschöpfung zusammen. Sie wurden mit Peitschen unbarmherzig hochgetrieben, doch half das wenig. Die Soldaten ließen sie zum Sterben zurück und machten sich nicht die Mühe, ihnen die Kehle durchzuschneiden.

Nach weiteren sieben Tagen erreichten sie einen Strom, der so tief war, dass sie ihn nur schwimmend überqueren konnten. Sie bauten Flöße, auf denen sie die Ausrüstung und die Waffen transportierten, auch ließen sie die christlichen Frauen auf ihnen sitzen. Der Rest aber musste in das kalte Wasser und hinüber waten und schwimmen. Die Kundschafter hatten berichtet, dass die meisten größeren Flüsse in nördlicher Richtung flossen und das bestätigte den Gouverneur in der Annahme, irgendwann das nördliche Ufer von Floridas Insel zu erreichen. Er trieb seine Armee gnadenlos an und kümmerte sich nicht um den Tross, denn er wusste, dass von hier niemand mehr umkehren würde. Entweder sie holten auf, oder ihre Gebeine würden in diesem Land bleichen.

Alibamo

(Auf dem Weg nach Norden)

Maisblüte hatte in den letzten Tagen gelitten. Die Haut an ihren Knöcheln hatte sich wieder entzündet, sodass sie kaum noch laufen konnte, und der Hunger quälte sie. Ihr war übel und schlecht und manchmal glaubte sie, seltsame Stimmen zu hören. Sie schlurfte in der Kolonne, gebeugt unter dem Gepäck des Herrn, und nahm kaum Notiz von den Dingen um sie herum. Manchmal sah sie auf die Gestalten, die am Wegrand einfach liegenblieben und dann überlegte sie, ob sie sich einfach dazulegen sollte. Aber sie hatte noch zu viel Angst vor dem Ungewissen. Sie kannte die Menschen hier nicht und sie wollte Nanih Waiya nicht weiteren Gefahren aussetzen. Der Capitán gab ihnen wenigstens zu essen. Wenn er sie nur endlich von diesen Fesseln befreien würde! Wie sollte sie ihm dienen, wenn sie kaum mehr laufen konnte?

Sie setzte sich auf ein Floß, als sie an den großen Fluss kamen, weil sie mit den Ketten nicht schwimmen konnte. Auch Nanih Waiya setzte sich dazu, sodass sie halbwegs trocken zur anderen Seite kommen würden. Der Fluss war breit und so dauerte es eine kleine Weile, in der Maisblüte ihren Bruder besorgt musterte. Nanih Waiya war zwar hungrig, aber ansonsten schien ihm die Reise nichts auszumachen. Er war die letzten Tage tapfer mitgelaufen und hatte ebenfalls ein kleines Bündel getragen. Maisblüte wunderte sich über seine Ausdauer und Kraft. „Bist du nicht müde?", flüsterte sie.

Der Bruder schaute sie erstaunt an. „Nein. Alles ist gut. Ich bin nur immer so hungrig!" Er schaute auf die Soldaten, die neben dem Floß herschwammen und es steuerten. „Wann fliehen wir? Jetzt wäre es doch gut! Wir müssten einfach nur am Wegrand liegenbleiben wie die anderen, die nicht mehr können. Keiner kümmert sich um die."

Maisblüte schüttelte den Kopf. „Aber wir sind die Sklaven von dem Capitán. Bei uns würden sie es schon merken, oder der Capitán schickt seine Reiter aus, um uns zu suchen."

„Ach!" Der Junge fauchte verächtlich. „Bis die uns suchen, sind wir weg. Wir verstecken uns und niemand wird uns finden."

„Und die Hunde? Die Soldaten finden uns vielleicht nicht, aber die Hunde schon. Mit den Fesseln kann ich nicht schnell gehen. Sieh nur, wie meine Füße sich entzündet haben!"

Nanih Waiya runzelte die Stirn und sah seine Schwester erschrocken an. „Er hat versprochen, sie dir abzunehmen. Warum macht er das? Es ist nicht gut, sein Wort zu brechen."

Maisblüte kniff die Lippen zusammen. „Es macht ihm Freude!", erklärte sie einfach. „Es macht ihm einfach Freude, mich zu quälen."

„Dann müssen wir weg! Sofort! Noch sind nicht viele Soldaten am anderen Ufer, das wäre die beste Gelegenheit."

„Die Reiter sind bereits drüben. Juan wird uns finden und dann wird er uns bestrafen. Du weißt nicht, was er tut, wenn er wütend ist. Wir müssen eine bessere Gelegenheit abwarten, eine, bei der sie uns ganz sicher nicht finden!"

„Ich habe Angst hier!"

Maisblüte hörte die Ernsthaftigkeit in der Stimme des Kindes. Ja, ihr Bruder hatte Angst vor dem, was diese Männer ihm vielleicht noch antun könnten. „Wir werden fliehen. Gib mir noch ein bisschen Zeit. Wir brauchen Vorräte und wir müssen warten, bis die Aufmerksamkeit von ihnen abgelenkt ist."

„Ein weiterer Angriff!", stellte Nanih Waiya fest. „Dann können wir Vorräte entwenden und einfach verschwinden. Das letzte Mal hätten sie uns sicher nicht gefunden."

„Wenn wir nicht getötet werden. Wir kennen diese Menschen hier nicht."

„Schlimmer können sie auch nicht sein. Warum sollten sie ein Mädchen und einen Jungen töten? Wir sind so weit von unserem Volk fort, dass wir keine Feinde sind."

Maisblüte nickte. In seinen Worten steckte viel Weisheit. Hier hatten sie keine Feinde, vor denen sie sich fürchten mussten, hier waren nur die Spanier ihre Feinde. Sie schwieg, als ein Bündel etwas zur Seite rutschte und nass zu werden drohte. Es schwappte immer wieder Wasser auf das Floß, sodass sie darauf achtete, dass zumindest das Zelt und die Kleidung trocken blieben. Dann

stieß das Floß ans Ufer und Nanih Waiya sprang an Land. Maisblüte folgte vorsichtig mit ihren Ketten an den Füßen und hob die Bündel hinunter. Die Soldaten lachten, als sie auszurutschen drohte. Einer packte sie am Arm und zog sie die kurze Böschung hoch. Maisblüte entzog ihm den Arm und der Soldat wertete dies als Widerstand. „Du willst wohl Ärger?", fragte der Mann drohend.

„No, Señor!", antworte Maisblüte höflich. „Es geht schon, vielen Dank!"

Der Soldat stutzte verblüfft und erkannte dann die Dienerin des Capitán. Er wollte sich keinen Ärger einhandeln und so ließ er sie gehen. „Wollte nur helfen!", murmelte er undeutlich. „Das Lager ist anderthalb Leguas von hier entfernt. Meldet euch dort!"

„Si, Señor!", antwortete Maisblüte demütig. Dann schulterte sie die Bündel und bewegte sich in die angegebene Richtung. Sie hörte, dass die Soldaten sich über sie unterhielten, aber beachtete sie nicht. Vielleicht zeigte Juan jetzt endlich Erbarmen und befreite sie von den Ketten. Inzwischen lagen so viele Flüsse zwischen hier und ihrem Dorf, dass eine Rückkehr völlig undenkbar war.

Juan kehrte an diesem Abend nicht zurück, sodass sie mit dem Bruder unbehelligt im Zelt schlief. Es gab aber auch kein Essen und das Knurren in ihren Bäuchen weckte sie am frühen Morgen. Es war der Monat der grünen Blätter und noch gab es keine Früchte oder Beeren, die man sammeln konnte. Sie fand ein paar alte Nüsse unter einem Baum und nahm einen Stein, um die Schale zu knacken. Auch Nanih Waiya aß gierig die Nüsse. Sie linderten wenigstens den schlimmsten Hunger, während die anderen nicht einmal das hatten.

An diesem Tag gingen sie nicht weit. Sie erreichten das Lager, das gerade inmitten eines grünen Tales aufgeschlagen wurde. Maisblüte stopfte Leder zwischen die Ketten und ihre Knöchel, die blutige Wunden waren. Fliegen setzten sich darauf und so wickelte sie weiteres Leder um ihre Knöchel, um die Plagegeister fernzuhalten. Mücken schwirrten in der warmen Luft und suchten sich ihre Opfer. Maisblüte baute lustlos das Zelt auf und legte sich auf die Matte. Ihr war schwindelig vor Hunger und sie wuss-

te, dass es heute kein Essen geben würde. Juan war müde, als er sich zu ihr legte, und ließ sie in Ruhe. Auch er hatte Hunger. Er schickte Nanih Waiya los, um etwas Wasser zu holen und trank es durstig. Den Rest schüttete er auf die Wiese, ohne daran zu denken, dass vielleicht auch Maisblüte Durst hatte. Nanih Waiya lief erneut zum Teich, um auch seiner Schwester Wasser zu bringen. Maisblüte trank es gierig, den Rest schüttete sie vorsichtig auf die entzündeten Knöchel. Dann wickelte sie wieder das Leder um die Füße. Juan hatte einen kurzen Blick darauf geworfen und nichts gesagt. Es war nicht zu erkennen, ob er Mitleid empfand oder nicht.

***

Am nächsten Morgen brach Juan de Anasco mit seinen Truppen früh auf. Sie brauchten schnellstens Vorräte, sonst war die gesamte Expedition in Gefahr. Es überraschte ihn, wie schwierig die Versorgungslage auf dieser Insel, die sie Florida nannten, war. Immer wieder geriet alles ins Stocken, weil sie keine Dörfer fanden, die sie plündern konnten, oder feindliche Indios hielten sie auf. Sie waren so weit ins Landesinnere vorgestoßen, dass ein Nachschub über die Schiffe nicht mehr möglich war. Irgendwann musste doch das nördliche Ufer dieser Insel auftauchen!

Es war noch am Vormittag, als sie auf ein großes Dorf stießen. Die Menschen gingen ihren Beschäftigungen nach und Juan nutzte den Vorteil eines Überraschungsangriffs. Seine dreißig Lanzenreiter attackierten auf ihren Pferden das Dorf, während die Armbrustschützen und Hellebardenträger mit lautem Brüllen und unter Trommeln und Pfeifen das Dorf erstürmten. Sie stießen auf keinerlei Widerstand, sondern nur auf Frauen mit ihren Kindern und einigen alten Leuten, die sich klagend und schreiend zusammendrängten oder in ihren Häusern versteckten. Im ersten Rausch des Angriffs wurden einige Frauen vergewaltigt, denn der Sieg war zu leicht gewesen, weil keine Männer das Dorf verteidigten. Juan schickte sofort Kundschafter los, die ihm berichteten, dass die Männer außerhalb auf den Feldern arbeiteten

und zurückeilten, um ihren Frauen zu helfen. Juan ließ die Menschen in der Mitte des Dorfes zusammentreiben und bewachen, während er Meldereiter losschickte, die den Gouverneur mit Verstärkung herholen sollten.

Die Wilden brüllten wutentbrannt, als sie sahen, dass ihre Frauen und Kinder als Geiseln gehalten wurden, griffen aber nicht an. Als der Gouverneur kam, besprach er mit Juan und Baltasar die Situation. „Wir sind kaum in der Lage, einen Kampf zu führen. Wir haben immer noch Verwundete dabei und unsere Pferde und Soldaten sind geschwächt. Es wäre besser, den Kampf zu vermeiden."

Juan nickte zustimmend. „Wir könnten einen Unterhändler schicken, der sie von unseren friedlichen Absichten überzeugt. Andererseits haben wir kaum friedliche Absichten, weil wir die Vorräte brauchen."

„Sie werden glauben, dass ich der Sohn der Sonne bin und uns diese Vorräte schenken. Das haben sie bisher immer getan!" Der Gouverneur war sich immer noch ihrer Macht bewusst. Außerdem hatten diese Indios noch nie in ihrem Leben zuvor Pferde gesehen und so glaubte er, sie beeindrucken zu können. „Wir lassen die Frauen und Kinder frei und bieten ihnen Freundschaft an."

„Dann haben wir aber keine Geiseln mehr!", wagte Juan anzumerken.

Der Gouverneur warf ihm einen scharfen Blick zu. „Aber wir haben Pferde und Soldaten. Wir sind doch schon in ihrem Dorf! Was soll also geschehen? Sie werden dankbar sein, wenn wir ihre Frauen gehen lassen"

„Die Indios hier im Norden sind kriegerischer als die im Süden. Vielleicht sind sie nicht dankbar, sondern wütend."

„Sie werden kaum kriegerischer als in Mabila sein. Auch dort haben wir gewonnen." Der Gouverneur vertraute noch immer auf die Stärke seiner Truppen. Mit einer ungeduldigen Handbewegung wies er den Capitán an, die Gefangenen freizulassen. Mithilfe des Dolmetschers Juan Ortiz und eines Gefangenen, mit dem Ortiz sich verständigen konnte, gingen sie zu den Frauen und fragten nach der Frau des Häuptlings. Statt ihrer kam die Mutter des Häuptlings, die den Gouverneur hasserfüllt anfun-

kelte. Der Gouverneur fand Worte des Bedauerns und erzählte dann, dass er der Sohn der Sonne sei. „Ich möchte euer Wohlwollen und bitte dich, meine Worte des Friedens zu übermitteln. Wir brauchen einige Vorräte und werden dann weiterziehen ohne jemanden zu behelligen!", versprach der Gouverneur mit blumigen Worten.

Die alte Frau nickte hoheitsvoll und führte dann die Frauen und Kinder an den Spaniern vorbei in Richtung der Männer. Doch anstatt ihre Dankbarkeit zu zeigen, machten die Männer Anstalten, die Spanier anzugreifen. Sie stießen ihre Kriegsrufe aus und näherten sich drohend.

„Fertigmachen zum Angriff!", rief der Gouverneur mit schneidender Stimme. „Die Lanzenreiter sollen aufsitzen und Soldaten mit Schilden eine Abwehrlinie bilden!"

In Windeseile befolgten alle den Befehl. Sofort bildete sich eine geordnete Linie, bereit den Indios entgegenzutreten. Diese hatten Derartiges noch nie gesehen und so blieben sie eine Pfeilschusslänge entfernt stehen. Dann zogen sie sich mit den Frauen und Kindern über den Fluss zurück und ließen ihre Habe in den Händen der Eroberer.

Der Gouverneur erfuhr, dass dies das Volk der Chickasa war und benannte dieses Dorf nach dem Stamm, den sie hier das erste Mal angetroffen hatten. Die Einheimischen brachten Decken und Häute als Zeichen ihres guten Willens, und der Gouverneur erfuhr, dass eine ihrer Legenden von einer weißen Rasse erzählte, die sie vernichten würde. Dies erklärte, warum sie den Angriff abgebrochen hatten und froh waren, mit dem Leben davongekommen zu sein. Den Gouverneur erheiterte das natürlich. „Zum Glück glauben diese Indios an diese Legende, sonst hätten sie uns richtig schaden können. Wir brauchen die Vorräte und auch die Ruhepause. Ortiz soll diesen Indios ruhig weiter erzählen, dass ich der Sohn der Sonne bin und die leibhaftige Erscheinung aus dieser Legende! Die Vorräte in diesem Dorf reichen höchstens für ein oder zwei Tage. Wir müssen also weitere Dörfer finden und da wäre es hilfreich, wenn die Indios keinen Widerstand leisten!" Juan de Anasco lächelte. „Märchen können doch sehr wirksam sein, nicht wahr?"

„Sehr! Das hat uns schon in Mehiko und Südamerika geholfen. Lassen Sie den Tross nachrücken. Wir bleiben ein paar Tage hier, bis alle eingetroffen sind. Der Maestro del Campo soll seine Köche anweisen, heute Abend ein großzügiges Essen zu verteilen. Das wird die Disziplin wiederherstellen."

„Si, Señor!" Der Capitán salutierte vorschriftsmäßig und inspizierte dann zuerst das eingenommene Dorf, um sich eine Hütte auszusuchen. Er warf seine Ausrüstung einfach hinein und schickte wie befohlen einen Meldereiter los, um den Maestro zu verständigen, dass er folgen konnte.

***

Maisblüte schleppte sich zu dem Dorf, das die Spanier eingenommen hatten, und wurde von Nanih Waiya zu der Chukka gezogen, die Juan für sich ausgesucht hatte. Sie war vollständig eingerichtet und in der Frauenecke standen Schüsseln mit Nahrung, die nur noch zubereitet werden musste. Maisblüte entfachte das Feuer und ließ sich müde nieder. Ihre Füße waren geschwollen und es hatten sich eitrige Wunden gebildet. Warum nahm der Mann ihr die Fesseln nicht ab? Sie war doch nur noch ein Krüppel und würde ihm bald keine Hilfe mehr sein. Warum machte es ihm Freude, sie so leiden zu sehen? Ihr Bauch hatte sich trotz der Entbehrungen und des Hungers gerundet und sie wusste, dass sie neues Leben in sich trug. Auch Juan wusste es, aber es schien ihn nicht sonderlich zu freuen. Er benutzte sie wie immer, obwohl ihr Leib tabu wäre. Aber wie sollte sie diesen Geistern aus einer anderen Welt ihre Sitten und Bräuche erklären? Diese Menschen kannten kein Erbarmen und es kümmerte sie nicht, wenn sie andere Seelen verletzten.

Maisblüte bereitete einige Fladen zu und sah sich dann in der Chukka um. Sie sah nicht viel anders aus als bei ihrem Volk. Geflochtene Körbe, Töpfe aus Ton, gewebte Matten und viele Werkzeuge aus Horn, Stein, Kupfer und Geweih zeugten davon, dass hier eine fleißige Familie gewohnt hatte. Maisblüte fand sogar eine Puppe aus Maisblättern und lächelte still. Hoffentlich hatte

die Familie das Kind in Sicherheit bringen können! Sie drehte die Puppe zwischen ihren Fingern und dachte an ihr eigenes Kind. Es würde dem Wolfsclan angehören und ganz ihr Kind sein. Sie dachte nicht daran, dass es dieser Mann in ihren Leib gezwungen hatte. Er war kein Vater und würde es auch nie sein. Es wurde Zeit, die Flucht zu wagen, ehe ihr Leib so dick war, dass es sie behindern würde. Sie stopfte Maiskörner und Nüsse in ihre Bündel, damit sie genügend Vorräte hätte, und legte einige Felle dazu, um ihre Absichten zu verbergen. Wenn Juan die Vorräte sah, würde er wissen, was sie zu tun gedachte. Sie rieb an den Fesseln und stöhnte leise. Sie brauchte etwas, um die Entzündung zu behandeln! Nanih Waiya kuschelte sich an sie heran und sie legte sich auf die Seite, um zu ruhen.

***

Später kam Juan zurück und befahl dem Knaben in seiner herrischen Art, frisches Wasser vom Fluss zu holen. Dann setzte er sich ans Feuer und ließ sich von Maria die Stiefel ausziehen. Mit gerunzelter Stirn sah er ihre eitrigen Füße und brummte etwas Unverständliches. Dieses Mädchen wäre bald ein Krüppel und dann hätte sie keinen Wert mehr. Er glaubte nicht mehr, dass sie die Flucht wagen würde, denn sie waren schon viel zu weit von ihrem Dorf entfernt. Er aß einige Fladen und verließ die Chukka wieder, um den Schmied zu holen. Diese Ketten mussten ab! Der Gouverneur würde schnell vorwärts ziehen und er wollte nicht, dass seine Sklavin irgendwann am Wegesrand zusammenbrach. Wahrscheinlich wäre er so weit voraus, dass er es nicht bemerken würde, wenn sie verreckte. Er wusste, dass sie schwanger war, und erfreute sich an ihren weiblichen Rundungen. Die Brüste waren nun voller und nicht mehr so spitz wie bei einem jungen Mädchen. Er liebte es, an ihnen zu ziehen und zu saugen. Auch die Bauchwölbung erregte ihn, weil es ihn daran erinnerte, dass er seinen Samen in ihren Bauch gesteckt hatte. Er hatte keine Lust, auf diese Versüßung seines Lebens zu verzichten.
Kurze Zeit später kehrte er mit dem Schmied zurück, der in seinem Bündel einen Hammer und einen kleinen Amboss mit sich

trug. Er ließ Maria den Fuß auf den Amboss legen, nahm einen Meißel und setzte ihn an den Bolzen an, der die Kette zusammenhielt. Er brauchte zwei Schläge, dann war der erste Fuß frei. Maria schrie vor Schmerzen, biss dann aber die Zähne zusammen, als sie verstand, dass sie endlich befreit wurde. Tränen liefen ihr über die Wangen, einerseits vor Schmerz, andererseits vor Freude. Freiwillig legte sie den anderen Fuß auf den Amboss, damit auch dieser von den Ketten befreit wurde. Dann rieb sie vorsichtig über die entzündeten Knöchel. „Ich bringe dir etwas Salbe!", meinte Juan großzügig. Er sah sich als der wohlmeinende Befreier.

Nana hüpfte herbei und strahlte vor Begeisterung. „Maria ohne Ketten!", stellte er im besten Spanisch fest.
Juan nickte lächelnd. „Ja, Maria hat keine Ketten mehr. Ihr seid nun gute Sklaven!"
Nanas Gesicht verdüsterte sich etwas, dann verflog der Ausdruck und er grinste höflich. „Ich arbeite gut!", meinte er selbstbewusst.
„Stimmt!", bestätigte Juan großzügig. „Hast du dich schon um mein Pferd gekümmert?"
Nana nickte und machte eine lässige Handbewegung. „Dein Pferd steht bei den anderen und frisst!"
Juan pfiff bewundernd durch die Zähne und setzte sich gemütlich ans Feuer. „Du bist wirklich ein guter Diener. Vielleicht nehme ich dich nach Spanien mit!"
„Maria auch?", erkundigte sich Nana.
„Vielleicht!" Juan wich mit Absicht aus. Dieses Thema wollte er eher vermeiden. Wie sollte er seiner zukünftigen Braut diese Eingeborenenfrau mit dem Kind erklären? Das war mehr als peinlich. Andererseits musste es ja nicht von ihm sein! Diese Frau hatte es ja mit mehr Männern getrieben. Er fühlte sich nicht verantwortlich, sondern stand eher vor dem Problem, was er mit dem Säugling machen sollte. Aber darüber konnte er nachdenken, wenn es so weit war. Außerdem starben die meisten Kinder ohnehin. Auf der Überfahrt nach Spanien gab es genug Möglichkeiten, sich eines unerwünschten Kindes zu entledigen, wenn es

überhaupt so lange lebte. Oder er verkaufte beide als Sklaven. Die Indios waren nicht besonders widerstandsfähig, da wäre eine Sklavin, die so lange am Leben blieb, durchaus etwas wert. Und ihr Kind vielleicht auch. Es wäre vermutlich so braun wie sie und niemand käme auf die Idee, dass es von einem Spanier abstammte. Auch in Mexiko gab es diese Mischlingskinder, die ebenfalls nur wie Sklaven behandelt wurden. Die Spanier hatten sich auch dort die Frauen genommen, wie es ihnen beliebte, und keiner dieser Männer wäre auf die Idee gekommen, eines dieser Kinder als legitim anzuerkennen.

Der Gouverneur hatte beschlossen, hier einige Tage zu rasten, und schickte die Kundschafter los, um den Weg nach Norden zu erkunden. Juan führte seine Lanzenreiter nach Norden und plünderte dabei mehrere Dörfer. Die Gegend war dicht besiedelt und die Dörfer hatten viele Vorräte, die die Spanier auf ihrem Weg dringend brauchten. Die Landschaft wechselte sich ab zwischen fruchtbaren Flussauen, Feldern und Wiesen und dichten Wäldern. Oft stießen sie auf sumpfiges Gelände, das schwierig zu durchqueren war. In den Wäldern gab es viel Wild und jetzt im Frühjahr dufteten die wilden Blumen und Kräuter. Der Boden war feucht und verschluckte die Tritte der Pferde. Auf den Feldern arbeiteten Frauen und Männer, die schnell verschwanden, wenn sie die Reiter auf den unbekannten Pferden sahen.
Manchmal ließ Juan eine Attacke reiten, um seine Männer zu trainieren. Sie spießten die Wilden mit ihren Lanzen auf, die den Pferden nicht so schnell entkommen konnten. Die Lanzenreiter machten keinen Unterschied, ob sie einen Mann oder eine Frau vor sich hatten. Manchmal nahmen sie die Frauen auch gefangen, damit die Männer ihre Lust an ihnen austoben konnten. Anschließend wurden sie zum Tross gebracht. Der Maestro hatte immer Verwendung für neue Träger.
Einige Male gerieten auch Kinder in ihre Gewalt, aber nachdem sie nutzlos waren, wurden sie zur Abschreckung aufgehängt. Die Indios sollten wissen, dass jeder Widerstand zwecklos war. Juan hatte keine Lust auf einen weiteren Hinterhalt. Ihm war klar, wie es um die Expedition stand. Eigentlich hatten sie nur noch das,

was sie am Leibe trugen, und waren daher darauf angewiesen, sich Kleidung und Vorräte von den Wilden zu holen. Der Gouverneur ließ selbst die Nägel wiederverwenden, wenn sie eine Piragua oder ein Floß gebaut hatten, weil er sonst am nächsten Fluss keine mehr hätte. Ihre Expedition war inzwischen zu eine Truppe von Plünderern degeneriert. Bis auf ihr Pferde und Waffen hatten sie nichts mehr. Sie brachten keine Geschenke mehr, sondern nur noch Zerstörung und Tod. Ihre einzige Waffe war die Abschreckung. Und ihre einzige Motivation war die Gier nach Gold. Sie hatten dieses Land schon so lange durchquert und Juan wollte einfach nicht glauben, dass hier nichts zu finden war.

Sopomahtek – Ahornsaft

(Dorf der Menominee)

Machwao hatte bereits seine Bündel gepackt und wartete auf seine Mutter, damit sie das Zeichen zum Aufbruch gab. Es wurde Zeit, den Saft der Bäume zu ernten und dazu mussten sie etwas stromaufwärts ziehen. Dort wuchsen die Ahornbäume, die zu Beginn des Frühlings den süßen Saft spendeten. Es gab auch in der Umgebung des Dorfes diese Bäume, doch nach dem Winter war es gut, die Umgebung zu verlassen, damit sich die Natur erholen konnte. Es war Supomahkwan kesoq, der Monat des Zuckermachens. Der Boden war inzwischen getaut und Machwao lief meist barfuß herum, weil alles so feucht war, dass die Mokassins im Nu durchnässt waren. Erste Knospen zeigten sich an den Zweigen, doch sonst blieben die Bäume und Büsche noch kahl. Die Luft roch frisch nach neuem Leben und in den Zweigen hüpften bereits die Singvögel herum und bauten ihre Nester. Machwao sang zu Ehren der Rotkehlchen ein Lied. Er mahnte es, ja genug Würmer zu fressen, damit es schön rund wurde. Geröstete Rotkehlchen galten nach dem langen Winter als Delikatesse. Er fing sie mit einer Art Netz, wenn sie am Boden nach Würmern pickten, und reihte dann mehrere auf einem Spieß auf, um sie über dem Feuer zu rösten.

Die Mutter rollte die Matten zusammen, die sie zum Abdecken der leichten Sommerhütte brauchte, während Kämenaw Nuki die Welpen in einen Beutel steckte. Machwao runzelte die Stirn und schüttelte den Kopf. „Lass sie doch hier! Wir werden kaum Zeit haben, uns um sie zu kümmern."

Die Schwester schaute ihn mit großen Augen an. „Kleiner-Fleck kümmert sich doch um sie. Es ist doch nicht weit und ich möchte sie so gern bei uns haben!"

„Na, wenn du sie schleppen willst? Denke daran, dass du auch noch andere Dinge tragen musst!"

„Siehst du, ich hänge sie mir um den Hals. Sie sind gar nicht schwer!" Ihre großen Augen hefteten sich bittend an den Bruder. Machwao sagte nichts mehr, weil es auch nicht so wichtig war.

Er hatte seine Waffen dabei und trug mehrere Behälter aus Birkenrinde, während seine Mutter dem Hund ein Tragegestell anpasste, mit dem er die Matten und Tontöpfe hinter sich herziehen konnte. Sie selbst hatte Kleidung und Essen eingepackt und trug ebenfalls einige Behälter aus Birkenrinde. So ausgestattet machten sie sich auf den Weg stromaufwärts. Auch andere Familien schlossen sich ihnen an, um ebenfalls ins Ahorncamp zu ziehen. Es war früh am Morgen und sie würden das Camp am Abend erreichen. Es stand dort noch vom letzten Jahr und wenn sie Glück hatten, dann würde das Gestell der Hütten noch stehen. Sie gingen wieder barfuß, weil der Boden matschig und feucht war. Sie waren es gewöhnt und solange sie sich bewegten, würden sie warm bleiben. Seit der Fluss nicht mehr vereist war, hatten sie auch wieder täglich gebadet. Im Winter genügte ihnen oftmals nur eine kurze Wäsche, ohne dass sie tatsächlich ins Wasser stiegen.

Gegen Mittag legten sie eine kurze Pause ein und verspeisten die mitgenommenen Lebensmittel. Kämenaw Nuki bohrte ihre Füße in das warme Fell von Kleiner-Fleck, während sie die Welpen aus dem Beutel holte. Die Hündin leckte sie freudig ab und legte sich zur Seite, um sie zu säugen. Sie schien sehr viel Vertrauen zu haben, wenn sie dem Mädchen erlaubte, die Welpen einfach in einen Beutel zu stecken. Das Schmatzen der Hundekinder war deutlich zu hören und brachte auch Machwao zum Schmunzeln. Dann folgten sie wieder dem schmalen Pfad, der immer wieder von seltsam gebogenen Bäumen gekennzeichnet war, die ihnen mit ihrem Wuchs den Weg zeigten. Machwao runzelte die Stirn als er bemerkte, wie ein junger Krieger unauffällig die Nähe zu Kämenaw Nuki suchte. Wakoh würde dies ganz sicher nicht gefallen! Er warf seiner Mutter einen warnenden Blick zu, die den jungen Mann mit einem Stock vertrieb. „Hau ab! Meine Tochter ist noch ein Kind! Wie kannst du es wagen?"
Wie ein gescholtener Hund trollte sich der unerwünschte Begleiter, ein junger Mann namens Vielfraß. Er war wild und unbeherrscht, ein wahrer Draufgänger, der sonst ein hohes Ansehen als Jäger und Krieger genoss. Machwao wunderte sich ein biss-

chen, dass seine Schwester so gar keine Augen für ihn hatte. Oder hatte sie unter den strengen Augen der Mutter nur nicht gewagt, einen Blick zu riskieren? Vielfraß gehörte dem Kranichclan an und kam als potentieller Ehemann in Frage.

Am Abend erreichten die Menominee endlich das verlassene Sommerlager. Es lag an einem kleinen See, der nicht so tief war und sich daher schnell erwärmte. Hier standen viele Ahornbäume, aber auch andere Laubbäume und Büsche. Die Gegend war reich an Wild und am Ende des Sees lag ein großer Biberbau. Die Menominee nutzten das Camp im Frühjahr, um den Ahorn zu sammeln, und kehrten dann später im Sommer wieder hierher zurück, um Beeren und Zwiebeln zu sammeln. Am Ufer lagen versteckt einige ältere Einbäume aus ausgehöhlten Baumstämmen, die gerne genutzt wurden, um im See zu fischen. Sie waren schwerer als die Rindenkanus und wurden daher nicht hin und her transportiert. Auch andere Familien erreichten das Camp und Gelächter hallte durch das Tal, als die Menschen die einfachen Hütten besichtigten.

***

Prüfend glitten Machwaos Blicke über das quadratische Gestell aus Ästen, aus denen die Hütte gebaut war, und er legte die Ausrüstung erst einmal darunter ab. Er sah sofort, dass einige Verbindungen locker waren und befestigt werden mussten. Machwao kramte einige Schnüre aus Fichtenwurzeln hervor und machte sich an die Arbeit, während seine Mutter trockenes Holz sammelte. Sie hatten die Glut in einer Tonschale mitgeführt und entfachten so in kurzer Zeit ein Feuer für die Nacht. Es rauchte etwas, weil es in der Umgebung fast nichts Trockenes mehr gab. Kämenaw Nuki brachte weitere Äste und Zweige, die sie neben das Feuer legte, damit sie schneller trockneten. Machwao befestigte inzwischen die Matten auf dem Dach, damit sie vor Regen geschützt waren. Kleiner-Fleck hatte sofort einen Platz neben dem Feuer für sich erobert und lag dort mit ihren Welpen. Der Boden in der Hütte war feucht, da kein Dach das Innere vor der Feuchtigkeit bewahrt hatte. Machwao holte also Tannenzweige, die sie

als Unterlage auf den Boden legten, um vor der Feuchtigkeit geschützt zu sein. Selbst wenn im Inneren ein Feuer brannte, würde der Boden nicht so schnell trocknen. Er hörte auf die Stimmen aus den anderen Hütten und lächelte. Der Frühling ließ sich erahnen und das hatte die Menschen mit Tatendrang erfüllt.

In der Früh badeten sie in dem kleinen See, der bereits fast eisfrei war. Das Wasser war immer noch eisig kalt, aber im Sommer wäre er schön warm. Die Mutter schickte Kämenaw Nuki zum Holzsammeln, während sie sich in Begleitung von Machwao aufmachte, um den Saft der Bäume zu ernten. Sie belehrte ihre Tochter gewissen jungen Männern aus dem Weg zu gehen. „Ich habe die Blicke gesehen, die Vielfraß dir zuwirft! Vergiss nicht, dass du noch ein Kind bist!"

„Ach, Mutter!", wehrte Kämenaw Nuki sorglos ab und strich sich eine Haarsträhne aus dem Gesicht. „Ich sehe doch nur Wakoh! Und der ist noch nicht zurück."

„Ehhhh!", rief die Mutter ungläubig, ehe sie sich kopfschüttelnd umdrehte und ihrem Sohn folgte.

Auch andere machten sich auf den Weg und Machwao erkannte in einiger Entfernung seine Freunde Wapus und Awässehneskas. Sie erreichten den Hain der Ahornbäume und ritzten die Rinde bis in die grüne Schicht, schnitten eine Bahn, die an einem Punkt zusammenlief, und steckten ein Röhrchen aus Schilf hinein. Darunter wurde ein Gefäß aus Birkenrinde gebunden, der den Saft auffing. So verfuhren sie mit mehreren Bäumen. Auf diese Weise konnte man einen Baum auch mehrere Male abernten. Man schnitt die Bahnen dann einfach etwas höher oder tiefer. Sie suchten dabei die älteren Bäume, denn die jüngeren, schlankeren Bäume gaben noch keinen Saft. Auch das Unterholz war noch kahl und sie traten manchmal auf Ranken und Flechten.

Teilweise lag noch Schnee, sodass die Menschen gerne in die warmen Hütten zurückkehrten, in denen ein warmes Feuer auf sie wartete. Die Männer dagegen nutzten die Zeit, um in der Gegend zu jagen. Die Biber ließen sie in Ruhe, denn sie sorgten hier für

ein gutes Gleichgewicht des Wasserspiegels. Vielleicht hatten sie diesen See sogar entstehen lassen. Wenn die Biber das Camp als Gefahr ansahen, würden sie wegziehen. Doch die Menschen fanden die Gegenwart der Biber lustig und erfreuten sich an ihrem Geschnatter, das fast ein wenig menschlich klang. Im Sommer erfreuten sich die Kinder an den kleinen Biberjungen und sahen zu, wenn die Elterntiere ihnen das Schwimmen beibrachten. In Zeiten des Hungers konnte man sie essen, doch das tat man, ähnlich wie bei den Hunden, nur im Notfall.

Die nächsten Tage verbrachte Nepewin Nuki damit, den geernteten Saft mit Kochsteinen einzudicken. Dazu schüttete sie den Saft in einen Tontopf und legte dann erhitzte Steine hinein. Dadurch verdampfte die wässrige Flüssigkeit und zurück blieb der goldbraune Ahornsaft. Manchmal ließ sie auch einige Tropfen auf einen Stein fallen, die dann kristallisierten und gelutscht werden konnten. Kämenaw Nuki liebte das! Sie kühlte die Tropfen im sauberen Schnee ab und steckte sie sich genießerisch in den Mund. Alles Fleisch, was die Jäger brachten, wurde jetzt mit Ahornsaft gesüßt, bis es den Menschen zum Kinn hinunterlief.
Der fertige Ahornsirup wurde in Tontöpfen gelagert, die einen einfachen Deckel hatten. In den Gruben hielt der Saft fast ein Jahr, obwohl es auch Zeiten gab, in denen er zu Zucker kristallisierte. Aber mit einem warmen Wasserbad verflüssigte er sich auch wieder.
Machwao hatte sein Jagdbündel dabei und färbte regelmäßig sein Gesicht schwarz, wenn er mit den anderen Männern zur Jagd ging. Unauffällig näherte er sich dabei dem jungen Mann und verwickelte ihn in ein Gespräch. „Vielfraß? Du solltest wissen, dass Wakoh ein Auge auf meine Schwester geworfen hat", warnte er ihn.
„Hoh!" Der junge Mann grinste breit. „Aber Wakoh ist weit weg. Vielleicht gelingt es mir ja, dass deine Schwester mich sieht? Würde dir das gefallen?"
Machwao warf ihm einen tiefen Blick zu. „Kämenaw Nuki sieht Wakoh. Und Wakoh sieht nur meine Schwester. Du solltest nicht in Frage stellen, was bereits beschlossen ist."

„Huh!" Die Antwort schien Vielfraß nicht zu gefallen, denn er beschleunigte seinen Schritt und lief Machwao einfach davon. Machwao folgte ihm kopfschüttelnd und hoffte, dass seine Warnung den Mann erreicht hatten.

Die Jagd verlief ausgesprochen erfolgreich. Sie erlegten Hirsche, Waschbären, einen Elch und einen Waldbüffel, verschonten aber einen Bären, der gerade erst aus dem Winterschlaf erwacht war und kaum Fleisch auf den Rippen hatte. Bären erlegte man besser im Herbst, wenn sie sich den Winterspeck angefressen hatten und ihr Fell schön dicht war. Neben den Hütten standen die Gestelle mit Fleisch zum Trocknen und daneben wurden Häute gegerbt. Für die Frauen und Männer gab es so viel zu tun, dass auch die Männer bei allen Arbeiten halfen.

**

Zwischendurch schneite es ein paarmal und der Schnee war so schwer, dass die Frauen ihn von den Hütten klopfen mussten, damit das Dach nicht einstürzte. Der Schnee war nass und das zeigte, dass der Winter bald vorbei war. Die Männer zogen dann wieder ihre Mokassins an und wechselten sie, wenn sie durchweicht wurden. Die Frauen trockneten die feuchte Bekleidung über den Feuern, während die Männer ihre Füße zum Aufwärmen in Richtung der Wärme hielten. Abends wurde viel gelacht, wenn Familien sich trafen und lustige Geschichten erzählten. Besonders die bevorstehende Reise gab Anlass zu Spekulationen und so wurde Wapus immer wieder gefragt, wie es denn im Süden sei. Er war der Einzige, der bereits eine solch weite Reise unternommen hatte. Es war nichts Ungewöhnliches, andere Dörfer der Menominee aufzusuchen, vor allen Dingen, wenn man ein unverheirateter Mann war, aber viele hatten den Norden noch nie verlassen und konnten sich nicht vorstellen, wie es im Süden war.

Auch Machwao lauschte aufmerksam und manchmal beschlich ihn schon ein mulmiges Gefühl, wenn er von all den seltsamen Dingen hörte, die es dort zu sehen gab. Wapus erzählte von fremden Tieren, deren Felle einen hohen Preis erzielten, von riesigen

Dörfern, in denen Hunderte von Menschen leben, von Völkern, die ihren Kindern den Schädel formten, weil eine flache Stirn dort ein besonderes Schönheitsmerkmal war, und er berichtete von künstlich errichteten Hügeln, auf denen Priester zu ihren Göttern beteten.

Nepewin Nuki hielt sich vor Staunen die Hand vor den Mund und schaute Wapus verblüfft an. „Welchen Sinn macht es denn, einem Kind den Schädel zu verformen?", fragte sie erstaunt.

Wapus lächelte freundlich. „Nun, sie finden es halt schön. Wir durchstechen ja auch die Vorhaut eines Jungen nach der Geburt, damit sein Penis nicht zu groß wird. Jedes Volk hat andere Sitten und Gebräuche."

„Nun, wir wollen eben nicht, dass der Penis übernatürlich groß wird!", verteidigte Nepewin Nuki ihre Handlungsweise.

„Ach, es gibt noch viel mehr seltsame Sitten bei anderen Völkern, glaube mir!"

„Hmh!" Man konnte sehen, dass Nepewin Nuki noch nicht zufrieden war mit der Antwort, aber die Geschichten, die Wapus erzählte, waren einfach zu schön.

„Kennen sie denn auch Meqsekenupik, die gehörnte Schlange?", erkundigte sie sich.

Wapus machte ein verschwörerisches Gesicht und flüsterte seine Antwort. „Aber ja! Einst war ich weit im Süden und dort zeigten sie mir ein Tier, das aussah wie unsere gehörnte Schlange! Es kam weit aus dem Süden des Großen Flusses und es war von der Sonne getrocknet. Aber ich sage euch, es war so lang wie ein Mann, hatte gehörnte Haut und ein Maul so lang wie meine Arme, mit vielen Zähnen! Ich sage euch, ihr wollt so einem Tier nicht gegenüberstehen, wenn es lebendig ist! Sie erzählen, dass es im Wasser lebt und gerne Tiere und Menschen packt, unter Wasser zieht und frisst! Ganz so wie Meqsekenupik!"

Die Menschen schwiegen entsetzt, denn ihre Geschichten erzählten, dass diese gehörnte Schlange längst von ihrem Helden Manaqpudz getötet worden war. Dass es Orte gab, an denen sie noch lebte und Unheil anrichtete, war beunruhigend. Verunsichert warf Nepewin Nuki einen Blick auf ihren Sohn. Und solch einer Gefahr wollte er sich aussetzen?

Wapus grinste, als er die Sorge sah. „Keine Angst!", erklärte er beschwichtigend. „Diese Tiere leben weit im Süden! Sie brauchen es warm. Dort, wo wir hingehen, ist es ihnen zu kalt."

„Ja, aber die Gehörnte Schlange lebte einst auch hier, in unseren Gewässern. Hier ist es kalt!"

Wapus dachte darüber nach. „Wahrscheinlich ist es eine andere Art", vermutete er. „Aber im Süden gibt es Tiere, die es hier nicht gibt. Das ist einfach so."

Kämenaw Nuki beugte sich interessiert nach vorne. „Welche denn?"

Wapus legte die Hände an den Kopf und imitierte damit ein Paar riesiger Ohren. „Ich sah dort einmal einen Hasen, der riesige Ohren und einen schwarzen Schwanz hatte. Er sah sehr lustig aus! Und einmal gaben sie mir Fleisch von einem Tier, das sie Opossum nannten. Hier bei uns habe ich es noch nie gesehen. Es ist etwas kleiner als ein Waschbär, kann aber auch auf Bäume klettern. Es war sehr lecker!" Er leckte sich über die Lippen, als er sich an den Geschmack erinnerte.

„Erzählen sie denn auch Geschichten?", erkundigte sich Nepewin Nuki. „Viele!", antwortete Wapus. „Aber ich verstehe nicht alle, weil ich die Worte nicht kenne. Doch eine habe ich verstanden! Sie ist sehr lustig! Sie erzählt von einer Schildkröte, die auf den Kriegspfad geht."

Alle kicherten bei der Vorstellung und drängten Wapus weiterzuerzählen.

„Also gut!", willigte Wapus ein. Er räusperte sich, als er zu erzählen begann: „Einst ging die Schildkröte auf den Kriegspfad. Ein Kojote kam herbei und fragte die Schildkröte, wohin sie denn ginge. ‚Auf den Kriegspfad', antwortete die Schildkröte. ‚Ich gehe zu einem Dorf, in dem viele Menschen leben.' Der Kojote war natürlich sehr erstaunt und fragte die Schildkröte, ob er sie begleiten könnte. Die Schildkröte aber wollte erst sehen, ob denn der Kojote auch schnell rennen könnte. Der Kojote rannte so schnell er konnte, aber die Schildkröte meinte, dass er viel zu langsam war und sie nicht begleiten dürfe. Sie ging weiter und stieß auf einen Fuchs. Auch der Fuchs wollte wissen, wohin denn die Schildkröte ginge. ‚Auf den Kriegspfad', antwortete die Schildkröte

wieder. ‚Ich gehe zu einem Dorf mit vielen Menschen.' Der Fuchs wollte die Schildkröte natürlich begleiten, doch die Schildkröte wollte erst sehen, ob denn der Fuchs schnell genug rennen konnte. Der Fuchs rannte so schnell er konnte, doch die Schildkröte meinte, dass er viel zu langsam sei, und ging ihres Weges. Sie wies auch einen Falken und einen Hasen ab, denn beide waren ihr viel zu langsam. Schließlich traf sie auf ein Messer und sagte, dass sie Leute suchte, die mit ihr auf den Kriegspfad gingen. Das Messer wollte natürlich mit, und so sagte die Schildkröte wieder, dass sie erst sehen wollte, ob es schnell rennen könnte. Das Messer versuchte verzweifelt, so schnell zu rennen wie es konnte, aber kam dabei kaum vorwärts. ‚Das ist schon in Ordnung', meinte die Schildkröte, und so durfte das Messer sie begleiten.

Schließlich erreichten die beiden das Dorf und die Schildkröte schickte das Messer voraus, um seinen Mut zu testen. Das Messer ging in das Dorf und ein Mann hob es auf, um damit Fleisch zu schneiden. Das Messer aber verletzte den Mann, sodass er es wütend auf den Boden warf. Das Messer kehrte zu der Schildkröte zurück und erzählte von seiner Heldentat. ‚Ich traf auf einen Mann und verletzte ihn schwer.' Die Schildkröte war beeindruckt und wollte ebenfalls ihren Mut beweisen. Sie ging ins Dorf und die Menschen deuteten spöttisch auf die Kriegsbemalung. ‚Was soll denn das bedeuten? Eine Schildkröte, die auf dem Kriegspfad ist? Nehmt sie, und legt sie auf die Kohlen des Feuers'.

Die Schildkröte lachte laut und verspottete die Menschen. ‚Hah, das gefällt mir sehr, denn dann werde ich euch mit glühender Kohle bewerfen und eure Hütten in Brand setzen.' Die Menschen dachten nach und kamen überein, dass dies kein guter Weg war, die Schildkröte zu töten. Also überlegten sie, ob sie die Schildkröte nicht in heißes Wasser werfen sollten. Wieder verspottete die Schildkröte die Menschen. ‚Hoho, dann werde ich euch mit heißem Wasser verbrühen! Macht nur weiter.' Wieder zögerten die Menschen und überlegten, was sie stattdessen tun sollten. ‚Wir könnten sie in den Fluss werfen', schlug ein Krieger vor. Die Schildkröte brach in Wehklagen aus und bettelte um ihr Leben. ‚Nein, nein, ich kann nicht schwimmen! Ich habe Angst! Bitte, lasst mich doch.' Die Menschen aber lachten und dachten, dass

die Schildkröte wirklich Angst hatte. Also nahmen sie die Schildkröte, brachten sie zum Fluss und warfen sie hinein. Die Schildkröte lachte natürlich und streckte ihnen die Zunge heraus. Da wussten die Menschen, dass die Schildkröte sie hereingelegt hatte. Sie warfen mit dem Messer nach ihr, doch das Messer verfehlte die Schildkröte, denn sie waren ja befreundet. Die beiden tauchten einfach weg und verschwanden. Das war der Kriegszug der Schildkröte."

Wapus schwieg einen Augenblick und sah amüsiert in die Runde. „Und was soll uns diese Geschichte sagen?", fragte er.
„Dass es gut ist, wenn man seine Feinde kennt?", knurrte Machwao.
Alle lachten laut und schlugen dem Mann vergnügt auf die Schulter. Wapus aber legte schelmisch den Kopf schief. „Dass es gut ist, wenn zumindest einer sich auskennt, wenn man eine Reise macht."
„Du hast uns aufgefordert mitzukommen!", verteidigte sich Machwao. „Vergiss das nicht!"
„Und dass es gut ist, sich seine Begleiter genau auszuwählen!", ergänzte Wapus. Alle lachten vergnügt und es wurden noch mehr Geschichten an diesem Abend erzählt.

***

Nach einem guten halben Mond kehrten die Menschen in ihr Dorf zurück. Sie waren schwer beladen mit Fellen, Fleisch und den Töpfen mit Ahornsaft. Kleiner-Fleck und andere Hunde zogen die Gestelle mit der Ausrüstung, während auch die Menschen tief gebeugt den Pfad zurückgingen. Kämenaw Nuki hatte die Welpen dieses Mal in einen Korb gesetzt, denn für den Beutel waren sie inzwischen zu groß und zu schwer. Kleine Hunde wuchsen wirklich schnell. Der Weg erschien ihr wesentlich länger als auf dem Hinweg. Vielfraß kam angetrabt und schien ihre Mühen zu bemerken. „Soll ich dir beim Tragen helfen?", bot er an. „Nein, nein!", wehrte sie ab. „Es geht schon!" Enttäuscht drehte Vielfraß sich um und trabte davon, während Kämenaw

Nuki sich insgeheim über ihre eigene Dummheit ärgerte. Sie war erschöpft, als sie endlich das Dorf erreichten. Noch mehr ärgerte sie sich, als Vielfraß ihr einen triumphierenden Blick zuwarf, als er ihre Müdigkeit bemerkte.

Die Ältesten waren mit den kleinen Kindern im Dorf zurückgeblieben und begrüßten die Ankömmlinge freudig. Kämenaw Nuki war zu müde und verschwand erst einmal in ihrem Wigwam, wo sie die Welpen der Hundemutter zurückgab. „Kümmere du dich um sie! Mir reicht es für heute!"

Am Abend fand ein Festessen statt, von dem auch ein Teil zu einigen Felsen getragen wurde, unter denen Kobolde lebten. Es war wichtig, sich auch gut mit den kleinen Wesen des Waldes zu stellen, damit sie nicht in die Dörfer kamen, um Unsinn anzustellen oder Dinge verschwinden zu lassen.

Es wurde Zeit, die Beete vorzubereiten und so gingen die Männer und Frauen zum ersten Mal zu den kleinen Gärten, die in der Umgebung des Dorfes lagen. Die Wachstumszeit war nur sehr kurz und so nutzte man das Frühjahr, um den Boden vorzubereiten, ehe man im Pahkwan kesoq, im Monat der Rinde, die Birkenrinde schnitt und in den Gärten die Saat ausbrachte. Man überließ dann die Gärten sich selbst, um in den Wäldern nach Walderdbeeren und anderen Früchten zu suchen.

Machwao und Awässeh-neskas hatten noch eine andere Aufgabe zu erfüllen. Sie gingen zu den Gräbern der Toten und begannen, die kleinen Hügel aus Steinen und Zweigen mit Erde aufzuschütten. Sie nutzten das Geweih eines Elches als Schaufel und nahmen die getaute Erde aus der Umgebung. Ihre Gedanken waren bei den Lieben, die bestimmt schon ihre Reise auf den Weg der Toten am Himmel angetreten hatten. Kämenaw Nuki brachte einige Schalen mit Essen, damit der Geist der Großmutter nicht hungern musste. Sie erzählte von den Welpen und wie viel Freude sie mit ihnen hatte, dann kniete sie sich auf das feuchte Grab und strich mit ihrer Hand darüber. „Weißt du, Nokomäh, ich hoffe, dass Wakoh bald wiederkehrt. Ich habe zu den Geistern gefleht, dass sie ihn beschützen. Und ich habe gefleht, dass ich bald zur Frau werde, damit ich seine Frau werden kann!" Kämenaw

Nukis Herz klopfte, als sie an den Mann dachte. Er war nun schon einige Zeit mit den Ho-Chunk unterwegs und sie hoffte, dass er bald heimkehrte. Kein anderer Mann des Dorfes berührte ihr Herz und sie wusste, dass auch Wakoh nur Augen für sie hatte. Die Aufmerksamkeit eines anderen Mannes ging ihr langsam auf die Nerven. Manchmal stand sie am Rande des Dorfes und blickte in die Ferne, ob sie nicht irgendwo Wakohs Umrisse sah. Machwao bemerkte ihre Sehnsucht und versuchte sie zu beruhigen. „Witcawa und Falke werden nicht undankbar sein. Du bekommst deinen Wakoh bald zurück! Du wirst sehen!"

Kämenaw Nuki machte eine hilflose Handbewegung. „Noch bin ich nur ein Kind, aber ich wünsche so sehr, dass ich bald zur Frau reife und Wakohs Frau werden kann."

Machwao lachte dunkel. „Kleine Schwester, das geschieht früh genug. Sei froh um die unbeschwerte Zeit, die dir noch bleibt."

„Und du? Fühlt dein Herz keine Liebe für eine Frau?"

„Hoh!" Machwao schüttelte sich. „Ich bin zu jung. Erst gehe ich auf diese Reise und dann sehe ich mich um. Hoffentlich kommt Wakoh bald zurück, damit wir aufbrechen können!""

Drei Tage später kehrte tatsächlich ein gutgelaunter Wakoh ins Dorf zurück und berichtete von seiner Reise: „Wir haben von einem der Dörfer am Großen See ein Kanu bekommen. Dort waren die Flüsse und Seen schon frei. Ihr hättet die Begrüßung sehen sollen! Als Falke und Witcawa ihr Dorf erreichten, wurden sie fast umgeworfen vor Begeisterung. Keiner sah mich als Feind an, ich war lediglich ein Fremder, der ihr Dorf besuchte" Wakoh lachte fröhlich, als die Menschen ihn umringten, damit er mehr erzählte. „Witcawa und Falke nannten mich einen Bruder und luden mich zum Festessen ein. Dieses Festessen dauerte mehrere Tage und jeder hat versucht, mir noch ein Stückchen Fleisch in den Mund zu schieben!" Wakoh schlug sich demonstrativ auf den Bauch, um anzudeuten, wie gut das Essen ihm geschmeckt hatte.

Machwao klopfte ihm freundlich auf die Schulter. „Komm ins Versammlungshaus und berichte, was du erlebt hast. Wollen die Ho-Chunk den Frieden?"

Wakoh nickte freundlich und wandte sich an die Umstehenden. „Ich bringe meine Sachen in meinen Wigwam und komme dann ins Versammlungshaus. Geht schon voraus!" Kurz warf er Kämenaw Nuki einen Blick zu, die sich errötend hinter ihrem Bruder versteckte. Alle lachten gutmütig und eilten dann zur Versammlungshütte, um alle die Neuigkeiten zu vernehmen. Es wurde eng, denn dieses Mal kamen auch die Frauen, um die Geschichte zu hören. Was Wakoh zu erzählen hatte, war einfach zu spannend.

Auch die Ältesten setzten sich auf ihre Plätze und warteten ab, was Wakoh berichten würde.

Wakoh war sich seiner Rolle bewusst und sammelte sich erst, ehe er zu erzählen anfing. „Der Weg war beschwerlich, denn das Tauwetter hatte bereits eingesetzt. Weiter unten am Fluss fanden wir eines unserer Dörfer, wo wir ein Kanu für die Weiterfahrt ausliehen. Vom Käqcekam paddelten wir den Fuchs-Fluss entlang bis zum See, der von uns Stinkendes-Wasser genannt wird. Dort fanden wir ein Dorf der Ho-Chunk, in dem Falke und Witcawa leben. Die Ho-Chunk siedeln inzwischen sehr weit im Norden, und zwar in dem Gebiet zwischen Pucihkit, der grünen Bucht, und den großen Seen im Landesinneren." Ein erstauntes Raunen war zu hören, denn nördlich davon war bereits das Siedlungsgebiet der Menominee.

„Als wir das Dorf erreichten, wurden wir wirklich begeistert empfangen. Die Frau und die Kinder von Falke waren in Trauer gewesen und hatten sich bereits die Haare gekürzt. Niemand glaubte daran, dass sie noch am Leben waren. Es machte mein Herz froh, diese Freude zu sehen. Die Frau und die Kinder haben geweint vor Freude. Ich bin jetzt ihr Bruder!" Wakoh schluckte schwer, als er sich sammelte. „Auch Witcawa wurde von seiner Familie voller Freude und Dankbarkeit willkommen geheißen. Die Ho-Chunk trauern um die Krieger, die wir getötet haben, aber sie sehen auch unseren Großmut. Die Dankbarkeit, dass wir die beiden haben leben lassen, überwog allen Zorn. Ich unterbreitete unseren Friedenswunsch und die Ho-Chunk werden ihn überdenken. Sie haben viele Dörfer, die sie erst befragen müssen. Aber alle fanden unseren Vorschlag mit dem Medizin-Spiel gut.

Sie werden bald Abgesandte schicken, die mit unseren Dörfern verhandeln wollen. Wahrscheinlich werden nicht alle Dörfer daran teilnehmen, aber sie wollen versuchen, möglichst viele zu erreichen. Wir sollten Läufer in unsere anderen Dörfer schicken, damit auch wir bereit sind, diese Verhandlungen zu führen." Wakoh verstummte. Für ihn war dies eine lange Rede gewesen. Biberherz nickte zustimmend. „Deine Reise war eine gute Tat. Wenn erst Freundschaften entstehen, wird der Frieden zwischen unseren Völkern bald Gewissheit. Dann können unsere Frauen und Kinder wieder gefahrlos in den Wäldern Holz und Beeren sammeln. Nur das ist vernünftig."

Wakoh legte den Kopf schief und lächelte erfreut. Er hatte seine Aufgabe zur Zufriedenheit des Volkes erledigt. Nun konnte er sich anderen Dingen widmen. Kurz dachte er an seine neugewonnenen Freunde. Die Reise mit Falke und Witcawa hatte ihm Spaß gemacht. Auf der Rückfahrt durch das Gebiet der Ho-Chunk hatte er mit der latenten Gefahr gespielt. Ohne den Schutz seiner Freunde durch das Land der Feinde zu paddeln, war ganz nach seinem Geschmack gewesen. Niemand hatte ihn belästigt und so hatte er das Kanu wieder bei seinem Besitzer abgeliefert und hatte die restliche Strecke zu Fuß zurückgelegt. Es war zu matschig gewesen, um noch die Schneeschuhe zu benutzen, und so hatte er sie sich auf den Rücken gebunden. Jetzt freute er sich auf das nächste Abenteuer. Die Geister waren ihm wohlgesinnt. Wenn er von der langen Reise in den Süden zurückkehrte, hatte er weitere Pläne: Dann würde ein gewisses Mädchen hoffentlich zur Frau gereift sein! Ihm war aufgefallen, dass auch Vielfraß dem Mädchen verliebte Blicke zuwarf und es hatte ihm missfallen. Er musste die Angelegenheit klären, ehe er aufbrach. Er hatte keine Lust, bei seiner Rückkehr einen anderen Mann an ihrer Seite vorzufinden. Er lauerte Vielfraß im Wald auf und stellte sich ihm drohend in den Weg. „Kämenaw Nuki gehört mir!", drohte er mit wütendem Blick.

„Entscheidet sie das nicht selbst?" Vielfraß verzog zynisch die Lippen. Er fühlte sich genauso stark wie Wakoh.

„Nein, das entscheide ich!" Mit einem Satz sprang Wakoh auf den überraschten Jüngling zu und gab diesem die Prügel seines

Lebens. Die beiden waren es gewohnt zu ringen, doch die harten Schläge, die Vielfraß durch Wakoh einstecken musste, waren neu. Vielfraß wehrte sich nach Kräften, doch gegen Wakoh hatte er keine Chance. Außerdem hatte der junge Mann doch Hemmungen bis zum Äußerten zu gehen, denn immerhin handelte es sich bei Wakoh um einen Stammesangehörigen. Wakoh dagegen kannte diese Hemmungen nicht. Mit seinen Fäusten schlug er auf Vielfraß ein, bis dieser bittend die Hände hob. „Hör auf! Ich habe es verstanden! Hör auf!"

Wakoh hielt inne und musterte Vielfraß böse. „Du lässt sie in Ruhe?"

„Ja, ja!", versicherte Vielfraß.

„Auch wenn ich unterwegs bin?"

„Ich sehe sie nicht an! Ich verspreche es!"

„Das wird auch besser sein. Kämenaw Nuki wird meine Frau werden! Hast du das verstanden?"

„Ich habe es verstanden."

„Du siehst sie bereits jetzt als meine Frau an."

„Ich sehe sie bereits jetzt als deine Frau!"

Wakoh schnaufte tief durch und tastete mit der Hand gegen seine Stirn, die bereits leicht anschwoll. „Du hast ganz schön harte Fäuste", stellte er voller Bewunderung fest.

Vielfraß stand mit gekrümmter Haltung vor ihm und hielt sich den Bauch. „Du auch!", stöhnte er.

Wakoh grinste fröhlich und nahm Vielfraß in den Schwitzkasten. „Komm her, kleiner Bruder. Für dich finden wir auch noch ein hübsches Mädchen!"

„Oh ...!" Vielfraß zappelte etwas in dem harten Griff, dann wurde daraus eine freundschaftliche Umarmung und die beiden gingen gemeinsam ins Dorf zurück.

Ohio-Fluss

(Kentucky)

Nach der langen Rast folgte der Tross des Gouverneurs Anfang Mai den Lanzenreitern. Sie hatten immer noch Schwerverletzte dabei, die auf Karren mitgezogen wurden, und so schafften sie am Tag immer nur drei Leguas. Die Gegend war flach, mit dichten Wäldern und manchmal undurchdringlichen Sümpfen. Bäche und Flüsse führten Hochwasser von der Schneeschmelze und der Boden war schwer von der Feuchtigkeit des Frühjahres. Zwischen den dunklen Pinien leuchtete das helle Grün der Laubbäume und gelbe Dotterblumen streckten ihre Blüten der Sonne entgegen. Fliegen bildeten dichte Wolken, die um die Köpfe der Menschen und Tiere tanzten. Tagsüber wurde es bereits heiß, doch nachts suchten die Menschen die Nähe zum Feuer.

Die Kundschafter hatten einen Weg markiert, der zu einem großen Fluss führte, der von den gefangenen Indios „Ohio" genannt wurde. Die Dörfer waren verlassen und die Soldaten schnappten sich die Vorräte, die sie dort fanden. Wälder wechselten sich ab mit Feldern und Gärten, die verlassen vor ihnen lagen. Die Einheimischen waren gut informiert über die Bewegungen der Spanier und brachten sich rechtzeitig in Sicherheit.

Als der Tross schließlich den großen Fluss erreichte, gab der Gouverneur den Befehl, ein Lager aufzuschlagen. Sie hatten dazu eine Halbinsel erkoren, die von einer Schleife des Flusses gebildet wurde, und die sich gut verteidigen ließ. Dort wollten sie in Ruhe abwarten, bis sich das Hochwasser verzogen hatte. Die Strömung war stark und so mussten ohnehin erst Piraguas gebaut werden. Der Fluss hatte an der weiten Krümmung eine Stelle, die ein flaches sandiges Ufer aufwies. Ebenso auf der anderen Seite. Die Vorhut berichtete, dass dies die einzige Stelle wäre, wo man den Fluss überqueren konnte. Ansonsten war die Böschung zu steil und der Wald reichte meist bis zum Ufer, sodass es schwierig wäre, den Tross und die Soldaten überzusetzen. Am anderen Ufer hatten sich Tausende von Indios versammelt, die mit ihren

Waffen drohten. Manche kamen mit ihren Kanus gefährlich nahe und schickten ihnen einen Pfeilhagel entgegen. Das Übersetzen musste also mit einem Trick und mit genügend Männern vonstatten gehen. DeSoto brauchte als Erstes die Lanzenreiter und die Armbrustschützen auf der anderen Seite, die die Indios vertrieben. Erst dann konnte der Tross unter dem Schutz der Soldaten übersetzen. Er ordnete an, provisorische Hütten zu errichten, während die Handwerker bereits daran gingen, mehrere Piraguas zu bauen. Geeignete Bäume gab es genug, sodass dies kein Problem darstellte. Sie fällten Bäume und spalteten sie, bis lange Planken entstanden. Die Lanzenreiter sicherten indessen die Umgebung oder gingen zur Jagd auf die Kühe mit dem gelockten Fell. Die Männer gierten nach frischem Fleisch. Sie hatten die Nase voll von Maissuppe oder Nussbrot, obwohl sie in der Umgebung jede Menge Pekannüsse und Maronen fanden, die niemand im Herbst gesammelt hatte. Hier gab es so viele, dass selbst die Einheimischen sie nicht alle verwerten konnten.

Juan de Anasco führte seine Männer wieder nach Süden zurück, um aus den Dörfern, die sie bereits erobert hatten, die Vorräte zu holen. Meist fanden sie Mais, Bohnen und Nüsse, die sie auf Karren verluden. In einem Dorf fanden sie auch Felle und fein gegerbtes Leder, das sich zu Kleidung verarbeiten ließ. Seine Zeugmütze, die seinen Kopf vor dem schweren Helm schützte, hatte sich aufgelöst, ebenso sein Wams, das er unter der Rüstung trug. Maria hatte es durch Fell oder Leder ersetzt, so gut es ging, aber es entsprach in keiner Weise mehr dem Standard eines Edelmanns. Leder war also wertvoll geworden. Nirgends fanden sie Gold oder andere Reichtümer. Diese Indios hatten zwar alles, was sie zum Leben brauchten, aber sonst nichts. Selbst die Palisaden waren kaum geeignet, einem Angriff standzuhalten, sondern eher dazu gedacht, wilde Tiere fernzuhalten. Oft waren die Gärten eingezäunt, um die wilden Kühe abzuschrecken. Juan bezweifelte, dass man diese Monster wirklich damit aufhalten konnte. Er lächelte geringschätzig, als er die armseligen Hütten musterte, die seine Männer gerade durchsuchten. Er wollte endlich mal wieder ein Haus aus Stein sehen und über eine gepflasterte

Straße gehen. Er dachte an die Paläste seiner Heimat, mit den bunten Teppichen, den gepflegten Möbeln und den weichen Betten. Sein Rücken schmerzte und er streckte sich genervt. Das ganze Abenteuer war bisher ein totaler Misserfolg. Sie waren inzwischen so arm, dass sie darauf angewiesen waren, die Dörfer zu plündern. Kein Wunder, dass die Bewohner sich ihnen feindlich entgegenstellten. Selbst das fette Fleisch der Schweine war kein Lockmittel mehr, denn noch hatten die wenigen Schweine, die das Feuer überlebt hatten, keinen Nachwuchs, und so konnten sie nicht geschlachtet werden. Schweinefleisch war inzwischen kein Grundnahrungsmittel mehr, sondern Delikatesse.

Juan überschlug im Geiste die Ausgaben, die er für die Expedition aufgewendet hatte, und schüttelte den Kopf. Bisher hatten sie nichts gefunden, was diese Kosten kompensieren konnte. Das Ganze war auch ein finanzielles Desaster. Blieb nur der Sklavenhandel, aber dazu brauchten sie einen Stützpunkt an der Küste. Vielleicht fanden sie bald die nördliche Küste, von wo aus so ein Unternehmen zu organisieren wäre.

Als Juan am Abend zum Lagerplatz auf der Halbinsel zurückkehrte, fand er weder sein Zelt noch Nana und Maria. Seine Bündel waren ebenso weg wie seine sonstige Ausrüstung, von der ohnehin nicht mehr viel übrig war. Aber es befanden sich Ersatzteile darin und einige Erinnerungsstücke, die ihm lieb waren. Wo steckten die beiden? Er erkundigte sich beim Maestro del Campo, der wenig interessiert die Schultern zuckte. Er konnte sich unmöglich um eine einzelne Sklavin kümmern! „Vielleicht ist sie noch auf dem Weg?"

Juan knurrte etwas Unverständliches und kehrte zu seinen Reitern zurück, die gerade ihre Pferde absattelten. „Wir brechen nochmal auf!"

Erstaunte Augen musterten ihn, doch niemand wagte es, sich zu beschweren. Seine offensichtliche schlechte Laune ließ jeden Protest verstummen. „Was ist los?", fragte sein Stellvertreter.

„Diese Schlampe und der Junge sind weg!"

Die Männer runzelten die Stirn. So viel Aufwand für eine Sklavin? Sie waren müde und hungrig!

„Sie ist mit all meinem Gepäck verschwunden!", erklärte Juan gereizt, als er die Unentschlossenheit seiner Männer bemerkte. „Wenn wir zulassen, dass Gefangene einfach verschwinden können, dann haben wir bald niemanden mehr, der unsere Sachen trägt. Wir müssen ein Exempel statuieren."

Widerspruchslos stiegen die Männer wieder auf und setzten sich in Bewegung. Wo konnte diese Frau sich verstecken? Überall war Wald und die Dunkelheit setzte ein.

„Weißt du, wie lange sie schon fort ist?"

„Ich denke, dass sie erst die Flucht gewagt hat, als das Lager aufgeschlagen wurde. Da ist die Verwirrung am größten. Sie kann noch nicht weit sein!"

„Aber wohin?"

Juan zeigte mit dem Rapier in Richtung Süden. „Na, dorthin. Überall sonst ist der Fluss. Da kommt sie nicht durch." Er grinste widerlich. „Wenn ich sie erwische, dann kann sie was erleben! Und der Junge auch!" Er schüttelte den Kopf über seine eigene Dummheit. Warum hatte er ihr auch die Ketten abnehmen lassen?

***

Maisblüte ließ sich müde auf einen Stein nieder und stellte die Bündel zwischen ihre Füße. Nanih Waiya zerrte ungeduldig an ihrer Hand. „Komm, Schwester, wir müssen weiter."

„Gleich! Ich muss mich nur kurz ausruhen!", bat Maisblüte.

„Wir sind noch nicht weit genug weg!", schimpfte der Junge besorgt. „Juan wird uns einholen, wenn wir nicht weitergehen. Wir müssen ein Versteck für die Nacht finden."

Maisblüte nickte und nahm die Bündel wieder auf. Sie kannte die Gegend nicht und wusste nicht, wo sie sich verstecken sollten. Der Wald war zwar dicht, aber auch unheimlich. Sie hatten den Weg, auf dem sie hergekommen waren, verlassen und sich durch dichtes Gestrüpp geschlagen. Je weiter sie sich entfernten, desto mutloser wurde Maisblüte. Sie hatte zwar ein paar Vorräte dabei, aber die wären schnell aufgebraucht. Wieder kniete sie sich hin und stellte die Bündel auf den Boden.

„Was machst du denn?", fauchte Nanih Waiya ungehalten.

„Es ist zu schwer! Wir nehmen nur mit, was wir unbedingt brauchen." Maisblüte wühlte durch die Bündel und warf alles zu Boden, was von Juan war. Einzig die Kleidung und die Vorräte ließ sie in den Bündeln. Dann nahm sie die Häute des Zeltes und legte sie dem Kind um die Schultern. „Das trägst du, damit wir uns einen Schutz bauen können."

„Und wo gehen wir hin?" Zum ersten Mal fiel selbst dem Kind auf, dass sie keinen Plan hatten.

„Nach Süden."

„Zurück zu den Chatah?" Seine Stimme zitterte vor Freude.

„Ja, zurück, aber weiter westlich von hier. Sonst fangen sie uns!" Ihr Ton war wenig zuversichtlich. Wieder liefen sie durch den dunklen Wald, bis sie schließlich westlich ihres Weges erneut an den Fluss stießen. Die Fluten gurgelten vorbei und sie standen an der hohen Böschung und blickten auf den breiten Fluss, der ihnen den Weg versperrte.

„Da kommen wir nicht rüber!", stellte Nanih Waiya fest. „Wir müssen wieder nach Süden."

„Wir dürfen nicht den Pfad benutzen! Dort finden sie uns!"

„Dann gehen wir halt den Fluss entlang. Irgendwann finden wir vielleicht ein Dorf?"

Maisblüte nickte und so blieben die beiden oberhalb des steilen Ufers und kletterten über umgestürzte Bäume, um sich einen Weg zu bahnen. Sie kamen nur sehr langsam voran, auch weil die Dunkelheit ihnen die Sicht nahm. Irgendwann blieben sie unter einem großen Baum stehen und beschlossen, hier die Nacht zu verbringen. Aus Ästen bauten sie einen provisorischen Unterschupf, indem sie die Plane einfach über die Äste legten. Sie wagten es nicht, ein Feuer anzuzünden. Müde kuschelten sie sich aneinander und starrten in das Geäst aus Zweigen über ihnen.

„Wir sollten uns hier verstecken, bis sie weg sind!", schlug der Junge vor. „Sie machen das immer so: Plündern und weiterziehen. Wenn sie über den Fluss sind, dann werden sie nicht mehr umkehren und uns suchen."

Maisblüte dachte darüber nach. „Südlich von hier sind eine weite Ebene und Sümpfe. Wenn Juan dort auf uns wartet, dann er-

wischt er uns. Wahrscheinlich hast du recht. Wir verstecken uns, bis sie über den Fluss sind. Juan wird dann wieder vorausreiten und uns vergessen. Wir haben für einige Tage Vorräte und warten einfach ab."

Nanih Waiya streckte seine Beine aus und lächelte. „Hier ist es doch schön! Ich könnte ein paar Fische fangen!"

„Tagsüber können wir Feuer machen. Da sieht es keiner!"

Nanih Waiya freute sich darauf, am nächsten Tag Fische zu fangen. Er bastelte sich einen gegabelten Speer, mit dem er sie aufspießen wollte. Doch dann überfiel ihn die Müdigkeit und er schlief neben der Schwester ein.

Am Morgen weckte ihn der Gesang der Enten, die schnatternd in der Nähe des Verstecks vorbeischwammen. Nanih Waiya entdeckte am Ufer die Nester und holte ein paar Eier. Auch Gänse und einige Schnepfen hatten hier ihre Nester. Er war so vertieft darin, nach den versteckten Nestern zu suchen, dass er das entfernte Gebell erst spät wahrnahm. Vielleicht hatte er sich auch schon so daran gewöhnt, dass er keine Gefahr mehr darin sah. Doch dann traf es ihn wie ein Blitz. Die Hunde! Sie hatten die Hunde auf ihre Spur gesetzt! Die Panik machte ihn für eine kurze Weile handlungsunfähig. Dann hörte er seine Schwester schreien. Ihr Schrei war hoch und gellend, in höchster Angst und Not. Nanih Waiya ließ alles fallen und rannte zu ihrem Schlafplatz zurück. Seine Schwester packte ihn an der Hand und riss ihn in Richtung des steilen Ufers. „Ins Wasser! Schnell!"

Sie rannten so schnell sie konnten und ließen dabei alles zurück. Mit pochendem Herzen erreichten sie den Fluss und kletterten die steile Böschung hinab. Sie sprangen in das eisige Wasser, als der erste Hund sie bereits erreichte und hinterhersprang. Er schnappte das Kind am Arm und riss es zum Ufer zurück. Dann stellte er sich knurrend über seine Beute und wartete auf die Befehle seines Herrn. Das Schreien des Kindes war markerschütternd.

Maisblüte ließ sich ein wenig in die Strömung treiben und sah sich nach den Hunden um. Zwei hatten sie im Wasser entdeckt

und schwammen bereits auf sie zu. Sie schrie und spuckte Wasser, als sie kurz unterging. Dann wurde sie von einer Hand gepackt und näher ans Ufer gezogen. Es war ein Soldat, der ihr den Weg abgeschnitten hatte, indem er ein Stück durch den Wald gelaufen war und sie überholt hatte. Sie kämpfte gegen ihn an, aber das eisige Wasser ließ ihre Bewegungen bereits mühsam werden. Sie wehrte sich kaum noch, als er sie ans Ufer zog und ihr eine Schlinge um den Hals legte. Maisblüte schnappte keuchend nach Luft und kringelte sich zusammen, um sich vor den Attacken der Hunde zu schützen. Sie schrie vor Angst, als der erste Hund sich in ihrem Arm verbiss und ihren Körper hin und her schleuderte. „Aus!", erklang der scharfe Befehl eines Soldaten. Der Schmerz ließ etwas nach, doch Maisblüte schlotterte vor Kälte und Angst. Die Soldaten jedoch sahen in ihr nur einen Flüchtling, der sie unnötig Arbeit kostete. Mehrere Soldaten standen um sie herum und warteten auf die Befehle von Juan de Anasco.

***

Juan musterte die Gefangene wie ein Insekt und verzog mitleidlos die Lippen. „Bindet sie an den Baum!", befahl er heiser vor Zorn. Er sah zu, wie die Männer Maria an einen Baum fesselten, und zog seine lange Reitgerte. Mit einem Rucken seines Kopfes befahl er, ihr die Kleidung vom Leib zu ziehen. Die Soldaten grinsten und entblößten die Frau, die sich mit ihrem Körper gegen die raue Rinde lehnte. Ihre Knie gaben nach vor Furcht, sodass sie nur von den Fesseln gehalten wurde. „Juan!", flehte sie. „Schweig still!", brüllte dieser ungehalten. „Ich habe dir gesagt, was passiert, wenn du die Flucht wagst!"
Der erste Peitschenhieb landete auf ihrem Rücken und sie bäumte sich auf. „Bitte!", schrie sie in höchster Not. Dann sagte sie nichts mehr, denn die Peitschenhiebe prasselten so unbarmherzig auf sie nieder, dass sie keine Luft mehr bekam. Er tobte seinen Ärger an ihr aus und es war ihm gleichgültig, ob sie ein Kind von ihm trug oder nicht. Fast schien es, als wollte er das ungeborene Leben aus ihrem Leib herausprügeln. Als ihr Rücken nur noch eine blutige Wunde war, hielt er schließlich inne. Sie wimmerte erbar-

mungswürdig und ihr Gesicht war blutig und zerkratzt, weil sie ihren Kopf gegen die Rinde gepresst hatte, um die Schmerzen besser aushalten zu können.

Juan warf die Peitsche zu Boden und nickte seinen Männern gönnerhaft zu. „Jetzt könnt ihr sie haben!"
Die drei fackelten nicht lange. Es kam selten vor, dass der Capitán so großzügig war, und so schnitten sie die Fesseln durch und drückten die Frau ins Gras. Ihre schwarzen Augen waren weit vor Schmerzen, aber auch, weil sie erkannte, was sie tun würden. Sie wehrte sich nicht, weil ihr geschundener Körper zu keiner Bewegung mehr fähig war. Die Schmerzen ebbten in Wellen über ihren Rücken, der von dem feuchten Gras gekühlt wurde. Die Männer brauchten sie nicht festzuhalten, als einer nach dem anderen in sie eindrang und sich in ihr ergoss. Sie waren nicht einmal grob, sodass sie es ertrug.
Juan sah ihr dabei in die Augen und schien sich zu amüsieren. „Nun siehst du, was passiert, wenn du meinen Schutz verlässt, dummes Weib!"
Er ließ noch einen weiteren Mann über sie, der mit dem Jungen an der Schlinge zu ihnen kam. Alle sahen schweigend zu, wie sich der Soldat an der wehrlosen Frau verging. Nur Nana schluchzte und hielt sich den Arm. Er weinte, als er sah, was der Mann mit seiner Schwester tat.
Juan ging zu ihm, zerrte ihn näher und zwang ihn, bei der Vergewaltigung zuzusehen. „Sieh nur, was passiert, wenn ihr wieder flieht! Dann lasse ich alle Männer über sie! Verstehst du das?"
Nana wehrte sich gegen den Griff und versuchte, in die Hand des Capitán zu beißen. Dieser lachte höhnisch und packte das Kind an seinem linken Handgelenk. „Weißt du eigentlich, was wir mit kleinen Dieben machen?"
Mit brutaler Gewalt legte er die Hand des Jungen auf einen Stein, zog seinen Dolch und säbelte unter dem Gebrüll des Kindes den kleinen Finger ab.
„Nein!", schrie Nana voller Verzweiflung. „Nein!" Dann sah er voller Entsetzen auf den blutigen Finger, der im Gras gelandet war. An seiner Hand war nur noch ein blutiger Stumpf und die

Schmerzen waren schier unerträglich. Er presste seine andere Hand darauf und wimmerte, während rotes Blut auf den Boden tropfte.

„Bringt sie zurück!", befahl Juan ungerührt. „Lebend!" Ohne die beiden noch eines Blickes zu würdigen, ging er durch den Wald davon und überließ es seinen Leuten, sich um die beiden Gefangenen zu kümmern.

Der letzte Soldat hatte sich soeben aufgerichtet und stieß die Frau mit seinem Fuß an. „Aufstehen!", befahl er mitleidlos. Sie schleiften die fast bewusstlose Frau zurück zu dem Lager und übergaben sie dem Maestro. Der schien wenig begeistert zu sein, sich um die misshandelte Frau kümmern zu müssen. „Was soll ich mit der?", fragte er ungehalten.

„In Ketten legen!", herrschte ihn einer der Soldaten an. „Der Capitán holt sie später ab."

„Und was soll mit dem da geschehen?" Der Maestro deutete unwillig auf das Kind, das leise vor sich hin wimmerte.

Der Soldat lachte. „Der Capitán hat dem kleinen Dieb einen Finger abgeschnitten. Keine Ahnung, was er jetzt mit ihm vorhat."

Der Maestro legte nachdenklich den Kopf schief, als er sah, wie dem Kind das Blut über die Hand lief. „Bringt ihn mal mit zum Schmied. Wenn wir die Blutung nicht stoppen, ist er auch bald kein Dieb mehr."

Wieder stellten die Soldaten Maria auf ihre Füße, aber dieses Mal hing sie wie leblos in ihren Armen. Die Soldaten hatten kein Mitleid, sondern schleiften sie grob durch das Lager, bis zu der Stelle, wo der Schmied sein Lager aufgeschlagen hatte. Es herrschte Hochbetrieb, denn Pferde mussten beschlagen und Waffen erneuert werden. Das Kohlebecken glühte bereits und ein Geselle bediente den Blasebalg, um die Glut weiter anzuschüren. Der Schmied schaute kaum auf, als der Maestro zu ihm trat. „Was?", knurrte er wenig höflich. Er konnte sich diesen Ton leisten, denn seine Kunstfertigkeit wurde dringend gebraucht.

„Die Wunde hier muss ausgebrannt werden!", erklärte der Maestro.

Der Schmied nickte nur und deutete auf einen Holzpflock. „Haltet ihn dort fest!"

Die Soldaten zerrten das Kind dorthin und legten die blutende Hand mit dem Stumpf auf das Holz. Nana schrie wie am Spieß, er zappelte, um sich loszureißen, doch gegen zwei ausgewachsene Männer hatte er keine Chance. Der Schmied nahm ein glühendes Eisen aus der Glut und hielt es gegen den blutigen Stumpf. Es zischte und qualmte, dann roch es nach verbranntem Fleisch. Unbeeindruckt nahm der Schmied ein halbwegs sauberes Tuch und band es um die Hand des Jungen. Nana hatte aufgehört zu schreien. Seine riesigen schwarzen Augen waren voller Schmerz, dann flackerten sie und das Kind wurde ohnmächtig.

„Lasst ihn liegen! Der erholt sich schon!", meinte der Schmied. „Es ist ja nur der kleine Finger."

Kaltschnäuzig winkte er seinen Gesellen herbei und wies ihn an, der Frau wieder Ketten anzulegen. „So eine dumme Puta!", schimpfte er kopfschüttelnd. „Man legt sich doch nicht mit dem Capitán an!"

Irgendwo klang nun doch ein wenig Mitleid in seiner Stimme mit. Die Frau war übel zugerichtet worden. „Ihr solltet den Barbier holen!", meinte er besorgt. „Sonst entzünden sich die Striemen!"

„Davon hat der Capitán nichts gesagt!", murrte ein Soldat.

„Er hat aber nichts davon gesagt, dass ihr sie sterben lassen sollt, oder?", forschte der Schmied.

Die Soldaten zögerten unentschlossen. „Nein, er hat eher betont, dass wir sie lebend abliefern sollen!", gab einer zu.

Der Maestro zuckte die Schultern. „Bringt sie zum Lager der Reiter. Dort stehen bereits ein paar Zelte. Ich schicke den Barbier zu euch hin. Dann kann der Capitán später immer noch entscheiden, was er mit ihr vorhat."

Die Soldaten waren sichtlich froh, dass der Maestro eine Entscheidung getroffen hatte, und hoben den leblosen Körper des Mädchens hoch, um sie zum Lager der Lanzenreiter zu tragen. Die Ketten klirrten an den Füßen und sie sah erbarmungswürdig aus. Eigentlich wirkte sie mehr tot als lebendig. Die Männer waren froh, ihr Opfer auf eine Decke zu legen und endlich das Weite suchen zu können. Sie hatten ihren Spaß gehabt und wollten mit den Folgen nicht konfrontiert werden.

***

Schrille Kriegsschreie, die vom anderen Ufer des Flusses kamen, lenkten die Männer ab. Feindliche Krieger näherten sich in ihren Kanus und schossen einen wahren Pfeilhagel auf die Ankömmlinge. Sie hatten die Seiten ihrer Kanus mit Schilden geschützt, sodass die Waffen der Spanier kaum Schaden anrichteten. Die Soldaten stellten sich mit den anderen Armbrustschützen, Arkebusieren und Fußsoldaten an das Ufer und sahen dem Spektakel zu. Diese Wilden wirkten ausgesprochen kriegerisch und es würde schwer werden, den Fluss zu überschreiten. DeSoto hatte eine gute Stelle für sein Lager gewählt. Der Fluss machte hier eine Krümmung und formte eine große Halbinsel, die gut zu verteidigen war. Außerdem standen hier viele Bäume, aus denen man Flöße bauen konnte. Die Baumeister machten sich sogleich ans Werk, während die Soldaten wieder ausrückten, um in den Dörfern nach Lebensmitteln zu suchen. Sie waren verlassen, denn die Bewohner hatten sich auf die andere Seite des Flusses gerettet. Immer am Nachmittag, wenn die Sonne im Westen bereits tief stand und die Spanier blendete, griffen sie mit ihren Kanus an und schickten einen Pfeilhagel auf die Feinde, um sie am Überqueren zu hindern. DeSoto hatte es nicht eilig. Mit jedem Tag, den er wartete, würde der Pegel des Flusses sinken, und mit jeder Nacht, würde der Mond abnehmen. Sie waren bei Vollmond hier angekommen und er würde mit dem Übersetzen warten, bis das Licht des Mondes seine Männer nicht verraten würde.

DeSoto griff wieder zu dem Trick, den er bereits mehrfach erfolgreich eingesetzt hatte. Er ließ eines Nachts die Flöße stromaufwärts bringen und befahl den Lanzenreitern überzusetzen. Der Mond war gerade hell genug, um über das Wasser zu steuern, aber nicht hell genug, um ihre Anwesenheit zu verraten. Drei Stunden vor Morgengrauen setzten die bewaffneten Truppen über und nahmen das Westufer ein. Die Indios waren völlig überrumpelt und ergriffen die Flucht. Sie nahmen eine Steilwand ein und versuchten von hier aus, die Spanier an der weiteren Überquerung des Ohio zu hindern.

Die große Reise

(Michigan-See)

Machwao stand am Ufer des Flusses und packte die Bündel in sein Kanu. Es war bereits inmitten des Atähemen Kesoq, des Erdbeermondes, und es wurde langsam Zeit aufzubrechen. Er hatte seine Mutter und seine Schwester wieder ins Sommercamp begleitet, wo sie nach Waldbeeren und anderen Früchten suchen würden, um sie zu trocknen. Er überließ sie der Obhut seiner Onkel und Tanten, die ebenfalls dort waren. Geduldig wartete er auf seine Freunde, die diesen Morgen auserwählt hatten, um endlich den Fluss stromabwärts bis zum Käqcekam zu paddeln. Endlich kamen Wakoh, Wapus und Awässeh-neskas und verstauten ebenfalls ihre Bündel im Kanu. Die meisten enthielten ohnehin die Tauschwaren, die sie für das Dorf dabeihatten: Wertvolle Messerklingen aus Kupfer, kleine Figuren oder einfach nur die Kupferklumpen. Jeder Krieger hatte mehrere Paar Mokassins dabei, außerdem Kleidung zum Wechseln und Decken, falls es wieder kälter wurde. Sie hatten vor, bis zum Herbst wieder zurück zu sein, doch manchmal war das nicht möglich, und da wäre es gut, wenn sie genügend Ausrüstung mitführten. Wenn der Winter früh einsetzte und die Stürme ein Vorwärtskommen unmöglich machten, dann war es besser, Unterschlupf in einem anderen Dorf zu finden.

Kurz prüften sie noch einmal alle Verbindungen und Nähte des Kanus, dann schoben sie es entschlossen ins Wasser. Machwao kletterte als Erster hinein, dann folgten ihm die anderen. Wakoh war als Letzter an Bord gekommen, denn er hatte das Kanu ein Stück in den Fluss geschoben, damit es sich vom Ufer löste. Sie nahmen die Paddel in die Hand und machten sich auf den Weg. Gemächlich glitt das Kanu über das Wasser, nur hin und wieder wichen sie großen Felsen aus, die in der Mitte des Flusses plötzlich herausragten. Sie kamen an zwei weiteren Dörfern der Menominee vorbei und hoben ihre Paddel, als die Menschen sie grüßten. Am späten Nachmittag hatten sie die Mündung des Flusses erreicht und trieben in den Großen See hinaus.

Eine kräftige Brise blies ihnen entgegen und ließ sie frösteln. Sie fuhren noch ein kleines Stück südlich und legten dann an, um die Nacht hier zu verbringen. Sie wollten abwarten, wie das Wetter am nächsten Tag war, ehe sie die Überfahrt über den See wagten. Sie schoben das Kanu an Land und entluden es für die Nacht. Dann schlugen sie ein provisorisches Lager auf und verzehrten das mitgebrachte Essen. Sie verzichteten auf ein Feuer und rollten sich in ihre Decken. Sie wollten möglichst früh aufbrechen, denn die Fahrt über den See war lang.

***

Am Morgen lag der See still und friedlich vor ihnen und der Himmel war wolkenlos. Die erste Passage war gefährlich, denn sie paddelten quer zur anderen Seite des Sees, wo eine riesige Halbinsel in den See ragte. Dort gab es eine Stelle, die von ihnen Bucht der Störe genannt wurde und die weit in das Landesinnere der Halbinsel hineinragte. Nur zum Schluss gab es eine Portage, bei der sie das Kanu tragen mussten, aber dann hätten sie Zeit gespart, weil sie nicht die ganze Halbinsel umfahren mussten. Der Weg über das Wasser war gefährlich, denn zu leicht konnte aufkommender Wind sie vom Kurs abbringen oder das Kanu kentern lassen. Also hatten sie Tabak geopfert, um die Geister zu beschwichtigen, und sie hofften auf den Talisman, den Wabeno ihnen gegeben hatte. Die Reise würde lang und gefährlich sein, nicht nur durch Begegnungen mit fremden Völkern, sondern auch durch die Launen der Natur.

Sie opferten erneut Tabak, ehe sie das Kanu ins Wasser ließen, damit die Geister des Wassers versöhnlich gestimmt wurden. Sie dachten auch an den Wind und baten den Geist des Windes, für heute nur eine leichte Brise zu schicken und sich den Sturm für einen anderen Tag aufzusparen. Auf dem Wasser würde es heiß werden und so hatten sie eine einfache Kopfbedeckung aus Bast gebastelt. Es sah ein wenig aus, als hätte ein Vogel sein Nest auf ihren Köpfen gebaut. Aber man konnte es nassmachen, damit es den Kopf ein wenig kühlte. So ausgerüstet stießen sie vom Ufer ab und begannen im gleichmäßigen Rhythmus über den See zu

paddeln. So früh am Morgen wehte noch eine sanfte Brise, sodass sich das Wasser leicht kräuselte. Manchmal spritzte etwas Wasser hoch, wenn eine kleinere Welle das Kanu erreichte. Im Laufe des Vormittags wurde der See jedoch ruhig und das Kanu trieb schnell auf dem Wasser dahin. Die Männer orientierten sich am hinteren Ufer, das mit der Zeit immer verschwommener wurde und schließlich gegen Mittag hinter ihnen verschwand. Das Wetter blieb schön und so legten sie eine Pause ein, indem sie das Kanu einfach treiben ließen und nur ein Mann hin und wieder die Lage korrigierte. Sie aßen getrocknetes Fleisch und blinzelten gegen die heiße Sonne am Himmel. Es wäre schön, am Abend ein erfrischendes Bad zu nehmen. Sie hatten keine Eile und so planten sie, bei ihrer Ankunft erst einmal ein Lager aufzuschlagen.

Nach einer kurzen Weile paddelten sie weiter. Wapus behielt das gegenüberliegende Ufer genau im Auge und korrigierte dann den Kurs leicht nach Osten. Die leichte Strömung hatte sie etwas abgetrieben, sodass sie sonst die Bucht verfehlen würden. Nach einer ganzen Weile konnten sie endlich das Ziel des heutigen Tages erkennen. Zwischen dem dichten Wald, der fast bis an die Wasserlinie wuchs, öffnete sich eine riesige Mündung, die mehr wie ein großes Flussdelta aussah als wie eine Bucht. Die Menominee kamen hier im Sommer öfter her, um Tabak zu ernten oder nach Stören zu fischen. Der sandige Boden in Ufernähe war gut geeignet für die wildwachsenden Tabakpflanzen, die im Wald eher nicht zu finden waren.

***

Wakoh steuerte das Kanu an den Strand und ließ es im weichen Sand hochgleiten. Machwao sprang als Erster an Land und streckte seine müden Glieder. Den ganzen Tag im Sitzen zu verbringen war anstrengend gewesen. Auch die anderen streckten sich und halfen, das Kanu ins Trockene zu ziehen. Dann luden sie die Bündel aus und drehten das Kanu um. Sorgfältig prüften sie es auf mögliche Schäden oder Nähte, die vielleicht bald Wasser durchließen. Sie hatten etwas Harz dabei, um es zur Not abzu-

dichten. Aber das Kanu war neu und hatte bisher kein Wasser ins Innere gelassen. Wapus entfernte sich, um trockenes Holz für ein Feuer zu sammeln, während Wakoh seinen Speer nahm und sein Glück beim Fischen versuchte. Die Halbinsel war unbewohnt, obwohl Gräber darauf hindeuteten, dass sie einst von einem anderen Volk besiedelt gewesen war. Vielleicht waren sie verschwunden, weil die Halbinsel eine größere Anzahl Menschen nicht ernährte? Wer wusste das schon! Inzwischen hatte sich der Bestand an Wild erholt und die Menominee kamen gern hierher, um zu jagen oder zu fischen.

Machwao baute eine Feuerstelle, während auch Awässeh-neskas verschwand, um im See zu baden. Er war unter ihnen der beste Koch und würde erst gebraucht werden, wenn Wakoh tatsächlich mit Jagdbeute zurückkehrte. Machwao sah zu, wie er tollpatschig wie ein Bärenjunges ins Wasser stieg und genüsslich seinen Körper entspannte. Er grinste und wandte sich wieder der Feuerstelle zu. Wapus kehrte bereits mit Ästen und Zweigen zurück und die beiden setzten sich hin, um ein Feuer in Gang zu bringen. Sie hatten Feuersteine dabei, doch es dauerte eine ganze Weile, ehe die Funken schließlich den mitgebrachten Zunder entflammten. Man brauchte Geduld, um ein Feuer zu entzünden. Wapus schob das Kinn vor und deutete auf einige Büsche, die in der Nähe des Ufers wuchsen. „Wir könnten den Tabak auf der Rückfahrt ernten, wenn wir hier vorbeikommen."
Machwao hob die Augenbrauen auf und nickte dann. „Gute Idee. Wenn es dann noch keinen Frost gegeben hat." Er lächelte und streckte seinen Körper. „Wir sollten hier einen Tag Rast machen. Es macht keinen Unterschied, ob wir morgen oder in zwei Tagen weiterfahren. Meine Beine sind steif und können eine Rast vertragen."
Er sah auf, als Awässeh-neskas aus dem Wasser kam und sie mit seinen Haaren nass spritzte. Es war eine deutliche Einladung, dass sie nun an der Reihe waren. Machwao nickte Wapus zu und gemeinsam rannten sie zum Ufer und warfen sich kopfüber ins Wasser. Das Wasser war noch kalt und erfrischte sie sofort. Sie plantschten wie kleine Jungen und kehrten dann bibbernd ans

Feuer zurück. Noch war Wakoh nicht zurückgekehrt und sie überlegten, ob sie etwas von ihren Vorräten essen sollten. Sie schoben weitere Äste ins Feuer und setzten sich dann in die Wärme, um auf den Freund zu warten.

Mit zwei Hechten in der Hand kehrte Wakoh schließlich zurück. Er machte ein warnendes Zeichen. „Ich habe ein verlassenes Lager entdeckt!", erzählte er besorgt. „Ich glaube nicht, dass es von unseren Leuten stammt."

„Ho-Chunk?", erkundigte sich Machwao.

Wakoh zuckte die Schultern. „Kann sein. Ich wusste nicht, dass sie schon so weit nördlich sind!"

Wapus legte den Kopf schief und dachte darüber nach. „Es ist gut, dass wir eine Delegation schicken und einen Frieden aushandeln. Ich möchte ungern an ihrer Küste entlangpaddeln und immer befürchten müssen, dass ich von ihren Pfeilen aufgespießt werde."

Machwao grinste schief, denn auch ihm missfiel diese Aussicht. „Gut, dass Biberherz mit einige Kriegern und Ältesten zu ihnen aufgebrochen ist. Auch mein Onkel Maciskaw Apähsos ist unter ihnen. Ich bin gespannt, was sie bei unserer Rückkehr zu erzählen haben."

„Wenn sie zurückkehren!", gab Wakoh zu bedenken. Man konnte hören, dass es ihm schwer gefallen war, nicht mit der Delegation zu gehen, aber er hatte bereits seinen Freunden zugesagt, sie zu begleiten.

Biberherz würde sich mit den Häuptlingen aus anderen Dörfern zusammenschließen und so wäre es eine beeindruckende Abordnung, die sich mit den Ho-Chunk traf. So schnell würde es also niemand wagen, sie anzugreifen. Trotzdem blieb die Gefahr, denn die Dörfer lagen weit voneinander entfernt und selbst ihre Freundschaft zu einem Dorf war keine Garantie, dass ihnen auch andere Dörfer freundschaftlich gesonnen waren.

„Es ist nicht höflich, eine Delegation zu überfallen", meinte Machwao. „Und sie werden genügend sein, um sich zu verteidigen."

„Hah, aber wissen das auch die anderen Ho-Chunk? Vielleicht landen alle in deren Kochfeuern und werden verspeist." Wakoh

hatte nach dem Angriff keine gute Meinung von diesem Volk. Mit Ausnahme natürlich von Witcawa und Falke.

Machwao konnte sich ein Kichern nicht verkneifen, denn sein Freund redete wirklich Unsinn. „Die Ho-Chunk bringen keine Menschenopfer dar!", versicherte er schmunzelnd.

„Woher willst du das wissen? Schließlich warst du noch nie bei ihnen." Wakoh funkelte seinen Freund herausfordernd an. „Ohne Witcawa und Falke wäre ich vermutlich zu Tode gefoltert worden und sie hätten mein Herz verspeist."

Wapus gab ihm recht. „Im Süden gibt es schon Völker, die ihren Göttern Menschenopfer darbringen. Allerdings habe ich das noch nie über die Ho-Chunk gehört."

Triumphierend schob Wakoh die Lippen vor. „Siehst du! Es sind ganz schlechte Menschen! Wir sollten aufpassen, wenn wir an ihren Ufern vorbeiziehen."

Wapus schüttelte den Kopf. „Wir werden dort sogar eine Rast einlegen. Also spar dir deine mahnenden Worte. Wir sind Händler, die bei allen Völkern einen gewissen Schutz genießen."

„Einen gewissen Schutz, ja!", maulte Wakoh. „Wir werden ja sehen, wie weit wir damit kommen. Wir hätten Witcawa und Falke fragen sollen, ob sie uns nicht begleiten möchten. Da würde ich mich jetzt wohler fühlen."

Wapus lächelte besänftigend. „Das hätte uns höchstens für das Gebiet der Ho-Chunk genützt, aber nicht bis zu dem Ort, an dem wir Handel treiben wollen, oder den Weg wieder zurück. Aber mach dir keine Sorgen! Ich habe das schon mehrere Male gemacht, also vertrau mir."

Wakoh schwieg, denn er wollte seinen Freund nicht bloßstellen. Wenn er weiter seine Sorgen äußerte, stellte er dessen Weisheit in Frage. Abgesehen davon gefiel es ihm, so eine gefahrvolle Reise zu unternehmen, dann durfte er sich jetzt auch nicht darüber beschweren, wenn sie wirklich auf Gefahren stießen. Er sah zu, wie Awässeh-neskas die Hechte auf einem heißen Stein garte, und nahm sich hungrig seinen Anteil. Ein lauer Wind kam auf und schweigend sahen sie zu, wie der rote Feuerball im Westen langsam hinter den Baumwipfeln verschwand. Es war warm und so legten sie die Decken auf den Boden und fielen in Schlaf.

***

Am Morgen aßen sie den verbliebenen kalten Fisch und machten sich dann auf den Weg, weitere Fische zu fangen, die sie als Proviant mitnehmen wollten. Auf ein warnendes Zeichen hin, duckten sie sich sofort hinter einige Bäume und warfen Wakoh einen hektischen Blick zu. Hatte er etwas gesehen? Kanus, signalisierten seine Hände.

Welches-Volk, fragte Machwao alarmiert.

Neshnabe!

Die Krieger wagten kaum zu atmen, als sie das Wasser beobachteten. Würden die Neshnabe die Bucht ansteuern? Die Kanus lagen zwar auf dem Trockenen, doch wenn die Feinde anlegten, würden sie die Kanus und damit auch die Menominee entdecken.

Wie-viele? Machwao schlich etwas näher, um sich ebenfalls einen Überblick zu verschaffen. Wakoh knurrte ihn warnend an und Machwao duckte sich flach auf den Boden. „Vier Kanus mit je sechs Männern", zischte Wakoh.

„Was machen sie so weit westlich?", überlegte Machwao ungläubig. Die Neshnabe lebten sonst auf der anderen Seite des Käqcekam.

Mit einem Rucken deutete Wakoh auf die vorbeigleitenden Kanus. „Sie sind auf dem Kriegspfad!" Deutlich war die Bemalung in den Gesichtern der Krieger zu erkennen.

„Gegen wen?"

Wakoh zuckte mit den Schultern. „Es ist besser, wenn sie uns nicht sehen. Sie wirken nicht so, als würden sie zwischen den verschiedenen Stämmen unterscheiden."

Machwao verzog besorgt die Lippen und wandte sich den anderen beiden Männern zu, die immer noch hinter einigen Bäumen im Verborgenen lagen. Warnend bedeutete er ihnen, weiter in Deckung zu bleiben. Dann lauschte er den Stimmen, die sich langsam entfernten. Er seufzte tief. „Wir sollten hier verschwinden", flüsterte er drängend. Wakoh nickte zustimmend. „Macht das Kanu klar! Ich beobachte die Männer noch ein bisschen." Er huschte in der Deckung der Bäume am Ufer entlang und verschwand aus Machwaos Sichtfeld. Hurtig erhob sich der Krieger

und gab den anderen Zeichen, die Kanus zu beladen. „Wir hauen ab!"

Sogleich ließen Awässeh-neskas und Wapus das Kanu ins Wasser, während Machwao schon die Bündel holte. In aller Eile beluden sie das Kanus, setzten sich hinein und warteten auf den letzten Mann. Nach kurzer Zeit kam Wakoh angelaufen und schob das Kanu weiter ins Wasser, eher er an Bord kletterte. „Sie fahren weiter in Richtung Westen. Wahrscheinlich wollen sie ein Ho-Chunk Dorf überfallen. Nichts wie weg!"

Die Männer hielten sich in der Nähe des Ufers, als sie immer weiter ins Landesinnere paddelten. Die Bucht war anfangs breit, doch je mehr sie ins Landesinnere paddelten, desto näher rückten die Ufer von beiden Seiten. Am Abend hatten sie schließlich die Stelle erreicht, an der das Wasser in Sumpf und Morast überging. Die letzte Strecke würden sie das Kanu und die Ausrüstung tragen müssen, aber sie beschlossen, dies erst am nächsten Tag zu tun. Die Portage war anstrengend und sie wollten erst einmal ihre Kräfte sammeln. Außerdem war hier die Gefahr nicht so groß, von vorbeifahrenden Feinden entdeckt zu werden. Wieder schlugen sie das Nachtlager auf und eine gewisse Routine stellte sich ein. Wakoh ging fischen, Wapus kümmerte sich um das Feuer, während Machwao Holz sammelte und Awässeh-neskas den Boden ebnete, auf dem sie schlafen wollten. Die Bündel lagen an einer erhöhten Stelle und die Bündel mit der Nahrung wurden an den Ast eines Baumes gehängt, damit keine wilden Tiere auf die Idee kamen, sich das Fressen zu holen. Wenn plötzlich Bären in der Nacht auftauchten, dann konnte es gefährlich werden. Aber auch Wölfe und Kojoten hatten schon versucht, auf leichte Weise an Futter heranzukommen, obwohl sie sonst gegenüber dem Menschen sehr scheu waren. Das Feuer schützte gut vor unliebsamen Besuchern, aber das hieß auch, dass einer wach bleiben musste, um sich darum zu kümmern. Sie benutzten einen Lagerplatz, der schon vor ihnen von anderen Menschen genutzt worden war. Dieses Jahr schienen sie jedoch die ersten zu sein, die an dieser Stelle lagerten, denn Spuren deuteten darauf hin, dass Tiere die Feuerstelle nach Essensresten durchsucht hatten. Die Män-

ner sorgten dafür, dass nicht nur sie genug Holz für das Feuer hatten, sondern sammelten auch genug, sodass andere Wanderer ein Feuer entzünden konnten. Endlich kehrte Wakoh zurück und zeigte ihnen grinsend seine Beute. Dieses Mal hatte er zwei Enten erlegt, die er im Schilf des Ufers erspäht hatte. Alle lachten, denn das Fleisch wäre eine willkommene Abwechslung.

***

Beim ersten Tageslicht machten sie sich an die Arbeit, das Kanu zur anderen Seite der Halbinsel zu tragen. Sie trugen es zu zweit und wechselten sich ab. Die anderen trugen währenddessen die Paddel oder sicherten die Umgebung. Mehrmals machten sie Pause, um die Muskeln zu entspannen, doch nach einer Weile hatten sie endlich das andere Ufer erreicht und versteckten das Kanu im Schilf. Im Dauerlauf kehrten sie zurück, um auch die Ausrüstung zu holen. Jeder schulterte die Bündel und Matten, dann folgten sie Wakoh, der als Einziger seine Waffen griffbereit hielt und nicht ganz so viel trug wie die anderen. Die Wachsamkeit hatte nachgelassen, denn bisher waren sie auf keine Menschenseele gestoßen, aber eine gewisse Vorsicht war trotzdem geboten.

Beim zweiten Mal kamen sie schneller voran, sodass sie gegen Mittag die Stelle erreichten, an der sie das Kanu versteckt hatten. In der Nähe fanden sie erneut eine alte Feuerstelle, die noch mit trockenem Holz ausgestattet war. Sie beschlossen den Rest des Tages hier zu verbringen und das warme Wetter zu nutzen, um ein wenig zu baden. Dieses Mal kümmerte sich Awässeh-nes-kas um das Feuer, während die anderen ein entspannendes Bad nahmen. Ihre Muskeln schmerzten vom langen Tragen und das Schwimmen half, diese wieder zu lockern. Dieses Mal verzichteten sie darauf, zur Jagd zu gehen, denn sie waren alle müde. Sie aßen getrocknetes Fleisch, planten den nächsten Tag und beobachteten still den Sonnenuntergang. Sie ließen das Feuer niederbrennen, denn sie waren zu erschöpft, um eine Wache abzustellen. Ohne den Schein, der sie verriet, war es eher unwahrscheinlich, dass jemand zufällig auf sie stieß.

Casqui

(Indiana)

Maisblüte dämmerte die nächsten Tage einfach dahin. Sie lag in dem Zelt ihres Herrn und nahm kaum Notiz von den Geräuschen um sie herum. Ihr Rücken schmerzte bei jeder Bewegung und ihr Bauch zog sich in regelmäßigen Abständen zusammen. Sie hatte leichte Blutungen und sie überlegte, ob dies ihre ersten Riten waren. Andererseits wusste sie, dass sie neues Leben in sich trug, und fürchtete, dass dieses neue Leben vielleicht zu den Ahnen ging. Wer wollte schon in ein solches Leid hineingeboren werden? Einzig der Bruder hielt sie am Leben, der fiebernd neben ihr lag und dringend ihre Hilfe benötigte. Manchmal raffte sie sich auf, um etwas Wasser für ihn zu holen und seine heiße Stirn zu kühlen. Sie hatte sich um die Verletzung gekümmert und einen Verband aus Leder um dessen Hand gewickelt. Zweimal war der Barbier gekommen und hatte die Striemen auf ihrem Rücken mit Salbe behandelt. Sie hatte es über sich ergehen lassen, bemüht, ihre innersten Gedanken nicht preiszugeben. Sie wusste, dass sie hier nicht bleiben würde. Selbst der Tod wäre besser als dieses Leben als Sklavin.

Das nächste Mal würde sie ihre Flucht besser planen. Sie brauchte Lebensmittel, Kleidung und eine Idee, wie sie den Hunden entkommen konnte. Der Biss an ihrem Arm eiterte und sie machte Kräuterumschläge, um die Entzündung zu bekämpfen. Allein bei der Erinnerung daran, wie der Hund ihren ganzen Körper geschüttelt hatte, wurde ihr übel vor Angst. Nur der Befehl des Soldaten hatte verhindert, dass sie bei lebendigem Leib zerfleischt worden war. Juan würde kein zweites Mal Mitleid mit ihr haben. Das musste sie bei einer erneuten Flucht bedenken. Juan würde sie und ihren Bruder an einen Ast hängen lassen, wenn er sie erneut bei einem Fluchtversuch erwischte. Sie wusste, dass sie seine Gunst verloren hatte, denn er war ihr gegenüber mürrisch und genervt. Sie stand ihm nicht zur Verfügung und das ärgerte ihn. Er hatte sich eine andere Frau ins Bett geholt, die ihm bei seinen Überfällen in die Hände gefallen war. Maisblüte verstand ihre

Sprache nicht, sodass die Verständigung mit der Frau schwierig war. Sie war völlig verschreckt und hielt Juan wohl für ein göttliches Wesen. Maisblüte wusste längst, dass Juan einfach nur ein Mann war. Ein grausamer, selbstsüchtiger Mann. Die Frau wurde schnell krank, sodass Juan sie einfach davonjagte. Frauen waren austauschbar. Maisblüte verstand nicht, warum er sie nicht einfach gehen ließ. Noch weniger verstand sie, warum er Nanih Waiya so hart bestraft hatte. Kinder durfte man nicht schlecht behandeln. An seinem Arm waren blaue Flecken, wo der Hund ihn gepackt hatte. Sie sah den Hass in den Augen ihres Bruders und warnte ihn. „Du musst deine Wut besser beherrschen, sonst bestraft er dich wieder!"

Nanih Waiya senkte den Blick und starrte auf den Boden. Seine kleine Hand war immer noch eingebunden, schmerzte aber nicht mehr. „Ich werde diesem Heuschreckengesicht das Messer in den Bauch stoßen und zusehen, wie er sich in Qualen windet!"

„Hasch! Was sagst du denn? Du musst vorsichtiger sein! Es gibt hier Menschen, die vielleicht unsere Sprache sprechen und Juan sagen, was du denkst!"

Nanih Waiya lachte trocken. „Hier spricht niemand mehr unsere Sprache! Sie sind alle tot. Und wir werden auch bald tot sein, wenn wir nicht verschwinden."

Maisblüte drückte den Bruder kurz an sich. „Ich verspreche, dass wir von hier verschwinden werden. Aber wir müssen unsere Flucht besser planen. Nochmals darf er uns nicht erwischen, sonst sind wir tot. Verstehst du das?"

Der Junge nickte müde. „Aber wann?"

„Bald! Wir überqueren wieder einen Fluss. Dann passen sie nicht so auf. Oder wir warten, bis Juan wieder unterwegs ist. Wenn er uns nicht vermisst, dann sucht uns auch keiner. Vertrau mir!"

Der Junge löste sich unwillig aus der Umarmung, als sei es ihm zuwider. Er traute niemandem mehr, nicht einmal seiner Schwester. „Ich weiß jetzt, was sie mit dir machen. Es ist nicht richtig. Wie kannst du das aushalten?"

„Ich hülle einen Zauber um mich, der mich schützt. Dann merke ich es nicht so. Eines Tages sind wir weg und ich vergesse einfach, was sie mir angetan haben."

„Kann ich das auch?" Die schwarzen Augen blieben an Maisblüte kleben, als könnte sie mit einer Handbewegung alles ungeschehen machen.

„Vielleicht! Wir werden beten und unsere Ahnen bitten, uns zu helfen."

Nanih Waiya nickte getröstet. „Ich werde niemals einer Frau so wehtun!", behauptete er mit fester Stimme.

Es trieb Maisblüte die Tränen in die Augen und sie nahm das Gesicht ihres Bruders in die Hände, als sie ihn musterte. „Ich weiß!"

Maisblüte fügte sich zum Schein und kümmerte sich wieder um Juans Ausrüstung. Sie kochte, nähte und hielt sein Zelt in Ordnung. Die Blutung hatte aufgehört und sie spürte das erste Flattern des wachsenden Lebens in ihrem Leib. Es war lustig und lenkte sie von ihren düsteren Gedanken ab. Juan war meist unterwegs, sodass sie mit ihrem Bruder Fluchtpläne aushecken konnte. Ihre Bewegungsfreiheit war durch die Ketten stark eingeengt, aber ihr Bruder streifte bereits wieder durch das Lager und brachte zusätzliche Nahrungsmittel. Er fand vor allen Dingen Walnüsse vom letzten Jahr, die Maisblüte in einem Sack hütete. Es wurde zusehends wärmer und Maisblüte wusste, dass ihre Chancen damit stiegen. Wenn sie erst in den Wäldern waren, musste sie nicht fürchten, eines Nachts einfach zu erfrieren. Die Blätter der Bäume trieben und die Uferböschungen verschwanden unter dichten Sträuchern. Es wäre leichter, sich zu verstecken.

Dann wurde das Lager abgebrochen, weil es den Lanzenreitern gelungen war, das andere Ufer einzunehmen. Wieder einmal setzte Maisblüte in einem Floß über einen weiteren Fluss über. Ein anderes Floß wurde von einer Steilwand aus mit Pfeilen beschossen und die Menschen gerieten in Todesgefahr. Das Floß war zu weit abgetrieben und bewegte sich in Richtung des Ufers, das noch von den Indios gehalten wurde. Maisblüte beobachtete das Geschehen von der Ferne aus. Sie sah aber auch, wie die Lanzenreiter eine Attacke ritten und Armbrustschützen kurz darauf das Steilufer einnahmen und nun die Überquerung schützten. In Maisblüte arbeitete es. Warum gab es keine Möglichkeit, sich

gegen diese Menschen zu schützen? Sie hatte schon so oft erlebt, wie Dörfer eingenommen und die Bewohner versklavt worden waren. Und sie hatte die Schreie gehört, wenn die Spanier die Gefangenen folterten, weil sie wissen wollten, wo man Perlen und Edelsteine finden konnte. Auch ihr hatte man die beringten Finger unter die Nase gehalten und gefragt, wo so etwas zu finden war. Tatsächlich hatte sie so etwas noch nie gesehen und einfach den Kopf geschüttelt. Doch während man bei ihr annahm, dass sie als Frau ohnehin nichts wusste, war man bei den männlichen Gefangenen weniger zimperlich. Die Schreie, wenn man ihnen Arme und Beine abhackte, waren grässlich.

Maisblüte folgte mit dem Gepäck ihres Herrn dem Tross. Sie zogen eine Weile in östlicher Richtung am Ohio entlang und erreichten schließlich ein großes Dorf, das verlassen vor ihnen lag. Es war so groß, dass der gesamte Tross in den Hütten des Dorfes nächtigen konnte. Plündernd zogen die Spanier von Haus zu Haus, nahmen Kleidung, Felle und Nahrung und was sie sonst noch brauchen konnten. Maisblüte nahm Nanih Waiya an der Hand und zog ihn in die Sicherheit einer Hütte. Sie hatte es satt, diese Plünderungen mitanzusehen. All diese Dinge gehörten anderen Menschen, die um ihre Nahrungsmittelvorräte gebracht wurden, um den Hunger der Spanier zu stillen.

***

Juan kam erst spät an diesem Abend, denn er hatte mit seinen Lanzenreitern einige kleinere Kämpfe gehabt und an die zwanzig Gefangene gemacht. Von ihnen hatte der Gouverneur erfahren, dass drei Tagesreisen von hier eine Provinz namens Pacaha läge, in der das gelbe Metall zu finden wäre, nach denen es den Spaniern gierte. Die Dörfer in der Umgebung waren die größten, die sie bisher in Florida gesehen hatten, und so war Juan de Anasco ganz gut gelaunt. Noch hatte sich das Verhältnis zu seinen Sklaven nicht wesentlich gebessert, sodass er meist nur kurze Anweisungen knurrte, wenn er mit Nana oder Maria sprach. Maria hütete sich, ihm zu missfallen, und gehorchte stets demütig. Doch das Lachen war vergangen und Nana hatte sich in einen gereiz-

ten Puma verwandelt, jederzeit bereit, sein Leben zu verteidigen. Er führte die Befehle aus, doch das Lächeln, mit dem er Juan bisher gefallen hatte, war verschwunden. Tatsächlich war Juan das erste Mal genervt von seinen Sklaven. Sie würden nie lernen, sich zivilisiert zu verhalten.

Juan saß missmutig am Feuer in der Hütte und dachte an den kommenden Tag. Es sollte wieder nach Norden gehen, an einem Fluss entlang, den die Einheimischen Wabash nannten. Er hatte den Weg bereits ein wenig ausgekundschaftet und wusste, dass sie durch einen Sumpf mussten. Die Moskitos hatten ihn bereits ordentlich zerstochen und er kratzte sich die juckenden Stellen. Kurz musterte er seine beiden Sklaven und untersuchte den Heilungsprozess der Wunden. Die Wunde, die der abgetrennte Finger hinterlassen hatte, war geschlossen und heilte gut. Er ignorierte den hasserfüllten Blick des Jungen, als er dessen Hand wieder losließ. Noch glaubte er, dass er den Willen des Kindes brechen konnte. „Wird schon wieder!", murmelte er. Dann befahl er mit einer Handbewegung, dass Maria ihren Umhang auszog. Mit seinem Finger glitt er über die rötlichen Striemen auf ihrem Rücken. Es würden hässliche Narben bleiben. Er seufzte, als er feststellte, dass damit ihr Marktwerkt gesunken war. Dabei schien sie widerstandsfähiger zu sein als andere Frauen, die sie gefangen genommen hatten. Er hatte nicht wieder mit ihr geschlafen, weil sie in seinen Augen beschmutzt war und ihre jugendliche Unschuld verloren hatte. Die Wölbung ihres Leibes war nun deutlicher zu sehen und die Frau hatte irgendwie an Reiz verloren. Er hatte angenommen, dass die Peitschenhiebe das Kind aus dem Leib getrieben hätten, aber der Fötus schien ebenso widerstandsfähig zu sein wie die Frau. Wahrscheinlich war es von ihm und hatte damit seine Natur geerbt. Fast amüsierte ihn der Gedanke daran. Er setzte sich wieder ans Feuer und ließ sich eine Schale Essen reichen. Maria hatte eine schmackhafte Suppe aus Mais, Bohnen und Maronen gezaubert. Allerdings fehlte ihm das Fleisch. „Warum ist kein Fleisch drin?", erkundigte er sich. „Der Señor Maestro hat mir nichts gegeben!", antwortete der Junge im besten Spanisch.

„So?" Auf Juan de Anascos Stirn erschien ein dickes Ausrufezeichen. Immerhin war er der Capitán der Lanzenreiter!

„Er sagte, dass es erst wieder Fleisch gibt, wenn wir Casqui erreichen."

Juan erwiderte nichts mehr. Wahrscheinlich wollten sie erst wieder schlachten, wenn wirklich Zeit blieb, um das Fleisch auch zu verarbeiten. Solange musste er sich eben mit Maissuppe begnügen. Er winkte großzügig und erlaubte auch Maria und Nana, dass sie sich bedienten. Er runzelte die Stirn, als Maria hungrig die Suppe trank. Das kleine Wesen in ihrem Bauch schien wohl ebenfalls hungrig zu sein. Er fragte sich, ob es ein Junge oder ein Mädchen sei und ärgerte sich gleichzeitig über diesen Gedanken. In erster Linie war es ein Sklavenkind. Aber er konnte sich um die Ausbildung kümmern und so wäre das Kind immerhin von einem gewissen Wert. Seltsam, dass bisher so wenige Kinder von den Indios überlebt hatten. Die meisten Gefangenen waren innerhalb kürzester Zeit gestorben, sodass bisher keine Bastarde von Indios und Spaniern überlebt hatten oder überhaupt geboren worden waren. Dieses Kind wäre das erste. Nach drei Jahren in diesem Land war das verwunderlich. Bisher erachtete er die Indios als wenig widerstandsfähig, kaum geeignet, um als Sklaven zu dienen. Vielleicht wäre die nächste Generation besser geeignet. Es wäre wahrscheinlich für die Krone von wissenschaftlichem Wert, so ein Kind mit nach Spanien zu bringen. Er lächelte in Richtung seiner Sklavin und rieb sich demonstrativ den Bauch.

„Das Kleine hat Hunger, was?"

Zwei Paar schwarze Augen starrten ihn ungläubig an, dann wichen die Blicke aus und die beiden wandten sich dem Essen zu. Juan glaubte an einen guten Witz und lachte dunkel. Er wusste nicht, dass es ungehörig war, über ein Ungeborenes zu reden. Und er wusste auch nicht, wie verwirrend es für die beiden war, dass er plötzlich wieder den Fürsorglichen spielte.

***

Am nächsten Tag brach der gesamte Tross wieder auf. Sie kamen durch einige große Dörfer, die aber verlassen vor ihnen lagen. Die

Landschaft war wunderschön und der Boden schien fruchtbar zu sein. Wälder wechselten sich mit Feldern ab, die die Einheimischen angelegt hatten. Sie sahen keinen Menschen, denn die Bewohner hatten rechtzeitig die Flucht ergriffen. Auch die Dörfer waren leer und die Soldaten ärgerten sich, dass sie nichts zu plündern fanden.

Die Nacht verbrachten sie wieder in einem verlassenen Dorf, in dem sogar die Vorratskammern und Gruben leer waren. Die Bewohner hatten alles mitgenommen, was sie tragen konnten. Sehr zum Missfallen der Spanier, die darauf angewiesen waren, dass sie Lebensmittel fanden. Juan knurrte verärgert, als es einen weiteren Tag kein Fleisch in der Suppe gab. Er war den ganzen Tag mit seinen Lanzenreitern unterwegs gewesen und hatte die Flanken gesichert. Es kehrte schnell Ruhe ein, denn die Menschen waren müde.

Dann erreichten sie den Sumpf und fluchend machten sich die Spanier daran, ihn zu durchqueren. Das Wasser stand ihnen bis zu den Knien, manchmal sogar bis zur Hüfte, und die schwerfälligen Wagen blieben mehr als einmal in dem Morast stecken. Fliegen umschwärmten die Menschen in dichten Wolken und Moskitos fanden reichlich Beute. Es war fast unmöglich, die Ausrüstung trocken zu halten. Die wenige Munition, die sie aufgespart hatten, war auf Pferde verladen worden, die müde durch das Wasser trotteten. Die Karren wurden manchmal mit langen Balken in Flöße umgewandelt, wenn der Wasserstand zu hoch war. So wurden wenigstens die Lebensmittel und die Kleidung trocken gehalten. Alles andere war nass. Zum Glück war es warm.

**

Maisblüte schlurfte mit den Ketten an den Füßen durch das Wasser. Manchmal blieb sie an einem Ast oder Stein hängen, den sie in dem Matsch nicht gesehen hatte, und stürzte. Die Bündel, die sie trug, waren schwer von dem Wasser, das alles durchweicht hatte. Nanih Waiya holte ihr schließlich einige Äste, die sie zu ei-

nem einfachen Floß zusammenbinden konnte. Dann schleppte er noch einige längere Äste heran, sodass sie die Bündel hinter sich herziehen konnten, wenn das Wasser nicht ganz so hoch stand. Nass waren die Sachen ohnehin schon. Erst am Abend erreichten sie wieder höheres Gelände und suchten sich einen Platz, an dem sie ihre Sachen trocknen konnten.

Maisblüte hängte die Kleidung zum Trocknen über Äste und Zweige und rieb sich dann die entzündeten Knöchel. Sie waren blutig und winzige Maden hatten sich in die Wunden gesetzt. „Ich brauche Feuer", murmelte sie müde. Nanih Waiya erhob sich und ging zur Mitte des Lagerplatzes, an dem erste Feuer brannten. Er nahm einen brennenden Stock und brachte ihn zu Maisblüte. Dann sammelte er schnell einige dürre Zweige und Äste, mit dem er ein eigenes Feuer entfachte. Maisblüte saß davor und genoss die Wärme, die ihre feuchte Kleidung trocknete. Sie wagte es nicht mehr, sich gänzlich zu entblößen, um nicht die Aufmerksamkeit der Soldaten auf sich zu lenken. Dann nahm sie einen kleinen brennenden Zweig und drückte ihn immer wieder auf dem entzündeten Fleisch aus.

***

Juan gesellte sich zu ihnen und schaute desinteressiert zu, wie Maria ihre Wunden behandelte. „Wärst du nicht geflohen, müsstest du keine Ketten tragen!", meinte er wenig einfühlsam. Er wickelte sich in eine trockene Decke, benutzte den Sattel als Kopfkissen und legte sich ans Feuer. Mit einem tiefen Seufzen starrte er in den Himmel, an dem nur eine schmale Sichel des Mondes zu sehen war. Dafür war das Band der Milchstraße deutlich zu erkennen. Unzählbar viele Sterne funkelten auf ihn herunter, in ihrer Menge manchmal nicht mehr voneinander zu unterscheiden, so eng standen sie beieinander.

Nana baute sich vor ihm auf und störte den Blick auf die Sterne. „Ich habe Hunger!", verkündete er.

Juan de Anasco lachte dröhnend. Er konnte diesem Gnom noch nicht einmal böse sein. „Schon gut, ich hole euch noch was!", gab er nach. Schwungvoll erhob er sich und schlenderte zu dem

Feldlager, um sich einen Topf Suppe geben zu lassen. In einer Ecke saßen zusammengedrängt die neuen Gefangenen, die sie geschnappt hatten. Sie waren halbnackt, mit Häuten und Fellen behängt und machten einen verstörten Eindruck. Nur mit Peitschenhieben konnten sie dazu gebracht werden, die Ausrüstung zu tragen, ansonsten waren sie weder gefällig noch gefügig. Es würde ewig dauern, bis man sie halbwegs gezähmt hatte. Sie waren Tieren ähnlicher als Menschen. Eigentlich waren Maria und Nana schon halbwegs zivilisiert und wertvolle Mitglieder der Expedition.

Er schnappte sich den Topf und kehrte zu den beiden zurück. In einem Anflug von Großzügigkeit brachte er Maria zum Schmied und ließ ihr die Ketten wieder abnehmen. „Ich werde dich gut behandeln, wenn du gehorsam bist!", erklärte er freundlich. „Aber missbrauche meinen Großmut nicht! Wenn du wieder fliehst, dann ist es vorbei!"

Das Mädchen nickte gehorsam und er war zufrieden. Wo sollte sie auch hin? Wie sollte sie allein den Ohio überqueren und wie sollte sie den weiten Weg in ihre Heimat finden? Und wie wollte sie in der feindlichen Umgebung überleben? Die Indios hier erschienen ihm kriegerisch und wenig freundlich gegenüber Fremden. Er setzte auf Freundlichkeit. Vielleicht würde sie sich endlich in ihr Schicksal fügen. Und wenn er eines Tages nach Spanien zurückkehrte, dann würde er entscheiden, was er mit ihr und dem Kind machte.

Der Weckruf am Morgen überraschte ihn nicht. Sie hatten im Freien übernachtet, auf dem harten Boden, und seine Knochen beschwerten sich lautstark über die schlechte Behandlung. Maria und Nana schliefen noch und er weckte sie mit einem Tritt. „Packt alles zusammen! Es geht weiter …!", befahl er nicht unfreundlich.

Verschlafen rieben sich die beiden die Augen und er schmunzelte. Sie waren Heiden, unbedarfte Kinder, die keine Ahnung von seinen Verpflichtungen hatten. Er deutete auf die Ausrüstung, die über den Zweigen trocknete. „Packt alles zusammen und folgt dem Tross. Ich sehe euch heute Abend wieder!"

Maria wich seinem Blick etwas aus, während Nana ihn mit zwei Zahnlücken angrinste. Seine schwarzen Augen dagegen lächelten nicht. Juan erkannte, dass der Junge ihm das Abhacken des Fingers noch lange nicht verziehen hatte. Juan kümmerte sich nicht weiter um die beiden. Er ließ seine Männer aufsatteln und in voller Kampfmontur antreten. Er wollte am Abend in einem Dorf übernachten und endlich Fleisch in der Suppe haben.

Bereits gegen Mittag fanden sie ein großes Dorf, dessen Bewohner von ihrer Ankunft völlig überrascht waren. Sie nahmen Frauen und Männer gefangen, erbeuteten Lebensmittel, Kleidung, Felle und jede Menge getrocknetes Fleisch und eroberten im Handstreich noch ein weiteres Dorf, das nur anderthalb Leguas entfernt lag. Der Häuptling näherte sich voller Demut und brachte als Zeichen seines guten Willens viele Lebensmittel.

Juan inspizierte indessen das Dorf. Es war gut befestigt, mit Palisaden und sogar Wehrtürmen, wie er es von den Burgen zuhause kannte. Die Einheimischen, die von den Spaniern einfach nach deren Häuptling „Casqui" genannt wurden, hatten von Hand riesige Erdhügel aufgeschüttet, auf denen ihre Häuser standen. Manche waren mit den Schädeln der wilden Kühe geschmückt, die es hier in Massen zu geben schien. DeSoto ordnete an, auf einem der Hügel ein großes Kreuz als Zeichen der Eroberung aufzustellen. Das christliche Kreuz überragte das Dorf und der Häuptling fiel auf die Knie und küsste das Kreuz als Zeichen seines Respekts. Vielleicht hoffte er, auf diese Weise seine Stammesangehörigen zu befreien, aber die Spanier benötigten zusätzliche Träger für die Weiterreise und legten die Gefangenen in Ketten. Sie versprachen dem Häuptling, die Gefangenen freizulassen, wenn er den Frieden hielt und die Spanier gegen Pacaha unterstützte. Als Zeichen, dass sie es ernst meinten, ließ DeSoto über fünfzig gefangene Frauen wieder frei. Der Häuptling äußerte sich in Lobpreisungen und schwor, den Frieden zu bewahren und künftig als Verbündeter auf der Seite DeSotos zu kämpfen. Er war ein verschlagener Bursche und Juan wusste sofort, dass man ihm nicht trauen konnte.

Begegnungen
(Michigan-See)

Machwao saß dieses Mal im Heck des Kanus und hatte das Steuern übernommen. Sie waren schon früh aufgebrochen und paddelten in südlicher Richtung in einigem Abstand zum Ufer dahin. Sie waren gerade so weit, dass Pfeile sie nicht mehr erreichen konnten, aber immer noch nahe genug, um Einzelheiten am Ufer zu erkennen. Sie paddelten die Halbinsel entlang, die vom Wasser aus einen unberührten Eindruck vermittelte. Einmal sahen sie zwei Hirsche am Ufer stehen, die schnell verschwanden, als sie die Kanus in der Ferne bemerkten. Möwen flogen über sie hinweg und sie entdeckten einen Adler, der seine Kreise über dem Wasser zog, auf der Suche nach Nahrung.

In einiger Entfernung schoss er plötzlich zur Wasseroberfläche hinunter, tauchte blitzschnell seine Krallen ins Wasser, packte sich einen Hecht und versuchte mit seiner Beute nach oben zu fliegen. Der Hecht war schwer und der Adler kämpfte eine Weile mit der Beute, bis es ihm endlich gelang, den Fisch auf einen Stein am Ufer zu legen.

Die Männer lachten laut, denn fast wäre der Adler von dem Fisch ins Wasser gezogen worden. „Der Hunger war größer als seine Augen!", bemerkte Awässeh-neskas.

Auch Wakoh kicherte und drehte sich zu seinem Freund um. „Wie bei dir! Du suchst dir auch immer die fetteste Beute!"

Awässeh-neskas riss entrüstet die Augen auf. „Ich? Selbstverständlich suche ich immer die fetteste Beute. Aber nur, um meine Freunde sattzubekommen! Ihr würdet sonst sagen, was ich für ein schlechter Jäger bin."

„Nie!", versicherte Wakoh mit einem breiten Grinsen. „Nie würde ich das sagen!"

Awässeh-neskas hob sein Paddel ein wenig und spritzte Wakoh einfach nass. Dieser rächte sich, indem er ebenfalls eine Ladung Wasser auf seinen Freund goss.

Das Kanu wackelte bedenklich hin und her, sodass Machwao die beiden zur Ordnung rief. „Hey, wenn ihr weiter eure Kinderspie-

le spielt, dann landen wir auf dem Grund des Sees, und dieser Adler dort drüben wird über uns lachen. Sitzt still!"

Die beiden lachten noch immer, balancierten jedoch das Gleichgewicht aus und nahmen das Paddeln wieder auf. Der Adler hatte innegehalten und beobachtete sie scharf. Ruhig glitt das Kanu an ihm vorbei und er hackte weiter Fleischstücke aus dem Fisch. Er schien es nicht für nötig zu erachten, vor den Menschen zu fliehen. Einige Möwen kamen näher und hofften wohl auf Reste des köstlichen Essens. Noch aber trauten sie sich nicht näher, denn der Schnabel des Adlers war scharf.

***

Als die Sonne ihren höchsten Punkt erreicht hatte, paddelten die vier an Land, um die größte Mittagshitze im Schatten zu verbringen. Sie schoben das Kanu auf das Ufer und suchten sich zwischen den Fichten einen Platz zum Ausruhen. Wakoh nutzte die Gelegenheit, um ein wenig zu fischen, und stellte sich mit seinen Speer in den See. Awässeh-neskas schüttelte den Kopf und pfiff leise durch die Zähne. „Wakoh wird anscheinend nie müde?"

Machwao lächelte freundlich. „Er streckt nur seine müden Glieder."

Awässeh-neskas streckte sich ebenfalls und schlug dann gemütlich die Beine übereinander. „Das mache ich auch. Aber im Schatten und auf der Erde." Alle lachten leise und schlossen dann faul die Augen. Es war schön, mit seinen Freunden unterwegs zu sein.

Am Nachmittag fuhren sie weiter. Wakoh hatte tatsächlich zwei Störe erwischt und in den Bug des Kanus gelegen, um sie am Abend zu braten.

Der Himmel hatte sich bewölkt und ein leichter Wind war aufgekommen, der das Kanu noch schneller über das Wasser schießen ließ. Leichte Wellen entstanden und die Männer wussten, dass am Abend ein Unwetter aufziehen würde. Sie blieben in der Nähe des Ufers, um schneller an Land gehen zu können, wenn die Wellen höherschlugen. Sie beobachteten scharf den Himmel, denn schnell konnte aus einem Gewitter auch ein Tornado werden. In der Ferne baute sich bereits eine drohende lila und

schwarz gefärbte Wolkenfront auf, die hin und wieder von hellen Blitzen durchbrochen wurde.

Wapus gab das Zeichen, an Land zu gehen, denn der aufkommende Wind drohte sie weiter auf das Wasser hinauszutreiben. Sie kämpften gegen die Strömung und schafften es gerade noch, das rettende Ufer zu erreichen. Der Wind nahm zu und verwandelte sich in kürzester Zeit in einen schweren Sturm. Erste Regentopfen peitschten auf die Wasseroberfläche und erreichten auch die Bäume, die am Ufer standen. Die Männer zogen das Kanu ins Trockene und entluden es hastig. Dann drehten sie das Kanu um und verstauten die Bündel darunter, um sie trockenzuhalten. Sie legten die Paddel aus, damit die Bündel im Trockenen standen, denn es hatten sich bereits kleine Rinnsale gebildet, die auch unter das Kanu flossen. Hastig schlüpften die Männer aus ihrer Kleidung und legten sie ebenfalls unter das Kanu, dann sahen sie mit skeptischem Blick nach oben. Der Wind war kein Spaß mehr! Mit unglaublicher Kraft schüttelten die Geister des Windes die Kronen der Bäume und beugten sie, bis einige sogar brachen.

Machwao führte seine Freunde ein kurzes Stück vom Ufer weg und suchte Schutz hinter den Stämmen einiger größerer Bäume, die ein wenig den Wind aufhielten. Sie hüteten sich davor, zu nahe an den Bäumen zu bleiben, denn sie wussten, dass dort jederzeit ein Blitz einschlagen konnte. Wakoh entdeckte einen geeigneten Platz zwischen einigen Felsen, die zugleich Schutz vor dem Wind und dem Regen boten. Gebückt rannten sie dorthin und pressten sich gegen die Felsen, als das Unwetter um sie herum zunahm. Sie waren unterkühlt und pressten sich aneinander, um sich gegenseitig zu wärmen. „Huh, die Donnerwesen sind erzürnt!", schlotterte Wakoh. „Hoffentlich bleiben unsere Sachen trocken!"

„Ach, der Sturm wird bald vergehen! Morgen scheint wieder die Sonne und dann können wir alles trocknen", meinte Machwao sorglos. Seine Zähne klapperten aufeinander und straften ihn Lügen. Niemand glaubte, dass er wirklich daran glaubte, dass das Unwetter sich so schnell verziehen würde. Wapus wackelte jedenfalls zweifelnd mit dem Kopf. Mit einem Nicken deutete er

auf dunkelblaue Wolkenberge, die sich genau über ihren Köpfen zusammengezogen hatten. Die Blitze zuckten hindurch, gefolgt von einem Donnergrollen, bei dem die Männer erschrocken die Köpfe einzogen. Sie dachten an ihre Lieben, die höchstens von einer einfachen Hütte geschützt wurden. Wenn aus dem Sturm ein Tornado wurde, dann würde nichts diesem standhalten. Die wirbelnden Gesichter, die Zerstörung und Schrecken mit sich brachten, waren gefürchtete Geister, die Menschen und Hütten verschlangen und alles zerstörten, was sich ihnen in den Weg stellte. Machwao umklammerte seinen Talisman und schickte gute Gedanken zu den Geistern. Er dankte ihnen, dass sie rechtzeitig das Ufer aufgesucht hatten und bat um Schutz in dieser Nacht. Auch seine Freunde beteten um Schutz und sangen leise ein Lied, um die Geister des Sturms zu beruhigen. Dann zogen sie die Knie hoch, um sich warmzuhalten, während sich um ihre nackten Füße eine Pfütze bildete.

***

In der Nacht ließ der Sturm endlich nach und der Regen hörte auf. Die Männer waren erleichtert, dass die Gefahr eines Tornados gebannt war, und kehrten zum Kanu zurück, um nach der Ladung zu sehen. Ihre Kleidung war zum Glück trocken geblieben und so wärmten sie sich mit ihren Umhängen. Es war zu nass, um ein Feuer zu machen, und so verzichteten sie darauf. Nirgends fanden sie mehr trockenen Boden und so blieben sie den Rest der Nacht in sitzender Position hocken und dösten nur ein wenig.
Am Morgen schien wieder die Sonne, als hätte es nie ein Unwetter gegeben. Der große See lag still vor ihnen und spiegelte die wärmenden Sonnenstrahlen. Nur am Ufer kräuselten sich kleine Wellen und brachen sich am steinigen Ufer. Wakoh holte die beiden Fische und hielt sie auffordernd den anderen entgegen.
„Habt ihr Hunger?"
„Roh?", fragte Machwao mit gerunzelter Stirn.
Wakoh blieb eine Antwort schuldig, legte den ersten Fisch auf einen Stein, schabte die Schuppen ab und schnitt das erste Stück des roten Fleisches heraus. Wortlos bot er es Machwao an, der es

mit einem ergebenen Seufzen nahm. Roher Fisch war durchaus genießbar, obwohl er gekochten Fisch vorzog. Auch die anderen erhielten ihren Anteil und stopften sich die glitschigen Stücke in den Mund. Sie gaben Kraft und nahmen den Hunger. Sie sparten Zeit, weil sie nicht versuchten, mit feuchtem Holz ein Feuer zu entzünden. Dafür blieb am Abend noch genug Zeit.

Sie ließen das Kanu ins Wasser und beluden es mit ihren Bündeln. Einige waren feucht und so legten sie diese nach oben, damit die Sonne sie trocknen konnte. Machwao stieg als Erster ein, dann folgten Awässeh-neskas und Wapus. Wakoh schob das Kanu ein Stück in den See und hüpfte dann von hinten in das Boot. Alle nahmen die Paddel auf und begannen wieder ihren gleichmäßigen Schlag. Es tat gut, die Sonnenstrahlen auf dem Körper zu spüren, obwohl sie Kleidung trugen, weil nach dem Unwetter immer noch ein kühler Wind wehte.

Gegen Mittag hatten sie endgültig die Jagdgründe der Ho-Chunk erreicht. Wachsam behielten sie das Ufer im Auge, als sie ihre Reise in den Süden fortsetzten. Die Ho-Chunk nannten diese Seite des Großen Sees auch Rotes-Ufer. Vom Wasser aus war nichts zu sehen, weil auch die Ho-Chunk eher in den Wäldern verschwunden waren, um nach den Waldbeeren und anderen Früchten zu suchen. Die Wachstums- und Erntezeit war hier oben im Norden nur sehr kurz und die Menschen nutzten sie, ehe der nächste Winter kam. Im Landesinneren waren zudem Seen, die im Sommer viel wärmer waren als der Große See, dessen anderes Ufer so weit entfernt lag, dass man es nicht einmal sehen konnte, wenn man den ganzen Tag lang paddelte.

***

Die Krieger beschlossen eine Rast einzulegen und paddelten dem langen Sandstrand entgegen. Hier gab es kein Schilf, das sie als Deckung nutzen konnten und das die Sicht auf ihr näherkommendes Kanu vielleicht behindert hätte. Aber der Große See hatte meistens diese langen Sandstrände, sodass es gleichgültig war, wo sie anlegten. In der Nähe waren keine Kanus oder Dör-

fer zu sehen, die auf andere Menschen hinwiesen, und so ließen sie das Kanu auf den Sandstrand gleiten. Es war warm und sie wollten sich im Wasser ein wenig abkühlen. Umsichtig zogen sie das Kanu auf den Strand, ließen aber die Bündel im Inneren, da sie am Nachmittag noch ein Stück Wegstrecke hinter sich bringen wollten. Der See war ruhig und sie kamen gut voran. Das wollten sie ausnutzen. Sie badeten kurz im dem kalten Wasser und setzten sich dann in den Schatten der Bäume, um sich wieder zu trocknen. Sie hatten sich nur zum Teil angezogen und ließen die Haare in der leichten Brise trocknen, die vom See her wehte. Es war still. Zu still!

Wakoh wurde als Erster misstrauisch, doch noch ehe er seinen Bogen hochreißen konnte, lagen drei feindliche Männer auf ihm und kontrollierten ihn mit Armen und Beinen. Wakoh kämpfte wie ein Wahnsinniger, doch gegen drei Gegner hatte er keine Chance. Sie fesselten ihn und steckten ihm einen Stock zwischen die Zähne, mit dem sie ihn kontrollieren konnten. Wakoh kämpfte dagegen an, doch jedes Mal zwangen ihn die Männer mit brutalem Griff in die Knie, bis ihm das Blut über die Lippen lief. Er würgte verzweifelt, keuchte seine Wut heraus, doch jeder Widerstand war zwecklos.

Den anderen erging es genauso. Sie wurden von einer Übermacht an Feinden in die Knie gezwungen und ebenso gefesselt. Schläge und Tritte prasselten auf sie ein, Fesseln schnitten ihnen ins Fleisch, als sie mit einer Schnur am Hals aneinander gebunden und vorwärts getrieben wurden. Awässeh-neskas blutete aus mehreren Wunden, denn auch er hatte sich gewehrt, während Wapus so überrascht worden war, dass er gar nicht an Widerstand gedacht hatte.

Machwao blutete an der Stirn und blinzelte, als das Blut ihm über die Augen lief. Er hatte noch versucht, sein Messer zu ziehen, doch er war ebenso von vier Mann überwältigt worden. Er taumelte, als die Männer an dem Strick zogen, und riss die anderen mit, als er zu Boden stürzte. Er erntete höhnisches Gelächter und wurde von zwei Kriegern wieder hochgezerrt.

Aus den Augenwinkeln sah er, wie andere Männer die Bündel aus dem Kanu nahmen und triumphierend hochhoben. Sie stießen trällernde Rufe aus, als sie den Wert der Waren erkannten. Machwao erkannte, dass sie Ho-Chunk in die Hände gefallen waren, und wusste, dass sie hier nicht mehr lebendig herauskamen. Die Friedensdelegation hatte die Dörfer dieses Stammes ganz sicher noch nicht erreicht und so vermutete er, dass Rachegelüste die Handlungen dieser Männer bestimmten. Es gab nur einen Grund, warum man sie noch nicht getötet hatte: Man wollte sie der Folter überlassen. All diese Gedanken schossen durch seinen Kopf, als er mit seinen Freunden vorwärtsgestoßen und -gezogen wurde. Wakoh taumelte neben ihnen, denn er galt bereits jetzt als besonders tapfer und gefährlich und wurde daher mit dem Stock im Mund kontrolliert. Drei Männer machten sich einen Spaß daraus, ihn immer wieder in die Knie zu zwingen oder auf die Zehenspitzen zu treiben, wenn sie den Stock in seinem Mund nach oben oder nach unten rissen.

Machwao überlegte kurz, warum sie nicht misstrauisch geworden waren, aber die leichte Brise, die vom Wasser her gekommen war, hatte alle anderen Geräusche überdeckt. Die Fesseln schnitten ins Fleisch, aber er wusste, dass dies noch die geringsten Schmerzen waren, die er würde ertragen müssen. Er verlor jedes Gefühl für die Zeit, als er im schnellen Schritt durch den Wald gezogen wurde. Vielleicht lag das Dorf ganz nahe, aber ihm erschien es wie eine Ewigkeit, als er immer wieder getreten und aus dem Gleichgewicht gebracht wurde. Er konnte nicht stolz und aufrecht gehen, sondern wurde geprügelt wie ein Hund. Er konnte sich auch keinen Überblick verschaffen, als sie endlich das Dorf erreichten, denn die Menschen drängten sich um die Gefangenen und versuchten, einen Blick auf sie zu erhaschen. Die Menominee wurden mit Spott überhäuft, getreten und geschlagen, mit Steinen beworfen und an ihren Fesseln hin und hergezerrt. Schließlich erreichten sie die Hütten und sie wurden an Gestelle gefesselt, die sonst dem Gerben von Häuten vorbehalten waren. Mit gestreckten Armen und Beinen standen sie schließlich da, ihre Hände und Füße am Rahmen gefesselt, als wollte man

als Nächstes sie häuten. Wakoh hatte sich nach Kräften gewehrt, doch jetzt hing auch er an einem Gerüst, der Willkür dieser Menschen ausgesetzt. Sie verzichteten darauf, sich als Menominee zu benennen oder sonstwie um Gnade zu bitten, denn sie wussten, dass nichts diese Menschen aufhalten würde. Sie ließen ihren Zorn freien Lauf und es war gleichgültig, ob die Gefangenen nun Mennominee, Anishinabe oder Neshnabe waren. Es waren Feinde!

Machwao hatte keine Zeit, sich irgendwie auf das vorzubereiten, was nun kam, denn übergangslos kam die erste Frau auf ihn zu, nahm ihr kleines Messer und fügte ihm eine Wunde über der Brust zu. Dann nahm sie das Messer und schnitt eine weitere Wunde in seinen Oberschenkel. Ihr Blick war hasserfüllt und sie schrie ihm die Verachtung ins Gesicht. Andere Menschen kamen näher und tobten ihren Zorn an den wehrlosen Gefangenen aus. Machwao konnte und wollte nicht sehen, was sie mit seinen Freunden machten. Er hoffte nur, dass sie stark blieben und die Folter überstanden. Leise sang er ein Lied, das ihm Mut geben und ihn auf den Tod vorbereiten sollte. Er empfand Trost, als er hörte, dass seine Freunde mit ihm sangen. Trauer erfüllte ihn und er dachte an Witcawa und Falke, die nun umsonst um Frieden baten. Wo seid ihr? Warum hatten sie dieses Dorf noch nicht benachrichtigt? Er schloss die Augen, als eine weitere Frau kam, um ihm Wunden zuzufügen. Vielleicht wäre es heute schon vorbei. Er dachte an seine Mutter und seine Schwester, die um ihn weinen würden, und all die Freunde und Verwandten, die er zurückließ. Kurz öffnete er die Augen und sah in den Himmel. Dort oben war der Cepay Mihekan, der Pfad der Toten, den er ebenfalls bald beschreiten würde. Er ballte die Fäuste und seine Backenmuskeln spannten sich, als er gegen das Schreien kämpfte. Eine Frau hatte einen Muskel mit einem Span durchbohrt und hielt einen brennenden Stock gegen seinen Körper. Sie brannte ein Loch in seine Haut und erfreute sich an seinem Toben, als er gegen die Fesseln kämpfte. Er würde es nicht aushalten! Er würde es nicht aushalten! Ein Keuchen entwich seinem Mund und reizte die Menge zum Spott.

Pacaha

(Indiana)

Am nächsten Tag brach der gesamte Tross der Spanier auf und zog den Wabash-Fluss stromaufwärts. Der Tag verlief ereignislos und am Abend übernachteten sie in einem befestigten Dorf, dessen Bewohner sich rechtzeitig in Sicherheit gebracht hatten. Der Gouverneur lud seine Stellvertreter und Befehlshaber zur Lagebesprechung in sein Zelt ein. Juan de Anasco freute sich über das üppige Abendessen, denn endlich gab es zur Abwechslung wieder Schweinefleisch. Unterwegs waren viele der Schweine entlaufen, aber DeSoto grinste darüber nur. Er meinte, dass es eine gute Sache wäre, wenn Schweine hier auswilderten, damit die nächsten Expeditionen oder sogar Siedler genügend Vorräte fanden. Eine Sau warf bis zu zehn Ferkel und so vermehrten sich diese Tiere explosionsartig innerhalb nur weniger Jahre. Die nächste Expedition, die hier entlang kam, würde bereits wilde Exemplare jagen können. Nur bezweifelte Juan, dass hierher jemals weitere Spanier kommen würden. Dieses Land besaß bisher nichts, was den Aufwand lohnte. Sie hatten an die achtzig einheimische Dörfer durchquert und bis auf Mais, Bohnen, Kürbis und Fleisch hatten sie nichts von Wert gefunden. Manchmal Perlen, die aber kaum erwähnenswert waren.

Diese Einheimischen standen auf einer primitiven Entwicklungsstufe. Wesentlich primitiver als die Indios in Darien, die immerhin schon Gold verarbeiten konnten. Überhaupt schien ihm dieses Mehico wesentlich reizvoller zu sein, abgesehen davon, dass sie dort wahre Schätze an Gold gefunden hatten.

Juan saß auf einem provisorischen Schemel neben Baltasar de Gallegos und unterhielt sich leise mit ihm. Dann horchten sie auf, als DeSoto um Aufmerksamkeit bat. Auch der Gouverneur hatte sich in seinem Äußeren verändert. Seine Kleidung war mehrfach geflickt worden und seine Stiefel wurden nur noch von zusätzlichen Riemen zusammengehalten. Hier zahlten alle ihren Preis. „Meine Herren", tönte der Gouverneur mit sonorer Stimme, „bis-

her war diese Expedition wenig erfolgreich. Wir haben die größten Dörfer erobert und doch keine Reichtümer vorgefunden. Nun berichten uns einheimische Führer, dass Pacaha eine wohlhabende Provinz zu sein scheint. Wir werden sie einnehmen und sehen, was sie uns zu bieten hat. Von dort werden wir weitere Expeditionen aussenden, die das Land erkunden. Wir sind bereits weit nach Norden gewandert und ich vermute, dass wir irgendwann die Küste dieser Insel erreichen. Dann hätten wir zumindest den Auftrag des Königs erfüllt." Er streifte den Agenten des Königs mit einem fahrigen Blick.

Biedma nickte eifrig. „Ich werde diese Expeditionen begleiten, denn ich möchte mich selbst vergewissern, dass wir den Südlichen Ozean und den Seeweg nach China gefunden haben!"

DeSoto verbeugte sich elegant. Es war das einzig Elegante, zu dem er noch fähig war, und in seiner kaum standesgemäßen Begleitung mutete es seltsam an. Es sah aus, als verbeugte sich ein Halsabschneider vor seinem Opfer.

„Selbstverständlich." Es klang ein bisschen zu höflich. Schon lange passte es DeSoto nicht, dass Biedma diese Chronologie des Scheiterns verfasste und kritische Fragen stellte. Abgesehen davon, dass es ihm nicht zustand, die Behandlung der Gefangenen in Frage zu stellen oder wie man die Gefahr der Einheimischen bannte. „Haben Sie Einwände?", fragte er mit einem süffisanten Unterton.

„Aber nein!", wehrte Biedma ab. „Ich bin sehr gespannt, was es zu finden gibt. Das Land scheint ja wirklich gut für den Ackerbau geeignet zu sein."

„Nun, ich halte die Gegend für weniger geeignet. Die Einheimischen sind kriegerisch und schwer zu kontrollieren. Ich glaube nicht, dass es Siedler gibt, die hier freiwillig siedeln möchten." DeSotos Stimme klang gereizt. „Und diese wilden Rinder machen es auch nicht besser! Ich habe nirgends irgendeine Viehhaltung gesehen und glaube auch nicht, dass man diese Tiere zähmen kann."

Biedma neigte den Kopf und dachte über diese Worte nach. „Stimmt!", gab er zu. „In all diesen Dörfern gab es keine Tiere. Nur ein paar Hunde. Seltsam."

„Manchmal halten sie Truthähne", mischte sich Juan ein.

„Wirklich?", fragte DeSoto ohne großes Interesse.

„Ja, in einigen Dörfern habe ich so etwas gesehen, aber sonst nichts. Keine Pferde, Kühe, Ziegen oder Schafe. Einfach nichts."

„Das kennen die Indios wohl nicht", mutmaßte der Agent des Königs.

„Nein, oder die Tiere sind nicht zähmbar. Diese wilden Kühe sind Monster! Die nehmen jeden Stall auseinander!", meinte Juan.

Alle lachten, dann wurden sie wieder ernst. Der Gouverneur wandte sich an Gallegos und den Capitán. „Wenn wir Pacaha eingenommen haben, dann leiten Sie die weiteren Expeditionen. Es hat keinen Sinn, den ganzen Tross durch das Land zu jagen, wenn ohnehin nichts zu finden ist. Auf Pferden geht es ohnehin schneller. Wenn wir die Gegend ausgekundschaftet haben, entscheiden wir, in welche Richtung wir gehen."

Die beiden salutierten und nickten bestätigend. Dann beugten sie sich über die Karte, die Biedma von ihrer Reise bereits angefertigt hatte.

***

Am nächsten Tag durchquerten sie erneut einen Sumpf und benutzten dazu die wackeligen Brückenkonstruktionen der Einheimischen. Sie hatten einfach Bäume, die am Rand des Sumpfes standen, genutzt, um sie mit Brücken aus Seilen und Ästen zu verbinden. Manchmal mussten die Pferde schwimmen, denn sie konnten nicht über diese Konstruktion geführt werden. Während das Fußvolk so relativ bequem an die andere Seite kam, war es für die Wagenlenker eine Tortur, denn die Räder blieben immer wieder im Morast stecken. Immer wieder musste die Ausrüstung abgeladen und von Trägern über weite Strecken getragen werden, während Soldaten das sperrige Gefährt fluchend durch den Sumpf zogen. Es war inzwischen Ende Juni und die Hitze erschwerte das Vorwärtskommen. Dann erreichten sie höheres Gelände und verbrachten die Nacht in einem weiteren Dorf. Schließlich erreichten sie das Dorf des Häuptlings der Pacaha. Es lag drei Leguas vom Wabash-Fluss entfernt und war von einem

Wassergraben umgeben, der aus dem Wasser des Wabash-Flusses gespeist wurde. Der Graben war so tief, dass er das Dorf sogar mit Fischen versorgte. Wenn man am Ufer stand, konnte man sie deutlich sehen. Das Dorf hatte Palisaden und Wehrtürme. Als Juan seinen Lanzenreiter im Sturm durch das südliche Tor führte, sah er, wie die letzten Einwohner gerade durch das nördliche Tor flüchteten. Er setzte ihnen nicht nach, denn zuerst galt es, das Dorf zu sichern und für die Spanier einzunehmen. Dann kam der Gouverneur hinzu und gab den Befehl, den Indios nachzusetzen. „Wir brauchen Gefangene!", erklärte DeSoto kurz angebunden.

Während das Fußvolk bereits das Dorf besetze, führte DeSoto seine Reiter und Soldaten gegen die flüchtenden Indios. Sie nahmen dabei zwei weitere Dörfer ein, die im Umkreis von einer halben Legua bis zu einer Legua lagen. Die Bewohner flüchteten ebenfalls in aller Hast und DeSoto gab den Befehl, die Vorräte zu sichern. Innerhalb kürzester Zeit erreichten die Arkebusiere und Armbrustschützen die verlassenen Dörfer und stahlen, was sie fanden, während die Lanzenreiter weiter dem fliehenden Häuptling der Pacaha hinterhersetzten. Es entsprach ihrer Taktik, den fremden Häuptling gefangenzusetzen und damit sein Volk zu unterjochen. Sie fanden ihn und sein Volk auf einer Insel, die sich inmitten des breiten Wabash-Flusses befand. Als die Indios die Spanier erblickten, flüchteten sie erneut ins Wasser, um die andere Seite zu erreichen. Die Spanier trieben die Pferde in den Fluss und machten sich einen Spaß daraus, die Menschen vor sich herzutreiben und aufzuspießen. Frauen und Kinder schrien vor Entsetzen, als die Soldaten sie gnadenlos mit ihren Lanzen töteten. Krieger schickten ihnen in ihrer Verzweiflung einen Pfeilhagel entgegen, der jedoch kaum Schaden anrichtete.

Die Überlebenden paddelten in ihren Kanus davon, andere schoben Flöße aus Ästen vor sich her, auf denen ihre Habseligkeiten lagen. Als die Spanier näherkamen, ließen sie die Flöße einfach davongleiten und suchten ihr Heil in der Flucht. DeSoto hatte dies vorhergesehen und die Ufer weiter mit seinen indianischen Verbündeten flussabwärts besetzen lassen. Der Häuptling der

Casqui versprach sich wohl ebenfalls Beute, denn er war dem Ruf DeSotos willig gefolgt. Die Strömung trieb ihnen die verzweifelten Menschen einfach in die Hände.

Der Häuptling der Casqui hatte als Verbündeter für die Spanier gekämpft, doch nun sah er seinen Vertrag als erfüllt an. Mitten im Kampfgetümmel gab er seinen Kriegern die Anweisung, die vorbeitreibenden Flöße und Kanus zu plündern und setzte sich anschließend mit der Beute nach Süden ab.

DeSoto tobte zwar vor Wut, sah aber ein, dass es keinen Sinn ergab, die untreuen Verbündeten zu verfolgen. Stattdessen gab er Befehl, in den nächsten Tagen die umliegenden Dörfer auszurauben und dort die Menschen gefangenzunehmen. Er brauchte neue Träger für seine Ausrüstung. Mit der ihnen eigenen Brutalität gingen die Soldaten vor, töteten Frauen und Kinder, brannten die Dörfer nieder und unterjochten kräftige Männer in die Sklaverei. Einige wurden der grausamsten Folter unterworfen, um aus ihnen Informationen zu erpressen. Wo gab es Gold oder andere Wertgegenstände?

Die Soldaten hatten bei der Folter keine Hemmungen mehr. Mit sadistischer Grausamkeit entlockten sie den Gefangenen die Informationen und fanden Freude darin, ihre Wut über die letzten Gefechte an ihnen auslassen. Hier gab es keine Regeln mehr. Überlebende Frauen wurden geschändet, kleine Mädchen zu Tode vergewaltigt, Jungen unter dem lüsternen Lachen der entfesselten Männer gepfählt und die Väter gekreuzigt. Einige Soldaten machten sich einen Spaß daraus, ihre Gefangenen von den Hunden zerfleischen zu lassen. Besonders erregte es sie, wenn die Hunde den kreischenden Frauen die Brüste zerfleischten. Die Toten wurden ihrer Genitalien beraubt und diese zur Abschreckung aufgehängt. Alle Indios sollten wissen, was ihnen blühte, wenn man sich den Spaniern widersetzte.

Irgendwann beruhigte sich die aufgeheizte Situation und DeSoto versuchte es mit Zuckerbrot und Peitsche. Er versprach Gnade, wenn die Bewohner kooperierten, und drohte mit Folter, wenn sie ihm nicht gehorchten. In ihrer Not versprachen die Überle-

benden, die Spanier an die Fundorte des gelben Metalls zu führen, nach denen sie in ihrer Gier suchten. Außerdem erzählten sie von einem hügeligen Land im Nordosten, gut vierzig Leguas entfernt, wo es Salz zu finden gäbe.

Am Abend rief DeSoto die Edelmänner in die Hütte, die er inzwischen bezogen hatte. Er hatte sich von den letzten Kämpfen gesäubert und blickte missmutig auf die Karte, die er auf dem roh zusammengezimmerten Tisch ausgebreitet hatte. Mit seinen Fingern folgte er den Strichen und Kreuzen seines Desasters. Schweigend standen die Männer um ihn herum und warteten darauf, dass er das Wort an sie richtete. Biedma, der Chronist des Königs, seufzte tief, als er die Frustration in den Gesichtern der Männer las. Das Seufzen ließ die Männer zusammenschrecken und als hätte sie jemand ermahnt, nahmen sie wieder Haltung an.

Juan de Anasco kniff müde die Augen zusammen und streckte seinen Rücken durch. Die Kämpfe waren anstrengend gewesen und er wusste, dass die Truppen Ruhe brauchten, um sich zu erholen. Außerdem musste die Ausrüstung ausgebessert werden. Jedes weitere Gefecht schwächte sie mehr und kostete Zeit. Auch er verfolgte mit seinem Blick, wie die Hand des Gouverneurs über die Karte wanderte. Erst von der Bucht in Florida nach Norden, dann der weite Weg in Richtung Westen, aber immer noch mit der Verbindung zum Meer und zu den Schiffen. Doch seit dem letzten Herbst waren sie ständig nach Norden gewandert ohne die andere Seite des Ozeans gefunden zu haben. Die Wilden hier waren kriegerisch und primitiv und weit davon entfernt, irgendeine Schmiedekunst und das Verwenden von Gold entwickelt zu haben. Diese Expedition war in seinen Augen Zeitverschwendung und auch menschlich eine einzige Katastrophe. Die Brutalität des Vorgehens widerte ihn langsam an. Wieso sollte man Gefangene foltern, wenn sie tatsächlich gar nicht wussten, was Gold war? Geschweige denn, wo man es fand?

DeSoto räusperte sich und tippte mit dem Finger auf ein Kreuz auf der Karte. „Wir sind nun hier! So weit nördlich wie niemals zuvor. Wir müssen neue Vorräte anlegen und die Truppen müs-

sen sich vom Kampf erholen. Wir sitzen hier erst einmal fest." Er machte eine kurze Pause und warf einen Blick in die Runde. Seine Caballeros machten eher den Eindruck von Vogelscheuchen, obwohl sie sich Mühe gegeben hatten, ihre beste Kleidung zu tragen. Wenn das ihre Paradekleidung war, wollte er nicht wissen, wie sie sonst aussahen.

„Wir verlieren Zeit, wenn wir mit dem ganzen Tross reisen!", fuhr er fort. Er leckte sich kurz über die Lippen, um seine Nervosität zu verbergen. Seine Aufgabe war es, Entscheidungen zu treffen und den Fortgang der Expedition sicherzustellen. Er hatte gute, kampferprobte Männer dabei, die ihm bedingungslos gehorchten. Dies musste er taktisch geschickt einsetzen. Dieses ziellose Wandern durch das Land hatte sich als wenig erfolgreich erwiesen. Nun würde er eine andere Taktik einschlagen.

„Wir werden hier den Sommer verbringen und unsere Vorräte auffrischen. Wir werden eine kleine Expedition losschicken, die nach dem Salz und dem Gold suchen soll, von dem uns die Gefangenen erzählt haben. Außerdem werde ich eine berittene Abteilung losschicken, die nach der nördlichen Küste suchen soll. Ohne Tross kommen diese sicherlich um einiges schneller voran!" Er sah auffordernd in Richtung seines Capitán der Lanzenreiter.

Juan nickte verhalten. Eine kluge Entscheidung! Er hatte schon oft einen Aufklärungsauftrag erhalten, aber noch nie den Auftrag, nach der nördlichen Küste zu suchen. Längst war ihm klar, dass sie hier nicht eine Insel, sondern einen ganzen Kontinent durchquerten. „Und wenn ich Gold finde?", fragte er.

Ein empörtes Schnauben war zu hören. Mit einer abfälligen Handbewegung schloss DeSoto dies kategorisch aus. „Haben Sie nicht diese Wilden hier gesehen? Sieht das irgendwie so aus, als wäre hier irgendwas zu holen? Nein, nein, wenn Sie mit ihrer Truppe zurück sind, dann brechen wir nach Westen auf. Dort soll es Völker geben, die Gold- und Silberschmuck haben. Da lässt sich bestimmt mehr holen. Vielleicht finden wir ja auch dort eine Küste." Er zuckte mit den Schultern. „Nächstes Jahr möchte ich wieder in Mehiko zurück sein. Und Ihr sicherlich auch, oder?" Mit hochgezogenen Augenbrauen sah er seine Befehlshaber an.

Er zeigte wieder auf die Skizze. „Unsere Informanten haben berichtet, dass der Fluss Ohio im Westen in einen großen Fluss mündet. Wir werden also dorthin zurückkehren und nördlich davon nach Westen ziehen und von dort aus wieder nach Süden. Irgendwo muss ja die westliche Küste zu finden sein. Und von dort aus der Seeweg nach China!"

„Warum folgen wir nicht dem Ohio nach Westen?", fragte Luis de Mostoso.

„Zu viel Wald!", entgegnete DeSoto kurzangebunden.

„Wir könnten wieder Piraguas bauen und uns den Fluss entlangtreiben lassen", schlug der Maestro del Campo vor.

DeSoto legte den Kopf schief und schien darüber nachzudenken. Dann schüttelte er entschieden den Kopf. „Die Strömung ist zu stark. Außerdem haben wir Pferde, Schweine und den ganzen Tross dabei. Es ist ein Unterschied, ob ich ein paar Flöße baue, um den Tross übersetzen zu lassen, oder ob ich alles mit Mann und Maus einschiffen muss, um mich den Fluss entlangtreiben zu lassen."

Das Schweigen der Männer zeigte ihm, dass sie ihm Recht gaben. Mit einem Nicken erteilte er dem Maestro das Wort. „Wie steht es mit der Versorgung?"

Der Maestro schüttelte betrübt den Kopf. „Auf dem Weg hierher sind wieder viele Schweine verloren gegangen. Die Munition für die Arkebusen ist aus. Selbst für einen Ehrensalut haben wir keine Munition mehr. Die Pfeile für die Armbrüste müssen ersetzt werden, ebenso die Pfeile für die Bogenschützen. Wir sind knapp an Nägeln und allem, was man sonst noch braucht. Die Vorratsspeicher dieser Siedlung waren noch nicht gefüllt, sodass wir dringend Jäger ausschicken müssen, um die Truppen zu ernähren. Allerdings haben wir viele verwertbare Felle gefunden, aus denen sich Kleidung herstellen lässt. Leider keine Stoffe!"

Captain Juan Ruiz Lobillo spuckte verächtlich auf den Boden. „Sollen wir nur noch herumlaufen wie diese Barbaren? Irgendwann unterscheiden wir uns überhaupt nicht mehr von den Wilden!"

Ein Raunen ging durch die Anwesenden, aber niemand sonst wagte etwas zu sagen. Die deutliche Kritik hing wie ein Verrat im

Raum. Hernando DeSoto nahm es gelassen. „Noch beten wir zur Jungfrau Maria, also sind wir zumindest keine Heiden. Und noch kann uns das Glück gewogen sein. Dieses Land ist sicherlich voller Schätze. Wir haben sie nur noch nicht gefunden! Es ist einfach unwahrscheinlich, dass in einem so großen Land nichts zu finden ist. Ihr werdet sehen!" Wieder schweifte sein Blick über die Anwesenden, dieses Mal mit deutlichem Enthusiasmus. „Was haben die Verhöre sonst ergeben?"

„Diese Eingeboren hier sprechen eine ähnliche Sprache wie die im Süden. Die Verständigung war also einfach", erzählte Espindola. Er war ein Meister des Verhörs und der Folter, nur deshalb war er inzwischen im Rang etwas aufgestiegen. „Sie erzählen, dass nördlich von hier nur mehr Nomaden leben, die in Hütten leben, die sie auf einfache Weise auf- und abbauen können. Sie leben hauptsächlich von der Jagd und vom Fischfang. Die wilden Stiere leben dort in solcher Überzahl, dass es unmöglich ist, dort Felder anzubauen, weil die Tiere alles niedertrampeln."

„Klingt nicht danach, als könnte man dort Reichtümer finden", murmelte Juan genervt.

„Nein, deshalb macht es wahrscheinlich wirklich Sinn, dort nur eine Expedition hinzuschicken. Wenn es nicht um den Zugang zum Meer ginge, vermutlich nicht einmal das!"

DeSoto winkte ungeduldig ab. „Wir müssen den Auftrag des Königs erfüllen! Der Capitán soll sich mit einigen Lanzenreitern auf den Weg machen, während wir in der Zwischenzeit die Vorräte auffüllen und die Ausrüstung ausbessern. Es kann ja nur ein paar Tage dauern …"

„Bueno!", willigte Juan ein. „Aber ich möchte gern meine Diener mitnehmen."

„Diesen Knaben und diese kleine Hure? Wieso?", wunderte sich Hernando DeSoto.

„Ach …!" Juan zuckte nichtssagend die Schultern. „Ich habe sie ganz gerne im Blick, damit sie nicht auf dumme Gedanken kommen. Außerdem sterben die Indios immer schnell an Krankheiten. Da ist es besser, wenn sie nicht hier sind."

Alle schwiegen hierzu, denn er hatte recht. Die meisten Gefangenen verstarben innerhalb kürzester Zeit an den vielen Krankhei-

ten, die in einem so großen Lager kursierten. Der Chronist hatte inzwischen darauf verzichtet, dieses überhaupt zu erwähnen. Die meisten Spanier erholten sich ohnehin meist schnell davon und die Wilden zählten nicht. Sie waren ersetzbar. Immer wieder kamen sie durch Dörfer, die von diesen Krankheiten gezeichnet waren, und hielten es für eine Strafe Gottes. Niemand sah den Zusammenhang zu den entlaufenen Schweinen, die geeignet waren, diese Krankheiten zu übertragen. Auch der Handel unter den Stämmen trug dazu bei, dass die Krankheiten sich ausbreiteten. Aber welche Ausmaße dies tatsächlich für die Urbevölkerung dieses Landes hatte, interessierte niemanden.

„Werden die beiden Sie nicht aufhalten?", vergewisserte sich DeSoto.

Juan zeigte freundlich die Zähne. „Die beiden sind gut zu Fuß! Und ich habe ja auch Armbrustschützen dabei, die schlecht den ganzen Tag rennen können. Selbst Pferde können nicht den ganzen Tag galoppieren. Also …" Er ließ den Satz unvollendet.

DeSoto nickte etwas abwesend. Eine Sklavin und ein Junge waren kein Gesprächsthema. Ihn plagten wichtigere Aufgaben. „Etwas später wird der Priester eine Messe lesen. Ich möchte, dass alle Männer anwesend sind!", befahl er ernst. „Die Männer haben sich sehr gehen lassen. Wir müssen wieder für Disziplin sorgen. Außerdem wünsche ich, dass sowohl der Häuptling der Casqui als auch der Häuptling von Pacaha den Frieden wahren sollen. Wir bringen ihnen das Kreuz und den wahren Glauben. Sie werden mir Untertanen sein und sollen als Zeichen des Friedens und ihres guten Willens Lebensmittel als Tribut zahlen. Sendet Dolmetscher aus, die ihnen die Kunde von meinem Willen bringen. Und haltet von nun an die Soldaten im Zaum. Der Abschreckung ist genüge getan. Wir sind zu wenige, um eine permanente Belagerung zu überstehen, und ich will auch nicht niedergemeuchelt werden, wenn wir uns wieder nach Süden begeben. Jetzt ist Diplomatie angesagt!"

Folter

(Dorf der Ho-Chunk am Michigan-See)

Machwao stieg der Gestank von verbrannter Haut in die Nase und dies brachte ihn wieder in die Gegenwart zurück. Er hatte versucht, sich von seinem Körper zu lösen, doch das Geschrei der aufgestachelten Menschen um ihn herum hatte dies erschwert. Eine Frau hatte eine andere Stelle gefunden, an der sie einen glühenden Ast hinhalten konnte. Irgendjemand schnitt den Gürtel auf, der den Lendenschurz hielt, und so stand er entblößt vor der enthemmten Menge. Ihnen würden auch hier Dinge einfallen, ihn zu quälen. Er fühlte Durst in seinem Mund, der so schlimm wurde, dass er fast die Wunden, die ihm zugefügt wurden, vergessen konnte. Noch war alles nur ein Spiel. Die wahre Folter würde erst noch beginnen. Aber warum? Waren sie auf ein Dorf gestoßen, dessen Tote sie zu verantworten hatten? Waren einige der getöteten Ho-Chunk aus diesem Dorf gekommen? Es machte keinen Unterschied, denn selbst wenn sie nicht selbst für deren Tod verantwortlich waren, ließen diese Menschen ihren Hass an dem anderen Volk aus.

Im Grunde würde ihnen die Großzügigkeit jetzt nichts nützen. Er konnte nur hoffen, dass ihr Tod die kommenden Verhandlungen nicht stören würde. Er wollte nicht, dass noch andere Männer seines Volkes auf die gleiche Weise starben. Er hoffte auf einen schnellen Tod und betete um Kraft, um die Nacht durchzustehen.

„Ahnen, helft mir!", flehte er inbrünstig. „Bald bin ich bei euch!"

Die Gesichter der kreischenden Menschen verschwammen vor seinen Augen. Er blickte auch nicht zur Seite, denn er wollte nicht sehen, was mit seinen Freunden geschah. Lebten sie noch, oder waren sie schon einen gnädigen Tod gestorben? In dem Lärm konnte er nicht unterscheiden, ob einer von ihnen vielleicht schrie. Sein gehetzter Blick fiel auf eine junge Frau, die ein Messer in ihrer Hand hielt. Sie hatte sich einen Finger abgehackt und er wusste, dass sie in Trauer um jemanden war. Sie fügte ihm einen Schnitt in den Oberschenkel zu, warf dann das Messer zu Boden und entfernte sich wieder. Das Blut lief ihm das Bein hinunter,

aber er spürte die Wunde kaum. Wieder schloss er die Augen, um Kraft zu sammeln. Er hatte von heiligen Männern gehört, die den Körper einfach verlassen konnten. Warum gelang ihm dies nicht? Dann wandte sich die Aufmerksamkeit der Menschen einem anderen Spektakel zu, sodass er eine kurze Verschnaufpause erhielt. Er bäumte sich auf in seinen Fesseln, versuchte, sie ein wenig zu lockern, doch sie hielten ihn in dieser Position eines Tieres, das geschlachtet werden sollte.

Aus den Augenwinkeln sah er, dass Wakoh sich wie ein Verrückter gegen die Fesseln wehrte und mit aller Kraft gegen das Gerüst warf, das ihn halten sollte. Die Menschen johlten bei seinen vergeblichen Versuchen und machten sich einen Spaß daraus, sich ihm zu nähern und ihn Wunden zuzufügen. Es war wie eine Mutprobe, sich dem tobenden Gefangenen zu nähern. Das Gestell wackelte bedrohlich hin und her und ein Ast löste sich aus der Verankerung. Sofort setzte Wakoh nach und begann mit wilder Verzweiflung gegen die Fesseln zu kämpfen. Krieger näherten sich ihm, während die Frauen und Kinder zurückwichen. Speere bohrten sich drohend in sein Fleisch, doch das kümmerte Wakoh wenig, denn lieber starb er hier im Kampf mit den Kriegern, als langsam zu Tode gemartert zu werden. Die Krieger wussten das und wichen ein Stück zurück, während zwei andere die Fesseln überprüften. Wakoh beschimpfte sie als Feiglinge und spie ihnen seinen Zorn entgegen. „Lasst mich kämpfen, ihr Weiber! Ich zeige euch, wie ein Mann kämpft."

Machwao zerrte ebenfalls an seinen Fesseln, denn er hatte verstanden, was Wakoh beabsichtigte. Wenn es ihnen gelang, sich hier irgendwie zu befreien, würden sie vielleicht ehrenvoll im Kampf sterben können. Hier im Dorf mussten die Ho-Chunk auf die Frauen und Kinder Rücksicht nehmen. Gefangene, die nicht zu kontrollieren waren, wären eine Bedrohung, die man nicht unterschätzen durfte. Er konnte sehen, dass auch Awässeh-neskas und Wapus noch die Kraft aufbrachten, wie wild an ihren Fesseln zu zerren, und sich gegen das Gerüst stemmten, das ihre Körper hielt. Awässeh-neskas war der schwerste unter ihnen und er stürzte tatsächlich nach hinten. Ein Ast brach und er konnte eine

Hand befreien, als er unsanft zu Boden krachte. Die Frauen und Kinder wichen schreiend nach hinten, während die Krieger vier Gefangene vor sich hatten, die verzweifelt versuchten, sich zu befreien. Auch das Gestell von Wakoh wackelte bedenklich, als er sich mit aller Kraft nach hinten warf.

Machwao zerrte weiter an seinen Fesseln und bereitete sich auf den nahen Tod vor. Die Ho-Chunk würden nicht zulassen, dass eine Gefahr für die Frauen und Kinder entstand. Er sah, wie sie ihre Speere und Keulen griffbereit in den Händen hielten, um es zu beenden. Das Spiel war vorbei. Er hörte erregte Stimmen und versuchte, seinen schnellen Atem zu kontrollieren. Sein Herz schlug viel zu laut in seiner Brust und er kämpfte gegen die Angst, die ihn beschlich. Wieder bäumte er sich in seinen Fesseln auf, denn der Kampf lenkte ihn von der Todesangst ab. Solange er sich noch wehren konnte, ließen sich die Schmerzen irgendwie ertragen. Er fürchtete sich vor dem Augenblick, an dem er wie ein Stück Fleisch am Gerüst hing und sie vielleicht anfingen, ein Feuer unter ihm zu entzünden.

Das wütende Schreien hatte aufgehört und auch er hielt kurz in seinem Kampf inne, um zu verschnaufen. Neben sich konnte er immer noch Wakoh hören, der die Menschen beleidigte und gegen die Fesseln kämpfte. Awässeh-neskas und Wapus aber waren verstummt. Irgendetwas stimmte hier nicht. Er sah ein Gesicht auf sich zukommen, das er irgendwo schon einmal gesehen hatte. Seine Gedanken wirbelten durcheinander, als er erkannte, dass die Menge sich beruhigt hatte und betroffen um ihre Gefangenen herumstand, während ein weiterer Mann hektisch auf sie einredete.

Sein Blick fraß sich in den Augen des Mannes fest, der direkt vor ihm stand. Es war Falke, dieser Ho-Chunk, dem sie das Leben geschenkt hatten. Er machte irgendwelche Zeichen, die für ihn überhaupt keinen Sinn ergaben. Du-mir-helfen?

Wieso sollte er diesem Ho-Chunk helfen? Er stand hier und wurde gerade zu Tode gefoltert! Die Schmerzen erreichten seinen Verstand und er stieß keuchend den Atem aus. Warum beendete er es nicht einfach?

Du-mir-helfen? Der Ho-Chunk wiederholte die Zeichen. „Mach-wao!" Dieser dreiste Ho-Chunk hatte sogar die Frechheit, seinen Namen auszusprechen! Machwao leckte sich über die trockenen Lippen und lehnte sich abwehrend zurück. Mach ein Ende, dachte er erschöpft.

Der Ho-Chunk packte ihn sanft am Kopf und zwang ihn wieder zur Aufmerksamkeit. Diese-Menschen-denken-ihr-seid-Anishinabe! Du-mir-helfen-Wakoh-zu-beruhigen! Diese-Menschen-wissen-nun-von-dem-Frieden zwischen-unseren-Völkern. Wieder wirbelten die Gedanken in Machwaos Kopf durcheinander. Diese lästigen Ho-Chunk hatten sie mit Anishinabe verwechselt? Und welcher Frieden? Er hatte nicht übel Lust, dem nächst Besten ein Messer ins Herz zu rammen! Doch dann erreichte ihn die Erkenntnis, dass das Foltern vorbei war. Die Erleichterung wallte in ihm hoch und ließ ihn mit weichen Knien zurück. Nie hätte er gedacht, dass er sich freuen würde, wenn das Gesicht dieses Ho-Chunk vor ihm auftauchen würde. Hoh! Mit seinem Kopf zeigte er in Richtung seiner Fesseln, damit Falke ihn endlich losband. „Ich helfe dir!", murmelte er. Seine Stimme krächzte.

Falke nahm sein Messer und schnitt die Fesseln einfach durch. Machwao taumelte, als er plötzlich frei war und ging in die Knie, als die Kräfte ihn verließen. Er fühlte sich wie ein Baby. Falke saß vor ihm und hielt ihn an den Schultern fest, damit er nicht endgültig zu Boden ging. „Es ist gut!", flüsterte er beruhigend.

Machwao nickte und sammelte sich wieder. Auch Awässeh-neskas und Wapus waren von ihren Fesseln befreit worden und knieten ebenso erschöpft neben ihm.

Nur an Wakoh, der immer noch brüllte und schrie, traute sich niemand heran. Es klang unheimlich in der Stille, die entstanden war.

„Was ist los?", fragte Awässeh-neskas.

„Sie haben uns mit Anishinabe verwechselt!", knurrte Machwao gereizt. Seine Erleichterung verwandelte sich wieder in Wut.

„Verwechselt?", fauchte Awässeh-neskas. Auch er stand kurz davor, jemandem den Hals umzudrehen. Dann lachte er trocken. „Ja, wir sind den Anishinabe sehr ähnlich! Aber sie könnten ja fragen!"

Machwao konnte sich ein Lachen nicht mehr verkneifen. Das war wirklich die dümmste Aufforderung, die er je gehört hatte. Wenn ein Dorf jemanden rächen wollte, dann versöhnten sie den Geist meist mit irgendwelchen Opfern von Feinden. Der gesamte Stamm musste dann geradestehen für so eine Tat. Nur hatten sie hier eben das falsche Volk erwischt. „Komm!", forderte er seinen Freund auf. „Wir müssen diese Ahnungslosen vor Wakoh beschützen. Sonst haben sie doch noch allen Grund, uns zu Tode zu martern."

Awässeh-neskas nickte und ließ sich von Falke ein Messer geben. Damit näherte er sich seinem Freund, der schweißüberströmt und blutend an dem Gerüst hing und seine Umwelt nicht mehr wahrnahm. Selbst als seine Hände frei waren, kämpfte er immer noch gegen die imaginären Feinde. Er stürzte, denn seine Füße waren noch festgebunden.

Awässeh-neskas ließ sich einfach auf Wakoh fallen und umklammerte mit seinen Bärenkräften die Arme seines Freundes. Machwao und Wapus hielten ihn ebenfalls am Boden und brüllten gemeinsam auf ihn ein. „Hör auf! Es ist vorbei! Falke ist hier und hat für uns gesprochen. Hör auf!"

Irgendwann bemerkte Wakoh, dass er hier gegen seine Freunde kämpfte, und beruhigte sich schwer atmend.

„Falke ist hier! Diese Ho-Chunk wissen noch nichts von einem Frieden! Sie wollen keinen Krieg mit uns!" Machwao redete auf seinen Freund ein wie auf ein kleines Kind.

Sein Freund brauchte eine unglaublich lange Zeit, ehe die Worte seinen Verstand erreichten. Auch er hatte sich auf den Tod vorbereitet und nun ins Leben zurückgerufen zu werden, überforderte ihn. Der ganze Körper schien zu zittern, als all die Schmerzen und die Erschöpfung zu ihm durchdrangen und er ungläubig auf seine Freunde starrte.

Dann bäumte er sich erneut auf, als die Wut ihn erfüllte. „Frieden?", knurrte er ungläubig. „Ich werde diese Madenfresser zertreten!"

Mit aller Kraft klammerte sich Awässeh-neskas an ihm fest, sodass Wakoh seine Arme nicht bewegen konnte.

„Nein, das wirst du nicht!", mahnte Machwao mit ernster Stimme. „Wir wollen hier alle lebend wieder raus. Du wolltest doch zu einem hübschen Mädchen zurückkehren!"

„Nein, wollte ich nicht!", maulte Wakoh mit trauriger Stimme, die so gar nicht zu seiner vorherigen Wut passte. Von einem Augenblick zum nächsten hatte er sich wieder von einem gefährlichen Krieger in ein weinerliches Kind verwandelt. Machwao erkannte, dass es seinem Freund wirklich schlecht ging.

„Wir binden dich los, aber du hörst auf, all diese Maden zertreten zu wollen! Ich möchte hören, was sie zu sagen haben. Auch wir wurden im Winter von diesen Anishinabe überfallen, vielleicht ist hier das Gleiche passiert. Denk an jene Neshnabe, die wir gesehn haben."

„Du nimmst sie auch noch in Schutz?", fauchte Wakoh ungehalten. „Sie schneiden uns in Stücke und du überlegst, ob sie einen Grund dafür haben?" Wakoh schaute seinen Freund ungläubig an. Zumindest klang seine Stimme wieder wie die Stimme eines erwachsenen Mannes. Dann sah er das Gesicht von Falke über sich, der näher gekommen war, um nach den Menominee zu sehen. Sein Ausdruck zeigte deutlich seine Betroffenheit, denn die Schnitte und Wunden, die den Männern zugefügt worden waren, mussten behandelt werden. Wakoh dagegen raffte seine letzten Kräfte zusammen, um Falke an die Gurgel zu gehen. „Und du sagtest, dass du unser Bruder bist!"

Wieder hielt Awässeh-neskas ihn am Boden fest und Machwao schob Falke etwas zur Seite, um ihn aus der Reichweite von Wakoh zu bringen. Er hob die Hände und versuchte, seinen Freund zur Vernunft zu bringen. „Nun hör doch auf! Falke hat doch für uns gesprochen! Du kannst doch nicht auf ihn losgehen!"

„Warum hat er so lange gebraucht, um hier aufzutauchen?", schimpfte Wakoh ungehalten.

„Das weiß ich nicht und wenn du hier weitertobst, dann werden wir es auch nicht erfahren."

Wakoh erschlaffte und dachte über diese Worte nach. Sie enthielten zumindest etwas Weisheit. „Geh von mir runter!", forderte er Awässeh-neskas auf. „Und schneidet endlich meine Füße los! Ich will nicht vor diesen Ho-Chunk am Boden liegen."

Machwao musterte seinen Freund einen kurzen Augenblick, dann nickte er Awässeh-neskas zu, Wakoh endlich loszulassen. Aber er blieb in Bereitschaft, ihn jederzeit wieder zu Boden zu drücken. Auch Wapus war nun an seiner Seite, um den Freund bei der kleinsten Bewegung aufzuhalten.

Kurzes Schweigen entstand, als Wakoh sich aufrichtete und prüfend an sich heruntersah. Er schwankte vor Erschöpfung, ließ es aber nicht zu, dass seine Freunde ihn stützten. „Mir geht es gut!", meinte er schwer atmend. Es war eine glatte Lüge.
Er kontrollierte sich, als Falke wieder näher trat und mit ihm Witcawa. Auch er sah schuldbewusst aus und musterte die Menominee mit schlechtem Gewissen. Wir-bringen-euch-in-eine-Chipoteke, bedeutete er freundlich.
„Ja, um uns zu kochen!", befürchtete Wakoh immer noch misstrauisch. Immerhin ließ er es zu, dass Machwao seinen Arm um seine Schulter legte, um ihn zu stützen. Er war am schwersten misshandelt worden und dies zeigte sich in einer deutlichen Schwäche. Wakoh konnte sich kaum noch auf den Beinen halten. Seine Beine zitterten und auch seine Hände flatterten unkontrollierbar. Er ließ sich zu einer größeren Hütte ziehen, die von den Ho-Chunk Chipoteke genannte wurde, aber ähnlich gebaut war wie die Wigwams der Menominee, und stürzte fast hinein. Auch die anderen spürten die völlige Erschöpfung und waren froh, auf einer Matte Platz nehmen zu können. Apathisch warteten sie ab, was als Nächstes geschehen würde. Mit ihnen waren nur Falke und Witcawa zu ihnen hineingekommen. Doch Frauen reichten nun die Bündel und die Kleidung der Menominee herein, die von den Männern mit verhaltener Dankbarkeit entgegengenommen wurden. Die Ho-Chunk musterten die Männer und ließen schließlich Wasser und Essen bringen.

Machwao ließ die Bündel einfach liegen, denn er wusste, dass alle Dinge noch da sein würden. Er band sich in einen Lendenschurz um und wickelte einen provisorischen Gürtel um seinen Bauch. Dann untersuchte er zum ersten Mal seine Verletzungen. Sie waren nicht schlimm, denn die wahren Foltern sollten erst

in der Nacht beginnen. Trotzdem mussten sie gesäubert und behandelt werden. Vor allen Dingen die Brandverletzungen waren schmerzhaft. Wakoh war schlimmer zugerichtet worden, aber auch er hatte noch keine bleibenden Schäden davongetragen. Schlimmer wäre es gewesen, wenn die Frauen angefangen hätten, seine Sehnen durchzuschneiden. Noch handelte es sich wie auch bei den anderen um Fleisch- und Brandverletzungen. Bei ihm waren vor allen Dingen die Gelenke rohes Fleisch, das er sich aber selbst zugefügt hatte, als er gegen die Fesseln gekämpft hatte.

Falke ließ Verbandmaterial und Salben kommen, mit denen die Krieger ihre Wunden pflegen konnten. Wapus war ein geschickter Heiler und kümmerte sich selbst um seine Freunde. Er hatte aufatmend festgestellt, dass sein Otterbündel unangetastet geblieben war, obwohl natürlich Zeremonien notwendig waren, um die schützende Wirkung wiederherzustellen. Besonders vorsichtig war er mit den wunden Handgelenken von Wakoh. Es würde sicherlich einige Tage dauern, ehe sich die Wunden schlossen, und er wollte nicht, dass sie zu schwären anfingen.

Die Ho-Chunk hatten die Männer alleingelassen, damit sie sich sammeln konnten, und nur langsam kamen die vier zur Besinnung, was ihnen gerade widerfahren war. Sie waren nur knapp mit dem Leben davongekommen und diese Tatsache ernüchterte sie. Sie hatten sich wie unachtsame Kinder übertölpeln lassen und ihr Leben hatte an dem feinen Faden einer Spinne gehangen. Ohne Falke und Witcawa hätten sie diese Nacht nicht überlebt. Sie erschreckte die Tatsache, dass all dieser Hass im Grunde nicht ihrem Volk gegolten hatte.

Machwao hatte keinen Hunger, sondern löschte seinen schier unstillbaren Durst mit dem kühlen Wasser, das ihnen in einigen Kalebassen gereicht worden war. Er hätte einen ganzen See leersaufen können. Er schwieg, als er sich schließlich erschöpft zurücklehnte. Wapus hatte die Schnitte und Brandwunden behandelt und so überkam ihn eine unendliche Müdigkeit. Vorsichtig tastete er über den Oberschenkel, wo die schlimmste Schnittwunde saß. Hier würde mit Sicherheit eine Narbe bleiben. Er konnte sich noch an die Augen der Frau erinnern, die ihm diese

Verletzung zugefügt hatte. Sie waren voller Hass gewesen. Und Leid. Seine Lippen wurden schmal, als er an sie dachte. Er konnte ihr nicht einmal böse sein, denn sie hatte gedacht, dass er einem Volk angehörte, das ihr dieses Leid zugefügt hatte. Ihre Lebensweise war so ähnlich, dass der eine kaum von den anderen zu unterscheiden war. Warum also dann diese Übergriffe? Konnten sie nicht alle in Frieden hier leben? Er beobachtete Wapus, der sich immer noch um Wakoh kümmerte, der mit geschlossenen Augen auf einer Matte lag. Seine Augen baten stumm um Auskunft und Wapus machte eine beruhigende Handbewegung. Er-müde, signalisierte er.

„Ich sehe euch!", knurrte der scheinbar Schlafende. „Ihr müsst euch nicht sorgen, mir geht es gut!"

Machwao kicherte vor Erleichterung und auch die anderen fielen in sein Lachen ein. Sicher! Ihnen ging es gut! Das war die übelste Übertreibung, die sie je gehört hatten. Sie würden diesen undankbaren Ho-Chunk ordentlich die Meinung sagen, das war gewiss! Von draußen war nur leises Gemurmel zu hören, als die Ho-Chunk in ihre Hütten zurückkehrten. Für alle war es ein langer Tag gewesen und so kehrte schnell Ruhe ein. Zwei Wachen standen vor dem Wigwam, in dem die Menominee sich schließlich zur Ruhe betteten. Die Verletzten kauten eine Wurzel, die den Schmerz linderte, und schliefen irgendwann vor Erschöpfung ein.

Terre de Haute

(Indiana)

Juan kehrte in die Hütte zurück, die er für sich und seine Bediensteten beansprucht hatte, und blickte misstrauisch auf Maria und Nana, die ihn abwartend musterten. Wie der Meuchelmörder sein Opfer, ehe er ihm die Kehle durchschneidet, dachte er angewidert. Vielleicht war es doch keine so gute Idee, diese beiden renitenten Geschöpfe mitzunehmen! Andererseits wollte er auch nicht, dass sie die Gelegenheit nutzten, während seiner Abwesenheit die Flucht zu wagen. Warum nicht? Hatte er sich inzwischen daran gewöhnt, dass sie da waren und seinen Befehlen gehorchten? Es würde dauern, bis eine andere Gefangene seine Sprache lernte und seine Wünsche erfüllte. Von daher stellten die beiden tatsächlich einen gewissen Wert dar. Nein, sie würden das Tempo mithalten, und er müsste des Nachts nicht auf seine Bequemlichkeit verzichten. Nana würde sich um die Pferde kümmern und er konnte sich an Marias runder werdendem Leib wärmen und ihre weiblichen Brüste quetschen. Sie wirkte nun wie eine Frau und nicht mehr wie ein dürres Mädchen. Er ließ sich eine Schale mit Fleischsuppe reichen und setzte sich auf einen Schemel. Auffordernd streckte er seine Füße nach vorne, damit Nana ihm die Stiefel auszog. „Morgen reisen wir weiter!", erklärte er freundlich. „Packt also alles zusammen!"
Die beiden nickten nur und stellten keine weiteren Fragen. Wozu auch? All die Zeit, seit sie mit dem Tross gezogen waren, war es stets weiter nach Norden gegangen. Wieso also nicht am nächsten Tag? Juan sagte nichts davon, dass sie mit den Kundschaftern reiten würden. Abgesehen davon, dass es ohnehin keinen Unterschied machte. Wahrscheinlich wären sie nur froh, dem Lärm und der Hektik des Lagers zu entgehen.

Juan ließ sich müde auf sein Lager sinken und dachte an die bevorstehende Aufgabe. Ganz sicher würden sie den Weg zum Pazifischen Ozean finden! Irgendwann hörte jede Insel auf, sonst könnten sie ja bis nach Europa zurücklaufen. Er kicherte lautlos.

Dann zog er Maria besitzergreifend neben sich und umschlang ihren wohlgeformten Leib, der am Bauch eine kleine Wölbung aufzeigte. Noch würde sie eine kleine Reise nicht anstrengen. Abgesehen davon, dass ihn dies bei einer Sklavin kaum interessierte. Er hatte sie ja auch ohne Gewissensbisse auspeitschen lassen. Er entschied, was mit ihr oder dem Kind geschah.

Am Morgen inspizierte er seine Lanzenreiter und wählte fünfzehn aus, die nicht verletzt waren und ihre Ausrüstung in Ordnung hatten. Außerdem ließ er sich zehn Bogenschützen zuteilen. Sie konnten zur Not auch zur Jagd gehen. Es war Sommer und so nahmen sie nur leichte Ausrüstung und Verpflegung mit. Sie verzichteten auf Zelte und schwere Waffen und nahmen nur Decken und einige Beutel Proviant mit, die der Maestro zusammenstellen ließ. In einem Anfall von Großzügigkeit ließ Juan seine beiden Diener auf einem Pferd reiten. Nana strahlte vor Begeisterung, während Maria vor Angst fast ohnmächtig wurde. „Sitz locker auf dem Pferd, dann ist es ganz bequem!", riet Juan, als er die Angst bemerkte. „Stemme deine Füße in die Steigbügel und halte dich am Sattelknauf fest. Dann kannst du das Gleichgewicht besser halten." Maria nickte mit zusammengekniffenen Lippen und hielt Nana an den Schultern umschlungen. Sie sah nicht so aus, als würde sie sich entspannen können.
„Du wirst sehen, nach einer Weile ist es ganz einfach!", versuchte Juan das Mädchen zu beruhigen. „Wenn wir ein Stück des Wegs geschafft haben, kannst du auch laufen. Nana kann dann das Pferd führen. Aber es ist doch praktisch, wenn ihr nicht so viel schleppen müsst, nicht wahr?" Er blickte lobheischend nach oben.
Maria nickte verhalten und Juan konnte nicht sagen, ob ihr der Gedanke gefiel, dass sie nicht so viel tragen musste, oder die Aussicht, bald absteigen zu können. Nana dagegen hatte die Misshandlungen bereits verdrängt und wedelte wichtig mit der Hand. „Ich führe das Pferd!"
Juan war beeindruckt von dem Mut des Jungen und lächelte. „Sehr gut! Das machst du! Vielleicht wirst du mal ein guter Stallknecht! Dann kannst du immer mit den Pferden arbeiten."

„Ich werde ein Lanzenreiter!", erklärte Nana selbstbewusst. Juan staunte über die Idee des Kindes. Dann grinste er noch breiter. „Genau!", stimmte er zu. „Ich mach aus dir einen Lanzenreiter!"

Er führte die Expedition über eine breite Furt des Wabash-Flusses und folgte einem Trampelpfad in nordwestlicher Richtung. Das Gelände stieg stetig an und ein frischer Wind vertrieb die Hitze des frühen Sommers. Terre de Haute, hohes Land, schrieb der Chronist. Sie kamen an Sümpfen und Flüssen vorbei und das Gras war so hoch, dass selbst die Pferde es kaum durchdringen konnten. Schnepfen flatterten vor ihnen davon und versteckten sich in den Schilfgürteln der Sümpfe. Fliegen und Moskitos begleiteten die Menschen in dichten Wolken und suchten sich ihre Opfer. Die Schweife der Pferde wedelten unablässig hin und her, in dem vergeblichen Versuch, sich der Plagegeister zu erwehren. Der Capitán gab eine langsame Geschwindigkeit vor, denn die Reise würde lang werden. Er wollte die Pferde schonen, weniger die Männer. Zu beiden Seiten des Pfades wuchsen Sträucher, an denen die ersten Beeren reiften. Rote Kardinalsvögel hüpften in den Zweigen herum, während am Himmel ein Bussard seine Kreise zog.

Die Lanzenreiter ritten in geordneter Formation in Zweiergruppen hintereinander her. Dahinter folgten Maria und Nana und zwei weitere Packpferde, die von zwei Soldaten geführt wurden. Dann kamen die Bogenschützen, die ihr leichtes Gepäck am Rücken trugen. Die Männer waren still, denn sie brauchten ihren Atem zum Marschieren. Manchmal wurde der Pfad so schmal, dass die Formation sich kurz auflöste und sich die Kolonne wie eine lange Schlange durch das Land wand. Dann wurde der Weg wieder breiter und die Doppelreihe bildete sich wie von selbst. Die Männer waren gut ausgebildet worden. Sie waren sich ihrer Stärke bewusst und nutzten den Vorteil, den sie mit den Pferden hatten. Einheimische Wilde, die sie auf dem Rücken der Pferde sahen, würden sie erst einmal für Götter aus einer fremden Welt halten. In vielen Mythologien der Einheimischen kamen seltsame

Wesen vor, die meist gefährlich waren und Menschen verspeisten. So war es wenig wahrscheinlich, dass Indios sich in Gefahr begaben und den Trupp angriffen.

Gegen Mittag gab Juan de Anasco das Zeichen zum Rasten. Er ließ Proviant verteilen und sah zu, wie die Pferde an einem Tümpel ihren Durst löschten. Eine Entenmutter flüchtete mit ihren Küken über das Wasser und verschwand auf er anderen Seite im Schilf. Libellen schossen über die Wasseroberfläche und die Wolken aus tanzenden Fliegen stoben auseinander. Winzige Kolibris tauchten ihre langen Schnäbel in rotblühende Akeleien und tranken von dem süßen Nektar. Es war ein friedliches Bild, das auch nicht gestört wurde, als die Männer sich müde ins hohe Gras sinken ließen. Nach all dem Kampf und dem Geruch des Todes waren die Männer froh, in der Sonne zu sitzen und die frische Luft einzuatmen. Kein Rauch, kein Qualm, kein Gestank nach verbranntem Fleisch erinnerte die Männer an die brutale Wirklichkeit ihres Feldzuges. Stattdessen wehte eine warme Brise und brachte den Duft von Blüten, Salbei und frischem Wasser. Leises Gelächter erklang, als Nana sich seiner Kleidung entledigte und in das Wasser hüpfte. Hier war er nur noch ein Junge, der wie alle Kinder im Wasser spielte. Auch Maria watete in das Wasser und wusch sich ein wenig die Beine sauber, um den Gestank des Pferdes wegzubekommen. Die Blicke der Männer schienen sie verschlingen zu wollen, aber sie wussten, dass der Capitán sein Eigentum eifersüchtig bewachte.

Der Capitán ließ die Pferde eine Weile grasen und gab schließlich das Zeichen zum Aufbruch. Geordnet reihten sich alle in die Kolonne und folgten dem Kundschafter, den Juan sicherheitshalber vorausreiten ließ. Erst kurz vor der Dunkelheit stockte die Kolonne erneut, um ein Lager für die Nacht aufzubauen. Die Männer waren zwar müde, aber nicht so erschöpft, wie man vielleicht denken würde. Sie alle waren trainiert, lange Entfernungen zurückzulegen. Zwei Bogenschützen machten sich auf den Weg, um noch frisches Fleisch für das Abendessen zu jagen, während die anderen in aller Ruhe ein großes Feuer entzündeten und in einigem Abstand darum ihre Decken ausbreiteten. Wachen wur-

den eingeteilt, die vor allen Dingen die grasenden Pferde be-
obachten sollten. Bisher waren ihnen keine feindlichen Indios
begegnet. Es konnte aber durchaus sein, dass diese sich bei der
Annäherung der Lanzenreiter aus dem Staub gemacht hatten.
Nach einer Weile kamen die Bogenschützen tatsächlich mit einer
Hirschkuh zurück. Die Gegend hier sei reich an Jagdbeute, mel-
deten die beiden. Außerdem hätten sie in der Ferne diese wilden
Stiere mit dem gelockten Fell gesehen. Auch Hasen und Vögel
könnte man in den nächsten Tagen jagen. Die Teiche seien voller
Enten und Gänse, die nur darauf warteten gebraten zu werden.
Wahrscheinlich könnte man auch Fische fangen.

***

Maisblüte setzte sich etwas abseits an ein Feuer und brachte die
Bündel ihres Herrn in Ordnung. Es waren hauptsächlich Lebensmittel, die sie eingepackt hatte. Auch ein Beutel Mais war dabei,
den sie als Notration aufheben wollte. Solange die Jäger Fleisch
brachten, wollte sie nicht darauf zurückgreifen. Sie selbst hatte
nicht viel dabei. Im Grunde gehörte ihnen ja nichts. Kleidung
zum Wechseln, ein zweites Paar Mokassins und Schlafdecken.
Nanih Waiya besaß einen kleinen Bogen mit Pfeilen, den Juan
ihm erlaubt hatte mitzuführen. „Damit kannst du ja versuchen,
einen Hasen zu schießen!", hatte er großmütig erklärt. „Aber
wage es nicht, die Waffe gegen mich zu erheben."
Es war ein Kinderbogen mit kleinen Pfeilen, die aber durchaus
Schaden zufügen konnten. Vielleicht wollte er auf diese Weise
um Entschuldigung für die Misshandlung bitten? Wer wusste
das schon bei diesen Käfermenschen.

Maisblüte hatte verstanden, dass die Kundschafter nach Norden
unterwegs waren, um dort nach der Küste zu suchen. Maisblüte
verstand, was eine Küste war, denn südlich ihres Heimatdorfes
gab es ebenfalls eine Küste. Die Menschen dort lebten vom Fischfang und an den Stränden fand man wunderschöne Muscheln.
Sie überlegte, wie wohl die nördliche Küste aussah. Hier war es
wesentlich kälter und das Land verwandelte sich mehr und mehr

in eine Wüste aus hüfthohem Gras und Büschen. Sie fröstelte und zog die Schlafdecke fester um ihre Schultern. Ihre Augen wurden ausdruckslos, als Juan sich wenig später zu ihr legte und fordernd zwischen ihre Beine griff. Es würde nicht aufhören. Es würde einfach nicht aufhören. Viel zu fest knetete er ihre Brüste und es schmerzte so, dass sie ein Wimmern nicht unterdrücken konnte. Sie wusste längst, dass es keinen Sinn hatte, ihn von sich zu schieben oder ihn irgendwie besänftigen zu wollen. Jeder Widerstand reizte ihn nur umso mehr und so atmete sie tief ein, um die Schmerzen irgendwie auszuhalten. Sein Geschlecht drang in sie ein und sie hörte sein keuchendes Atmen, als er sich mit seinem Gewicht auf sie fallen ließ und sich rhythmisch in ihr bewegte. Heißer Atem schlug ihr entgegen, als sein Mund sich dem ihren näherte. Er roch nach dem Fleisch, das er gerade verzehrt hatte, und ein wenig nach ranzigem Schweiß. Sie hatte noch nie verstanden, warum diese Männer immer so stanken. Ihr Kopf fiel zur Seite, als er seine Lust an ihr befriedigte, und sie sah, wie ihr Bruder hasserfüllt zu ihnen hinüberstarrte. Er sollte so etwas nicht sehen, denn es war ohne Liebe, ohne gegenseitige Hingabe. Voller Scham schloss sie die Augen und wartete darauf, dass es endlich vorbei war. Der Körper des Mannes bäumte sich auf, er hatte sich zu einem wahren Rausch gesteigert, dann drehte er sich mit einem zufriedenen Grunzen zur Seite, um zu schlafen.

Maisblüte erhob sich benommen und schlich leise zum See, um sich zu waschen. Sie kühlte ihre wunden Brüste und tauchte ihren Körper eine ganze Weile in das kühle Wasser. Vielleicht sollte sie einfach untertauchen und nie wieder hochkommen? Wie lange konnte sie die Luft anhalten? Wenn sie tief genug tauchte, dann reichte der Atem vielleicht nicht mehr zum Auftauchen? Dann würde die Dunkelheit nach ihr greifen und sie würde endlich zu den Ahnen gehen. Versuchsweise ging sie einige Schritte ins tiefere Wasser, doch ein Pfiff ließ sie innehalten. Die Wachen hatten sie beobachtet und kamen nun zum Ufer, um zu sehen, was sie vorhatte. Es war dunkel. Sollte sie es wagen? Wenn sie untertauchte, würde sie nicht mehr zu finden sein. Das Mondlicht spiegelte sich auf dem Wasser und sie seufzte unhörbar. Un-

ter Wasser wäre sie nicht zu entdecken, aber was geschah, wenn sie wieder auftauchte? Wenn sie nicht den Mut oder den Willen aufbrachte, sich den Wassergeistern zu ergeben. Was, wenn wirklich das Wassermonster kam und sie verspeiste? Würde sie dann nicht zu den Ahnen gehen? Sie machte einen unsicheren Schritt zurück und drehte sich zu den Wachen um. Ihre Rüstung spiegelte sich leicht im Mondlicht und ihre Schatten waren gut zu erkennen. Ihre Hände glitten durch das Wasser, als sie langsam wieder ans Ufer kletterte. Ein Mann ergriff sie grob am Arm. „Was wolltest du da, Mädchen?"

„Waschen!" erklärte Maisblüte harmlos. Sie machte eine unzüchtige Bewegung ihres Beckens. „Juan mich nehmen!"

Die beiden Männer prusteten los und hielten alles für einen großen Spaß. Ihre Augen musterten Maisblüte von oben bis unten und einer der Männer strich ihr anzüglich über den Hintern. „Komm doch noch zu uns!", lockte er gierig.

Der andere hielt ihn zurück. „Lass mal. Mit dem Capitán ist da nicht zu spaßen. Suche dir lieber eine andere!"

„Wo denn?", zischte der andere. Er machte eine unwillige Bewegung mit der Hand. „Hier leben ja nur noch Wilde! Hast du diese primitiven Hütten nicht gesehen? Hier haben sie nicht einmal mehr Felder. Ich frage mich, womit die sich überhaupt ernähren."

Es klang Verachtung in seiner Stimme. „Die sind wahrscheinlich Kannibalen, da hole ich mir doch keine Wilde. Die frisst mich auf, während ich noch meinen Schwanz in ihr habe."

Die beiden lachten über diesen Scherz und schickten das Mädchen zum Lagerplatz zurück. Müde kroch Maisblüte wieder unter die warme Decke. Sie hatte nicht alles verstanden, aber auch ihr war aufgefallen, dass die Dörfer der Eingeborenen einfacher wurden. Es waren Gerüste aus Ästen, die mit Matten aus Schilf gedeckt waren, die man zusammenrollen und weitertransportieren konnte. Außerdem fehlte der Palisadenzaun. Entweder waren es Jagddörfer, oder diese Menschen hatten gar keine festen Dörfer, sondern waren Nomaden, die dem Wild folgten. Immer öfter stießen sie auf große Herden der Büffel, in einer Anzahl, die ihr noch nie zuvor begegnet war. Sie dachte darüber nach. Hier

gab es vermutlich so viel Jagdbeute, dass die Menschen leicht von der Jagd und vom Sammeln leben konnten. Außerdem würden diese Kolosse die Felder zertrampeln. Warum sich also diese Mühe machen? Bisher hatten sie Gegenden durchquert, die immer noch von Menschen bevölkert wurden, die eine Kultur und Sprache ähnlich der Chatah hatten, doch nun erlebte Maisblüte zum ersten Mal, dass sie die ihr bekannten Gebiete und Landschaften verließen. Anstelle der dichten Wälder, der befestigten Dörfer mit den Feldern und der ihr bekannten Tierarten, durchquerten sie Grassteppen mit Sümpfen, weite Flächen mit endlosem Himmel und Büffeln in unermesslicher Anzahl. Sie sah Raubvögel am Himmel, fand unbekannte Süßwassermuscheln in den Teichen und Seen und unbekannte Blumen zwischen dem hohen Gras. Es verunsicherte sie, denn sie wusste nicht, ob es noch die Früchte und Nüsse gab, die sie von daheim kannte. Trotzdem war sie froh, dem Tross mit all seinem Lärm und all seiner Gewalt entronnen zu sein.

Und dann schoss ein anderer Gedanke durch ihren Kopf. Die Hunde! Sie hatten keine Hunde dabei! Wenn es ihr gelang, außer Sichtweite der Lanzenreiter zu entkommen, gäbe es keine Möglichkeit mehr, sie oder den Bruder zu finden. Die Büffel würden ihre Spur verbergen oder die vielen Bäche und Flüsse ihre Spuren verwischen. Kein Hund wäre da, der ihre Spur wieder aufnehmen konnte. Ihr Herz klopfte vor Aufregung, als sie zum ersten Mal wieder an Flucht dachte. Aber wohin? Der Weg in den Süden war so weit, so gefahrvoll, dass sie bezweifelte, dass sie es je schaffen würde. Hier war es kalt und sie kannte die Menschen und ihre Sprache nicht. Wohin sollte sie also gehen? Andererseits wusste sie, dass Juan sie wieder zum Tross zurückbringen würde, wenn er erst die Küste gefunden hatte. Zurück. Allein dieses Wort ließ sie erschauern. Zurück in die Ungewissheit, was dieser Mann mit ihr vorhatte. Zurück in die Unmenschlichkeit und in die unvorhersehbare Zukunft. Von einem Tag auf den anderen konnte sich für sie und den Bruder alles ändern. Noch war Juan freundlich, aber was, wenn er ihrer überdrüssig wurde? Er hatte Nanih Waiya schon einmal verkauft. Nein, Juan bot keine Sicherheit. Er hatte sie nicht zum ersten Mal irgendwelchen Männern

überlassen. Und er würde es wieder tun. Sie starrte zu den Sternen empor und erfreute sich an dem Funkeln. Hier unten fühlte sie sich verloren und einsam. Aber die Sterne lächelten ihr zu und bestärkten sie in ihrem Entschluss. Sie würde mit ihrem Bruder die Flucht wagen, und zwar ehe sie zum Tross zurückkehrten. Sie konnte mit ihren Bruder durchaus überleben. Noch war Sommer und wenn sie erst sicher war, dass diese Käfermänner ihre Reise fortgesetzt hatten, konnte sie überlegen, was sie als Nächstes unternahm. Vielleicht bei ihrem Brudervolk, den Chickasa, unterkommen? Oder sie machte sich auf den langen Weg nach Süden und versuchte Überlebende ihres Dorfes zu finden? Die Flüsse flossen nach Süden, und wenn sie ein Kanu fand, dann konnte sie auf ihnen entlanggleiten. Das wäre der einfachste Weg. Aber diese Dinge konnte sie entscheiden, wenn ihr die Flucht tatsächlich gelungen war. Außerdem musste sie berücksichtigen, dass im Herbst das Baby geboren werden würde. Der Gedanke machte ihr Angst, denn sie fürchtete sich davor, ohne jede Hilfe ein Kind zu gebären. Noch wusste sie nichts darüber. Aber wer würde eine Frau aufnehmen, die kurz vor der Niederkunft stand? Wer würde sich mit einer Frau und einem Kind belasten? Was hatte sie anzubieten außer ihrer Jugend? Welcher Mann würde sie aufnehmen, wenn sie ihm nicht zur Verfügung stand? Kurz schwankte sie in ihrer Entscheidung, doch dann runzelte sie entschlossen die Stirn. Sie würde diese Menschen, die wie das schwarze Monster über das Land herfielen, verlassen! Sie war bereit gewesen, in den Tod zu gehen, also hatte sie keine Angst vor der Zukunft. Wenn ein fremder Krieger ihren Tod wählte, dann würde sie diesem mutig entgegensehen und auch ihrem Bruder die Angst nehmen. Nichts konnte schlimmer sein als dieses Leben in Sklaverei. Sie schloss die Augen und fühlte die innere Ruhe, die sie überkam. Ihre Entscheidung stand fest. Sie würde nur noch auf einen geeigneten Augenblick warten. Sie spürte die leichte Bewegung des Ungeborenen, dieses leichte Flattern, und lächelte still in sich hinein. Es war ihr Kind, ein Kind ihres Volkes und ihres Clans. Es würde zum Wolfsclan gehören, wie schon sie selbst und ihre Mutter. Alles andere würde sie vergessen.

Neue Freunde

(Dorf der Ho-Chunk)

Als Machwao am Morgen erwachte, fühlte er sich wie zerschlagen. Seine Wunden pochten und schmerzten und er hatte das Gefühl, immer noch am Gerüst zu hängen und gefoltert zu werden. Als er gegen die Schmerzen und die Folter gekämpft hatte, war sein Körper fast unempfindlich gewesen, aber nun, da er sich erholen durfte, erreichten die Schmerzen seinen Kopf und benebelten ihn. Seinen Freunden erging es ebenso, denn sie richteten sich nur stöhnend in eine sitzende Position auf und klangen dabei wie alte Frauen. Machwaos Gesicht verzog sich zu einem schmerzverzerrten Grinsen. „Hoh, wir haben schon mal alle besser ausgesehen!"

Awässeh-neskas verzog ebenfalls die Lippen. Aber er war weit davon entfernt zu lächeln. „Wir werden einige Tage hierbleiben müssen!", stellte er fest.

Wakoh schüttelte energisch den Kopf. „Diese Maden haben uns genug angetan! Wir sollten umkehren und Mäc-awätok danken, dass wir heil wieder nach Hause kommen."

Machwao hob überrascht die Augenbrauen. Er hatte darüber nachgedacht, sich zu erholen, aber nicht, ob er wirklich umkehren sollte. „Du willst aufgeben?", fragte er verblüfft.

„Ich will nicht aufgeben, sondern nach Hause", erklärte Wakoh nüchtern. „Die Ho-Chunk scheinen nicht gerade friedlich gesinnt zu sein, und wir werden noch eine Weile an ihrer Küste entlangpaddeln müssen!"

„Hmh!" Machwao schwieg, denn Wakoh hatte leider recht. Ein zweites Mal konnten sie nicht auf Rettung hoffen, wenn aufgebrachte Dorfbewohner ein Opfer verlangten. Weiter im Süden wären sie als Händler nicht mehr in Gefahr, denn diese führten keinen Krieg gegen die nördlichen Stämme, aber die Ho-Chunk waren eine ernstzunehmende Gefahr.

Jedes Mal, wenn die Menominee in die Nähe des Ufers kämen, wären sie eine leichte Beute. Vielleicht wäre es besser, die Reise im nächsten Jahr zu versuchen, wenn die Friedensverhand-

lungen erfolgreich gewesen wären und auch alle Dörfer davon wussten.

Falke und Witcawa kamen nach einem Hüsteln herein und setzten sich höflich zu den vier Menominee. Ihr-kommen-waschen, fragten sie in Zeichensprache. Die Männer nickten immer noch misstrauisch und folgten den beiden zu einem schmalen Fluss. Zum ersten Mal hatten die Männer Gelegenheit, das Dorf der Ho-Chunk in Augenschein zu nehmen. Es sah aus wie ihre Dörfer, mit Wigwams und Trockengestellen, wie es auch die Menominee hatten. Einige Menschen waren bereits unterwegs und sie waren in ihrer Kleidung den Menominee so ähnlich, dass man sie leicht mit ihnen verwechseln konnte. Es waren Kleinigkeiten, mit denen sie sich unterschieden, Dinge, auf die man beim ersten Hinschauen nicht so achtete, wie zum Beispiel Muster auf der Kleidung oder bei den Töpfereien. Am meisten unterschieden sie sich noch in der Sprache, denn die Menominee sprachen eine Sprache, die dem Anishinabe ähnlich war, während die Ho-Chunk einen Dialekt sprachen, der dem Oto oder dem Iowa aus dem Süden ähnelte. Während die Verständigung zwischen den Anishinabe und den Menominee also möglich war, mussten sie hier den Umweg über die Zeichensprache gehen.

Machwao wunderte sich ein wenig, dass sie nicht bewacht wurden, und wertete dies als gutes Zeichen. Die Ho-Chunk waren also wirklich an Wiedergutmachung interessiert. Es wurde ihnen erlaubt, sich frei zu bewegen, und man begegnete ihnen mit Respekt. Gleichwohl bemerkte er eine gewisse Anspannung unter den Menschen, die er aber darauf zurückführte, dass sie nicht wussten, wie man Menschen behandeln sollte, die man am Tag davor noch gefoltert hatte. Sie ließen sich Zeit beim Waschen und versorgten erst sorgfältig ihre Wunden, ehe sie zurückgingen. Sie hatten die Gespräche auf das Notwendigste beschränkt. Wakoh humpelte ein wenig und schien auch sonst eher geschwächt zu sein. Wapus und Awässeh-neskas ging es bereits besser, aber das lag sicherlich daran, dass Awässeh-neskas ohnehin nur etwas zu essen brauchte, damit es ihm wieder gutging.

Machwao besah sich den langen Schnitt an seinem Oberschenkel und runzelte die Stirn. Die Wunde hatte sich geschlossen,

aber er musste achtgeben, dass sie sich nicht wieder öffnete. Am schlimmsten schmerzte die Brandverletzung an seinem Bauch. Er zischte durch die Zähne, als Wapus einige Flechten darauflegte, damit die Haut sich wieder bildete.

Falke und Witcawa sahen etwas betreten zu und senkten verlegen die Köpfe. Sie waren als Boten in dieses Dorf gekommen und hatten daher nicht eher eingreifen können. Sie hatten sich im Landesinneren befunden, an einem großen See, an dem viele ihres Volkes ihre Dörfer hatten, und waren von dort losgeschickt worden, auch um von den abgelegenen Dörfern Abgesandte für die Friedensverhandlungen zu holen und natürlich fähige Spieler für das Medizin-Spiel. Ihre Rückkehr war ein Anlass zur Freude gewesen, auch wenn sieben ihrer Krieger im Winter nicht heimgekehrt waren. Alle hatten Bewunderung für die Großzügigkeit der Menominee empfunden, dass sie die beiden Überlebenden einfach freigelassen hatten. Die Friedensbotschaft der Menominee war daher auf fruchtbaren Boden gefallen und die Ältesten hatten darauf gedrängt, diesen Wunsch anzunehmen. Es war peinlich, ausgerechnet Männer jenes Dorfes, das sich als so großmütig gezeigt hatte, auf dermaßen grausame Weise zu bekämpfen. Zudem es eindeutig Händler waren, die ohnehin unter einem gewissen Schutz standen. Isgeheim hatten sie gehofft, die Menominee zu treffen, denn sie kannten die Pläne von Machwao auf eine Handelsreise zu gehen. So viele Dörfer gab es am Großen See nicht. Aber ihre Freunde in so einer verzweifelten Lage anzutreffen, hätten sie nicht erwartet.

Die beiden Ho-Chunk führten die Menominee zurück ins Dorf und ließen sie sich an einem Versammlungsplatz hinsetzen. Frauen brachten Essen, das die Männer hungrig verzehrten. Darunter war auch die Frau, die Machwao den Schnitt am Oberschenkel zugefügt hatte. An ihrer Hand ging ein kleines Mädchen, das die Männer ein wenig ängstlich musterte. Machwao nahm das Essen mit einem dankbaren Nicken entgegen und lächelte dann dem Kind zu. Die Frau errötete, denn sie hatte mit dieser freundlichen Geste nicht gerechnet. Sie zog einen Beutel hervor und reichte ihn Machwao. Dann deutete sie an, dass er für seine Wunden gedacht

war. Es war deutlich zu sehen, dass es ihr leid tat. Sie huschte davon und Machwao sah ihr einen Augenblick nach. Manchmal war das Leben für die Frauen und Kinder schwer.

Falke blieb an ihrer Seite und stellte ihnen einige wichtige Persönlichkeiten des Dorfes vor, die sich in einem Kreis um sie setzten. Eine Pfeife wurde entzündet und der Rauch in die vier Himmelsrichtungen geteilt, damit die Gedanken der Teilnehmer zum Schöpfer getragen wurden, aber auch, um sich zu sammeln und auf die Versammlung einzustimmen. Einige Kinder hatten sich neugierig genähert, die sich respektvoll in einiger Entfernung hinsetzten, um die Gespräche der Erwachsenen zu belauschen. Auch einige Frauen kamen hinzu, die ebenfalls in einigem Abstand blieben. Mit flinken Händen wurde erzählt, wie es zu dem Missverständnis kommen konnte.

Anscheinend hatten die Anishinabe nicht nur die Jagdgründe der Menominee durchquert, sondern auch einen Raubzug zu den Ho-Chunk unternommen. Einige Männer waren dabei getötet worden und das hatte die Menschen erzürnt.

Machwao übernahm die Rolle des Sprechers und legte nachdenklich den Kopf schief. Auch seine Hände sprachen flink und teilten seine Gedanken mit. Er konnte sehen, dass Wakoh nicht so diplomatisch vorgehen würde, aber sich den Worten seines Freundes fügen würde. Er machte den Ho-Chunk keine Vorwürfe, sondern bedankte sich bei Falke und Witcawa dafür, dass sie noch rechtzeitig eingeschritten waren. Unsere-Wunden-heilen, meinte er zum Schluss, was ihm ein wütendes Schnauben von Wakoh einhandelte.

Die Ältesten konnten sich ein Schmunzeln nicht verkneifen, denn die Reaktion von Wakoh war nur verständlich. Mit Zeichen deuteten sie an, dass es ihre Pflicht wäre, ihnen Unterkunft zu gewähren, bis sie sich erholt hätten. Selbstverständlich würden die Menominee nun die Ehrengäste des Dorfes sein.

Auch-wenn-wir-von-unserer-Reise-zurückkehren, forderte Wakoh übellaunig.

Erneut erntete er ein amüsiertes Grinsen und der Häuptling machte das Zeichen für einen Vertrag. Selbstverständlich!

Hmh. Es war deutlich zu sehen, dass Wakoh sich entspannte und wirklich an die guten Absichten dieser Menschen glaubte. Gut, zeigte er mit seiner Hand. Sein Gesicht hellte sich noch mehr auf, als ein kleines Mädchen ihm einen kleinen Korb mit Waldbeeren reichte. Sie rannte schnell davon, doch er schenkte ihr ein freundliches Lächeln und stopfte sich dann genießerisch die Früchte in den Mund. Nach dem langen Winter gierte der Körper nach frischem Obst und Gemüse. Höflich bot er auch seinen Freunden davon an, die nur allzu gerne zulangten.

Wesentlich besser gelaunt folgten sie der Unterhaltung. Die Ho-Chunk waren sehr darum besorgt, die Menominee zu versöhnen. Sie schickten einige Kinder, die jedem der Krieger einen wertvollen runden Stein überreichten, wie sie nur am Strand des Käqcekams, des Großen Sees, zu finden waren. Tatsächlich handelte es sich um Versteinerungen, und wenn man die Steine befeuchtete, kam das schöne Muster zum Vorschein, das ihren Wert ausmachte. Sie galten als heilig und entsprechend vorsichtig nahmen die Männer dieses wertvolle Geschenk entgegen. Wieder war es ein Mädchen, das im Sturm das Herz von Wakoh eroberte. Vorsichtig nahm er es auf seinen Schoß und ließ sich zeigen, wie man mit etwas Wasser aus der Kalebasse das Muster auf dem Stein herbeizauberte. Es war ein beeindruckender Anblick, wie der mit Wunden übersäte Krieger behutsam das kleine Mädchen hielt. Die Mutter stand mit klopfendem Herzen etwas abseits, denn es war ein besonderer Vertrauensbeweis, ausgerechnet die Kinder zu schicken, aber es verfehlte seine Wirkung nicht. Worte und Geschenke hätten niemals diesen wilden Mann versöhnen können, aber die Kinder schafften es auf ihre Weise. Ein scheues Lächeln auf ihrem Gesicht und Wakoh schmolz dahin. Sie rutschte von seinem Schoß und lief wieder zu ihrer Mutter. Er schenkte ihr ein offenes Lächeln, als sie sich noch einmal zu ihm umdrehte.

Die Menominee verbrachten die nächsten Tage in dem Dorf und erholten sich zusehends. Die Ho-Chunk verwöhnten sie so mit gutem Essen, dass Wakoh befürchtete, bald nur noch rollen zu können. Falke und Witcawa waren ihren ständigen Begleiter und

so wurden viele Witze gerissen. Die beiden hatten angeboten, die Menominee in einem Kanu zu begleiten, damit sie sicher bis zur Portage gelangten, auf der sie vom Käqcekam bis zum Fluss kamen, der durch die Jagdgründe der Illiniwek bis zum Großen Fluss führte. Auf diese Weise würden die beiden auch die Dörfer weiter südlich erreichen und ihre Friedensbotschaft teilen. Alle Dörfer sollten Abgesandte schicken. Im Monat der Blaubeeren wollten sich die beiden Stämme an einem Ort treffen, den die Menominee Pucihkit nannten und der an der großen Bucht des Käqcekam lag, um dort die Friedensverhandlungen zu führen und das heilige Medizin-Spiel zu spielen. Je mehr Vertreter dort zusammenkamen, umso sicherer wäre der Frieden, denn grundsätzlich entschied jedes Dorf für sich.

Wapus erholte sich am schnellsten und nutzte die Zeit, um in den Wäldern nach Heilpflanzen und Kräutern zu suchen. Er wurde begleitet von dem Geheimnismann des Dorfes, der auf diese Weise sein Wissen erweiterte, aber auch Wapus von Dingen erzählte, die dieser noch nie gehört hatte.

Am Abend wurden Geschichten ausgetauscht und die Menominee lernten einen neuen Tanz kennen, der bei den Ho-Chunk getanzt wurde und ursprünglich von einem Volk aus dem Süden stammte.

Machwao schaute und hörte bei all diesen Dingen genau zu. So sollte die Verständigung immer sein: ein Austausch an Wissen, Geschichten und Zeremonien. Manchmal beantwortete er die diskreten Fragen, die Witcawa ihm bezüglich eines Mädchens in seinem Dorf stellte. Auch so konnten Freundschaften entstehen: indem Menschen aus verschiedenen Dörfern heirateten. Schmunzelnd erzählte Machwao von Wasserlilie und wie sehr sich das Mädchen nach dem jungen Mann sehnte. Die Eltern gehörten zu der Delegation, die zu den Verhandlungen kommen wollten, und sie hatten vor, auch Wasserlilie mitzunehmen. Witcawa freute sich über diese Nachricht und hoffte auf die Begegnung. „Ich werde einer der Spieler des Medizin-Spiels sein!", verkündete er stolz. Eigentlich wäre es üblich, dass der Bräutigam ins Dorf der Eltern des Mädchens zog. Bei den Ho-Chunk schien

das nicht üblich zu sein und so dachte der junge Mann hin und her, ob er im Spätsommer mit den Menominee ziehen sollte. Machwao bestärkte ihn in diesem Wunsch, denn er vertrat die Ansicht, dass eine Frau die Hilfe der Familie und des Dorfes brauchte. Die Menominee würden auf diese Weise einen wertvollen Krieger dazugewinnen. Er scherzte mit ihm und versicherte ihm, dass er wie ein jüngerer Bruder für ihn wäre. Machwao seufzte innerlich, denn zwei seiner wahren Brüder waren noch im Kleinkindalter verstorben. Sie zu ersetzen wäre eine gute Sache! Er würde Witcawa wirklich als jüngeren Bruder adoptieren und damit in seine Familie aufnehmen. Manchmal nahm das Leben wirklich seltsame Wendungen. Noch vor einigen Tagen wären sie fast getötet worden und nun entstanden familiäre Bindungen zwischen Menschen, die sich eben noch gehasst hatten. Aber Mäc-awätok würde dies begrüßen. Alle Dinge und Lebewesen waren miteinander verwandt. Diese Verwandtschaft auch mit Feinden zu suchen, würde den Geistern gefallen, denn es zeigte, dass die Menschen das Leben achteten.

Nach einigen Tagen beschlossen die Menominee, ihre Reise fortzusetzen. Viele Menschen begleiteten sie, als sie sich auf den Weg zum Käqcekam machten, an dem sie ihr Kanu zurückgelassen hatten. Falke und Witcawa trugen ihr Kanu, um sie, wie versprochen, ein kurzes Stück auf dem Weg in den Süden zu begleiten. Die Menominee hatten viele helfende Hände, die ihre Bündel trugen, sodass der Weg nicht beschwerlich war. Sie folgten dem Fluss, der sich bald mit einem anderen Fluss vereinte und dann in den Großen See floss. Etwas nördlich davon lag noch das Kanu am Strand. Die Ho-Chunk hatten es dort gelassen, nachdem sich herausgestellt hatte, dass die Menominee nicht die Feinde waren, für die man sie gehalten hatte.
Einige Feuer wurden entzündet, da die Männer erst am nächsten Tag aufbrechen wollten. Das gab ihnen Zeit, einen letzten Abend mit den neu gewonnen Freunden zu verbringen und sich zu verabschieden. Die Männer badeten in dem See, dessen Wasser wesentlich kühler war als das Wasser des Flusses. Es erfrischte nach der langen Wanderung und ließ die Haut kribbeln. Machwao

war noch vorsichtig, denn er wollte nicht, dass die Brandwunden wieder aufrissen. Eine rosa Haut hatte sich an den Stellen gebildet, die manchmal juckte und spannte. Es würden Narben zurückbleiben, die ihn daran erinnern würden, wie kostbar das Leben war. Er entfernte sich von der Gruppe und suchte sich einen kurzen Weg in den dichten Wald. Dort legte er an den alten Großmutter- und Großvaterbäumen ein Tabakopfer nieder und betete für eine sichere Weiterreise. Er war dankbar, dass er noch ein wenig Zeit hatte, ehe er den Weg der Verstorbenen beschritt. Er würde es ohne Angst tun. Er hatte eine zweite Chance erhalten und die würde er nun nutzen. Vielleicht hatte die Geister doch ein hübschen Mädchen für ihn vorgesehen? Er grinste, denn Wakoh hatte einen winzigen Augenblick darüber nachgedacht, doch nach Hause zurückzukehren. „Was ist, wenn dieser Vielfraß deiner Schwester doch zu viele verliebte Blicke zuwirft?", hatte er gefragt.

Machwao hatte ungläubig den Kopf geschüttelt. „Ich dachte, du hast das geklärt?"

„Schon! Aber jetzt bin ich nicht da, um diesen Schönling an sein Versprechen zu erinnern."

„Meine Schwester sieht nur dich, mein Freund! Du wirst sehen, dass sie auf deine Rückkehr wartet. Vielleicht ist sie dann schon zur Frau erblüht."

„Und wenn ...?"

„Nichts wenn!", hatte Machwao die Zweifel seines Freundes beendet.

Chicago
(Michigan-See)

Juan de Anasco führte seine Lanzenreiter schon den vierten Tag nach Norden. Sie waren kaum noch auf Einheimische gestoßen, und wenn, dann hatten sie ihre Dörfer fluchtartig verlassen. Manchmal waren sie aus der Ferne beobachtet worden. Hohe Gestalten mit langen Harren und Federn auf dem Kopf, jetzt im Sommer halbnackt oder mit dieser einfachen Lederbekleidung. Hier gab es nichts zu holen. Die Hütten, die sie fanden, waren einfach, manchmal entdeckten sie Dörrfleisch, das sie sich nahmen. Diese Menschen lebten von der Jagd und vom Sammeln und verzichteten auf Ackerbau. Hin und wieder entdeckten sie Dörfer, in denen Leichen einfach in den Hütten lagen und an denen Aasfresser sich gütlich taten. Die Überlebenden hatten die Toten einfach zurückgelassen, oder es hatte keine Überlebenden gegeben, die die Toten bestatten konnten. Die Spanier sahen keinen Zusammenhang zu ihrer Expedition, sondern sie glaubten, dass Gott diese wilden Teufel wegen irgendwas bestraft hatte.

Juan machte einen Bogen um solche Geisterdörfer. Er fragte sich, wie weit sie noch nach Norden reiten sollten. Der Gouverneur hatte mitgeteilt, dass er einen Monat warten würde, also blieb noch genug Zeit, um die Kundschafter weiter zu führen. Zehn Tage! Mehr war er nicht bereit, hier zu investieren. Außer der Passage zum Pazifik war hier nichts zu finden. Die Stimmung bei den Männern war gut. Das Tempo war angemessen und abends gab es stets frisches Fleisch. Tatsächlich war die Versorgung hier besser als im Lager. Sogar Beeren waren inzwischen reif, die die Männer gerne zum Abendessen sammelten. Es gab sogar wilde Zwiebeln und wilden Kürbis, den sie mit dem Fleisch als Suppe kochten.

Die Spanier durchquerten weite Gegenden mit großen Seen und fast undurchdringlichen Sümpfen. Die vielen Moskitos machten ihnen das Leben schwer, aber auch Schlangen und anderes Getier. Das Gras war so hoch, dass selbst die Pferde kaum durch-

kamen. Tagsüber wurde es unangenehm heiß und die schwüle Luft machte allen zu schaffen. Nur die Rast am Abend brachte Erleichterung, wenn sie an einem der vielen Seen lagerten und sich im kühlen Wasser erfrischten. Die Seen waren so voller Fisch, dass die Männer meist nur noch angelten und ihren Fang über den Feuern brieten. Der Unrat blieb liegen, denn am nächsten Tag ging es ohnehin weiter. Wenn möglich folgten sie den Trampelpfaden und Wildwechseln, die vor ihnen bereits die Einheimischen oder die Wildtiere angelegt hatten. So war die Reise nicht ganz so anstrengend.

Am achten Tag nach ihrem Aufbruch stießen sie wieder auf einige Dörfer der Einheimischen. Misstrauisch wurden die Spanier von ihnen beäugt, aber im Gegensatz zu den Bewohnern in den anderen Dörfern schienen diese Menschen keine Angst vor den Fremden zu haben. Einzig die Pferde lösten furchtsame Rufe aus, sodass die Männer sich kampfbereit vor die Familien stellten. Juan wollte keinen Konflikt und rief seine Männer zur Ordnung. Diese Einheimischen sahen aus, als könnten sie im Ernstfall zur Bedrohung werden. Sie waren kriegerisch und mit Waffen ausgestattet. Außerdem waren sie in der Überzahl. Er setzte auf die Abschreckung durch die Pferde und ließ seine Männer in Formation anreiten. Ohne mit der Wimper zucken standen die Einheimischen da und warteten ab, was diese Fremden wollten. Mit einer gebieterischen Geste ließ Juan ein wenig Tand verteilen und machte durch Zeichen deutlich, dass sie Essen tauschen wollten. Neugierig wie die Kinder kamen die Indios näher und betasteten die Geschenke. Als deutlich wurde, dass die Spanier in friedlicher Absicht kamen, bewunderten sie die Pferde und die merkwürdige Ausrüstung der Fremden. Besonders die Schwerter hatten es ihnen angetan. Juan verzog geringschätzig die Mundwinkel, denn ihre Ausrüstung war wirklich nicht mehr vorzeigbar, aber das konnten diese Wilden natürlich nicht wissen. Zumindest waren die Schwerter noch scharf.

Er tauschte gedörrtes Fleisch gegen einfache bunte Decken und billigen Tand und führte dann seine Männer noch ein Stück weiter nach Norden. Er wollte nicht inmitten kriegerischer Wilder

nächtigen, sondern sich einen Platz suchen, der besser zu verteidigen war. Diese Wilden hatten nach seinem Geschmack zu viel Interesse an den Pferden und den Waffen. Sie schienen wenig Respekt vor seiner Schlagkraft zu haben, und so wollte er nicht des Morgens ohne Pferde und mit durchschnittener Kehle dastehen.

Keine Stunde später stand er unvermittelt an dem Ziel seiner Reise: eine schier endlose Küste mit einem unendlichen Blick auf das Wasser öffnete sich vor seinen Augen. Leise plätscherte das Wasser gegen das steinige Ufer, weiter nach rechts öffnete sich eine schöne Bucht mit einem langen Sandstrand. Der Wind ließ die Wasseroberfläche sich kräuseln und die sanfte Brise zerzauste das Haar der Männer. Noch ehe Juan am Wasser kniete, um mit einem vorsichtigen Schluck den Salzgehalt des Wassers zu testen, war ihm klar, dass es sich zwar um einen riesigen See, aber nicht um die Küste eines Meeres handelte. Auch Biedma warf ihm einen Blick zu, der deutlich die Enttäuschung verriet. Dieser See war zwar so riesig, dass man das gegenüberliegende Ufer nicht sah, aber er hatte keinen Zugang zum Meer. Am Ufer fehlte die hohe Gezeitenmarkierung. Nichts deutete darauf hin, dass es hier Ebbe und Flut gab, außer der Flutlinie eines großen Sees. Trotzdem stieg Juan vom Pferd, ging zum Wasser und tauchte seine Hand hinein. Vorsichtig nahm er einen Schluck und spie ihn fast sofort wieder aus. Mit einer fahrigen Bewegung wusch er sich über den Mund. „Süßwasser!" Es klang fast wie ein Fluch. Der Chronist kniete sich neben ihm und versuchte ebenfalls einen Schluck. Sein Nicken bestätigte die Katastrophe. Wieder hatten sie die nördliche Küste dieser Insel nicht gefunden. Es war ein riesiger Kontinent, den sie hier durchquert hatten. Allein der Blick nach Norden zeigte, dass dieser See sich ins Endlose erstreckte. Sie würden weiterhin tagelang an ihm entlangreiten müssen und hätten dann immer noch die nördliche Küste nicht erreicht. Es hatte keinen Sinn, denn der Gouverneur würde nicht so lange auf sie warten.
Juan nahm einen Kieselstein und ließ ihn über das Wasser tanzen. Platschend hüpfte er fünfmal über das Wasser, ließ dabei Kreise entstehen, ehe er versank. Schweigend sahen die Männer zu, wie

ihr Capitán am Ufer stand und seinen Frust abließ. Ein weiterer Stein flog und dieses Mal schaffte er sieben Aufpralle, ehe er mit einem Plumps versank. Mit einer ausladenden Bewegung gab der Capitán den Befehl, ein Nachtlager zu errichten.

Der Lärm der absitzenden Reiter störte die Stille am See. Die Pferde drängten zum Ufer, um zu saufen, und das klare Wasser wurde trüb vom aufgewirbelten Schlamm. Lautes Lachen erklang, als die Soldaten ihre Bündel zu einigen Birken trugen, die einen kleinen Hain bildeten. Drei neugierige Indios kamen näher und zeigten mit Gesten an, dass sie tauschen wollten. Sie trugen einen Korb aus Binsen, in dem frisch gefangene Fische lagen. Sie wollten dafür eine weitere wollene Decke und lachten freundlich. Als sie sahen, dass die Männer in dem Hain ihr Nachtlager aufschlugen, schüttelten sie die Köpfe und zeigten mit ihren Händen an, dass es dort stank. Biedma war fasziniert von der Sprache und versuchte zu ergründen, warum die Männer nicht wollten, dass sie dort ihr Nachtlager errichteten.

„Stinken? Aber warum?"

Die Indios lächelten und kniffen sich wieder die Nase zu. „Nekoqnaw enoh sekakok!",warnten sie.

Biedma verstand sie nicht und schüttelte den Kopf. Der Lagerplatz war doch geradezu ideal. Nahe genug am See, mit trockenem Boden und Holz, um Feuer zu machen. Ansonsten war das Gelände eher sumpfig, sodass sie froh waren, so einen Ort gefunden zu haben. Feinde waren auch nicht in der Nähe und so musterte er die Indios verständnislos, als sie weiter ihre Warnungen ausstießen. Dann richtete sich seine Aufmerksamkeit auf einen Soldaten, der wie von der Tarantel gestochen in Richtung des Sees rannte. „Ich bin blind!", schrie er immer wieder. „Hilfe, ich bin blind!"

Alle sahen staunend zu dem Mann, der wie ein Verrückter ins Wasser hechtete und sich panisch das Gesicht wusch. „Es stinkt! Oh mein Gott, es stinkt!"

Biedma verstand immer noch nicht, was hier vor sich ging, bis einer der Indios ihn mit einem breiten Grinsen am Arm griff und in Richtung der Bäume zeigte. Ein harmlos aussehendes Tier mit

schwarz-weißem Pelz saß dort mit erhobenem Schwanz wie ein Eichhörnchen und stieß Zischlaute aus. Andere Tiere flüchteten soeben ins hohe Gras oder kletterten flink auf irgendwelche Bäume. „Sekakok!", warnte der Indio erneut. „Sekakok!" Wieder machte er dieses Zeichen zu seiner Nase.

Juan war inzwischen zu dem Soldaten gegangen und versuchte zu erfahren, was eigentlich passiert war. „Es hat mich angepisst, dieses Scheißvieh!", beschwerte sich der Soldat. „Dieses kleine Mistvieh hat mich mit irgendwas angespritzt!"

Wütend kam der Soldat aus dem Wasser gestapft, doch jeder, in dessen Nähe er kam, wich unwillkürlich zurück. „Madre mias! Du stinkst! Um Gottes willen, bleib weg von uns!"

Einige Soldaten kicherten schadenfroh, während andere ungläubig zurückwichen, weil der Gestank wirklich unerträglich war. Hilflos blieb der Mann stehen und schnupperte angeekelt an sich selbst. „Wie kriege ich das wieder weg? Jetzt helft mir halt und haltet hier keine Maulaffen feil! Und hört endlich auf zu lachen, ihr blöden Kerle!"

Das Gelächter wurde höchstens noch lauter, als der Geschädigte wieder ins Wasser stieg, um erneut seine vergeblichen Versuche aufzunehmen, die stinkende Flüssigkeit wegzuwaschen. Einer der Indios kam näher und gab ihm einige Knollen. Mit seinen Händen zeigte er, dass man die Knollen zum Waschen verwenden konnte.

Der Soldat war so verzweifelt, dass er das unbekannte Zeug in seinen Händen verrieb und damit versuchte, den Gestank loszuwerden. Es wurde tatsächlich besser, aber man konnte keineswegs behaupten, dass der Soldat anschließend besser duftete. Es würde sicherlich Tage dauern, ehe der Geruch sich verzogen hatte.

Beleidigt sicherte sich der Mann einen Lagerplatz, der etwas entfernter von seinen Kameraden lag. Die anderen überließen den kleinen Hain diesen seltsamen Wesen mit dem üblen Gestank und schlugen ihr Lager lieber unter dem weiten Himmel auf. Es war warm und in dieser Nacht würde es nicht regnen.

Die Indios lächelten erneut und nickten zufrieden. „Sekakok!", murmelten sie mit einer Geste in Richtung des Hains.

„Ja, ja, habe schon verstanden!", antwortete Biedma verdrossen. Er schrieb folgenden Tagebucheintrag: „Lagern heute an einem Ort, den die Einheimischen Chicago nennen. Es handelt sich um ein kleines Tier, das zu seinem Schutz eine stinkende Flüssigkeit verspritzt. In diesem Hain lebt eine ganze Kolonie dieser Tiere. Soldat Mendez kam in Kontakt mit der Flüssigkeit und hält sich von den anderen fern. Der Gestank ist ganz unerträglich. Die Indios hier wollten uns warnen, aber die Sprache ist uns gänzlich unbekannt. Die Indios hier scheinen uns gegenüber freundlich gesonnen zu sein. Leider erwies sich die Küste nicht als die Küste eines Ozeans, über dessen Routen unsere Schiffe nach China gelangen können. Es handelt sich vielmehr um einen großen Süßwassersee. Der Capitán der Lanzenreiter wird morgen den Rückmarsch befehlen."

***

Während Juan de Anasco sehr ernüchtert unter seine Decke kroch und das Pech verfluchte, das ihn seit Beginn der Reise verfolgte, nahm Maisblüte ihren Bruder an der Hand und begleitete ihn etwas abseits der Soldaten zum See, um zu baden. Sie mochte es nicht, wenn die Soldaten sie dabei beobachteten, und so nutzte sie die aufkommende Dunkelheit, um ihren Körper von Schmutz und Schweiß zu reinigen. Sie hatte gelacht, als der Soldat von dem Tier angefallen worden war, und nun achtete sie genau darauf, ob nicht noch anderen Tieren ihre Anwesenheit am Wasser missfiel. Sie schrubbte ihren Bruder mit Sand sauber und tauchte dann selbst unter. Das Wasser war kühl auf der Haut und sie erschauerte. Andererseits fühlte sie sich rein und so leicht wie eine Feder. Sie drehte sich auf den Rücken und ließ sich ein wenig treiben. Ihr Bauch war bereits eine kleine Kugel und so genoss sie die Entlastung.

Nanih Waiya tastete mit seiner kleinen Hand über ihren Bauch und kicherte. „Sieht schon ganz schön dick aus!", meldete er.

„Ach du!" Sie stellte die Füße wieder auf den weichen Grund und bohrte ihre Zehen in den Schlamm. Mit ihren Händen stützte sie ein wenig den Bauch und wunderte sich über das Leben, das dort

wuchs. Noch war Zeit. „Ich werde noch viel dicker sein, ehe das Baby geboren wird."

„Woher weißt du das?", wollte der Bruder wissen.

„Ach, ich habe es bei den anderen Frauen gesehen. Weißt du nicht, wie deine Tante gewatschelt ist wie eine Ente, ehe sie das Baby geboren hat?"

Nanih Waiya nickte still. Man konnte seine Traurigkeit fast körperlich spüren. „Sie sind alle weg." Seine Stimme war heiser.

„Ja." Mehr konnte auch sie nicht sagen. Ja, alle waren fort. Für immer.

Sie brachte den Bruder ans Ufer und ließ ihn wieder in die Kleidung schlüpfen. In der Ferne sah sie die Wachen, die wie üblich ein Auge auf sie hatten. Es würde schwer werden, ihnen zu entkommen. Sie genoss eine gewisse Freiheit, die aber endete, sowie sie ihr Geschäft oder ihr Bad beendet hatte. Jeder weitere Schritt, der sie vom Lager entfernte, würde verdächtig aussehen. Sie musste vorsichtig sein und die Aufmerksamkeit der Wachen einlullen.

„Die Käfermänner haben nicht gefunden, wonach sie suchen", flüsterte sie in ihrer Sprache. „Also werden sie umkehren und zu den anderen zurückkehren. Wenn wir je die Flucht wagen sollten, dann jetzt, solange sie keine Hunde haben, die sie auf uns hetzen können."

Nanih Waiya sah sie mit großen Augen an. „Du meinst …?"

Sie nickte und blickte ihm ernst in die Augen. „Du darfst nichts sagen und dich durch nichts verraten. Aber wenn es so weit ist, dann müssen wir schnell sein. Hast du verstanden?"

Nanih Waiya machte eine kleine Geste mit der Hand. „Nur keine Sorge, große Schwester. Ich bin kein Baby mehr. Aber wo werden wir hingehen?"

„Ich weiß es nicht!", gestand Maisblüte ehrlich. „Erst einmal muss uns die Flucht gelingen und dann werden wir weitersehen. Hast du diese Krieger gesehen? Sie sehen freundlich aus und so hoffe ich, dass sie uns nicht töten werden, wenn sie uns finden."

„Hohch, sie wollen bloß handeln. Wenn wir nichts haben, was sie interessiert, töten sie uns vielleicht doch?"

Maisblüte starrte auf den Bruder und staunte über dessen kluge Worte. Er hatte recht! Sie brauchten etwas, um zu handeln oder ihren Wert zu erhöhen. Eine Frau und ein kleiner Junge waren vielleicht nicht genug, um mögliche Feinde gnädig zu stimmen. „Das ist klug von dir. Wir werden heimlich Vorräte sammeln und Dinge, die uns helfen könnten."

Nanih Waiya legte nachdenklich den Kopf zur Seite. „Juan wird böse, wenn er uns dabei erwischt."

„Er wird gar nichts merken, denn wir tragen ja ohnehin seine Bündel. Wir dürfen nur nicht vergessen, sie mitzunehmen, wenn wir fliehen. So lange tun wir, was er uns befiehlt, damit er nicht misstrauisch wird."

„Viel Zeit bleibt uns nicht!", meinte der Junge altklug. „In sechs bis sieben Tagen werden wir wieder bei den anderen sein."

Maisblüte schwieg. Sie hatte nicht vor, allzu lange zu warten. Aber sie fürchtete sich auch vor der Wut des Mannes, wenn sie erneut die Flucht wagte und er sie wieder einfing. Die Bestrafung würde sie vermutlich nicht überleben. Nein, sie musste sicher sein, dass die Flucht gelang. Sie wollte das Leben ihres Bruders und ihr eigenes nicht leichtfertig aufs Spiel setzen. Aber sie wollte dieser Todesfalle aus Sklaverei und Misshandlungen entrinnen. Leise legte sie sich auf ihre Decke und bedeutete auch Nanih Waiya, möglichst unbemerkt in die Decken zu schlüpfen. Sie wollte Juan nicht aufwecken, denn dann würde er sich ihrer erinnern und wieder ihren Leib fordern. Sie hasste es!

Mit offenen Augen lag sie unter den Sternen und dachte an ihr altes Zuhause. Jetzt wäre Hash Takkon, der Pfirsichmond, oder Hash Watonlake, der Kranichmond. Sie hatte vergessen, wie lange sie schon in der Gewalt dieser Fremden war, und die Monde hier schienen anders zu sein als daheim. Hier war es kühler. Ob es hier überhaupt Pfirsiche gab? Sie hatte schon lange keine solchen Bäume mehr gesehen. Ihr Mund zog sich zusammen, als sie an die köstlichen Früchte dachte, die jetzt zuhause an den Bäumen hingen und darauf warteten, gegessen zu werden. Welche Früchte würde sie hier finden? Sie hatte Pflaumen gesehen und einige Beeren, aber sonst? Ihr war aufgefallen, dass es hier keine Felder mit Mais gab, und auch Kürbis und Bohnen wurden hier nicht

angepflanzt. Bald würde der Grünkorntanz gefeiert werden und alle Feuer würden erlöschen, damit das neue reine Feuer in die Chukkas getragen wurde. Eine Erneuerung des Feuers und des ganzen Volkes.

Seit ihrer Geburt war das Gras vierzehn Mal gestorben und sie hatte schon so viel Furchtbares erlebt, dass es für ein ganzes Leben reichte. Was würde die Zukunft ihr bringen? Was hatte Hashtali für sie vorgesehen? Sah er sie überhaupt hier unten? Seit neun Mondzyklen hatte sie von Nanapisa, dem, der alles sieht, kein Zeichen, keine Botschaft, keinen Traum und keine Antwort erhalten. Vielleicht war es an der Zeit, ihr Leben in die eigene Hand zu nehmen.

Sekakok

(Chicago am Michigan-See)

Die Menominee paddelten ohne Eile am westlichen Ufer des Großen Sees entlang. Kurz hinter ihnen folgten die beiden Ho-Chunk in ihrem Kanu. Sie bildeten den Geleitschutz für die vier Menominee und nahmen diese Aufgabe sehr ernst. Aufmerksam behielten sie das Ufer im Auge und gaben manchmal Signale zu den Menominee, um sie auf etwas aufmerksam zu machen. Gegen Mittag erreichten sie ein weiteres Dorf und die Ho-Chunk steuerten zuerst an Land, um die Menschen von den friedlichen Absichten der Menominee zu überzeugen. Wakoh blieb im sicheren Abstand und legte erst an, als Falke ihm unmissverständlich signalisierte, dass sie willkommen waren. „Ich will ja nicht schon wieder von jenen da aufgespießt werden!", murrte er unüberhörbar.

Machwao kicherte wie ein kleiner Junge, denn Wakoh sprach wirklich stets aus, was alle dachten. Er drehte sich zu Wakoh um und grinste ihn an. „Keine Sorge! Ich sitze ja vorne und lenke die Pfeile auf mich, damit du dich nicht fürchten musst!"

„Das ist auch gut so!", entgegnete Wakoh mit zusammengekniffenen Augen. „Dich können sie ja aufspießen, wenn dir das gefällt. Aber mich nicht!"

Alle lachten und sahen dann doch etwas angespannt auf die Ho-Chunk, die sich dem Strand näherten. Etwas mehr Frauen und neugierige Kinder wären ihnen lieber gewesen als die Männer, die sie mit schwarzen Augen musterten. Falke und Witcawa halfen ihnen, das Kanu an Land zu ziehen und machten einen Witz, um die Situation zu entspannen. Keiner verzog eine Miene und so ergossen sie sich in langen Erklärungen. Erst als sie auf die kaum verheilten Wunden der Menominee zeigten, wurde der Ausdruck in den Gesichtern etwas freundlicher.

Falke und Witcawa baten darum, hier bis zum nächsten Tag zu rasten, damit sie Gelegenheit hatten, mit den Menschen zu reden. Auch Machwao fand, dass dies eine gute Idee war, und sah sich

bereits als Botschafter seines Volkes. Er gehörte dem Bärenclan an und so war es seine Aufgabe, sich um Frieden zu bemühen. Er sah, dass diese Menschen Vorbehalte hatten, und wollte die Zeit nutzen, um sie näher kennenzulernen. Etwas verblüfft hörten die Menschen von den bevorstehenden Friedensgesprächen und luden die Menominee in ihr Dorf ein, um deren Worte zu hören. Falke und Witcawa waren erleichtert, dass die angespannte Stimmung einer gewissen Neugier wich und die Menschen sich an die Gastfreundschaft erinnerten, die Händlern normalerweise entgegengebracht wurde. Sie halfen den Fremden, das Kanu zu entladen, und wiesen ihnen eine Chipoteke zu, in der sie übernachten durften. Nun, als klar war, dass die Menominee Gäste waren, wurden sie mit höflichem Respekt behandelt, obwohl gerade die Frauen und Kinder noch in sicherer Entfernung blieben. Es wäre auch nicht höflich gewesen, wenn die Kinder sie mit unangemessener Neugier belästigt hätten. So wurden sie aus der Entfernung beobachtet, ohne dass die Menschen sie gleich mit Fragen überhäuften.

Die beiden Ho-Chunk blieben in der Nähe der Freunde und halfen ihnen, sich für die Nacht einzurichten. Essen wurde gebracht und niemand hielt sie auf, als sie zum Strand zurückkehrten, um sich zu waschen.

Nach geraumer Zeit kamen sie schließlich in der Mitte des Dorfes zusammen, wo ein Platz hergerichtet worden war, an dem die Männer saßen, um Neuigkeiten auszutauschen. Falke und Witcawa erzählen von der Delegation, die zum Blaubeerenmond nach Norden ziehen sollte. Die Ho-Chunk senkten hierzu nachdenklich die Köpfe und dachten über diese Worte nach. Manch fragender Blick streifte die vier Menominee, die hier als Botschafter dieses Volkes saßen. Sie waren beeindruckt, dass Falke und Witcawa so freundlich von ihnen sprachen, aber auch, dass die Menominee nach den Misshandlungen immer noch an den Frieden glaubten. Wieder wurden Essen gereicht und kleine Geschenke in Form von Tabak und Waldbeeren überreicht. Es waren spirituelle Gaben, die auch den Friedenswillen der Ho-Chunk bekunden sollten. Auch hier wurde beschlossen, einige Vertreter zu schicken und dem Pakt mit Wohlwollen entgegenzusehen.

Machwao fand, dass es eine gute Rast war, während Wakoh darüber schimpfte, dass sie vermutlich erst im Winter zu den südlichen Stämmen kämen, wenn sie in jedem Dorf ein Palaver abhielten. Andererseits wäre dann zumindest die Rückreise sicher, obwohl es bis zum nächsten Sommer dauern würde, wenn sie auch bei der Rückfahrt in jedem Dorf die neuen Freunde besuchen würden. Machwao lachte so, dass er sich an dem Essen verschluckte und fragende Blicke erntete, weil die Ho-Chunk nicht verstanden hatten, was Wakoh da gemurmelt hatte. In Zeichensprache erklärte er den Grund für seine Heiterkeit und lächelte, als auch die Ho-Chunk in gutmütiges Gelächter ausbrachen. Eigentlich waren die Menominee ein sehr lustiges und freundliches Volk, wenn man von solchen Kriegern wie Wakoh einmal absah.

***

Die nächsten zwei Tage paddelten sie wieder die Küste entlang, ohne auf irgendwelche Dörfer zu stoßen, dafür begegneten sie mitten auf dem Wasser einem anderen Kanu, in dem drei Händler der Menominee saßen, die auf dem Rückweg in die Heimat wahren. Sie hielten die Kanus mit ihren Händen aneinander und tauschten freudig die Nachrichten aus. Die Wellen ließen die Kanus leicht schaukeln und manchmal spritzte das Wasser etwas hoch.
Bei den Menominee handelte es sich um drei Krieger aus einem Dorf, das am Machwao-Sipiah, dem Wolfsfluss, lag. Der Fluss lag weiter im Landesinneren und mündete in den See, an dem die Ho-Chunk ihre Dörfer hatten. Einer von ihnen war ein Cousin von Awässeh-neskas und so wurden lachend die Neuigkeiten über die Familien ausgetauscht. Es gab kein großes Stammestreffen, bei dem man sich regelmäßig sah, und so nutzten die beiden die Gelegenheit, etwas voneinander zu erfahren. Die anderen schwiegen höflich, denn auch sie interessierte, wie es den entfernten Verwandten ging.
Awässeh-neskas erzählte kurz von ihren freundlichen, aber auch dramatischen Begegnungen mit den Ho-Chunk und zeigte mit geschürzten Lippen auf die beiden Ho-Chunk. „Sie passen auf

uns auf, damit wir unversehrt an ihren Jagdgründen vorbeikommen!"

Die drei Menominee hatten noch eine weite Reise vor sich und waren froh, dass sich die Beziehungen zwischen den zwei Stämmen verbessert hatten. Sie musterten die zwei Ho-Chunk zwar vorsichtig, schienen aber sonst keine Vorbehalte zu haben. Sie waren auf dem Hinweg zum Glück keinen rachsüchtigen Ho-Chunk in die Hände gefallen. Ihre Reise hatte sie nur zu den Illiniwek geführt, wo sie Muscheln, Felle und Tabak eingetauscht hatten. Außerdem erzählten sie von seltsamen Fremden, die sie in der Nähe der Portage getroffen hätten. Am erstaunlichsten wären Tiere gewesen, die sie noch nie zuvor gesehen hätten. Die Männer erzählten von Hunden, die so groß waren, dass ein Mann auf ihnen sitzen konnte, und von Waffen, die aus einem unbekannten Material waren. Machwao verzog amüsiert die Mundwinkel, denn er kannte die Übertreibungen, die manchmal erzählt wurden.

Dann zeigten die Männer einige Dinge, die sie von diesen Fremden eingetauscht hatten, und staunend begutachteten die Menominee diese Dinge. Sie sahen Decken aus einem unbekannten Material, Messer, die so glatt und scharf waren, dass sie mit keinem Gegenstand vergleichbar waren, den sie bisher gesehen hatten. Auch die Ho-Chunk staunten nicht schlecht, als sie die Dinge sahen. Mit Gesten fragten sie, ob sie die drei nicht begleiten sollten, um sicherzustellen, dass auch sie freundlich aufgenommen wurden. Die Menominee hatten die Portage fast erreicht und damit war die Wahrscheinlichkeit, noch auf feindliche Ho-Chunk zu stoßen, eher gering. Falke und Witcawa wollten in ihr Dorf zurück und an den Verhandlungen teilnehmen. Sie hatten ihre Aufgabe erfüllt.

Die Männer nahmen Abschied voneinander und wünschten sich eine gute Reise. Alle hofften, dass sie sich eines Tages wiedersehen würden. Machwao warf Witcawa einen verschmitzten Blick zu und schlug vor, dass er nach den Verhandlungen zu ihm ins Dorf kommen sollte, um Wasserlilie zu heiraten. Denk daran, kleiner Bruder, dass du immer willkommen bei uns bist!"

Witcawa nickte dankbar und lächelte fröhlich. Er war jung und unbedarft und so eine weite Reise schien ihn nicht zu schrecken. Die drei Menominee versprachen, gut auf die beiden aufzupassen, damit dem zukünftigen Ehemann kein Leid geschah. Wieder lachten alle, denn es war offensichtlich, dass die Menominee ganz gerne den Schutz der Ho-Chunk in Anspruch nahmen.

Machwao sah ihnen nach, als die beiden Kanus nach Norden steuerten. Fast tat es ihm leid, dass Falke und Witcawa sie nicht noch weiter begleiteten, denn er hatte sich an ihre Gegenwart gewöhnt. Er war ihnen dankbar und so schickte er ihnen gute Gedanken nach. Er freute sich darauf, zumindest Witcawa irgendwann wiederzusehen. Wasserlilie würde einen guten Ehemann in ihm finden. Er schmunzelte leicht, als er an das junge Mädchen dachte. Sie gehörte zum Bärenclan und war daher tabu für ihn, sonst hätte er sich vielleicht für sie interessiert. Aber so sah er in ihr eine Cousine und bis auf ein Necken, wie es unter Geschwistern üblich war, unterließ er den Kontakt zu ihr.

Er lenkte seine Aufmerksamkeit wieder auf seine Freunde, die das Kanu mit kräftigen Paddelschlägen vorwärtstrieben. Der Himmel war klar und so würden sie heute noch eine gute Strecke hinter sich bringen. Auf dem Wasser wurden sie von Mücken verschont und so genossen sie die laue Brise, die von Osten her über den See wehte. Am Spätnachmittag war bereits schemenhaft der abnehmende Mond am Himmel zu sehen. Möwen schossen über ihre Köpfe hinweg und in der Ferne drehte ein Adler seine Kreise. Das Wasser war blau und sie konnten Fische dicht unter der Wasseroberfläche erkennen. Wakoh griff nach seinen Speer und nickte auffordernd in Richtung der Wasseroberfläche. Die anderen hielten im Paddeln inne und grinsten breit. „Aber bringe uns nicht zum Kentern!", warnte Awässeh-neskas. Die Aussicht, vielleicht von der gehörnten Schlange gefressen zu werden, schien ihm weniger zu gefallen, abgesehen davon, dass dann die Ladung verloren wäre.

„Ach, ich passe schon auf!", beruhigte ihn Wakoh. „Ich fange nur schnell das Essen!"

Die anderen balancierten das Kanu aus, während Wakoh sich ein wenig aufrichtete. Das Kanu schaukelte hin und her, aber der Krieger verlagerte sein Gewicht, sodass die Schwingungen aufhörten. Dann wackelte er mit Absicht hin und her, sodass das Schaukeln sich wieder verstärkte. „Huh!", rief er mit scheinbarer Angst.

Machwao stieß ihn mit dem Paddel an und wurde ernst. „Setz dich wieder hin! Das ist nicht lustig!"

Wakoh grinste amüsiert und kniete sich brav in das Kanu. Dann wartete er, bis das Schlingern aufhörte, und blickte mit erhobenem Speer in das Wasser. Seine Hand führte den Speer mit wahrer Geschicklichkeit und so hatte er im Nu einen Fisch aufgespießt. Er fiel zappelnd ins Innere und die Männer lachten erfreut über diesen Fang. Wakoh flüsterte ein Gebet, dann beugte er sich erneut über den Rand des Kanus. Der See war so voller Fische, dass es wahrlich nicht schwer war, sein Abendessen zu fangen.

Nach einer Weile nahmen sie ihre Fahrt wieder auf und freuten sich auf die Rast am Abend. „Vielleicht finde ich auch noch ein paar Enten oder Gänse!", hoffte Wakoh gut gelaunt.

Wapus musterte ein wenig das Ufer, dem sie schon nahe gekommen waren. Normalerweise lebten hier Menschen, aber am Ufer zeigte sich niemand. Wieder rutschte das Kanu auf das sandige Ufer und die Männer kletterten an Land. Müde streckten sie ihre Glieder und sahen sich dann vorsichtig um. Die Gegend war tatsächlich menschenleer und so sammelten sie Holz für ein Lagerfeuer. Awässeh-neskas nahm die Fische aus und bereitete sie zum Braten vor, während die anderen das Kanu ausluden und höher an Land trugen.

Es war der erste Abend seit Tagen, den sie wieder allein verbrachten, und eine gewisse Schwermut stellte sich ein. Die letzten Tage waren aufregend und physisch anstrengend gewesen, nicht nur das lange Paddeln, sondern auch die Folterungen und die Nähe zu den fremden Menschen. Am Himmel stand der helle Mond und der Weg der Verstorbenen war deutlich zu sehen. Die Sterne funkelten auf sie herunter und machten ihnen deutlich, wie unbedeutend ihr Leben war. Ohne Falke und Witcawa würden

sie hier nicht sitzen! Awässeh-neskas hatte einige Stücke gegart und reichte sie mit seinem Messer weiter. Die Klinge war aus den scharfen Steinen geschlagen worden, die von Stämmen im Westen eingetauscht worden waren. Alle nahmen das angebotene Fleisch und stopften es sich genüsslich in den Mund. Es war schön, einfach nur hierzusitzen und die Anwesenheit der anderen zu genießen. Manchmal konnten Worte auch stören. Jeder musste auf seine Weise mit dem Erlebten fertigwerden.

Machwao schickte seine Gedanken zu den Ahnen empor und bat sie um Schutz für die weitere Reise. Ob sie es gewesen waren, die Falke und Witcawa geschickt hatten? Er erinnerte sich an seine Großmutter, die ihr Leben gelassen hatte, und wieder fühlte er diese grenzenlose Trauer. Er hatte inzwischen Freunde bei den Ho-Chunk gefunden und verstand nicht, wie Menschen ihm seine Großmutter nehmen konnten und gleichzeitig seine Freunde sein konnten. Aber er fühlte keinen Hass, nicht einmal nachdem sie ihn gefoltert hatten. Vielleicht war es auch Nokomähs Bestimmung gewesen, ihn aus der anderen Welt zu beschützen? Er glaubte nicht an Zufälle. Nein, Falke und Witcawa waren geschickt worden ... gerade noch rechtzeitig! Es war gut gewesen, dass er damals nicht seiner Wut gefolgt war. Er dankte Mäcawätok für diese Besonnenheit, denn er wusste, dass Wakoh oder auch Awässeh-neskas nicht so leicht vergeben würden. Aber was machte den Unterschied bei den Menschen? Warum gab es Menschen, die hassten und töteten, während andere nach Frieden suchten? Die Menominee schätzten den Frieden, obwohl auch sie mutige Krieger hatten, die das Volk zu verteidigen wussten. Aber besonders geschätzt waren eher Männer, die Verhandlungsgeschick besaßen und gute Redner waren. Das andere war eine Notwendigkeit, so wie man gute Jäger brauchte, um die Familien zu ernähren. Bei ihnen zählte der, der eine gute Beziehung zur Geisterwelt besaß und der unter dem Schutz der Geister stand. Er nestelte an seinem Talisman, den er um den Hals trug, und schickte seine Gedanken zu seinen Schutzgeistern. In seinem Traum hatte er nicht gesehen, dass er in Gefahr geraten würde! Hatten seine Schutzgeister versagt? Dann erinnerte er sich an die

Begegnung mit den drei Menominee und an die Geschichten, die sie erzählt hatten. Auch sie hatten seltsame Wesen erwähnt! Aber in seinem Traum hatte es keine großen Hunde gegeben. Sein Traum war nicht greifbar gewesen, wie eine Bedrohung, die man nicht in Worte fassen konnte.

Mit gemischten Gefühlen sah er zu Awässeh-neskas hinüber. Auch sein Freund schien noch nicht zu schlafen, sondern seinen Gedanken nachzuhängen. Die beiden wechselten einen Blick und begannen fast gleichzeitig zu lächeln. „Hast du auch über die Worte der Händler nachgedacht?", fragte Machwao.

Awässeh-neskas nickte. „Ja, ich dachte an diese großen Hunde. Die Beschreibung ähnelt dem, was ich in meinem Traum gesehen habe!"

Machwao fühlte den Stein auf seinem Herzen, als die Furcht nach ihm griff. Er hatte keine Angst vor tatsächlichen Dingen, aber Dinge aus der Geisterwelt erfüllten ihn mit Ehrfurcht. Die überirdischen Wesen umgaben ihn überall, in jedem Wesen, Strauch oder Felsen, aber vor Wesen, die es bisher nicht gegeben hatte, hatte er Angst. Wie sollte er sich dagegen schützen? Welche Rituale mussten hier eingehalten werden? Hatten sie sich genügend vorbereitet, um den Unbekannten zu begegnen? Oder war der Überfall eine Warnung gewesen, dass sie besser umkehren sollten? Er horchte in sich hinein und spürte nur eine große Verunsicherung. Es wäre gut, wenn sie tatsächlich zu den Verhandlungen wieder zurück wären, denn er fürchtete um sein Dorf. Seine Träume durften nicht ignoriert werden! Ihm war klar, dass sie dann nicht so weit in den Süden paddeln konnten, denn der Monat der Blaubeeren kam bereits nach dem kurzen Sommer.

Michigan-See

Mitten in der Nacht wurde Maisblüte von einer leichten Berührung geweckt. Erschrocken fuhr sie hoch, doch Nanih Waiya legte ihr warnend den Finger auf den Mund. „Leise!", zischte er fast unhörbar. „Ich habe im Schilf versteckt ein Kanu gefunden. Damit können wir fliehen!"

Maisblüte war sofort hellwach und richtete sich vorsichtig auf. Es war dunkel, nur ein leichter Schimmer im Osten verriet den angehenden Morgen. Im aufsteigenden Nebel war er kaum auszumachen. Ihre Gedanken überschlugen sich, als sie blitzschnell ihre Möglichkeiten abwägte. Im Kanu konnte ihnen niemand folgen! Aber würden sie es schaffen, unbemerkt bis dahin zu kommen? Vorsichtig sah sie sich nach den Wachen um. Wie üblich saßen sie bei den Pferden und schienen eher gelangweilt zu sein. Sie konnte nicht erkennen, ob sie nicht sogar eingeschlafen waren. Die Sicht war schlecht und über dem See würde der Nebel noch stärker sein. Juan schlief einige Schritte entfernt von ihr bei seinen Männern. Er hatte sich tief in die Decken gewickelt und war nur an seinem Helm, der am Kopfende des Lagers lag, erkennbar, oder einfach nur an der Position, die er am Abend gewählt hatte. Die Lagerfeuer waren allesamt heruntergebrannt und bis auf den Wind war alles ruhig. Nicht einmal die Vögel hatten mit ihrem Morgengesang begonnen. Wenn sie es versuchen sollten, dann mussten sie unhörbar und unsichtbar verschwinden.

„Wo?", wisperte Maisblüte. Sie versuchte ihr rasendes Herz unter Kontrolle zu bekommen.

Der Bruder zeigte in nordwestliche Richtung. „Dort im Schilf! Ich wollte nur pinkeln. Es ist ganz nahe!" Auch seine Stimme war nur ein Hauch.

„Haben dich die Wachen gesehen?"

Nanih Waiya schüttelte den Kopf. „Nein! Ich glaube, die schlafen."

Maisblüte atmete tief ein und überlegte fieberhaft. „Findest du es wieder? Wir werden keine Zeit haben, es zu suchen."

Nanih Waiya nickte selbstbewusst. Er blieb still, um niemanden aufzuwecken. Maisblüte ging das alles zu schnell. Hatten sie

Vorräte? Würden sie es bis zum Kanu schaffen? Würde es ihnen gelingen, unbemerkt loszupaddeln? Waren überhaupt Paddel vorhanden? Vielleicht war das Kanu leck? Denn, warum war es sonst zurückgelassen worden? „Hast du Paddel gesehen?", flüsterte sie.

Nanih Waiya nickte bejahend und machte eine beruhigende Handbewegung als Zeichen, dass mit dem Kanu alles in Ordnung war. Maisblüte richtete sich etwas auf, um die Bündel in Augenschein zu nehmen. Sie hatte keine Zeit gehabt, die Sachen umzusortieren. Jetzt war es dafür zu spät, denn sie fürchtete den Lärm, wenn sie die Ausrüstung umpackte. Kurz überlegte sie, was in den Bündeln verstaut war, und traf ihre Entscheidung. Sie würden es wagen! Jetzt oder nie. Ein Kanu war die beste Gelegenheit, die sie je haben würden.

Sie drückte dem Bruder einen Sack mit Lebensmitteln in die Arme, griff nach den Decken und wählte zwei weitere Bündel aus, die vermutlich ihre Kleidung enthielten. Das Bündel mit der Kleidung von Juan ließ sie zurück. Dann folgte sie dem Kind, das geschmeidig und lautlos in Richtung des Schilfgürtels verschwand. Sie warf einen unsicheren Blick zu den Pferden, doch dort bewegte sich nichts. Entschlossen lief sie ihrem Bruder hinterher und verschwand ebenfalls nach einer halben Pfeillänge im Schilf. Die Halme raschelten verdächtig und Maisblüte hielt erschrocken ihren Bruder zurück.

„Langsam!", flüsterte sie.

Vorsichtig bewegten sie sich durch das Schilf und passten sich dem Rascheln des Schilfs im Wind an. Maisblüte hatte Angst, dass irgendeine Bewegung die Aufmerksamkeit der Wachen auf sie lenkte. Ihre Füße wurden nass, als sie einige Male in das knöcheltiefe Wasser trat. Es platschte verdächtig laut, sodass sie jedes Mal zusammenschrak. Nanih Waiya war kurz vor ihr und schob mit seinen Händen die langen Schilfrohre zur Seite. Dann deutete er stolz auf das Kanu. Es stand vielleicht zwei Steinwürfe vom Wasser entfernt auf einer kleinen erhöhten Stelle. Auf dem Boden lagen mehrere Paddel, als wäre das Boot von mehreren Männern gerudert worden.

Maisblüte legte die Bündel auf den Boden und nickte ihrem Bruder zu, es ihr gleichzutun. Dann schob sie das Kanu vorsichtig über den Boden in Richtung des Wassers. Schilfhalme knickten und das Knarzen des Kanus, als es über den Boden kratzte, war weithin zu hören. Maisblüte nahm keine Rücksicht mehr. Sie hatten keine andere Wahl mehr, denn wenn ihre Flucht entdeckt würde und sie erwischt würden, wäre Juans Wut unvorstellbar grausam. „Weiter!", zischte sie, als Nanih Waiya sie mit großen Augen ansah. „Der Nebel wird uns schützen!"

Das Kanu glitt ins Wasser und sie hob den Bruder mit einem Ruck hinein. Sie selbst blieb noch im Wasser und schob das Kanu weiter durch den Schilfgürtel. Erst musste sie tieferes Wasser erreichen, ehe auch sie hineinklettern konnte. Die Gefahr war zu groß, dass sie so nah am Ufer aufsetzten. Als das Wasser weit über Kniehöhe ging, ließ sie sich bäuchlings hineingleiten. Mit ihren Händen griff sie nach den Wänden und versuchte das Gleichgewicht zu finden. Das Kanu schwankte kurz, dann hörte das Schaukeln auf. Vorsichtig richtete Maisblüte sich in kniender Stellung auf und griff nach einem Paddel. Sie tauchte es ins Wasser und begann mit schnellen Bewegungen zu paddeln. Am Ufer waren bereits Rufen und Geschrei zu hören. Ihre Flucht war also entdeckt worden. Deutlich war Hufgetrappel zu hören, als sich mehrere Lanzenreiter in Bewegung setzten, um im ersten Licht der Morgendämmerung das Ufer abzusuchen. Noch wussten sie nicht, dass die Flüchtenden ein Kanu gefunden hatten.
Maisblüte hielt auf den Nebel zu, der sich viel zu schnell aufzulösen schien. Es war bereits zu hell, als dass die Dunkelheit sie hätte schützen können. Zudem trieb der Wind die Nebelschwaden auseinander. Über der weiten Wasserfläche leuchtete es rötlich, als von Osten her sich die Sonne über den Himmelsrand schob. Einige Enten flatterten auf, als die beiden Flüchtenden an den Nestern vorbeiruderten. Ihr Schnattern war weithin hörbar und lenkte die Aufmerksamkeit der Wachen am Ufer auf die Insassen des Kanus. „Hilf mir beim Paddeln!", forderte Maisblüte heiser. Die Angst hatte ihr die Kehle zugeschnürt. Noch waren sie keineswegs in Sicherheit. Sie blickte zurück und erkannte zwei

Wachen, die am Ufer standen und bereits dabei waren, in den Schilfgürtel vorzudringen. Viel zu schnell würden sie erkennen, dass sie nicht zu Fuß geflüchtet waren, sondern die Flucht über das Wasser wagten. Sie konnte nur hoffen, dass es ihr gelang, noch ein wenig Abstand zwischen sich und den Verfolgern zurückzulegen. Und dass dort nicht noch irgendwo ein Kanu lag!

Sie presste die Lippen zusammen und versuchte ihre Atmung unter Kontrolle zu bringen. Vor ihr kniete der Bruder und paddelte ebenfalls mit ruhigen Bewegungen. Sie passte sich seinem Rhythmus an, um das Kanu geradeaus auf den See zu lenken. Sie dachte an all die Monster, die dort lauerten, und betete still. Die gehörnte Schlange darf uns nicht verschlingen! Wieder drehte sie ihren Kopf, als wütende Schreie über das Wasser getragen wurden. Sie kniff die Augen zusammen und erkannte mehrere Männer, die am Ufer standen und drohend die Fäuste schüttelten. Unter ihnen war sicherlich auch Juan. Sie bereute es nicht, ihn verlassen zu haben. Nie wieder sollte er ihren Körper unter den seinen zwingen! Nie wieder. Dann traten die Männer beiseite, um den Bogenschützen Platz zu machen. Maisblüte schluckte schwer, als sie die Bedrohung erkannte. Die Männer hatten eingesehen, dass die Flüchtenden zu weit weg waren, um sie schwimmend einzuholen, aber die Pfeile konnten sie noch erreichen. Juan wollte sie nicht entkommen lassen. Lieber nahm er ihren Tod in Kauf. „Schneller!", keuchte sie in höchster Not. Sie wusste, wie weit diese Pfeile fliegen konnten.

Kurz gerieten sie außer Takt, als Nanih Waiya sein Paddel hektischer ins Wasser tauchte, doch dann hielten sie wieder den Rhythmus. Maisblüte blickte nicht mehr zurück, denn sie wollte die Pfeile nicht kommen sehen. Der erste Pfeilhagel senkte sich über die beiden Verzweifelten, ohne großen Schaden anzurichten. Drei Pfeile fielen ins Wasser, einer durchschlug die Wand des Kanus und ein weiterer blieb zitternd in einem Bündel stecken. Das war knapp gewesen!

„Weiter!", rief Maisblüte. „Nicht aufhören! Ihre Pfeile können uns bald nicht mehr treffen!" Ihr Kanu hatte inzwischen an Geschwindigkeit zugenommen und schoss ebenfalls wie ein Pfeil

durch das ruhige Wasser. Der Nebel hatte sich aufgelöst und die ersten Sonnenstrahlen tanzten funkelnd über den See. Sie blendeten die Bogenschützen, die am Ufer standen und gegen die tiefstehende Sonne blicken mussten. Die Bogenschützen schossen eine weitere Salve in den Himmel und legten die nächsten Pfeile an. Das laute Zischen, als die Pfeile eine ballistische Flugbahn erreichten und sich im Sturzflug auf ihre Opfer senkten, war weithin zu hören. Wieder platschten zwei bis drei Pfeile ins Wasser und Maisblüte zog erschrocken den Kopf ein, als ein Pfeil neben ihren Knie einschlug und den Boden des Kanus durchlöcherte. Dann hörte sie einen hellen Aufschrei, als ihr Bruder von einem Pfeil in die Schulter getroffen wurde und stöhnend nach vorne sank. Zwei weitere Pfeile steckten in der Wand des Kanus. Kurz war es still, doch dann erklang der Befehl für die nächste Salve.

Maisblüte dachte an nichts anderes mehr, als ihr Kanu mit kräftigen Paddelschlägen aus der Gefahrenzone zu bringen. Jeder Steinwurf wäre willkommen, denn die Pfeile würden ihre Durchschlagskraft verlieren und die Zielgenauigkeit abnehmen. Ihr Bruder lag stöhnend am Boden, doch sie konnte sich jetzt nicht um ihn kümmern. Sie paddelte wie eine Besessene, um endlich aus der Reichweite der Pfeile zu entkommen. Ein kurzer Blick zeigte ihr, dass der Pfeil im Boden des Kanus ein kleines Loch geschlagen hatte, durch das langsam das Wasser sprudelte. Eine kleine Pfütze war entstanden, die schnell größer wurde. Der nächste Pfeilhagel kam auf sie zu und sie schloss die Augen, um zu beten. „Hashtali, sieh meine Not! Hilf uns!"

Einen winzigen Augenblick hielt sie das Paddel in die Luft, nur kurz, um ihrem Gebet mehr Nachdruck zu verleihen. Dann fielen die nächsten Pfeile auf sie herunter. Zwei landeten harmlos im Kanu ohne Schaden anzurichten. Sie hatten bereits keine Durchschlagskraft mehr. Einer streifte sie am Arm und hinterließ eine harmlose Schramme. Auch er hatte keine große Kraft mehr. Ein weiterer Pfeil traf sie am Hintern und drang etwas in die Haut ein. Der Schmerz durchfuhr sie, aber sie erkannte, dass sie fast in Sicherheit waren. Sie ignorierte den Schmerz und paddelte

ruhig und mit kräftigen Schlägen. Ein kurzer Blick zeigte ihr, dass die Männer am Ufer längst erkannt hatten, dass eine weitere Salve Verschwendung wäre. Sie standen dort, kaum noch zu erkennen, und sahen zu, wie sie immer weiter in den endlosen See verschwand. Vermutlich wäre sie noch lange zu sehen, aber das war ihr im Moment gleichgültig. Sie beugte sich zu einem Bündel, nahm ein Stück Tuch heraus und stopfte damit das Loch im Boden. Dann kümmerte sie sich kurz um ihren Bruder. Der Pfeil steckte tief und sie ließ ihn erst einmal, wo er war. „Beiß die Zähne zusammen!", rief sie bittend. „Ich helfe dir gleich!"

„Es tut so weh!", jammerte Nanih Waiya. Tränen liefen über sein kleines Gesicht.

„Gleich! Wir haben es fast geschafft! Sie folgen uns nicht und ihre Pfeile können uns nicht mehr erreichen. Lass mich noch ein wenig rudern, dann kann ich das Kanu treiben lassen und mich um dich kümmern."

Der Bruder antwortete nicht und Maisblüte erkannte, dass es ihm schlecht ging. „Bitte, lass ihn nicht sterben!", flehte sie erneut. Was sollten all diese Entbehrungen, wenn ihr Bruder starb? Welchen Sinn hatte ihre Flucht, wenn der Bruder sie mit seinem Leben bezahlte? Ihr wurde plötzlich schlecht vor Angst. Und wo sollte sie nun hin? Sie konnte unmöglich ans Ufer zurück, denn dort würden die Soldaten auf sie lauern. Sie musste weiter paddeln und dann in der Dunkelheit einen sicheren Platz finden, an dem sie zurück ans Ufer konnte. Der See war riesig, also konnten die Soldaten nicht überall lauern. Schon jetzt waren sie kaum noch zu erkennen. Sie würde noch eine Weile nach Norden rudern und dann die Richtung ändern. In der Nacht wäre es ungefährlich, wieder das Ufer aufzusuchen. Solange musste sie dafür sorgen, dass das Kanu kein Wasser aufnahm, und den Bruder so gut es ging versorgen.

Sie ruderte weiter auf den See hinaus, bis sie nirgends mehr das Ufer erkennen konnte. Es war gefährlich, denn der See war so groß, dass sie sich darauf verirren konnte. Sie konnte vielleicht tagelang rudern, ohne ein Ufer zu finden. Die einzige Möglichkeit war, es nach Sonnenuntergang in westlicher Richtung zu versu-

chen. Sie wusste, dass dort Land vor ihr lag. Vorsichtig bewegte sie sich im Kanu nach vorne und beugte sich über ihren Bruder. Er hatte das Bewusstsein verloren und sein kleiner Körper hatte sich vor Schmerzen zusammengekrümmt. Der Pfeil war tief in die Schulter eingedrungen und beim ersten Versuch ließ er sich nicht entfernen. Wahrscheinlich steckte er im Schulterblatt fest.

Maisblüte erkannte, dass sie den Pfeil irgendwie herausziehen musste, sonst wäre eine Heilung nicht möglich. Das Kanu schwankte, als sie sich entmutigt zurücksinken ließ. Maisblüte hatte wenig Bewegungsfreiheit und seufzte tief, als sie ihre Situation überdachte. Sollte sie warten, bis sie wieder festen Boden unter den Füßen hatte. Die Wunde schien kaum zu bluten und vielleicht war es besser zu warten, bis sie am Ufer ein Feuer machen konnte? Sie hatte keine Erfahrung mit solchen Verletzungen und die Ausweglosigkeit ihrer Lage trieb ihr die Tränen in die Augen. Sie erinnerte sich an Juan, der auch so eine Verletzung gehabt hatte. Kurz schloss sie die Augen, um sich daran zu erinnern, was der Mann damals getan hatte. Sauber halten! Die Wunde musste gereinigt werden! Die Angst um den Bruder war so greifbar, dass ihr die Tränen über die Wangen liefen. Sie ließ sich auf den Boden sinken und schluchzte unkontrollierbar. Ihre Hand tastete nach dem Ungeborenen in ihrem Bauch und zum ersten Mal seit ihrem Aufbruch dachte sie darüber nach, in welche Gefahr sie auch ihr eigenes Kind gebracht hatte. Wie leicht hätte ein Pfeil auch sie treffen können!
Sie war mit einem Mal so müde, dass sie Mühe hatte, die Augen aufzuhalten. Die Sonne stach mit aller Kraft auf sie herunter und sie tauchte die Hand ins Wasser, um ein paar Schlucke zu trinken. Wenigstens Wasser hatten sie genug! Sie tauchte ein weiteres Stück Tuch ins Wasser und kühlte damit ihre Stirn. Sie brauchte einen klaren Kopf, wenn sie ihrem Bruder eine Hilfe sein wollte. Sie beschloss, eine Weile zu ruhen und dann gegen Abend das Ufer aufzusuchen. Erst an Land würde sie versuchen, den Pfeil aus der Wunde zu entfernen. Sie legte eine Decke über die Wände des Kanus und legte sich darunter, um ein wenig zu schlafen. Vorher vergewisserte sie sich, dass auch ihr Bruder im Schatten

lag. Dann schlief sie den Schlaf der Gerechten. Sie hatte tatsächlich nur ein wenig ruhen wollen, doch die Aufregung und die Anspannung forderten ihren Tribut. Sanft schaukelte das Kanu auf dem riesigen See, während die Sonne langsam ihren Weg über das Firmament nahm.

Eine frische Brise und das laute Plätschern an der Wand des Kanus ließen Maisblüte hochschrecken. Verwirrt richtete sie sich auf, nur um dann halt suchend an die Wände des Kanus zu greifen, um das Gleichgewicht wiederzufinden. Ihr Kopf hatte sich in der Decke verfangen und sie nahm ihre Hände zu Hilfe, um sich wieder zu befreien. Gleichzeitig begann das Kanu wieder gefährlich zu schaukeln. Maisblüte wartete, bis es sich wieder ausgependelt hatte, und kroch vorsichtig zu ihrem Bruder. Sein Gesicht war verschwitzt und er hatte das Bewusstsein nicht wiedererlangt. Die Wunde hatte kaum geblutet und so versuchte Maisblüte, ihn kurz aus seiner Ohnmacht zu wecken. Sie nahm eine Schüssel, die sie in den Bündeln fand, füllte sie mit Wasser und hielt sie an seine Lippen. „Bruder", mahnte sie flehend, „du musst ein wenig trinken."

Obwohl er kaum ansprechbar schien, wirkte ihr Flehen, und der Bruder trank durstig einige Schlucke. Er öffnete dabei kaum seine Augen und Maisblüte hatte Angst, dass er in das Schattenreich entglitt. Sie schätzte am Stand der Sonne, wann es Nacht werden würde, nahm ein Paddel in die Hand und tauchte es entschlossen ins Wasser. Es wurde Zeit, an Land zurückzukehren. Das Kanu bewegte sich fast geräuschlos über das Wasser, nur das Eintauchen des Paddels verriet, dass hier ein Mädchen am Werk war. Maisblüte wählte einen Kurs in nordwestlicher Richtung und hoffte, dass es sie nicht direkt in die Fänge von Juan trieb. Sie hatte genug von diesen Käfermenschen. Sie hatte genug davon, ihre Sklavin zu sein und mitansehen zu müssen, wie sie immer neue Völker unterwarfen und ins Verderben trieben. Diese Käfermenschen brachten nur den Tod. Sonst nichts.

Als es dunkel wurde, hatte sie immer noch nicht das Ufer erreicht. Sie änderte ihren Kurs in Richtung der untergehenden

Sonne. Hatte sie sich verirrt? Würden die Wassergeister sie holen? Längst hätte sie das Ufer erreichen müssen, aber vielleicht war sie zu weit nördlich abgetrieben worden? Sie orientierte sich an den ersten Sternen und war sich sicher, dass sie immer noch in westlicher Richtung unterwegs war. Aber wo war das Ufer? Hatte die Strömung sie doch weiter abgetrieben, als sie es vermutet hätte? Die Atmung ihres Bruders klang schwer und sie wollte sich endlich um seine Wunde kümmern. Längst standen die Sterne am Himmel und der Mond zog seine Bahn. Der See lag schwarz und still vor ihr. Maisblüte beruhigte ihre Atmung und paddelte ruhig in westlicher Richtung weiter. Zumindest war der Himmel wolkenlos, sodass sie die Richtung bestimmen konnte.

Weit nach Mitternacht sah sie endlich den dunklen Küstenstreifen mit einem bewaldeten Ufer vor sich. Ihr tiefes Seufzen schallte über den See, sodass sie vor sich selbst erschrak. Anders als am südlichen Ufer fand sie keinen Schilfgürtel, sondern ein eher steiles Ufer vor, das mit gespenstisch wirkenden toten Bäumen gesäumt war, die bis ins Wasser ragten. Sie paddelte eine Weile am Ufer entlang, ehe sie eine sandige Stelle fand, an der sie anlegen konnte. Sie hüpfte ins Wasser und zog das Kanu an Land. Dann hob sie ihren Bruder wie ein Baby heraus und brachte ihn einige Schritte ins Landesinnere. Vorsichtig legte sie ihn nieder und achtete darauf, dass der Pfeil nicht tiefer eindrang. Dann holte sie die Bündel aus dem Kanu und breitete sie am Boden aus. Sie fand trockenes Holz und sammelte einen großen Haufen, um Feuer zu machen. Es war mitten in der Nacht und sie fürchtete nicht, dass Juan oder die Lanzenreiter auftauchen würden. Der See und das Ufer waren riesig. Die Wahrscheinlichkeit, dass sie irgendwo in der Nähe auf sie lauerten, war verschwindend gering. Sie musste sich um den Bruder kümmern und dazu brauchte sie ein Feuer!

Methodisch bereitete sie einen Lagerplatz vor und entzündete in aller Ruhe ein Feuer. Dann nahm sie ein Messer zur Hand und beugte sich über den Bruder. Sie zerschnitt das Hemd und fühlte nach dem Pfeil. Er ließ sich leicht bewegen und so vermutete sie richtig, dass er nicht bis zum Knochen durchgedrungen war. Sie

hatte bei dem Barbier gesehen, dass er stets die Werkzeuge mit Feuer reinigte, ehe er damit in das Fleisch der Verwundeten stieß, und so legte auch sie das Messer zuerst ins Feuer, ehe sie vorsichtig am Schaft des Pfeils entlang die Wunde öffnete, um den Pfeil leichter herauszuziehen. Ihr Bruder stöhnte in seiner Ohnmacht und so verhielt sie einen Augenblick. Schweiß lief ihr über die Stirn und sie wischte ihn ungeduldig beiseite. Dann spreizte sie die Wunde ein wenig und zog mit aller Kraft an dem Pfeil. Das Blut floss in Strömen, doch sie ließ sich nicht beirren und drehte den Pfeil leicht hin und her, bis er sich schließlich löste. Vorsichtig zog sie ihn aus der Wunde, dann blickte sie hilflos auf das viele Blut, das aus der offenen Wunde schoss. Sie war selbst noch fast ein Kind. Wie sollte sie wissen, was nun zu tun war? Blut bedeutete Leben, und wenn die Wunde nicht aufhörte zu bluten, dann würde ihr Bruder sterben!

Sie drückte mit einem Stück Tuch auf die Wunde und presste so gut sie konnte. Doch jedes Mal, wenn sie das Tuch hob, quoll neues Blut aus der Wunde. Sie hatte das Gefühl, die ganze Nacht hindurch die Blutung zu stillen, doch irgendwann stoppte der Blutfluss, und sie legte einen Verband an, indem sie ein weiteres Tuch in Streifen riss. Ihr war schwindelig zumute und sie schloss kurz die Augen, um diesen Schwindel zu vertreiben. Dann merkte sie, dass sie einfach nur Hunger hatte. Müde erhob sie sich und durchwühlte die Bündel nach etwas Essbarem. Zum ersten Mal durchforstete sie wirklich, was sie da erbeutet hatte, und maß dessen Wert. Sie fand einen Beutel mit Maiskörnern, eine getöpferte Schale mit Samen, die erst einmal überhaupt keinen Wert darstellte. Beim weiteren Suchen fand sie gedörrtes Fleisch, mehrere Schalen, mehrere Messer mit den scharfen Klingen der Spanier, Decken, Felle, Kleidung, Perlen und einen eisernen Topf. Am wichtigsten war das Fleisch, denn daraus konnte sie eine nahrhafte Suppe kochen. Auch der Mais war wertvoll, aber sie beschloss, ihn fürs erste aufzuheben. Die Decken, Messer und Perlen waren wertvolle Tauschgüter, die sie wieder sorgsam verwahrte. Seltsamerweise hatte sie nichts von Juan erbeutet, aber irgendwie beruhigte sie das. Sie wollte durch nichts an ihn erinnert werden. Dass er der Vater ihres Ungeborenen war, hatte sie

bereits verdrängt. Nanih Waiya hatte den kleinen Bogen dabei, den er von Juan geschenkt bekommen hatte, und sie schmunzelte, als sie ihn neben sein Lager legte. Von nun an würde ihr Bruder wieder Kind sein und mit Dingen spielen, die für sein Alter angemessen waren! Sie setzte sich an die Seite ihres Bruders und streichelte über sein verschwitztes Haar. Alles würde wieder gut werden! Alles!

Quiguate

Juan de Anasco verfluchte sein Pech. Sie hatten den ganzen Tag das Ufer abgesucht und darauf gewartet, dass das Kanu mit den Flüchtigen sich wieder näherte. In seiner Fantasie malte Juan sich aus, wie er die beiden undankbaren Sklaven bestrafen würde. Dieses Mal würde es kein Mitleid geben! Den Jungen würde er einfach am nächsten Baum aufhängen lassen und dabei zusehen, wie sein Gesicht blau anlief und er vergebens mit den Beinen strampelte. Nein, Nana würde nie ein Lanzenreiter werden! Er hatte soeben seine Zukunft aufgegeben. Die Bestrafung von Maria würde wesentlich länger dauern. Er würde genüsslich zusehen, wie seine Männer sie vergewaltigten. Und wenn dann noch etwas von ihr übrig war, würde er persönlich zur Peitsche greifen und sie totprügeln. In seinen Gedanken war kein Platz für Mitleid. Diese bodenlose Unverschämtheit ließ sein Blut brodeln und so malte er sich immer neue Misshandlungen aus. Maria sollte leiden! Jede Gemeinheit und Bosheit war nicht schlimm genug, um sie zu bestrafen. Manchmal überlebte sie diese Torturen auch, denn es war ja keine Bestrafung, wenn sie nichts daraus lernte. Er wollte sie vor sich auf den Knien sehen und hören, wie sie um ihr Leben flehte. Wie hatte er nur so dumm sein können?

Das Knallen der Peitsche riss ihn aus seinen Tagträumen und er hob den Blick, um dem Auspeitschen zuzusehen. Der Soldat, der zur Wache eingeteilt gewesen war, biss auf einen Knebel, als der nächste Hieb seinen Rücken traf. Er hatte zugelassen, dass die beiden entkommen waren, und wurde nun für diese Nachlässigkeit bestraft.

Ruhe kehrte ein, als die Lanzenreiter ihr Nachtlager aufschlugen. Juan setzte sich ans Feuer und wandte sich schlecht gelaunt an Biedma. „Wenn wir meine Sklaven morgen nicht finden, dann kehren wir um und erstatten Bericht!"

„Es gibt ja kaum was zu berichten, nicht wahr?", murmelte der Chronist leicht ironisch. Er warf dem Capitán einen schiefen Blick zu.

„Nein!", bestätigte Juan. „Außer, dass meine Sklaven weggelaufen sind."

Biedma machte eine verächtliche Handbewegung. „Sie sind der Aufregung kaum wert!"

Juan starrte ihn wortlos an und warf dann einen Stock ins Feuer. Die Funken stoben hoch und landeten auf der ledernen Jacke von Biedma. Fahrig schlug dieser nach den Funken und schüttelte verärgert den Kopf. „Ich kann nichts dafür, dass die beiden fort sind! Also lassen Sie Ihren Ärger nicht an mir aus."

„Entschuldigen Sie!", murmelte Juan leise. „Es ist einfach ärgerlich!"

„Es gibt genügend Sklaven, die Sie haben könnten!", tröstete Biedma den Capitán. „Ich glaube nicht, dass wir sie morgen finden werden. Das Ufer ist einfach zu groß. Dieser See ist riesig! Sie könnten überall sein."

Juan legte nachdenklich den Kopf schief und nickte. „Sie haben wahrscheinlich recht. Das ist reine Zeitverschwendung. Die beiden könnten zur anderen Seite gepaddelt sein, oder sie sind längst ertrunken. So stabil sind die Boote der Indios nicht."

„Eben!", bestätigte Biedma den Capitán in seinen Ausführungen. „Wir haben eine andere Aufgabe zu erfüllen."

„Ja, schlechte Nachrichten überbringen!" grunzte Juan. „Süßwasser gefunden!"

Biedma lachte auf. „Das wäre sonst eher eine gute Nachricht."

„Gott hat uns längst verlassen!", meinte Juan desillusioniert. „Hier gibt es keinen Ozean und kein Gold. Die ganze Expedition ist eine einzige Katastrophe. Ich bin gespannt, wer von meinen Männern überhaupt zurückkehren wird."

„Auch hierfür müssen wir beten! Niemand weiß, was Gottes Wunsch ist und warum er uns den Erfolg verwehrt. Vielleicht haben wir auch noch nicht erkannt, was in diesem Land zu finden ist."

Erneut warf Juan einen Zweig ins Feuer. „Nichts!", behauptete er mit fester Stimme. „Einfach nichts! Dieses Land ist verflucht!"

„Sagen Sie das jetzt, weil Sie der Verlust der Sklaven wurmt oder weil das wirklich Ihre Meinung ist?"

„Beides!", gab Juan zu. „Das Mädchen hat mich manchmal vergessen lassen, dass wir hier von kriegerischen Wilden umgeben sind. Und dieser kleine Schlingel war ganz amüsant."

„Und was geschieht mit ihnen, wenn wir sie doch noch finden?"

„Ach ...!" Juan lehnte sich zurück und dachte darüber nach. Seine Wut hatte sich abgekühlt. Zurück blieb ein gewisses Bedauern. „Ich würde sie angemessen bestrafen und dann wieder in Ketten legen. Und dieses Mal auch den Jungen."

„Vielleicht ist es dann besser, wenn wir sie nicht finden", meinte Biedma mit einem Achselzucken. „Die Frau trägt Ihr Kind, nicht wahr?"

„Was soll das jetzt schon wieder heißen?" Juan de Anasco knurrte empört. Überhaupt ging das den Chronisten gar nichts an.

„Nichts! Ich frage ja nur."

„Keine Ahnung, wer ihr das Kind gemacht hat. Das sind Huren, die mit jedem ins Gebüsch hüpfen." Es sollte abfällig klingen, aber irgendwo zitterte seine Stimme leicht, und er ärgerte sich darüber. Was ging ihn dieses Kind an? Es irritierte ihn, dass der Chronist es erwähnte. Meinte Biedma etwa, dass er irgendeine Verantwortung dem Kind gegenüber hätte? Das wäre ja lachhaft!

Seufzend sah er auf, als zwei seiner Männer mit dem Essen zu ihm traten und es ihm reichten. Hungrig schaufelte er sich den Eintopf in den Mund, während er seinen Gedanken nachhing.

„Morgen reiten wir das Ufer in südlicher Richtung ab. Wenn wir sie nicht finden, dann machen wir uns auf den Heimweg. Ich habe keine Lust, wegen dieser Sklaven Zeit zu verlieren."

„Und wenn wir sie nicht finden?"

Juan zuckte missmutig die Schultern. „Dann hoffe ich, dass sie der Teufel holt! Dieses undankbare Miststück. Soll sie doch von diesem Kannibalen hier gefressen werden! Hoffentlich drehen die ihr vorher noch den Darm auf einen Stock! Das hat sie dann davon!"

Biedma zuckte etwas zusammen, als er die frommen Wünsche des Capitán hörte. Aber der Ärger von Juan war nachvollziehbar.

„Es ist doch völlig verrückt, dass eine schwangere Frau einfach davonläuft! Was will sie denn machen, wenn das Kind kommt?"

Juan schnaubte verächtlich. „Das ist nicht unser Problem! Sie hatte es nicht schlecht bei mir. Und um das Kind hätten wir uns auch gekümmert. Diese Wilden sind einfach unberechenbar. Ich sage Ihnen, dass dieses Land gänzlich ungeeignet ist, um besiedelt zu

werden. Sümpfe, Moskitos, diese wilden Stiere und kriegerische Wilde. Hier kann man keine Frauen und Kinder herbringen. Ich habe es langsam satt. Ich bin froh, wenn wir irgendwann unsere Schiffe erreichen und nach Mehiko zurückkehren können. Oder noch besser, gleich nach Spanien."

Biedma lachte trocken. „Ich muss ohnehin dem König Bericht erstatten. Also werde ich Sie wohl nach Spanien begleiten."

Juan lächelte etwas versöhnt. Ja, Spanien! Endlich wieder guten Wein trinken, Fasan essen und ein ordentliches Bad nehmen! Er sah an sich hinunter und grinste diabolisch. Auf jeden Fall brauchte er neue Kleider, ehe er sich seiner Isabella zeigte. Wobei an seiner drahtigen Figur nichts auszusetzen war. Wenn er wieder in Spanien war, würde er vermutlich etwas Fett ansetzen. Aber das hatte er sich dann auch redlich verdient.

***

Nach Sonnenaufgang schickte Juan die Reiter los, damit sie auf dem Weg nach Süden das Ufer absuchten. Sie waren auf der Suche nach den Flüchtigen ziemlich weit nach Norden vorgestoßen und so glaubte er nicht, dass die beiden noch weiter nördlich an Land gegangen waren. Auch die Fußsoldaten suchten nach Spuren und durchkämmten die Nähe des Ufers. Drei Kundschafter ritten in die Umgebung, um nach Dörfern der Einheimischen Ausschau zu halten. Nach einer Weile kehrten sie zurück und meldeten, dass sie nichts Verdächtiges gefunden hatten.

Am Nachmittag erreichten sie wieder den Ort, wo das Tier den Soldaten mit stinkender Flüssigkeit vollgespritzt hatte. Sie nannten es „Stinktier", weil seine Gattung bisher unbekannt gewesen war. Juan entschied, die Nacht nochmals hier zu verbringen und dann am nächsten Tag endgültig in den Süden zurückzukehren. Langsam kam ihm das Bedauern, denn Maria hatte nicht nur gekocht und sich um seine Sachen gekümmert, sondern ihm auch die Zeit vertrieben. Es würde dauern, ehe eine neue Sklavin die Lücke füllte und ihm seine Wünsche so erfüllte, wie er es mochte.

Juan führte seine Leute im raschen Tempo nach Süden und erreichte nach weiteren sieben Tagen das Dorf, in dem der Tross

sein Lager errichtet hatte. Der Gouverneur war ernüchtert über die Nachrichten, die der Capitán ihm brachte. „Sind Sie sicher?", fragte er nach. „Keine Gezeiten und kein Salz?"

Der Capitán nickte mit gerunzelter Stirn. Auch er hätte lieber bessere Neuigkeiten verkündet. „Ganz sicher!", bestätigte er. „Biedma kann es Ihnen bestätigten. Das Ufer zeigte nur minimale Gezeitenlinien und das Wasser war süß."

Der Gouverneur beugte sich über die Karte, die sie von diesem Land angelegt hatten. Mit dem Finger fuhr er über das Papier, das am oberen Rand noch weiß war. „Also, hier ist ein riesiger See?", erkundigte er sich.

„Ja! Riesig! Man konnte das andere Ufer nicht erkennen. Wir sind dem Ufer des Sees einen Tag lang nach Norden gefolgt und konnten immer noch das nördliche Ufer nicht sehen. Auch das gegenüberliegende Ufer lag außer Sichtweite."

Der Gouverneur nickte enttäuscht. „Was schlagen Sie nun vor?"

Der Capitán unterdrückte ein Seufzen. Am liebsten hätte er geantwortet, dass er auf sein Schiff wollte. Aber er beherrschte sich. „Wenn der Ozean im Westen zu finden ist?"

Der Gouverneur runzelte nachdenklich die Stirn. „Daran dachte ich auch schon. Trotzdem sollten wir erst einmal nach Süden ziehen. Hier in der Gegend gibt es zu wenige Dörfer, wo wir Vorräte finden. Wir suchen das Dorf des Häuptlings der Casqui und decken uns dort mit Vorräten ein. Dann ziehen wir nach Westen, um wenigstens den Auftrag der Krone zu erfüllen. Der Dolmetscher erzählte, dass weiter westlich eine Provinz namens Quiguate liegt. Dort scheint es viele Dörfer zu geben. Was meinen Sie?"

„Hier ist es ziemlich sumpfig. Weiter südlich war das Vorwärtskommen leichter. Von daher macht das schon Sinn! Viele Dörfer bedeuten genügend Verpflegung für unsere Truppen!"

***

Juan de Anasco führte seine Lanzenreiter wieder nach Süden und sicherte die Überquerung des Wabash-Flusses. Es dauerte endlos, bis der Tross den Fluss überquert hatte, obwohl die dortigen Indios ihre Kanus zur Verfügung stellten. Von dort ging es

in mehreren Tagesmärschen in südwestlicher Richtung, bis sie das Dorf des Häuptlings erreicht hatten. Unterwegs hatten sie ein verlassenes Dorf passiert, das anscheinend von Casqui zerstört worden war, obwohl der Gouverneur diese Kriegshandlungen verboten hatte. Der Häuptling war wohlweislich geflohen und schickte Vorräte und Felle, um den fremden Gott zu versöhnen. DeSoto beschloss, eine Weile in diesem Dorf der Quigate zu bleiben, das eines der größten war, die sie bisher gesehen hatten. Er ließ einen Teil davon abbrennen, um den Wilden das Anschleichen zu erschweren. Außerdem ließ er den Wald um das Dorf herum abbrennen, damit die Indios keine Deckung hatten. Ein gut gekleideter Mann ergab sich den Spaniern und behauptete der Häuptling der Quigate zu sein. Er forderte Geschenke und prahlte mit seiner Macht und wie sehr er den fremden Menschen eine Hilfe wäre. Seine Geschichte ließ jedoch Zweifel aufkommen, denn als Häuptling hätte er sicherlich seine Gefolgsleute um sich geschart. Als er unvermittelt die Flucht wagte, verfolgte Juan ihn mit seinen Lanzenreitern und stellte ihn schließlich in einem anderen Dorf. Die Menschen flüchteten über einen Fluss, doch den Soldaten gelang es, den angeblichen Häuptling und über vierhundert Frauen und Männer gefangenzunehmen.

Juan fand schnell heraus, dass der Gefangene nicht wirklich der große Häuptling war, und so ließ er ihn mehrfach verhören, um herauszufinden, wo der wirkliche Häuptling wäre. Er verzichtete auf Folter, denn allein der Anblick der riesigen Hunde und Pferde war Druckmittel genug, um den Mann gesprächig zu machen. Nachdem dem Mann gedroht worden war, an die Hunde verfüttert zu werden, erklärte er sich bereit, die Spanier zu Quigate, dem wahren Häuptling zu führen. Kurze Zeit später war Juan wieder auf dem Weg, um den Indio zu finden. Dieses Mal wurde der Trupp aus zwanzig Reitern und 50 Soldaten von DeSoto persönlich geführt. Er konnte nicht zulassen, dass seine Autorität in Frage gestellt wurde. Mit dem Häuptling als Gefangenem würden die Indios friedlicher sein und Angriffe unterlassen.
Nach eineinhalb Tagen fanden sie eine Gruppe Einheimischer in einem dichten Wald, doch als ein Soldat mit seiner Keule nach

einem Flüchtigen schlug, schrie der verzweifelt um Hilfe und gab sich als Häuptling zu erkennen. Mit ihm gerieten weitere 140 Männer und Frauen in Gefangenschaft.

Für Juan und auch DeSoto waren die beiden Siege ein überwältigender Erfolg. Nach all den Misserfolgen schien das Glück wieder auf ihrer Seite zu sein. Die Gegend war fruchtbar und voller Dörfer, die genügend Vorräte hatten, und mit den vielen Gefangenen hätten sie genügend Träger, damit die Expedition fortgesetzt werden konnte. DeSoto brachte den Häuptling ins Dorf zurück und ließen ihn von der Leibgarde des Gouverneurs streng bewachen. Herrisch forderte er, dass der Häuptling seinen Einfluss nutzte, damit die Indios hierher kämen und sich ebenso bekehren ließen wie zuvor Casqui und Pacaha.

Als nach Tagen immer noch niemand kam, wurde der Gouverneur ungeduldig. Wieder rief er den Capitán der Lanzenreiter zu sich. „Diese Wilden hier sind hartnäckig und ihre kleine Rebellion schadet uns. Wir müssen mit harter Hand durchgreifen, sonst spricht es sich herum, dass wir weich werden und unsere Forderungen nicht mehr durchsetzen können! Sie müssen lernen, dass man dem Sohn der Sonne keinen Widerstand entgegensetzen darf, oder man ist des Todes."

Juan de Anasco seufzte tief. Dieser Quigate war ein gerissener Hund, der freiwillig überhaupt keine Zugeständnisse machte. Vielleicht hatte er aber auch nicht den Einfluss, den man ihm zuschrieb. Die Organisation der Stämme hier im Norden schien dezentraler zu sein als bei den Stämmen im Süden. Hier hatte jedes kleine Dorf seinen eigenen Häuptling, der dem Ruf eines Oberhäuptlings nicht unbedingt Folge leisten musste. Nur deshalb war es zu erklären, warum Casqui oder auch Pacaha immer wieder Kleinkriege in ihren eigenen Provinzen führten. „Ist das wirklich so wichtig?", fragte Juan genervt. „Wir reisen doch ohnehin weiter."

DeSoto blinzelte ihn wütend an. „Natürlich ist es wichtig! Wenn die Indios nicht mehr an meine Göttlichkeit glauben, werden wir es schwer haben! Die reden doch untereinander. Gleichgültig, ob sie untereinander befreundet oder verfeindet sind, wir sind auf jeden Fall ihrer aller Feind. Da sind sie sich alle einig."

Juan lachte ohne Humor. „Da haben Sie recht, mein Gouverneur! Unser Ansehen hat gewaltig gelitten, seitdem wir keine Geschenke mehr geben können und die Indios gemerkt haben, dass wir sehr wohl verwundbar sind. Also gut, ich nehme zwei Abteilungen und reibe die umliegenden Dörfer auf, damit sie Ihnen huldigen. Mehr Gefangene bedeuten mehr Träger!"

„Sehr gut! Wir werden diesem Häuptling schon zeigen, dass mit uns nicht zu spaßen ist." Der Gouverneur nickte hoheitsvoll und entließ den Capitán mit einer ungeduldigen Handbewegung. Juan salutierte zackig und gab dann Befehl zum Aufbruch. Innerhalb weniger Minuten stand die Abteilung bereit und Juan setzte sich wieder an die Spitze.

In den nächsten Tagen stürmten sie mehrere Dörfer und nahmen unzählige Bewohner gefangen. Es sollte ein warnendes Beispiel sein und verfehlte seine Wirkung nicht. Fortan kamen immer wieder Einheimische mit Geschenken, um den fremden Gott zu versöhnen. Sie brachten Felle, Vorräte und Fisch. Der Gouverneur sprach von Gott und welche Segnungen die Spanier in Zukunft bringen würden. Die Indios versuchten, den Gouverneur mit ihrer Freundlichkeit zu täuschen, doch so leicht ließ DeSoto sich nicht beeindrucken. Er wollte wissen, was weiter westlich zu finden sei. Quigate erzählte von einer Provinz mit großen Dörfern weiter im Westen namens Caligoa und auch von Bergen, die dort zu finden waren. Der Gouverneur wurde hellhörig, denn er wusste, dass in den fruchtbaren Flussauen mit den vielen Feldern der Indios kaum Gold zu finden war. Aber Berge? Vielleicht wendete sich das Schicksal zu ihren Gunsten? Er ließ den Häuptling gut bewachen und rief die Offiziere zusammen, um das Weitere mit ihnen zu besprechen.

DeSoto wusste, dass er seine Männer neu motivieren musste, denn alle hofften auf das versprochene Gold. Zögernd faltete er die Karte auseinander und zeigte mit dem Finger auf den unerforschten Westen. „Der Häuptling hat erzählt, dass elf Tage von hier ein riesiger Fluss sei, auf dessen anderer Seite ein Gebirge zu finden sei. In dieser Richtung gibt es wohlhabende Dörfer, sodass wir unsere Vorräte ergänzen können. Wir werden daher auf-

brechen. Wir haben uns lange genug hier aufgehalten." Ein leises Murmeln antwortete ihm auf diese Bemerkung, denn insgesamt hielten sie sich schon fast drei Wochen in dem Dorf auf. Allen juckte es, dass es endlich weiterging. Manche hofften sogar schon auf ein Ende der Expedition, aber die Aussicht auf Gold besserte die Laune der Männer schlagartig.

Juan war davon nicht so überzeugt. „Dieser Häuptling erzählt uns das doch bloß, weil er uns loswerden möchte!", gab er zu bedenken.

Einige Männer murrten zustimmend. Längst hatten sie erkannt, dass die Einheimischen in dieser Gegend gar nicht wussten, was Gold war und wo es zu finden wäre.

DeSoto warf Juan einen finsteren Blick zu, nickte dann aber gönnerhaft. „Das habe auch ich bedacht! Natürlich wollen die Indios uns loswerden. Aber Gold und Silber findet man in den Bergen. Nördlich von uns gibt es keine Berge! Östlich haben wir bereits gesucht und von Süden kommen wir. Dort haben wir nichts gefunden. Bleibt also nur der Westen! In einigen Tagen werden wir wissen, ob es dort tatsächlich Berge gibt. Dann können wir immer noch entscheiden, ob wir dort unser Glück versuchen oder an dem großen Fluss wieder nach Süden ziehen. Der Häuptling erzählte, dass der Fluss bis ans Meer führt. Was meint ihr, Männer? Wollen wir dort unser Glück versuchen? Berge sind doch vielversprechend! Wir werden endlich unsere Reichtümer finden und als reiche Leute heimkehren!"

„Haben wir denn Leute, die uns führen?", erkundigte sich Espindola.

DeSoto nickte kurz. „Ja, der Häuptling hat uns einige Führer zur Verfügung gestellt. Sie scheinen den Weg zu kennen. Ich glaube nicht, dass er uns hereinlegen will. Warum auch? Er freut sich doch, wenn wir abziehen.

„Der würde uns am liebsten in die Hölle führen!", meinte der Maestro del Campo zynisch.

„Das wagt er nicht!", behauptete DeSoto mit fester Stimme. „Er hat am eigenen Leib gespürt, was passiert, wenn er rebelliert. Das Risiko, dass wir zurückkehren und uns rächen, ist ihm zu hoch. Nein, dort sind ganz bestimmt Berge! Außerdem finden wir dort

vielleicht den Zugang zum Pazifik. Auch das wäre wünschens-
wert. Stellt Euch vor, wenn wir auf diese Weise den Handel mit
China kontrollieren könnten!"
Die Männer schwiegen, denn sie teilten DeSotos Enthusiasmus
nicht uneingeschränkt. Die meisten waren hier, um schnell Reichtümer zu erwerben. Von einem Handel mit China würden die
wenigsten profitieren, von daher konnte man sie mit dieser Aussicht auch nicht locken. Sie wollten Gold! Sonst nichts.

Shawano-Nuki

(Michigan-See)

Machwao paddelte mit seinen Freunden gemächlich die Küste des Großen Sees entlang und beobachtete das Ufer, das in einiger Entfernung an ihm vorbeiflog. Die dunkle Wand des Waldes reichte fast bis an den sandigen Strand, nur selten von Felsen und Steinen unterbrochen. Er erblickte Vögel und einmal eine Bärenmutter, die mit ihren Jungen im Wasser plantschte, ansonsten blieb es ruhig. Gegen Mittag legten die Menominee eine Pause ein, doch sie verweilten nur kurz, weil sie durch die Ho-Chunk bereits viel Zeit verloren hatten und endlich die Portage erreichen wollten. Wapus schätzte, dass sie den Ort am Nachmittag des nächsten Tages erreichen würden. Er zeigte auf einige markante Landschaftsmerkmale, die er sich auf seiner letzten Reise eingeprägt hatte. „Seht ihr, dort, diese hohen Bäume? Es ist nicht mehr weit von hier aus."

„Und was machst du, wenn diese Bäume mal niederbrennen?", fragte Wakoh.

Wapus lachte schallend. „Dann sehe ich immer noch diese Felsen dort vorne, erinnere mich an die Farbe des Wassers oder wie die Küste verläuft."

Machwao tauchte kurz seine Hand in das Wasser und grinste ebenfalls. „Ich würde mich an die Wärme des Wassers erinnern, denn hier ist es wärmer als im Norden." Das stimmte allerdings. Auch die Lufttemperatur war hier höher. Sie waren bereits ein gutes Stück weiter südlich.

Sie nutzten den Tag zum Vorwärtskommen und landeten dann an einer Stelle, an der die Bäume fast bis zum Wasser reichten. Sie sprangen ins Wasser und zogen dann das Kanu zwischen die Wurzeln der Bäume. Schnell hatten sie es ausgeladen und schoben es noch ein Stückchen höher, damit es von der Seeseite her nicht zu sehen war. Wakoh nahm seinen Bogen, um vielleicht noch Wild zu jagen, während die anderen sich an die Arbeit machten, ein Lager aufzuschlagen. Fast augenblicklich fand er

einen Wildwechsel, der in den Wald führte, und folgte ihm aufmerksam. Vielleicht spürte er ja einen Hirsch auf? Er war vorsichtig, denn die Begegnung mit den Ho-Chunk war ihm eine Lehre! So wurde er völlig überrascht, als aus dem Nichts und ohne jede Vorwarnung ein Pfeil sirrend seinen Oberarm streifte und eine blutige Schramme hinterließ. Wo kam er so plötzlich her? Wo waren hier Feinde? Warum hatte er nichts gehört? Er machte einen Satz zwischen die Bäume, um dem Angreifer keine zweite Gelegenheit zum Schuss zu geben, und blickte sich dann um. Sein Herz raste vor Aufregung. Wieso hatte er nichts bemerkt? Wer hatte sich hier versteckt? Dann flüchtete eine Gestalt vor ihm in den Wald und ohne zu denken trat er die Verfolgung an. Noch im Laufen griff er nach einem Pfeil in seinem Köcher, doch dann entschied er sich für seine Keule, als er merkte, dass er den Flüchtenden einholen würde. Gleichzeitig stieß er einen gellenden Warnruf aus, um seine Freunde auf die Gefahr aufmerksam zu machen. „Feinde!", schrie er aus Leibeskräften. „Verteilt euch!"

Mit wenigen Sätzen hatte er den Angreifer fast eingeholt und erkannte, dass es sich um eine Frau handelte, die panisch den Bogen wegwarf, um noch schneller zu rennen. Wakoh fühlte eine solche Wut in sich, dass seine Sprünge noch schneller wurden. Er hatte es satt, von irgendwelchen Feinden angeschossen zu werden! Er hatte es satt, irgendwelche Wunden zu pflegen! Die Frau schrie vor Angst, als er sie nach einigen Sätzen einholte und an den Haaren zu Boden riss. Ihr Heulen war schrill, voller Panik und in Todesangst. Brutal drückte er sie zu Boden, ließ die Keule aber fallen und drückte ihr mit seiner Hand die Kehle zu. Dieses Weib! Dieses Weib hatte es gewagt, auf ihn zu schießen. Seine Wut vernebelte seinen Kopf, sodass er zu keinem klaren Gedanken mehr fähig war. Er sah nur diese Frau, die ihn mit großen schwarzen Augen anstarrte, um Luft rang und mit ihren Händen gegen seinen brutalen Griff kämpfte. Ihr Leib bäumte sich auf, aber sie war so klein und zierlich, dass er sie mühelos am Boden hielt. Sein Mund verzog sich verächtlich, als er merkte, dass sie kein Gegner für ihn war. Und dann geschah etwas, das ihn bis ins Mark traf. Er sah, wie ihr Geist den Körper verließ und davon-

schwebte, als wäre er nicht mehr hier. Es war keine Ohnmacht, sondern die völlige Aufgabe des Körpers. Als wollte sie nicht mehr hier sein. Es erinnerte ihn daran, wie er seinen Körper aufgegeben hatte, als er in dem Dorf der Ho-Chunk gefoltert worden war.

Er ahnte, dass diese Frau Ähnliches durchgemacht hatte und nun entschied, dass sie nicht mehr hier sein wollte. Er war so erschüttert, dass er ihre Kehle einfach losließ und sich etwas aufrichtete, um ihr Raum zu geben. „Ich tue dir nichts!", versicherte er mit leiser Stimme. „Ich tue dir nichts!" Beruhigend hob er die Hände, um seinen Friedenswillen zu bekunden. Er kämpfte nicht gegen Frauen.

Ihre Augen blieben ohne Reaktion, als wäre sie schon weit weg, dort, wo ihr niemand mehr wehtun könnte. Hilflos kniete er sich vor sie hin und nahm sanft ihre Wange in die Hand. „Ich tue dir nichts! Hörst du?" Dann nahm er ihre Hände und massierte sie vorsichtig. „Komm zurück! Ich werde dir nichts tun!" Er wusste, dass sie seine Worte nicht verstehen konnte, aber er hoffte, dass seine Stimme sie beruhigte.

Nach einer unendlich langen Zeit kehrte das Licht in ihre Augen zurück und er erkannte die Panik darin. Seine Lippen wurden schmal, dann versuchte er es mit einem Scherz. Er deutete auf seinen Oberarm und lächelte verschmitzt. Du-schießen-auf-mich! Nicht-ich-schieße-auf-dich! Und dann erkannte er etwas anderes. Unter ihrem Herzen trug sie ein Ungeborenes! Ihr Leib hatte sich erst leicht gerundet, trotzdem war es zu erkennen. Er lächelte und streichelte über ihren Bauch. Ich-nicht-kämpfen-gegen-dich-und Baby! Wieder wurde er bis ins Mark getroffen, als sich ihre Augen mit Tränen füllten und sie ihn völlig verwirrt anstarrte. Ihre Hände flatterten, als sie sich etwas aufrichtete und ihn immer noch ängstlich anstarrte. Sie war so jung! Viel zu jung für ein Baby!

„Komm!", befahl er energisch. Es wurde Zeit, sich um die anderen zu kümmern. Nur langsam drangen die Stimmen des Waldes wieder zu ihm durch. Er lauschte, ob er andere Kampfgeräusche hörte, und runzelte misstrauisch die Stirn. Du-allein, fragten seine Hände. Das Mädchen schüttelte den Kopf und sofort wurden

seine Sinne wach. Wo waren ihre Leute? Wo waren seine Freunde? Waren sie in einen Hinterhalt geraten? Die kurze Vertrautheit mit der Frau verging und er nahm ein Lederband, um ihr die Hände zu fesseln. Wenn ihre Leute vielleicht aus dem Hinterhalt angriffen, wollte er kein Risiko eingehen. Sie ließ es widerstandslos zu und ging dann schwankend hinter ihm her, als er sie in Richtung seiner Freunde zog. Tränen liefen über ihr Gesicht, aber er ließ sich von ihnen nicht mehr beeindrucken.

Seine Freunde waren noch nicht zurückgekehrt und so fesselte er die Gefangene mit den Händen an einen Baum. Sie weinte vor Angst und flehte in einer Sprache, die er nicht verstand. „Sei still!", zischte er gereizt, denn ihr Flehen brachte alle in Gefahr. Als sie nicht aufhörte, steckte er ihr einen Knebel in den Mund. Ihr Blick war erbarmungswürdig, doch er hob nur drohend seine Keule und bedeutete ihr, dass er zuschlagen würde, wenn sie nicht still war. Sie krümmte sich zusammen und versuchte tatsächlich, das Schluchzen zu unterdrücken, und so wandte er seine Aufmerksamkeit wieder dem Wald zu. Es verwirrte ihn, dass er von einem Augenblick auf den anderen wieder Wakoh war, der Erbarmungslose. Er machte eine beruhigende Geste in Richtung der Frau und bedeutete ihr erneut, dass er nur die Gegend überprüfen wollte. Ich-kehre-zurück! Du-leise!

***

Machwao hatte den Warnschrei Wakohs gehört und war sofort in Deckung gegangen. Auch Wapus und Awässeh-neskas hatten sich hinter die Bäume geduckt und rissen bereits ihre Waffen hoch. Dann folgten sie ihm, als er geduckt durch den Wald lief und versuchte, die Gefahr abzuschätzen. Irgendwo weiter vorn hörte er, wie Wakoh durch das Unterholz hetzte, doch er sicherte erst einmal die Umgebung, ehe er blindlings jemandem folgte. Mit ruhigen Gesten gab er Awässeh-neskas und Wapus das Zeichen, dass sie einen Bogen schlagen sollten. Er schlich ebenfalls in einem weiten Bogen und achtete auf Spuren, die ihm die Anwesenheit von Menschen verraten würden. In der Ferne hörte er den ängstlichen Schrei einer Frau, aber sonst blieb es still. Es war

merkwürdig, denn warum sollte sich eine Frau so weit aus ihrem Dorf entfernen? Dann stolperte er fast über ein kleines Lager, das versteckt zwischen Gestrüpp und Zweigen errichtet worden war. Ein kleiner Junge lag darin, der ihn mit großen schwarzen Augen ängstlich musterte. Eine Feuerstelle war errichtet worden, in der nur eine schwache Glut glomm und einige Bündel lagen daneben. Wo kam der Junge her? Wo waren die Eltern? Er hörte Schritte auf sich zukommen und drehte sich misstrauisch um. Es waren Awässeh-neskas und Wapus, die bemerkt hatten, dass er etwas gefunden hatte. „Was ist los?", fragte Wapus.

Machwao deutete auf das Lager. „Ich fand einen kleinen Jungen, aber sonst niemanden."

Awässeh-neskas näherte sich neugierig dem Kind und kniete sich nieder. Er sah mit einem Blick, dass er verletzt war. „Er ist verletzt! Wo sind seine Leute?"

Machwao zuckte mit den Schultern. Dann ruckte er den Kopf in Richtung des Waldes. „Wahrscheinlich jagt Wakoh sie gerade bis ins Land des Schnees." Er lachte leise und deutete auf den Boden. „Hier sind nur die Spuren von zwei Menschen."

Auch er setzte sich neben das Kind und sah die Angst in den Augen. Er lächelte freundlich und strich dem Jungen über die verschwitzten Haare. Er schien Fieber zu haben. Vorsichtig richtete er ihn ein bisschen auf, um ihm Wasser einzuflößen. „Hier, trink etwas, dann geht es dir besser!"

Der Junge zählte vielleicht sechs oder sieben Winter und nur mühsam gelang es ihm, ein paar Schlucke zu trinken. Die ganze Zeit ließ er die Männer nicht aus den Augen. Machwao nickte Wapus zu, sich die Wunde anzusehen, und runzelte die Stirn, als er die schwere Verletzung sah. Außerdem war der Rücken des Kindes mit Striemen übersät, die kaum verheilt waren. Ebenso wenig wie der Stumpf an der Hand, wo dem Kind der kleine Finger fehlte. Wer schnitt denn einem Kind einen Finger ab? Das ergab doch keinen Sinn! Dieser kleine Junge war schwer misshandelt worden! Kein Wunder, dass er solche Angst hatte. Wodeine-Leute, fragte er mit Handzeichen.

Der Junge musterte ihn nur schweigend und schwieg. Machwao konnte nicht sagen, ob er die Zeichen nicht verstanden hatte oder

einfach nicht antworten wollte. Machwao machte eine beruhigende Geste und beließ es dabei. Solange das Kind eine solche Angst hatte, würde er keine Informationen von ihm erzwingen. Er beobachtete, wie Wapus die Wunde mit Kräutern aus seinem Bündel versorgte und das Kind schließlich wieder hinlegte.

„Sehr tiefe Wunde!", erzählte Wapus betroffen. „Sieht aus wie eine Wunde von einem Pfeil. Sie wurde gesäubert und die Blutung wurde gestillt, aber mehr nicht. Ich habe die Wunde mit Kräutern, die eine Entzündung verhindern, versorgt. Die Wunde ist frisch. Höchstens zwei Tage alt." Er legte den Arm des Jungen in eine Schlinge und fixierte den Arm am Körper, damit die Schulter ruhiggestellt wurde.

Awässeh-neskas stand auf und sah sich um, während Machwao und Wapus das Lager durchsuchten. Sie öffneten die Bündel und staunten über die Dinge, die sie enthielten. Ein Topf aus einem Material, das sie noch nie gesehen hatten, Decken und ein Messer, das ebenfalls aus einem unbekannten Material war. Es erinnerte an die Dinge, die sie bei den drei anderen Händlern gesehen hatten. Auch die Kleidung des Jungen war seltsam und ebenfalls aus einem Material, das sie nicht kannten. Diese Menschen mussten von weither kommen!

Awässeh-neskas kam nach kurzer Zeit zurück und berichtete, dass er ein Kanu gefunden hatte, das ganz in der Nähe lag. Sonst hätte er keine Spuren gefunden. Alle blickten sich ratlos an, denn sie konnten sich keine Erklärung darauf machen. Dann blickten sie Wakoh entgegen, der aus dem Wald zurückkehrte und bereits von weitem Zeichen gab. „Ich habe eine Gefangene!", verkündete er. „Sie ist in unserem Lager!"

„Wir haben einen Lagerplatz gefunden", berichtete Machwao. „Und ein verletztes Kind! Dort am Ufer befindet sich ein Kanu. Sonst haben wir nichts gesehen."

Wakoh schaute sich kurz um und musterte dann das Kind. „Es sieht der Frau ähnlich", meinte er nachdenklich. „Aber ich glaube nicht, dass sie die Mutter ist. Sie ist zu jung. Was machen die beiden hier alleine?"

Machwao grinste kurz und machte eine nichtssagende Handbewegung. „Das fragen wir uns auch! Vielleicht sagt uns die Frau

etwas? Wir sollten unser Lager hier aufschlagen, dann müssen wir kein Feuer machen. Außerdem ist das Kind verletzt und ich möchte es hier lieber liegenlassen."

Wapus nickte und schlug vor, dass die anderen die Ausrüstung hierher brachten. Nur Wakoh schien etwas unschlüssig zu sein. „Und wenn ihre Leute wiederkehren?", fragte er. „Sie ist ganz schön kratzbürstig! Sie hat sofort auf mich geschossen, als sie mich gesehen hat! Ihre Leute sind bestimmt nicht freundlich, wenn schon ihre Frauen so schnell schießen."

Machwao dachte darüber nach und schüttelte den Kopf. „Wir haben keine anderen Spuren gefunden. Die beiden sind mit dem Kanu hierher gekommen Wir werden die Frau fragen, wo ihre Leute sind."

„Das wird sie uns ganz bestimmt nicht verraten, glaube mir!" Wakoh verzog geringschätzig die Mundwinkel. „Wozu sollen wir uns überhaupt mit dieser Frau und dem Kind belasten? Sie gehören nicht zu uns!"

Alle dachten darüber nach und blickten dann auf Machwao, was der entscheiden würde.

Machwao runzelte die Stirn und überlegte sich seine Worte. „Wir können nicht entscheiden, solange wir ihre Geschichte nicht kennen. Ich sehe hier nur ein kleines Kind, das Hilfe braucht. Sonst nichts. Lasst uns die Ausrüstung und die Frau holen und hören, was sie zu erzählen hat."

Wakoh sagte nichts mehr und führte Machwao und Awässehneskas zu der Stelle, wo er die Frau an den Baum gebunden hatte. Machwao war entsetzt, als er das Bündel Mensch sah, das dort gefesselt und geknebelt kniete und ihnen mit vor Angst geweiteten Augen entgegensah. Er warf seinem Freund einen bösen Blick zu, der sich genötigt sah, sich zu verteidigen. „Sie wollte nicht still sein!"

„Mich wundert, dass du nicht deine Keule genommen hast, um sie zum Schweigen zu bringen!"

„Huh, hätte ich fast!" Es klang trotzig.

Machwao setzte sich zu der Frau und musterte sie prüfend. Sie hatte geweint und sah verzweifelt aus. Ihr Blick war der einer

weidwunden Hirschkuh, die auf den Todesstoß wartete. Auch er erkannte, dass sie ein Kind trug und in schlechter Verfassung war. Er warf seinem Freund einen weiteren bösen Blick zu und nahm der Gefangenen den Knebel aus dem Mund. Ihre Lippen zitterten vor Furcht und Tränen liefen ihr über das Gesicht. Sie hauchte Worte, die keiner verstand, und doch wusste Machwao, dass sie nach dem Kind fragte. Die Gefangene gehörte Wakoh und so überließ er es ihm, sie vom Baum loszuschneiden. Sie wehrte sich nicht, als Wakoh sie in Richtung ihres Lagers zerrte.

Machwao seufzte tief und griff nach den Bündeln und Waffen, die sie vorher einfach fallen gelassen hatten. Auch Awässeh-neskas half ihm schweigend, warf ihm aber einen fragenden Blick zu. Machwao schwieg, denn er musste erst darüber nachdenken, was diese Begegnung zu bedeuten hatte. Nichts geschah einfach nur zufällig. Das Mädchen schluchzte leise, als es von Wakoh durch den Wald gezogen wurde, wehrte sich aber nicht. Sie war so jung und trotz ihrer schlechten Verfassung wunderschön.
Als sie das versteckte Lager erreichten, hatte Wapus bereits das Feuer angefacht und saß neben dem Kind. Er schien sich mit ihm bereits angefreundet zu haben, denn der Junge lächelte, als er das Mädchen erkannte. Wakoh ließ zu, dass seine Gefangene zu dem Jungen lief und sich beschützend neben ihn setzte. Wieder hob sie die gefesselten Hände und flehte etwas in der fremden Sprache. Wakoh knurrte gereizt und ließ den Strick, mit dem er sie hergezogen hatte, einfach los. Ich-euch-nichts-tun, zeigte er verärgert. Was dachte diese dumme Frau eigentlich?

Machwao verstaute die Bündel neben einem umgefallenen Baum und näherte sich dann den beiden Gefangenen. Auch Wapus setzte sich neben ihn, um zu erfahren, was die Frau zu erzählen hatte. Mit Gesten fragte Machwao, wo sie herkäme und wo ihre Leute wären, doch die Antworten kamen nur zögernd. Wir-kommen-von-weit-aus-dem-Süden, erzählte die Frau. Mit gefesselten Händen war es ein bisschen schwierig, die richtigen Gesten zu geben, aber Wakoh machte keine Anstalten, sie loszubinden. Wie-weit-im-Süden, fragte Machwao misstrauisch.

Dort-wo-Großer-Fluss-in-das-Meer-fließt, erklärte das Mädchen. Dann zeigte sie auf sich. Mein-Volk-die-Chatah. Sie sprach Chatah aus, aber Machwao hatte noch nie von diesem Volk gehört.

Wapus dagegen schon. Er riss vor Verblüffung die Augen auf und gab seinen Freunden eine Erklärung: „Die Chatah leben weit südlich des Ohio. Ich verstehe nicht, wie diese beiden so weit in den Norden kommen konnten!"

Machwao runzelte die Stirn und versuchte, von der Frau eine Erklärung zu bekommen. Die Verständigung war schwierig, weil die Frau manchmal andere Zeichen gab als die, die er kannte. Wie-kommen-du-hierher, fragten seine Hände.

Die Frau schlug erschöpft die Augen nieder und machte einige kurze Zeichen. Ich-gefangen-von-vielen-Männern-von-fremdem-Volk, dann-ich-und-Bruder-fliehen.

Mit-einem-Kanu, wunderte sich Machwao.

Ja-Kanu-gefunden, behauptete die Frau.

Die Männer legten zweifelnd die Köpfe zur Seite und überdachten ihre Geschichte. Welche-Männer, wollte Machwao wissen.

Männer-von-weit-über-Meer, erzählte die Frau. Sehr-grausam! Töten-alle! Wieder füllten sich ihre Augen mit Tränen und sie brach ab, als die Erinnerung sie überwältigte. Sie musste Schreckliches gesehen haben. Machwao war beunruhigt, denn sie sprach von einem Volk, das keiner bisher gekannt hatte. Wie war es möglich, dass sie über das Meer kamen und ihre Gefangenen so weit in den Norden brachten? Bestand auch für ihr eigenes Volk Gefahr? Wo-diese-Menschen-nun, fragte er besorgt.

Im-Süden, antwortete sie. Nicht-dorthin-gehen!

Machwao zeigte mit keiner Mimik, ob er ihren Wunsch respektieren würde, denn wenn es ein Volk gab, das sie bedrohen konnte, mussten sie dies in Erfahrung bringen. Er wandte sich seinen Freunden zu und besprach mit ihnen, was sie tun sollten. „Diese Shawano-Nuki, Frau aus dem Süden, warnt uns vor diesen fremden Menschen. Auch die Händler haben davon erzählt und ich sah eine Bedrohung in meinen Träumen, ebenso wie Awässehneskas. Wenn wir weiterreisen, müssen wir vorsichtig sein. Aber vielleicht ist es gut, mehr über diese Wesen zu erfahren."

Alle nickten nachdenklich und musterten die Frau, die neben ihrem Bruder kniete und leise mit ihm flüsterte. Sie ließen es zu, weil sie in den beiden keinerlei Gefahr sahen. Bei Awässeh-neskas kam der Sinn für das Naheliegende durch und er begann in den Bündeln nach Essen zu suchen. Sie gaben auch der Frau und dem Jungen etwas ab, dann richteten sie ihre Schlafstätten. Sie fesselten den beiden die Hände und die Füße, um in der Nacht unbesorgt zu schlafen, ließen die beiden aber ansonsten in Ruhe.

Beute

(Michigan-See)

Maisblüte lag gefesselt neben ihrem Bruder und hörte auf die Stimmen der Männer, die sich immer noch leise unterhielten. Ihr Herz klopfte zum Zerspringen und ihre Gedanken wirbelten in ihrem Kopf herum. Wieder war sie nur knapp mit dem Leben davongekommen und das Bild, wie der Mann ihr mit wütendem Blick die Kehle zugedrückt hatte, prägte sich ihr ein. Sein Gesicht mit den Tattoos war wutentbrannt gewesen. Sie verstand nicht, warum er plötzlich losgelassen hatte, aber sie wusste, dass sie ihn nicht noch einmal reizen sollte. Sie lag auf dem Rücken und starrte in den Himmel, als sie ihre Situation überdachte. Das Ungeborene in ihrem Leib hatte sich beruhigt und sie atmete tief durch, um sich ebenfalls zu entspannen. Sie wäre an dem Knebel fast erstickt und sie fürchtete diesen Mann, der sie fast getötet hatte. Nur ganz kurz hatte er Mitleid gezeigt, sie aus der Welt der Gesichtslosen zurückgeholt, nur um sie dann mit gleicher Härte zu fesseln und zu knebeln. Warum war sie zurückgekehrt? Warum hatte sie sich nicht dem Nichts ergeben und war ihren Eltern gefolgt? Vielleicht, weil sie an Nanih Waiya gedacht hatte? Oder an das Ungeborene? Wieder war sie eine Gefangene und diesen Männern auf Gedeih und Verderb ausgeliefert. Sie hatte keine Vorstellung davon, woher diese Menschen kamen und welchem Volk sie angehörten. Zumindest zwei von ihnen schienen freundlich zu sein und kümmerten sich um Nanih Waiya.

Sie überlegte, ob sie die Fesseln durchnagen sollte, entschied aber, erst einmal abzuwarten. Nanih Waiya würde keine Flucht durchstehen und sie wollte auf keinen Fall diesem gefährlichen Krieger erneut in die Hände fallen. Sie war mit den Spaniern fertig geworden, also würde es ihr auch gelingen, diese Männer gnädig zu stimmen. Sie hatte gesehen, dass sie ihre Schwangerschaft bemerkt hatten, und es schien sie nicht weiter zu stören. Vorsichtig drehte sie ihr Gesicht zur Seite und suchte auch für ihren Körper eine angenehmere Position. Ihr Rücken schmerzte

und so drehte sie sich zur Seite, um ihn zu entlasten. Niemand kümmerte sich darum und das gab ihr ein Gefühl von Sicherheit. Zuerst einmal musste sie diese Männer einlullen, damit sie nicht mehr gefesselt wurde, dann würde sie weitersehen. Ihr Bruder war eingeschlafen und sie lauschte seinem regelmäßigen Atem. Es war ein gutes Zeichen. Sie hörte ihm zu, bis auch sie vor Erschöpfung eingeschlafen war.

Am Morgen löste der gefährliche Mann ihre Fesseln und führte sie zum See, damit sie sich waschen und erleichtern konnte. Er ließ sie einige Schritte alleine gehen und beobachtete sie nur nachlässig. Dann ruckte er mit dem Kopf, um ihr zu bedeuten, zum Lager zurückzukehren. Die Männer dort sahen ihnen entgegen und wandten sich dann wieder ihren Beschäftigungen zu. Sie packten ihre Bündel und bereiteten sich für den Aufbruch vor. Einer von ihnen war verschwunden und sie vermutete, dass er vielleicht das Kanu holte. Sie setzte sich neben ihren Bruder und wartete ab, was die Männer zu tun gedachten. Vielleicht durfte sie auch hierbleiben?

Nanih Waiya hatte sich etwas aufgerichtet und lutschte an einem Stück Trockenfleisch, das einer der Männer ihm gegeben hatte. Er grinste über das ganze Gesicht und zeigte ihr die Beute. „Er hat es mir gegeben", verkündete er mit einem Nicken in Richtung des etwas kräftigeren Mannes. „Er heißt Awässeh-neskas!" Der Junge sprach den Namen besonders sorgfältig aus. „Ich finde, dass er sehr nett ist!"

„Du findest alle nett, die dir etwas zu essen geben!", schimpfte Maisblüte leise.

Der Junge kicherte erheitert und zwinkerte ihr zu. „Solange sie mich nicht fressen, ist das doch gut, nicht wahr? Zumindest sind es braune Menschen und nicht diese Käfermänner!"

Maisblüte musterte den Bruder schweigend und strich ihm über die schwarzen Haare. Welche Möglichkeiten hatten sie denn? Dieses Land war ihnen völlig unbekannt und natürlich suchte das Kind nach einer Möglichkeit des Überlebens für sich. Män-

ner, die ihm Essen gaben, waren keine schlechte Wahl. Außerdem schienen sie Kenntnisse über das Heilen zu haben, denn ihrem Bruder ging es wesentlich besser. Sein Blick war klar und er hatte wieder dieses freche Grinsen in seinem Gesicht. „Wo ist mein Bogen?", fragte er vorwurfsvoll.

Sie stöhnte laut, als sie an den gestrigen Tag dachte. Sie hatte in Panik auf den Mann geschossen, weil sie dachte, dass Juan oder einer seiner Männer sie gefunden hatte. Nun lag der kleine Bogen irgendwo im Unterholz, weil sie ihn bei ihrer Flucht einfach weggeworfen hatte. „Ich habe ihn weggeworfen, als ich versuchte, dem Krieger zu entkommen."

Sie lachte, als der Bruder eine Schnute zog. „Eines Tages wirst du wieder einen Bogen haben!", versicherte sie. „Vielleicht macht dir ja jener Assesket einen neuen Bogen."

„Er heißt Awässeh-neskas", wurde sie verbessert.

„Die Namen scheinen ganz schön schwierig zu sein!", befürchtete Maisblüte. „Und wie heißen die anderen?", erkundigte sie sich trotzdem.

Nanih Waiya zuckte mit den Schultern. „Weiß ich noch nicht! Aber dich nennen sie ‚Shawano-Nuki'. Das klingt doch sehr lustig, nicht wahr?"

Maisblüte nickte und nahm den Kopf ihres Bruders in ihre Hände. „Sag ihnen nicht, wie mein Name lautet, sonst gehört ihnen meine Seele, hörst du!"

Nanih Waiya schaute sie betroffen an und presste die Lippen aufeinander. „Ja, aber ich habe Awässeh-neskas bereits meinen Namen gesagt. Ist das schlimm?" Seine Augen hingen ängstlich an den ihren.

„Aber nein!", versicherte sie. „Das ist doch dein Kindername! Damit können sie deinem Shilup nichts tun. Dein Name wird uns immer daran erinnern, wer wir sind und woher wir kommen. Vielleicht ist es dieser Name, der uns jetzt in ein neues Land führt."

„So wie Nanih Waiya, der uns in das fruchtbare Land geführt hat?" Hoffnung klang in der Stimme des Jungen.

„Ja!" Ihre Stimme war plötzlich unterdrückt vor Trauer. „Genau so!"

Maisblüte half ihrem Bruder auf, als ein Krieger sie aufforderte, nun mitzukommen. Sie schulterte wie geheißen die Bündel und Matten und folgte dem Mann zum Ufer des Sees. Dort lag bereits ihr Kanu im Wasser und ein weiteres schaukelte daneben. Die beiden Kanus ähnelten sich in der Machart, obwohl beim zweiten Blick deutlich wurde, dass es kleine Unterschiede gab. Während bei den fremden Kriegern die Stangen, die den Bug und das Heck des Kanus bildeten, einfach nach oben gebogen waren, war bei ihrem Kanu eigens eine Konstruktion eingebaut worden, um diese Teile hochzuziehen. Ihr Kanu hatte etwa die Größe des anderen und so wurde die Ladung gleichmäßig verteilt. Es war klar, dass die Krieger sie und ihre Habe als Beute betrachteten und daher mitnehmen würden. Seufzend ergab sie sich in ihr Schicksal und kletterte in die Mitte des Kanus. Sie war froh, dass der Krieger auf Fesseln verzichtete. Ihr Bruder wurde einfach hochgehoben und in das andere Kanu gesetzt. Auf diese Weise schränkte man ihre Fluchtmöglichkeiten ein.

Sie ergab sich zum Schein und hielt sich am Rand des Kanus fest, als es etwas hin und her schaukelte, während zwei der Männer zu ihr hineinkletterten. Es waren der Krieger, der sie gefangengenommen hatte und der andere, der ihr sanfter und überlegter erschien. Der Mann, den ihr Bruder Awässeh-neskas nannte, saß hinter diesem und scherzte etwas mit ihm. Es beruhigte sie, dass zumindest er sicher zu sein schien. Der Krieger hatte Gefallen an dem Kind gefunden und sie hoffte, dass dies einen gewissen Schutz bedeutete. Nanih Waiya winkte lächelnd zu ihr herüber und sie winkte zurück. Die Männer lachten leise und schienen ihr dies nicht übelzunehmen. Sie verzichteten darauf, ihr unnötig Angst zu machen.

Maisblüte fühlte den Wind auf ihrem Gesicht, als das Kanu kurze Zeit später über das Wasser glitt. Sie hielt ihre Hand in das Wasser und spürte, wie es durch die Finger rann. Es war still und friedlich, so wie es immer sein sollte. Nur die Richtung bereitete ihr Sorgen, denn die Männer paddelten stetig die Küste entlang nach Süden. Wenn Juan und die Soldaten noch dort waren? Diese Krieger konnten den Spaniern überhaupt nichts entgegensetzen und

dann wäre sie wieder den Grausamkeiten von Juan ausgesetzt. Noch einmal würde sie das nicht überleben! Ihr Herz schlug höher vor Angst, als diese Männer stetig weiterpaddelten, und sie suchte mit hektischem Blick das Ufer nach verdächtigen Zeichen ab. Standen dort irgendwo Pferde? Manchmal drehte sie sich zu ihrem Entführer um und versuchte ihm deutlich zu machen, dass sie auf eine Gefahr zusteuerten, doch der Krieger paddelte unbeeindruckt weiter.

Am späten Nachmittag wurde ihre Angst so greifbar, so allumfassend, dass sie kaum noch atmen konnte. Sie erkannte den breiten Schilfgürtel, an dessen Ufer sie das Kanu gefunden hatten und von wo aus sie die Flucht gewagt hatte. Diese Männer brachten sie ausgerechnet hierher zurück! Sie hasste sie dafür! Sie wusste, was geschehen würde, wenn Juan oder einer seiner Männer sie fand. Sie musste hier weg! Diese Fremden hatten keine Vorstellung davon, was ihnen blühte, wenn sie auf die Spanier stießen. Die Männer würden versklavt werden wie alle anderen auch, und sie selbst würde man zu Tode peitschen lassen. Sie drehte den Kopf und sah dort Nanih Waiya sitzen, der ebenso nicht wusste, in welcher Gefahr sie sich befanden. Sie wusste, dass zumindest Awässeh-neskas ihm nichts tun würde, und beschloss eine verzweifelte Tat. Sie würde die Flucht wagen! Im Schilf würde sie nicht zu finden sein, ebenso wenig wie ihr Bruder. Er müsste nicht weit laufen, sondern sich einfach nur verstecken. Abgesehen davon, dass die Männer ohnehin ihr folgen würden. Es war waghalsig, aber die Angst vor den Spaniern war übermächtig. Sie blieb ruhig sitzen und beobachtete scharf das Ufer, das immer näher kam. Weit und breit gab es kein Anzeichen der Spanier und das machte ihr Mut. Vielleicht waren sie längst in den Süden zurück, um sich dem Tross anzuschließen. Aber sie wollte nicht bei Menschen bleiben, die ahnungslos in diese Richtung zogen und sie wieder dieser Gefahr auslieferten. Hin und wieder warf sie verstohlen einen Blick zu dem anderen Kanu und schätzte ihre Chancen ab. Mit ein bisschen Glück würden sie fast gleichzeitig anlegen und dann konnte auch Nanih Waiya entwischen. Im Schilf würde ihn niemand finden!

Das Kanu von Nanih Waiya legte einen winzigen Augenblick eher an als ihr eigenes und sie nutzte die einzige Chance, die sie hatte. Mit einem Satz sprang sie ins Wasser und watete die wenigen Schritte an Land. Das Boot war umgekippt und die Ausrüstung rutschte ins flache Wasser, während die Männer ebenfalls völlig überrascht im Wasser landeten. „Lauf weg und versteck dich!", schrie Maisblüte so laut sie konnte. Dann rannte sie so schnell wie möglich zwischen die langen Halme. Sie konnte hören, dass auch Nanih Waiya die Gelegenheit nutzte und im Schilf verschwand. Die Männer brüllten zornig hinter ihnen her, aber Maisblüte schob die Schilfrohre beiseite und flüchtete immer weiter ins Dickicht. Sie hatte das Wasser verlassen und schlich durch den weiten Schilfgürtel, um sich ein Versteck zu suchen.

Der Wind blies leicht durch die Halme, als sie immer weiter ging, doch dann hörte sie noch ein anderes Geräusch. Schnelle Schritte! Ehe sie reagieren konnte, wurde sie zu Boden gerissen, und feste Hände drehten sie auf den Rücken. Sie wollte sich wehren, den Mann von sich schieben, doch es gelang ihr nicht. Wütende Augen funkelten sie an, als der Mann schwer auf ihr lag und sie mit seinem Gewicht zu Boden drückte. Sie flehte um Mitleid, doch sie erkannte sofort, dass Worte ihn nicht besänftigen würden. Sein Mund hatte sich zu einem schmalen Strich zusammengezogen, als er ihr wütende Worte an den Kopf warf. Er hielt grob ihre Handgelenke und wartete höhnisch ab, bis sie ihren Widerstand endlich aufgab. Sein Knie drückte gegen ihren Bauch und die Schmerzen nahmen ihr die Luft. Sie versuchte, ihn wegzudrücken, während roten Flecken vor ihren Augen tanzten. Ihr Atem ging immer noch schnell, als sie ihn keuchend anstarrte. Wieder versuchte sie, unter ihm hervorzuschlüpfen, doch ihr Widerstand reizte ihn eher noch mehr. Sein hartes Gesicht, seine Wildheit, seine zusammengekniffenen Augen prägten sich ihr ein, als sie mit klopfendem Herzen darauf wartete, was er nun tun würde. Sie war dumm genug gewesen, die Flucht zu wagen, und würde dafür bezahlen. Sein keuchender Atem schlug ihr ins Gesicht, als sie darauf wartete, dass er es beendete. Warum tust du es nicht, dachte sie wütend.

Tränen stiegen ihr in die Augen, als sie für einen Augenblick an ihre Eltern und Nanih Waiya dachte. Würden die Männer wenigstens ihren Bruder am Leben lassen? Der Mann wurde schwer und die Schmerzen unerträglich. Ihr Blick heftete sich in die Spitzen des wogenden Schilfs und sie hoffte, dass es bald vorbei war. Über ihre Lippen kam ein leises Wimmern, als selbst das Ungeborene eine heftige Bewegung machte. All ihr Widerstand hatte ihr nichts genützt, sondern den Mann nur noch mehr gereizt, aber dieses Wimmern erreichte sein Herz.

Die Wildheit verschwand aus dem Gesicht und er richtete sich langsam auf. Die Tränen schienen ihn völlig zu verunsichern. Dumme-Frau, zeigte er vorwurfsvoll. Dumme-Frau! Dann war der kurze Augenblick des Mitgefühls vorbei. Er packte sie grob an den Handgelenken und fesselte sie wieder. Es war klar, dass es keinen weiteren Fluchtversuch mehr geben würde. Ihr Schluchzen wurde schlimmer, denn nun hatte sie doch Angst um ihren Bruder, Angst vor diesen Männern und vor allen Dingen Angst vor ihm. Wie würden die anderen reagieren? Sie hatte mit Absicht das Kanu umgekippt und sie wusste nicht, welcher Schaden entstanden war. Der Mann drehte sich um und knurrte sie ungeduldig an. Sein Gesicht mit den Tattoos verschwamm vor ihren Augen, als wieder die Angst in ihr hochstieg. Schweiß stand ihr auf der Stirn und das Atmen wurde mühsam. Sie stolperte und konnte das Gleichgewicht nicht mehr halten. Mein Mund ist so trocken, dachte sie noch, dann wurde ihr schwarz vor Augen und sie stürzte zu Boden.

Die Portage
(Chicago)

Machwao hatte geistesgegenwärtig nach einigen Bündeln gegriffen, als das Kanu schon mit ihm umkippte. Prustend kam er hoch und hob die Bündel aus dem Wasser, um zu verhindern, dass sie durchweichten. Er war von oben bis unten nass und schüttelte das Wasser aus seinen Haaren. Er sah, wie Wakoh der fliehenden Frau hinterhersetzte und kniff verärgert die Lippen zusammen. Diese Frau bereitete ihnen nur Ärger, sonst nichts! Er warf die Bündel ans trockene Ufer, suchte im Wasser nach dem Rest der Ladung und rief dann seine Freunde, damit sie ihm halfen, das Kanu zu bergen. Awässeh-neskas und Wapus kamen sofort und halfen ihm, das Kanu an Land zu ziehen und das Wasser auszuschütten. Sie schöpften erst eine Menge Wasser ab, ehe sie es umdrehen konnten. Prüfend tastete Machwao über die Nähte und kontrollierte, ob sie Schaden genommen hatten. Sein Herz pochte vor Wut über diese undankbare Frau.

Awässeh-neskas schaute sich mit gerunzelter Stirn nach dem Jungen um, der nirgends zu sehen war. Auch er hatte sich irgendwo im Schilf versteckt. Machwao machte eine ungeduldige Handbewegung. „Der Junge taucht schon wieder auf, wenn er Hunger hat! Hilf mir lieber, die Sachen zu trocknen! So ein Biest! Was denkt sich diese Frau eigentlich?"

Wapus öffnete bereits die Bündel und breitete die Sachen auf dem Boden aus. Die Kleidung war durchnässt und musste getrocknet werden, aber auch ein Bündel mit Lebensmitteln war durchweicht, und die Männer prüften, was davon noch zu retten war. Zum Glück war das Otterbündel gut geschützt gewesen. Machwao schlüpfte aus den nassen Sachen und holte sich aus dem Kanu der anderen trockene Kleidung. Das Kanu von Wapus und Awässeh-neskas war nicht umgekippt, als der Junge geflüchtet war, und so waren viele Dinge trocken geblieben. Der Beutel mit den grünen Steinen war kein großes Problem, aber die Felle und die Kleidung mussten aufgehängt werden, damit sie bis

zum Morgen getrocknet wurden. Einige Ledersachen würden Tage brauchen, ehe man sie wieder tragen konnte, und mussten durchgewalkt werden, damit sie nicht steif wurden. Inwiefern das Kanu noch seetauglich war, würde man erst am Morgen sehen.

Wapus hatte eine Stelle gefunden, an der sie ein Lager für die Nacht aufschlagen konnten, und war bereits verschwunden, um trockenes Feuerholz zu sammeln. Alle warteten auf die Rückkehr von Wakoh und wunderten sich, warum er so lange brauchte. Awässeh-neskas rief nach dem Jungen, aber der rührte sich nicht. Achselzuckend begannen die Männer, die Lebensmittel in die Äste von Bäumen zu hängen und die nassen Sachen zum Trocknen auszubreiten. Sie unterbrachen die Arbeit, als Wakoh mit der Frau in den Armen zurückkehrte. Ihr Kopf hing nach unten und ihr Körper lag schlaff in den Armen des Kriegers.

„Was ist geschehen?", fragte Machwao mit gerunzelter Stirn. Hatte der Krieger sie in seiner unbeherrschten Art verletzt? Wakoh legte die Frau auf eine Matte und musterte sie prüfend. „Ich habe sie niedergeworfen und dann ist sie zusammengebrochen!", antwortete er. Es klang, als könnte er sich nicht erklären, warum sie so dalag.

Machwao riss die Augen auf und schaute seinen Freund entsetzt an. „Du hast was?", fragte er unwirsch. Seine Backen waren aufgeplustert vor Entrüstung. Wie konnte sein Freund eine Frau, die ein Ungeborenes in ihrem Bauch trug, so brutal behandeln?

„Ich hab sie niedergeworfen!" Wakoh richtete sich auf und schaute seinen Freund trotzig an. „Was hätte ich denn tun sollen? Sie einfach laufen lassen? Sie hat die Flucht gewagt und ich habe sie wieder eingeholt. Sie wird keinen weiteren Fluchtversuch mehr wagen!"

„Tss … und du meinst, dass du dies erreicht hast, weil du sie eingefangen hast? Sie wird es wieder versuchen!" Machwao schüttelte den Kopf über Wakohs Unverständnis. „Sie hat Angst vor uns und dein Verhalten hat dies nicht gebessert."

„Na und? Sie ist ein Feind!" Wakoh drehte sich um, weil er keine weiteren Worte mehr hören wollte. Es war höchst ungewöhnlich, dass sein Freund überhaupt etwas sagte. Die Frau war seine

Gefangene, da war es nicht üblich, dass sich jemand einmischte. Er nahm eine Schüssel, füllte sie mit dem kalten Wasser des Sees und schüttete es der Frau ins Gesicht. Er lächelte zufrieden, weil er dachte, dass dies eine gute Methode war, um sie aufzuwecken. Dann blieb er unsicher neben ihr sitzen, als sie mit keiner Wimper zuckte.

Machwao unterdrückte seinen Ärger und setzte sich ebenfalls dazu. Es war nicht gut, seinen Freund zu reizen, denn das würde der Frau am wenigsten helfen. „Flöße ihr etwas Wasser ein!", schlug er vor. „Vielleicht hilft ihr das?"

Wakoh nahm den Vorschlag an und setzte eine Schale an ihre Lippen. Vorsichtig hob er ihren Kopf, als er das Wasser in ihren Mund laufen ließ. „Ich habe ihr nicht wehgetan!", flüsterte er. „Wirklich!"

„Vielleicht ist es nicht gut, eine Frau grob zu behandeln, die ein Ungeborenes trägt", vermutete Machwao. „Wir sind Männer! Wir wissen so etwas vielleicht nicht."

Wakoh nahm die Erklärung dankbar an. „Ich werde vorsichtiger sein!", versprach er. „Ich möchte nicht, dass dem Kleinen etwas passiert."

Machwao nickte anerkennend. „Vielleicht ist es eine gute Geste, wenn du sie nicht mehr fesselst. Sie hatte Angst. Deshalb hat sie die Flucht versucht."

„Vor mir?" Die Augen von Wakoh wurden rund. „Ich war doch sehr nett!"

In Machwao stieg das Lachen hoch. Wakoh hatte wirklich keine Ahnung von Frauen! Er kicherte vor Erheiterung, als er in die verblüfften Augen von Wakoh sah. „Was du nett findest, ist für Frauen vielleicht gerade mal die Erkenntnis, dass du sie nicht gleich beim ersten Mal tötest!"

Empört schob Wakoh das Kinn vor. „So schlimm bin ich wirklich nicht. Immerhin lebt sie noch!"

Wieder versuchte er, der Frau Wasser einzuflößen, und dieses Mal schluckte sie tatsächlich. Ihre schwarzen Augen flatterten, dann blickte sie ihn verstört an. Nur langsam kehrte die Erinnerung zurück, wo sie war und was mit ihr geschehen war. Sie

versuchte sich aufzurichten und bemerkte dabei ihre gefesselten Hände. Ihre Augen, ihr Gesicht, ihr ganzer Körper zeigten eine solche Hoffnungslosigkeit, dass es Machwao bis ins Herz traf. Warum war sie auch Wakoh in die Hände gefallen?

Wakoh half ihr in eine sitzende Position und zog einer Eingebung zufolge sein Messer. Ihre Augen wurden weit vor Furcht, doch er suchte ihren Blick und lächelte sie freundlich an. Ganz sanft nahm er ihre Hände in die seinen und schnitt die Fesseln einfach durch.

Dann steckte er das Messer weg und musterte sie mit forschen Augen. Du-nicht-fliehen, zeigte er in Zeichensprache. Ich-nicht-tun-dir-weh! Ich-nicht-tun-weh-deinem-Baby!

Ihre Augen füllten sich mit Tränen, als sie ihre Handgelenke rieb. Sie suchte seinen Blick und versuchte hinter diesen wilden Mann zu blicken. Seine Worte waren das Netteste, was sie in einer langen Zeit gehört hatte. Trotzdem würde er sie nicht beschützen können! Andererseits konnte das niemand. Wenn sie den Spaniern in die Hände fielen, war es vorbei. Sachte berührte sie seine Hand und flüsterte „Yokoke". Dann schaute sie sich mit besorgtem Blick um. „Nanih Waiya?", fragte sie bang.

Wakoh grinste erleichtert und machte eine beruhigende Handbewegung. In Zeichensprache bedeutete er ihr, dass er den Jungen suchen würde. Ich-nicht-tun-weh-deinem-Bruder, versicherte er. Wieder huschte dieses bezaubernde Lächeln über ihr Gesicht.

„Yokoke", hauchte sie erneut.

„Waewaenen!", sagte er deutlich. So hieß das in seiner Sprache.

„Waewaenen!", wiederholte sie immer noch lächelnd.

Wakoh löste sich von ihrem Lächeln und nickte Awässeh-neskas und Machwao zu, damit sie ihm bei der Suche nach dem Kind halfen. „Wo steckt der kleine Kerl? Er kann ja nicht weit sein!"

Awässeh-neskas zeigte in die ungefähre Richtung. „Er ist dorthin verschwunden. Wahrscheinlich hockt er gar nicht weit entfernt im Schilf. Ich kann ihn ja rufen!"

Wakoh schlug ihm gönnerhaft auf die Schulter. „Mach das! Je eher wir ihn finden, desto eher gibt es was zu essen. Ich habe Hunger!"

„Der Junge wird auch Hunger haben. Außerdem ist er schlau! Rufe seinen Namen und sag ihm, dass es jetzt Essen gibt; dann kommt er wahrscheinlich raus", schlug Machwao vor.

Awässeh-neskas kicherte gutgelaunt und zwinkerte Wakoh auf vertrauliche Weise zu. „Der Junge ist wie ich. Wenn wir zurückkehren, dann nehme ich ihn als Sohn an. Er wird das Kind ersetzen, das nie geboren wurde."

Wakoh nickte gutmütig. „Das ist ein guter Gedanke. Aber wird dann dieses Mädchen auch deine Tochter?"

Awässeh-neskas schluckte schwer, denn es bedeutete, dass er auch gegenüber dem Mädchen eine Verantwortung hatte. Sie war zu alt, um tatsächlich seine Tochter zu sein, aber bei einer Adoption spielte das keine Rolle. Man zeigte damit nur seine Verbundenheit zum Schöpfer. „Ich könnte sie bei meiner Rückkehr als meine Tochter anerkennen!", teilte er ihnen seine Entscheidung mit.

Wakoh grinste von einem Ohr zum anderen. „Wirklich? Aber überlege mal! Wenn du sie als Tochter adoptierst und das Baby geboren wird, dann bist du Großvater."

Auch Awässeh-neskas legte den Kopf zur Seite und dachte darüber nach. In einigen Dingen hatte sein Freund schon recht. Er selbst zählte noch keine dreißig Winter und da wäre er vielleicht zu jung, um ein Großvater zu sein. „Aber ich könnte sie als meine Schwester adoptieren, wenn du einverstanden bist!", überlegte er. „Und Nanih Waiya wird mein Sohn!"

Wakoh schenkte ihm ein gönnerhaftes Lächeln und machte eine abschließende Handbewegung. „Wir werden darüber entscheiden, wenn wir zurückgekehrt sind." Sein Lächeln wurde breiter, als er Awässeh-neskas ins Schilf begleitete, um nach dem Jungen zu rufen.

Awässeh-neskas hatte tatsächlich Erfolg, denn er versprach ein gutes Essen, wenn der Junge endlich herauskäme. Ein kurzes Rascheln war zu hören, als Nanih Waiya sein Versteck verließ und zutraulich die Hand von Awässeh-neskas ergriff. Er hatte geweint und versteckte sein Gesicht an dem Bauch des Kriegers. „Newahkomäw", flüsterte er in der Sprache der fremden Männer. „Sehr hungrig!" Awässeh-neskas nahm den Jungen auf den

Arm und lachte über das ganze Gesicht. „Ich auch!", erklärte er überschwänglich. Dann sah er besorgt nach dem Verband, der sich um die Schulter des Jungen spannte. „Alles gut?", erkundigte er sich. Er schob die Schlinge, die die Schulter des Jungen ruhig stellte, wieder in Position, und wickelte einen Baststreifen um den schmalen Körper, um den Arm ruhigzustellen. Nanih Waiya nickte nur. Er schien wirklich nur hungrig und müde zu sein. Misstrauisch beobachtete er die anderen beiden Männer, ob sie nicht doch wütend über seinen Fluchtversuch waren. Aber Machwao und Wakoh zwinkerten nur vergnügt, denn sie waren froh, dass sie nicht ewig nach dem Kind suchen mussten. Je eher sie zurückkehrten, desto eher würde es etwas zu essen geben! Er belohnte sie mit einem schüchternen Lächeln und lief dann zu seiner Schwester, um nach ihr zu sehen. Die beiden tuschelten miteinander, doch dann kam der Junge zutraulich wie ein Welpe zu den Männern zurück, um etwas zu essen zu ergattern. Das Mädchen hatte sich auf die Seite gedreht, um zu schlafen. Es wirkte immer noch erschöpft und müde.

***

Am nächsten Tag fanden die Männer die kleine Flussmündung des Sekakok-Flusses, der durch das sumpfige Gelände führte. Mit ein bisschen Glück kamen sie von dort bis zu einem sumpfigen See, der weiter bis zu einem Fluss und von dort zum Illiniwek Fluss führte, ohne dass sie die Kanus tragen mussten. Im Hochsommer konnte der See so austrocknen, dass sie die Kanus über mehrere Pfeilschusslängen tragen mussten, aber nach dem letzten Unwetter hatte er vielleicht noch so viel Wasser, dass sie paddeln oder zumindest die Kanus ziehen konnten. Sie fuhren immer noch mit zwei Kanus und hatten die Landung wieder gut verstaut. Die meisten Sachen waren in der Nacht getrocknet, nur einige Lebensmittel mussten in den nächsten Tagen gegessen werden, weil sie sonst verdarben.

Shawano-Nuki saß wieder bei Machwao und Wakoh im Kanu und erholte sich von den Anstrengungen des letzten Tages. Sie

wirkte müde und schwach, obwohl sie in dieser Nacht gut geschlafen hatte. Ihr Bruder hockte bei Awässeh-neskas und grinste manchmal zu ihnen hinüber. Seine Schulter heilte gut, abgesehen davon, dass er einen unstillbaren Hunger hatte. Von daher passte er also zu Awässeh-neskas.

Manchmal legten die Menominee an und sichteten die Weiterfahrt, ehe sie weiterpaddelten. Der kleine Fluss hatte keine große Strömung, trotzdem wollten sie kein Risiko eingehen. Es war gut, erst einmal den Abschnitt, denn sie entlangfahren wollten, abzuschätzen. Es wunderte sie, dass ihnen niemand begegnete, denn diese Strecke verband den Großen Fluss mit dem Großen See und von dort aus auch mit den anderen Seen. Die Illiniwek waren ein Bündnis aus mehreren Stämmen, die sich die Durchreise sonst gerne bezahlen ließen.

Am Nachmittag erreichten sie ohne besondere Vorkommnisse den sumpfigen See. Er führte noch genug Wasser und die Männer atmeten erleichtert auf. Wasservögel flatterten auf, als die Kanus durch das flache Wasser zwischen Schilf und Gräsern hindurchglitten. Libellen schossen über die Wasseroberfläche und Wasserlilien streckten ihre Blüten der Sonne entgegen. Abgesehen von den Moskitos, die in den Menschen ihre Opfer fanden, war es ein wunderschöner Ort. Manchmal war das Wasser so flach, dass sie nicht mehr paddeln konnten. Dann sprang einer der Männer einfach ins Wasser und zog das Kanu hinter sich her. Der Boden war sumpfig und das Wasser warm, sodass dies keine besondere Erschwernis war. Manchmal schwamm eine Wasserschlange vor ihnen davon, oder eine Ente flatterte schimpfend empor. Hin und wieder mussten sie ein Hindernis umfahren, wenn ein abgestorbener Baum vor ihnen aus dem Wasser ragte. Es zeigte, dass dieses Land nicht immer unter Wasser stand.

Die Frau hatte sich zusehends beruhigt und ließ manchmal die Hand durch das Wasser gleiten. Machwao beobachtete sie auf seine ruhige Art. Irgendetwas hatte ihr Angst gemacht, nur deshalb hatte sie die Flucht gewagt. Ihm war auch klar, dass nicht er und seine Freunde diese Flucht verursacht hatten, nicht einmal Wakoh. Ihm tat es leid, dass Wakoh sie fast getötet hatte, und er

wünschte sich einmal mehr, dass sein Freund etwas beherrschter wäre. Wakoh hatte die Frau von ihren Fesseln befreit und ihr bedeutet, dass er ihr nicht mehr wehtun würde; das musste für den Anfang genügen. Innerlich aber schüttelte er den Kopf über diese Unbeherrschtheit.

Andererseits gab es für gefangene Frauen keine besonderen Regeln. Es musste genügen, dass sie noch lebte und Wakoh jetzt für sie und das Ungeborene verantwortlich war. „Was machst du mit der Frau, wenn wir im Herbst in unser Dorf zurückkehren?", erkundigte er sich.

Wakoh drehte sich zu ihm um und hob unschlüssig die Schultern. „Keine Ahnung! Ich möchte Kämenaw Nuki zur Frau. Ich sehe in der Frau keine Gefangene mehr. Vielleicht ist es gut, wenn Awässeh-neskas verantwortlich für sie ist? Dann kann sie selbst ihren Weg wählen."

„Das ist eine gute Entscheidung!" Machwao grinste breit und warf der Frau in ihrer Mitte einen wohlwollenden Blick zu. Sie war hübsch und ein Baby war eine gute Sache, denn es bewies, dass sie fruchtbar war.

Wakoh hatte das Grinsen gesehen und lachte ebenfalls. „Ich bin nicht eifersüchtig, wenn du sie willst. Du wirst bald mein Schwager sein und ich sehe es gerne, wenn du froh bist. Vielleicht macht diese Frau aus dem Süden dich glücklich."

Machwao hielt einen kurzen Paddelschlag inne und legte den Kopf schief. „Vielleicht! Aber es wäre an ihr zu entscheiden, ob sie mich will."

„Hah, wenn sie noch meine Gefangene wäre, dann könnte ich sie dir schenken!"

„Das will ich nicht!", meinte Machwao seltsam ernst. „Ich zwinge keine Frau! Außerdem hast du gesagt, dass Awässeh-neskas für sie verantwortlich ist. Zumindest bis wir in unser Dorf zurückkehren. Dann müssen die Clanmütter entscheiden, ob sie adoptiert wird."

Wakoh wandte den Blick wieder nach vorne und paddelte gleichmäßig weiter. Für ihn war das Thema erledigt. Er würde dieses Mädchen beschützen, solange es bei ihnen war, und ansonsten ignorieren. Sollten die Ältesten darüber beraten.

***

Am Abend legten sie an einer Stelle an, die wie eine Insel aus dem Sumpf herausragte. Dieser Ort bot Schutz, denn sie hofften darauf, dass sie es hören würden, wenn jemand durch das Wasser auf sie zu watete oder ein Kanu sich näherte. Trotzdem beschlossen sie, von nun an eine Wache einzuteilen. Sie waren weit im Süden, in unbekanntem Gebiet und umgeben von fremden Stämmen.

Sie verzichteten auf ein Feuer, weil es wirklich warm war und sie immer noch Fleisch hatten, das gegessen werden musste. Wakoh schlug vor, einige Enten oder Gänse zu erlegen, die in großen Mengen an dem See siedelten, doch Machwao wollte kein Risiko eingehen, von irgendwelchen Fremden entdeckt zu werden. Sie hatten noch genug, und wenn sie erst den breiten Illiniwek-Fluss erreichten, blieb genug Zeit, Fische oder Vögel zu jagen. Auch Wapus, der diese Gegend bereits kannte, gab ihm da recht. So wurde es ein einfaches Mahl, das die Männer verzehrten. Sie teilten gerecht mit der Frau und dem Knaben und musterten die beiden verstohlen. Die Frau hatte keinen Fluchtversuch mehr unternommen und schien sich zu entspannen.

Machwao interessierte sich für ihre Geschichte, wusste aber nicht, wie er das mit Zeichensprache erfragen sollte. Du-wieder-gut, erkundigte er sich.
Shawano-Nuki lächelte freundlich und nickte dann als Antwort.
Ich-und-Baby-gut, zeigten ihre Hände.
Machwao erwiderte erleichtert ihr Lächeln und schickte eine weitere Frage hinterher: Du-nicht-rennen-davon?
Ihr Gesicht verdunkelte sich etwas, als sie beschämt den Kopf senkte. Ich-Angst, erklärte sie. Ich-Angst-fremde-Männer-kommen-wieder-und-töten-mich!   Gestern-wir-waren-an-Ort-wo-ich-fliehen-konnte.   Ich-Angst-diese-Männer-noch-dort.   Sie-foltern-mich! Sie-nehmen-mich! Sie-nehmen-Nanih Waiya! Sie machte eindeutige Zeichen, die besagten, dass die Fremden, die sie gefangen gehalten hatten, auch ihren Bruder missbraucht hatten. Sie-schneiden-Nanih Waiya-Finger-ab.

Der Junge schlug sich die Hände vor das Gesicht, als er erkannte, was seine Schwester da erzählte, und begann haltlos zu schluchzen. Die Männer dagegen waren so entsetzt, dass sie für einen Augenblick zu keiner Regung fähig waren. Wie konnte man ein Kind anfassen? Ihre Gestik war unmissverständlich gewesen. Diese Fremden hatten das Kind sexuell benutzt! So etwas hatten sie noch nie gehört.

Es war Machwao, der sich zu der Frau kniete und ihre Hände in die seinen nahm. Sein Gesicht war ehrlich und voller Mitgefühl, als er hörte, welche Tortur diese Frau durchgemacht hatte. Wir-dir-nicht-wehtun, versprach er. Wir-dich-schützen. Shawano-Nuki nickte unter Tränen. Diese Menschen hier waren anders. Sie zeigten Mitgefühl und Großzügigkeit. Trotzdem hatte sie Angst. Diese-Männer-sehr-böse! Sie-töten-uns-alle! Ihre Warnung war eine Ernüchterung für die Menominee. Wo-sind-diese-Männer-nun, fragte Machwao alarmiert.

Ich-nicht-wissen, antwortete die Frau. Sie-gehen-wieder-nach-Süden-wo-viele-andere-Männer-warten. Sie schien beruhigt zu sein, dass die Menominee einen Weg nach Westen gewählt hatten. Zumindest waren sie nicht auf diesem Weg entlanggekommen und so war die Wahrscheinlichkeit, wieder auf die Spanier zu treffen, eher gering.

Diesen-Fluss-und-diesen-See-nicht-kennen, erkundigte sich Machwao.

„Keyu!", antwortete die Frau mit einem Kopfschütteln. Nicht-kennen.

Wie-viele-Männer, wollte Wakoh wissen.

Die Frau zeigte viermal ihre Hände. Vierzig-Männer-gingen-in-den-Norden! Dann zeigte sie eine unvorstellbar hohe Zahl: Tausend-Männer-warten-im-Süden.

Wakoh atmete hörbar durch die Nase ein. Das war eine wirkliche Bedrohung. Was-sie-wollen?

Die Frau zuckte hilflos mit den Schultern. Sie-nehmen-alles! Frauen-Kinder-Männer-Essen-Dörfer. Sie-sind-wie-Tornado!

Alle senkten die Köpfe und verdauten erst einmal die Worte der Frau. Tausend Mann eines unbekannten Volkes, die wie ein Tor-

nado durch die Lande zogen und alles zu zerstören schienen, waren eine Tatsache, die kaum glaubhaft war. Aber die Spuren der Misshandlungen, die an den beiden deutlich zu sehen waren, belegten ihre Aussagen. Außerdem gab es bei ihnen keine Lügen, sondern nur Dinge, die sie sich nicht vorstellen konnten.

Illiniwek

(Illinois)

Maisblüte blickte auf den Rücken des Mannes, der vor ihr im Kanu saß und mit ruhigen Bewegungen das Paddel durch das Wasser zog. Er hieß Wakoh, das wusste sie inzwischen. Sie gehörte ihm, so wie Juan sich das Recht herausgenommen hatte, über sie zu verfügen. Seit die Käfermänner ihr Dorf dem Erdboden gleichgemacht hatten, war es ihre Bestimmung gewesen, als Sklavin zu leben. Noch wurde sie aus diesen Männern nicht schlau. Sie wurde freundlicher behandelt, obwohl ihr klar war, dass ein weiterer Fluchtversuch zum Scheitern verurteilt wäre. Diese Männer waren erfahren darin, Spuren zu lesen und Wild aufzustöbern. Sie würden sich auch nicht täuschen oder einlullen lassen. Ein zweites Mal mit einem Kanu zu fliehen, würde ihr bei deren Wachsamkeit kaum gelingen.

Sie sah, wie die Muskeln des Mannes arbeiteten, als er das Kanu mit kräftigen Bewegungen vorwärtstrieb, und legte die Hand schützend auf ihren Bauch. Er hatte sie zu Boden gezwungen, ohne Rücksicht auf das Ungeborene zu nehmen. Ihr Leib hatte sich am nächsten Tag immer wieder schmerzhaft zusammengezogen, aber nun hatten diese Krämpfe nachgelassen. Ihre Schwangerschaft war inzwischen so weit fortgeschritten, dass sie die Bewegungen des Ungeborenen deutlich spüren konnte. Ihr Leib hatte sich gerundet, aber bis zur Geburt würde es noch dauern. Sie schätzte, dass es im Herbst kommen würde, weil sie bei ihrer Sklavin gesehen hatte, wie dick der Bauch war, ehe das Baby geboren wurde.

Sie würde keinen Fluchtversuch mehr wagen, denn sie wollte das Leben des Babys nicht noch einmal gefährden. Wakoh war ein gefährlicher Krieger. Er war unbeherrscht und unnachgiebig, mit einem harten Gesichtsausdruck und Lippen, die er gerne zusammenkniff. Deshalb hatte sie über seine sanften Worte gestaunt. Er hatte versprochen, ihr nicht mehr wehzutun, was auch immer das bedeutete. Im Moment musste ihr das genügen. Auch der andere Mann hatte von Schutz gesprochen und so konnte sie

froh sein, dass sie auf freundliche Menschen gestoßen war. Sie sah mit Freude, dass die Krieger ganz vernarrt in Nanih Waiya zu sein schienen und gerne mit ihm scherzten. Im Umgang mit dem Kind waren sie entspannt und ausgesprochen geduldig.

Awässeh-neskas hatte begonnen, ihn einzelne Worte zu lehren und nachdem das Kind bereits die Sprache der Käfermänner gelernt hatte, stürzte es sich eifrig auf die neue Sprache. Nanih Waiya hatte ihr flüsternd erzählt, dass die Männer vom Volk der Menominee waren, die weit aus dem Norden kamen. Ihr sagte dies nichts, denn von den nördlichen Stämmen hatte sie noch nie etwas gehört. Sie beobachtete nur, dass die Krieger, gleichwohl sie gefährlich waren, niemals ein lautes Wort an das Kind richteten und es auch noch nie geschimpft hatten, selbst wenn es ungeschickt war oder etwas falsch machte. Am Morgen hätte er fast das Kanu zum Kentern gebracht, weil er über die Seite einsteigen wollte. Nur im letzten Moment hatte Awässeh-neskas das Kanu halten können. Nanih Waiya hatte mit großen Augen auf seine Bestrafung gewartet, aber nichts dergleichen war geschehen. Awässeh-neskas hatte gelacht und den Jungen einfach in die Mitte gesetzt. Mit Zeichen hatte er erklärt, dass er besser vorsichtig ein- und aussteigen sollte. Mehr nicht. Ihr hatte dies sehr gefallen, denn auch die Chatah behandelten ihre Kinder stets mit Freundlichkeit.

Es war schön, dass ihr Bruder wieder ein Kind sein durfte. Nachdenklich streichelte sie über den Bauch und dachte an das Ungeborene. Würden die Männer auch das Baby so willkommen heißen? Dann wäre es nicht mehr so schlimm, einem Mann wie Wakoh zu gehören. Wieder fiel ihr Blick auf seinen breiten Rücken und sie lächelte in sich hinein. Irgendwie musste es ihr gelingen, diesen Mann sanftmütiger zu machen. Vielleicht durfte sie auch einen anderen Mann wählen? Diesen freundlichen Mann mit den sanften Augen, der hinter ihr im Kanu saß? Er war wesentlich beherrschter und flößte ihr keine Angst ein. Noch wusste sie nichts von den Gebräuchen dieses Volkes und konnte daher auch nicht wissen, was die Zukunft ihr brachte.

***

442

Maisblüte war dankbar, als sie gegen Mittag einen breiteren Fluss erreichten und der stickigen Luft des Sumpfes entkamen. Auf dem Fluss wehte eine frische Brise, die auch die lästigen Moskitos vertrieb. Sie hielt die Hand in das kühle Wasser und hoffte, dass sie am Abend darin baden konnte. Sie war verschwitzt und das Wasser des Flusses war wunderbar klar. Sie benetzte ihre Stirn etwas, um sich abzukühlen, und nahm einen Schluck aus der hohlen Hand. Sie lächelte, als das Kanu mit ihrem Bruder näher kam und er ihr zuwinkte. Er zeigte ihr stolz ein kleines Messer. „Sieh nur! Das hat Awässeh-neskas mir geschenkt! Später will er mit mir Fische fangen!"

„Das hast du alles schon verstanden?", wunderte sich Maisblüte.

„Ja! Aqsekan heißt Fisch! Und er hat mit seinem Speer herumgefuchtelt, um mir zu zeigen, dass wir heute Abend Fische fangen." Nanih Waiya strahlte vor Begeisterung. „Wir werden heute noch einen größeren Fluss erreichen und dort gibt es viele Fische!", fuhr er fort.

„Und woher willst du das nun schon wieder wissen?" Maisblüte gluckste vergnügt.

„Na, Mäc-Sipiah heißt riesengroßer Fluss!", erklärte Nanih Waiya mit wichtiger Stimme. Er war sichtlich stolz auf seine Sprachkenntnisse.

Auch Wakoh war auf das Gespräch aufmerksam geworden und drehte seinen Kopf zu dem Kind. Er lächelte freundlich und zwinkerte ihm zu. „Mäc-Sipiah!", bestätigte er.

„Mäc Aqsekan!", erwiderte Nanih Waiya mit einem frechen Grinsen. „Riesige Fische!"

Das Lachen der Männer hallte über das Wasser und kam als Echo von der Wand aus Bäumen am Ufer zurück. Plötzlich wirkten sie freundlich und harmlos, als hätte der brutale Überfall auf ihr kleines Lager nie stattgefunden.

Dann kicherte Maisblüte wieder in sich hinein. Sie hatte ja zuerst geschossen! Das musste sie zugeben. Vielleicht wäre Wakoh gar nicht so wütend geworden, wenn der Pfeil ihn nicht gestreift hätte. Wieder musterte sie den Mann, der vor ihr kniete, und dachte darüber nach. Wenn sie ihn nicht gerade reizte, war er ganz umgänglich. Man könnte sogar sagen, dass er sich um sie sorgte. Nur

welche Stellung sie bei ihm hatte, war ihr nicht klar. War sie seine Gefangene? Seine Sklavin? Sah er in ihr eine Ehefrau? Oder würde sich das erst entscheiden, wenn er in sein Dorf zurückkehrte? Sie wusste so wenig über diese Menschen! Würde ihr Baby bei diesem Volk auch nur ein Sklave sein? Und was geschah mit Nanih Waiya? Würden die Menschen auch so freundlich zu ihm sein? Welche Stellung würde er innehaben?

Bei den Chatah blieben Sklaven immer Sklaven, nur durch ihre Kinder, die sie den Herren gebaren, wurde ihre Stellung etwas verbessert. Aber ihr Baby war kein Kind der Menominee, sondern ein Kind der Käfermänner. Würde das etwas ausmachen? Wieder dachte sie an die Worte von Wakoh. Er würde ihr und dem Baby nicht wehtun, hatte er gesagt. Es war eindeutig gewesen! Er hatte das Baby in dieses Versprechen miteinbezogen. Erst jetzt wurde ihr klar, wie großzügig diese Geste war. Er hatte ihr und dem Baby Schutz versprochen. Tränen der Dankbarkeit traten in ihre Augen, als sie tief einatmete und sich zum ersten Mal seit langem sicher fühlte. Ganz gleich, was passieren würde, dieser Mann würde ihr kein Leid zufügen. Und seine Leute auch nicht.

Es war gut gewesen, den Käfermännern zu entfliehen! Ihr Volk war weit weg, aber vielleicht hatte sie ein neues Volk gefunden. Sie würde genau auf die Worte achten und genauso schnell lernen wie ihr Bruder. Sie kicherte erheitert, als ihr einfiel, dass sie dann auch die Witze verstand, die diese Männer ständig machten. Es war ein sehr lustiges Volk.

Sie lächelte freundlich, als Wakoh sich verblüfft zu ihr umsah, als er ihr Kichern hörte. Mit ihren Händen deutete sie einen großen Fang an. „Mäc-Aqsekan!", meinte sie deutlich. Dann zeigte sie auf ihren Bauch. „Für mein Baby!"
Wakoh lachte so laut, dass das Kanu leicht hin und her schaukelte. Aber auch Machwao lachte über diesen Scherz der fremden Frau. Beide fanden es offensichtlich gut, dass sie versuchte, die Sprache zu lernen.

***

444

Die Männer nahmen ihre Fahrt wieder auf und die Kanus flogen nur so dahin. Am Abend erreichten sie tatsächlich über einige kleinere Stromschnellen den großen Fluss, von dem Awässeh-neskas gesprochen hatte. Sie hatten die Kanus hindurchtreiben lassen, denn das Wasser war nicht gefährlich. In der Mitte des Flusses war eine Fahrrinne, durch die man die Kanus gut steuern konnte.

Staunend blickte Maisblüte auf den breiten Fluss, der sich vor ihren Augen auftat. Der Illiniwek-Sipiah, wie die Menominee den Fluss nannten, war wirklich beeindruckend. Er glich dem Ohio, den Maisblüte schon überquert hatte. Kurz fürchtete sie, dass sie wieder im Süden angekommen waren, und sah sich erschrocken um, ob nicht irgendwo die Spanier mit ihren Piraguas auftauchten. Sie kannte die Gegend nicht und so war ihre Angst nachvollziehbar. „Ohio?", fragte sie ängstlich. Vielleicht kannten die Männer ja diesen Fluss auch unter einem anderen Namen? Wakoh schüttelte den Kopf. Mit seinen Händen zeigte er an, dass der Ohio viel weiter südlich verlief. Dieser Fluss hier sei weiter im Norden und fließe durch das Land der Illiniwek. Maisblüte nickte erleichtert und runzelte die Stirn. Von den Illiniwek hatte sie auch noch nie etwas gehört. Sie war froh, als sie in einer sandigen Bucht anlegten und sie endlich aussteigen konnte. Das lange Sitzen strengte sie an und sie streckte ihren schmerzenden Rücken. Eifrig half sie den Männern beim Ausladen, dann fragte sie, ob sie sich entfernen dürfte, um zu baden. Wakoh erlaubte es ihr mit einer gönnerhaften Handbewegung. Sie wollte Nanih Waiya mitnehmen, um ihn ordentlich sauberzuschrubben, aber der Junge war schon mit Awässeh-neskas verschwunden, um zu fischen.

Maisblüte ging zum Ufer und entkleidete sich. Sie trug nur einen einfachen Schurz und einen leichten Poncho darüber, unter dem der Bauch sich wölbte. In ihren Bündeln war noch andere Kleidung und sie überlegte, ob sie die Sachen nicht wechseln sollte. Mit Sand konnte man die Kleidung reinigen. Vorsichtig watete sie ins Wasser und tauchte ihren Körper hinein. Der Fluss hatte keine große Strömung und so schwamm sie ein Stück, um ihren Rücken zu entspannen. Sie bemerkte, dass Wakoh am Ufer stand und sie

beobachtete, tat aber so, als sähe sie ihn nicht. Zum ersten Mal seit Tagen band sie ihre Zöpfe auf und wusch sich gründlich die Haare. Fröstelnd stieg sie wieder aus dem Wasser und setzte sich eine Weile ans Ufer, um zu trocknen. Der laue Wind umschmeichelte sie und trocknete ihre Haare, die in leichten Wellen über ihren Rücken fielen. Sie schlüpfte schnell in die Kleidung, als sie Schritte näherkommen hörte. Es war Wakoh, der sich neben sie setzte und einfach auf das Wasser blickte. Seine Gegenwart war gleichzeitig bedrohlich, aber auch schön. Seine Hand fuhr leicht über die Wellen ihres schönen schwarzen Haares. Maisblüte fürchtete, dass er vielleicht ihren Körper fordern wollte, und versteifte sich unbewusst. Er schien zu bemerken, was sie dachte, und lächelte beruhigend. Du-Hunger, fragte er mit Gesten.

Ihre Augen funkelten leicht, als sie nickte. Großen-Hunger, bestätigte sie.

„Dann komm!", forderte er sie freundlich auf. „Awässeh-neskas hat einen großen Fisch gefangen!"

Sie hatte das verstanden und kicherte belustigt. Diese Männer waren ausgesprochen gute Jäger!

Im Lager wühlte sie in ihrem Bündel und suchte den Kamm heraus, mit dem sie ihre Haare kämmte und anschließend wieder in strenge Zöpfe legte. Dann nahm sie den Topf und füllte ihn mit frischem Wasser. Sie hatte frische Himbeerblätter gefunden und wollte sich einen aromatischen Tee kochen. Sie stellte den Topf einfach ins Feuer und die Männer staunten über diese Errungenschaft. Mit einer Schale schöpfte sie das Getränk ab und bot auch den Männern davon an. Wapus versuchte es als Erster. Er kannte die heilende Wirkung der Blätter und sah keinen Schaden darin, die Flüssigkeit zu trinken. Bisher kannten sie keinen Tee und so war er neugierig, was die Frau dort zubereitet hatte. Er nickte anerkennend und bedeutete auch den anderen, dass es ungefährlich war, die Flüssigkeit zu probieren.

Nanih Waiya setzte sich neben die Schwester und erzählte von seinen Abenteuern. „Ich hatte auch einen Speer, habe aber keinen Fisch erwischt!", erzählte er. „Aber Awässeh-neskas hat mir ge-

zeigt, wie ich den Fisch ausnehme und die Schuppen wegkratze. Er schmeckt bestimmt lecker."

„Sei nur vorsichtig mit deiner Schulter!", warnte Maisblüte besorgt.

Der Junge winkte ungeduldig ab. „Keine Sorge! Awässeh-neskas hat aufgepasst, dass ich meinen Arm ruhig halte!"

„Magst du denn den Mann?", erkundigte sich Maisblüte.

Das Kind nickte eifrig. „Sehr! Er ist sehr nett und immer freundlich. So wie unser Vater!" Es war das erste Mal seit langem, dass der Junge wieder von seinen Eltern sprach.

Maisblüte schluckte schwer. Ihr schien das eine Ewigkeit her zu sein. Ein ganzes Leben. Sie konnte sich kaum noch daran erinnern, wie es war, von der Mutter im Arm gehalten zu werden. Zärtlich drückte sie den Bruder an sich und genoss seine Anwesenheit. Er kicherte, als sein Kopf gegen ihren Leib drückte und er die Bewegungen des Babys spürte. „Ich kann es fühlen!", verkündete er verwundert.

Maisblüte lachte leise. „Ja. Ich auch!"

„Wird es ein Junge oder ein Mädchen?", wollte Nanih Waiya wissen. Es war schön, dass seine Gedanken sich mit der Zukunft beschäftigten. Vielleicht würde er eines Tages die Misshandlungen vergessen können.

„Das weiß man doch erst, wenn es geboren ist!", erklärte Maisblüte.

„Nein, der Hopaii wusste es immer schon vorher! Weißt du noch, wie Vater ihm Geschenke gegeben hat, damit das Baby ein Sohn wird?"

Maisblüte nickte. Ihr Bruder hatte recht! Der Hopaii konnte wirklich das Geschlecht des Babys bestimmen. Aber dann war es gestorben und alle waren traurig gewesen. „Wir haben hier keinen Hopaii, also musst du mit deiner Neugier warten, bis es geboren ist."

Der Junge lachte sie an, denn im Grunde, war es ihm gleichgültig, ob sie ein Mädchen oder einen Jungen bekam. Beides war schön.

„Dann bin ich ein Onkel, nicht wahr?"

Maisblüte kicherte. „Ja, ein sehr junger Onkel. Du wirst dem Baby sicherlich nur Dummheiten beibringen!"

„Mache ich gar nicht!", verteidigte sich Nanih Waiya. „Ich bin schon sehr erwachsen und zeige meinem Neffen, wie man jagt und fischt."

„Aha, und wenn es ein Mädchen ist?", fragte sie augenzwinkernd.

Nanih Waiya zögerte kurz und zuckte dann die Schultern. „Na, dann verteidige ich sie selbstverständlich! Damit ihr nichts geschieht."

Maisblüte umarmte ihren Bruder voller Dankbarkeit. „Das ist das Schönste, was ich seit langem gehört habe!", versicherte sie. „Nicht wahr, du wirst das Baby immer gut beschützen?"

„Immer!", bestätigte der kleine Junge ernsthaft. Er sprang auf, um nachzusehen, ob der Fisch schon gar war, denn er hatte einen riesigen Hunger. Mit großen Augen stellte er sich neben das Feuer und wartete darauf, dass die Männer ihm seinen Anteil gaben. Die Menominee lachten, als er seinen Bauch vorstreckte und ungeduldig auf das Essen wartete.

Die Kaskaskia

Die nächsten Tage fuhren die Menominee auf dem breiter werdenden Fluss dahin und sahen, wie die Wälder am Ufer sich mit Flussauen und Prärie abwechselten. Immer wieder tauchten dicht bewaldete Inseln auf, die sie umsteuern mussten. Meist waren sie unbewohnt und Brutstätten für die vielen Vogelarten. Manchmal sahen sie in der Ferne kleinere Dörfer, verzichteten aber darauf anzulegen, weil sie bis zum Abend noch ein gutes Stück vorwärtskommen wollten. Wapus hatte erzählt, dass er ein großes Dorf der Kaskaskia kenne, das direkt am Ufer des Illiniwek- Flusses lag. Dort war ein guter Platz zum Handeln. Die Kaskaskia gehörten zum Bündnis der Illiniwek und hatten ihre Dörfer bis hinunter zum Kaskaskia-Fluss. Sie nutzten die fruchtbaren Gebiete der Flussauen für ihre großen Maisfelder und lebten in Hütten, die mit Schilfmatten bedeckt waren. Es war ein großes und mächtiges Volk! Eines ihrer größten Dörfer lag am Zusammenfluss des Kaskaskia-Flusses und des Großen Flusses, gute zwei Tagesreisen südlich der Einmündung des Illiniwek-Flusses in den Großen Fluss.

Wapus wollte unbedingt bis dorthin gelangen, denn dort konnte man das wertvolle Salz eintauschen. Außerdem hoffte er dort auf Muscheln aus dem Meer und vielleicht den wertvollen Pfeifenstein, den die Dakota aus dem Norden mitbrachten, um zu tauschen. Die anderen hatten keine Einwände, denn sie würden diese lange Reise nur einmal in ihrem Leben machen. Es war spannend, all die anderen Menschen und deren Dörfer zu sehen. Der Sommer schien in diesem Jahr lang zu sein, sodass sie hofften, noch vor den Herbststürmen zurückzukehren.

Am Abend legten sie an einer Insel an und schlugen ihr Lager zwischen den Bäumen auf. Wakoh erlegte einen wilden Truthahn und den Männern lief der Speichel im Mund zusammen, als sie an das leckere Essen dachten. Sie ließen Shawano-Nuki die Freiheit, sich ungehindert zu bewegen und lächelten, als sie mit Feuerholz im Arm zurückkam. Sie machte sich nützlich und das gefiel den Männern. Verwundert beobachteten sie die Frau, als

sie ihren seltsamen Topf nahm und zwischen den Bäumen verschwand. Es war nicht nötig, sie zu beobachten, denn die Kanus lagen auf dem Land, und sie glaubten nicht daran, dass die Frau einen Fluchtversuch über den Fluss wagte.

Wakoh setzte sich ans Feuer und streckte seine Beine aus. Er lächelte, als die Frau nach einer kurzen Weile zurückkehrte und Beeren anbot, die sie in dem Topf gesammelt hatte. Sie glaubte ganz offensichtlich, dass sie zu ihm gehörte. Er besprach das mit seinen Freunden, denn inzwischen tat ihm die Frau leid. Er konnte nur ahnen, was sie alles durchgemacht hatte.

Er stopfte sich die süß-sauren Beeren in den Mund und bot auch seinen Freunden davon an. „Ich dachte darüber nach, Shawano-Nuki zu sagen, dass sie nicht unsere Gefangene ist", überlegte er laut.

„Du denkst?", staunte Machwao mit offenem Mund. Alle lachten und auch Wakoh nahm ihm diese vorlaute Frage nicht übel.

„Manchmal!", gab er zu.

Machwao wurde ernst. „Du hast sie gefangengenommen. Es liegt an dir!"

Der Krieger wackelte unschlüssig mit dem Kopf. „Ja und nein. Eigentlich haben wir sie nur gefunden!"

Awässeh-neskas lachte dunkel. „Gefunden!", prustete er. „Dafür ist sie ganz schön kämpferisch."

Wieder zögerte der gefährliche Krieger. „Na ja, ich war auch nicht sehr freundlich."

„Immerhin hatte sie auf dich geschossen!", verteidigte Machwao seinen Freund.

Wakoh grinste frech und wurde dann wieder ernst. „Ich würde mir wünschen, dass sie weiß, dass sie nichts zu befürchten hat!", erklärte er leise.

„Ich denke, das weiß sie!" Machwao nickte dem Freund aufmunternd zu. „Wenn wir in unserem Dorf sind, werden die Ältesten entscheiden, was zu tun ist. Und wir werden für sie sprechen."

Wakohs Baskenmuskeln arbeiteten. „Ich möchte, dass diese Frau bei uns sicher ist. Und ihr Bruder auch. Ich sehe von nun an eine Menominee in ihr und werde sie auch so behandeln."

Machwao hob staunend die Augenbrauen. „Das ist großzügig!",
stellte er fest.

„Ja!" Wakoh machte eine heftige Geste, um seine Aussage zu unterstreichen. „Sie ist frei! Sie kann bei uns bleiben oder gehen. Ich
werde sie nicht mehr bewachen. Aber ich werde sie beschützen."
Machwao grinste. „Dann sage ihr das!", forderte er seinen Freund
auf.

„Wirklich?" Noch schien Wakoh unsicher zu sein, ob das eine so
gute Idee war. „Vielleicht nimmt sie ja ihr Kanu und verschwindet?"

„Dann ist das so!" Machwao schaute seinen Freund mit lachen-
den Augen an. Aber auch Awässeh-neskas schien von der Idee
nicht so begeistert zu sein. Er zeigte mit seinen Lippen auf den
Jungen, der im Sand saß und mit etwas spielte. „Und was wird
dann aus ihm? Das Mädchen weiß doch gar nicht, wohin es gehen sollte."

Machwao schüttelte den Kopf. „Ich denke, dass sie bleiben wird.
Wir bieten ihr doch Schutz. Vielleicht solltest du ihr sagen, dass
sie deine Schwester ist. Das wird ihr erklären, dass sie nichts
mehr zu befürchten hat."

Awässeh-neskas nickte erleichtert. „Ein guter Gedanke! Als
Schwester muss sie mich ja nicht verlassen, nicht wahr? Und
dann kann Nanih Waiya auch bei mir bleiben."

Machwao bewunderte seinen Freund für diese Großzügigkeit. Es
war die richtige Entscheidung. Und eines Tages könnte sich Shawano-Nuki selbst einen Mann wählen. Das Baby wäre da kein
Hinderungsgrund. Es war der richtige Weg, diese Frau bei sich
aufzunehmen. Die Menominee hatten keine Sklaven! Und je eher
sie das wusste, umso eher würde sie sich anpassen und die Sprache lernen. „Mach das!", bestärkte er seinen Freund.

Awässeh-neskas atmete tief ein und schaute unsicher von einem
zum anderen. Wenn sie wieder im Dorf wären, gäbe es Zeremoni-
en, die die beiden zu seinen Verwandten machten. Aber das Dorf
war fern und er wollte, dass die beiden zumindest seine Absichten erfuhren. Er gab sich einen Stoß und forderte die Aufmerksamkeit der Frau. Mit seinen Händen zeigte er, was er für sie tun

würde. Du-nun-meine-Schwester, zeigte er unmissverständlich. Und-Nanih Waiya-mein Sohn! Du-keine-Angst-mehr! Mit einem Lächeln beugte er sich zu Nanih Waiya und nahm ihn auf den Schoß. Du-mein-Sohn, erklärte er leise. Und auf Menominee fügte er hinzu: „Neqiks!"

Nanih Waiya verstand es sofort und strahlte seine Schwester an. In der unbekannten Sprache redete er auf sie ein und erklärte ihr, was Awässeh-neskas gerade gesagt hatte. Ungläubig blickte die Frau von einem zum anderen. Doch die Mienen verrieten ihr, dass der Bruder die Worte richtig verstanden hatte. Deine-Schwester, fragten ihre Hände.

„Meine Schwester!", bestätigte Awässeh-neskas. Er grinste voller Freude.

Und-andere-Männer, erkundigte sie sich voller Unglauben.

Du-Menominee, erklärte Awässeh-neskas ihren Status. Du-gehen-wohin-wollen.

Ihre Augen wurden groß vor Hoffnung, als sie erkannte, dass sie keine Gefangene mehr war. Ich-nehmen-Kanu-und-gehen-fort, fragte sie ungläubig.

Awässeh-neskas kicherte vor Vergnügen. Ja-gehen-fort, erlaubte er großzügig.

Sie schien darüber nachzudenken und wackelte herausfordernd mit dem Kopf. Morgen, fragte sie zum Schein.

Ja-morgen-du-gehen-fort, wiederholte Awässeh-neskas seine Worte.

Wieder lächelte sie auf diese bezaubernde Weise und musterte die Männer mit einem kurzen Blick. Dann machte sie eine feine Handbewegung und traf ihre Entscheidung. Ich-bleiben! Ihr Schicksal würde von jetzt an mit dem Schicksal der Menominee verbunden sein.

Die Männer lachten gutgelaunt und stürzten sich hungrig auf das Fleisch des Truthahns. Sie wurden alle satt und legten sich dann zufrieden nieder, um sich für den nächsten Tag auszuruhen. Niemand kam mehr auf die Idee, Shawano-Nuki oder Nanih Waiya zu fesseln.

***

Die Weiterfahrt verlief die nächsten Tage ohne besondere Vorkommnisse. Niemand achtete besonders auf das Tun von Shawano-Nuki, denn sie war keine Gefangene mehr und wurde deshalb auch tagsüber nicht mehr bewacht. Sie erledigte ihre Aufgaben und lernte mit jedem Tag neue Worte hinzu. Nicht so viele wie Nanih Waiya, denn die Männer redeten mit ihm wesentlich mehr als mit der Frau. Seit sie als Schwester von Awässeh-neskas galt, begegneten sie ihr mit höflichem Respekt und Freundlichkeit, aber auch einer gewissen Distanz. Sie hockten nah beieinander und mit dieser Distanz wollten sie ihr mehr Raum geben, sich zu bewegen. So mieden die Männer die Plätze, die sie am Abend zum Baden benutzte oder wo sie in den Wald verschwand.

Das Leben mit dem Kind war einfacher, denn alle fühlten sich für den Jungen verantwortlich. Seine Schulter heilte gut und so durfte er endlich die lästige Schlinge ablegen. Awässeh-neskas hatte ihm einen kleinen Bogen gebastelte und die Federn des Truthahns benutzt, um aus ihnen und biegsamen Schösslingen der Eschen einige stumpfe Pfeile anzufertigen. Stolz hatte der Junge seiner Schwester das Spielzeug gezeigt und diese hatte sich bei Awässeh-neskas für diese Freundlichkeit mit einem Lächeln bedankt. Es war gut, seine Schwester zu sein, auch wenn der Bruder dessen Sohn war.

***

Nach einigen Tagen legten sie bei einem Dorf der Kaskaskia an und wurden von den Bewohnern mit Höflichkeit begrüßt. Die Menominee waren gern gesehene Gäste und sogleich wurde ihnen ein Platz zugewiesen, an dem sie übernachten konnten. Die Hütte war nicht so groß wie die anderen, in denen mehrere Familie leben konnten, sondern extra für Reisende gebaut worden. Um das Dorf herum hatten die Menschen große Felder angelegt, auf denen bereits der Mais stand. Die Männer der Kaskaskia kamen gerade von einer großen Büffeljagd zurück und boten den Menominee von deren Fleisch an. Besonders Wakoh erfreute sich an dem roten, frischen Fleisch und stopfte es sich in solchen Mengen in den Mund, dass ihm der Saft über das Kinn lief.

Auch Shawano-Nuki zerrte mit ihren Zähnen Streifen des Fleisches ab und kaute sie genüsslich. Mit jedem Tag rundete sich ihr Bauch zusehends und es war den Menominee nicht entgangen, dass sich auch ihre Brüste weiblicher formten. Mit der Schwangerschaft wurde aus dem Mädchen eine Frau, gleichwohl sie unglaublich jung war.

Sie blieben zwei Tage bei diesen freundlichen Menschen und tauschten ein wenig von den grünen Steinen gegen Büffelfelle und weich gegerbtes Leder. Sie gaben es Shawano-Nuki, damit sie sich ein einfaches Kleid nähen konnte. Die Frau konnte ihre Rührung kaum verbergen, als sie das Leder entgegennahm. Sie erhielt eine einfache Ahle und Sehne, mit denen sie sich nach dem Vorbild der Kaskaskia-Frauen ein Kleid nähte. Sie legte den Saum seitwärts übereinander, stach mit der Ahle hindurch und nähte dann die zwei Seiten zusammen. Über die Schulter nähte sie zwei Lederstreifen, die das Kleid oben hielten. Dann fertigte sie sich noch einen einfachen Poncho an, den sie einfach über die Schultern legte und der dann locker über das Kleid fiel. Es war einfach und zweckmäßig, ohne Verzierungen oder Bemalungen. Außerdem fertigte sie einfache Leggings an, die ihre Beine gegen die lästigen Moskitos schützen. Alle nickten anerkennend, als sie die geschickte Arbeit sahen. Der Junge erhielt ebenfalls einen neuen Lendenschurz und für kühlere Tage oder als Schutz gegen die Insekten einen Poncho-ähnlichen Umhang, der unter den Achseln nur an den Fransen zusammengeknüpft wurde. Er war sehr praktisch und behinderte das Kind in seiner Bewegungsfreiheit nicht. Meist liefen die beiden im Sommer ohnehin nur mit einem Schurz bekleidet herum, ebenso wie die Männer. Auch die Frauen der Illiniwek zeigten im Sommer ihre Brüste und schmückten sich mit Ketten aus Muscheln. Trotzdem sahen die Frauen ihr manchmal mitleidig nach, denn der Rücken der fremden Frau war auf ewig mit diesen Striemen gezeichnet.

Am Abend wurden sie von den Dorfbewohnern zu einem Festessen eingeladen und tauschten Geschichten in Zeichensprache aus. Besonders die Anwesenheit der fremden Frau aus dem Sü-

den erregte Aufmerksamkeit. Anfangs hielten die Kaskaskia sie natürlich für eine Angehörige der Menominee, doch als sie erfuhren, dass sie eigentlich von den Chatah aus dem Süden kam, wollten alle ihre Geschichte hören. Ihre Hände erzählten von furchtbaren Dingen und einer Bedrohung, die so unglaublich war, dass die Menschen sie sich nicht vorstellen konnten. Welches Volk konnte denn mit tausend Kriegern durch die Lande ziehen? Noch unglaublicher war, dass sie hierzu ihre Frauen mitnahmen und Tiere trieben, von denen sie ebenfalls noch nie etwas gehört hatten. Manch ein Blick zeigte solche Zweifel, dass die Männer schon befürchteten, dass die Dorfbewohner die Geschichten von Shawano-Nuki für Übertreibungen hielten. Ihre Gesichter wurden ernst, als sie bestätigten, wie sie die beiden gefunden hatten und in welch schlechtem Zustand sie waren. Die Menschen schwiegen dann verwirrt, denn sie fürchteten nicht zu Unrecht, dass auch sie in Gefahr waren. Wohin-ziehen-diese-Menschen, fragten sie beunruhigt.

Shawano-Nuki hob hilflos die Schultern. Ich-nicht-wissen, zeigte sie unglücklich. Ich-haben-Angst-sie-finden-mich. Diese-Männer-gehen-weit-um-zu-suchen.

Was-suchen-sie, fragte der Dorfälteste. Auch er schien von den Nachrichten besorgt zu sein. Aus einem Abend mit lustigen Geschichten war plötzlich ein Abend der Bedrohungen geworden. Es war nichts Neues, dass manchmal kriegerische Völker bei ihnen einfielen.

Die Dakota im Norden galten als ein solches Volk. Gerade deswegen hatte sich ja das Bündnis der Illiniwek gebildet. Unter diesem Schutz überlegten es sich andere Völker, in die Jagdgründe der Illiniwek einzufallen. Ihre Dörfer waren seitdem erblüht und der Handel war erstarkt. Ein gewisser Wohlstand hatte sich eingestellt und die Menschen lebten ein gutes Leben. Die Felder waren ertragreich und in den Wäldern gab es viel Wild.

Ich-nicht-wissen, erklärte Shawano-Nuki. Sie-suchen-gelbe-Steine.

Gelbe-Steine, wunderte sich der Häuptling. Er war ein großer Mann, der einen beeindruckenden Federschmuck trug, um die Gäste zu ehren oder auch zu beeindrucken. Es war warm und so

trug er nur einen leichten Umhang, einen kurzen Lendenschurz, Leggings bis zu den Knien und Mokassins. Sein Oberkörper blieb frei und ließ den Blick auf einige tiefe Narben zu.

Shawano-Nuki nickte bestätigend. Mehr konnte sie nicht sagen, denn sie hatte auch noch nie gelbe Steine gesehen, die so einen Wert hatten. Sie-zeigen-Licht-der Sonne, versuchte sie zu erklären. Juan hatte ihr einen funkelnden gelben Ring gezeigt, der aus einem Material war, das sie nicht kannte. Er hatte gefunkelt, als wären die Strahlen der Sonne darin gefangen.

Du-von-Chatah. Wie-heißen-dein-Häuptling, erkundigte sich der Häuptling.

Die Frau schluckte schwer und jeder konnte sehen, wie schwer ihr die Antwort fiel. „Tuscalusa", hauchte sie mit erstickter Stimme.

Der Häuptling nickte verstehend und machte eine große Geste. Tuscalusa-großer-Häuptling. Wo-er-sein-jetzt?

Das Mädchen senkte die Augen, als sie in Zeichensprache erzählte, was geschehen war. Alle-tot, berichtete sie. Tuscalusa-Männer-Frauen-Kinder-alle-tot! Mein-Dorf-verschwunden.

Die Menschen atmeten tief ein, als sie die furchtbare Wahrheit erfuhren. Dieses Mädchen hatte alles verloren! Mein-Bruder-und-ich-leben, fuhr Shawano-Nuki fort. Diese-Menominee-uns-gefunden-und-nun-gehen-wir-mit-ihnen.

Der Häuptling nickte Machwao und den anderen anerkennend zu. Es war gut, dass die Menominee diese Frau und ihren Bruder so selbstlos aufnahmen. Er lächelte anzüglich. Du-auch-können-bleiben-bei-uns, bot er freundlich an. Diese Frau wäre eine Zierde für jeden Stamm!

Sie gab das Lächeln zurück und antwortete auf ihre Art: „Yokoke!" Und dann wechselte sie einen verschmitzten Blick mit Wakoh. „Waewaenen!", fügte sie in der Sprache der Menominee hinzu. Ich-nun-Schwester-von-diesem-Krieger-und-mein-Bruder-sein-Sohn.

Etwas verblüfft blickte der Häuptling zwischen den Dreien hin und her. Offensichtlich hatte der etwas dickere Krieger die beiden zu Verwandten gemacht. Das war eine großzügige Geste und

zudem heilig. Er legte den Kopf schief und fand anerkennende
Worte: Es-ist-gut-ihr-gefunden-neues-Volk!
Shawano-Nuki nickte und versteckte sich hinter dem breiten
Rücken ihres neuen Bruders. Die Aufmerksamkeit war ihr offen-
sichtlich peinlich. Schließlich war sie nur ein Mädchen.

Ihr Bruder dagegen genoss die Aufmerksamkeit und hatte unter den Kindern des Dorfes sofort Freunde gefunden. Die Kaskaskia waren Händler gewohnt, aber dass sich unter ihnen ein
Kind befand, war eher selten. Die Jungen des Dorfes hatten den
Jungen sofort zu ihren Spielen eingeladen und der Junge genoss
es sichtlich, nach all den Misshandlungen wie ein kleiner Junge
herumzutollen. Eifrig lernte er ein Würfelspiel und zeigte seine
Treffsicherheit im Bogenschießen. Die Kinder waren rücksichtsvoll, denn sie erkannten, dass seine Verletzung noch ausheilen
musste. Staunend fuhren sie mit ihren Fingern über die Narben
am Rücken und sahen den Stumpf an der Hand, an dem ihm ein
Finger fehlte. Nanih Waiya übersah dieses Mitgefühl und freute
sich einfach nur, dass er zum ersten Mal seit langer Zeit wieder
Freunde hatte. Es erinnerte ihn an die Zeit, als er in seinem Dorf
mit seinen Freunden Krebse gefangen hatte.

Das Medizin-Spiel

Witcawa und Falke befanden sich auf dem Rückweg in ihr Dorf am Stinkendes-Wasser-See. Sie hatten die Botschaft des Friedens in viele Dörfer der Ho-Chunk gebracht und mit ihrer Geschichte die Menschen beeindruckt. Immer wieder hatten sie von der Großzügigkeit der Menominee erzählt und betont, wie wichtig ihnen die Freundschaft mit diesem Volk war. „Die Menominee wollen den Frieden mit all ihren Nachbarn. Sie haben uns leben lassen, obwohl wir eine Frau aus ihrer Mitte gerissen hatten. Sie haben auf die Rache verzichtet, um ihren Willen zum Frieden zu bekunden. Wir sollten dies respektieren."

Witcawas Worte waren auf fruchtbaren Boden gefallen und so hatten sich bereits Abordnungen auf den Weg gemacht, um an den Friedensverhandlungen teilzunehmen. Im Spätsommer wollte man sich an dem Platz, den die Menominee Pucihkit nannten, treffen. Er lag am Großen See und der Ort hatte nicht nur Wälder, sondern auch Wiesen, auf denen man das Medizin-Spiel austragen konnte. Es wäre gut, wenn Wachopini chete den Frieden segnen würde und alle wussten, dass man den Großen Geist mit diesem Spiel erfreuen konnte. Witcawa und Falke galten als gute Spieler und so hatten sie sich von dem Stockmacher ihres Dorfes besonders gute Schläger bauen lassen, die ihren ganz eigenen Willen und Geist besaßen. Die Herstellung eines Schlägers für das Medizin-Spiel erforderte viel Wissen und Geschicklichkeit. Allein den Baum auszuwählen, aus dem der Schläger geschnitzt wurde, erforderte Augenmaß. Aber ihn dann zu biegen und zu formen, war nur wenigen Menschen vorbehalten.

Witcawa und Falke spielten dieses Spiel schon seit ihrer Kindheit. Das Fangen des ledernen Balles mit dem kleinen Netzteil des Schlägers war ihnen in Fleisch und Blut übergegangen. Jetzt gegen ein anderes Volk zu spielen und sich im Wettbewerb zu messen, ließ ihre Herzen höher schlagen. Es war wie Krieg, aber ohne Tote. Obwohl das Spiel durchaus mit Körperkontakt gespielt wurde und es oft Verletzte gab. Trotzdem war das Ziel nicht, die gegnerischen Spieler zu töten, sondern nur, drei Tore

gegen die gegnerische Mannschaft zu erzielen. Ansonsten hatte das Medizin-Spiel keine Regeln: Es konnten so viele Männer teilnehmen, wie vor Ort waren, das Spielfeld war unendlich und die Tore einfach nur zwei Pfosten, zwischen denen der Ball hindurchgeworfen werden musste. Unterscheiden konnte man die Mannschaften nur an dem Federschmuck, den sie während des Spieles trugen, ansonsten waren die Spieler fast nackt. Das war auch sinnvoll, denn im Kampf um den Ball stießen und prügelten die Männer aufeinander ein.

Kurze Zeit später begleiteten Witcawa und Falke den Häuptling ihres Dorfes namens Roter-Vogel und einige der besten Spieler, als sie sich in den Kanus aufmachten, um an dem vereinbarten Treffpunkt zu erscheinen. Die Wege waren weit, selbst mit dem Kanu dauerte die Reise mehrere Tage. Es war heiß und die Luft flimmerte, als sie mit mehreren Kanus den See des Stinkenden Wassers nach Norden paddelten. Sie waren noch weit von dem Fuchs-Fluss entfernt, auf dem sie bis zum Großen See gelangen würden. Witcawa freute sich auf ein Wiedersehen mit Wasserlilie und hoffte, dass ihre Eltern ihr Wort hielten und tatsächlich zu dem Treffen kamen. Falke ärgerte ihn damit und schürte seine Ängste. „Die Menominee werden sicher ihre Mädchen gut verstecken! Was sollen sie auch mit einem Schwiegersohn, der ihre Sprache nicht spricht?"
Witcawa warf ihm einen finsteren Blick zu. „Ich lerne ihre Sprache schon noch. Keine Sorge. Und Wasserlilie wird bald auch meine Sprache sprechen!"
„Ach, im Chipoteke braucht ihr keine Worte! Da reicht es, wenn dein kleines Teil zwischen den Beinen spricht." Falke kicherte respektlos.
„Du musst es ja wissen!", feixte Witcawa.
„Wenn das Mädchen nicht da ist, können wir ja das Dorf aufsuchen und sie entführen. Was meinst du?"
Witcawa prustete entrüstet. „Und damit den Frieden gefährden? Du redest Unsinn. Ich werde um sie werben und die Eltern um Erlaubnis bitten.
Falke blitzte ihn vergnügt an. „Und wenn sie es verbieten?"

Witcawa sog seufzend die Luft ein. „Ich weiß es nicht. Mir erschien es, als hätten sie nichts einzuwenden. Wir werden ja sehen, ob sie da sind oder ob ich mich geirrt habe."

Die beiden Männer schwiegen und paddelten gleichmäßig mit den anderen Männern am Ufer des Sees entlang. Libellen schwirrten über das Wasser und ganze Schwaden von Moskitos taumelten auseinander, als die Kanus hindurchglitten. In den Kanus befanden sich auch einige Frauen, die mitfuhren, um die friedlichen Absichten zu betonen. Falke hatte seine Frau und die beiden Kinder dabei, die sich über die Reise zu freuen schienen. Die Kinder waren noch klein: ein Mädchen im Alter von drei Wintern und ein Junge im Alter von sechs Wintern. Falke liebte sie von ganzem Herzen und achtete gut auf sie. Einige Männer hatten den Kopf darüber geschüttelt, dass er es wagte, die Kinder zu diesem Ereignis mitzubringen, aber Falke hatte alle Sorgen beiseite gewischt. Er hatte bereits die Gastfreundschaft der Menominee genossen und vertraute ihnen.

Nach Tagen, an denen die Ho-Chunk den Fuchs-Fluss entlanggefahren waren, erreichten sie endlich die Ebene um die Grüne Bucht des Großen Sees. Es war bereits ein großes Dorf der Ho-Chunk entstanden, in denen sich Familien und Freunde begrüßten. Die Aufregung stand den Menschen ins Gesicht geschrieben. Auf der anderen Seite eines Hügels hatten sich die ersten Menominee eingefunden und ebenfalls ein Dorf aus einfachen Hütten gebaut. Auf den ersten Blick unterschieden sich die Dörfer kaum: Die Hütten waren mit Matten bedeckt und die Feuer waren davor errichtet worden. Die Menschen waren nur mit leichten Schurzen bekleidet und ließen den Oberkörper meist nackt. Männer wie Frauen. Bei den Ho-Chunk waren Tattoos weiter verbreitet, während die Menominee meist darauf verzichteten. Einige Männer trugen Federn im Haar, um ihren Clan zu ehren. Andere trugen Federn als Zeichen ihrer tapferen Taten. Noch beäugten sich die beiden Parteien aus sicherer Distanz, nur die Kinder hatten schon Wege gefunden, miteinander zu spielen. Zum Erstaunen der Männer hatte nicht nur Falke seine Kinder dabei, sondern auch

aus anderen Dörfern waren Frauen und Kinder gekommen, um dem Spektakel beizuwohnen. Witcawa und Falke vermissten nur die Abordnungen aus zwei südlichen Dörfern, vor allem aus dem Dorf, das den Menominee so übel mitgespielt hatte. Aber vielleicht trafen sie später ein?

Die Ho-Chunk machten sich darüber keine großen Gedanken, denn jedes Dorf entschied selbst, ob es eine Abordnung schickte. Falke übersah mit einem einzigen Blick, dass genügend Spieler eingetroffen waren, um ein Medizin-Spiel auszurichten. Die Ebene wimmelte bereits von Menschen. Frauen waren unterwegs, um Feuerholz oder Beeren zu sammeln. Männer übten bereits mit ihren Schlägern oder gingen mit ihren Speeren zum Fischen. Kleine Jungen planten einen Scheinangriff auf das Dorf und lauerten mit ihren Kinderbögen in einem Waldstück. Der Sohn von Falke war ebenfalls verschwunden und hatte sich einem solchen Kriegstrupp angeschlossen. Der Krieger verzog amüsiert die Mundwinkel und half dann seiner Frau, ein einfaches Chipoteke zu errichten. Im Prinzip baute er aus Zweigen eine kuppelförmige Hütte und bedeckte sie mit Matten. Es reichte gerade als Schutz vor einem leichten Regen und um sie nachts vor den Blicken der Nachbarn abzuschirmen. Seine Frau brachte die Bündel in die einfache Hütte und kümmerte sich dann um das Kochfeuer.

Falke schloss sich einigen Männern an, die noch ein Spiel ausfechten wollten. Lachend und scherzend jagten sie dem Ball nach, hoben ihn mit dem Schläger hoch und warfen ihn einem Freund zu, damit dieser ihn durch das Tor schlug. Die Männer waren geübte Spieler und drehten sich mit anmutigen Zickzackbewegungen, täuschten den Gegner über ihre Absichten und warfen den Ball zielsicher über weite Entfernungen zum anderen Mann, der den Ball ebenso sicher mit dem Schläger auffing. Die Männer spielten bis zum Sonnenuntergang, rannten dabei, bis ihnen die Puste ausging und ihre Körper völlig verschwitzt waren. Erst dann kühlten sie sich mit einem Bad im See ab. Die Zeit des Medizin-Spiels war heilig, sodass die Männer ihre Gedanken nicht an Frauen verschwendeten. Sie brauchten all ihre Kraft für dieses Spiel.

In der Nacht fuhren sie mit den Kanus auf den See hinaus, um Störe zu jagen. Sie hatten Fackeln und manchmal ganze Körbe mit brennenden Ästen dabei, um die riesigen Fische mit dem Feuer an die Oberfläche zu locken. Die Körbe hingen über dem Wasser, denn irgendwann fiel der brennende Korb dann einfach hinein, wenn der Ast durchgebrannt war. Hierbei stießen die Männer der Ho-Chunk zum ersten Mal auf die Menominee, die ebenfalls zum Fischfang ausgefahren waren. Die Männer grüßten sich respektvoll und es wurde beschlossen, nach der Jagd ein gemeinsames Essen zu veranstalten. Staunend beobachteten die Ho-Chunk, wie die Frauen der Menominee den Fisch mit Lehm ummantelten und dann in der Asche zu garen. Als er endlich gar wurde, leckte sich Witcawa genießerisch über die Lippen. „Allein diese Zubereitung des Fisches kennenzulernen, war die weite Reise wert!"

Falke nickte zustimmend. „Gut, dass meine Frau es beobachtet hat! Nun kann sie es zuhause auch so machen."

Witcawa warf ihm einen vergnügten Blick zu. „Wenn ich eines ihrer Mädchen heirate, lernen wir vielleicht noch mehr so gute Dinge?"

„Hast du sie denn schon gesehen?", erkundigte sich Falke.

Witcawa schüttelte den Kopf. „Nein, vielleicht kommt sie gar nicht?" Seine Stimme klang enttäuscht.

„Ach, sie wird bestimmt kommen. Sie hatte doch nur noch Augen für dich!"

„Meinst du?" Witcawa lächelte glücklich.

„Halte die Augen auf!", riet Falke mit einem Zwinkern.

„Vielleicht traut sie sich auch nur aus dem Dorf nicht heraus. Noch gibt es ja keinen Frieden zwischen uns."

„Vielleicht! Soll ich dir helfen, sie auszuspähen?" Falke grinste unternehmungslustig, doch Witcawa schüttelte den Kopf und wehrte nachlässig ab. Er würde sich in Geduld üben.

Witcawa traf Wasserlilie zwei Tage später. Sein Herz schlug höher, als er sie am Fluss entdeckte, wo sie mit ihrer Mutter Wasser holte. Sie war gekommen! Sie war tatsächlich gekommen! Schüchtern näherte er sich ihr und nickte auch der Mutter

freundlich zu. Dann stand er dümmlich lächelnd da und wusste nicht, was er sagen sollte. Sollte er Zeichensprache verwenden? Die Mutter regelte es auf ihre Weise, denn sie zog das Mädchen aus der Gegenwart des Mannes und ging mit ihr ins Dorf zurück. Er blieb stehen und sah ihnen einfach nach, immer noch mit einem Grinsen im Gesicht. Vielleicht sollte er das Mädchen doch einfach rauben?

Am Abend gab es die erste Zusammenkunft. Bedächtig saßen Männer wie Biberherz und Maciskaw Apähsos neben Häuptlingen der Ho-Chunk wie Roter-Vogel oder Gelber-Donner. Die jüngeren Männer hielten sich zurück und beobachteten gespannt, was die älteren zu bereden hatten. Höflichkeiten wurden ausgetauscht und wertvolle Geschenke überreicht. Beide Parteien zeigten sich dabei großzügig, denn niemand wollte sich von dem anderen Volk beschämen lassen. Feierlich wurden die Pfeife weitergereicht und Worte des Friedens gesprochen. Die Stimmung war entspannt, denn beiden Parteien war an einem Frieden gelegen. Die Menominee sahen kein Problem darin, den Ho-Chunk Territorium zu überlassen. Ihr Gebiet war riesig und das Wild und der Fisch darin unerschöpflich. Auch der Wildreis war ein Geschenk des Schöpfers an alle Menschen, das sie daher großzügig teilen wollten. Der Frieden war ihnen das wert.
Die Ho-Chunk waren sprachlos, aber auch beschämt. Sie versicherten, dass die Menominee fortan unter ihrem Schutz stehen würden und niemand mehr böse Gedanken gegen sie hegen würde. Das Medizin-Spiel sollte diesen Vertrag besiegeln. Wer auch immer gewinnen möge, würde die Verantwortung tragen, dass dieser Pakt auch eingehalten wurde. Dem Sieger würde die Ehre zustehen, etwaige Übertretungen zu ahnden. Wer auch immer dem Dorf des anderen Schaden zufügte, würde von den eigenen Kriegern bestraft werden. Die Ho-Chunk waren sehr zufrieden über den Verlauf der Verhandlungen. Aber auch die Menominee freuten sich, dass der Frieden gewahrt sein würde und sie zukünftig keine Überfälle mehr fürchten mussten.
Das Medizin-Spiel wurde für den zweiten Tag festgelegt und sollte solange dauern, bis es einer Mannschaft gelang, das dritte Tor

zu erzielen. Vorher wurde ein gemeinsamer Tanz veranstaltet, an dem auch die Frauen teilnehmen durften. Zumindest saßen sie am Rand der Tanzfläche und schauten zu. Mit ihrem hohen Trällern feuerten sie die Männer an, die mit stampfenden Schritten einen symbolischen Kriegstanz zeigten. Das Ballspiel wurde anstelle eines wahren Krieges ausgetragen, deshalb hieß das Spiel auch „der kleine Krieg" oder „der kleine Bruder des Krieges".

***

Am Morgen des zweiten Tages versammelten sich die Spieler beider Mannschaften. Alle Männer hatten sich mit Flehen auf das Spiel vorbereitet und Maciskaw Apähsos hatte sein Bündel geöffnet. In ihm lagen ein Federbündel und ein Ball, den er von den Donnerwesen erhalten hatte. Er war auf einer Seite blau und auf der anderen Seite rot bemalt. Die Farben standen für das Farbenspiel des Himmels. Auf Matten wurden die wertvollen Geschenke gestapelt, die der Sieger erhalten sollte. Meist waren es Felle, Muscheln und Wildreis. Das Spiel sollte nach dem Traum von Maciskaw Apähsos ausgetragen werden, der seinen Traum der Metewin-Gesellschaft mitgeteilt hatte. So war er bestimmt worden, der Gastgeber für dieses wichtige Spiel zu sein. Mit lauter Stimme sprach er von seinen Visionen und dass die Männer fortan nur noch im Spiel ihre Kräfte messen würden. Geduldig warteten die Spieler mit ihren Schlägern in der Hand auf den Beginn. Die Männer hatten sich mit Fett eingerieben, damit der Gegner sie möglichst nicht fassen konnte. Sie trugen nur einen kurzen Lendenschurz und den Federschmuck am Gürtel, an dem man erkennen konnte, welchem Volk sie angehörten, ansonsten waren sie barfuß und nackt. Viele hatten ihren Körper mit einer Bemalung geschmückt und wirkten daher wirklich wie auf einem Kriegszug. Auf den Hügeln hatten sich die Zuschauer verteilt, hauptsächlich Frauen und Kinder, da die Männer fast alle spielten. Wieder erklang das hohe Trällern, das den Männern Mut machen sollte.
Maciskaw Apähsos stieß viermal den traditionellen Kriegsschrei aus, damit auch die Donnerwesen den Beginn des Spieles

bemerkten; dann verwandelte sich das Feld in eine Ebene aus Staub, erhobenen Schlägern und sich wild bewegenden Männern, die mit vollem Körpereinsatz dem Ball hinterherjagten. Die Menge wogte hin und her, stand mal vor dem einen Tor, dann wieder vor dem anderen, ohne einen Treffer zu erzielen. Erst gegen Mittag erklang lauter Jubel, als die Ho-Chunk das erste Tor schossen. Die Mannschaften waren gleichwertig und das machte den Kampf so ausgeglichen. Gegen Abend waren auf beiden Seiten nur jeweils zwei Tore erzielt worden, sodass die Spieler vor Müdigkeit und Erschöpfung nur noch taumelten. Verbissen kämpften die Männer um den Sieg, denn das nächste Tor würde das Spiel entscheiden. Einige Männer waren bereits verletzt vom Feld getragen worden. Die Federn waren inzwischen so zerfleddert, dass man nicht mehr sagen konnte, wer eigentlich zu wem gehörte. Die schrillen Schreie hatten aufgehört, weil jeder Spieler seinen Atem schonen musste.

Auch Witcawa und Falke waren am Ende ihrer Kräfte. Witcawa blutete aus einer Verletzung am Auge, die ihm ein gegnerischer Spieler zugefügt hatte, als er ihn versehentlich mit dem Schläger getroffen hatte. Witcawa hatte die Blutung nicht beachtet, da das Blut nicht ins Auge gelaufen war, und nach einer Weile hatte sie aufgehört zu bluten. Aufgeben kam für ihn nicht in Frage! Die Menominee waren wirklich gute Kämpfer! Er empfand neuen Respekt vor diesem Volk.

Und dann wurde alles still, als es Falke gelang, an zwei Menominee vorbeizudrängen und den Ball ins Tor zu schlagen. Niemand wusste, ob die beiden vielleicht schon zu müde gewesen waren oder ob die aufkommende Dunkelheit ihnen die Sicht genommen hatte, aber das Spiel war vorbei. Es dauerte einige Augenblicke, aber dann brach ein ungeheurer Jubel los. Jauchzend lagen sich die Spieler in den Armen, während die Menominee enttäuscht und müde einfach dort zusammenbrachen, wo sie gerade standen. Es waren die Männer der Ho-Chunk, die zu ihnen kamen und ihnen wieder hoch halfen und sich für dieses gute Spiel bedankten. Der Schöpfer und die Donnerwesen würden sehr zufrieden sein!

Arm in Arm kehrten die Männer ins Dorf zurück und ließen sich die Geschenke geben. Wie es sich gehörte, behielten die Männer die Geschenke nicht für sich, sondern gaben sie ihren Verwandten und Freunden. Nur Witcawa nahm seinen Anteil und ging damit zu einem jungen Mädchen, das mit ihren Eltern am Rande stand. „Für dich!", flüsterte er heiser vor Erschöpfung. Das scheue Lächeln belohnte ihn für jeden Stoß und Kratzer, den er heute erhalten hatte. Wasserlilie sah ihn voller Bewunderung an und senkte dann gehorsam die Augen, als ihre Eltern sie wieder in die Hütte führten. Witcawa blieb mit klopfendem Herzen zurück und dieses Mal war es nicht die Erschöpfung.

Die kriegerischen Ho-Chunk waren mit dem Sieg sehr zufrieden und so sonnten sie sich in ihrer Überlegenheit. Die Stimmung war ausgelassen und ausgesprochen freundlich, weil die Menominee sich als ebenbürtige Gegner erwiesen hatten und damit der Sieg schwer erkämpft worden war. Alle sahen dies als gutes Zeichen. Die entspannte Stimmung führte auch dazu, dass Roter-Vogel ein gutes Wort für Witcawa einlegte und Biberherz darum bat, mit den Eltern von Wasserlilie zu reden. Eine Heirat würde das Band zwischen den beiden Völkern weiter festigen und so wurde es von beiden Seiten befürwortet. Die Eltern erhielten als Zeichen des Wohlwollens wertvolle Geschenke in Form von Fellen und Vorräten, sodass auch die Eltern von der hohen Ehre überzeugt wurden und schließlich in die Heirat einwilligten.

Die Hochzeit war unspektakulär: Geschenke waren ausgetauscht wurden, dann wurde die Hand des Mädchens in die Hand des Kriegers gelegt. Wasserlilie stand die ganze Zeit mit gesenkten Augen und klopfendem Herzen neben dem Mann ihrer Wahl und konnte ihr Glück kaum fassen. Sie liebte diesen wagemutigen Krieger so sehr! Schon in ihrem Dorf hatte sie ihn heimlich beobachtet und Gefallen an ihm gefunden. Er war so schüchtern und unbeholfen und gleichzeitig so gutaussehend.

So kam es, dass ein überglücklicher Witcawa seine neue Frau in sein Dorf zurückführte, obwohl er versprach, auch seine neuen

Schwiegereltern zu besuchen. Aber er war alleine hierhergekommen und wollte seiner Familie seine Braut vorstellen. Im Herbst wollte er dann mit Wasserlilie zu den Menominee ziehen. Der Abschied von den Eltern fiel Wasserlilie schwer, doch die Ho-Chunk halfen ihr über den Schmerz hinweg, indem sie ihr immer wieder ihr Wohlwollen versicherten. Witcawa war ein geachteter Krieger und seine Hochzeit mit dem Menominee-Mädchen sahen alle als ein besonderes Zeichen des Friedens. So wurde sie ausgesprochen respektvoll und mit Wohlwollen behandelt. Diese Beziehung galt als gute Medizin und sollte die neu entstandene Freundschaft zwischen den beiden Völkern festigen. Die Rückkehr verlief in einem Gefühl der Ausgelassenheit. Die Ho-Chunk paddelten nun mit der Strömung und erreichten schnell den Stinkendes-Wasser-See, dessen klares Wasser in der Sommerhitze glitzerte. Wasserlilie hatte nur wenige Bündel dabei, da die Hochzeit doch etwas überraschend stattgefunden hatte. Jetzt im Sommer benötigte sie auch nicht viel, so machte sie sich darüber keine Gedanken. Sie hatte Kleidung und Mokassins zum Wechseln dabei, ihre Nähutensilien, einige Taschen mit Werkzeug und Vorräten, den Rest würde ihre neue Schwiegerfamilie bereitstellen müssen. Ob auch die Ho-Chunk ihnen eine Hütte zur Verfügung stellen würden, wie es bei den Menominee Sitte war? Manchmal musterte Wasserlilie ihren neuen Mann unter gesenkten Wimpern. Er sah so gut aus! Aber würde er sie auch gut behandeln? Bisher kannte sie ihn ja kaum. Aber immer, wenn er sie bei einem dieser versteckten Blicke erwischte, lächelte er freundlich und zwinkerte ihr vergnügt zu, und so verflüchtigten sich ihre Bedenken. Auch die anderen Ho-Chunk lächelten wohlwollend und gaben ihr das Gefühl, willkommen zu sein.

Bei ihrer Ankunft im Dorf der Ho-Chunk hatte Wasserlilie bereits einige Worte der neuen Sprache gelernt und so konnte sie ihre Schwiegereltern mit einem gehauchten Willkommensgruß überraschen. Die Mutter von Witcawa war erfreut über die junge Schwiegertochter, die bescheiden und höflich wirkte. Sie war gut erzogen worden und so würde sie eine Zierde für jede Familie sein. Sie kannten den Wunsch ihres Sohnes, dieses Menominee-

Mädchen zu heiraten und gaben sich Mühe, sie willkommen zu heißen. Freundlich trat die Mutter auf das schüchterne Mädchen zu, nahm ihren Kopf in die Hände und drückte ihr einen Kuss auf die Stirn. „Willkommen, meine neue Tochter!", hauchte sie einen traditionellen Gruß. Wasserlilie gehörte jetzt zu ihrer Familie.

Es war hier, im Dorf von Witcawa, wo Wasserlilie in einem neu gebauten Chipoteke ihr Eheleben begannen. Sie hatte auf der Frauenseite des Chipoteke geschlafen, bis die neue Hütte fertiggestellt worden war. Ihr Herz klopfte vor Aufregung, als Witcawa sie schließlich in die neue Hütte führte, um sie wirklich zur Frau zu nehmen. Die Menschen vor den umliegenden Hütten lächelten verräterisch und zwinkerten dem jungen Paar zu. Manche luden die beiden zum Schein in ihre Hütten ein, doch Witcawa ignorierte die Zurufe und zog das Mädchen in die gemeinsame Hütte. Demonstrativ ließ er den Türvorhang fallen und lachte dunkel, als von draußen schallendes Gelächter erklang. Dann saßen sie schüchtern voreinander, hielten sich an den Händen wie kleine Kinder und musterten sich verliebt. Keiner wusste, was zu tun war. Doch dann übernahm Witcawa die Initiative und zog Wasserlilie das Gewand über den Kopf. Schüchtern fasste er ihr an die Brüste und drückte sie mit seinem Gewicht nach hinten. Seine Augen fraßen sich tief in ihre Seele, als seine Hand nach unten wanderte und er ihren Schurz beiseite schob. Er lächelte, als ein zitterndes Seufzen aus ihrem Mund kam. Sein Mund fand den ihren und mit einem Kuss erstickte er alle Bedenken, alle Ängste und alle Hemmungen. Wasserlilie gab sich diesem fordernden und doch zärtlichen Mann hin und wusste in dieser Nacht endgültig, dass sie es nicht bereuen würde, Witcawa geheiratet zuhaben.

Der große Fluss
(Mississippi)

Die Tage plätscherten dahin, als Maisblüte mit den Menominee weiter den Fluss hinabfuhr. Manchmal kamen sie an Bisons vorbei, die am Wasser standen, um zu trinken. Die Reise verlief ereignislos. Die Männer paddelten den großen Strom entlang, schlugen abends ein Lager auf und jagten das Wild in der Umgebung. Manchmal glaubte Maisblüte, dass diese Reise kein Ende nehmen würde. Sie war schon fast einen Mond mit den Menominee unterwegs und wunderte sich, wohin die Reise wohl gehen würde. Sie wusste, dass die Männer im Süden Handel treiben wollten, fürchtete aber, dass sie es niemals bis zum Einbruch des Winters ins Dorf zurück schafften. Was sollte dann aus ihr werden? Wie sollte sie sich um das Neugeborene kümmern, wenn es kalt wurde? Diese Gedanken beschäftigten sie mehr und mehr, während die Landschaften an ihr vorbeiglitten.

Ihren Bruder dagegen quälten keine Sorgen. Er genoss die Anwesenheit der Männer, lernte mit jedem Tag mehr Worte der fremden Sprache und durfte an allem teilhaben, was sie taten. Selbstbewusst paddelte er inzwischen an der Seite seines Ziehvaters, half beim Jagen und Fischen, sammelte Holz für das Feuer oder plantschte im Wasser des Flusses. Er jubelte jauchzend, wenn Awässeh-neskas ihn mit Schwung in den Fluss warf, und ritt auf dessen breitem Rücken. Er besaß sogar schon spitze Pfeile, mit denen er Jagd auf Vögel machte. Er war noch nicht besonders erfolgreich, aber seine Treffsicherheit wurde stetig besser. Die Männer zeigten hierbei eine schier unendliche Geduld und wurden niemals laut, gleichgültig, wie ungeschickt er sich anstellte.

Maisblüte genoss es, den Männern zuzusehen, wie sie mit Nanih Waiya spielten, denn es zeigte ihr, dass sie auch das Baby willkommen heißen würden. Sie hatte keine Furcht mehr vor ihnen, aber sie fürchtete sich ein bisschen davor, den ganzen Tag mit einem Baby im Kanu zu sitzen. Ihr war klar, dass die Reise eines Ta-

ges wieder stromaufwärts gehen würde. Und weiter! Außerdem fürchtete sie sich vor der nahenden Geburt. Ihre Mutter hatte ihr nichts davon erzählt, denn diese Dinge wurden einem Mädchen erst bei ihren ersten Riten weitergegeben. Sie wusste natürlich, wie man ein Baby pflegt, denn das hatte sie bei ihrem Bruder erlebt, aber das Mysterium der Geburt war ihr fremd. Auch die Sklavin war bei der Geburt des Kindes in ein anderes Haus gezogen und dort von Frauen betreut worden. Sie spürte die Bewegungen des Babys in ihrem Leib, sah, wie es wuchs und wie sich ihr Körper veränderte, aber der Gedanke daran, dass vielleicht keine Frauen anwesend waren, wenn ihre Zeit kam, beunruhigte sie zutiefst.

***

Ihre Sorgen wurden beiseite gewischt, als sie endlich den Großen Fluss erreichten. Sprachlos starrte sie auf das mächtige Wasser, das dort nach Süden floss, eingerahmt von Wäldern und am Ufer mit weißen Stränden. Sie mussten eine Pause einlegen, denn eine schier unübersehbare Herde Bisons überquerte gerade den Fluss an einer seichten Stelle. Die braunen Leiber drängten sich aneinander, als sie schnaubend durch das Wasser wateten, an manchen Stellen auch schwimmend den Fluss überquerten, mit rötlichen Kälbern an den Seiten der Bisonkühe. Es war ein Spektakel, das keiner von ihnen jemals zuvor gesehen hatte. Auch die Männer staunten stumm, als sie die riesige Herde an sich vorbeiwandern sahen. Die Kanus trieben nebeneinander her und Machwao nickte in Richtung einer kleinen Bucht, an der sie warten konnten, bis die Herde den Fluss wieder freigab. Vorsichtig bewegten die Männer die Kanus in diese Richtung und verharrten dort, um das Schauspiel weiter zu beobachten. Es war atemberaubend.

Maisblüte war erleichtert, als Machwao schließlich entschied, hier zu lagern, weil die gewaltige Herde für die Überquerung bis zur Dämmerung brauchen würde. Eine schier unzählbare Menge dieser riesigen Kolosse wogte über die Hügel und verschwand dann auf der anderen Seite des Flusses. Die Männer schien diese

Verzögerung nicht zu stören, denn sie hatten ihr Ziel fast erreicht. Noch zwei Tage, deuteten sie mit einem Lächeln an.

Maisblüte nahm dies mit einem tiefen Seufzen zur Kenntnis. Sie war froh, wenn sie festen Boden unter ihren Füßen hätte und nicht den ganzen Tag in einem Kanu sitzen musste. Die Männer hatten da eine Ausdauer, die beneidenswert war. Aber vielleicht lag es auch an ihrer Schwangerschaft, dass sie die Reise inzwischen als beschwerlich ansah.

Als sie wenig später am Feuer saßen, wunderte sie sich über die ausgelassene Stimmung der Männer. Auch sie waren froh, das Ziel ihrer Reise vor Augen zu haben. Noch eine Nacht, dann würden sie das große Dorf der Kaskaskia endlich erreichen. Noch wäre genug Zeit, ihr eigenes Dorf nach dem Handel noch vor dem Winter zu erreichen!

Wapus führte sie nach dem Essen ein Stück landeinwärts. Er zeigte ihnen die Mounds einer verlassenen Stadt, die hier einst gestanden hatte. Sie entdeckten mehrere kleinere Mounds und sahen in einiger Entfernung den höchsten Hügel des großen Dorfes. Mit einem Blick erkannten sie, dass hier früher sehr viele Menschen gelebt haben mussten. Maisblüte stand staunend davor, denn sie erkannte sofort, dass diese Hügel vergleichbar mit den Ahnenhügeln und Begräbnisstätten ihres Volkes waren. Niemand wusste, warum die Bewohner dieses große Dorf irgendwann verlassen hatten, aber Wapus meinte, dass die Nachfahren vielleicht die Kaskaskia waren, die immer noch hier siedelten, aber in kleineren Dörfern. „Vermutlich hat das Land so viele Menschen nicht ernährt", meinte er mit einem Schulterzucken. „Wir leben ja auch in kleinen Dörfern, damit das Wild nicht verschwindet. Einst müssen hier Tausende gelebt haben, da bleibt bestimmt kein Wild mehr in der Nähe! Auch bei uns gibt es viele solcher Mounds, aber nicht ganz so hoch. Auch unsere Ahnen hatten ehemals solche Hügel, um die Toten zu bestatten."

Maisblüte sah auf die Handzeichen, die Wapus zum besseren Verständnis gab, und nickte verstehend. „Auch mein Volk lebt auf solchen Hügeln. Einige sind Begräbnishügel, aber andere werden angelegt, um darauf Hütten zu bauen."

Die Menominee staunten. „Um darin zu leben?"

Maisblüte nahm sich einen kleinen Stock und strich die Erde glatt, um eine kleine Zeichnung zu machen. „Ja, unsere Häuser stehen auf solchen Hügeln und unser Dorf ist mit einem Schutz aus Baumstämmen umgeben."

Wapus hob überrascht die Augenbrauen. „Weiter im Osten leben auch Völker an den großen Seen, die ihre Dörfer mit einem Schutzwall umgeben, aber bei uns ist das nicht nötig. Unsere Vorfahren haben diese Hügel nur errichtet, um ihre Toten darin zu bestatten. So wie hier! Zumindest vermuten wir das." Er machte eine ausladende Bewegung mit der Hand.

Der Platz hatte eine eigene Mystik und so blieben sie eine Weile und streuten Tabak für die Seelen der Toten, die hier bestattet lagen. Die Natur hatte sich bereits einen Großteil der Stadt zurückerobert und einst würde sie ganz verschwunden sein. Sie blieben, bis die Sonne schließlich unterging, und wanderten im Licht des aufgehenden Mondes zurück zu ihrem Lagerplatz. Jeder dachte für sich über dieses alte Volk nach, das einst diese Hügel errichtet hatte.

Am Morgen waren die Bisons verschwunden und so konnten die Männer den letzten Abschnitt der Reise in Angriff nehmen. Der Große Fluss war hier breit und seicht, ohne gefährliche Strömungen, sodass sie gut vorwärts kamen. Das letzte Nachtlager schlugen sie an einem Strand auf, den schon vorher Reisende benutzt hatten. Tagsüber waren sie an einem kleineren Dorf und Feldern vorbeigekommen, hatten aber niemanden erblickt. In der Mittagshitze hatten die Menschen vielleicht den Schatten ihrer Hütten aufgesucht, um auszuruhen. Einmal sahen sie badende Kinder, die jedoch verschwanden, als das Kanu in ihrer Nähe vorbeiglitt.

**

Am Spätnachmittag wählte Wapus den Weg am östlichen Ufer entlang, denn er wusste, dass das Dorf auf einer Landzunge lag, die von dem Großen Fluss auf der einen Seite und der Mündung des Kaskaskia-Flusses auf der anderen Seite gebildet wurde. So war das Dorf von zwei Seiten her durch Wasser geschützt. Auf

der anderen Seite des Großen Flusses lagen einige zerklüftete Berge, aber auch auf der östlichen Seite erhob sich das Gelände. Die Reise von der Landseite her wurde dort ebenfalls durch zerklüftetes Gelände mit dichten Wäldern erschwert, nur am Flussufer kam man gut vorwärts. Die Halbinsel lag dagegen sehr flach und Teile wurden regelmäßig überschwemmt.

Als die beiden Kanus anlegten, strömten sofort die Menschen zusammen, und zwei Würdenträger traten ihnen entgegen, um ihnen Plätze zuzuweisen. Am Strand lagen viele Kanus, denn die Kaskaskia lebten auch vom Fischfang. Es waren aber auch schon andere Händler dort, die ihre Waren an den zugewiesenen Plätzen auf Matten ausgelegt hatten. Weiter im Landesinneren lag ein Dorf aus über hundert Hütten und Maisblüte wurde bei dem Gewimmel an Menschen wieder an ihr eigenes Dorf erinnert. Das Dorf hatte keine Befestigungen, aber bei der günstigen Lage schien das auch nicht nötig zu sein. Ein Angriff vom Wasser her würde sofort gesehen werden und von der Landseite her konnte er anscheinend auch gut abgewehrt werden. Erst später erkannte Maisblüte einige Gräben, die zum Schutz des Dorfes gezogen worden waren. Die Würdenträger trugen besondere Stäbe, die ihren Status hervorheben sollten, außerdem einen Federschmuck aus gefärbten Truthahnfedern. Sie lächelten freundlich und begrüßten Wapus, den sie bereits kannten. Ihre Augen leuchteten anerkennend, als sie die Bündel der Menominee inspizierten.

Wakoh stand kurz davor, die beiden in den Boden zu hauen, doch Machwao hielt ihn behutsam zurück. Es war üblich, dass ein Teil der Tauschobjekte dem jeweiligen Häuptling gegeben wurde. Es war eine Bezahlung dafür, dass hier unter seinem Schutz friedlich gehandelt wurde. Die beiden Würdenträger wählten einige Klumpen der grünen Steine und waren dann ausgesprochen zuvorkommend. Sie wiesen den Menominee eine kleine Hütte in der Nähe des Wassers zu, in der sie die nächsten Tage übernachten konnten. Im Frühjahr wurde dieses Gebiet regelmäßig überflutet, aber im Moment führte der Große Fluss wenig Wasser und so würden die Schlafplätze schön trocken sein. Maisblüte war das

recht, denn so konnte sie morgens schnell zum Fluss verschwinden, wenn es nötig wurde. Das Baby drückte auf ihre Blase und so musste sie öfter als sonst zwischen die Büsche gehen. Machwao und Wakoh schienen ebenfalls zufrieden zu sein, denn so konnten sie in der Nähe der wertvollen Kanus bleiben. Es war natürlich undenkbar, dass Händler bestohlen wurden, aber die beiden fanden, dass eine gewisse Vorsicht nicht schaden konnte. Wapus lachte darüber, denn er hatte hier nur gute Erfahrungen gemacht.

Nanih Waiya war fast sofort verschwunden, um sich im Dorf nach neuen Freunden umzusehen. Einige Jungen hatten ihn neugierig umringt und so war er begeistert mitgelaufen, als sie ihn freundlich zum Spielen aufgefordert hatten. Auch hier kam es selten vor, dass ein Kind die Händler auf ihren Reisen begleitete.

***

Maisblüte sah ihm nach und freute sich, dass er sich einige Tage erholen konnte. Sie half den Männern beim Ausladen und begutachtete dann die Hütte. Sie hatte nur ein Dach aus Schilf und Seitenwände aus leichten Matten. Der Schatten würde ihr nach der langen Zeit im Kanu guttun. Vor der Hütte gab es eine Feuerstelle, an der schon Holz bereitlag. Es war üblich, den Platz für den nächsten Gast herzurichten, damit dieser erst am nächsten Tag Feuerholz suchen musste. In der Umgebung gab es viel angeschwemmtes Holz und abgestorbene Bäume, so würde das kein Problem sein. Umgehend machte sie sich daran, den Männern ein Essen zuzubereiten. Ihre Vorräte waren fast erschöpft und sie hoffte, dass sie am nächsten Tag Zeit fanden, zur Jagd zu gehen. Hier wäre es sogar möglich, Fleisch zu trocknen oder Felle zu gerben. Für die Rückfahrt brauchten sie auf jeden Fall einen neuen Vorrat, denn es hatte auch Tage gegeben, an denen der Jagderfolg ausgeblieben war.

Dann sah sie auf, als einige Frauen näherkamen, um sie zu begrüßen. Sie trugen einfache Gewänder, die über einer Schulter zusammengeknüpft wurden. In den Händen hielten sie Schalen

mit Suppe und boten diese der fremden Frau an. Maisblüte seufzte vor Dankbarkeit, denn es bedeutete, dass sie heute nicht mehr kochen musste. Suppe! So etwas hatte sie schon so lange nicht mehr gegessen. Das lag aber auch daran, dass die Männer so gute Jäger waren und sie daher nie eine Suppe aus ihren getrockneten Vorräten kochen mussten. Sie schnupperte vorsichtig und roch Zwiebeln, Mais, Bohnen und Fleisch. Der Mais auf den Feldern stand bereits hoch und sie überlegte, wann diese Menschen ihn wohl ernteten und welche Zeremonien es hierfür gab. Sie bedankte sich mit einen Lächeln und stutzte etwas, als die Frauen ihr über den Bauch strichen. Ein Baby war eine gute Sache!

Die Frauen verschwanden schnell wieder, als die Männer vom Ausladen des Kanus zurückkehrten und die letzten Bündel in der Hütte verstauten. Ihre Augen glänzten hungrig, als sie die Schüsseln mit dem Essen sahen. Schnell setzten sie sich zu ihr und ließen sich die Schalen mit der Suppe reichen. Ihr Schlürfen war weithin zu hören und aus den herumliegenden Hütten erklang leichtes Gelächter.

Maisblüte staunte, wie viele Stämme sich hier eingefunden hatten, um Handel zu treiben. In der Nachbarhütte waren Ho-Chunk, die zunächst sehr misstrauisch zu ihnen hinübergesehen hatten, sich dann aber des Friedens besannen, unter dem sie hier alle standen. Aus dem Norden waren Dakota angereist, aus dem Westen einige Iowa oder Bah-kho-je, wie sich die „Staubgesichter" selbst nannten, und aus dem Südwesten einige Ni-U-Kon-Ska mit ihren kahlgeschorenen Köpfen, die von den anderen Stämmen auch „Osage" genannt wurden. Selbst Neshnabe, die Bewahrer des Herdfeuers, hatten den Großen See überquert und waren ebenfalls den Illiniwek-Fluss entlanggepaddelt, um hier Handel zu treiben.

Maisblüte kannte all diese Völker nicht, denn sie lebten zu weit von den Feldern der Chatah entfernt, aber die Männer versuchten ihr mit Zeichensprache zu erklären, was all diese Namen bedeuteten. Warum diese Stämme aber so hießen, wurde ihr nicht erklärt. Sie sollte sich von den Ni-U-Kon-Ska fernhalten, denn

diese würden kleine Mädchen fressen. Maisblüte fuhr erschrocken zusammen, erkannte dann aber an den funkelnden Augen, dass Wakoh nur einen Scherz gemacht hatte. Sie war neugierig darauf, was die Menominee hier tauschen wollten.

Etwas später kehrte Nanih Waiya zurück und setzte sich mit hungrigen Augen neben sie. Sie hatte ihm wohlweislich eine Schale der köstlichen Suppe aufgehoben, die er gierig schlürfte. Er hatte nicht einmal Zeit, sich einen Löffel zu holen. „Das schmeckt wie zuhause!", verkündete er genießerisch. Seine Worte trieben Maisblüte die Tränen in die Augen, denn er hatte recht. Es schmeckte wie die Suppen daheim. Sie konnte nicht verhindern, dass ihr die Tränen über das Gesicht liefen, und wieder einmal wunderte sie sich über ihren Gefühlszustand. Eigentlich ging es ihr doch gut. Warum weinte sie dann? Hastig wischte sie über ihr Gesicht, denn sie wollte nicht, dass jemand ihre Tränen sah und falsch von ihr dachte. Wapus jedoch hatte die kleine Geste gesehen und lächelte ihr zu. Baby-bringen-deine-Tränen, zeigte er wohlwollend.

Sie kicherte unter Tränen, denn es stimmte wirklich. Dieses Wesen in ihrem Bauch brachte sie ganz durcheinander. Auch Nanih Waiya lachte und streichelte ihr über den Bauch. „Dem schmeckt es bestimmt auch." Er sagte etwas in der Sprache der Menominee und alle lachten gutmütig.

Maisblüte erhob sich, denn sie wollte sich zurückziehen. Sie war immer so müde und freute sich darauf, endlich zu schlafen. Nanih Waiya folgte ihr ebenfalls und kuschelte sich an ihre Seite. „Bleiben wir eine Weile hier?", fragte er hoffnungsvoll.

„Hoffentlich!" Maisblüte verstand ihren Bruder nur zu gut. Auch sie freute sich, wenn sie eine Weile an einem Ort blieben. „Wir müssen ja Vorräte für die Rückreise anlegen!"

„Fein, da kann ich bestimmt mit meinem Vater zur Jagd gehen!", freute sich der Junge.

Maisblüte zuckte zusammen, als der Bruder zum ersten Mal diesen Krieger als Vater bezeichnete. Für sie war immer noch Große-Schlange der Vater. „Du nennst ihn nun Vater?", erkundigte sie sich mit belegter Stimme.

„Nur in seiner Sprache!", versicherte Nanih Waiya. „In meiner Sprache ist ‚Vater' nur unser Vater!"

Maisblüte lächelte über diese Logik. Aber sie verstand das Kind. Einen Vater zu haben, bedeutete für ihn Sicherheit. Ein Vater misshandelte sein Kind nicht. Es war üblich, sich mit den Verwandtschaftsbezeichnungen anzureden, und so war es nur natürlich, dass Nanih Waiya den neuen Vater auch so nannte. Sie überlegte, ob es nicht angemessen wäre, Awässeh-neskas mit „Bruder" anzureden. „Was bedeutet denn ‚Großer-Bruder' in ihrer Sprache", erkundigte sie sich.

„Muss ich fragen", murmelte das Kind müde. „Untereinander sprechen sie sich mit 'Nemat' an", aber ein Mädchen muss bestimmt was anderes sagen. Versuche doch ‚Neqoqsemaw'. Wenn es nicht stimmt, wird er es dir schon sagen!"

Sie kicherte in sich hinein. Sie würde mit Sicherheit kein Wort verwenden, wenn sie nicht genau wusste, dass es auch stimmte. Es lag an Awässeh-neskas, ihr mitzuteilen, wie sie ihn anreden sollte. Solange würde sie einfach warten, bis sie angesprochen wurde, und nicht das Gespräch von sich aus suchen. Sie schlief ruhig und ohne die Alpträume, die sie sonst hochschrecken ließen.

Kaskaskia

(Dorf der Kaskaskia am Mississippi)

Machwao half Wapus am nächsten Tag, die Matten mit der Handelsware auszulegen, während Shawano-Nuki ihren schwarzen Topf über das Feuer hing, um Fleisch weichzukochen. Staunend standen einige Frauen um die Feuerstelle herum und bewunderten das neuartige Ding. Machwao bedauerte, dass er es nicht eintauschen konnte, denn es gehörte der Frau aus dem Süden. Außerdem fand er es ganz praktisch, obwohl er es selbst nicht gern benutzen würde, weil er nicht wusste, welche Gebete es brauchte. Es kam nicht aus ihrer Welt und so hatte es auch keine Geister, die man beschenken konnte, um sich für den Nutzen zu bedanken. Wakoh war mit Awässeh-neskas und dem Jungen unterwegs, um einen der Bisons zu erlegen. Sie hatten das Kanu genommen und wollten zu der Stelle zurück, an der die Bisons den Fluss überquert hatten. Das Fleisch wäre mehr als ausreichend, um im getrockneten Zustand die Rückreise zu gewährleisten, und das Fell wäre ohnehin sehr wertvoll. Die Frau konnte es gerben und so wäre es eine gute Decke, wenn die Nächte wieder kühler wurden.

Wapus hatte die grünen Steine bereits ausgebreitet und legte nun die bearbeiteten Klingen und Ahlen dazu. Der Steinemacher hatte auch eine kleine Figur mitgegeben, die aussah wie eine kniende schwangere Frau. Sie erregte die meiste Aufmerksamkeit, obwohl auch anzügliche Bemerkungen in Richtung der schwangeren Frau gemacht wurden, die am Feuer der Menominee saß. Vielleicht war die Figur ja ein Zaubermittel für Fruchtbarkeit? Immer wieder setzten sich Menschen zu ihnen, tauschten Geschichten und Informationen und begutachteten die mitgebrachten Kostbarkeiten. Es war üblich, am ersten Tag nur die Waren zu begutachten und dann mit den Tauschwaren zu kommen. Die Kaskaskia brachten erst einmal in Erfahrung, was die Menominee gerne tauschen würden, ehe sie Dinge anboten, die ohnehin abgelehnt wurden. Der Tauschhandel glich einer Zeremonie: In Gesprächen wurde abgeschätzt, wie wertvoll die Güter waren

und was die Händler dafür haben wollten. Man ließ sich Zeit, denn der Tauschhandel galt auch dem Aufbau von Beziehungen und dem Stärken des Handelsnetzes. Nur wenn immer wieder Händler von weither kamen, konnte die strategische Stellung des Ortes ausgebaut werden. Kaskaskia lag günstig, denn es befand sich am Großen Fluss, an dem die Stämme aus dem Süden und Norden zusammentreffen konnten. Außerdem hatte der Große Fluss viele Zuströme, welche die Völker aus dem Inneren des Landes hierher brachten. Von Osten her flossen der Ohio, der Kaskaskia-Fluss und der Illiniwek-Fluss hierher, während von Norden her der Große Schlammfluss den Großen Fluss ergänzte und von Westen her die Völker der Ni-U-Kon-Ska und der Bah-kho-je hierher gebracht wurden.

In freundlicher Ruhe wurden Neuigkeiten ausgetauscht und vor allen Dingen lustige Geschichten erzählt. Allerorts war Gelächter zu hören, denn der Sommer war eine Zeit, in der die Menschen im Überfluss lebten. Entsprechend großzügig waren die Kaskaskia zu ihren Gästen. Die Vorratsbehälter, in denen noch der Mais vom letzten Jahr gelagert wurde, mussten geleert werden, ehe der neue Mais eingelagert wurde, und so erhielten die Menominee, aber auch die anderen Händler großzügige Geschenke. Shawano-Nuki nahm dies mit Dankbarkeit und kochte in ihrem Topf eine leckere Suppe mit Mais, Bohnen und Fleisch.

Machwao musste zugeben, dass er in seinem ganzen Leben noch nie so etwas Gutes gegessen hatte. Das lag aber auch daran, dass sie in den letzten Tagen hauptsächlich Fisch und Fleisch gegessen hatten, und der Körper jetzt nach anderen Dingen gierte. Außerdem hatte die Frau die Suppe mit wilden Zwiebeln, Kräutern und Beeren abgeschmeckt, die sie etwas abseits des Dorfes gefunden hatte. Machwao hätte sich am liebsten in den Topf gesetzt, so lecker war die Suppe. Die Frau lächelte sanft, als sie bemerkte, wie gut es ihm schmeckte. Ihr Lächeln traf ihn bis ins Herz, denn es war frei von Angst und Schmerz. Der warme Schein in ihren Augen zeigte, dass sie ihnen verziehen hatte und sich bei ihnen sicher und geborgen fühlte. Selbst hier in der Fremde zwischen

all den fremden Völkern. Er lächelte zurück und rülpste laut als Zeichen seiner Anerkennung.

***

Kurz vor Sonnenuntergang kehrten die anderen zurück und ließen sich beim Ausladen des Kanus helfen. Sie hatten tatsächlich eine junge Bisonkuh erlegt und packten die großen Fleischteile auf ihre Schultern, um sie zur Hütte zu tragen. Im Kanu lag noch das große Bisonfell, das ebenfalls zu einem Bündel zusammengeschnürt worden war. Es war Sitte, dem Volk, in dessen Gebiet sie jagten, einen Teil abzugeben, doch die Kaskaskia waren so großzügig, darauf zu verzichten. Also rösteten die Menominee einige Teile des Fleisches auf den heißen Steinen des Lagerfeuers und verteilten sie so an die umliegenden Händler. Im Nu saßen alle möglichen Menschen an ihrem Feuer und stopften sich genüsslich das frische Fleisch in den Mund.

Innerhalb kürzester Zeit hatten die Menominee neue Freunde gewonnen, auch bei Stämmen, die als nicht so friedlich galten. Besonders die Dakota waren als sehr kriegerisch bekannt und sich ihrer Freundschaft zu versichern, war eine kluge Geste. Einer hieß „Wambdi-duta", Roter Adler, der besonders grimmig aussah, aber ein lustiger Mensch war. Er war mit einem Freund unterwegs, der den Namen „Hoka-luzahe", Schneller Dachs, hatte. Sie hatten ihr Haar in Zöpfe geflochten und jeder trug zwei Adlerfedern, die an einer runden Scheibe aus Rohhaut befestigt waren. Die beiden saßen eigentlich immer am Feuer der Menominee und genossen das Essen, das Shawano-Nuki ihnen hinstellte. Sie schenkten ihr dafür eine scharfe Obsidianklinge, die durchaus wertvoll war und zeigen sollte, wie sehr sie die Frau bewunderten. Scherzhaft fragten sie, ob man die Frau eintauschen konnte, aber die Menominee lehnten es mit freundlichen Zeichen ab. Machwao konnte sehen, dass nur der Platz des Friedens die beiden daran hinderte, sich die Frau mit Gewalt zu schnappen. Die Dakota waren gefährlich und er wusste, dass er auf Shawano-Nuki aufpassen musste, wenn er nicht wollte, dass sie in den Erdhüttensiedlungen im Norden verschwand.

Die nächsten Tage verbrachten die Menominee mit sehr einträglichen Tauschgeschäften, während die Frau an einem einfachen Gestell das in Streifen geschnittene Fleisch zum Trocknen aufhängte und an einem anderen Gestell das Fell gerbte. Die Obsidianklinge leistete ihr hier gute Dienste. In den Morgenstunden grub sie nach Zwiebeln und Knollen oder sammelte Beeren in ihren Körben, die sie aus Bast oder Weiden flocht. Die Kaskaskia hatten aber auch Gärten, in denen sie Gemüse und Obst züchteten, und Gehege mit Truthähnen. Dann tauschte sie das Büffelfleisch gegen andere Dinge ein, die den Männern schmecken würden.

Wakoh hatte anfangs eine bissige Bemerkung gemacht, in der er bezweifelte, dass sie gerben konnte, aber ihre Fertigkeit belehrte ihn eines Besseren. Shawano-Nuki konnte mindestens so viel wie die Frauen der Menominee. Einige Dinge machte sie anders, aber nichtsdestotrotz geschickt. Sie konnte sogar töpfern und staunend sahen die Menominee, wie sie dafür Muschelschalen zerrieb, damit die Töpfe eine bessere Haltbarkeit erreichten. Wenn sie einen Topf im Feuer brannte, dann zersprang er fast nie. Sie bemalte die Töpfe mit einem schönen Muster aus schwarzer Farbe und tauschte sie bei den Frauen gegen andere Gegenstände, die sie brauchen konnte. So erhielt sie feine Knochenahlen, weiches Leder, Sehne zum Nähen und für Nanih Waiya ein einfaches Spiel, bei dem er einen Speer durch einen geflochtenen Ring werfen musste. Die Kinder des Dorfes waren darin wahre Meister und auch Nanih Waiya entwickelte eine hohe Geschicklichkeit darin. Meist kam er auch mit Fisch zurück, den er während des Tages mit seinem Speer gejagt hatte. Er spielte oft am Wasser des Großen Flusses und tobte mit den anderen Kindern herum. Die Zeit bei den fremden Männern schien er völlig vergessen zu haben.

Abends saßen die Menominee in der Hütte und genossen die Ruhe, die sie hier hatten. Es war auch anstrengend, den ganzen Tag die fremden Sprachen zu hören und Geschichten nur über Zeichensprache auszutauschen. Wapus schien sehr zufrieden zu sein, denn er hatte bereits einen Beutel des begehrten Salzes

gegen die kleine Figur eingetauscht. Die Männer hatten die Verhandlungen Wapus überlassen, denn er wusste am ehesten, wie viel man für die Dinge verlangen konnte. Sie trugen inzwischen alle einen Lendenschurz aus rotem Tuch, das sie von Völkern aus dem Süden eingetauscht hatten. Sie staunten darüber, dass man aus Pflanzenfasern solch ein Tuch weben konnte, denn ihre Kleidung bestand sonst ausschließlich aus Leder. Auch die rote Farbe reizte sie, obwohl Wakoh etwas abfällig meinte, dass sie nun im Wald schlecht getarnt wären. „Jeder Hirsch rennt doch mehrere Pfeillängen, wenn er uns so leuchten sieht wie der Blutmond!"

Er wollte lieber auch so eine scharfe Klinge, wie Shawano-Nuki sie erhalten hatte, und bat Wapus darum, diese für ihn einzutauschen. Er hatte sich mit den Dakota angefreundet, denn sie waren seinem Wesen ähnlich. Ihm war klar, dass sie bei einem Angriff furchterregende Gegner wären, aber hier war ein Platz des Friedens. Es war wie das Spiel mit dem Feuer. Freche Bemerkungen gegenüber mächtigen Gegnern zu machen, reizte ihn, umso mehr bewunderte er diese Männer insgeheim. Er spielte mit der Gefahr, indem er verkündete, die beiden am nächsten Tag auf die Jagd zu begleiten.

Machwao hob staunend die Augenbrauen. „Du willst diese beiden begleiten?" Es klang, als ob er befürchtete, seinen Freund dann niemals wiederzusehen. „Der Schutz des Handels gilt nur hier und nicht, wenn du das Dorf verlässt!"

„Sie haben mich eingeladen!", erklärte Wakoh mit einem Grinsen.

„Ja, um dich dann irgendwo zu töten! Vergiss nicht, dass sie unsere Feinde sind."

„Wir haben das Essen mit ihnen geteilt. Sie werden mich nicht ermorden. Keine Sorge!", meinte Wakoh leichthin.

Awässeh-neskas schüttelte den Kopf. „Das kannst du nicht wissen. Du kennst ihre Gewohnheiten nicht!"

Wakoh kniff die Augen zusammen und grinste vergnügt. „Sie haben die gleichen Gewohnheiten wie wir. Sie lachen gern und machen Scherze. Wenn sie mich einladen, werden sie diese Gastfreundschaft wahren. Das würde ich zumindest so tun. Sie sind mir ähnlich und deswegen vertraue ich ihnen."

Machwao schluckte eine bissige Bemerkung hinunter. Im Grunde stimmte es ja. Hier lebten die Menschen unter anderen Gesetzmäßigkeiten. Menschen, die sonst im Krieg lebten, fanden hier zueinander und erlebten, dass sie gar nicht so verschieden waren. Das war eine gute Sache. „Und was wollt ihr jagen?", fragte er beiläufig.

Wakoh machte eine großartige Geste. „Vielleicht einen Bison! Die beiden haben so viel von unserem Fleisch gegessen, dass sie dachten, dass es gut wäre, unsere Vorräte aufzufüllen."

„Sehr entgegenkommend!", bestätigte Awässeh-neskas. „Sonst bleibt uns nichts für unsere lange Reise."

Alle kicherten, denn Fleisch hatten sie wahrlich schon genug. Shawano-Nuki hatte begonnen, das getrocknete Fleisch in den Bündeln zu verstauen, die für die Heimreise vorbereitet wurden. Klingen, Salz und Ketten aus fremden Muscheln und Perlen stapelten sich bereits neben Decken und Beuteln mit Nahrung. Die Kanus würden wirklich volle Ladung haben. Wakoh machte Witze, dass sie vermutlich sinken würden, vor allen Dingen, wenn Shawano-Nuki einstieg. Ihr Leib hatte inzwischen die Form eines runden Kürbis' und ihre Bewegungen waren ungelenk. Eigentlich waren die Männer abfahrbereit, doch Machwao hatte Sorge, dass das Baby geboren wurde, wenn sie unterwegs waren. Er hatte vorgeschlagen, die Geburt abzuwarten, auch wenn das hieß, dass sie nicht mehr vor dem Winter heimkehrten. Von daher wäre das Fleisch eines Bisons eine gute Sache, denn dann hätten sie genügend Vorräte. Vielleicht schafften sie es noch bis zu ihren neuen Freunden, den Ho-Chunk. Es war schwierig, dies abzuschätzen, da sie nicht wussten, wann das Baby kam. Auch Shawano-Nuki konnte ihnen da nicht weiterhelfen. Sie war zu unerfahren.

Wapus bemerkte nur, dass der Bauch sich gesenkt hatte und dies meist ein Zeichen dafür war, dass das Baby geboren werden wollte. Die Männer würden normalerweise keine Rücksicht darauf nehmen, denn eine Geburt war etwas Normales. Doch wenn ihr Volk auf Reisen war, dann waren andere Frauen dabei, um einer Frau bei einer Geburt beizustehen. Wenn sie aber die Kaskaskia verließen, hätte Shawano-Nuki keine Hilfe.

***

In der Kühle des Morgens verschwand Wakoh tatsächlich mit den beiden Dakota zur Jagd. Die beiden grinsten so breit, als wollten sie die Menominee in Sicherheit wiegen, sodass Machwao nicht ganz sicher war, ob Wakoh nicht doch mit gefährlichen Menschenfressern aus dem Norden ging. Wakoh aber gab das Grinsen genauso breit zurück und nachdem Machwao wusste, wie gefährlich sein Freund sein konnte, fürchtete er um die beiden Dakota. Auf jeden Fall würden die drei erfolgreich von der Jagd heimkehren. Er sah ihnen nach, wie sie in dem Kanu der Dakota nordwärts paddelten.

Inzwischen war es deutlich kälter geworden und allen war klar, dass der Sommer vorbei war. Nachts kam bereits ein leichter Frost, sodass sie ihre Schlaffelle brauchten und in der Hütte abends ein Feuer entzündeten. Tagsüber war es oft noch warm, aber meist trugen sie jetzt ihre Umhänge und wärmere Kleidung. Sie lächelten fröhlich, wenn sich das Kleid von Shawano-Nuki über dem Bauch spannte.

Die Kaskaskia hatten begonnen, die Felder mit dem Mais abzuernten und das Korn zu trocknen und zu mahlen. Sie backten eine Art Fladenbrot, das den Menominee unbekannt war. Sie hatten den Mais bisher nur in der Suppe gekocht. Hier lernten sie, wie der Mais auch zu Mehl gestampft werden konnte. Die Kaskaskia nahmen hierzu einen ausgehöhlten Baumstamm, in den sie die Körner legten und dann mit einem Holzstößel zerstampften. Das auf diese Weise gewonnene Mehl wurde dann sorgsam in Töpfen aufbewahrt. Es schien ganz gut haltbar zu sein. Die Menominee fanden es interessant, weil es sofort zu verwenden war und nicht, wie die Maiskörner, erst langsam weichgekocht werden musste. Wenn man auf Reisen war, schien dies eine gute Ergänzung zu sein. Es war schmackhaft und ausgesprochen sättigend. Mit Beeren oder Ahornsirup gesüßt war es eine wahre Delikatesse.

Am Nachmittag kehrte Wakoh mit den beiden Dakota zurück und präsentierte freudig die Beute, die sie gejagt hatten: Wieder hatten sie eine Bisonkuh erlegt, deren Fleisch sie an Land trugen.

Wakoh erzählte von der aufregenden Jagd, denn die Herde hatte sich schützend gegen sie gestellt, als die Tiere bemerkten, dass Jäger in der Nähe waren. Die Männer konnten nur entkommen, indem sie schnell mit dem Kanu geflüchtet waren. Erst nach einer ganzen Weile konnten sie zurück zu der Stelle, an der sie die Kuh liegengelassen hatten. Die Herde hatte gemerkt, dass ihr nicht mehr zu helfen war, und hatte sich entfernt. Stolz zeigte Wakoh das viele Fleisch, das getrocknet werden konnte. Das Fell überließ er den Dakota. Scherzend saßen die Männer am Abend zusammen und ließen sich von Wakoh die Einzelheiten der Jagd erzählen. Sie hatten die Kuh mit einem gezielten Speerstoß erlegt und waren damit in den Bereich der gefährlichen Hörner gekommen.

„Wie seid ihr so nahe an sie herangekommen?", erkundigte sich Awässeh-neskas.

Wakoh grinste stolz. „Gegen den Wind. Wir versteckten uns am Ufer und warteten, bis sie mit den anderen aus dem Wasser kam. Die Bisons kamen ganz nah an uns vorbei und so mussten wir nur zustechen. Aber dann sind wir gelaufen! Mann! Wir haben gerade noch rechtzeitig das Kanu erreicht und ab ins Wasser damit!"

„Sind euch die Bisons nicht hinterher?", fragte Awässeh-neskas gespannt.

„Doch! Aber im Wasser sind sie nicht so schnell." Wakoh lachte gut gelaunt. Er nahm dankbar die Schale mit Suppe entgegen, die Shawano-Nuki ihm reichte, und streichelte wohlwollend über ihren Bauch. „Heute wird der kleine Krieger in deinem Bauch satt!" Alle lachten und es war ein schöner Abend. Der Mond hatte fast seinen vollen Umfang erreicht und ähnelte dem dicken Bauch der Frau aus dem Süden. Es war, als würde ihr Baby bereits von dort oben auf sie herunterlächeln und darauf warten, endlich geboren zu werden. Vielleicht war es ja auch so.

Am nächsten Tag regnete es und so brachten sie alle Bündel in Sicherheit und zogen mit einem Stock eine Rinne um die Hütte, in der das Wasser ablaufen konnte. Zum ersten Mal dachten sie daran, dass es vielleicht keine so gute Idee war, allzu lange zu

warten, denn die Hütte war für den Sommer gebaut. Wenn sie tatsächlich blieben, musste sie verstärkt werden. Andererseits schafften sie es vielleicht noch bis zu den Ho-Chunk, allerdings hing das davon ab, wie das Wetter im Herbst sein würde. Manchmal hatten sie einen schönen Herbst, mit wenig Regen und milden Temperaturen, manchmal kam bereits der erste Schnee im Monat der Blaubeeren.

Gegen Mittag schien wieder die Sonne und ein feiner Schleier lag in der Luft, als die Strahlen sich in den vielen Tropfen spiegelten. Es roch nach Regen und feuchter Erde. Shawano-Nuki war in Richtung des Dorfes gegangen, um dort beim Maismahlen zu helfen, und die Männer arbeiteten an ihren Waffen. Nanih Waiya war zum Spielen irgendwohin verschwunden. Er hatte seinen Speer dabei und wollte vermutlich fischen.

***

Der Schrecken kam aus dem Süden, wo die Sonne durch das Wasser des Großen Flusses die Augen blendete, wenn man in diese Richtung sah. Wesen auf riesigen Tieren, mit seltsamen Hauben auf den Köpfen und griffbereiten langen Messern trabten am Ufer entlang auf das ahnungslose Dorf zu. Hunde von abnormer Größe liefen ihnen sabbernd voran, bereit jede Beute anzugreifen, die ihnen in den Weg kam. Rasseln erklang, dazu setzte Pfeifen und Trommeln ein, als dahinter auch Menschen zu Fuß mit langen Lanzen in Richtung des Dorfes rannten, mit gierig erhitzten Gesichtern, die bereits die Beute ahnten.

Schreckensstarr blickten die Bewohner des Dorfes ihrem Untergang entgegen. Nur langsam lösten sie sich aus der Starre und rannten am Ufer des Kaskaskia-Flusses um ihr Leben. Wer in der Nähe der Kanus war, sprang hinein und paddelte um sein Leben. Die Fremden jedoch waren auf ihren riesigen Hunden wesentlich schneller als die fliehenden Menschen. Sie ritten an beiden Seiten des Ufers entlang, spießten die Männer mit ihren Lanzen auf und trieben die Überlebenden ins Dorf zurück. Klagend und weinend flehten die Menschen um Gnade, als sie dachten, dass gottähn-

486

liche Wesen ihr Schicksal bestimmten. Die Fußsoldaten hatten inzwischen das Dorf erreicht und schritten mordend und plündernd hindurch. Frauen schrien, als sie vergewaltigt wurden, kleine Kinder wurden ihren Müttern entrissen, damit man sich an ihnen gütlich tun konnte, Männer wurden getötet, wenn sie sich zur Wehr setzten, und Hütten in Brand gesteckt. Die Fremden waren hauptsächlich auf Beute und Gefangene aus, so übersahen sie in ihrer Gier, dass einigen die Flucht über den Großen Fluss gelang. Auch hier konnten die Männer ihnen mit den großen Wesen nachsetzen, aber der Fluss wurde schnell tiefer, sodass sie den wenigen, die diesen Fluchtweg wählten, kaum Aufmerksamkeit schenkten.

Machwao sah erschrocken auf, als Shawano-Nuki im schnellen Tempo auf ihn zurannte. Sie schrie etwas in ihrer Sprache und war hysterisch vor Angst. Auch er erkannte die plötzliche Bedrohung und sah fassungslos diese sechsbeinigen Wesen. Awässhenneskas Traum! Sein Verstand konnte diese Tatsache nur langsam verarbeiten. Da waren sie: diese sechsbeinigen Wesen, die Tod und Verderben brachten. Er hörte die Schreie der Angst und Panik, das seltsame Trommeln und Pfeifen, das Dröhnen der Hufe dieser großen Tiere und war zu keiner Bewegung fähig. Donnerwesen aus einer anderen Welt. Männer mit langen Messern, die auf alles einstachen, was ihnen in den Weg kam. Dazu riesige Hunde, die gierig ihren Rachen aufsperrten und wie der schwarze Panther des Untergrunds alles zu verschlingen schienen. All diese Geschichten waren wahr! Diese Wesen gab es wirklich! Sein Herz klopfte unkontrolliert und er spürte, wie seine Knie schwach wurden vor Furcht. Wie sollte man sich gegen diese Wesen schützen? Welche Gebete oder Zeremonien halfen gegen diese Macht des Untergrunds? Mit großen Augen starrte er auf die Frau, die hysterisch schreiend auf ihn zurannte. „Machwao! Schnell!", rief sie in seiner Sprache.

Nur langsam kam Bewegung in seine Beine. Die Käfermänner, von denen sie gesprochen hatte, waren hier. Sie mussten hier weg, oder ihnen blühte das gleiche Schicksal wie dem Mädchen!

Zitternd vor Angst schlüpfte er in die Hütte, in der seine Freunde ihn mit geweiteten Augen ansahen. „Schnell!", befahl er ohne Erklärung. „Wir müssen zu den Kanus!"

Geistesgegenwärtig ergriff er einige Bündel, wahllos und ohne wirklich zu wissen, was sich darin befand, dann war er bereits wieder draußen. Wapus, Wakoh und Awässeh-neskas folgten seinem Beispiel und ergriffen, was sie tragen konnten. Sie stürzten hinaus und starrten auf die Wesen, die mit solcher Brutalität über das Dorf herfielen. „Lauft!", schrie Machwao sie an. „Sie dürfen uns nicht erwischen!"

Aber auch seine Freunde mussten sich erst von dem Schrecken erholen. Das Schreien des Mädchens brachte sie in die Wirklichkeit zurück und mit schneller werdenden Bewegungen rannten sie auf das Ufer zu. Sie hatten nur eine Chance und die wollten sie nutzen. Ihr Glück war, dass die Käfermänner zuerst gegen das Dorf zogen und die Menschen verfolgten, die am Fluss entlangliefen. Keuchend erreichten sie die Kanus und sahen auch die beiden Dakota, die zitternd am Wasser standen und vor Angst kaum atmen konnten. „Lauft weg", zeigte Machwao mit seinen Händen! Hastig warf er die Bündel in sein Kanu und schob es bereits ins Wasser. Aus den Augenwinkeln sah er, dass Wakoh genauso geistesgegenwärtig handelte und ebenfalls das Kanu ins Wasser schob. Auch in die beiden Dakota kam Bewegung und sie drehten sich von dem schrecklichen Anblick weg und holten ihr Kanu.

„Nanih Waiya!", hörte Machwao die Frau hinter sich rufen. Ihr Schreien war in ein verzweifeltes Schluchzen übergegangen. Wo war der Junge? Ein kurzer Blick sagte ihm, dass sie keine Zeit mehr hatten, nach dem Kind zu suchen. Einige dieser fremden Wesen waren bereits auf dem Weg zum Ufer, um auch dort die Menschen an der Flucht zu hindern. In nur wenigen Augenblicken wären sie da! Ohne zu denken packte er Shawano-Nuki am Handgelenk und zwang sie einzusteigen, während Wakoh das Kanu bereits ins tiefere Wasser schob. Er hüpfte nach vorne und nahm das Paddel hoch, während neben ihm schon das Kanu der beiden Dakota an ihm vorbeizog. Shawano-Nuki schrie, aber er

konnte keine Rücksicht darauf nehmen. Er wusste aus ihren Erzählungen, dass sonst niemand überleben würde. Dann sah er, wie die beiden Dakota ihre Bögen hochrissen und einige Pfeile gen Ufer schossen. Er blickte sich um und sah, dass zwei dieser sechsbeinigen Wesen den Angriff abbrachen, als sie auf Widerstand stießen. Es reichte, um Awässeh-neskas und Wapus die Flucht zu ermöglichen. Sie hatten etwas Zeit verloren, weil Awässeh-neskas noch Nanih Waiya und einen kleinen Freund geholt hatte. Er hatte die Kinder einfach unter seine Arme geklemmt und war auf das Kanu zugewatet, das bereits im Wasser lag. Er kletterte hinein und brachte es gefährlich zum Schwanken. Wapus glich es aus, indem er sich zur anderen Seite beugte, dann nahm er das Paddel hoch und ruderte mit kräftigen Zügen auf seine Freunde zu. Die Dakota schickten einige weitere Pfeile, um ihre Flucht zu decken, dann trieben die Kanus weit in den Großen Fluss hinaus. Zügig nahmen die Männer die Fahrt nach Norden auf und paddelten aus Leibeskräften, um der Gefahr zu entkommen. Das Geschrei am Ufer wurde leiser und irgendwann erinnerte nur der Rauch, der zum Himmel stieg, an das furchtbare Geschehen, das dort gerade stattfand.

Coligua

(Mississippi, September 1541)

Juan de Anasco rief die zwei Lanzenreiter zurück, die dabei waren, drei Kanus zu verfolgen, in denen einigen Wilden die Flucht gelang. Pfeile verfehlten die Reiter nur knapp und Juan brüllte erneut einen Befehl, dass die Männer zurückbleiben sollten. Er hatte die beiden erkannt! Eindeutig! Seine Sklavin und der Junge! Die Männer fragten ihn nach weiteren Befehlen, doch er konnte seine Augen nicht von den Kanus lassen, die immer weiter in den riesigen Fluss hinaustrieben. Sein erster Impuls war, diese Sklavin wieder einzufangen und mit aller Härte zu bestrafen, doch irgendetwas ließ ihn innehalten. Ungeduldig wedelte er mit der Hand und schickte die Lanzenreiter in Richtung des Dorfes. „Treibt die Indios zusammen und sucht nach dem Häuptling!"

Die beiden verschwanden, während Juan weiter am Ufer blieb und den Kanus hinterherblickte. Sie hatte es also geschafft! Dieses Biest hatte die Flucht gewagt und war nicht von diesen kriegerischen Wilden getötet worden! Nein, sie hatte es in kürzester Zeit geschafft, von ihnen beschützt zu werden! Auch der Junge war von einem Krieger in Sicherheit gebracht worden. Wie konnte so etwas sein? War sie eine Hexe, die ihre Häscher immer wieder mit einem Zauber belegte? Wie konnte es ihr sonst gelingen, all diese Situationen zu überleben? Kurz lachte er ohne Humor. Er hatte ihren runden Bauch gesehen und ahnte, dass sie kurz vor der Geburt ihres Kindes stand. Sein Kind! Irgendwie fand er es lustig, dass ein Kind von ihm bei diesen Wilden aufwachsen würde. Vielleicht war es auch besser so. Mit ihm hatten weder die Frau noch das Kind eine rosige Zukunft zu erwarten. Wenn sie einen Mann fand, der für sie sorgte, dann hätte sie ein einfaches aber erfülltes Leben. Die Einheimischen hier wussten, wie man in diesem Land überlebte. Die eroberten Dörfer hatten ihn davon überzeugt, dass die Indios keine Not litten, sondern viele Vorräte anlegten. Eigentlich lebten sie in einem beneidenswerten Zustand des Überflusses. Maria und Nana würde es an nichts fehlen. Irgendwie fand er das beruhigend. Überrascht stellte er fest,

dass er gar nicht mehr verärgert darüber war, dass den beiden die Flucht gelungen war, sonst hätte er ganz sicher die Verfolgung aufgenommen. Seine Reiter kämen am Ufer schneller voran als das Kanu im Fluss und könnten es daher leicht einholen. Aber er wollte es nicht. Seit der Rückkehr von dem Großen See hatte sich seine Wut in Luft aufgelöst. Eine Sklavin war einfach nicht wichtig. Es gab genug Frauen, die er fordern konnte. Nun brauchte er sich keine Gedanken mehr zu machen, welche Verantwortung er vielleicht gegenüber ihr oder dem Kind hatte. Es war besser, wenn er als Capitán der Lanzenreiter keine Verpflichtungen hatte. Seitdem er von dem Großen See zurück war, hatte er sich wieder mehr um seine Männer und die Ausrüstung gekümmert. Das hatte der Kampfkraft der Truppe gutgetan.

Seufzend drehte er sich um und wandte sich dem Dorf zu, das voll und ganz in ihrer Hand lag. Einige Hütten brannten, doch die anderen wurden von den Soldaten nach Vorräten durchsucht. Die Soldaten hatten die Bewohner in der Mitte des Dorfes zusammengetrieben und auch den Häuptling festgesetzt. Mit vor Schreck geweiteten Augen warteten die Gefangenen darauf, was diese Götter aus einer anderen Welt von ihnen fordern würden. Juan zog verächtlich die Mundwinkel nach unten und gab den Lanzenreitern den Befehl, dem Fluss zu folgen und nach weiteren Überlebenden zu suchen. Sie brauchten neue Träger für die Weiterreise. Dann stellte er sich neben den Gouverneur, um die Huldigung des Häuptlings entgegenzunehmen. Er blieb auf seinem Pferd, ebenso wie der Gouverneur, weil dann die Wirkung auf die Eingeborenen noch eindrucksvoller war. Die Pferde waren immer noch die wirkungsvollste Waffe gegen die Einheimischen.

***

Juans Gedanken schweiften ab, als die Indios Geschenke brachten und sich den Göttern vor die Füße warfen. Der Gouverneur brachte das Kreuz und predigte wieder von Gott, etwas, das Juan schon so oft gehört hatte. Er runzelte die Stirn, als er an die letzten Tage dachte. Sie hatten Sümpfe mit Millionen von Mos-

kitos und anschließend raue Berge durchquert, um bis hierher zu kommen. Für was? Allein der riesige Fluss bewies ihm, dass auch hier der Ozean nicht zu finden wäre, denn der Fluss wurde von vielen Nebenflüssen genährt, die ja von irgendwoher kommen mussten. Nein, auch auf der anderen Seite der Berge, die am anderen Ufer zu sehen waren, würde kein Ozean zu finden sein! Ihm war das klar und er konnte sehen, dass auch der Gouverneur eher enttäuscht zu sein schien. Juan kannte ihn gut genug, um zu erkennen, wann der Gouverneur schlecht gelaunt war. Wäre er besser gelaunt, hätte er auch das Plündern des Dorfes schneller unterbunden. Die Soldaten hatten sich wie Tiere aufgeführt und so waren unnötig viele Menschen misshandelt oder getötet worden. Die Moral hatte inzwischen stark gelitten. Sie hatten den Weg von vierzig Leguas in nur sieben Tagen zurückgelegt und entsprechend enthemmt waren die Truppen hier eingetroffen. Nirgends waren die versprochenen Reichtümer zu finden und so hielt man sich an den Einheimischen schadlos.

Luis de Mostoso, der Maestro del Campo, war erzürnt über die Verschwendung der Ressourcen. Die Soldaten hatten sich wahllos gegriffen, was nicht niet- und nagelfest war. Nun wieder Ordnung in den Tross zu bringen, war schier unmöglich. Wütend wandte er sich an der Gouverneur und den Capitán der Lanzenreiter: „Wir brauchen die Vorräte für die Weiterreise! Es kann nicht sein, dass die Soldaten und das Fußvolk alles plündern. Bitte veranlassen Sie, dass Vorräte und Kleidung zu mir gebracht werden! Und unterlassen Sie das sinnlose Abschlachten von möglichen Sklaven! Auch die Vergewaltigungen müssen endlich aufhören. Der Häuptling wird uns schon Frauen für die Männer geben, da müssen wir nicht mit Gewalt vorgehen."
Juan nickte verstehend. Die Disziplin hatte sehr gelitten und den Soldaten keinen Einhalt zu gebieten, war tatsächlich keine gute Idee. Er salutierte zackig und warf dann dem Gouverneur einen fragenden Blick zu. „Soll ich mit meinen Männern für Ordnung sorgen?"
„Ja, machen Sie das! Teilen Sie Wachen für die Gefangenen ein und bringen Sie dann den Häuptling zu meinem Zelt. Ich möch-

te ihn nach dem weiteren Weg befragen." Entschlossen wandte sich der Gouverneur an den Maestro: „Weisen Sie den Soldaten Hütten zu und bauen Sie ein Lager auf. Dann möchte ich, dass genügend Vorräte für mindestens sieben Tage gesammelt werden. Schicken Sie auch Jagdtrupps aus, denn wir werden frisches Fleisch brauchen. Außerdem benötigen wir Decken und Felle für den kommenden Winter. Nachts wird es bereits ungemütlich kalt."

Der Maestro nickte ernst. „Stimmt, wir müssen an den Winter denken. Wir sind ziemlich weit im Norden, da wird es früher kalt."

„Und stellen Sie die Kanus sicher, die am Strand zu finden sind. In den nächsten Tagen werden wir übersetzen und dann brauchen wir jedes Boot, was wir finden können."

Der Maestro nickte erneut. „Wenn der Fluss nicht zu tief ist, brauchen wir vielleicht keine Piraguas zu bauen, um die Pferde überzusetzen."

Der Gouverneur lächelte erfreut. „Das wäre gut! Dann verlieren wir keine Zeit. Weiter nördlich habe ich wilde Kühe gesehen, die durch den Fluss gewatet sind. Dann ist das auch für die Pferde möglich. Vielleicht sollten Sie einen Jagdtrupp ausschicken, der diese wilden Kühe jagt? Da hätten wir genug Fleisch für die nächste Zeit."

***

Der Maestro entfernte sich wortlos, um sich um die aufgetragenen Aufgaben zu kümmern, während der Capitán sich mit seinen Leuten in Bewegung setzte, um versprengte Indios einzufangen. Bis zum Abend hatten sie weitere zweihundert Gefangene gemacht und trieben sie mit ihren Lanzen vor sich her. Es waren auch junge Frauen darunter und Juan hatte bereits eine für sich reserviert. Er hatte nicht vor, sie zu behalten, aber nach einiger Zeit der Abstinenz juckte es ihn in der Hose. Es war sehr befriedigend, nach einem Kampf sein Schwert in einem weichen Körper zu versenken und sich so richtig auszutoben. Maria hatte er bereits vergessen. Im Übrigen sahen diese Indioweiber ohnehin

alle gleich aus mit ihren schwarzen Augen und langen fettigen-Haaren. Von dem Häuptling erfuhren die Spanier, dass das Land im Norden kaum besiedelt war, weil es dort sehr kalt wäre, aber weiter im Südwesten gäbe es größere Dörfer. Der Gouverneur nannte diese Provinz Cayas und versprach seinen Männern, dass es wie bei ihnen zuhause wäre. „Wir verlassen den unwirtlichen Norden dieses Landes und suchen uns weiter südlich eine gute Möglichkeit zum Überwintern." Die Soldaten murrten zwar, aber der Name Cayas erinnerte sie an einen Fluss in Spanien, von dem viele stammten. Es war, als würde der Gouverneur ihnen versprechen, dass sie bald nach Hause kämen.

Mit gewohnter Routine wurde innerhalb kürzester Zeit das Lager aufgeschlagen und der Tross auf Zelte und Hütten verteilt. Die Vorratsspeicher wurden dem Maestro unterstellt und Häute und Decken landeten im Fundus des Lagerverwalters. Die Soldaten fanden jede Menge Dörrfleisch und ergänzten die Vorräte, indem sie Jagd auf Bisons machten. Außerdem fanden sie wertvolles Salz, das die Indios an einem Flusslauf gefunden hatten. DeSoto schickte in den nächsten Tagen Kundschafter los, die in den Bergen am anderen Ufer nach Gold suchen sollten. Er hatte keine große Erwartungen und war daher nicht überrascht, als sie die Nachricht überbrachten, dass dort nichts zu finden wäre.

Er verlangte von dem Häuptling zweihundert Träger und versprach sie freizulassen, wenn der Tross die andere Provinz erreicht hatte. Der Häuptling machte gute Miene zum bösen Spiel, aber es blieb ihm ja auch nichts anderes übrig. Die Frauen, die den Soldaten zugewiesen wurden, blieben still, als man ihre Körper in Besitz nahm. Wie sollte man sich auch gegen Götter wehren? Sie glaubten an einen Zorn der Geister, denn in der Nacht hatte es eine totale Mondfinsternis gegeben, bei der der Vollmond wie von Geisterhand verschwunden war. Die Menschen hatten gefleht und geklagt, doch DeSoto hatte sich prahlend vor den Mond gestellt und behauptet, dass er ihn wieder herbeizaubern könnte. Mit einer herrischen Geste gen Himmel hatte er den Schatten verschwinden lassen, der sich auf den Mond gelegt hatte. Jetzt

glaubten die Indios noch mehr daran, dass er wirklich der Sohn der Sonne war. Sie gaben alles, was er forderte, und hofften, dass diese Wesen bald wieder verschwanden, wenn sie nur demütig genug waren.

DeSoto ließ am Morgen nach dem Vollmond übersetzen. Die Vorräte waren in den Kanus verstaut worden und so setzte der gesamte Tross innerhalb eines Tages über den Großen Fluss. Der Mississippi hatte hier einige flache Inseln und war generell sehr seicht. Die Einheimischen nannten ihn in ihrer Sprache „Mississippi", was übersetzt „Großer-Fluss" bedeutete, und so trug Biedma diesen Namen auch auf seiner Landkarte ein. Er vermutete richtig, dass der Fluss nach Süden floss und in den Golf von Mexiko mündete. Diese Vermutung sprach sich auch bei den Soldaten herum und so peitschte DeSoto seine Leute im schnellen Tempo nach Südwesten, damit keiner auf den Gedanken kam, eventuell mit Kanus den Weg nach Süden einzuschlagen. Er hatte schon öfter Soldaten auspeitschen oder erschießen lassen, die es gewagt hatten zu desertieren.

⁂

Am anderen Ufer folgten sie einem Fluss, den sie bald Saline-Fluss nannten, weil dort Salz zu finden war. Das Vorkommen war so reichlich, dass sie das Salz tatsächlich in Kuchenform backen konnten. Sie erhitzten es in einem Kessel, bis das Wasser verdunstet war und sich das Salz wie ein Teig miteinander verband. Salz war kostbar, denn nun konnte man Fleisch pökeln oder auch Gemüse einlegen. Außerdem lechzten die Soldaten nach Gewürzen. Juan führte seine Lanzenreiter zu Pferde über den Fluss. Die Ausrüstung und Sättel hatte er in Kanus verstauen lassen, damit sie nicht nass wurden. Zeitweise mussten die Pferde schwimmen und so war es eine weise Entscheidung gewesen, nur in leichter Kleidung den Fluss zu überqueren. Späher hatten berichtet, dass auf der anderen Seite keine Gefahr drohte, und so wurde es ein ganz lustiges Unterfangen, bei dem einige Reiter sogar mit Absicht ein Bad nahmen. Juan erlaubte diese Spielerei und ließ sei-

nen Blick über den weiten Fluss schweifen. Dort, nach Norden war das Mädchen verschwunden. Ein kleines bisschen fühlte er den Verlust. Ja, er hatte in der Nacht seinen Spaß gehabt, doch eine Frau, die wie gelähmt vor Angst unter ihm lag, bereitete kein so großes Vergnügen. Maria war zwar demütig gewesen, aber keineswegs leblos. Fast fühlte er Bedauern, dass er nicht doch hinterhergeritten war. Dann grinste er schief, als er daran dachte, dass er nie erfahren würde, ob das Kind ein Junge oder ein Mädchen war. Nicht, dass es wichtig gewesen wäre, aber er hätte es aus reiner Neugier gerne gewusst.

Wahkayoh

(Illiniwek)

Maisblüte saß in dem Kanu und schrie ihre Angst hinaus, als sie sah, wie die Reiter ihr fast gefolgt wären. Nicht noch einmal! Nicht noch einmal! Sie hatte geglaubt, in Sicherheit zu sein, doch die Wirklichkeit hatte sie eingeholt. Diese Käfermänner tauchten immer wieder auf und bedrohten ihr Leben und jeden anderen Menschen, mit dem sie unterwegs war. Wie aus heiterem Himmel waren diese Wesen aus ihrer Vergangenheit aufgetaucht und hatten wieder Tod und Zerstörung über die Menschen gebracht. Sie wusste, dass niemand in diesem Dorf überleben würde, und ihr Herz zog sich vor Trauer zusammen. Warum gab es keinen Schutz gegen die Käfermenschen? Und wie konnten sie so weit entfernt erneut zuschlagen? Es war ein ganzer Mond vergangen, seitdem sie die Flucht gewagt hatte, und jetzt waren sie wie aus dem Nichts wieder da. Ihre Hände krallten sich in den Bauch, in dem das Ungeborene heftige Bewegungen machte. Auch das Baby spürte ihre Furcht und reagierte darauf. Ihre Atmung war viel zu schnell und erst jetzt bemerkte sie, dass sie vor Angst keuchte. Im anderen Kanu hockte Nanih Waiya und sie zwang sich zur Ruhe, als sie ihn sah.

Eine unendliche Dankbarkeit stieg in ihr hoch, als sie erkannte, dass Awässeh-neskas sein Leben gewagt hatte, um das Kind zu retten. Ein weiterer Junge saß im Kanu, der bitterlich weinte und sich immer wieder umdrehte und nach seiner Mutter schrie. Ihre Lippen wurden schmal, denn sie wusste, dass seine Mutter wahrscheinlich nicht mehr lebte oder in den nächsten Tagen sterben würde wie all die anderen Gefangenen, die die Käfermänner vorher schon gemacht hatten. Hier hatte er zumindest eine kleine Chance. Maisblüte wusste, dass sie noch lange nicht außer Gefahr waren, denn die Männer konnten auf ihren Pferden weite Wegstrecken in kurzer Zeit zurücklegen.

Hektisch blickte sie sich immer wieder um und suchte mit ihrem Blick das Ufer auf beiden Seiten ab. Es beruhigte sie, dass nichts

von den Reitern zu sehen war und diese anscheinend das Ufer des anderen Flusses nach Flüchtigen absuchten. Einzelne Kanus, die ihnen entkommen waren, schienen sie nicht so zu interessieren. Sie überlegte, ob Juan sie wohl gesehen hatte, denn ihm war zuzutrauen, dass er allein wegen ihr die Reiter hinter ihnen herschickte. Ihr Herz klopfte immer noch, als sie sich zu Wakoh umdrehte, der das Kanu mit kräftigen Paddelschlägen vorantrieb. Nicht-zum-Ufer, signalisierte sie. Erst-wenn-Sonne-untergeht! Wakoh nickte ihr zu und gab auch den anderen Kanus ein Zeichen, dass sie weiterpaddeln sollten. In dem Kanu mit den beiden Jungen war das Weinen verstummt. Awässeh-neskas hatte dem Kaskaskia-Jungen kurz den Arm auf die Schulter gelegt und bedeutet, dass es besser war, still zu sein. Unglücklich saß das Kind neben Nanih Waiya und wischte sich die Tränen aus dem Gesicht. In nur wenigen Augenblicken hatte es alles verloren und die Welt seiner glücklichen Kindheit und des sorglosen Spielens war zerstört.

Die Kanus verschwanden hinter einer Biegung und es wurde still. Die Ufer zu beiden Seiten glitten an ihnen vorbei und bis auf einige Vögel, die über ihren Köpfen dahinzogen, war nichts zu sehen. Unberührter Sandstrand wechselte sich ab mit Bäumen, deren Wurzeln aus dem Wasser ragten. Zweimal umfuhren sie flache Inseln, die teils mit Sand, aber auch mit Gras und Bäumen gesäumt waren. Nichts deutete darauf hin, dass wenige Pfeillängen zurück gerade ein Gemetzel stattgefunden hatte. Trotzdem nahmen die Männer die Warnung von Maisblüte ernst und paddelten bis tief in die Nacht. Der fast volle Mond machte das Reisen möglich, denn das Licht schien auf das dunkle Wasser und erleichterte ihnen die Sicht. Zudem war der Fluss hier breit, ohne Untiefen und gefährliche Strömungen. Die Männer kannten die Strecke und paddelten schließlich in die Bucht, in der sie schon einmal auf der Herfahrt eine Rast eingelegt hatten.

***

Mitten in der Nacht legten sie an und zogen die Kanus an Land. Sie wussten, dass sie nur knapp überlebt hatten, und standen mit

weichen Knien an Land. Misstrauisch sahen sie sich um, doch der alte Lagerplatz lag verlassen vor ihnen und nichts deutete auf die Anwesenheit von anderen Menschen hin. Es war ein heiliger Ort, an dem die Geister der Ahnen ruhten, deren Schutz sie nun suchten. Dabei spielte es keine Rolle, von welchem Volk diese Ahnen waren.

Maisblüte nahm ihren Bruder in die Arme und drückte ihn eine lange Zeit fest an sich. Sie würde Awässeh-neskas für immer dankbar sein! Dann nahm sie auch den anderen Jungen in die Arme. Sie kannte nur wenige Worte in dessen Sprache und so konnte sie ihm nicht erklären, dass er seine Mutter nie wiedersehen würde. Aber vielleicht ahnte er es, denn der Junge suchte ihren Schutz und klammerte sich an ihr fest. Sie setzte ihn neben Nanih Waiya an die kalte Feuerstelle und half dann den Männern beim Ausladen. In einen Kanu war etwas Wasser eingedrungen und so mussten die Bündel geleert und ihr Inhalt getrocknet werden. Auch die Dakota halfen beim Entladen und suchten dann im Wald nach Feuerholz. Sie brachen trockene Zweige von den Bäumen, denn das Holz am Boden war noch nass vom morgendlichen Regen. Es dauerte, bis es ihnen gelang, ein Feuer zu machen. Schweigend saßen schließlich alle um das Feuer, müde und gezeichnet von dem Erlebten.

Maisblüte fand einen Beutel mit Trockenfleisch und gab jedem davon. Sie hatten weder Decken noch warme Umhänge dabei und so blieben sie in der Wärme des Feuers. Bei ihrer Flucht waren viele Dinge, die sie jetzt eigentlich brauchten, liegengeblieben. Machwao war der Erste, der die Bündel kontrollierte, um zu sehen, was sie hatten retten können. Er fand ein wenig Nahrung, Salz und die eingetauschten scharfen Klingen und den Pfeifenstein, einen ganzen Beutel mit Muschelketten, aber kaum warme Kleidung. Dies würde schnell ein Problem werden. Auch der schwarze Topf war in der Hütte zurückgelassen worden. Zwar hatten sie ihre Waffen, aber das Gerben von neuem Leder würde Zeit brauchen. Sie konnten nur hoffen, schnell auf ein anderes Dorf zu stoßen und diese Dinge einzutauschen. Maisblüte

seufzte, als auch sie erkannte, dass viele praktische Dinge einfach verloren waren. Aber alles war zu ersetzen. Am wichtigsten war, dass sie Abstand zwischen sich und diese Käfermänner brachten und alle noch am Leben waren. Zumindest hatte sie noch den Ahlenbeutel mit den wertvollen Kupfer- und Knochenahlen, um neue Kleidung zu nähen. Das Kleid war warm und auch die Kinder hatten einen Umhang über den Schultern. Für die nächsten Tage würde das ausreichen.

Die Dakota hatten ebenfalls nur noch die Dinge retten können, die sie am Leib trugen. Sie saßen mit aschgrauen Gesichtern am Feuer und versuchten zu verstehen, was sie da erlebt hatten. Noch nie hatten sie Wesen mit sechs Füßen gesehen oder Hunde, die größer als ein Puma waren. Mit Zeichensprache gaben sie zu verstehen, dass sie zu ihrem Volk zurückkehren wollten, um es vor dieser Gefahr zu warnen.

Maisblüte fühlte die völlige Erschöpfung und ließ sich auf die Seite sinken. Leichte Krämpfe zogen ihren Leib zusammen und sie atmete tief ein, um sich zu beruhigen. Sie war immer noch benommen, wie schnell alles vor sich gegangen war. Die Reiter waren einfach aus dem Nichts aufgetaucht und hatten das Dorf dem Erdboden gleichgemacht. Sie konnte nur ahnen, was mit ihr geschehen wäre, wenn sie Juan in die Hände gefallen wäre. Er hätte keine Rücksicht auf ihren Zustand genommen, so wie er auch das letzte Mal keine Gnade gekannt hatte. Sie schloss die Augen und hörte auf das seltsame Pfeifen in ihrem Ohr. Es klang, als hätten die Pfeifen der Soldaten einen Weg in ihren Körper gefunden. Ihr war schwindelig vor Grauen und all die Schrecken, die sie erlebt hatte, waren wieder da. Sie fühlte die Peitschenhiebe auf ihrem Rücken, als würde Juan hinter ihr stehen, und spürte sein bohrendes Geschlecht in ihrem Leib. Nie wieder! Nie wieder! Sie suchte nach der scharfen Klinge in ihrem Beute und hielt sie in der Hand. Ehe sie diesem Mann erneut in die Hände fiel, würde sie ihr Leben beenden. Sie hoffte, dass die Menominee am nächsten Tag weiter den Fluss hinauffuhren. Je weiter, desto besser!

***

Sie wachte auf, als eine Hand sanft ihre Schulter berührte, und fuhr mit der Klinge in der Hand hoch. Es war Machwao, der besänftigend die Hände hob. „Wir brechen auf!", erklärte er mit einem Lächeln. Er wartete, bis sie sich orientiert hatte, und half ihr behutsam auf. Ihr war wieder schwindelig und so stützte sie sich kurz auf ihn, um das Gleichgewicht zu finden. Ihr Gesicht war schmerzverzerrt. Ihr Bauch war hart und sie konnte sich kaum aufrecht halten. Mühsam setzte sie einen Fuß vor den anderen und stieg schwerfällig in das Kanu. Sie hatte solche Schmerzen, dass sie sich auf den unbequemen Boden legen musste. Sie konnte unmöglich sitzen. Machwao reichte ihr einen Beutel, den sie unter ihren Kopf legen konnte, und schob dann das Kanu mit Wakohs Hilfe in den Fluss. Es war noch sehr kühl, weil die Sonne gerade eben erst aufgegangen war. Maisblüte sagte nichts, denn sie war froh, dass die Menominee sofort aufbrachen.

Auch die anderen machten sich bereit und sicherten mit erhobenen Waffen ihre Abreise. Wachsam beobachteten sie das Ufer, bis sie endlich die Mitte des Flusses erreicht hatten. Alles blieb ruhig und so atmeten sie erleichtert auf. Im gleichmäßigen Tempo paddelten die Männer den Großen Fluss stromaufwärts, der zu dieser Jahreszeit keine starke Strömung hatte. Sie machten keine Pause, denn sie fürchteten, in einen Hinterhalt zu geraten, wenn sie näher ans Ufer kamen. Erst in der aufkommenden Dunkelheit, als sie die Mündung des Illiniwek-Flusses erreichten, paddelten sie schließlich zum Ufer.

Maisblüte hatte sich im Laufe des Nachmittags wieder hinsetzen können, obwohl ihr Bauch immer noch hart wie ein Kürbis war. Mit der Hand hatte sie Wasser geschöpft und durstig aus der hohlen Hand getrunken. Wakoh hatte sich besorgt zu ihr umgedreht und auch Machwao hatte kurz nach ihrem Befinden gefragt. Mit den Worten, die sie inzwischen gelernt hatte, teilte sie ihnen mit, dass es ihr besser ging. Beide schienen erleichtert zu sein und diese Sorge tat ihr gut. Diese Männer waren wirklich ganz anders als die Spanier, die in ihr keinen Menschen gesehen hatten, sondern nur ein Ding, das man nach Belieben misshandeln konnte. Sie

wollte den Männern beim Ausladen helfen, doch diese gaben ihr mit einer Handbewegung unmissverständlich zu verstehen, dass sie sich ausruhen sollte. Also setzte sie sich zu Wapus, der bereits versuchte, ein Feuer in Gang zu bringen. Er hatte dieses Mal die Glut in einem der wenigen Töpfe mitgenommen, die sie gerettet hatten. Nach dem langen Tag war sie fast erloschen, trotzdem war es immer noch leichter, mit Hilfe der angekohlten Holzstücke Feuer zu entfachen, als wenn man es mit neuem Holz versuchte. Maisblüte erkannte den Tontopf, den sie einst gefunden hatte. Sie wunderte sich, wo die Samen hingekommen waren, die darin gelagert worden waren. Wapus zeigte ihr einen Beutel, wo er die Samen aufgehoben hatte. Man konnte nie wissen, wozu sie einmal gut waren. Auch der Beutel mit dem Mais war noch da und Maisblüte lächelte. Sie hatten so viel zurückgelassen, dass es wie ein Wunder erschien, dass ausgerechnet diese Dinge noch da waren.

Wakoh und Awässeh-neskas nahmen mehrere brennende Zweige, um am Fluss zu fischen. Maisblüte hatte Angst, denn das Feuer würde weit über das Wasser zu sehen sein. Sie schüttelte heftig ihre Hand, um die Männer von diesem Vorhaben abzubringen. Die Angst stand ihr ins Gesicht geschrieben. Wambdi-duta und Hoka-luzahe gaben ihr recht und schlugen vor, lieber am frühen Morgen nach Hirschen zu jagen, die vielleicht zum Trinken an den Fluss kamen. Zwischen den Bäumen konnte man ein Feuer verbergen, aber nicht am Fluss. Noch war die Gefahr da, dass die Fremden sie einholten. Wakoh legte den Kopf schief und dachte mit gerunzelter Stirn darüber nach. Schließlich legte er die Zweige kommentarlos wieder ins Feuer und machte eine Geste seines Einverständnisses.

Maisblüte atmete auf und kümmerte sich um die beiden Jungen, die müde und apathisch am Feuer saßen. Sie hatten den ganzen Tag im Kanu gesessen und streckten ihre müden Beine aus.

„Werden uns die Spanier einholen?", fragte Nanih Waiya ernst. Es steckte viel mehr hinter dieser einfachen Frage. Das Kind hatte Angst, wieder misshandelt und missbraucht zu werden.

„Wir sind schnell gefahren!", antwortete Maisblüte. „Aber wir

müssen stets aufpassen! Sie können überall wieder auftauchen."

„Was passiert dann mit uns?" Nanih Waiyas Gesicht zeigte das Grauen der Gefangenschaft.

Maisblüte atmete tief ein. „Das darf nicht geschehen!", erklärte sie entschlossen. „Gleichgültig, was mit mir geschieht, du musst so weit rennen wie möglich! Versprich mir das!"

Nanih Waiya nickte unglücklich. Er wusste, was das hieß. Er nahm die Hand seines Freundes in seine und sah seine Schwester dann entschlossen an. „Wir werden rennen, so schnell wir können! Ganz bestimmt finden wir einen Stamm, der uns aufnimmt."

Maisblüte lächelte traurig. „Wir müssen beten, dass wir ihnen entkommen und bei den Menominee in Sicherheit sind. Sie leben weit im Norden, da kommen die Spanier sicherlich nicht hin."

„Kann denn mein Freund auch mit?", fragte Nanih Waiya hoffnungsvoll.

Maisblüte musterte Awässeh-neskas, der sich schnaufend neben sie setzte. Er gab den Jungen etwas Fleisch und lächelte freundlich. Er sah nicht so aus, als würde er den Kaskaskia-Jungen wegschicken. Aber es war zu früh, sich darüber Gedanken zu machen.

***

Vor Sonnenaufgang erwachte sie fröstelnd, denn in der Nacht war es kühl geworden. Frierend setzte sie sich ans Feuer und blies in die Glut, um es wieder anzufachen. Wakoh und die Dakota waren bereits unterwegs, um zu jagen, während Awässeh-neskas mit den beiden Jungen unten am Fluss stand, um Fische zu fangen. Wapus und Machwao waren nirgends zu sehen und so stand sie auf, um Holz für das Feuer zu sammeln. Wenn die Männer tatsächlich mit Fleisch zurückkehrten, konnten sie vor der Weiterfahrt noch schnell frisches Fleisch auf den Steinen garen. In den nächsten Nächten würde es nötig sein, einen Windschutz zu bauen, der die Wärme des Feuers besser hielt. Außerdem mussten sie vor der nächsten Nacht genügend Holz sammeln, damit sie es die Nacht hindurch in Gang halten konnten. Der Herbst kam schnell in diesem Land. Kurz nach Sonnenaufgang kehrten

die Jäger tatsächlich mit einem Hirsch zurück und die Stimmung stieg. Maisblüte garte einige Stücke Fleisch für die Männer und reichte sie ihnen mit einer Klinge. Sie beobachtete, wie die Männer sich mittels einfachen Worten und Zeichensprache unterhielten. Sie berieten, wie es weitergehen sollte, denn die Dakota wollten den Großen Fluss entlang zu ihren Jagdgründen hochziehen, während die Menominee den Illiniwek entlangpaddeln wollten. Es wurde Zeit, Abschied voneinander zu nehmen.

Trotz der Freundlichkeit unter den Männern hatte Maisblüte den Eindruck, dass sie sich gegenseitig belauerten. Eine gewisse Spannung lag in der Luft, die sie sich nicht erklären konnte. Sie achtete auf die Handzeichen, konnte aber nichts Verdächtiges feststellen. Die Männer unterhielten sich, wer das Fell bekommen sollte und wie das Fleisch aufgeteilt wurde. Die Menominee teilten einige ihrer Tauschgüter mit den Dakota, denn diese hatten bei der Flucht nichts retten können. Wambdi-duta und Hokaluzahe zeigten sich dankbar und nickten anerkennend. Dann forderten sie den kleinen Jungen als Beute für sich. Wir-nehmen-ihn-in-unser-Dorf. Es war offensichtlich, dass sie ihn für eine wertvolle Beute hielten. Wir-gut-zu-ihm, versuchten sie die Sorgen der Menominee zu zerstreuen. Wir-machen-ihn-zu-großem-Krieger!

Awässeh-neskas schien dies nicht zu gefallen, denn er wechselte einen finsteren Blick mit Machwao. Auch Maisblüte fasste sich ans Herz, denn der Gedanke, dass der kleine Junge wie Handelsware herumgereicht wurde, gefiel ihr nicht. Andererseits hatten die Menominee schon genug Großzügigkeit bewiesen, indem sie und ihr Bruder bei ihnen aufgenommen worden waren. Ein weiteres Kind war eine hohe Verantwortung und behinderte die Männer unter Umständen. Sie durfte auch nicht vergessen, dass sie kurz vor der Entbindung stand und dann ein weiteres Maul zu füttern war. Sie schwieg, als sie der Unterhaltung lauschte und wartete auf die Entscheidung Machwaos.

Wir-lieben-Kinder, betonte dieser gerade. Kinder-sind-uns-willkommen. Auch-dieses-Kind. Wir-nehmen-ihn-mit! Er-ist-Freund-von-Nanih Waiya. Er-wird-sich-anpassen.

„Washté!", gaben die Dakota nach. Sie lächelten freundlich und

schienen es nur als gut gemeintes Angebot gedacht zu haben. Trotzdem blieben die Menominee wachsam, bis die beiden ihre Sachen verstaut hatten und mit ihrem Kanu verschwunden waren. Hier standen sie nicht mehr unter dem Schutz des Handels, sondern waren in erster Linie Feinde.

Maisblüte spürte die Spannung den ganzen Tag, denn die Menominee drehten sich immer wieder um, als befürchteten sie, dass ihnen nicht nur die Spanier, sondern auch die Dakota folgen könnten. Der Fluss machte viele Krümmungen, sodass sie nicht abschätzen konnten, ob ihnen auch wirklich niemand folgte. Gegen Mittag lagerten sie auf einer kleinen Insel und genossen die Sonnenstrahlen, die sie wärmten. Wakoh und Awässeh-neskas blieben mit ihren Speeren am Ufer und jagten Fische. Auch sie blickten wachsam über das Wasser und beobachteten die Ufer auf beiden Seiten des Flusses. Gegen Abend ließ die Anspannung etwas nach, denn die Menominee hatten sich eine Weile hinter einer Biegung versteckt, um sicherzustellen, dass ihnen tatsächlich niemand folgte. Nichts war geschehen und so nahmen sie ihre Reise wieder auf. Maisblüte wurde ebenfalls ruhiger, denn bisher waren die Spanier niemals zu einem Ort wieder zurückgekehrt. In all der Zeit, die sie mit ihnen verbracht hatte, waren sie immer auf der Suche nach den gelben Steinen weitergezogen. Also gab es keinen Grund für diese Männer, an den Großen See zurückzukehren, weil sie dort offensichtlich nicht gefunden hatten, was sie suchten. Sie schätzte, dass die Spanier weiter nach Westen wandern würden, während die Menominee nach Osten gingen. Sanft massierte sie ihren Bauch, der sich wieder entspannt hatte. Sie fühlte die Bewegungen des Babys und lächelte.

Die Nacht verbrachten sie erneut auf einer Insel mitten im Fluss. Hier war die Gefahr am geringsten, von Feinden überrascht zu werden. Es gab so viele Inseln, dass es eher unwahrscheinlich war, dass jemand aus Versehen über sie stolperte. Es gab frischen Fisch und Maisblüte sammelte die ersten roten Moosbeeren, die mit ihrem sauren Geschmack einen schönen Kontrast zu dem Fisch gaben. Die beiden Jungen saßen meist bei Awässeh-neskas

und ließen sich von ihm zeigen, wie man den Fisch ausnahm. Auch der kleine Kaskaskia-Junge lernte bereits die ersten Worte der anderen Sprache und hatte von den Menominee den Namen „Wahkayoh" erhalten, weil er am liebsten Entenfleisch aß. Niemand fragte den Jungen, wie er wirklich hieß. Er war etwas jünger als Nanih Waiya und so war es nicht verwunderlich, dass er verstört war und sich an die Menschen klammerte, die ihm Schutz boten.

Vernichtung
(Illiniwek-Fluss)

In der Nacht geschah ein Naturschauspiel, das alle mit Schrecken erfüllte. Der helle Mond hatte sein Antlitz vor den Menschen verhüllt. Machwao und Wapus beschlichen dunkle Vorahnungen, denn der schwarze Schatten, der über das helle Gesicht gezogen war, bedeutete meist Untergang und Verderben. Wakoh war zur Wache eingeteilt gewesen und hatte seine Freunde geweckt, als das schreckliche Naturschauspiel am Himmel seinen Lauf nahm. Es war kurz nach dem Vollmond und sah gespenstisch aus, wie der helle Mond von dem bedrohlichen Schatten verschluckt wurde. Auch Shawano-Nuki war erwacht und starrte voller Angst in den Himmel, in dem plötzlich die Sterne wieder heller leuchteten, als das Licht des Mondes für kurze Zeit verschwand. Erstaunt beobachteten die Männer, wie Shawano-Nuki zwei große Steine nahm, und sie aufeinanderschlug. In den Krach stieß sie ein lautes Trällern aus, als wollte sie den Schatten vertreiben. Hektisch forderte sie die Männer auf, es ihr gleich zu tun. Nach bangen Augenblicken zeigte sich der Rand des Mondes wieder und die Menschen atmeten auf. Die Geräusche der Nacht, die plötzlich verstummt waren, fielen wieder ein, und die unwirkliche Stille wurde abgelöst von dem Sirren der Insekten und dem ersten Singen der Vögel. Es war zu früh und zeigte, dass auch die Tiere durch dieses Ereignis aufgeschreckt worden waren.

Wapus murmelte Gebete und nahm zwei Stöcke, um darauf einen Takt zu schlagen. Die Männer fielen ein, als Wapus ein Beschwörungslied sang, das den Mond besänftigen sollte. Es war nicht mehr so kalt, aber die Furcht ließ ihnen wahre Schauer über den Rücken laufen. Auch die Kinder waren erwacht und setzten sich zu Shawano-Nuki, um Trost zu suchen. Sie verstanden am wenigsten, warum die Erwachsenen so viel Angst hatten. Shawano-Nuki umarmte die beiden und flüsterte ihnen beruhigende Worte zu. Auch die Männer sammelten sich wieder und fanden Kraft in den alten Liedern.

Machwao war erleichtert, als die Sonne wie gewohnt im Osten aufging und die Geisterfrauen dort ihr Spiel am Himmel spielten. Die Welt stand noch und sie waren alle am Leben. Er wusste, dass in solchen Ereignissen stets eine Botschaft lag, doch manchmal musste man geduldig sein und warten, bis sich ihr Sinn zeigte. Er leckte mit seiner Zunge über seine trockenen Lippen und merkte daran, wie angespannt er gewesen war. Er wandte sich an Wapus, um mit ihm über das Schauspiel zu reden. „Was sagst du zu dem Schatten, der den Mond geraubt hat?"

Wapus pfiff leise durch die Zähne. „So ein Ereignis ist immer eine Warnung!"

„So wie die Geister mir schon einmal einen Traum geschickt haben? Aber wovor? Würden diese Mokomon, die Männer mit den langen Messern wieder auftauchen? Meinst du, dass sie eine Bedrohung für unser Dorf sind?"

Wapus sah ihn erschrocken an. „Ich habe nichts dergleichen gesehen. Die Lieder sind auf die richtige Weise beendet worden. Wir müssen an das Gute glauben, das die Geister uns schicken!"

Beruhigt nickte Machwao ihm zu und stand auf, um sich im Fluss zu waschen. Das Wasser erfrischte ihn und brachte Klarheit in seine Gedanken. Eine gewisse Gelassenheit überkam ihn, denn sie konnten es ohnehin nicht ändern, wenn die Geister sich gegen sie verschworen. Alles, was die Menominee tun konnten, war zu beten und um die Gunst der Geister zu flehen. Aber nicht immer wurden Gebete erhört. Auch das gehörte zu ihrem Leben.

***

Ohne Eile nahmen ihre Reise wieder auf und paddelten in der Nähe des Ufers entlang, weil sie dort nicht so schnell gesehen werden konnten. Gegen Mittag legten sie eine Pause ein und ruhten sich in der warmen Mittagssonne aus. Shawano-Nuki kontrollierte die Bündel in den Kanus, während die beiden Jungen mit ihren kleinen Speeren auf Fischfang gingen. Bis auf die Stimmen der Jungen, die auf einigen Felsen im Wasser standen, war es still. Der Angriff kam völlig überraschend und unerwartet, sodass die Männer sich kurz sammeln mussten, ehe sie nach ih-

ren Waffen griffen. Vier feindliche Krieger stürmten mit Geschrei auf sie ein. Pfeile flogen Awässeh-neskas und Wapus entgegen, als zwei der Krieger gegen sie losstürmten. Die beiden waren fast nackt und hatten sich ihre Gesichter in grässlicher Weise bemalt. Awässeh-neskas erhielt eine Schramme am Kopf und Wapus wurde am Arm getroffen, sodass er kurz das Gleichgewicht verlor und mit schmerzverzerrtem Gesicht nach dem Pfeil griff. Dann hatten die beiden sich von ihrem Schrecken erholt und ebenfalls ihre Waffen gezogen. Ihre Keulen trafen aufeinander, als sie brüllend zum Nahkampf übergingen.

Die anderen zwei Feinde waren in Richtung der Kanus unterwegs, wo sich Shawano-Nuki befand. Wakoh erkannte sofort, dass es sich um die beiden Dakota-Krieger handelte, die schreiend auf Shawano-Nuki zurannten. Die Frau war vor Entsetzen wie gelähmt und starrte den Angreifern nur mit großen Augen entgegen. Die beiden Jungen dagegen schrien vor Angst und flüchteten ins kalte Wasser. Plantschend versuchten sie den beiden Kriegern zu entkommen, die jedoch keine Anstalten machten, ihnen zu folgen. Stattdessen griff Wambdi-duta nach dem Mädchen, riss es an sich und drückte ihr mit dem Unterarm gegen den Hals. Dann setzte er ihr ein Messer gegen die Kehle. Der andere richtete bereits einen Pfeil auf Wakoh, der voller Wut auf die Angreifer zustürzte. „Ihr Hunde!", schrie Wakoh erbost. „Ihr feigen Hunde! Lasst sie los!"

Zwei Pfeile flogen in ihre Richtung, welche die beiden Krieger kurz stoppten. Wakoh hatte sich zur Seite gedreht, sodass der Pfeil nur eine Schramme hinterließ, während der andere Pfeil zitternd vor Machwao im Boden stecken blieb. Eine kurze Pause entstand, in der nur die Kampfgeräusche der anderen zu hören waren. Weder Machwao noch Wakoh wollten das Leben des Mädchens gefährden, das sich in der Gewalt der Dakota befand. Also hatten die beiden doch nicht so schnell aufgegeben! Mit gerunzelter Stirn beobachtete Machwao das Geschehen und atmete tief ein, als er sah, wie der Krieger das Mädchen bedrohte. Der feste Druck gegen die Kehle nahm der Frau sofort die Luft. Sie griff noch hilfesuchend nach dem Arm des Kriegers, der sie fest

gepackt hatte, doch dann flackerten ihre Augen und ihr Körper erschlaffte. Hilflos hing sie im Griff des Mannes, der damit nicht gerechnet hatte. Er brauchte nun seine zweite Hand, um sie aufrecht zu halten und lockerte seinen Griff an ihrem Hals etwas. Anstatt ein Gefühl der Überlegenheit zu haben und die Situation zu kontrollieren, hatte er alle Mühe, seine Geisel überhaupt festzuhalten. In einer fließenden Bewegung legte Hoka-luzahe den zweiten Pfeil auf und richtete ihn drohend auf Machwao, der seinen Totschläger in der Hand hielt, ihn aber nicht erhoben hatte. Stattdessen hielt er bittend die Hand ausgestreckt. „Hört auf! Wir wollen nicht mit euch kämpfen! Hört auf!" Aus den Augenwinkeln beobachtete er, dass die anderen Feinde immer noch mit Awässeh-neskas und Wapus kämpften. Ihm blieb nicht viel Zeit! Wakoh warf ihm einen finsteren Blick zu, hielt sich aber zurück und wartete ab, was die beiden Dakota tun würden. Sein Blick schoss Blitze, als er die beiden in Augenschein nahm. „Ihr kommt hier nicht wieder lebend weg, wenn ihr etwas passiert", drohte er heiser vor Zorn. Er hatte keine Waffen in der Hand und unterlegte seine Worte mit Zeichensprache.

„Wir wollen das Mädchen!", erklärte Wambdi-duta fordernd. „Und einen Jungen!" Die beiden fühlten sich siegessicher und ihre Forderungen waren entsprechend hoch.

Tief sog Machwao die Luft ein und versuchte sich selbst zu beruhigen. Betont langsam legte er den Totschläger auf den Boden, dann hob er beruhigend die Hände. Aus den Augenwinkeln sah er, dass Wapus und Awässeh-neskas immer noch kämpften, und er sorgte sich um seine Freunde. Von den beiden Jungen war nichts zu sehen. Sie hatten sich in Sicherheit gebracht und beobachteten die Szene wahrscheinlich aus sicherer Entfernung. Er konnte nicht einschätzen, wie ernst es um seine Freunde stand. Die beiden Dakota, die vor ihm standen, hatten sich in Richtung der Kanus zurückgezogen, wo ihnen zumindest von hinten der Fluss Schutz bot. Die Frau hing immer noch bewusstlos in den Armen des Mannes und Machwao presste besorgt die Lippen zusammen. Er wusste, dass diese Krieger gefährlich waren, und doch hatten sie gemeinsam gegessen und gekämpft. Vielleicht

konnte er sie überzeugen, dass ein Krieg zwischen ihren Völkern nicht gut war. Was wollten sie überhaupt mit einer Frau, die kurz vor der Niederkunft stand?

„Wollen wir reden?", fragte er mit ruhiger Stimme. Überhaupt war dieser ganze Überfall reichlich unüberlegt. Warum hatten die beiden nicht gewartet, bis sie die Frau irgendwo alleine erwischten? Meinten sie, dass die beiden anderen genug waren, um die Menominee zu besiegen? Er ahnte, dass Wakoh kurz davor stand, auf die beiden loszugehen, doch das brachte Shawano-Nuki unnötig in Gefahr. Beschwörend warf er seinem Freund einen Blick zu, nichts Unüberlegtes zu tun.

„Ich reiße diesen Madenfressern die Därme raus!", zischte Wakoh bebend vor Zorn.

„Tust du nicht!", befahl Machwao warnend. „Erst holen wir das Mädchen da raus."

„Die beiden kommen hier niemals weg!", knurrte Wakoh. Sein ganzer Körper war angespannt und er sah aus wie ein Puma, der gleich zum Sprung ansetzte. „Und die anderen auch nicht!" Sein Kopf ruckte in Richtung des Kampfes, der sich zwischen den Bäumen abspielte. Von dort war lautes Keuchen zu hören.

Kurz schätzte Machwao die Entfernung ein, die zwischen ihnen und den beiden Dakota lag. Es würde reichen, dass Wambdi-duta der Frau die Kehle durchschnitt, ehe einer von ihnen sie erreichte, und so zögerte er noch. Die vier Feinde hatten an ihre Überlegenheit geglaubt. Sie hatten gedacht, dass bereits die ersten Pfeile die Chancen auf ihrer Seite erhöht hätten, und nicht damit gerechnet, auf solche Gegenwehr zu stoßen. Machwao wunderte sich über diese Dummheit, denn zumindest Wakoh hätten sie besser einschätzen können. Warum also setzten sie ihr Leben aufs Spiel? Weil ihnen die Frau tatsächlich gefallen hatte? Glaubten sie, dass sie zu viert eine Chance hätten? Oder wagten sie den Angriff, weil sie nicht ohne Beute heimkehren wollten? Eigentlich war es lächerlich, denn die tatsächliche Gefahr ging von etwas ganz anderem aus. „Warte noch!", flüsterte er drängend. Wieder streckte er die Hände vor, um die beiden Dakota zu besänftigen. In Zeichensprache bat er darum, dass sie die Frau zu Boden legten. Sein Herz klopfte viel zu laut, als er versuchte die Situation zu

entspannen. Wambdi-duta machte keinerlei Anstalten, seiner Bitte nachzukommen. Hilflos hing Shawano-Nuki in seinen Armen und Machwao bekam es mit der Angst zu tun. „Sie atmet nicht!", erklärte er mühsam. „Du wirst ihr und dem Baby schaden. Willst du das?" Vorsichtig wich er einen Schritt zurück und gab so den beiden Angreifern mehr Raum. Wakoh rührte sich nicht, sondern wartete immer noch auf einen günstigen Augenblick, die beiden zu überrumpeln. Machwao ließ die Hände sinken, griff nach Wakohs Arm und zog ihn einen Schritt nach hinten. Die beiden Dakota beobachten dies mit Genugtuung und entspannten sich etwas. „Wir nehmen ein Kanu und diese Frau!", forderten sie siegessicher. Mit vorgeschobenen Lippen deuteten sie auf ihre Freunde. „Wir werden siegen! Wir haben Freunde dabei!"

Machwao machte eine Geste des Einverständnisses und blieb ruhig stehen. Sein Herz raste, als er beobachtete, wie Wambdi-duta die Frau zum Kanu zerrte und schließlich hineinlegte. Der andere sicherte den Rückzug mit seinem Bogen. Immer noch stand Machwao bewegungslos in einiger Entfernung. Was geschah mit seinen Freunden? Er hörte nur die entfernten Geräusche des Kampfes, konnte aber nicht einschätzen, ob sie die Oberhand behielten.

Dann zischte ein Pfeil heran, als Wambdi-duta ins Kanu klettern wollte. Er durchschlug den Hals des Kriegers, der röchelnd an seine Kehle griff und schwer ins Wasser stürzte. Hoka-luzahe ließ sofort seinen Pfeil von der Sehne schnellen, doch Wakoh hatte sich bereits zur Seite geworfen und stürzte wütend auf den Krieger zu.

Kaltblütig griff Machwao nach seinem Totschläger und rannte ebenfalls in Höchstgeschwindigkeit auf den Feind zu. Fast gleichzeitig erreichten sie ihn und warfen sich mit einem gellenden Schrei auf den Mann. Ein dumpfer Schlag ertönte, als der Totschläger den Kopf des Mannes traf. Wie vom Blitz getroffen fiel der Mann in sich zusammen und rührte sich nicht mehr. Trotzdem traf Wakoh ihn ein zweites Mal. Sein Gesicht war vor Wut verzerrt. Machwao hatte inzwischen das Kanu erreicht und bückte sich nach dem zweiten Mann. Wambdi-duta lebte noch, doch Machwao erkannte, dass ihm nur noch wenige Augenblicke

blieben. Er zog den Mann ans Ufer und hielt Wakoh zurück, der bereits mit erhobener Keule darauf wartete, auch dieses Leben zu nehmen. Am Waldrand waren die Geräusche des Kampfes verstummt. Machwao sah sich kurz um, um die Lage einzuschätzen, und sah einen verschwitzten Awässeh-neskas, der triumphierend seine Keule hob. Auch Wapus schien kaum verletzt zu sein und so ließ Machwao die Erleichterung zu, die durch seinen Körper wogte. Trotzdem fühlte er wie das Blut in seinen Adern pochte und funkelte Wambdi-duta wütend an. „War sie es wert?", fauchte er ungehalten. „War sie es wert, dass ihr nun alle tot seid?"

Der Sterbende suchte mit flackernden Augen den Blick von Machwao und nickte nur kurz. Er hatte keine Luft mehr zum Sprechen. Dann nahm er Machwaos Hand in die Seine und machte das Zeichen für einen Vertrag. Frau-gehören-dir, zeigte er unmissverständlich, dann trübten sich seine Augen. Machwao fühlte gleichzeitig Wut und Bedauern. Er hatte diese Männer geschätzt und jetzt waren sie tot. Es war überflüssig und unnötig. Er hörte, dass auch Wapus und Awässeh-neskas sich näherten, ignorierte aber ihre Anwesenheit, um sich dem Sterbenden zu widmen. „Ich flehe für dich!", flüsterte er mit heiserer Stimme, die seine Trauer ausdrückte.

Noch einmal wurden die Augen des Mannes klar und er verzerrte seine Lippen zu einem angedeuteten Grinsen. Er bereute nichts.

Reglos blieb Machwao einige Augenblicke sitzen, dann erhob er sich langsam. Alles war so schnell vonstatten gegangen, dass er kurz Luft holen musste, um sich zu sammeln. Er sah Wapus und Awässeh-neskas, die ebenso schockiert neben ihm standen. Wapus hielt noch den Bogen in der Hand, mit dem er auf Wambdi-duta geschossen hatte. Er blutete aus einer Wunde am Arm. Awässeh-neskas hatte eine leichte Platzwunde am Kopf, schien aber ansonsten unverletzt zu sein. Er sammelte sich als Erster. „Ich sehe nach den Kindern", bot er auf seine ruhige Art an. Machwao nickte nur und bat dann Wapus, ihm zu folgen, um nach Shawano-Nuki zu sehen. Mit bangem Herzen beugte er

sich über das Kanu und musterte die zierliche Gestalt, die dort lag. Nur der kugelrunde Bauch passte nicht so ganz zu dem jungen Mädchen. Sein Herz schmerzte vor Angst, ob sie vielleicht irgendeinen Schaden genommen hatte. Behutsam hob er sie aus dem Kanu und legte sie dann ins weiche Gras am Ufer. Seine Hand tastete über ihren dicken Bauch und es beruhigte ihn, als der die Bewegung des Kindes spürte.

Wapus trat neben ihn und reichte ihm eine Kalebasse mit Wasser. Er hatte einen Lederlappen gegen seine Wunde gepresst, um die Blutung zu stoppen. „Schütte ihr etwas Wasser ins Gesicht, dann wird sie wieder wach!"

Machwao warf ihm einen entsetzten Blick zu. Er würde doch keiner Frau Wasser ins Gesicht spritzen!

„Doch!" versicherte Wapus, „Das hilft immer!"

Kurz zögerte Machwao, dann goss er doch etwas kaltes Wasser in ihr Gesicht. Es erleichterte ihn, als ihre Augen flatterten und sie ihn verständnislos anstarrte. Langsam kehrte die Erinnerung zurück und Panik blitzte in ihren Augen auf. Machwao machte eine beruhigende Handbewegung und zeigte auf die beiden Dakota. „Sie sind tot! Du brauchst keine Angst mehr zu haben." Sein Kopf zeigte zum Waldrand. „Und die anderen auch."

Ihr Gesicht drückte Trauer und Fassungslosigkeit aus. Dann setzte sie sich auf und legte die Hände beschützend auf den Bauch. Es war eine solche Geste der Hilflosigkeit, dass es Machwao die Kehle zuschnürte. „Warum?", fragte sie zitternd vor Angst und Unverständnis.

Machwao zuckte die Schultern. „Du hast ihnen gefallen!" Er versuchte ihr die Angst mit einem Lächeln zu nehmen. „Sie wollten nicht ohne Beute heimkehren."

Shawano-Nuki verstand ihn nicht und so versuchte er ihr in Zeichensprache zu erklären, warum Männer manchmal dumme Dinge taten. Trotzdem blieben ihre Augen voller Trauer. „Aber sie waren Freunde! Sie haben mit uns gekämpft."

Machwao senkte den Kopf. „Ja, aber dann waren wir wieder Feinde. Die Dakota sind wilde Krieger. Wer weiß schon, was in ihren Köpfen vorgeht. Sie haben Freunde getroffen und dachten, dass sie damit eine Chance hätten, dich zu rauben." Mit einer

müden Geste erhob er sich und wandte sich an seine Freunde: „Wir sollten sie bestatten und dann wieder aufbrechen. Ich möchte nicht in der Dunkelheit hier sein, wenn ihre Geister herumstreifen."

Wakoh nickte sofort, während Wapus nachdenklich den Kopf zur Seite legte. Auch er stand noch sichtlich unter dem Schock des Erlebten. Es war immer schlimm, ein Leben zu nehmen, und es war sein Pfeil und seine Keule gewesen, die zwei Leben beendet hatten. Zwei von ihnen gekannt zu haben, machte es noch schlimmer. Er sah auf, als Awässeh-neskas mit den beiden Jungen zurückkam. Die Kinder sahen mit großen Augen auf die Toten und liefen dann zu Shawano-Nuki, um sich trösten zu lassen. Die leise Stimme der Frau wirkte beruhigend auf die Männer und so sammelten sie sich, um sich um die Toten zu kümmern.

Wapus fand einen guten Platz abseits des Ufers, an dem man die Dakota ehrenvoll bestatten wollte. Sie legten die Körper unter einen schattigen Baum und bedeckten sie mit großen Steinen, bis nichts mehr von ihnen zu sehen war. Dann streuten sie Tabak und legten Vorräte nieder, um die Geister der Toten zu versöhnen. Es war bereits später Nachmittag und so beschlossen sie, ihr Nachtlager auf einer Insel im Fluss aufzuschlagen. Sie sammelten die Waffen ein und fanden nach kurzem Suchen auch das Kanu der Männer. Es lag nicht weit entfernt am Ufer, wo die Männer an Land gegangen waren, um die Menominee zu überraschen. Doch nun waren die Menominee die Sieger und nahmen die wenigen Habseligkeiten an sich, die sie fanden. Sie nahmen die Vorräte und Waren an sich und versenkten dann das Kanu, damit ihnen sonst niemand folgen konnte. Der Überfall hatte ihnen gezeigt, dass es nirgends Sicherheit gab.

Sie schwiegen, als sie wieder Fahrt aufnahmen und bis zum Sonnenuntergang noch eine ziemliche Strecke zurücklegten. Wapus hatte die Blutung mit einem Verband gestoppt, doch die Verletzung schmerzte und behinderte ihn beim Paddeln. Die beiden Jungen saßen in seinem Kanu und übernahmen nach einer Weile das Paddeln. Die Menominee sahen es mit Wohlwollen. Ihre Gedanken jedoch galten den Dakota, aber auch den anderen Frem-

den, die ihnen nach dem Leben trachteten. Machwao streifte Shawano-Nuki manchmal mit einem prüfenden Blick, aber sie hatte zum Glück keinen Schaden genommen. Sie saß in der Mitte des Kanus und ließ gedankenverloren ihre Hand durch das Wasser gleiten. Sie war den Tod gewöhnt.

***

Die weitere Reise verlief ruhig und so erreichten sie schließlich ein Dorf der Illiniwek, an dem sie bereits bei ihrer Herfahrt vorbeigekommen waren. Damals hatten sie es nicht besucht, weil sie schnell zu ihrem Ziel kommen wollten. Jetzt lag es ganz günstig, um dort vielleicht Kleidung und Decken einzutauschen. Die Dinge, die sie den Dakota abgenommen hatten, würden dabei willkommene Handelsgüter sein. Wapus hatte die Wunde am Arm mit einem festen Verband geschützt, sodass sie ihn kaum noch behinderte. Sie schmerzte etwas, wenn er paddelte, eiterte aber nicht. Der Medizinmann kannte Kräuter, die eine Entzündung unterbanden. Gegen Mittag legten die Menominee am Ufer an und wunderten sich, als ihnen niemand entgegenkam. Das Dorf war wie ausgestorben und kein Laut war zu hören. Einige Krähen kreisten am Himmel, Vorboten des Todes – sonst nichts.

Machwao wurde misstrauisch und tauschte einen fragenden Blick mit Wakoh. Dann gab er Awässeh-neskas und Wapus das Zeichen, mit der Frau und den Kindern bei den Kanus zu bleiben. „Wartet hier! Irgendetwas stimmt hier nicht!" Er ging langsam in Richtung des Dorfes und verharrte zögernd, als ihm einige Hunde entgegenliefen. Manche knurrten, andere wedelten den Ankömmlingen zu, doch sonst blieb es still. Wo waren die Bewohner des Dorfes. Machwao zählte an die zwanzig Hütten, aber wo waren die Menschen? Dann hörte er ein Stöhnen aus einer Hütte und ging darauf zu. Was war hier geschehen? Hatten Feinde das Dorf überfallen? Er sah, wie Wakoh seinen Bogen griffbereit hielt, und nickte ihm anerkennend zu. Vorsichtig ging er zum Eingang der Hütte und blieb wie angewurzelt stehen. Was er sah, übertraf alle Schreckensbilder, die er je in seinen Träumen gesehen hat-

te. Eine ganze Familie lag dort, ihre Haut auf furchtbare Weise entstellt, ihre Augen geschlossen oder mit dem starren Blick des Todes. Hier lebte niemand mehr! Aber sie waren nicht von Feinden getötet worden, sondern eine unbekannte Macht hatte diese Menschen entstellt und ihnen den Tod gebracht.

Erschüttert drehte er sich zu Wakoh um. „Schau dich in den anderen Hütten um. Vielleicht gibt es Überlebende?" Seine Stimme zitterte.

Wakoh nickte wortlos und machte sich auf den Weg, während Machwao ebenfalls durch das Dorf ging. Zwei Hütten weiter fand er eine Frau, die ebenso entstellt war, aber noch mit fiebrigen Augen dasaß und auf den Tod wartete. Ihre Angehörigen waren bereits gestorben und niemand hatte die Kraft gehabt, sie aus der Hütte zu ziehen und zu bestatten. Machwao schluckte schwer, als er erkannte, dass auch diese Frau sterben würde. Es war nur noch eine Frage der Zeit. Er blieb am Eingang der Hütte stehen und wagte sich nicht hinein, weil er die Geister der Verstorbenen fürchtete. Er blickte neben sich, als Wakoh zu ihm kam und verneinend den Kopf schüttelte. Er hatte keine Überlebenden gefunden. „Wahrscheinlich sind die Überlebenden geflohen", vermutete er. Seine Augen spiegelten das Unfassbare, was hier zu sehen war.

Machwao machte einige Schritte rückwärts und dachte nach. Hier gab es nichts zu holen. Die Geister schützten die Toten und würden jeden bestrafen, der die Totenruhe störte. Aber sie fanden vielleicht Lebensmittel in den Vorratsgruben des Dorfes. Sicherlich waren Mais und Kürbis schon abgeerntet. Diese Dinge mitzunehmen würde die Rückreise erleichtern. Allerdings fehlte ihnen dann immer noch warme Kleidung. „Gehen wir zurück!", schlug er vor. Wakoh schien erleichtert zu sein, den Ort des Todes verlassen zu können, und folgte ihm widerspruchslos.

Bei den Kanus erzählte Machwao von ihren Entdeckungen und wartete, was Wapus vorschlagen würde. Als Metewin-Mann wusste er vielleicht besser, wie mit diesen fremden Geistern umzugehen war. Wapus schüttelte nachdrücklich den Kopf. „Nein, wir verlassen diesen Ort. Wir nehmen auch keinen Mais und kei-

ne Lebensmittel aus den Vorratsgruben. Dieser Ort ist von bösen Geistern besessen und wir lenken die Aufmerksamkeit dieser Geister auf uns, wenn wir etwas anrühren. Wir fahren sofort!" Seine Stimme ließ keinen Widerspruch zu. Er streute Tabak in die Richtung des Dorfes und zog so eine heilige Linie, damit die Geister ihnen nicht folgten.

***

Schweigend setzten sie ihre Reise fort, immer noch geschockt von dem, was dort geschehen war. Sie dachten an die Dakota-Krieger, aber auch an die seltsamen Mokomon mit den langen Messern, die das Dorf der Kaskaskia vernichtet hatten. Die Menominee paddelten mit aller Kraft, um dem Bösen zu entkommen, das die Menschen hier heimgesucht hatte. Erst spät legten sie an einer Insel an, die genügend Schutz versprach. Ein kalter Wind war aufgekommen und die Männer hofften, dass sie dort genügend Holz fanden, um einen einfachen Unterschlupf zu bauen. Die Kanus rutschten auf das sandige Ufer und die Männer sprangen heraus, ohne die Mokassins nasszumachen. Sie sicherten kurz die Umgebung und winkten dann auch der Frau und den Kindern zu, dass sie folgen sollten.

Shawano-Nuki nahm die Jungen, um Holz zu sammeln, während die Männer das Kanu ausluden. Die Insel hatte einen Schilfgürtel und Machwao deutete mit seinem Kopf darauf. „Wir sollten Matten flechten, um wenigstens in der Nacht ein bisschen Schutz zu haben. Wir können sie im Kanu mitnehmen und hätten dann jede Nacht einen warmen Unterschlupf."

„Noch nötiger brauchen wir warme Kleidung! Auf dem Wasser wird es kalt!" Wapus sprach aus, was alle dachten.

„Wir erreichen bald ein weiteres Dorf und können dort vielleicht tauschen", hoffte Awässeh-neskas. „Selbst wenn wir jagen, braucht es Zeit, bis wir das Leder gegerbt haben."

„Wenn es ein Fell ist, dann geht es auch so. Hauptsache, es wärmt! Wir sollten einen Tag Pause einlegen und jagen! Die Büffel haben bereits ihr Winterfell und auch Bären und Waschbären haben dichte Felle." Wakoh deutete mit den Lippen auf die zwei Kna-

ben. „Sie frieren und brauchen wärmere Kleidung. Uns ist warm, weil wir ja den ganzen Tag paddeln."

Awässeh-neskas lächelte leicht. „Ich schnitze den beiden auch ein Paddel. Dann ist ihnen nicht mehr so kalt."

Alle lachten leise, denn da hatte er nicht ganz unrecht. Es tat gut, an ganz normale Dinge und ans Überleben zu denken. Das lenkte von den düsteren Gedanken und Geschehnissen ab.

„Trotzdem brauchen wir warme Felle. Wir haben nichts für das Baby, wenn es geboren wird."

Die Männer nickten ernsthaft und musterten die Frau, die am Feuer saß und mit einfachen Mitteln eine Mahlzeit herrichtete. Ihr Bauch war so geschwollen, dass er zu platzen drohte. Wann würde das Ungeborene geboren werden wollen? Sein Überleben hing davon ab, ob sie es warmhalten konnten.

Auch in Wakoh kam wieder der Sinn für das Praktische durch. Er nahm sein Messer und verschwand in Richtung des Schilfes. Wapus und Machwao folgten ihm, während Awässeh-neskas zwischen die Bäume ging, um junge Schösslinge zu fällen, die er als Gerüst für einen Wigwam brauchte. Die Insel war relativ groß und so war es vielleicht keine schlechte Idee, hier zu rasten und die Ausrüstung zu ergänzen. Mit ihren scharfen Messern schnitten sie das Schilf, legten es in Bündeln zusammen und trugen es zum Lagerplatz zurück. Shawano-Nuki wusste sofort, was die Männer vorhatten, und legte das Schilf ordentlich aus. Sie hatten kaum Material, um es zusammenzubinden, also flochten sie es, indem sie immer mehrere Halme quer zu den bereits am Boden liegenden Halmen hindurchwebten. Auf diese Weise entstanden relativ schnell vier Matten, die Shawano-Nuki mit Sehne an den Enden verknüpfte, damit sie sich nicht wieder lösten. Wakoh hatte nochmals Nachschub geschnitten, als er sah, wie schnell die anderen arbeiteten, und half Awässeh-neskas, ein Gerüst zu bauen.

Die Sonne ging über dem Fluss unter und sie mussten sich beeilen, weil es sonst zu dunkel war. Als Befestigungsmaterial für das Gestell nahmen sie Ranken her, weil sie ihre Riemen und Schnüre schonen wollten. Die Ranken würde nicht lange halten, aber für ein oder zwei Nächte würde es reichen. Zum Schluss legten

sie die Schilfmatten auf das Gerüst und erhielten so einen Schlafplatz, der zumindest etwas gegen Kälte oder Regen schützte. Sie
brauchten dringend Felle, nicht nur als Kleidung, sondern auch,
um sich zuzudecken. Als sie endlich zusammengedrängt in der
Hütte saßen und sich gegenseitig wärmten, fühlten sie sich wohl.
Sie waren abgehärtet und dem Leben im Wald angepasst, aber
wenn erst der Regen oder Schnee kam, würde die Reise schwierig
werden.

Die Männer verbrachten den nächsten Tag mit der Jagd, wobei sie
die Insel nicht verließen. Immer noch schwirrten die Bilder des
Dorfes in ihren Köpfen herum und so fürchteten sie, dass auch
die anderen Dörfer das gleiche Schicksal teilten. Shawano-Nuki
erzählte ihnen von den Krankheiten, denn sie hatte dies schon oft
erlebt.
Wapus schüttelte voller Unglauben den Kopf. „Was waren das
für Geister, die diese Krankheiten brachten? Wieso traf es die Völker der Großen Schildkröteninsel und nicht die Menschen, die sie
brachten?"
Shawano-Nuki senkte hilflos den Blick. „So viele Dörfer wurden
bereits vernichtet! Ich weiß nicht, warum die Geister sie nicht beschützt haben. Auch die Spanier haben Verluste. Sie sind nicht
unbesiegbar, doch ihre Verluste sind nichts im Vegleich zu den
Verlusten der besiegten Völker."
Wapus kaute nervös auf den Lippen. Welche Lieder gab es dagegen? Welche Medizin würde der Große Weiße Bär ihnen hierfür
geben? Kannten die Bäume ein Heilmittel dagegen? Auch Shawano-Nuki wusste hier keine Antwort. „Die Menschen sterben
einfach. Einer nach dem anderen. Ich habe es gesehen!"
„Warum du nicht?", wunderte sich Wapus. Kannte die Frau aus
dem Süden vielleicht ein Zaubermittel? Oder hatte sie einen besonderen Schutzgeist?
Aber Shawano-Nuki hob nur die Schultern und machte eine ver-
neinende Geste. Sie hatte keine Erklärung dafür. „Ich weiß es
nicht. Wir haben überlebt. Aber mein Bruder und ich haben nicht
mit den anderen Gefangenen zusammengelebt, sondern bei dem
Mann, der Juan hieß. Er gab uns Essen und wir schliefen im War-

men." Ihre Hände unterlegten ihre Worte, sodass die Männer verstanden, was sie sagte.

Die Männer bearbeiteten die Felle der Tiere, die sie erlegt hatten, und dachten über Shawano-Nukis Worte nach. Wapus runzelte nachdenklich die Stirn und sah seine Freunde an. „Vielleicht schützt es, wenn man die Dörfer meidet? Wir meiden ja auch die Orte, an denen Kobolde und Geister leben. Vielleicht trifft uns dann dieser Geist, der die Krankheiten bringt, nicht."
Machwao nickte entschlossen. „Wir meiden die Plätze der anderen Menschen. Es ist wichtiger, unser Dorf zu erreichen und sie vor der Gefahr zu warnen."
Wakoh kniff besorgt die Augen zusammen. „Wir sollten uns beeilen!"
Machwao nickte zustimmend. „Aber erst ergänzen wir unsere Vorräte. Dann sind wir von niemandem abhängig und können unserer Reise zügig fortsetzen. Hier sind wir in Sicherheit. Lasst uns die Zeit nutzen."

Sie erlegten zwei Waschbären, einen Hirsch, einen Elch und ein altes Schwarzbärenmännchen, sodass sie damit beschäftigt waren, das Fleisch in Streifen zu schneiden und grob die Fleischreste von der Haut zu kratzen. Awässeh-neskas baute mit den Jungen ein einfaches Gestell, um das Fleisch zum Trocknen aufzuhängen. Die Insel war ideal, um Vorräte anzulegen, denn auf ihr lebten viele Tiere, die teilweise keine Scheu vor dem Menschen zeigten. Shawano-Nuki hatte am Strand Muscheln gesammelt und Schildkröten gefunden, die sie in einem einfachen Topf aus Birkenrinde kochte, indem sie heiße Steine hineingleiten ließ. Sie bedauerte, dass sie ihren Topf nicht mehr hatte, den sie einfach ins Feuer hatte stellen oder über dem Feuer an ein Gestell aus Ästen hatte hängen können. Das Leben hier war sehr einfach, aber sie fühlten sich sicher.

Das Wetter schlug um und als wäre die Stimmung noch nicht trüb genug, regnete es. Sie waren froh über das Dach aus Schilf, das ganz guten Schutz gegen den Regen bot. Die Männer halfen

Shawano-Nuki dabei, die Felle halbwegs zu gerben, sodass man sie mit der Fellseite nach innen tragen konnte. Wenn sie erst bei den Menominee waren, konnte man sie immer noch weichgerben, aber hier fehlte ihnen die Zeit. Es war primitiv, aber warm. Zu essen hatten sie genügend, sodass sie die nächsten Tage nicht jagen mussten.

Als sie schließlich weiterfuhren, packten sie die einfachen Schilfmatten zusammengerollt in die Kanus. Nachdem sie geflochten waren, mussten sie die Rohre mehrfach knicken, da die langen Halme nicht in einer Richtung lagen, sondern auch quer. Es schädigte die Matten, war aber nicht zu ändern. Sie legten die Rollen quer über das Kanu, weil sonst zu wenig Platz war. Es sah irgendwie lustig aus. Die Bündel verstauten sie wie gewohnt am Boden der Kanus, außerdem einen Korb mit Moosbeeren, die Shawano-Nuki gesammelt hatte. Den Korb hatte die Frau geschickt aus Binsen geflochten. Die Männer bemerkten dies wohlwollend. Die Frau aus dem Süden war gut unterwiesen worden und würde eine Zierde in jedem Wigwam sein. Einzig, dass sie ständig fror, amüsierte die Männer. Noch war es gar nicht so kalt und sie überlegten, was geschehen würde, wenn erst der Winter einsetzte. Wahrscheinlich hatte die Frau noch nie Schnee gesehen!

***

Die nächsten Tage blieb das Wetter gut. Der schöne Indianersommer hatte eingesetzt, bei dem die Tage noch schön warm waren und die Temperatur nur in der Nacht fiel. Die Blätter der Laubbäume an den Flussufern hatten sich bereits gefärbt, sodass sie durch die bunte Herbstlandschaft fuhren, nur unterbrochen von dem dunklen Grün der Fichten und Kiefern. Meist blies ein leichter Wind, der das Wasser sich leicht kräuseln ließ. Sie kamen gut voran, da der Illiniwek-Fluss keine große Strömung hatte. Die Fahrt war anstrengender, weil sie stromaufwärts paddelten, aber sie konnten hierzu in den Kanus bleiben und mussten sie nicht gegen die Strömung am Ufer entlangziehen. Schließlich erreichten sie das große Dorf, in dem sie schon bei der Herfahrt gehan-

delt hatten, und beschlossen, dort anzulegen. Vielleicht konnten sie hier Kleidung und Decken eintauschen? Sie hatten eine weite Strecke zurückgelegt und so war nicht damit zu rechnen, dass hier die Menschen unter den seltsamen Krankheiten litten. Trotzdem waren sie vorsichtig, als sie am Nachmittag an dem Strand anlegten. Machwao wechselte einen besorgten Blick mit Wakoh, als auch hier alles verdächtig still war. Einzig einige Hunde bellten, ansonsten schien das Dorf wie ausgestorben zu sein. Machwao gab den anderen ein Zeichen, am Wasser zu bleiben, und ging mit Wakoh vorsichtig in Richtung des Dorfes. Der Wind blies hindurch und bewegte einige Fleischstreifen, die auf Gestellen trockneten. Es wirkte auf die beiden Männer, als wären die Bewohner nur schnell irgendwohin gelaufen, um etwas Interessantes anzuschauen, und würden gleich wieder zurückkommen. Dann bemerkten die beiden die vielen Fliegen, die überall herumsummten. Und der Gestank! Das ganze Dorf stank nach Tod und verfaultem Fleisch, dabei waren keine Kampfspuren zu sehen.

Machwao wusste, was geschehen war. Auch hier hatten die bösen Geister mit der fremden Krankheit zugeschlagen! Er hielt Wakoh am Arm fest und schüttelte den Kopf. Sie brauchten sich nicht weiter umsehen. Hier wäre keiner mehr am Leben! Ein ganzes Dorf war ausgelöscht worden! „Lass uns zurückgehen!", murmelte Machwao mit belegter Stimme.
Die Angst stieg in ihm hoch. Wie konnten jene fremden Menschen über eine solche Entfernung solche Macht ausüben? Welche Macht hatten sie über die Geister? Wie konnte es sein, dass sie ihren faulen Atem schickten ohne selbst hierher zu kommen? Ungläubig schüttelte Machwao den Kopf. Nirgends entdeckte er Spuren von den riesigen Hunden oder sonst irgendwelche Zeichen von diesen Langmessern. Nein, sie hatten die bösen Geister geschickt, um dieses Dorf auszulöschen. Wakoh hatte die erste Hütte erreicht und blickte vorsichtig hinein. Sein Gesicht verzog sich vor Ekel und Grauen, als er die Leichen darin erblickte. Fassungslos sah er zu Machwao hin und machte eine verzweifelte Geste. „Sie wurden nicht einmal bestattet!"

„Lass uns gehen!", wiederholte Machwao mit Nachdruck. „Hier wartet nur der Tod. Wir sollten diesen Ort sofort verlassen!"

Wakoh nickte zögernd. Er schaute sich ein letztes Mal um, als könne er nicht begreifen, was hier geschehen war. „Ein ganzes Dorf …!" Er beendete den Satz nicht.

Die beiden gingen rückwärts in Richtung des Flusses, als fürchteten sie, dass ihnen irgendwelche bösen Geister folgen könnten. Dann drehte Machwao sich um und gab Awässeh-neskas ein Zeichen, dass er wieder in den Fluss hinausfahren sollte. „Sie sind alle tot! Wir müssen hier sofort weg!" Er gab dem Kanu einen Schubs, damit es schneller vom Ufer wegkam. Dann schob er das Kanu mit Shawano-Nuki ins Wasser und sprang selbst hinein. Wakoh schob es noch ein bisschen weiter und kletterte dann hinten hinein. Hastig nahmen sie die Paddel auf und steuerten auf die Mitte des Flusses zu. Ihre Gesichter waren grau vor Furcht.

Die Tage wurden bereits kürzer und so blieb nicht mehr viel Zeit, um einen guten Abstand zwischen sich und dem Dorf zurückzulegen. Sie paddelten so kräftig wie sie konnten und bis ihnen der Schweiß über die Gesichter lief. Erst als sie eine weite Strecke zurückgelegt hatten, wurden ihre Bewegungen wieder gleichmäßiger. Der Fluss hatte mehrere Biegungen, sodass der Ort des Schreckens bald außer Sichtweite war. Trotzdem paddelten sie weiter, bis die Dunkelheit die Weiterreise zu gefährlich machte.

Erneut steuerten sie eine der vielen Inseln des Flusses an und hofften, dass sie unbewohnt war. Es war die kleinste Insel, die sie bisher gefunden hatten, gerade groß genug, dass man auf ihr ein kleines Lager errichten konnte. Sie war bewaldet wie alle Inseln des Flusses.

Mit geübten Handgriffen errichteten die Männer das Lager. Sie bauten einen einfachen Windschutz aus Ästen und aus den mitgebrachten Schilfmatten, errichteten eine Feuerstelle und setzten sich dann um die Wärme des Feuers. Die beiden Kinder schwiegen, denn sie ahnten, dass die Erwachsenen Schreckliches gesehen hatten. Auch Shawano-Nuki verteilte schweigend etwas gedörrtes Fleisch und schien zu ahnen, dass die Männer das Gesehene erst verarbeiten mussten. Sie wusste, dass jenes Dorf

ausgelöscht worden war, denn sonst hätten die Männer nicht die Flucht angetreten. Auch sie verstand nicht, warum die Geister die Illiniwek so hart straften. Ebenso wenig wie sie verstand, warum ihr eigenes Dorf ausgelöscht worden war – oder all die anderen Dörfer, die von den Spaniern auf ihrem Weg vernichtet worden waren. Machwaos Augen waren blank vor Angst und Verzweiflung, als er das Wort an sie richtete. „Wieso vernichten die Mokomon fremde Dörfer, die sie gar nicht kennen? Wieso führen sie Krieg gegen Menschen, die gar nicht ihre Feinde sind?" Er verdeutlichte seine Fragen mit Gesten.

Shawano-Nuki zuckte hilflos mit den Schultern. Noch war ihr der Zusammenhang nicht so klar gewesen. Sie hatte bisher nur erlebt, dass die Menschen gestorben waren, wenn die Spanier die Dörfer erobert hatten, aber nicht, dass sie den Tod auch in entfernte Dörfer brachten. Es musste ein Fluch sein!

Wasserlilie und Witcawa
(Dorf der Ho-Chunk)

Wasserlilie führte sich wohl im Dorf der Ho-Chunk am Stinkendes-Wasser-See. Witcawa hatte eine große Familie, die es sich zur Aufgabe gemacht hatte, sie mit dem Leben im Dorf vertraut zu machen. Die kleine Schwester von Witcawa lächelte sie stets mit ihren Zahnlücken im Mund an und freute sich, dass sie eine „Schwägerin" hatte. Witcawas jüngere Brüder neckten sie freundschaftlich und manchmal auch durchaus anzüglich, sodass sie verlegen zu Boden sah, wenn ihr die Bedeutung mit Handzeichen erklärt wurde. Wasserlilie war noch jung und so musste sie sich in die Rolle einer verantwortungsvollen Ehefrau erst hineinfinden. Zudem wurde ihre Ehe mit Witcawa als etwas Heiliges gesehen und so fühlte sie sich auf Schritt und Tritt beobachtet. Tatsächlich war das auch so. Nur Falke verstand ihre Situation und setzte sich manchmal zu ihnen in den Chipoteke, den die Familie dem jungen Paar gebaut hatte.

„Denk dir nichts", tröstete er die junge Ehefrau. „Gestern noch waren wir Feinde und nun lebst du mitten unter uns!" Er lächelte, als er die Worte mit Zeichensprache unterlegte.

Wasserlilie lächelte scheu. „Alle beobachten mich!", erklärte sie. „Ich habe Angst, dass ich etwas falsch mache! Der Frieden ist wichtig für unsere Völker."

Falke machte eine begütigende Geste. „Du machst nichts falsch. Morgen schicke ich meine Frau, damit sie dir zur Seite steht. Sie wird deine Freundin sein und nicht deine Schwiegermutter oder andere Verwandte, die dich mit Argusaugen beobachten."

Wasserlilie seufzte tief. „Das ist schön! Ich bin immer so gehemmt, wenn meine Schwiegermutter da ist."

„Meine Frau wird dir eine Freundin sein, sonst nichts", versicherte Falke.

Witcawa nickte gönnerhaft. „Das ist großzügig! Die Frau meines Freundes wird dir helfen, ohne dass du Sorge haben musst, dass alles im Dorf erzählt wird. Bei ihr kannst du auch schneller unsere Sprache lernen."

Wasserlilie zuckte etwas zusammen, denn die Sprache der Ho-Chunk war wirklich sehr fremd gegenüber der Sprache der Menominee. Aber umgekehrt ging es ihrem Ehemann genauso. Er brach sich die Zunge an den schwierigen Worten, die sie ihn lehrte. Noch hatte sie nicht entschieden, wo sie in Zukunft leben wollten, denn Witcawa tat sich schwer darin, möglicherweise seine Familie zu verlassen.

Anfangs war Wasserlilie davon überzeugt gewesen, dass sie im Herbst wieder in ihr Dorf zurückkehren würden, aber nun überkamen sie Zweifel. Witcawa hatte eine große Familie und viele Freunde, von denen er sich wahrscheinlich nicht trennen wollte. Noch war das Leben hier neu und interessant, aber sie wusste nicht, ob sie wirklich für immer hier leben wollte. Die Trennung von den Eltern und ihren Freundinnen fiel ihr schwer. Sie vermisste Kämenaw Nuki und natürlich ihre Eltern und Großeltern. Also hoffte sie, dass Witcawa sein Versprechen einlöste und sie im Herbst tatsächlich zurück zu den Menominee brachte. Er lernte ebenso eifrig ihre Sprache wie sie die seine, und von daher hatte sie keinen Grund, sein Wort anzuzweifeln.

„Hat deine Frau denn schon Kinder?", erkundigte sich Wasserlilie bei Falke.

Falke lächelte stolz. „Wir haben schon zwei! Ein Junge und ein Mädchen. Du wirst sie mögen!"

Wasserlilie nickte erfreut. „Das ist gut! Ich freue mich schon, sie kennenzulernen."

Witcawa grinste breit. „Wir wollen auch Kinder! Mindestens fünf oder sechs, nicht wahr?" Er zwinkerte seiner jungen Frau zu und lachte dunkel, als sie schüchtern den Blick senkte.

„Kinder sind eine gute Sache!", stimmte Falke zu. „Sie zeigen euch, worum es wirklich im Leben geht."

Die beiden Krieger schwiegen kurz, als sie daran dachten, dass ihrer beider Leben fast zu Ende gewesen wäre. Auch das war ein Grund, warum alle so freundlich zu dem Menominee-Mädchen waren, denn das Dorf war dankbar, dass zwei Krieger unbeschadet hatten zurückkehren dürfen.

Am folgenden Tag brachte Falke seine Frau in Begleitung der kleinen Tochter in den Chipoteke seines Freundes. Sein Sohn

war längst mit den anderen Jungen verschwunden, um in dem grünlich schimmernden See ein Morgenbad zu nehmen. Er war mit seinen sechs Jahren bereits der Meinung, dass Frauen für ihn nicht der richtige Umgang waren.

Seine Frau setzte sich ans Feuer und nahm die Tochter auf ihre Knie. Das kleine Mädchen kuschelte sich an die Mutter und blickte sich mit großen schwarzen Augen um. Wasserlilie schmolz dahin, als sie das kleine Mädchen sah. So ein niedliches Mädchen wollte sie auch einst haben! Witcawa sehnte sich natürlich nach einem Sohn, doch Wasserlilie hoffte auf eine Tochter, die ihr im Wigwam helfen würde. Söhne könnte es danach immer noch geben.

Falke grinste fröhlich und stellte seine Tochter vor. „Sie heißt Kirschblüte, denn sie wurde im Mond geboren, in dem die Kirschbäume blühen. Meine Frau heißt Sonne-am-Morgen und sie wird dir eine gute Freundin sein!"

Wasserlilie warf ihm einen verwunderten Blick zu, denn normalerweise suchte man sich seine Freunde selbst aus, doch sie verstand die Botschaft, die hinter diesen Worten stand. Seine Frau hatte zumindest eingewilligt, sich um die neue Frau im Dorf zu kümmern. Ob daraus wirklich eine Freundschaft erwuchs, würde sich noch herausstellen. Wasserlilie war erfreut und kümmerte sich zunächst um das kleine Mädchen. Sie war einfach zu niedlich. Aus ihren Bündeln zauberte sie eine kleine Puppe aus Maisblättern hervor und drückte das Geschenk in die pummeligen Finger des Kindes. Es war genau das Richtige, um das Herz der Mutter zu berühren, und das Lächeln von Sonne-am-Morgen zeigte Wasserlilie, dass sie richtig gehandelt hatte.

Es war der Tag, an dem die Freundschaft zwischen Wasserlilie und Sonne-am-Morgen ihren Anfang nehmen sollte. Doch innerhalb kürzester Zeit wandte sich alles zum Schlechten. Das Dorf wurde von einer seltsamen Krankheit befallen, von der niemand bisher etwas gewusst hatte. Hohes Fieber brach aus und die Menschen wurden von schwärenden stinkenden Pusteln befallen, die anschwollen und die Menschen entstellten. Niemand wusste, woher die Krankheit kam, und so glaubten sie, dass es eine

Heimsuchung der Geister wäre, eine Bestrafung für irgendeine Unachtsamkeit. Zuerst erkrankten einige Älteste, doch dann griff die Krankheit auch bei den Jüngeren und den Kindern um sich. Stöhnend lagen die Menschen auf ihren Lagern und wälzten sich hin und her. Die Angehörigen waren hilflos, denn auch die Medizinleute wussten keinen Rat. Sie gingen in die Wälder, um die Geister um eine Medizin zu bitten, doch kehrten sie unverrichteter Dinge zurück. Ihre Gebete wurden nicht erhört.

Einer nach dem anderen starb, sodass die Menschen kaum nachkamen, die vielen Toten zu beerdigen. Klagend und voller Verzweiflung gingen die Menschen durch das Dorf, flehten um Vergebung und schwärzten sich die Gesichter vor Trauer, wenn einer nach dem anderen starb. Es war entsetzlich mitanzusehen, wie Familien auseinandergerissen wurden, Säuglinge sich selbst überlassen wurden, weil es niemanden mehr gab, der sich um sie kümmern konnte, und verzweifelte Menschen in die Wälder flüchteten, um dem Tod zu entgehen.

Bald lagen überall im Dorf die Leichen, denn es gab niemanden mehr, der sie hätte bestatten können. Menschen verwesten in ihren Hütten, gezeichnet mit den schwärenden Pusteln, und bis zur Unkenntlichkeit verunstaltet. Zuerst starben die Alten und Kinder, doch dann auch die Jungen und Kräftigen. Der Tod machte vor niemandem Halt. Auch Wasserlilie und Witcawa wurden krank und lagen fiebernd in ihren Betten. Ihre Gesichter waren kaum mehr wiederzuerkennen, so hatten die Pusteln und Schwellungen sie verändert. Anfangs brachte die Mutter von Witcawa noch frisches Wasser an ihr Krankenlager, doch dann wurde auch sie krank, und so wurden die beiden sich selbst überlassen.

Witcawa bemerkte selbst in seinen Fieberträumen, dass etwas Furchtbares vor sich ging. So raffte er sich auf, um nach seiner Familie zu sehen. Er war schmutzig und stank nach dieser giftigen Flüssigkeit, die sich aus den Pusteln absonderte. Das Fieber ließ ihn taumeln, sodass er kaum einen Fuß vor den anderen setzen konnte. Was war hier geschehen? Das Entsetzen war ihm ins Ge-

sicht geschrieben, als er zu seiner Frau zurückkehrte. Wasserlilie hatte immer noch hohes Fieber, aber die Schwellungen waren etwas zurückgegangen. So richtete sie sich mühsam auf, als ihr Ehemann zurückkehrte. „Was ist geschehen?", fragte sie voller Vorahnungen.

„Sie sind tot!", flüsterte Witcawa mit rauer Stimme.

„Alle?" Das Wort war so furchtbar, dass Wasserlilie es kaum über ihre Lippen brachte.

Witcawa nickte nur und seine Augen füllten sich mit Tränen. „Alle!", bestätigte er die furchtbare Wahrheit. „Meine Mutter, mein Vater und meine Geschwister." Er zögerte kurz und machte dann eine hilflose Handbewegung. „Sie liegen noch dort …" Er brach ab vor Verzweiflung. „Es ist niemand mehr da, um sie zu begraben. Ich werde den Chipoteke in Brand stecken, damit ihre Leichen nicht von Aasfressern geholt werden."

„Was ist mit den anderen im Dorf?", erkundigte sich Wasserlilie entsetzt.

Witcawa zuckte mit den Schultern. „Ich habe niemanden gesehen. Entweder sind sie tot oder einfach geflohen."

„Und Falke?"

Witcawas Backenmuskeln arbeiteten. „Ich weiß nicht. Ich habe Angst, dorthin zu gehen."

„Er hätte schon längst nach uns gesehen, wenn es ihm gutginge!", flüsterte Wasserlilie traurig. Sie legte sich wieder auf ihr Lager und drehte sich zur Seite. Ihr ging es so schlecht, aber immerhin lebte sie noch. Welchen Fluch hatten die Geister über dieses Dorf gebracht?

Sie dachte an all die Kinder, die zur anderen Seite gegangen waren. Warum lebte sie noch? Sie hatte nicht einmal gefleht und die Geister um Hilfe gebeten, denn dazu war sie viel zu krank gewesen. Sie hatte auch nicht gesehen, dass Witcawa gefleht hatte. Warum war er noch am Leben? Und warum hatte das Medizinspiel sie nicht beschützt? Hatten denn die Männer nicht ihr Bestes gegeben? War der Wunsch nach Frieden nicht genug gewesen, um die Geister und den Schöpfer gnädig zu stimmen? Ihre ganze Weltordnung war ins Wanken geraten und ließ sie voller Furcht zurück. All die Visionen und Lehren der Ältesten schienen ohne

Bedeutung zu sein. Welchen Sinn hatte dann ihr Leben noch? Sie befürchtete das Schlimmste und ahnte, dass nicht viele Menschen dieses Dorfes überlebt hatten. Aber wer wollte schon ohne den Zusammenhalt eines Dorfes weiterleben? Und dann schoss ein anderer grauenvoller Gedanke durch ihren Kopf. Was, wenn diese Krankheit auch in anderen Dörfern wütete? Was, wenn auch die Menominee betroffen waren?

Sie hörte, dass ihr Mann sich hin und her wälzte, und wandte sich an ihn. „Meinst du, dass diese Krankheit auch bei meinem Volk gewütet hat?"

Witcawa seufzte tief. „Ich weiß gar nichts. Ich weiß nicht, was der Schöpfer für uns vorgesehen hat, und ganz gewiss weiß ich nicht, was er für die Menominee vorsieht. Wir müssen flehen und um eine Vision bitten! Mehr kann ich nicht sagen."

Wasserlilie schluckte schwer. Immer hatten die Eltern sie angehalten, den Schöpfer um Träume und Visionen zu bitten. Kein Traum hatte sie auf das vorbereitet, was hier geschehen war. Hatte sie nicht gut genug hingehört?

„Morgen sehe ich nach den anderen!", erklärte Witcawa mit schwacher Stimme. „Ich muss wissen, wie es um unser Dorf steht. Ich werde zum See gehen und all diesen Dreck abwaschen. Vielleicht geht es mir dann besser."

Wasserlilie schloss müde die Augen. Sie fühlte sich viel zu schwach, um an so etwas überhaupt zu denken. In ein paar Tagen wäre sie vielleicht so weit.

Die Dunkelheit breitete sich über dem Dorf aus, in dem niemand mehr die Kraft hatte, ein Feuer zu entzünden. Auch bei Witcawa und Wasserlilie blieb es dunkel. Noch war es warm, sodass die beiden das Feuer auch nicht vermissten.

Nach Sonnenaufgang ging Witcawa tatsächlich zum See, um zu baden. Er hatte vorher in seinem Medizinbündel nach einer Heilpflanze gesucht und daraus einen Sud gekocht. Allein das Holz zu holen und ein kleines Feuer zu entfachen, hatte ihn alle Kraft gekostet. Trotzdem hatte er sich anschließend zum See geschleppt. Es war angenehm, das kühle Wasser auf der Haut zu spüren. Die Pusteln begannen zu verkrusten und juckten uner-

träglich, aber er wusste, dass dies ein Zeichen des Heilungspro-
zesses war. Er rieb sich mit dem braunen Sud aus der Heilpflanze
ein, der auch den Juckreiz milderte, und fühlte sich besser. Dann
machte er sich auf, um nach Überlebenden zu sehen. Als Erstes
ging er zum Chipoteke von Falke. Gestank schlug ihm entgegen,
als er den Türvorhang hob, und er wich entsetzt ein Stück zurück. Dann nahm er sich ein Herz, hielt die Hand vor die Nase
und lugte in die Hütte hinein. Der Anblick brach ihm das Herz.
Sein Freund lag dort mit geschlossenen Augen und bereits steif
von der Totenstarre. Neben ihm lagen die Frau und die beiden
Kinder. Auch sie waren bereits leicht aufgebläht und der Geruch
des Todes erreichte durch die vorgehaltene Hand seine Nase. Ins-
tinktiv wich Witcawa zurück und ließ den Vorhang wieder fallen.
Er entfernte sich einige Schritte, ehe er tief Luft holte. Selbst hier
lag der Gestank des Todes noch in der Luft, sodass ein Würgen in
ihm hochstieg.

Ein Hund kam schwanzwedelnd auf ihn zu und er verscheuchte
ihn mit einer ungeduldigen Handbewegung. Mit eingezogenen
Schwanz schlich der Hund, ebenso verstört wie der Mensch, davon. Fast tat Witcawa der Hund leid, aber er hatte keine Zeit, sich
um ihn zu kümmern. Er musste sich mit dringenderen Aufgaben
befassen.

Schweren Herzens ging er in seine Hütte zurück, in der ihn Wasserlilie fragend anblickte. Er kannte die Frage, ohne dass sie es
aussprach, und schüttelte den Kopf. Ihre Augen wurden blank,
als sie die schreckliche Nachricht einfach zur Kenntnis nahm.
„Wer lebt denn noch?", fragte sie mit zitternder Stimme.
„Ich weiß nicht!", antwortete Witcawa mit leiser Stimme. Er bastelte sich eine Fackel aus einem langen Stock, den er mit Bast und
trockenem Gras umwickelte. Dann entfachte er sie und verließ
die Hütte wieder. Langsam ging er zum Chipoteke seines Freundes und setzte es in Brand. Das war alles, was er für ihn tun konnte. Dann sah er sich nach den anderen Hütten um. Entschlossen
steckte er alle in Brand, in denen er nur mehr Leichen vorfand. Es
waren zu viele Tote für einen einzigen Mann, um sie zu bestatten.
Zwei Hütten ließ er stehen, denn in ihnen fanden sich Überleben-

de. Eine junge Frau und ihr Ehemann sowie ein Mann und zwei Kinder im Altern von zehn Jahren schauten ihn mit großen, verwirrten Augen an, als er in ihre Hütte lugte. Das waren die Einzigen, die in einem Dorf aus über zweihundert Menschen überlebt hatten. Es war so schrecklich, dass es keine Worte gab, um die Katastrophe zu beschreiben, die hier geschehen war. Menschen, die vor wenigen Tagen hier gelebt, geliebt, gejagt und gelacht hatten, waren für immer gegangen. Die Kanus lagen unbenutzt am Strand und nur die Rauchwolken, die gen Himmel stiegen, waren stumme Zeugen der ungeheuerlichen Vernichtung, die hier stattgefunden hatte.

Witcawa kehrte in seine Hütte zurück und setzte sich erschöpft ans Feuer. Gedankenverloren rieb er über die juckenden Stellen und musterte dann sorgenvoll seine Frau. „Es waren zu viele, um sie zu bestatten!", erzählte er. „Ich habe Feuer gelegt, damit die Aasfresser die Leichen nicht holen."
Wasserlilie nickte. „Das ist gut."
Schweigen breitete sich aus, dann wandte sich Witcawa energisch an seine Frau. „Du solltest auch baden und deine Haut einreiben. Ich fühle mich viel besser."
Wasserlilie nickte gehorsam. „Ich weiß nicht, ob ich auf die Füße komme ...", meinte sie entschuldigend.
„Ich helfe dir!", bot Witcawa an. Obwohl auch er kaum Kraft hatte, half er seiner Frau aus der Hütte und führte sie bis zum See. Wasserlilie warf einen kurzen Blick auf die brennenden Hütten und unterdrückte ein Schluchzen. „Was wird aus uns?", fragte sie mit bangem Herzen.
„Ich weiß nicht. Allein können wir den Winter nicht überleben! Wir brauchen ein Dorf."

Er half seiner Frau, den Schurz abzulegen und stützte sie, als sie ins Wasser stieg. Dann reichte er ihr den Sud, damit auch sie sich einschmierte. Wasserlilie ekelte sich davor, den schmutzigen Schurz anzuziehen, und ließ sich nackt in ihre Hütte zurückführen. Sie vermied den Blick auf die verkohlten Überreste, die von dem Dorf übriggeblieben waren. Völlig erschöpft plumpste sie

auf ihr Lager und schloss kurz die Augen, um den Schwindel zu vertreiben. Wortlos reichte ihr Witcawa ein neues Gewand, mit dem sie sich kleiden konnte. Es stank nicht. Dann machte sich ihr Mann am Feuer zu schaffen, um eine Mahlzeit aus getrocknetem Fleisch zuzubereiten. Es war das erste Essen nach Tagen und beide fühlten, wie die Kraft zurückkehrte.

„Was machen wir nun?" Hoffnungsvoll richtete Wasserlilie ihre Augen auf Witcawa.

Der zuckte mit den Schultern. „Vielleicht gehen wir zu den Menominee? Vielleicht wurde euer Dorf verschont?"

Die Lippen von Wasserlilie zitterten gefährlich und ihre Augen füllten sich mit Tränen. „Wieso sollte dort das Gleiche wie hier passiert sein?"

Witcawa senkte den Blick und machte eine hilflose Handbewegung. „Ich hoffe einfach, dass dort nichts geschehen ist. Aber Gewissheit haben wir erst, wenn wir dort sind und es mit eigenen Augen sehen. Hier ist nichts mehr, für das es sich zu bleiben lohnt. Lass uns sehen, was mit deinen Verwandten los ist."

Wasserlilie wischte sich eine Träne von der Wange, als die Verzweiflung sie übermannte. Was war mit ihren Eltern? Hatte die Krankheit auch dort gewütet? Sie musste Gewissheit haben! „Ja, lass uns aufbrechen! Ich muss wissen, was dort geschehen ist!"

„Ich gehe zu den Überlebenden und frage, ob sie uns begleiten wollen. Dann entscheide ich, wann wir aufbrechen."

„So sei es!" Wasserlilie legte sich wieder hin und schloss die Augen. Ihr ging es besser, obwohl sie immer noch schwach war. Aber in einigen Tagen würde sie kräftig genug sein, um aufzubrechen. Sie war froh, dass Witcawa sie nach Hause bringen wollte.

Wanähsen Nuki

(Chicago am Käqcekam-See)

Maisblüte war erleichtert, als sie endlich den Illiniwek-Fluss hinter sich ließen und in Richtung des sumpfigen Sees unterwegs waren. Zweimal hatten sie Dörfer passiert, die ebenso ausgelöscht waren wie die anderen. Die Illiniwek waren ein großes Volk gewesen, aber nun schienen ihre Dörfer vernichtet zu sein. Maisblüte konnte nur ahnen, was das bedeutete. Sie hatte Angst vor dem, was sie bei ihrer Ankunft erwartete. Auch die Menominee kniffen die Lippen zusammen, wenn sie an ihr Dorf dachten, und ihre Sorgen stiegen mit jedem Tag, an dem sie das Ausmaß dieser Zerstörung erkannten. Sie paddelten mit aller Kraft und schonten auch die Frau und die Kinder nicht. Es war anstrengend für Maisblüte, hinzu kam die ungewohnte Kälte dieses Landstriches. Sie befanden sich weit im Norden und so fror sie eigentlich ständig. Am liebsten wäre sie nachts in das Feuer hineingekrochen. Tagsüber ging es noch am besten, wenn die Sonne sie endlich wärmte, aber die Tage wurden kürzer und damit auch die Zeit, in der sie gewärmt wurde. Die Männer belächelten sie, wenn sie am liebsten unter einem dichten Bärenfell verschwand. Nanih Waiya schien sich schneller anzupassen, denn er lief nach wie vor meist barfuß, so wie die Männer auch.

Der sumpfige See war im Laufe des Sommers zu einem schmalen Rinnsal geschrumpft, durch das man die Kanus zwar ziehen, aber nicht mehr paddeln oder staken konnte. Also musste auch Maisblüte barfuß durch den Sumpf waten, während die Männer die beladenen Kanus hinter sich her zogen. Es war beschwerlich und nicht ganz ungefährlich, denn mehrfach rutschte sie aus und drohte zu stürzen. Sie stützte den Bauch mit der Hand ab, der immer schwerer nach unten zog. Sie hatte Kreuzschmerzen und wurde kurzatmig, sodass sie öfter verharrte, um sich auszuruhen. Sie hoffte auf ein Ende der Reise, denn sie war am Ende ihrer Kräfte. In Scharen fielen die Moskitos über sie her und ließen sich selbst durch heftige Bewegungen nicht verscheuchen.

Das brackige Wasser war eine ideale Brutstätte gewesen und nun suchten sie surrend ihre Opfer. Auch die Männer und die beiden Knaben waren am Morgen zerstochen, obwohl sie versucht hatten, die Haut mit Schlamm zu schützen.

Erleichtert atmete Maisblüte auf, als sie endlich den kleinen Fluss erreichten, der sie bis zu dem Großen See bringen würde. Dort wäre das Wasser klar und sie freute sich darauf, sich darin gründlich zu waschen. Auch würde die Brise über dem See die Moskitos vertreiben. Auf dem kleinen Fluss kamen die Männer schnell voran. Auch sie wollten die Flüsse hinter sich lassen und den Großen See erreichen. Vorsichtig fragte Maisblüte, wie viele Tagesreisen denn noch vor ihnen lägen. Die Antwort war wenig ermutigend. Fünfzehn Tage! Vielleicht auch mehr! Ihr war zum Heulen zumute. Sie konnte keinen Tag länger mehr im Kanu sitzen. Sie wollte ein warmes Lager, ein Dach über dem Kopf, warme Felle für ihr Baby, eine schöne Suppe und vor allen Dingen Frauen, die ihr beistehen würden! Sie wusste, dass die Geburt kurz bevorstand, und hatte Angst. Zum ersten Mal seit langer Zeit dachte sie wieder an ihre Mutter und die Tränen liefen über ihre Wangen. Auch der plötzliche Angriff aus heiterem Himmel hatte ihr gezeigt, wie verletzlich sie war und dass selbst diese Männer keine Sicherheit bieten konnten.

Die Nacht verbrachten sie bereits an einer Lagerstelle am Großen See, die sie schon einmal genutzt hatten. Wie es üblich war, hatten sie dort Holz für den nächsten Gast zurückgelassen, das aber noch unberührt dalag. Aus langen Ästen bauten sie einen kleinen Unterstand, den sie mit den Matten abdeckten. Der Wind wehte hier stärker über das Wasser und so waren sie froh, diesen Schutz zu haben.

In der Früh war der Boden gefroren und der erste Schnee hatte eine feine Staubschicht über das Land gelegt. Das Wasser hatte an manchen geschützten Stellen eine dünne Eisdecke. Als Maisblüte sich kurz entfernte, knackte es unter ihren Füßen, wenn es brach. Auch die Männer zogen lieber ihre Mokassins an und lächelten zum ersten Mal seit langem. Für sie bedeutete der Frost, dass sie sich langsam ihrer nördlichen Heimat näherten. Nur das Bangen um ihre Lieben daheim warf einen Schatten auf die Wieder-

sehensfreude. Die Gestirne am Himmel zeigten den nahenden Winter, ebenso wie die Schwärme der letzten Zugvögel, die noch in den Süden aufbrachen.

***

Die Wehen setzten ein, als die Sonne am höchsten stand und die Reflektion der Strahlen im Wasser die Augen blendete. Zuerst dachte Maisblüte an Krämpfe, die wegen des unbequemen Sitzens entstanden. Sie lehnte sich im Kanu zurück und versuchte den Bauch zu entspannen, doch die Wehen kamen immer wieder und wurden stärker. Sie wollte die Männer nicht aufhalten, doch irgendwann konnte sie einfach nicht mehr sitzen. Vorsichtig legte sie sich in dem Kanu auf die Seite, doch auch diese Stellung war irgendwann zu unbequem. Machwao merkte, dass etwas nicht stimmte, und rief den anderen zu, einen Lagerplatz am Ufer zu suchen. Es war noch vor der Abenddämmerung und so wandten die Männer verwundert die Köpfe und fragten, was los sei. „Shawano-Nuki hat Schmerzen!", rief er ihnen zu. „Wir müssen an Land!"

Awässeh-neskas fuhr voraus und suchte das Ufer nach einer geeigneten Landestelle ab. Überall war schöner Sandstrand, aber er suchte nach eine Stelle mit Laubbäumen, wo er wieder Schösslinge für eine Hütte schneiden konnte. Wenn das Baby kam, wäre es gut, einen Schutz zu haben. Nach einer Ewigkeit rutschten die Kanus schließlich an Land und Machwao beugte sich zu Maisblüte hinunter, um ihr aufzuhelfen. Es war fast unmöglich, denn die Wehen waren so stark, dass sie keine Luft mehr bekam und sich stöhnend zusammenrollte.

„Komm!", hörte sie ihn mahnend rufen. „Du kannst das Baby nicht im Kanu gebären!"

Doch! Das konnte sie schon! Jedenfalls konnte sie nicht mehr aufstehen. Sie fühlte, wie er sie einfach hochhob, und kniff die Augen zusammen, als eine weitere Wehe ihren Körper quälte. „Ich will runter!", stöhnte sie.

Machwao trug sie ein Stück in den Wald und setzte sie dort behutsam ins Gras. Er hatte offensichtlich keine Ahnung, was er tun

sollte. Dies hier war Frauensache. Stöhnend kugelte sich Maisblüte zusammen und blendete seine Anwesenheit einfach aus. Sie brauchte helfende Frauenhände und keine Männer. Die Wehen ließen etwas nach und sie atmete tief ein, um Kraft zu sammeln. Ihr Gesicht war feucht vom Schweiß und sie hatte Durst. Wapus brachte ein sauberes Fell, in das sie das Baby wickeln konnte, und stellte eine Schale mit Wasser neben sie. Dann verschwand er wieder. Sie trank durstig und lauschte dann auf die entfernten Stimmen.

Unbekümmert lachten und scherzten die Männer, denn eine Geburt war ein schönes Ereignis. Sie bauten in aller Ruhe einen kleinen Wigwam, sammelten Feuerholz und taten so, als würde sie die Frau nicht interessieren. Natürlich lauschten sie, ob etwas zu hören war, aber ansonsten ließen sie sich nicht blicken. Es war üblich, dass die Frau die Geburt alleine durchstand und dann mit dem Neugeborenen im Arm zurückkam. Oder aber ihr wurde von Frauen geholfen. Im Winter wurde auch eigens ein Wigwam gebaut, in dem die Frau in Ruhe gebären konnte.

Maisblüte gab sich den Wehen hin, die immer regelmäßiger und in schnelleren Abständen kamen. Sie nahmen ihr die Luft und waren so heftig, dass ihr schwarz vor Augen wurde. Lange nach Mitternacht wurden sie derart schlimm, dass sie nicht mehr auszuhalten waren. Sie stöhnte verzweifelt, versuchte die Schmerzen zu ertragen, indem sie auf ein Stück ihres Kleides biss, bis sie schließlich ein gequältes Wimmern ausstieß. Sie konnte nicht liegen und nicht sitzen, gleichgültig, welche Position sie einnahm, die Wehen waren kaum auszuhalten. Der kalte Nachtfrost kühlte zwar den Schweiß, konnte aber die Schmerzen nicht lindern.

Die Männer brachten eine schräge Konstruktion an, die sie mit Schilfmatten deckten, um sie etwas zu schützen, und schlichen dann eilends davon, als sie die Frau in ihren Krämpfen sahen. Nur Wapus hatte den Mut, in der Nähe zu bleiben und ein Feuer zu machen. Immer wieder kam er vorbei und legte Holz nach, damit die Frau in der Kälte der Nacht nicht erfror. Mit zusam-

mengekniffenen Augen verfolgte er das Geschehen und schüttelte manchmal unmerklich den Kopf, als er erkannte, dass etwas nicht stimmte.

Bei Sonnenaufgang war Maisblüte am Ende ihrer Kräfte und davon überzeugt, dass sie sterben würde. Bei jeder Wehe klopfte ihr Herz gegen die Brust, als müsste es zerspringen, eine Welle der Furcht jagte durch ihren Körper, und ihre Atmung kam nur noch gepresst. Ich werde sterben, dachte sie verzweifelt. Ich werde sterben!

Gegen Mittag konnte sie nur noch schreien. Die Pein war so furchtbar, dass sie sich den Tod herbeiwünschte. Sie war schweißgebadet und so schwach, dass sie nicht mehr sitzen oder hocken konnte. Apathisch lag sie auf der Seite, wartete auf die Wehe, um sie dann schreiend zu ertragen. Wie aus weiter Ferne hörte sie Stimmen, die keinen Bezug mehr zu ihr hatten. Sie wollte sich dem Schwarz ergeben, endlich ihre Seele freigeben, damit sie ihren Eltern folgen konnte. Sie wartete auf die Erlösung und umarmte den Gedanken an den Tod. Dann wären diese Qualen vorbei. Im Tod fühlte man nichts, denn der Körper blieb hier, während die Seele in das andere Land ging. Sie wehrte sich, als sie angehoben wurde und kräftige Hände sie an diesen Ort der Schmerzen zurückbrachten. Sie war wütend, denn fast hätte sie es geschafft, diesen Körper zu verlassen.

Warum ließ man sie nicht in Ruhe? Sie blinzelte vor Empörung und erkannte, dass Machwao sie im Arm hielt und in eine aufrechte Position zwang. Sie wollte sich wehren, schimpfen, ihn anbrüllen, sie loszulassen, doch die Wehen nahmen ihr die Luft. Sie bäumte sich in seinen Armen auf, krallte ihre Fingernägel in seine Unterarme, die sie unter der Brust hielten und in eine hockende Position zwangen. „Lass mich!", keuchte sie, als die Schmerzen noch einmal zunahmen.

Vor sich erkannte sie Wapus, der auf zwei Stöcken einen Takt schlug und mit lauter Stimme sang. Sie war so wütend, dass ungeahnte Kräfte in ihr wuchsen. Warum sang er hier seine Lieder? Diese Männer waren völlig verrückt! Warum durfte sie nicht liegenbleiben, sondern wurde in diese unbequeme Position ge-

zwungen? Warum durfte sie nicht sterben? Warum mischten sich diese Männer überhaupt ein?

Wapus beendete den eintönigen Gesang und legte die Stöcke beiseite, dann tat er etwas, das ihr die Luft zum Atmen nahm. Mit seinen Händen drückte er mit voller Kraft gegen ihren Bauch, sodass die Schmerzen sie zerrissen. Sie wollte schreien, toben, um Gnade flehen, doch dazu fehlte ihr die Luft. Sie bäumte sich erneut auf, doch der gnadenlose Mann hinter ihr ließ sie nicht los. Der Druck wurde ziehend und sie konnte nicht anders, als mit aller Kraft zu pressen. Wieder drückte Wapus mit aller Kraft gegen ihren Bauch und sie erkannte, dass er das Baby nach unten schob. Sie hielt die Luft an, hechelte dann, als die Schinderei unerträglich wurde, und merkte, dass zwischen ihren Beinen etwas riss. Sie schrie nicht mehr, denn sie brauchte alle Luft, alle Kraft, um zu pressen. Sie wollte es nicht, weil dann die Schmerzen schlimmer wurden, aber sie konnte es nicht mehr beeinflussen. Dieses Kind wollte aus ihrem Leib heraus.

„Halte sie fest!", hörte sie Wapus sagen. Der Druck auf ihren Körper nahm zu, als sie sich erneut aufbäumte. Und dann hörte sie die Worte, die sie in ihrem ganzen Leben nie wieder vergessen würde. „Ich halte dich!", flüsterte Machwao beruhigend. „Hab keine Angst, gleich ist es vorbei, und dann wirst du dein wunderschönes Baby im Arm halten! Ich halte dich!"

Es brachte ihre Kräfte zurück, denn sie erkannte, dass sie kurz davor war, einem Kind das Leben zu schenken. Sie kämpfte nicht mehr dagegen an, sondern nahm diesen Schmerz, um das Kind aus ihrem Leib zu pressen. Sie spürte, wie der Kopf des Kindes sich hinausdrängte und kurz darauf der ganze Körper ins Gras rutschte.

Schwer atmend ließ sie sich in den Armen des Mannes fallen und schloss die Augen, als die Erschöpfung sie übermannte. Verwundert stellte sie fest, dass sie zwar erschöpft war, sich aber um ein Ungleiches besser fühlte.

Machwao ließ sie sanft auf den Boden gleiten und strich zärtlich über ihre verschwitzte Stirn. „Es ist ein kleines Mädchen!", verkündete er mit einem Lächeln.

Maisblüte öffnete die Augen und sah in sein Gesicht. Er sah so glücklich aus, als wäre er gerade Vater geworden. Seine Augen waren feucht, als er ihr diese schöne Nachricht überbrachte. „Wirklich?", hauchte sie verwundert. Sie fühlte sich, als schwebe sie zwischen den Welten, und wunderte sich, dass sie noch am Leben war. Eine Tochter! Es war so wundervoll, denn eine Tochter würde ganz ihr gehören. Sie hätte nichts mehr mit diesem Mann zu tun, der sie in ihren Leib gezwungen hatte. Machwao kicherte leise. „Wirklich!", bestätigte er. Er half ihr etwas hoch, damit sie ihre Tochter in die Arme nehmen konnte. Wapus hatte das Baby einfach in Felle gewickelt und reichte ihr das Bündel. Die Nabelschnur war noch dran. Staunend betrachtete Maisblüte das winzige Gesicht und die dunklen Locken, die das Baby bereits hatte. Die Haut war etwas heller als bei den Babys der Chatah, aber ansonsten war es ein wunderhübsches, etwas zerknautschtes Neugeborenes. Der kleine Mund öffnete sich zu einem ersten Schrei, der so hilflos war, dass er die Männer zum Lachen reizte.

Maisblüte spürte überrascht, wie ihre Kräfte langsam zurückkehrten. Zumindest konnte sie selbst sitzen. Sie hielt ihre Tochter im Arm und dieses Gefühl entschädigte sie für all die Pein und all die Furcht. Voller Vertrauen ließ sie zu, dass Wapus die Nabelschnur durchtrennte und schließlich ein Pulver auf den Nabel streute. Er legte dem Baby eine einfache Binde aus Leder um den Bauch, die den Nabel abdeckte. „Wir werden Windeln brauchen!", erklärte er schmunzelnd. Maisblüte nickte dankbar und ließ sich wieder ins Gras sinken. Sie brauchte noch ein wenig Ruhe, ehe sie zum See ging, um sich zu waschen. Machwao blieb an ihrer Seite und schaute neugierig in das Gesicht des kleinen Mädchens. „Hast du denn schon einen Namen?", fragte er. Maisblüte konnte noch nicht alle Worte der Menominee, aber diese Frage hatte sie verstanden. Sie runzelte die Stirn, als sie darüber nachdachte. Sie hatte sich all die Zeit keine Gedanken darüber gemacht, wie das Kind heißen sollte. In welcher Sprache denn? Die Chatah-Namen hatten ihre Macht verloren und sie kannte noch nicht genügend Worte in der Menominee-Sprache.

Mit tiefer Dankbarkeit sah sie Machwao an. „Wähle du einen Namen für sie!", bat sie leise.

„Ich?" Machwao riss erstaunt die Augen auf. Dann lachte er, als er die winzigen Finger des Babys in seine Hand nahm. Ihm fiel ein lustiger, aber auch kraftvoller Name ein, denn sie war am ersten Tag geboren worden, als der Frost das Wasser gefroren hatte und der erste feine Schnee gefallen war. „Wanähsen Nuki", sagte er langsam. Mädchen, das über die Schneekruste geht. In Zeichensprache erklärte er ihr die ungefähre Bedeutung des Namens. Maisblüte erkannte, dass es etwas mit dem Wintereinbruch in diesem Land zu tun hatte, und nickte zufrieden. Es war gut, wenn ihre Tochter nun zu dieser Welt gehörte und sich das auch in ihrem Namen zeigte. „Wanähsen Nuki", wiederholte sie glücklich.

Nach einer Weile kam auch die Nachgeburt und etwas überfordert blickte Maisblüte auf all das Blut zwischen ihren Beinen. „Du musst es vergraben ...", erklärte Wapus, „und dann gehst du dich waschen! Ich bringe dir eine Binde, die du mit Moos oder trockenen Gräsern füllen kannst." Er half ihr auf und führte sie langsam zum Ufer des Sees. Er hielt das Baby, als sie sich in das kalte Wasser kniete und sich wusch. Die Kälte weckte ihre Lebensgeister und sie fühlte sich besser. Stirnrunzelnd blickte sie auf das Blut, das das Wasser um ihre Beine herum färbte. Was sollte sie als Binde verwenden? Wie lange würde sie bluten? Wie sehr wünschte sie sich ihre Mutter herbei, damit sie ihr beistehen könnte! Sie ging einige Schritte im Wasser und wusch sich mit dem klaren Wasser das verschwitzte Gesicht. Wieder färbte sich das Wasser von all dem Blut, das aus ihrem Leib quoll. Würde sie verbluten? Sie wusste, dass Frauen manchmal im Kindbett starben, und unterdrückte die Panik, die plötzlich in ihr hochstieg. Wenn Hashtali nach ihr rief, dann würde sie ihm willig folgen. Ihr Kind war geboren und diese Männer würden es irgendwie am Leben erhalten. Oder es folgte ihr ebenso in das Glückliche Land.

Heimreise

Machwao sah auf, als Wapus zum Feuer zurückkehrte. Immer noch war er ergriffen von dem Erlebten. Gleichzeitig quälten ihn das schlechte Gewissen und die Verantwortung, die auf ihnen lastete. „Wie geht es ihr?", fragte er mit belegter Stimme.

„Besser!", antwortete Wapus kurz angebunden. „Sie braucht etwas, das Frauen nach der Entbindung benötigen." Er druckste um die genauen Worte herum, denn Männer sollten keine Frauenworte in den Mund nehmen. Er durchsuchte die Bündel und nahm schließlich ein weiches Fell heraus, mit dem er in Richtung des Sees verschwand.

Awässeh-neskas dachte an seine Frau, die unter Qualen gestorben war. „Wir hätten gleich zu unserem Dorf zurückkehren sollen und nicht die Frau bis zu den Illiniwek schleppen dürfen", erklärte er nüchtern.

„Wir konnten nicht ahnen, dass es Schwierigkeiten geben würde. Außerdem war sie nur eine Gefangene!", verteidigte Wakoh ihre Vorgehensweise.

„Ja, aber eine Gefangene, die ein Ungeborenes trägt. Wir hätten darauf Rücksicht nehmen müssen."

Wakoh schnaufte empört und wackelte mit dem Kopf. Aber er schwieg, denn im Grunde gab er Awässeh-neskas recht. Er blinzelte in die Sonne und pfiff kurz durch die Zähne. „Es wird wieder warm. Vielleicht haben wir Glück und das Wetter hält noch einige Tage?"

Alle blickten nach oben und schätzten ab, wie das Wetter in den nächsten Tagen werden würde. Es würde überlebensnotwenig für den Säugling sein. Der erste Frost konnte auch nur eine Warnung gewesen sein, dass es besser war, die Heimreise nicht zu verzögern.

„Wir sollten ein Dorf der Ho-Chunk aufsuchen, damit Shawano-Nuki sich erholen kann", schlug Machwao vor. Eine blutende Frau war keine gute Sache und niemand wollte sich der Gefahr des unreinen Blutes aussetzen, wenn sie bei ihnen im Kanu saß. Die Männer nickten zustimmend und runzelten nachdenklich die Stirn. Niemand hatte darüber nachgedacht, dass irgendwann

die Geburt bevorstehen würde, und dass sie dann eine unreine Frau dabeihatten. Sie hätten die Frau entweder freilassen oder besser gleich die Heimreise antreten sollen. Sie hatten verantwortungslos und ohne nachzudenken gehandelt, und das brachte nicht nur die Frau mit dem Säugling, sondern auch sie in Gefahr. „Wir könnten die Frau auch bei den Ho-Chunk lassen und alleine die Rückreise antreten. Sie sind unsere Freunde und würden unseren Wunsch nicht abschlagen." Wakoh blickte von einem zum anderen, um abzuschätzen, ob sie seinen Vorschlag gut fanden. Machwao schürzte die Lippen und dachte darüber nach. „Keine schlechte Idee! Es ist noch weit bis zu unserem Dorf. Wir wissen nicht, wie das Wetter in den nächsten Tagen wird. In einem Dorf wäre sie sicher!"

Wieder schwiegen sie und blickten ins Feuer, als würden sie dort eine Antwort finden. Dann sahen sie zu, wie Wapus in Begleitung von Shawano-Nuki zurückkehrte. Mühsam ließ sich die Frau zu Boden sinken und drückte dann das Baby behutsam gegen ihre Brust. Sie sah besser aus, obwohl sie noch geschwächt und müde wirkte. Wapus gab ihr ein Fell und dankbar ließ sich Shawano-Nuki zur Seite fallen, um sich am Feuer auszuruhen. Ihre Augen waren geschlossen, nur ihre Nasenflügel bebten, und das zeigte, wie sie noch mit dem Erlebten kämpfte. Allen war klar, dass sie mit dem Tod gerungen hatte.

***

Die beiden Kinder waren da weniger behutsam. Sie hockten sich neugierig neben die Frau und versuchten einen Blick auf das Neugeborene zu erhaschen. Nanih Waiya runzelte die Stirn, als er das winzige zerknautschte Ding an der Seite seiner Schwester sah. „Das ist aber klein!", beschwerte er sich.

Awässeh-neskas kicherte vergnügt. „Ja, aber warte nur, wie schnell sie wächst! Du bist jetzt ein Onkel!"

„Hmh!"

Die Männer konnten sehen, dass der Junge nicht so beeindruckt war. „Was ist ein Onkel?", fragte er. Noch kannte er nicht alle Verwandtschaftsbezeichnungen.

Awässeh-neskas zeichnete es ihm in den Sand des Ufers. „Das bist du und das hier ist deine Schwester. Wenn deine Schwester ein Baby hat, dann bist du der Onkel!"

Nanih Waiya nickte verstehend. Auch bei den Chatah gab es diese Verwandtschaftsbeziehungen. „Neseh!", wiederholte er das neue Wort.

„Neseh!", bestätigte Awässeh-neskas mit einem Lächeln.

„Und du auch!", verkündete Nanih Waiya. Wenn Awässeh-neskas der Bruder von Maisblüte war, dann war er ja auch ein Onkel. Awässeh-neskas kicherte erneut. Aber es stimmte! Er war nun der Onkel von diesem kleinen Mädchen. Er fand es wunderschön. Irgendwie war der Schmerz, seine eigene Frau und sein eigenes Kind verloren zu haben, nicht mehr ganz so schlimm.

Der Tag war inzwischen weit vorangeschritten, sodass es keinen Sinn machte, die Reise fortzusetzen. Alle waren erschöpft von der anstrengenden Nacht, in der alle nicht zum Schlafen gekommen waren. Müde blinzelten sie gen Himmel und freuten sich an den warmen Sonnenstrahlen. Nichts deutete darauf hin, dass das Wetter sich am nächsten Tag verschlechtern würde. Awässeh-neskas nahm die Jungen und sammelte trockenes Holz, während Wakoh und Machwao an den See gingen, um Fische zu fangen. Wapus blieb am Lagerfeuer und kümmerte sich um die erschöpfte Frau. Das Neugeborene hatte zum ersten Mal an der Brust getrunken und er brachte der Mutter eine Schale mit warmer Suppe, damit sie wieder zu Kräften kam. Shawano-Nuki trank vorsichtig und nickte ihm dann dankbar zu. Ihr Kopf sank zurück und sie schloss müde die Augen.

Wapus setzte sich zurück ans Feuer und legte einige Äste nach. Funken tanzten nach oben, als die Flammen einige Stellen mit Harz erreichten. Es knackte fröhlich, als würde das Feuer eine eigene Seele besitzen. Wapus seufzte tief und ging dann in den Wald, um trockenes Moos in einem Korb zu sammeln. Die Frau würde es für ihre Binden und die Windeln des Babys brauchen. Es war vollkommen unmännlich, aber nachdem keine Frauen da waren, musste sich eben ein Mann darum kümmern. Wahr-

scheinlich war es wirklich eine gute Idee, möglichst schnell ein Dorf der Ho-Chunk anzusteuern.

Wenig später saßen wieder alle beim Feuer und beobachteten, wie der Fisch über dem Feuer garte. Sie hatten eine schräge Konstruktion gebaut und darauf den Fisch gebunden. Auf diese Weise lief das Fett herunter und der Geschmack blieb erhalten. Zusätzlich mit Kräutern und Beeren schmeckte es köstlich. Wenn die starken Äste mit dem Fisch Feuer fingen, dann löschten sie es mit etwas Wasser. Schmunzelnd verteilte Wapus schließlich den Fisch und gab auch der Frau in einer Schale davon. Sie hatte geschlafen und setzte sich etwas auf, um den Fisch zu essen. Anschließend verschwand sie mit dem Moos im Wald, um ihre Binden zu wechseln und das Kind zu versorgen. Die Männer schwiegen und senkten die Köpfe, als sie darüber nachdachten, in welch unmögliche Situation sie die Frau gebracht hatten. Keine Frau sollte ohne die Unterstützung von anderen Frauen ein Kind gebären müssen.

„Morgen erreichen wir vielleicht das Dorf der Ho-Chunk", hoffte Wakoh. Die anderen nickten nur und hingen dann ihren Gedanken nach. Nur die Jungen schienen nichts von der gedrückten Stimmung zu bemerken oder versuchten sie zu ignorieren, weil sie nicht verstanden, warum die Männer so bedrückt waren. Sie schmiegten sich an Awässeh-neskas, der ihnen noch mehr von dem Fisch anbot. Gierig schlangen die Kinder das Essen hinunter und strahlten den Mann dann mit glänzenden Augen an. Nanih Waiya zeigte seinem neuen Vater eine weitere Zahnlücke, während Wahkayoh ihm stolz den ersten Zahn zeigte, den er verloren hatte. „Gut!", knurrte Awässeh-neskas. „Wenn wir sonst nichts mehr zu essen haben, dann können wir ja eure Zähne essen."
Die beiden Kinder kicherten und schüttelten empört die Köpfe.
„Aber Zähne kann man doch nicht essen!"
„Nicht?", wunderte sich Awässeh-neskas zum Schein. „Was essen wir dann?"
„Na, die Fische, die wir fangen!" Nanih Waiya war sichtlich stolz auf seine Jagdkünste.
„Stimmt!", gab Awässeh-neskas zu. „Ich hatte ganz vergessen,

was ihr für gute Jäger seid! Warum nutzt ihr nicht die Zeit bis zum Sonnenuntergang und nehmt eure Speere, um ein paar Fische zu fangen? Morgen reisen wir weiter und da wäre es gut, wenn wir noch ein paar Vorräte hätten."

**

Die Jungen ließen sich nicht zweimal bitten. Aufgeregt hüpften sie hoch und rannten mit ihren Speeren davon. Die Männer lachten gutmütig und wandten sich wieder ihren Gesprächen zu. Die Unterhaltung floss leise dahin, während die Frau sich von den Strapazen der Geburt erholte.

Kurz nach Einbruch der Dunkelheit kehrten die Jungen tatsächlich mit einigen Fischen zurück, die sie erlegt hatten. Der See war voller Fische und die beiden hatten inzwischen gelernt, geduldig zu warten, bis einer bei ihnen vorbeischwamm. Stolz zeigten sie ihre Beute und die Männer nickten anerkennend. „Wasew!", erklärte Awässeh-neskas. „Ein Katzenfisch!"

„Sieh nur, was der für einen komischen Kopf hat!", krähte Nanih Waiya. „Ganz flach! Als hätte ihm jemand auf den Kopf gehauen." Seine Worte waren noch einfach, aber Awässeh-neskas hatte verstanden, was er ausdrücken wollte. Er war stolz darauf, wie schnell sein neuer Sohn lernte. „Das ist auch so!", meinte er mit einem Grinsen. „Es gibt eine Geschichte, wie die Katzenfische so einen Kopf bekommen haben. Wollt ihr sie hören?"

„Oh ja!" Sogleich setzen sich die Jungen zu dem Mann und legten die Köpfe in die Hände.

Awässeh-neskas räusperte sich und begann: „Also, einst wollten die Katzenfische einen ganzen Elch fressen. Ihr alter Häuptling erzählte, dass der Elch stets nach der ersten Morgendämmerung zum See kam, um das saftige Gras am Ufer zu fressen. Das wäre eine günstige Gelegenheit, um den Elch anzugreifen und zu töten." Awässeh-neskas hielt einen Moment inne und zwinkerte den Jungen zu.

„Und dann?", fragte Nanih Waiya mit leuchtenden Augen.

„Dann … dann versteckten sich die Katzenfische überall im Gras und an den sumpfigen Stellen und lauerten auf den Elch."

„Das geht ja gar nicht!", unterbrach ihn Nanih Waiya ungeduldig.

„Wieso nicht?", wunderte sich Awässeh-neskas.

„Na, Fische können doch gar nicht aus dem Wasser heraus!"

„Damals schon", betonte der Mann. „Willst du die Geschichte nun hören oder nicht?"

Nanih Waiya hielt sich schnell die Hand vor den Mund und machte ein erschrockenes Gesicht. „Erzähle weiter!", bat er hastig.

„Also … der Elch kam tatsächlich und fraß das saftige Gras. Immer näher wanderte er grasend bis zu der Stelle, an der die Katzenfische lauerten. Die Katzenfische warteten natürlich ab und beobachteten, was der alte Häuptling tun würde. Doch einer wurde ungeduldig. Er nahm seinen Speer und stach dem Elch in den Fuß. Der Elch wunderte sich, was ihn da gepiekst hatte, und fragte, wer ihn denn mit einem Speer angreifen würde. Er blickte hinunter und erkannte den frechen Katzenfisch, der es gewagt hatte, ihn anzugreifen. Wütend trampelte er ihn nieder und mit ihm auch viele andere Fische, die in der Nähe gelauert hatten. Viele mussten sterben, doch einigen gelang die Flucht zurück ins Wasser. Aber ihre Köpfe waren flachgetreten und blieben nun für alle Zeiten so."

Awässeh-neskas hatte seine Geschichte mit Händen und Füßen ausgeschmückt, damit auch der andere Junge sie verstehen konnte. Die Kinder kicherten vor Begeisterung, lehnten sich dann aber nachdenklich zurück.

„Hätte der alte Häuptling denn einen besseren Weg gewusst, den Elch zu töten?", fragte Nanih Waiya wissbegierig.

„Das werden wir nie erfahren, denn der freche Katzenfisch hat die Jagd ja leider verdorben."

Nanih Waiya nickte verstehend. „Es ist immer besser, wenn man jemanden hat, der sich auskennt."

„Ja, und man sollte auf ihn hören!", bestätigte Awässeh-neskas.

„Außerdem ist es nie gut, wenn man keine Geduld hat. Das bringt auch andere in Gefahr."

„Ich wüsste schon, wie man einen Elch erlegt, wenn man viel kleiner ist!", verkündete der Junge stolz.

„So? Und wie?"

„Na, ich würde ein großes Loch graben und ihn dort hineinstürzen lassen."

„Puh, da musst du aber viel buddeln." Awässeh-neskas lachte gutmütig. „Vielleicht will dir die Geschichte auch sagen, dass es manchmal klug ist, die Beute nicht zu jagen, wenn sie viel zu groß ist."

Nanih Waiya war nicht so ganz überzeugt. „So ein Elch würde die Katzenfische aber eine lange Zeit satt machen. Wir jagen ihn ja auch, obwohl wir viel kleiner sind."

„Du würdest alles jagen, weil dein Hunger schier unstillbar ist!", schimpfte Awässeh-neskas. Wieder lachten alle und die Anspannung des Tages legte sich.

***

Am Morgen brachen sie zeitig auf. In der Nacht war kein Frost gekommen und so hofften sie, dass die Tage weiterhin mild blieben. Eilig packten sie alles in die Kanus und halfen dann Shawano-Nuki beim Einsteigen. Sie hatte sich erholt, obwohl ihre Beine immer noch wackelig waren. Auch das Baby war von der Geburt erschöpft gewesen und hatte die ganze Nacht geschlafen. Die Männer hatten geduldig gewartet, bis die Frau sich gewaschen und das Moos in ihrer Binde gewechselt hatte. Doch nun waren sie erleichtert, dass sie vielleicht bis zum Abend das Dorf erreichten.

Mit kräftigen Paddelschlägen trieben die Männer die Kanus voran, dabei behielten sie wachsam das Ufer im Auge. Die Bewegung wärmte ihre Körper, während die Frau an der kühlen Luft des Sees offensichtlich fror. Machwao gab ihr eine der Schlafdecken, damit sie sich wärmen konnte. Dankbar kuschelte sich Shawano-Nuki darin ein und versteckte auch das Baby unter der Decke. Gegen Mittag legten sie eine kleine Pause ein, auch, weil die Frau unruhig wurde und darum bat, an Land gehen zu dürfen. Machwao half ihr an Land und sah betroffen zu, wie sie zwischen die Bäume huschte, um sich zu erleichtern. Mit dem Kopf nickte er zu Wapus, der jedoch eine beruhigende Handbewegung machte. „Sie wird gleich wiederkommen!"

Auch Wakoh hatte besorgt die Stirn gerunzelt und stieß mit seinem Fuß einen Kieselstein zur Seite. „Es ist nicht gut, mit einer blutenden Frau zu fahren!"

Wapus stemmte die Hände in die Hüften und schluckte seinen Ärger hinunter. „Wir haben keine andere Wahl. Wir können sie ja schlecht alleine lassen."

„Das weiß ich doch!" Wakoh bleckte wütend die Zähne. „Trotzdem ist es nicht gut!"

„Ich werde die Geister beruhigen!", beschwichtigte ihn Wapus. „Sie werden Verständnis dafür haben!"

Wakoh nickte erleichtert. Er hatte Angst, dass das Blut der Frau ihn schwächen könnte. Wenn er erst wieder im Dorf war, würde er dieses Kanu nie wieder benutzen! Es war durch das Blut der Frau verunreinigt worden.

Einige Augenblicke später kam die Frau zurück und sie konnten ihre Reise fortsetzen.

Schweigend ruderten sie gen Norden und erreichten in der Dämmerung den Anlegeplatz des Ho-Chunk- Dorfes. Die Kanus lagen umgedreht auf dem Strand, ansonsten war niemand zu sehen. In einiger Entfernung waren die Hütten zu sehen, aber auch dort war es ungewöhnlich still.

Machwao tauschte einen Blick mit Wakoh, der alles ausdrückte: Sorge, Angst und die Befürchtung, dass auch hier etwas nicht stimmte. Es war noch nicht dunkel und so müssten mindestens die Kinder noch herumtoben. Außerdem war es ungewöhnlich, dass sie nicht begrüßt wurden, denn ihre Ankunft musste über das Wasser schon lange vorher bemerkt worden sein. Einige Hunde jaulten, als sie vorsichtig nähergingen, liefen dann aber weg. Machwao hielt Wakoh zurück, als dieser weitergehen wollte. „Hier ist niemand mehr!", sagte er mit heiserer Stimme.

„Das kann nicht wahr sein!" Wakoh riss sich los und ging einen weiteren Schritt auf das Dorf zu. „Es ist zu groß. Sie können nicht alle tot sein." Seine Stimme zitterte vor Verzweiflung und Unglauben. Er sah sich nach Awässeh-neskas und Wapus um, die kurz hinter ihm waren. Dahinter standen Shawano-Nuki mit dem Baby im Arm und die beiden Jungen. Auch in ihren Blicken wurde deutlich, dass sie ahnten, dass hier etwas nicht in Ord-

nung war. „Bleibt hier!", befahl Wakoh. Er nahm seinen Bogen in die Hand und nickte Machwao zu. „Wir sehen nach, was hier geschehen ist!"

Machwao fühlte einen Felsen auf seinem Herzen, als er seinem Freund langsam folgte. Er wollte nicht schon wieder auf ein ausgestorbenes Dorf stoßen. Er wollte keine Leichen sehen, die niemand begraben hatte. Sein Blick wanderte in den Himmel, als fürchtete er, dort die Aasfresser kreisen zu sehen. Bitte, flehte er, lass sie nicht in den Hütten liegen!

Es war still, als sie zwischen die Hütten traten und den Blick schweifen ließen. Die Hunde waren verschwunden und es war still. Ein kalter Wind wehte durch die Hütten, die teilweise eingefallen waren. Dieses Dorf war schon länger verlassen! Es musste kurz nach ihrer Abfahrt aufgegeben worden sein. Aber warum hatte man die Matten und Kanus nicht mitgenommen? Machwao schaute vorsichtig in eine der Hütten und war erleichtert, als er keine verwesenden Leichen fand. Wakoh untersuchte bereits zwei weitere Hütten und schüttelte den Kopf als Zeichen, dass auch er nichts entdecken konnte. Das Dorf war offensichtlich in aller Hast verlassen worden. Dann schob Wakoh die Lippen vor und deutete damit auf viele frische Gräber, die überall in der Nähe des Dorfes errichtet worden waren. Unzählige!

Machwao biss die Zähne zusammen, als er erkannte, was hier geschehen war. Auch hier hatte die seltsame Krankheit gewütet und die Überlebenden hatten das Dorf fluchtartig verlassen. Zumindest waren noch Menschen übrig geblieben, die die Toten bestattet hatten. Aber Hilfe würden sie hier keine finden. Und es war auch nicht gut, zwischen all diesen Geistern zu verweilen. Ein weiterer Gedanke schlich sich in Machwaos Herz. Was würde mit seinem Dorf sein? Hatte die Krankheit auch sein Dorf ausgelöscht? Wenn es sich bis zu den Ho-Chunk ausgebreitet hatte, dann wären auch die Dörfer der Menominee in Gefahr! Sein Herz schlug schneller bei diesem Gedanken und die Angst um seine Familie benebelte ihn. Sie mussten heim! So schnell es ging. Er musste Gewissheit haben! „Wir können hier nicht bleiben", flüsterte er tonlos.

„Nein!" Wakoh stimmte ihm zu. „Lass uns ein Stück das Ufer entlangpaddeln und einen anderen Platz für die Nacht finden."

„Wir könnten Matten von den Wigwams mitnehmen, damit wir in den nächsten Tagen einen besseren Schutz haben!", schlug Machwao vor.

Wakoh schüttelte verbissen den Kopf. „Wir nehmen nichts! Die Geister der Toten würden uns sonst folgen."

Machwao nickte betroffen. Ja, sein Freund hatte recht. Es war besser, diesen Ort zu meiden und nichts zu nehmen. Mit einer ungeduldigen Handbewegung scheuchte er die Frau und die Kinder zu den Kanus zurück. „Wir paddeln noch ein Stück weiter und lassen dieses Dorf hinter uns!"

Alle waren erleichtert, als sich die Kanus in den See hinausbewegten und das Geisterdorf hinter ihnen verschwand. Das Entsetzen stand ihnen in die Gesichter geschrieben. Shawano-Nuki verstand, dass die Männer hier Hilfe erwartet hätten und entsetzt darüber waren, dass die Menschen, die hier gelebt hatten, verschwunden waren. „Eure Freunde?", fragte sie leise.

Machwao nickte nur, denn seine Stimme drohte zu versagen. Sein Blick war starr nach geradeaus gerichtet. Er dachte an Witcawa und Falke, die hoffentlich ihr Dorf am Stinkendes-Wasser-See erreicht hatten. Shawano-Nuki merkte, dass sie im Moment keine Antworten erhalten würde, und schwieg. Sie drückte das Baby an sich und hüllte sich wieder in die Decke. Es wurde dunkel und kalt und so ließen die Männer die Kanus nach einer Weile an den Strand gleiten. Schweigend entluden sie die Kanus. Schweigend sammelten sie Holz für ein Feuer und schweigend errichteten sie einen einfachen Windschutz aus den Schilfmatten. Selbst die Kinder schwiegen, weil sie merkten, dass die Erwachsenen ihren düsteren Gedanken nachhingen. Es schien, als hätten die Menschen die Sprache verloren. Es gab keine Worte, die ausdrücken konnten, was sie empfanden.

Chatah-Winter

Maisblüte setzte sich fröstelnd ans Feuer und wickelte sich etwas aus der Decke, um das Baby besser an die Brust legen zu können. Es hatte bisher immer nur wenig gesaugt, doch nun wurden die Züge kräftiger. Das Saugen zog ihren Unterleib zusammen und schien das Blut herauszutreiben. Die Blutungen waren leichter geworden, sodass sie das Moos nicht mehr so oft wechseln musste. Sie hatte eine Binde aus Fell gewaschen und zum Trocknen aufgehängt und auch das Leder für die Windel des Babys gewechselt. Sie wusste, dass die Männer nichts mehr hatten, was sie verwenden konnte, und so seufzte sie unhörbar. Hier war nichts richtig. Sie brauchte eine Chukka, die ihr Schutz bot, und Frauen, die ihr halfen. Wie lange würde diese Reise noch dauern? Sie hatte gehofft, in dem Dorf eine Pause einlegen zu können oder vielleicht den Winter abzuwarten, aber es war von den Krankheiten der Käfermenschen heimgesucht worden. Sie wusste es intuitiv, weil sie lange genug mit ihnen unterwegs gewesen war, um diese Zusammenhänge zu sehen. Waren die Spanier bis hierher gekommen?

Fast fürchtete sie, dass Juan jeden Moment mit seinen Männern hier auftauchen könnte, um sie wieder zu versklaven. Einzig der Weg über das Wasser bot ein wenig Schutz, sodass sie hoffte, dass die Spanier dieses kleine Lager einfach nicht fanden. Auf ihrem Weg hatten sie stets große Dörfer mit Vorräten überfallen. Eine kleine Gruppe war völlig uninteressant.

Sie blickte das Baby an, das saugend an ihrer Brust lag. Es war so hilflos und unschuldig. Die Backen waren leicht gerötet von der Anstrengung und die winzigen Hände zu Fäusten geballt. Es würde schwierig werden, das Kind warm zu halten, wenn wieder der Frost und der Schnee kamen. Sie waren weit im Norden des Landes und sie hatte Geschichten von den kalten Wintern hier oben gehört. Sie fror bereits jetzt und sie konnte sich kaum vorstellen, dass es noch kälter werden könnte. Die Chatah kannten nur Winter und Sommer, denn es war entweder sehr warm oder aber kühl mit Regen und manchmal etwas Schnee. Hier

war weder Sommer noch Winter, denn sie wusste, dass es noch wesentlich kälter werden würde. Nanih Waiya hatte ihr die Geschichten übersetzt, die Awässeh-neskas ihm erzählt hatte. Von Schnee war da die Rede gewesen, in dem ein ganzer Mann verschwinden konnte. Und von Flüssen und Seen, die vollständig von Eis bedeckt waren. Schon jetzt war ihr der milde Winter, wie ihn die Chatah kannten, lieber. Auf jeden Fall hatten sie alle nicht genügend Kleidung! Wie lange würde es noch dauern, bis sie endlich das Dorf der Menominee erreichten? Warum hatten sie überhaupt so eine weite Reise gewagt? Ihre Sprachkenntnisse wurden besser, aber längst nicht gut genug, um solche Fragen zu stellen. Sie beneidete Nanih Waiya, der sich bereits viel besser als sie verständigen konnte. Aber mit ihm redeten sie ja auch mehr.

Unter gesenkten Lidern beobachtete sie die Männer, die schweigend um das Feuer saßen. Es war deutlich zu sehen, dass sie sich Sorgen machten. Die Kinder kamen mit Feuerholz zurück und Awässeh-neskas sprach leise mit ihnen. Es gefiel ihr, wie behutsam die Männer mit den Kindern umgingen. Niemals wurden sie geschimpft und niemals ein lautes Wort an sie gerichtet. Das war schön. Auch ihr gegenüber zeigten sich die Männer respektvoll und sie hoffte, dass das auch in ihrem Dorf so blieb. Selbst der unbeherrschte Wakoh zeigte sich auf seine Weise rücksichtsvoll. Sie lächelte, als Nanih Waiya sich neben sie setzte und sie mit hungrigen Augen musterte.

„Was machst du da?", fragte er in der Sprache der Chatah.

„Ich stille das Baby", erklärte Maisblüte mit einem Lächeln.

„Wie geht das?"

„Nun, in meinen Brüsten ist Milch und die trinkt das Baby."

Nanih Waiya beugte sich neugierig vor, um ganz genau zu sehen, was das Baby da machte. „Wie bei einer Hündin!", stellte er fest.

„Genau!", meinte Maisblüte ein wenig spitz.

„Aber deine Zitzen sind viel größer!"

Maisblüte seufzte tief. Dieses Kind war bei weitem zu neugierig und altklug. „Man nennt es Brüste!", korrigierte sie ihn streng.

„Und man vergleicht eine Frau nicht mit einem Hund."

Nanih Waiya grinste frech und hüpfte wieder auf. „Ich gehe jetzt

mit meinem neuen Bruder noch ein paar Beeren sammeln. Ich habe eine Stelle im Wald gefunden, wo welche wachsen. Magst du auch welche?"

Maisblüte schüttelte leicht den Kopf. „Es ist schon zu dunkel! Geht lieber gleich bei Sonnenaufgang!"

„Ach!", maulte der Bruder enttäuscht. Prüfend sah er zum Sternenhimmel hoch und musste dann seiner Schwester recht geben. Es war wirklich schon sehr dunkel. Aber er hatte den ganzen Tag im Kanu gesessen und sehnte sich danach, seine Beine zu bewegen. „Morgen ist es bestimmt wieder so langweilig!"

„Ihr beide könnt ja beim Paddeln helfen, dann kommen wir schneller voran!", schlug Maisblüte vor.

„Wie lange dauert es denn noch?", fragte Nanih Waiya. Auch er sehnte das Ende der Reise herbei. Er wollte mit anderen Kindern spielen, ein Dach über dem Kopf haben und endlich wissen, wohin er gehörte.

Maisblüte senkte den Kopf und machte eine hilflose Bewegung mit der Hand. „Ich weiß es nicht. Da musst du Awässeh-neskas fragen."

„Hoch, mein Vater sagt, dass wir mindestens noch zehn Tage bis zu seinem Dorf brauchen."

Maisblüte schluckte schwer. Zehn Tage! Das war ungeheuer lang. Wenn das Wetter sich wieder verschlechterte? Wenn es noch kälter wurde? Wenn sie bis dahin auf kein Dorf stießen, in dem sie notwendige Sachen eintauschen konnten? Die Verzweiflung traf sie so unvorbereitet, dass ihr die Tränen in die Augen stiegen. Sie war so müde und kraftlos, dass sie am liebsten nicht mehr aufgestanden wäre. Wie sollte sie die Binden wechseln oder trockenes Material für die Windeln finden? Zehn Tage unter diesen Bedingungen zu reisen war ein Alptraum.

Der Bruder hatte den Stimmungswechsel bei seiner Schwester bemerkt und musterte sie ratlos. „Geht es dir nicht gut?", fragte er voller Mitgefühl.

„Doch!" Es klang trotzig, dabei versuchte sie nur zu verhindern, dass ihr die Tränen über das Gesicht liefen. „Ich bin nur müde." Ihr Lächeln war gequält, als sie den Bruder wegschickte. „Geh schlafen! Morgen ist wieder ein anstrengender Tag!"

***

Nanih Waiya lief zu Wahkayoh zurück und holte aus einem Beutel ein einfaches Würfelspiel heraus, das Awässeh-neskas ihnen gezeigt hatte. Die Würfel waren einfach Kerne, die schwarz und rot bemalt waren. Außerdem hatte Awässeh-neskas zwei kleine Figuren geschnitzt, die einen Halbmond und eine Schildkröte darstellten. Die Würfel wurden mit einem Schildkrötenpanzer ein wenig in die Höhe geworfen, und je nachdem, wie sie fielen, ergab es eine gewisse Punktzahl. Nanih Waiya liebte dieses Spiel, denn es hatte auch mit Geschicklichkeit zu tun, die Würfel möglichst so zu werfen, dass man eine hohe Punktzahl bekam. Wahkayoh spielte auch nicht schlecht und so wetteiferten die Jungen in diesem Spiel. Manchmal spielten sie es auch im Kanu, indem sie sich einfach gegenüber setzten und dann abwechselnd die Würfel fallen ließen. Sie erfanden dabei immer neue Spielregeln und Variationen und kicherten vor Begeisterung, aber an diesem Abend blieben selbst die Kinder leise, als ahnten sie, dass den Erwachsenen nicht nach Lachen zumute war.

In dieser Nacht weinte Wahkayoh wieder. Er hatte schon lange nicht mehr geweint, doch nun vermisste er seine Eltern. Vielleicht lag es daran, dass die Männer nur geschwiegen hatten und sich die gedrückte Stimmung auch auf die Kinder übertragen hatte. Sein Schluchzen weckte die Menschen, die sich um das Feuer gelegt hatten. Betreten sahen sie auf den Jungen, dessen kleiner Körper von Weinkrämpfen geradezu geschüttelt wurde. „Mama!", rief er immer wieder. Awässeh-neskas nahm ihn in die Arme und wiegte ihn sanft hin und her. „Ich bin für dich da!", flüsterte er leise. Er hielt den Jungen in seinen starken Armen, bis er wieder eingeschlafen war. Maisblüte beobachtete ihn dabei und liebte ihn für diese Geste. Ja, er würde Nanih Waiya und Wahkayoh ein guter Vater sein. Voller Geduld und Liebe. So wie es auch ihr Vater gewesen wäre.
Dann fiel ihr Blick auf Machwao. Seine Augen spiegelten sich im Licht der Sterne und drückten so viel Mitgefühl aus, dass es ihr Herz erfüllte. Er litt mit dem Jungen, als hätte er selbst seine

Eltern verloren. Gleichzeitig erkannte sie, dass er genau dies befürchtete. Sein Blick fiel auf sie und kurz erkannte sie die Zuneigung darin. Sofort hatte er sich wieder im Griff und senkte verlegen die Augen. Es war nicht höflich, jemanden zu beobachten. Aber sie erkannte, dass er genau dies tat. Er beobachtete sie und er achtete auf sie. Sie fühlte sich zum ersten Mal seit langem sicher in seiner Gegenwart. Er würde immer für sie da sein. Mit einem Mal hatte sie keine Angst mehr, in sein Dorf gebracht zu werden. Er würde dafür sorgen, dass sie freundlich aufgenommen wurde. Ihr Gesicht entspannte sich, als sie sich zufrieden auf ihr Lager zurückgleiten ließ. Diese Männer hier würden alle über ihren Schlaf wachen. Mit ihnen würde sie heimkehren.

Maisblüte schlief tief und fest, bis eine winzige Stimme sie am Morgen weckte und mahnte, dass sie nun andere Aufgaben hatte. Sie blieb liegen, während sie das Kind stillte. Es schmerzte, als das Baby saugte, und sie tastete vorsichtig über die heiße Brust. War es eine Entzündung? Sie wusste so wenig über all die Dinge, die eine Frau eigentlich wissen sollte. Besorgt ging sie zum See und wusch sich zwischen den Beinen. Die Blutungen waren nicht mehr so schwer, sodass sie aufatmete. Sie kühlte ihre Brüste mit dem kalten Wasser und verharrte fröstelnd in dem kalten See. Sie bemerkte, dass die Brüste prall waren, und erkannte, dass dies so sein musste. Ihr Körper hatte sich verändert. Sie war jetzt wirklich eine junge Frau und kein Mädchen mehr. Dann lächelte sie versonnen. Sie war eine Mutter! Das war ein schönes Gefühl und sie hob dankbar die Hände zur Sonne, um sich bei dem Sonnenvater zu bedanken. „Hashtali, ich danke dir für diese wunderbare Tochter! Ich werde gut auf sie achtgeben und sie zu einer gehorsamen und fleißigen Frau erziehen."
Sie kletterte wieder an das Ufer und schlüpfte in ihre Sachen, dann hob sie das Bündel mit dem Baby der Sonne entgegen. „Sieh nur, wie schön sie ist! Ich bitte dich, Hashtali, gib auf sie acht!" Sie nahm eine der Muschelketten, die sie um den Hals trug, und legte sie als Opfergabe auf einen Stein. „Dies ist für dich!", hauchte sie andächtig. Dann lief sie mit eiligen Schritten zum Lagerplatz zurück.

Die Männer hatten diskret einen anderen Platz gesucht, um sich zu waschen, und packten bereits die Kanus für die Weiterfahrt. Nanih Waiya und Wahkayoh kehrten gerade aus dem Wald zurück und hielten Maisblüte strahlend einen Korb mit Blaubeeren hin. „Siehst du, wir haben welche gefunden!", verkündete der Bruder stolz.

Maisblüte nickte lächelnd und nahm sogleich eine Handvoll. Der süßsaure Geschmack war einfach köstlich. Auch die Männer bedienten sich und klopften den Jungen anerkennend auf die Schultern. „Das habt ihr gut gemacht!", lobte Awässeh-neskas die beiden. „Nun saust zu den Booten! Wir wollen weiter!"

„Das ist so langweilig!", beschwerte sich Nanih Waiya maulend.

„Vielleicht erreichen wir heute ein Dorf unserer Freunde, wo wir einige Tage rasten können", versuchte der Krieger die Jungen aufzumuntern.

„Wirklich?" Die Kinder strahlten vor Begeisterung. Ein Dorf wäre eine willkommene Abwechslung.

Awässeh-neskas sagte nichts und Maisblüte konnte sehen, dass er sich Sorgen machte. Vielleicht gab es auch dieses Dorf nicht mehr! Der Krieger hatte von Freunden gesprochen und wahrscheinlich wollten die Männer nachsehen, wie es ihnen ging.

***

Es war Machwao, der ihr ins Kanu half und ihr dann das Bündel mit dem Säugling reichte. Er hatte einen kurzen Blick auf das Kind erhascht und lächelte freundlich. „Trinkt sie gut?"

Sie war überrascht über diese Anteilnahme und musterte ihn verblüfft. Wollte er wirklich wissen, wie es dem Kind ging? „Ja, trinkt gut", antwortete sie leise in seiner Sprache. Wieder huschte dieses offene Lächeln über sein Gesicht und sie erkannte, dass er eigentlich wissen wollte, wie es ihr ging. Sie gab das Lächeln zurück und genoss diesen kurzen Augenblick der Anteilnahme. Fürsorglich reichte er ihr eine Decke, damit sie vor dem kühlen Wind auf dem Wasser besser geschützt war. Sie verschwand unter dem Fell, bis nur noch ihr schwarzer Haarschopf herausschaute, aber der Wind ging wirklich durch und durch. Sie ver-

stand ohnehin nicht, warum die Männer mit ihrer leichten Kleidung noch nicht erfroren waren. Aber offensichtlich hatten sich ihre Körper dem kälteren Klima hier oben angepasst. Sie dagegen würde sich nie an diese Kälte gewöhnen! Argwöhnisch musterte sie ihren Bruder, der in dem anderen Kanu gerade an ihr vorbeiglitt. Auch er war zu kalt für diese Temperaturen angezogen, schien aber nicht zu frieren. Wahrscheinlich passten sich Kinder schneller an, so wie sie ja auch viel schneller die neue Sprache lernten.

Nach einer Weile erreichten sie das Dorf und schon aus der Ferne war zu erkennen, dass es verlassen war. Maisblüte hörte, wie Machwao scharf die Luft einsog und damit seine Trauer zum Ausdruck brachte. Auch Wakoh, der im Bug des Kanus saß, drehte sich mit einem entsetzten Ausdruck im Gesicht zu seinem Freund um. Noch nie hatte Maisblüte diesen furchtlosen und durchaus brutalen Krieger so verletzlich und hilflos gesehen. Seine Augen spiegelten Angst, Trauer, völlige Ratlosigkeit und ein tiefes Bedauern. Sein Blick streifte auch sie und zum ersten Mal erkannte sie seine tiefe Reue. Ja, es tat ihm leid! Alles, was er ihr je angetan hatte. Erst jetzt verstand er die Gräuel, die sie erlebt haben musste.

Die beiden Männer hielten in ihrem Paddelschlag inne und warteten, bis das andere Kanu aufschloss. Auch Awässeh-neskas und Wapus wussten sofort, dass auch dieses Dorf ausgelöscht worden war. Namenloses Entsetzen spiegelte sich in ihren Augen. Wie konnte so etwas geschehen?

Maisblüte kannte die Menschen nicht, die hier gelebt hatten, doch die Männer hatten von „Freunden" gesprochen. Ihre Betroffenheit bedurfte keiner Worte.

Nanih Waiya wandte sich mit einem fragenden Blick an Awässeh-neskas. „Ist dies das Dorf?"

Awässeh-neskas nickte stumm. Er machte eine hilflose Handbewegung, die ihr ganzes Dilemma ausdrückte. Wie konnte es sein, dass all diese Dörfer in so kurzer Zeit dem Untergang geweiht waren? Und wie konnte es sein, dass all die Gebete und Zeremonien wirkungslos gegen diese Bedrohung waren? Hatten die

Geister ihre Macht verloren? Hatten die bösen Geister die Oberhand über alles Lebende gewonnen? War damit auch ihr Schicksal längst besiegelt?

Maisblüte blieb still, als die Kanus in der Nähe des Dorfes anlegten. Sie legte Machwao leicht die Hand auf den Arm, um ihn zurückzuhalten. „Geh nicht!", flüsterte sie mahnend.

Machwao kniff die Lippen zusammen und bedeutete ihr mit seinen schwarzen Augen, dass er sehen musste, was dort geschehen war. Sie ließ los und beobachtete traurig, wie er in Richtung des Dorfes ging. Seine Freunde folgten ihm, während die Kinder im anderen Kanu warteten.

„Sind dort auch alle tot?", fragte Nanih Waiya.

„Ja!", antwortete sie einsilbig. Mehr war nicht zu sagen.

„Waren diese Käfermänner hier, die auch mir wehgetan haben?" Zum ersten Mal seit langem sprach das Kind die Dinge aus, die mit ihm geschehen waren.

Maisblüte musterte ihn prüfend. „Die Käfermänner haben mir und dir wehgetan, aber dies müssen wir vergessen."

„Ich werde es nie vergessen!", sagte der Junge mit hasserfüllter Stimme. „Nie!" Seine Augen zeigten den Schmerz, den er fühlte, ebenso wie die Narben auf immer seinen Rücken und auch seine Seele zeichnen würden. Dann beherrschte er sich wieder. „Awässeh-neskas ist ein guter Mann. Aber ich fürchte um sein Dorf. Was machen wir, wenn auch dort alle tot sind?"

„Hasch! Du redest das Böse herbei!" Maisblüte hob warnend den Finger an den Mund. „Wir werden es erst wissen, wenn wir dort sind. Noch leben wir und solange wir atmen, gibt es auch Hoffnung."

Nanih Waiya verzog schmollend den Mund. Er war klein, aber das Leben hatte ihn früh gelehrt, dass es besser war, sich auf niemanden zu verlassen. „Wir hätten in den Süden zurückgehen sollen. Warte nur ab, wahrscheinlich haben die Käfermänner auch das Dorf der Menominee zerstört."

„Dann werden wir trotzdem den Winter irgendwie überleben. Machwao und die anderen sind gute Jäger. Wir werden Hütten bauen, jagen, und uns auf den Winter vorbereiten. Wir werden

andere Menschen finden, die überlebt haben. Nicht alle werden tot sein, verstehst du? Wir leben ja auch!"

Nanih Waiya nickte vorsichtig. „Wahkayoh und ich können schon sehr gut fischen!", erklärte er stolz.

„Siehst du, es gibt einen Weg! Wir müssen nur zusammenhalten!" Ihre Aufmerksamkeit richtete sich wieder auf die Männer, die inzwischen das Dorf erreicht hatten und sich umsahen. Bereits nach kurzer Zeit kehrten sie zurück und schoben wortlos die Kanus in den Fluss. Ihre Mienen blieben ausdruckslos, als müssten sie die Frau und die Kinder vor dem schützen, was sie dort gesehen hatten. Maisblüte wusste es trotzdem, denn sie hatte es immer und immer wieder erlebt. Aber waren die Käfermänner wirklich bis hierher gekommen? Hatten sie das Dorf geplündert und waren weitergezogen? Oder hatte ihr vergifteter Atem diese Menschen vernichtet? Wie war es ihnen möglich, über weite Entfernungen hinweg ihren Arm nach den Menschen auszustrecken?

Maisblüte drückte das Baby fester gegen ihre Brust und spürte den schweren Stein auf ihrem Herzen. Sie hatte Angst! Gegen Menschen konnte man kämpfen, aber wie sollte man sich gegen böse Geister schützen? Ihr Dorf war von Flammen und langen Messern zerstört worden, aber viele andere Dörfer waren von einer unsichtbaren Macht vernichtet worden, die man sich nicht erklären konnte. Auch die Menominee hatten keinen Schutz dagegen. Warum sie immer noch im Schutz dieser Männer überlebte, war ihr ein Rätsel. Vielleicht lag es an Wapus, der ein guter Heiler und Geheimnismann war. Er war kein Hopaii, so wie sie es bisher gekannt hatte, aber seine Schutzgeister mussten gut sein. Vielleicht gab es auch andere Wege, Hashtali zu beeindrucken und um Schutz zu bitten? Unabhängig davon, was sie bei ihrer Ankunft vorfinden würden, sie war sich sicher, dass diese Menominee unter der Gunst der Geister standen. Ihre besten Überlebenschancen bestanden mit diesen Männern. Sie wusste, dass die Menominee von Mäc-awätok redeten, ebenso wie sie zu Hashtali flehte. Ob es einen Unterschied gab? Oder war es ein und dasselbe mächtige Wesen am Himmel? Auch die Menominee opferten Tabak und räucherten mit Salbei, sodass ihre Völker im Grunde

gar nicht so verschieden waren. Nur dass sich diese Menschen dem viel kälteren Norden angepasst hatten. Ob auch die Menominee Mais anpflanzten und ein Grünkornfest feierten? Welche Zeremonien hatten sie, um den, der alles sieht, zu ehren? Würde dessen Gunst die Menominee besser schützen? Sie hoffte für das Dorf und die Menschen, die sie noch gar nicht kannte.

Portage am Großen See

(Blaubeermond)

Machwao führte seine Freunde noch ein ganzes Stück nördlich den großen See entlang, eher er wieder das Ufer ansteuerte. Er wollte einen möglichst großen Abstand zwischen ihnen und dem Ort des Todes zurücklegen. Sie waren in diesem Dorf gefoltert worden, bis Witcawa und Falke im letzten Augenblick aufgetaucht waren und sie gerettet hatten. Nun existierte dieses Dorf nicht mehr. Die Geister hatten auch dieses Dorf mit der Krankheit gestraft. Es war unvorstellbar. Die Sonne neigte sich gen Westen, streichelte mit ihren glutroten Strahlen ein letztes Mal über die dunklen Fichten. Der See reflektierte die Farben der untergehenden Sonne in Millionen Tropfen und verfärbte sich von einem rötlichen Lila zu einem dunklen Blau. Es war atemberaubend, doch die Männer waren zu sehr in ihre Gedanken versunken, um die Abendstimmung zu genießen. Sie dachten an die Menschen des Dorfes, die sie noch vor gut drei Monden kennengelernt hatten. Niemand konnte begreifen, was dort geschehen war, und so schwiegen die Männer in ihrer Verwirrung. Ihre Augen drückten die Trauer aus, die sie empfanden, als sie still die Kanus entluden und unter den Fichten einen Lagerplatz wählten. Doch irgendwann waren alle Arbeiten erledigt und die Stille am Lagerfeuer schmerzte fast körperlich.

Die Krieger streiften die Frau mit einem kurzen Blick, als diese sich etwas abseits setzte, um das Neugeborene zu stillen. Trotz der widrigen Umstände schien es zu gedeihen und das stimmte die Männer hoffnungsvoll.

Auch die Frau hatte an Stärke gewonnen. Sie war inzwischen selbst in der Lage, die weichen flusenartigen Samen des Rohrkolbens für die Windeln und Binden zu sammeln. Dieser war weit einfacher zu finden als Moos. Schilf und Rohrkolben gab es an den Ufern der Seen und Flüsse zur Genüge. Noch hielt das Wetter, sodass die Männer die Reise fortsetzen konnten. Zuhause würden sie bereits den Wildreis ernten und langsam in die Win-

terdörfer zurückkehren. Man konnte sehen, dass die Männer Angst vor dem hatten, was sie dort vorfinden würden. Nur mit Mühe beherrschten sie sich, auch um die Frau und die Kinder nicht zu sehr zu verängstigen.

Machwao sah auf, als die beiden Jungen herangestürmt kamen und sich neben Awässeh-neskas plumpsen ließen. Sie kicherten fröhlich und zeigten dem Krieger einen Grashüpfer, den sie gefangen hatten. Vorsichtig hielten sie das Tier in ihren braunen Händen und lugten hinein, um es besser betrachten zu können. Die Männer ließen sich von den Kindern nur zu gerne ablenken. Es war schön, dass in ihnen die Zukunft lag. Solange es Kinder gab, würde es irgendwie weitergehen.

Awässeh-neskas nickte anerkennend und zwinkerte den Jungen gutmütig zu. „Wisst ihr eigentlich, dass der Grashüpfer einst ein Riese war, der den Tabak gehütet hat?", fragte er mit einem Lächeln.

Die Jungen hoben erstaunt die Augenbrauen „Ein Riese? So wie ein großer Mensch?", vergewisserte sich Nanih Waiya.

„Ja!", bestätigte Awässeh-neskas und nahm seine Hände zu Hilfe, um den Jungen die Größe des Riesen verständlich zu machen.

„Und dann?", fragte Nanih Waiya wissbegierig.

„Nun, einst gab es einen wahrhaft tapferen Krieger, der Manaqpudz hieß. Er kämpfte gegen die bösen Mächte des Untergrunds und lehrte uns viele Dinge."

„Ich weiß schon!", erklärte Nanih Waiya ungeduldig. „Erzähl weiter!"

Awässeh-neskas strafte den Jungen mit einem tadelnden Blick, fuhr aber fort:

„Also, eines Tages wanderte Manaqpudz an einem hohen Berg vorbei, als er einen wunderbaren Geruch spürte. Er schien aus einer Höhle zwischen den steilen Felsen zu kommen. Er ging vorsichtig näher und bemerkte, dass dort ein Riese wohnte, der der Hüter des Tabaks war. Er kroch immer tiefer in den Berg hinein, bis er zu einer riesigen Höhle kam, in der der Riese hauste. Der Riese bemerkte Manaqpudz und fragte ihn streng, was er eigentlich hier wolle. Manaqpudz antwortete, dass er etwas von dem

Tabak haben wollte, doch der Riese behauptete, dass die Geister gerade erst dagewesen seien, um zu rauchen. Diese Zeremonie geschehe nur einmal im Jahr und Manaqpudz solle im nächsten Jahr wiederkommen. Manaqpudz fand das seltsam, denn überall in der Höhle standen viele Taschen, die voller Tabak waren. Mutig, wie er war, schnappte sich Manaqpudz eine Tasche und rannte aus der Höhle hinaus, immer verfolgt von dem wütenden Riesen. Manaqpudz erreichte die Spitze des Berges und sprang von einer Felsspitze zur nächsten, doch der Riese holte unaufhaltsam auf. Dann erreichte Manaqpudz eine Klippe und warf sich flach auf den Boden. Der Riese stolperte über ihn und stürzte in die Unendlichkeit. Aber der Riese war nicht tot. Obwohl er überall blaue Flecken hatte, gelang es ihm, die Schlucht wieder hinaufzuklettern. Er klammerte sich an den Felsvorsprung und alle seine Fingernägel rissen dabei ab. Manaqpudz aber beugte sich nach unten, packte den Riesen am Nacken und warf ihn zu Boden. ‚Jetzt ist aber Schluss!', schimpfte er über die Dickköpfigkeit des Riesen. ‚Zur Strafe verwandle ich dich in einen Grashüpfer. Dein Gesicht wird bleiben, damit alle Welt dich noch erkennen kann. Aber deine Art wird eine Plage für all diejenigen werden, die Tabak anbauen, und sie werden dich mit ihren Füßen zertreten!' Dann nahm Manaqpudz den Tabak und teilte ihn unter den Menschen auf, damit sie ihn als Opfergabe reichen konnten. Einigen gab er auch die Samen, damit sie den Tabak selbst anbauen können."

Awässeh-neskas zeigte wieder auf den kleinen Grashüpfer, der in der Faust von Nanih Waiya zappelte. „Kannst du das Gesicht des Riesen erkennen?"

Nanih Waiya nickte eifrig. „Wie das Gesicht eines Menschen!", verkündete er. „Aber warum machte Manaqpudz ihn zu einer Plage?"

„Damit wir nicht vergessen, dass es der Riese und Manaqpudz waren, die den Tabak zu uns brachten. Jedes Mal, wenn wir das Gesicht dieses Grashüpfers sehen, werden wir daran erinnert, dass es Manaqpudz war, der uns den Tabak gegeben hat. Nichts ist einfach nur da, sondern wir müssen das Geschenk ehren, das uns gegeben wird."

Nanih Waiya betrachtete den Grashüpfer genau, dann setzte er ihn wieder zu Boden. „Lauf nur weiter!", erlaubte er gönnerhaft. Müde kuschelten sich die beiden Jungen in ihre Decken und schlossen die Augen. Die Krieger schmunzelten wohlwollend. „Der Junge lernt unsere Sprache schnell!", meinte Machwao anerkennend. „Und auch der andere wird sie bald sprechen." Awässeh-neskas nickte ihm zu. „Ja, die beiden lernen wirklich schnell. Bald werden sie wie alle unsere Kinder sein. Aber auch Shawano-Nuki wird schnell wie alle Frauen sprechen, wenn wir erst in unserem Dorf sind." Unbeabsichtigt hatte er das Thema wieder auf ihre Sorgen gelenkt und er seufzte tief.

Machwao ließ traurig den Kopf hängen. Ja, wenn sie erst in ihrem Dorf wären! Immer noch stand der Schock des Gesehenen in seinem Gesicht geschrieben. „Ich denke an Falke und Witcawa", gab er leise zu. „Und all die Menschen, die dort gelebt haben."

„Vielleicht sind sie einfach nur weggegangen?", hoffte Wakoh.

„Vielleicht! Aber auch dort haben sie viele der Toten nicht bestattet. Entweder war niemand mehr da, um sie zu bestatten, oder sie sind geflohen!"

„Aber niemand würde fliehen, ohne die Toten zu bestatten!", gab Awässeh-neskas zu bedenken. Auch das stimmte!

„Vielleicht waren einige nicht da?", überlegte Wakoh. „Sie wollten doch nach Norden gehen, um den Frieden zu sichern."

Machwaos Gedanken wanderten ebenfalls nach Norden und er dachte kurz an seine Familie. Würden sie in Sicherheit sein? Er hatte so viel Tod und Schrecken gesehen, dass er das Schlimmste befürchtete. Misstrauisch beobachtete er in der Nacht den Cepay Mihekan, den Pfad der Toten. Leuchtete er nicht heller als zuvor, weil so viele Seelen ihn beschritten? Die Sterne funkelten in einer Intensität, dass es ihm die Tränen in die Augen trieb. Waren seine Schwester und seine Mutter schon längst dort oben auf dem Weg zu den Ahnen? In einigen Tagen würde er Gewissheit haben.

***

In der Nacht kam wieder der Frost und er hüllte sich fester in den Umhang. Dann legte er Holz nach, um das Feuer am Bren-

nen zu halten, während er über den Schlaf seiner Freunde wachte. Kurz beugte er sich zu der Frau mit dem Neugeborenen und achtete auf die tiefen Atemzüge. Es würde schwer werden, das Neugeborene durch den Winter zu bringen. Meist war die Überlebenschance bei den Babys besser, wenn sie im Frühjahr geboren wurden und für den Winter gestärkt waren. Er würde die Geister um Beistand für Wanähsen-Nuki und Shawano-Nuki bitten. Sie waren beide aus dem Süden und den Winter im Norden nicht gewohnt. Ebenso wenig wie Nanih Waiya und Wahkayoh, aber die beiden Jungen waren kräftig und würden sich anpassen.

Ausdauernd paddelten sie den Käqcekam entlang nach Nordosten, bis sie schließlich nach zwei Tagen die Portage an der Halbinsel erreichten. Das Wetter war tagsüber immer noch schön, obwohl auf dem Wasser ein kalter Wind wehte. Wahkayoh klagte über Ohrenschmerzen und so hatten sie ihm, aber auch vorbeugend für Nanih Waiya, aus Waschbärenfellen zwei Mützen gemacht. Shawano-Nuki war unter den Fellen ohnehin nicht mehr zu sehen. Wenn nicht hin und wieder das Baby weinen würde, dann hätte man den Fellberg in der Mitte des Kanus kaum als Frau wahrgenommen.

Da sie nicht so viel Ladung dabeihatten, schafften sie die Portage an einem Tag. Zwei Männer trugen je ein Kanu, während die anderen die Bündel und Paddel schleppten. Die Jungen waren eine wertvolle Hilfe, denn sie konnten ziemlich viel tragen. Auch Shawano-Nuki trug ein Bündel auf ihrem Rücken und hielt das Baby in ihren Armen. Sie wurde mit jedem Tag kräftiger und half bereits wieder beim Holzsammeln und Aufbau des Lagers. Trotzdem würde es gut sein, wenn sie endlich in einen warmen Wigwam kam und sich ausruhen konnte. Die Krieger waren vorsichtig, denn nur zu gut erinnerten sie sich der Neshnabe Krieger, auf die sie während der Herfahrt gestoßen waren. Jeweils abwechselnd stellten sie während der Nacht einen Wachposten auf. Es war kalt und jeder kämpfte damit, nicht einzuschlafen.

Bei Sonnenaufgang brachen sie auf und paddelten den Flussarm entlang, der schließlich in die große Bucht mündete. Es war

seltsam, den Lagerplatz zu erreichen, den sie vor drei Monden errichtet hatten. So viel war seitdem geschehen! Die Männer setzten sich ans Ufer, um zu beraten, welchen Weg sie nehmen sollten. Auf der Herfahrt hatten sie den kurzen Weg über das Wasser gewählt, doch nun zögerten sie. Wenn sie quer über das Wasser paddelten, könnten sie in zwei Tagen zu Hause sein, doch im Herbst war das gefährlich. Die Winde waren oft tückisch und das Wetter schlug manchmal um. Machwao mahnte seine Freunde zur Vernunft. „Ich weiß, wie sehr ihr eure Familien wiedersehen wollt. Auch ich hege diesen Wunsch, doch der kurze Weg über den See ist gefährlich. Wir müssen an die Frau und die Kinder denken. Wenn wir den kurzen Weg wählen, gefährden wir ihr Wohl."

„Und wenn wir Tabak opfern?", schlug Wakoh vor.

Wapus schüttelte ernst den Kopf. „Die Geister schützen einen nicht vor Dummheit! Man darf ihre Geduld nicht reizen. Wir sollten Tabak für eine gute Weiterfahrt opfern und dann den längeren Weg am Ufer entlang wählen."

Wakoh gefiel der Vorschlag nicht. „Der Umweg dauert gut vier Tage länger! Was machen wir, wenn der Schnee kommt oder die Herbststürme einsetzen?"

Machwao wechselte einen kurzen Blick mit Wapus, ehe er Wakoh eine scharfe Antwort gab. „Dann werden wir einige Tage Rast einlegen. Aber ich gefährde nicht das Leben von Frauen und Kindern nur wegen deiner Ungeduld."

Wakoh verzog die Lippen. „Ich bin nicht ungeduldig!", meinte er ruhig. „Ich sehe nur, dass das Wetter noch gut ist und wir den Weg über den See wagen sollten. Das ist alles."

Machwao hob begütigend die Hände. „Aber was machst du, wenn wir mitten auf dem See von einem Sturm überrascht werden? Du weißt, wie schnell sich hier so etwas zusammenbrauen kann. Wenn wir am Ufer entlang paddeln, dann können wir schnell an Land gehen, aber nicht, wenn wir mitten auf dem See sind. Du weißt, wie viele Krieger schon ertrunken sind, weil ihre Kanus gekentert sind!"

Wakoh senkte den Kopf und dachte darüber nach. „Es stimmt schon, was du sagst! Der Weg am Ufer entlang ist der sichere. Au-

ßerdem sind unsere Kanus nicht mehr so stabil wie am Anfang unserer Reise. Wenn sie ein Leck haben, dann ist es besser, wenn wir in der Nähe des Ufers sind."

Awässeh-neskas hatte noch einen anderen Gedanken. „Wir kämen in Pucihkit an der Großen Bucht vorbei und könnten sehen, was dort mit den Ho-Chunk-Dörfern ist."

Machwaos Augen wurden eng. Ja, dort hatten die Friedensverhandlungen stattgefunden! Wenn es noch Menschen gab, mit denen man über den Frieden verhandeln konnte! Wieder griff diese namenlose Angst nach ihm. Gleichgültig, was sie auch vorfanden, es würde nötig sein, die Geister mit Zeremonien um Hilfe zu bitten. Er seufzte tief, als er für sich schwor, das Medizinspiel für sein Volk auszurichten, um das Wohlwollen der Geister auf sie zu lenken. Gleichgültig, wen er vorfand, gleichgültig, wer überlebt hatte, die Überlebenden würden jede spirituelle Unterstützung nötig haben.

„Ich hoffe so sehr, dass Witcawa und Falke noch leben!", hoffte Wakoh.

Machwao warf ihm einen verzweifelten Blick zu. „Sie sind zum Stinkendes-Wasser-See zurückgekehrt. Der liegt weit im Landesinneren und nicht am Großen See. Vielleicht hat sie das gerettet."

Wakoh nickte. Seine Augen spiegelten die Angst, die er empfand.

„Auch unser Dorf liegt nicht am Käqcekam, sondern weit den Manomäh-Sipiah hinauf. Vielleicht schützt uns das?"

Machwao antwortete nicht. Sein Blick wanderte über den See und er hoffte für all die Menschen, die sie zurückgelassen hatten.

Regen

(Pucihkit- Green Bay)

Maisblüte ließ ihren Blick schweifen, als das Kanu in schneller Fahrt in der Nähe des Ufers vorbeiglitt. Die Männer paddelten schweigend und schienen es eilig zu haben. Sie hatte nicht alles verstanden, aber anscheinend hatten sie kurz darüber nachgedacht, über den See zu paddeln, und dann doch den Weg am Ufer entlang gewählt. Sie war froh darüber, denn der See erschien ihr unendlich zu sein. Das andere Ufer war nicht zu sehen und sie hätte sich gefürchtet, in diese Weite zu paddeln. Der Wind war kalt und so zog sie Decke fester um sich. Das Baby an ihrer Brust saugte entspannt und sie lächelte. Das Gesicht des Kindes war so winzig, ebenso wie die Finger und Zehen. Es war ein Wunder, dass es lebte und atmete. Der Nabel war bereits fast verheilt und das kleine Mädchen wurde mit jedem Tag kräftiger. Die Schmerzen der Geburt waren fast vergessen und seitdem die Blutungen nachgelassen hatten, kehrten auch ihre Kräfte zurück. Die Binde aus Leder und saugfähigen Flusen war verschmiert und sie benötigte dringend frisches Material. Sie wusste, dass sie erst nach der Ankunft in einem Dorf wieder neue Lederfetzen erhalten würde und versuchte, so gut es ging, das Wenige, was sie hatte, sauber zu halten. Sie wechselte bei jedem Halt die weichen blutverschmierten Flusen aus, um das Leder zu schonen. Abends wusch sie es aus und trocknete das Leder über einen Busch oder Ast. Sie behielt es außerhalb der Sichtweite der Männer, die alles, was mit ihrem Blut in Zusammenhang stand, vermieden auch nur zu sehen. Auch für das Baby hatte sie nur einen Fetzen zum Wechseln, sodass sie auch hier sehr aufmerksam war, dass das weiche Material nicht durchnässte. Das Baby hatte leichten Durchfall, sodass sie immer wieder die Windeln kontrollierte. Wenn das Kanu am Abend anlegte, würde sie wieder die weichen Flusen der Rohrkolben sammeln. Zuvor würde sie etwas Tabak opfern, wie sie es von den Menominee gelernt hatte.

Die Chatah waren sehr spirituell, aber kein Vergleich zu den Menominee, die bei jeder Kleinigkeit den Geistern Tabak oder Essen

opferten. Gleichgültig, ob sie Holz für das Feuer holten, Beeren oder Schilf sammelten, die Kanus ins Wasser schoben, Fische oder Wild jagten, immer legten sie kleine Gaben für die Geister aus. Selbst die Tonschale oder der Korb, den sie benutzten, wurde mit einem kleinen Gebet geehrt. Anfangs hatte sie gedacht, dass die Männer vor sich hin murmelten, bis sie erkannt hatte, dass es gute Wünsche oder Gebete waren. Es war den Männern so in Fleisch und Blut übergegangen, dass sie darüber gar nicht nachdachten. Es war einfach Teil ihres Handelns und täglichen Tuns, genauso wie sie den Auf- oder Untergang der Sonne ehrten. Manches machte Maisblüte ihnen nach, weil es ähnlich zu den Sitten der Chatah war, aber anderes erschien ihr auch seltsam. Die Männer beließen es dabei, dass sie manche Dinge nicht nachmachte. Sie wurde zu nichts gezwungen und sie wunderte sich über die Rücksichtnahme dieser Männer. Nachdem sie von den Spaniern nur Misshandlungen und Demütigungen erfahren hatte, war sie von Dankbarkeit erfüllt. Ihre Wunden und ihre Seele heilten langsam. Nur die gedrückte Stimmung und die offensichtliche Angst der Männer setzten ihr zu. Was würden sie bei ihrer Ankunft vorfinden?

***

Nach zwei weiteren Tagen kamen sie wieder an einem Dorf vorbei. Die Kanus legten nicht an, denn die Krähen, die in Schwärmen am Himmel kreisten, waren kein gutes Zeichen. Das Dorf lag auf einer Anhöhe nicht weit vom See entfernt. Nichts regte sich außer den Aasfressern, die auf den Bäumen und Hütten saßen. Hunde stritten sich um irgendwelche Knochen und liefen dann jaulend ans Ufer, als sie die Ankömmlinge bemerkten. Machwao gab Wakoh ein Zeichen, dass er weiterpaddeln sollte. Hier gab es keine Überlebenden mehr!
Maisblüte fühlte einen Stich in ihrem Herzen, als sie in das graue Gesicht des Kriegers sah. Machwao hatte alle Mühe, die Fassung zu bewahren. „Ein Dorf der Ho-Chunk", erklärte er leise. „Es ist vernichtet."
„Kanntet ihr jene Menschen dort?", fragte Maisblüte mitfühlend.

„Nicht diese! Aber wir hatten Freunde bei den Ho-Chunk. Hier an diesem Ort sollten Friedensverhandlungen zwischen unseren Völkern stattfinden."

„Meinst du, dass auch Menschen deines Volkes hier waren?", forschte Maisblüte.

Machwao zuckte mit den Schultern. „Es ist möglich!", antwortete er leise. Es war nicht mehr zu ändern. „Wir werden es wissen, wenn wir zu Hause sind. Unser Volk wollte hier das Medizin-Spiel spielen, aber wir wissen nicht, ob es stattgefunden hat oder was dann passiert ist."

Maisblüte wandte sich Wakoh zu, der verbissen das Paddeln aufgenommen hatte. Er schwieg, weil er keine Worte mehr fand, um auszudrücken, was ihn bewegte. Maisblüte wandte sich wieder dem Ufer zu, wo das Dorf langsam hinter ihnen blieb. Wie viele Menschen waren hier gestorben? Hatte es Überlebende gegeben? Und wo waren die Überlebenden hingegangen? Die Umrisse der Wigwams verschwanden langsam in der Ferne. Ein weiteres Dorf, das jetzt Geistern gehörte. Bald würde der Wald es sich zurückgeholt haben.

In der Nacht kam leichter Regen und so suchten sie Schutz unter den Kanus, die sie umgedreht hatten. Die Feuchtigkeit ging durch und durch, sodass an Schlaf nicht zu denken war. Wapus versuchte, ein Feuer am Leben zu erhalten, doch der Rauch war zu verräterisch, sodass sie es schließlich löschten. Eingewickelt in jedes Fell, jede Decke, die sie nur besaßen, hofften sie auf besseres Wetter. „Wenn es nicht besser wird, müssen wir morgen eine Hütte bauen!", meinte Wakoh frustriert. „Wenn bei der Kälte alles durchnässt, dann wird es schwierig."

Machwao nickte nur, denn sein Freund hatte recht. Die umgekippten Kanus boten nur kurzzeitig Schutz. Misstrauisch wanderte sein Blick nach oben, wo in der Schwärze der Nacht nichts zu sehen war. Ohne Sterne und Mond, die wenigstens etwas Licht spendeten, war es unheimlich. Die Stimmen der Nacht waren beängstigend, selbst für Menschen, die damit aufgewachsen waren. Eine Hütte würde mehr Schutz bieten! Er beugte sich besorgt zu dem Baby hinüber und tastete unter die Decke, aber der

Säugling war warm eingepackt und schlief als Einziger.

Maisblüte zog fröstelnd den Umhang enger um ihren Körper. Sie hatte gespürt, dass Machwao nach dem Baby getastet hatte, und freute sich über dessen Sorgen. Ja, das Baby war warm, aber alles andere an ihrem Körper schien erstarren zu wollen. Besonders ihre Füße fühlten sich bereits taub an, dabei waren die Mokassins noch trocken. Kleine Rinnsale liefen über die Wände des Kanus nach unten, sodass es nur eine Frage der Zeit war, bis auch der Boden unter den Kanus feucht wurde. Die Bündel lagen auf Ästen, doch die Menschen hockten auf ihren Füßen. Sie flehte zu Hashtali, dass er ein Einsehen hatte und wieder besseres Wetter schickte. Nanih Waiya rutschte näher und kuschelte sich an sie. „Ich bin so müde", nuschelte er undeutlich. „Und es ist kalt!"

„Komm her!", flüsterte sie sanft. Sie öffnete die Decke, damit er zu ihr schlüpfen konnte. „Besser?", fragte sie.

Der Junge schniefte kurz. „Wann sind wir denn da?"

Maisblüte seufzte. „Wenn es weiter regnet, werden wir abwarten müssen."

„Hach! Ich will nicht mehr in einem Kanu sitzen! Mir tun die Beine weh."

Maisblüte drückte dem Bruder zärtlich an sich. „Machwao sagte, dass es nur noch vier oder fünf Tage sind. Wir hätten heute in einem Dorf schlafen können, aber auch hier hat die Krankheit gewütet."

„Und wenn auch bei den Menominee niemand mehr lebt?", sprach der Junge das Undenkbare aus.

Maisblüte atmete tief durch. „Wir werden einen Weg finden!", tröstete sie den Bruder mit fester Stimme. „Wir haben so viel überlebt, dass wir auch das schaffen werden."

„Werden wir auch den Winter überleben, wenn wir allein bleiben?"

Maisblüte drückte das Baby fester gegen die Brust. Die Frage machte ihr Angst. „Sicher!", flüsterte sie heiser. „Diese Männer sind den Winter hier im Norden gewöhnt. Sie wissen, wie man überlebt."

Nanih Waiya nickte getröstet. „Stimmt! Wir werden einfach eine Hütte bauen und dann jagen gehen!"

„Siehst du!", bestätigte Maisblüte den Bruder. „Es wird nicht einfach, aber diese Männer sind gute Jäger und werden uns durch den Winter bringen."

Nanih Waiya kicherte frech. „Das ist aber ganz schön einsam. Überlege mal: eine Frau und vier Krieger!"

Maisblüte zuckte zusammen und schalt den Bruder. „Sage so etwas nicht. Noch wissen wir nichts. Außerdem gehöre ich ihnen nicht. Ich bin keine Sklavin mehr, sondern die Schwester von Awässeh-neskas. Er wird mich schützen!"

Nanih Waiya drückte sich an seine Schwester. „Sie werden uns alle schützen. Es sind gute Menschen. Vielleicht heiratest du ja eines Tages einen von ihnen." Sehnsucht klang in der Stimme des Kindes.

Maisblüte stutzte. „Möchtest du das denn?", fragte sie verwundert.

„Ja!", antwortete Nanih Waiya mit fester Stimme. „Mutter und Vater würden das mögen. Sie wollten immer einen guten Mann für dich. Damals habe ich das nicht verstanden, aber jetzt weiß ich, was sie meinten. Diese Männer wären alle gute Ehemänner für dich, denn sie würden sich immer gut um dich kümmern. Obwohl Wakoh vielleicht ein bisschen wild ist, aber Machwao und Wapus wären ganz sicher gute Ehemänner!"

Maisblüte riss überrascht die Augen auf. „Und Awässeh-neskas nicht?"

„Doch, aber der ist ja dein Bruder!"

„Ach so!" Maisblüte kicherte. Irgendwie war ihr nun nicht mehr so kalt. Der Bruder wärmte sie, ebenso das Neugeborene, das wie ein warmes Feuer an ihrer Brust lag. Das Leben ging weiter. Irgendwann in dieser Nacht hörte auch der Regen wieder auf.

***

Zügig paddelten sie die nächsten Tage nach Nordosten, ohne einer Menschenseele zu begegnen. Das Wetter blieb kühl, aber zum Glück regnete es nicht. Die Bündel und die Kleidung waren trocken geblieben, sodass die Menschen sich in der Sonne wieder aufwärmten. Sie passierten die Mündung des Hechtflusses

und näherten sich langsam dem Menominee-Fluss. Die Männer fieberten dem Ende der Reise entgegen und sahen es als gutes Omen, dass das Wetter so schön blieb. Für eine kurze Zeit löste die freudige Erwartung des Heimkehrens die düsteren Gedanken und Sorgen ab. Dann paddelten sie endlich in die Mündung des Menominee-Flusses und kämpften sich gegen die leichte Strömung nach Norden. Kurz vor Sonnenuntergang erreichten sie endlich das erste Dorf. Erwartungsvoll näherten sie sich dem Strand und hofften auf eine freudige Begrüßung. Jeder hatte hier Verwandte und es würde gut sein, sie nach all der Zeit wiederzusehen.

Dann sahen sie sich mit entsetzten Blicken an und Maisblüte spürte die tiefe Trauer der Männer fast körperlich. Auch dieses Dorf lag verlassen und tot vor ihnen. Namenloses Entsetzen hatte alle gepackt und für einen Augenblick hielten die Paddel inne. Maisblüte wusste nicht, ob es sich um das Heimatdorf dieser Männer handelte, aber sie spürte, dass der Anblick der verlassenen Wigwams ihnen das Herz brach.

„Ist das euer Dorf?", fragte sie ängstlich.

Machwao wandte sich ihr zu und schüttelte den Kopf. „Nein, aber viele Verwandte lebten hier."

Maisblüte machte eine fahrige Handbewegung, als sie das Entsetzen und die Furcht in Machwaos Augen sah. „Noch sind wir nicht in deinem Dorf", flüsterte sie hoffnungsvoll.

Der Blick von Machwao blieb ausdruckslos, denn er wusste längst, was er vorfinden würde. Wo waren all die Menschen geblieben? Und warum waren sie als Einzige bisher verschont geblieben? Alles, an was er je geglaubt hatte, war in Frage gestellt worden! Sein Blick wandte sich wieder dem Dorf zu und Maisblüte blieb stumm. Sie sah auf die Kinder, die im anderen Kanu saßen und die Welt nicht mehr verstanden. Wohin sie auch kamen, herrschte der Tod. Nanih Waiya warf ihr einen verzweifelten Blick zu, blieb aber still, als er ihre Augen sah. Auch er hatte schon zu viel Tod in seinem jungen Leben gesehen. Er nahm Wahkayoh an der Hand und flüsterte leise mit ihm, um ihm die Situation zu erklären.

Maisblüte wollte die Männer aufhalten, als sie die Kanus in Richtung des Ufers wendeten, wollte sie anschreien, nicht dorthin zu gehen, doch sie wusste, dass sie es tun mussten. Wieder würden sie ein seelenloses Dorf vorfinden, wieder würden sie vielleicht auf Leichenberge stoßen, also warum dorthin fahren? Nur um zu sehen, was der Verstand nicht begreifen wollte? Seitdem sie Mabila verlassen hatte, war sie an zerstörten und verlassenen Dörfern vorbeigekommen. Die gesamte Schildkröteninsel war entvölkert worden – in einer Weise, die kein Mensch begreifen konnte. Ganze Völker waren verschwunden und niemand mehr da, der ihre Lieder singen oder ihre Gebete sprechen konnte. Sie hatte es gesehen und konnte doch nicht das ganze Ausmaß begreifen. Es war einfach zu schrecklich. Warum also hätten die Menominee verschont werden sollen? Nur weil sie so weit im Norden lebten? Auch das hatte sie offensichtlich nicht schützen können.

Sie blieb mit ihrer Tochter im Kanu und sah zu, wie die Männer langsam in Richtung des Dorfes gingen. Die Dämmerung brach herein und eigentlich hätte es ein schöner Herbsttag sein können. Die meisten Blätter der Laubbäume waren längst bunt gefärbt, doch einige waren bereits braun und fielen zu Boden. Eine leichte Brise wehte durch das Dorf und bewegte in gespenstischer Weise einige losgelöste Äste und Matten. Dieses Dorf war schon vor längerem verlassen worden. Unwillig sah Maisblüte zu, wie die beiden Jungen am Ufer nach Steinen suchten und diese über das Wasser tanzen ließen. „Bleibt hier!", befahl sie mit lauter Stimme. Nanih Waiya nickte gehorsam und winkte mit einer lässigen Handbewegung ab. „Keine Sorge! Wir laufen nicht weg."
„Das meinte ich nicht!", wies Maisblüte ihn zurecht. „Ich will nicht, dass die Geister nach euch greifen."

Sie wartete geduldig im Kanu, bis die Männer nach kurzer Zeit zurückkehrten. Ihre Gesichter waren Masken des Grauens. Schweigend stiegen sie in die Kanus, warteten, bis die Jungen ebenfalls eingestiegen waren, und paddelten dann weiter. Die Sonne war fast untergegangen und so deutete Maisblüte das Verhalten der Männer als Flucht vor dem Grauen, das sie gese-

hen hatten. Hier gab es nichts mehr zu tun. Hier konnten sie niemandem mehr helfen. Maisblüte rutschte das Herz tief, denn sie wusste, dass es auch im Dorf dieser Männer keinen Schutz geben würde. Wie sollte sie den Winter überleben? Wie sollte sie das Baby vor der Kälte schützen? Ja, diese Männer waren gewohnt, hier zu überleben. Aber würde sie es schaffen? Plötzliche Zweifel kamen ihr, die ihr den Atem nahmen. Wie sehr hatte sie darauf gehofft, endlich andere Frauen als Gesellschaft zu haben, die ihr halfen und von denen sie lernen konnte. Tränen stiegen ihr in die Augen, als die Hoffnungslosigkeit sie übermannte. Wäre sie doch nur nach Süden gegangen und hätte versucht, zu ihrem Volk zu gelangen. Selbst wenn niemand mehr lebte, wäre es dort im Winter wesentlich wärmer als hier! Dort wusste sie, wie man überlebt. Hatte sie ihr Baby und Nanih Waiya dem sicheren Tod geweiht, als sie entschieden hatte, keinen Fluchtversuch mehr zu wagen? Andererseits hätte Wakoh sie vielleicht wirklich getötet! Jetzt würde er sie ziehen lassen, aber damals? Nein, damals war ihr diese Entscheidung nicht freigestanden. Damals war sie eine Gefangene gewesen. Ihr Schicksal war fortan mit dem Schicksal dieser Männer verbunden. Wenn sie überlebten, würde auch sie leben. Und wenn sie starben, das wäre das eben auch ihr Tod. Sie dachte dies nicht zum ersten Mal.

Heimkehr am Manomäh-Sipiah

(Menominee-Fluss)

Mit düsteren Vorahnungen paddelten die Männer am nächsten Tag flussaufwärts. Zu beiden Seiten des Flusses standen die Bäume dicht am Wasser, sodass die roten, gelben und braunen Blätter der Laubbäume den Fluss in warme Farben tauchten. Dazwischen spiegelten sich die dunklen Kiefern, sodass das Wasser fast grün schimmerte, mit den bunten Tupfern der Blätter dazwischen. Den ganzen Tag blieb es an beiden Ufern still. Nicht einmal Tiere zeigen sich. Nur am Himmel zogen einige verspätete Zugvögel nach Süden und ein Habicht zog seine Kreise. Machwao spürte zum ersten Mal seine schmerzenden Muskeln. Sie hatten die letzten Tage weite Strecken in einem Kraftakt zurückgelegt und die Anstrengung hatte sein Gesicht hart werden lassen. Mit zusammengebissenen Zähnen kämpften sie sich vorwärts, um endlich Gewissheit zu haben, was mit ihrem Dorf geschehen war. Auch die anderen Männer zeigten Züge der Ermüdung und Anstrengung. Wenigstens wärmte die körperliche Ertüchtigung, sodass die Männer die deutlich kühler werdenden Tage kaum spürten.

Als sie am Spätnachmittag endlich in Sichtweite ihres Dorfes kamen, das sie vor dieser langen Zeit verlassen hatten, stockte ihnen der Atem. Machwao sog vor Entsetzen die Luft ein und blickte fassungslos zu Wapus und Awässeh-neskas, die ihr Kanu an seine Seite brachten. Sein Blick fiel wieder nach vorne, dort, wo einst sein Dorf gestanden hatte. Deutlich war zu sehen, dass die Hütten verlassen waren. Kein Rauch eines Herdfeuers kräuselte sich nach oben. Die Gestelle zum Trocknen des Fleisches waren zum Teil zusammengefallen und die schrägen Unterstände der Kochstellen vom Sturm zerstört. Als Machwao das Kanu ans Ufer treiben ließ, liefen ihm keine Hunde entgegen, die seine Ankunft ankündigen würden. Sein Blick wanderte am Ufer entlang und an einigen Stellen entdeckte er auf höherem Boden einige Kanus. Mit weichen Knien sprang Machwao an Land und zog das Kanu

etwas höher, damit Shawano-Nuki trockenen Fußes aussteigen konnte. Auch Wakoh kletterte im Kanu nach vorne und sprang dann ans Ufer. Sein Gesicht war verzerrt von Trauer und Angst. „Wo sind sie?", hauchte er heiser.

Machwao hatte einen solchen Brocken im Hals, dass er nicht antworten konnte. Außerdem war ja offensichtlich, was hier geschehen war. Hilflos suchte er den Blick zu Wapus, der ebenfalls ungläubig auf das verlassene Dorf schaute. Er zog Tabak aus seinem Otterbündel und streute es in Richtung des Dorfes, um die Geister zu beruhigen, die hier vielleicht noch ausharrten. Dann winkte er den anderen zu, dass sie ihm folgen sollten. Mit einem Nicken wies Machwao die Frau an, hier am Ufer zu warten. Shawano-Nuki setzte sich gehorsam auf einen Baumstamm und rief auch die beiden Kinder zu sich. Auch ihr Gesicht verriet deutlich, wie hoffnungslos sie war. Wie sehr hatten alle auf diese Heimkehr gehofft, auf den Zusammenhalt der Menschen, die Wärme der Wigwams und die Geschichten, die es zu erzählen gäbe. Jetzt dieses Geisterdorf vorzufinden war der schlimmste Alptraum, aus dem sie je erwacht waren und der sich nun bewahrheitete.

***

Machwao ging mit Wapus an seiner Seite in Richtung der verstreuten Hütten, während Wakoh wachsam die Umgebung sicherte. Was war hier geschehen? Hatte auch hier diese Krankheit gewütet, oder war das Dorf von Feinden ausgelöscht worden? Die Hütten waren verlassen und bis auf wenige Dinge leer. Irgendjemand hatte also die Dinge darin mitgenommen. Trotzdem konnten sich die Männer nicht erklären, warum es verlassen worden war, denn in den Gärten stand noch der Mais und die Kürbisse waren auch nicht geerntet worden. Die Bohnen hingen überreif und zum Teil verschrumpelt herunter, weil sie längst hätten geerntet werden müssen. Machwao überblickte die Gärten und das Dorf und kam zu dem Schluss, dass die Menschen es in aller Hast verlassen hatten. Aber wohin waren die Menschen gegangen? Und wer hatte überlebt? Überall sah er frische Gräber, die Zeugnis davon ablegten, dass auch hier viele Menschen ge-

storben waren. Die Symbole auf den Gräbern zeigten den Clan des Verstorbenen, aber nicht, wer hier begraben lag. Waren seine Mutter und seine Schwester noch am Leben? Wohin waren sie gegangen? Wo waren der Steinemacher, der Häuptling, der Onkel und all die anderen Menschen? Stumm stand er da, als er auf all die Gräber starrte, in denen die Menschen lagen, die er gekannt und geliebt hatte. Große und kleine, weil offensichtlich auch viele Kinder gestorben waren. Seine Brust war so eng, dass er kaum atmen konnte.

Awässeh-neskas sank auf die Knie, als die Trauer ihn überwältigte. Neben dem Grab seiner Frau waren weitere Gräber errichtet worden. Er wusste nicht, wer darin lag, aber er ahnte, dass viele seiner Familie nicht mehr unter den Lebenden weilten. Tränen liefen über sein Gesicht, als die schreckliche Erkenntnis ihn traf.

Einzig Wakoh stand aufrecht mit seinem Bogen neben seinen Freunden, als müsste er die Geister der Toten gegen irgendeine Gefahr verteidigen. Sein Gesicht war eine Maske, als müsste er sich vor der Trauer und den aufkommenden Gefühlen schützen. Hier konnte er nicht mehr helfen.

Wieder streute Wapus Tabak, um sich und seine Freunde vor möglichen bösen Geistern zu schützen. Er wartete eine lange Zeit, dann wandte er sich mit leiser Stimme an Machwao. „Wir müssen einen Wigwam für die Nacht aufschlagen! Dann werden wir beraten, was wir machen."

Machwao nickte nur. Als Mitglied des Bärenclans war klar, dass er für diese kleine Gruppe verantwortlich war. Jetzt mussten sie ans Überleben denken. Ein Feuer für die Nacht war das Mindeste, was sie jetzt brauchten. Seine Gedanken waren schwer und es gelang ihm nicht, das Chaos in seinem Kopf zu ordnen. Auch die anderen waren zu keiner Entscheidung fähig und so übernahm er die Verantwortung. Energisch wandte er sich an Awässeh-neskas. „Wir brauchen Holz für ein Feuer!" Dann nickte er in Richtung seines eigenen Wigwams. „Wir werden dort schlafen! Wir werden morgen den Mais ernten und nach den Vorräten sehen. Wir müssen an unser Überleben denken."

Die Männer nickten, froh darum, dass Machwao sich als Erster gesammelt hatte. Wenn sie erst einmal ein Feuer hatten, würde

alles leichter werden. Und dann könnten sie beraten, wie es weitergehen sollte. Ihre Schritte waren schwer, als sie zu den Kanus zurückgingen, um die Ausrüstung zu holen. Fragend blickten ihnen die Frau und die Kinder entgegen und Machwao schüttelte stumm den Kopf. Mehr war nicht zu sagen. Die Augen der Frau spiegelten das Unfassbare wider. Auch für sie war es eine Tragödie, denn der Winter kam und das Überleben würde schwierig werden.

Machwao streifte die beiden Kinder mit einem traurigen Blick. Wie gerne hätte er es gesehen, dass sie endlich mit den anderen Jungen spielen konnten. Aber hier war niemand mehr. Vielleicht waren sie die einzigen Überlebenden? Die letzten eines so stolzen Volkes? Aber warum würden die Geister ein ganzes Volk auslöschen? Und warum waren sie noch am Leben? Wie sollte es nun weitergehen? Wie sollten so Wenige die Traditionen aufrechterhalten? Die Ausweglosigkeit traf ihn mit voller Wucht, als er die ratlosen Blicke der anderen auf sich ruhen sah. Natürlich konnten sie überleben, aber war das genug? Andererseits war das Dorf verlassen worden. Also musste es irgendwo Überlebende geben. Dann straffte er sich und rief sich zur Ordnung. Wenn es Überlebende gab, dann würden sie hierher zurückkehren. Sie würden hoffen, dass auch Machwao und seine Freunde vielleicht überlebt hatten und ins Dorf zurückkehrten. Machwao atmete tief ein, als er eine Entscheidung traf. Sie würden hier abwarten und die Geister um Schutz anflehen. Sie würden das Dorf wieder aufbauen und darauf warten, wer hierher zurückkam. Sie waren schon immer in der Nähe ihrer Vorfahren geblieben und so hoffte er auf deren Schutz. Sein Blick wanderte nach oben, als er prüfte, wie das Wetter blieb. Vielleicht hatten sie genug Zeit, die Ernte von den Feldern zu holen und den Wildreis zu ernten.

Wakoh zog bereits die Kanus auf höheren Boden und packte dann einige Bündel, um sie zu Machwaos Wigwam zu tragen. Auch die anderen setzten sich in Bewegung und griffen nach den Bündeln und Ausrüstungsgegenständen. Awässeh-neskas rief nach den Jungen, um Holz zu sammeln, und Shawano-Nuki trug ihr Baby zu der Hütte und setzte sich, um es zu stillen. Das Baby quäkte

leise und allein dieses leise Weinen war so voller Hoffnung, dass es Machwao bis ins Herz traf. Ja, das Leben würde weitergehen, solange es noch Frauen und Kinder gab. Seine Pflicht war es, das Überleben von Shawano-Nuki und den Kindern zu sichern. Nachdenklich ließ er seinen Blick durch den Wigwam schweifen, der so lange sein Zuhause gewesen war. Das Dach musste repariert werden, aber ansonsten war er bewohnbar. Selbst die Matten an den Wänden waren noch vorhanden. Nur die Decken und die Kleidung waren verschwunden. An der Wand hingen noch seine Schneeschuhe und anderes Werkzeug, das hilfreich sein würde. Sein Blick fiel auf einige Tonkrüge, die seine Mutter zurückgelassen hatte. Sie waren leer. Wo waren Nepewin Nuki und Kämenaw Nuki? Wo waren all die Menschen? Energisch schürzte er die Lippen und forderte damit Wapus und Wakoh auf, ihm zu folgen. „Wir holen Holz!", erklärte er leise. „Morgen richten wir den Wigwam und die Kochstelle wieder her. Wir können auch nach den anderen Wigwams sehen."

„Wozu?", fragte Wakoh traurig. „Es ist niemand mehr da."

„Vielleicht kehren unsere Verwandten zurück? Wir brauchen das Versammlungshaus und noch zwei oder drei Wigwams, um den Winter gut zu überstehen."

Awässeh-neskas nickte bereitwillig. „Mein Wigwam hat keine großen Schäden. Er steht ganz in der Nähe und wäre gut geeignet, um anderen Schutz zu bieten."

Wakoh dachte darüber nach und nickte schließlich. „Ich vergaß, an die Lebenden zu denken. Ich sammle Holz." Er schulterte seinen Bogen, um die Hände frei zu haben. Er schien immer noch misstrauisch zu sein, ob nicht Feinde in der Nähe wären. Er holte Äste und Zweige, die er in der Nähe eines kleinen Feuers aufschichtete, damit es schneller trocknete. Sie verzichteten darauf, zur Jagd zu gehen.

Awässeh-neskas kehrte ebenfalls mit trockenem Holz aus dem Wald zurück und warf es neben das Feuer. Müde saßen die Kinder dabei und sahen ihm zu. Auch Shawano-Nuki setzte sich fröstelnd an das Feuer. Selbst in der Hütte und in der Nähe des Feuers war ihr noch kalt. Wieder wurden Machwaos Lippen schmal, als er an den kommenden Winter dachte. Sie brauchten

Vorräte und Felle, um warme Kleidung herzustellen. Irgendwann würde Shawano-Nuki sonst vor Zittern einfach auseinanderfallen. Die Aufgaben, die vor ihnen lagen, schienen schier unlösbar zu sein! Wie sollten sie das in der kurzen Zeit nur schaffen?

***

Schweigend saßen schließlich alle um das Lagerfeuer und verzehrten hungrig etwas Trockenfleisch. Die Kinder hatten sich bereits zusammengekugelt und schliefen. Auch Shawano-Nuki war unter einer warmen Decke verschwunden und hatte das Baby an sich gedrückt. Die Wärme des Feuers machte alle müde. Trotzdem konnten die Männer noch nicht schlafen, sondern saßen bedrückt beisammen. Was sollten sie als Nächstes tun? Machwao ließ seinen Blick über die Gruppe schweifen und warf einen weiteren Ast in das Feuer. Fragend wandte er sich an Wapus: „Können wir noch den Manomäh ernten? Ohne ihn wird es schwer, durch den Winter zu kommen."

Wapus kniff nachdenklich die Augen zusammen. „Shawano-Nuki blutet noch. Sie kann uns nicht helfen."

„Aber du könntest fahren und vielleicht die Jungen mitnehmen."

Wapus dachte darüber nach. Sein Blick wanderte durch die Dunkelheit zur offenen Tür und in Richtung des Wassers. Dann stocherte er mit einem Stock vor seinen Füßen herum. „Ich werde die Geister befragen. Wir brauchen einen Häuptling, der darüber wacht. Aber vielleicht kann ich das tun."

Machwao nickte erfreut. Dann erkundigte er sich erneut: „Könnte Shawano-Nuki wenigstens den Mais ernten? Und den Kürbis?" Die Frage allein war schon schwierig, denn eigentlich sollte sich eine blutende Frau absondern. Aber die Umstände waren mehr als ungewöhnlich. Abgesehen davon, dass die Männer schon die ganze Zeit mit ihr verbrachten, ohne dass es irgendwelche Auswirkungen hatte.

Wapus nickte sein Einverständnis. „Ich denke, dass dies nicht schaden wird. Trotzdem sollten wir als Erstes die Hütte für blutende Frauen für sie und das Baby herrichten."

„Das machen wir!", bestätigte Machwao.

„Und sie sollte den Mais und den Kürbis auch nicht in die Vorratsgruben legen!", bestimmte Wapus. „Und ich werde auch nicht das Kanu nehmen, in dem sie gesessen ist, um den Manomäh zu ernten."

Machwao seufzte erleichtert. Es war gut, wenn wieder Ordnung in ihr Leben kam. „Gut!", meinte er selbstbewusst. „Dann wirst du morgen den Manomäh ernten. Wakoh soll jagen und Awässeh-neskas und ich machen uns an die Arbeit, die Wigwams herzurichten. Fast alle Türmatten wurden zerstört, sodass wir dies sofort tun werden. Auch einige Birkenteile müssen ausgewechselt werden und die Stützbalken draußen erneuert werden. So ist es beschlossen." Die Männer nickten ihr Einverständnis, blieben aber trotzdem am Feuer sitzen. Zu sehr hatte sie der Tag aufgewühlt.

Wakohs Lippen zitterten leicht, als er eine hilflose Bewegung mit der Hand machte. „Meint ihr, dass jemand wiederkommt?"

Machwao schloss traurig die Augen. „Ich weiß nicht!", meinte er mit belegter Stimme. „Aber wenn jemand lebt, wird er hierherkommen. Hier sind unsere Ahnen."

„Und wenn nicht?"

„Dann werden wir trotzdem überleben. Wir sind Menominee. Es gibt noch andere Dörfer!"

„Ja, so wie das unten am Fluss!", bemerkte Wakoh grimmig. „Dort sind auch alle tot!"

„Es gibt noch andere Dörfer!", behauptete Machwao stur. „Noch wissen wir nichts und so müssen wir geduldig sein und die Hoffnung nicht aufgeben."

„Sie könnten im Sommerlager sein!", bemerkte Awässeh-neskas unvermittelt.

„Wie kommst du darauf?" Machwao hatte überrascht die Augenbrauen hochgezogen.

„Na, ich habe mir überlegt, wo ich hingehen würde", erklärte der Krieger. Seine Augen drückten den verzweifelten Wunsch aus, dass doch noch irgendjemand überlebt hatte.

Machwao nickte zögernd. „Das ist ein guter Gedanke!"

„Wir könnten dorthin gehen", schlug Awässeh-neskas vor.

Machwao dachte darüber nach. „Ja, das sollten wir. Aber erst ern-

ten wir den Mais und den Manomäh. Selbst wenn wir jemanden finden, brauchen wir die Vorräte."

„Vielleicht kann ja nur einer gehen. Dann können wir hier weiterarbeiten und wüssten zumindest, was mit den anderen ist."

Machwao hörte die Sehnsucht in der Stimme von Awässeh-neskas und nickte vorsichtig. „Wakoh könnte gehen", meinte er mit einem Blick auf den grimmigen Krieger.

Wakoh stimmte sofort zu. „Ich werde gehen. Die Ungewissheit nagt an mir und ich möchte sehen, ob dort jemand ist. In zwei Tagen könnte ich wieder zurück sein! Dann ist immer noch genug Zeit für die Jagd."

Wieder breitete sich Schweigen aus, als die Männer an ihre Lieben dachten. Am schlimmsten war die Ungewissheit, ob noch jemand am Leben war. Wie sollte man sich verabschieden, wenn man nicht wusste, ob die Person vielleicht noch unter den Lebenden weilte? Der Tod gehörte zu ihrem Leben dazu. Er war nur ein Übergang in ein anderes Sein, der die Lebenden in Trauer zurückließ, bis man sich in dem anderen Sein wiedersah. Deshalb währte die Trauerzeit auch nur vier Tage, denn der Abschied wäre nicht von Dauer.

***

Am nächsten Tag packte Wakoh seinen Bogen und einige Lebensmittel, dann lief er in einem ausdauernden Trab davon. Die Männer sahen ihm nach, wie er zwischen den Bäumen verschwand und dem Pfad folgte, der zum Sommerlager führte. Ohne Gepäck und Frauen und Kinder, die ihn aufhielten, würde er vermutlich schon am frühen Nachmittag an dem See ankommen. Die Wünsche und Hoffnungen begleiteten ihn.

Wapus rief nach den beiden Jungen und stieß mit dem Kanu ab. Er hatte einen einfachen Schläger geschnitzt, mit dem die Kinder die Halme im Kanu biegen konnten. Ehrfürchtig opferte er Tabak, um die Geister um eine gute Ernte zu bitten. Die Kinder hatten noch nie den Wasserreis geerntet und ließen sich eifrig anleiten. Sie waren stolz darauf, bereits so wichtige Helfer zu sein. Machwao half Shawano-Nuki, einen einfachen Korb zu flech-

ten, mit dem sie den Mais holen konnte. Sie sollte die Kolben am Rand der Gärten lagern, damit er ihn später in Gruben stapeln konnte. Gleiches sollte mit den Kürbissen geschehen. Er hatte Wanähsen-Nuki eine einfache Wiege gebaut, indem er ein großes Stück Leder an seinen vier Enden an einen Ast gebunden hatte. Dort schlummerte das Baby sicher vor Tieren und Insekten, während die Mutter die Maiskolben von den Stängeln brach. Auch hier hatten sie Tabak geopfert, ehe sie sich an die Arbeit machten. Shawano-Nuki hatte diese Arbeit bereits früher getan, denn sie ging geschickt hierbei vor. Nur dass die Menominee den Mais in Gruben lagerten, schien sie zu erschrecken. „Habt ihr keine Angst vor Schlangen?", fragte sie verwundert.

Machwao riss verwundert die Augen auf. „Nein, wieso?"

Shawano-Nuki schüttelte es vor Ekel. „Wir lagern den Mais hoch!", erklärte sie mit einfachen Worten.

Machwao lächelte freundlich. „Wir lagern ihn in Gruben. Da hält er den ganzen Winter und ist vor Frost geschützt. In unseren Wigwam kommen die Mäuse und anderes Getier."

„Und in den Gruben nicht?", fragte Shawano-Nuki ungläubig.

„Nein!" Machwao wandte sich zum Gehen, denn er wollte mit Awässeh-neskas einige lange Äste holen, die von außen das Gerüst des Wigwams mit den Rindenstücken stabilisierten. Außerdem mussten sie Birkenrinde für einige Teile der Wände und des Daches lösen, die beschädigt worden waren. Ein kalter Wind blies und erinnerte ihn daran, dass sie sich beeilen mussten.

Am Abend hatten sie immerhin einige Rindenstücke für das beschädigte Dach aus dem Wald geholt. Machwao hatte hierzu einige mannshohe Rindenstücke abgeschält und am Boden ausgebreitet. Nun musste er Shawano-Nuki nur noch zeigen, wie man die Rindenstücke mit Kiefernwurzel vernähte. Gleich am Morgen wollte er in der Nähe des Ufers, wo der Boden weich sein würde, nach den langen Wurzelsträngen graben. Zumindest würden sie dann gegen Regen und Schnee geschützt sein. An einer Seite des Wigwams waren einige Matten beschädigt worden, aber diese konnten auch noch später geflochten werden. Sie sorgten für eine bessere Wärme im Inneren. Auch der Eingang wurde

mit einer solchen Matte verschlossen. Shawano-Nuki hatte den ganzen Tag den Mais und Kürbis geerntet, nun sah sie staunend auf den Manomäh, den Wapus geerntet hatte. Die Männer hatten ihn notdürftig im Kanu ausgebreitet, weil sie noch keine Matten hatten, um ihn zu trocknen. „Was ist das?" fragte die Frau neugierig.

„Ein Geschenk der Geister an uns", erklärte Machwao. „Er schmeckt ein wenig nach Nüssen und ist sehr nahrhaft. Wir lagern ihn wie den Mais und kochen ihn mit Fleisch und Früchten. Ohne den Manomäh würden wir im Winter oft hungern."

„Und er wächst im Wasser?"

„Ja, er wächst von ganz alleine. Wir müssen ihn nicht anpflanzen wie den Mais oder Kürbis. Im Herbst fahren wir mit den Kanus durch die Wasserfelder und ernten ihn einfach. Viele Samen fallen ins Wasser zurück und bilden so die Saat für das nächste Jahr. Morgen brauchen wir Matten, um ihn auszubreiten und zu trocknen. Kannst du welche flechten?"

Shawano-Nuki nickte bereitwillig. Am Ufer fand sie genug Binsen, um einfache Matten oder Körbe zu flechten. Sie musste ohnehin dorthin, um wieder Material für die Windeln und Binden zu holen. Machwao nickte ihr freundlich zu und beobachtete amüsiert, wie sie das Baby an die Brust legte. Shawano-Nuki war wirklich noch sehr jung, aber sie kümmerte sich voller Hingabe um das kleine Mädchen. Das Saugen war deutlich zu hören und wirkte so harmonisch. Hierfür lohnte es sich zu leben. Sie blieb in seinem Wigwam, während Awässeh-neskas begonnen hatte, seinen Wigwam für sich und die Jungen auszubessern. Wapus hatte seine Bündel bereits in das Gemeinschaftshaus getragen und schien darüber nachzudenken, es wohnlich herzurichten. Niemand störte es, dass Shawano-Nuki wie selbstverständlich bei Machwao blieb.

Winteranfang am Menominee-Fluss

Maisblüte wunderte sich über viele Dinge, die die Menominee taten. Vieles war anders als bei den Chatah, aber vieles auch ähnlich. Die Hütten der Menominee schienen kleiner zu sein, als sie es von den Chatah her kannte. Aber wahrscheinlich konnte man so die Wärme besser halten. Sie war froh, dass sie ein Dach über dem Kopf hatte, denn die Nächte wurden kalt. Sie fürchtete sich vor dem nächsten Schnee, der mit Sicherheit kommen würde. Je eher alles hergerichtet war, umso besser. Endlich konnte sie die Kleidung trocknen und mit dem Feuer eine angenehme Wärme in dem Wigwam halten. Machwao hatte bereits eine Matte vor den Eingang gehängt, sodass es kuschelig warm war. Sie staunte über die Geschicklichkeit dieser Männer. Bei den Chatah waren viele Arbeiten aufgeteilt worden, aber diese Männer schienen geschickt in allen handwerklichen Belangen zu sein. Sie fertigten Waffen, bauten Hütten, flochten Körbe und Matten, fingen Fische, gingen zur Jagd, ernteten den Manomäh und sammelten, was der Wald ihnen bot.

Sie wünschte, dass es hier Frauen gäbe, die ihr alles zeigen konnte, denn sie wusste nichts über den Manomäh oder die Zeremonien, die es vielleicht brauchte. Sie kannte Mais und Kürbis, aber es wäre ihr im Traum nicht eingefallen, diese in Erdlöchern aufzubewahren. Wer grub diese Löcher? Sollte sie Machwao fragen? Wie konnte sie sonst noch ihre Kunstfertigkeit einsetzen und den Männern zeigen, dass sie eine wertvolle Arbeitskraft war? Ja, sie würden flechten und Matten und Körbe herstellen. Das hatte sie von ihrer Mutter gelernt. Nur diese Baumwollpflanze mit dem weichen Flaum, aus dem sich Fäden herstellen ließen, hatte sie hier noch nirgends entdeckt. Trugen diese Menschen keine gewebte Kleidung? Und wie stand es mit Töpferwaren? Sie hatte zwei Tonkrüge entdeckt, aber noch keine Grube, in der man mehr Schüsseln oder Schalen brennen konnte.

Sie hatte eine Stelle mit tonhaltigem Lehm entdeckt, wo sie Ton für Töpferwaren holen konnte. Sicherlich brauchten die Männer einige Töpfe, um Lebensmittel aufzubewahren. Doch erst wollte

sie weiteren Mais ernten, der in den anderen Gärten stand. Die Menominee hatten keine großen Felder wie die Chatah, sondern zwischen den Bäumen einfach einige Bäume gerodet und dort den Mais angepflanzt. Jede Familie schien so einen kleinen Garten zu besitzen. Sie ging davon aus, dass Machwao sie zu den Gärten schickte, die seiner Familie oder den Familien seiner Freunde gehörten. Die Hütten und Gärten waren weit verteilt, sodass sie sich wunderte, warum das Dorf nicht befestigt war. Wie schütze man sich denn hier gegen Feinde? Und was geschah mit den leerstehenden Hütten? Warum verwendeten die Männer nicht einfach das Material, das dort sonst verrotten würde? Gestattete es der Glaube nicht?

Fragen über Fragen, doch Maisblüte wagte es nicht, sie zu stellen. Stattdessen beobachtete sie scharf, was die Männer taten, und fragte manchmal Nanih Waiya, wenn ihr etwas unverständlich war. „Weißt du, warum die Männer nicht die Dinge aus den anderen Hütten nehmen?"

Nanih Waiya sah sie vorwurfsvoll an. „Na, vielleicht kehren die Menschen ja zurück?", erklärte er. „Awässeh-neskas hat gesagt, dass wir dort nichts nehmen dürfen."

Maisblüte nickte verständnisvoll. Ja, noch hatten die Männer Hoffnung, dass Wakoh vielleicht Überlebende fand. „Helft ihr mir morgen, den Mais zu ernten?", fragte sie die Jungen.

„Ja!" Nanih Waiya gähnte lauthals. „Wapus sagte, dass wir dir helfen sollen. Und dann sollen wir helfen, Gruben auszuheben."

Maisblüte schüttelte es erneut. Gruben! Daran würde sie sich vielleicht nie gewöhnen. „Ihr könntet auch Holz sammeln, damit ich einige Töpfe brennen kann", schlug sie vor. „Dafür brauche ich ein großes Feuer."

„Machen wir!", willigte der Junge ein. „An einem großen Feuer ist es schön warm."

„Friert ihr denn?", erkundigte sich Maisblüte besorgt.

„Manchmal!", gab Nanih Waiya zu. „Hier wird es ganz schön kalt."

„Wenn Wakoh zurück ist, gehen die Männer zur Jagd. Dann haben wir bestimmt genug Felle, um warme Sachen zu nähen."

Nanih Waiya drehte sich zu Wahkayoh und übersetzt schnell,

was Maisblüte gesagt hatte, dann grinsten die beiden Jungen sie verschmitzt an. Die beiden unterhielten sich inzwischen in der Sprache der Menominee, nur mit ihr redete Nanih Waiya noch in der alten Sprache. Es gab ihr einen Stich. Würde ihr Bruder die alte Sprache bald vergessen? Wäre er dann ein Menominee? Wer würde die alten Geschichten erzählen und die alten Lieder singen? Oder war es gut, wenn er vergaß, dass er einst zu einem anderen Volk gehört hatte? So wie Wahkayoh, der Awässeh-neskas bereits mit „Vater" anredete. Welche Sprache sollte sie ihrer Tochter beibringen? Was hatten die Geister für sie beide vorgesehen? Sie blickte in das lächelnde Gesicht ihres Bruders und zuckte betroffen zusammen. Es war wieder das Gesicht eines Kindes, fast als hätte er all die Grausamkeiten, die ihm angetan worden waren, vergessen. Ja, er würde als Menominee aufwachsen! Ebenso wie das Kind der Illiniwek. Genauso wie ihre Tochter! Es wurde Zeit, dass sie das Alte in ihrem Herzen verbarg und sich ganz dem Neuen öffnete. Und dazu gehörte auch die neue Sprache. „Sprich Menominee mit mir!", bat sie energisch. „Ich muss schneller lernen."

„Gehen wir denn nie wieder zurück?", fragte Nanih Waiya. Er meinte nach Hause, zu den Chatah.

Maisblüte schüttelte den Kopf. „Nein, ich habe Angst, dass eines Tages die Käfermänner dorthin zurückkehren. Ich will nie wieder ihre Sklavin sein."

„Und hierher kommen sie nicht?", wunderte sich Nanih Waiya.

Maisblüte musste kichern. „Nein, hierher kommen sie bestimmt nicht!", meinte sie überzeugt. „Hier ist es ihnen viel zu kalt!"

„Stimmt!" Nanih Waiya schlug sich lachend auf den Oberschenkel. „Die frieren ja immer so."

***

Die nächsten beiden Tage verbrachte Maisblüte damit, Binsen zu sammeln, Matten zu flechten, Mais zu ernten und den Manomäh zu trocknen. Die beiden Kinder halfen ihr dabei, während die Männer das Dach des Versammlungshauses reparierten. Hierzu legten sie die großen Rindenstücke übereinander und verbanden

sie, indem sie die Stücke wie beim Bau eines Kanus mit Fichtenwurzeln vernähten. Sorgfältig legten sie die Kanten aufeinander, stachen mit den Messern kleine Löcher hinein und zogen die Wurzeln hindurch. Dann legten sie die Teile als Dach und Wand über das Gerüst und beschwerten es mit weiteren Ästen, damit es auch bei Sturm nicht davonflog.

Als Nächstes verstärkten die Männer das Dach des Kochgestells, damit Maisblüte bei schönem Wetter vor dem Wigwam kochen konnte. Dort war mehr Platz und Maisblüte konnte die Männer beim Arbeiten beobachten. Auch ein Trockengerüst wartete bereits auf die ersten Fleischstreifen, die dort zum Trocknen hängen würden. Maisblüte staunte, wie schnell die Männer arbeiteten. Mit großer Ausdauer und Geschicklichkeit hatten sie bereits begonnen, ein zweites Trockengerüst zu bauen. Zwischendurch trockneten sie den Wildreis, stampften ihn mit den Füßen und zeigten ihr, wie sie ihn vorsichtig hochwerfen musste, um die Schalen zu entfernen. Die Jungen lernten, wie sie den Manomäh nach kleinen Zweigen, Käfern und Würmern absuchten, ehe er getrocknet und eingelagert wurde. Die Männer hatten hierzu Gefäße aus Rinde hergestellt, in denen der Wildreis mit Kochsteinen erst erhitzt wurde, ehe er in die Gruben kam.

Maisblüte hatte das erste Mal dieses neue Korn probiert, als die Männer in einer Zeremonie eine Suppe daraus kochten und auch ihr davon reichten. Einen Teil der Suppe brachten die Männer zu den Gräbern und stellten ihn für die Geister dorthin, damit auch sie von dieser Speise zehren konnten. Sie fand es schön, dass auch die Menominee die Toten ehrten und in Erinnerung behielten.
Das Essen wurde abwechslungsreicher, denn sie hatte nun auch Mais und Kürbis zum Kochen. Außerdem fanden die Jungen Nüsse und Beeren, wenn sie in den Wald geschickt wurden, um Holz zu sammeln. Maisblüte bereitete daraus schmackhafte Suppen, die sie mit Kochsteinen erhitzte. Außerdem hatte sie angefangen, erste Schüsseln und Töpfe zu brennen. Einen Topf verwendete sie als Kochtopf, in dem sie die Suppe mit Kochsteinen erhitzte, dann aber am Rand des Feuers warm hielt, sodass die

Männer jederzeit etwas zum Essen vorfanden. Sie bemerkte, dass die anderen sich Sorgen machten, denn Wakoh kam auch am dritten Tag nicht zurück.

An einem späten Vormittag Tag nahm Wapus die Jungen in seinem Kanu mit, um erneut den Manomäh zu ernten. Machwao und Awässeh-neskas waren längst mit ihren Bögen verschwunden, um nach Wild zu suchen, und gingen dabei in die Richtung, in der Wakoh verschwunden war. Maisblüte fühlte sich ein wenig unsicher, so allein im Lager zu bleiben. Aber es gab genug zu tun, sodass sie sich mit Arbeit ablenkte. Es mussten weitere Matten und Körbe geflochten werden, abgesehen davon, dass sie wieder Rohrkolben für ihre Binden und die Windeln des Babys brauchte. Machwao hatte ihr eine Stelle am Fluss gezeigt, die den Frauen vorbehalten war. Hier konnte sie baden und die Binden wechseln, ohne dass irgendein Mann zufällig über sie stolperte. Zum Stillen verzog sie sich gerne in den Wigwam, um vor den Blicken der Männer geschützt zu sein, obwohl selbstverständlich keiner sie wirklich beobachtete. Trotzdem fühlte sie sich in der Abgeschiedenheit wohler.

Das Leben mit dem Baby hatte sich eingespielt. Nachts schlief Wanähsen Nuki bereits durch, sodass Maisblüte nicht mehr so müde war. Auch tagsüber schlief das Baby viel in der einfachen Wiege und Maisblüte konnte in Ruhe ihre Arbeiten verrichten. Das Wetter blieb schön und so kochte sie in dem Unterstand, weil sie dort mehr Platz hatte. Trockenes Holz lag säuberlich unter der Dachschräge und in den einfachen Körben und Schüsseln standen die Lebensmittel bereit. Frisches Fleisch oder Fisch würde guttun und so hoffte sie, dass die Männer erfolgreich von der Jagd zurückkehrten. Auch hoffte sie auf die Felle, die sie dann gerben konnte. Ihr Kleid war warm, aber sie hatte nichts zum Wechseln. Außerdem brauchten sie mehr warme Decken für die Bettgestelle.

***

Sie war so in ihren Gedanken vertieft, dass sie nicht bemerkte, wie zwei Fremde ins Dorf kamen und sich ihr näherten. Aus heiterem Himmel traf sie ein Schlag am Kopf, sodass ihr schwinde-

lig und schlecht wurde. Sie war so benommen, dass sie nicht an Gegenwehr dachte. Eine schrille Frauenstimme schrie auf sie ein, während wütende Schläge auf sie niederprasselten. Ein fremder Krieger packte sie am Hals und er hob erneut die Keule zum tödlichen Schlag.

Verzweifelt hob sie die Hände, um den Schlag abzuwehren, während sie vor Angst schrie. Neben ihr begann Wanähsen Nuki abgehackt zu schreien, als sie durch den Lärm aus dem Schlaf gerissen wurde. „Du hast sie getötet!", hörte sie eine hysterische Stimme schreien.

„Ich habe niemanden getötet!", weinte sie in ihrer Not. „Habt Mitleid! Ich habe niemanden getötet." Wieder wurde sie am Kopf getroffen und schwarze Flecken tanzten vor ihren Augen. „Bitte, ich habe niemanden getötet."

Die Frau stutzte schließlich und hinderte den Mann an dem nächsten, vielleicht tödlichen Schlag. „Warte, diese Frau spricht unsere Sprache!"

Der Mann zögerte kurz, während seine Hand immer noch drohend die Keule hielt. „Wer bist du?", herrschte er sie an. Hektisch wanderte sein Blick durch das Dorf, als befürchtete er, dass gleich mehrere feindliche Krieger auf ihn einstürmen würden.

„Ich heiße Shawano-Nuki!", jammerte Maisblüte. Ihre Hand tastete nach der Stirn, an der Blut herunterlief. „Bitte, ich habe niemanden getötet."

„Wo sind dann unsere Leute?", fuhr die junge Frau sie an. Kurz musterte sie den winzigen Säugling in der Wiege. „Wieso bist du hier alleine? Wo sind deine Leute? Von welchem Volk bist du?"

Maisblüte kämpfte mit der Ohnmacht, als sie ihren dröhnenden Schädel hielt. Ihre Ohren rauschten, als stünde sie in der Nähe des großen Meeres. Ihr war so schlecht, dass sie zu würgen anfing. „Ich bin nicht allein", hauchte sie. „Ich wurde von Machwao und Wakoh hierher gebracht. Machwao kommt gleich wieder …" Ihre Stimme brach ab. Immer noch hielt der Mann sie mit festem Griff an der Kehle.

Erstaunt ließ der Mann sie los, sein wutverzerrtes Gesicht glättete sich langsam, dann steckte er die Keule weg. „Machwao ist hier?", fragte er verblüfft.

Maisblüte nickte stumm und erhob sich in die Hocke, um nach dem Baby zu sehen. Es schrie erbarmungswürdig und sie hob das Baby aus der Wiege, um es zu beruhigen. Wieder fühlte sie dieses Würgen in sich hochsteigen und sie atmete tief ein, um es zu vertreiben. Zum ersten Mal konnte sie einen Blick auf den Angreifer werfen. Es war ein junger Mann, der ähnlich wie die Menominee gekleidet war. Sein Menominee war abgehackt, als würde er die Sprache noch nicht lange sprechen. Die Frau war ebenfalls sehr jung und schien nun sehr betroffen zu sein. Sie beugte sich besorgt zu ihr hinunter und tastete an die blutende Stirn. „Es tut mir leid! Ich dachte, dass du zu den Leuten gehörst, die unser Dorf überfallen haben. Mein Name ist Wasserlilie und das ist mein Mann. Er ist ein Ho-Chunk und wir kamen hierher, um nach meinen Eltern zu sehen." Die Frau sprach schnell, sodass Maisblüte nicht alles verstand.

Maisblüte schüttelte benommen den Kopf. „Als wir hierher kamen, waren alle weg. Wakoh ist aufgebrochen, um sie zu suchen. Ich wurde von ihnen gefangengenommen und hierher gebracht. Nun bin ich die Schwester von Awässeh-neskas." Sie hoffte, dass es etwas nützte, wenn sie die Verwandtschaft angab.

„Awässeh-neskas ist auch zurückgekehrt?", fragte die junge Frau erleichtert. Es musste ihr wie ein Wunder erscheinen.

Maisblüte nickte. „Ja, Awässeh-neskas, Machwao, Wapus und Wakoh. Und zwei kleine Jungen. Einer ist mein Bruder. Ich bin vom Volk der Chatah aus dem Süden."

„Weißt du, was hier passiert ist?"

Maisblüte atmete tief ein, als sie über die Antwort nachdachte. Noch fehlten ihr so viele Worte. „Fremde Menschen kamen von weither. Sie haben mein Volk vernichtet und jedes Volk, das ihnen auf ihrem Weg begegnete. Sie bringen einen Fluch, der auch die Menschen tötet, die weit weg leben. Ich war ihre Sklavin, bis mir die Flucht gelang. Aber ich kam nicht weit, denn Wakoh nahm mich gefangen. Nun lebe ich mit den Menominee." Sie unterstützte ihre Worte mit Gesten der Zeichensprache.

Der Mann seufzte tief. „Auch unsere Dörfer wurden von einem Fluch heimgesucht. Nur wenige überlebten. Wir kamen hierher, um zu sehen, ob auch die Dörfer der Menominee betroffen sind."

Maisblüte nickte traurig. „Wir fanden ein Dorf, das völlig ausgelöscht war. Auch dieses Dorf hier war verlassen. Aber die Männer hoffen, dass es vielleicht Überlebende gibt."

„Ist denn niemand mehr hiergewesen?", erkundigte sich die Frau. Ihre Stimme zitterte verräterisch.

Maisblüte schüttelte den Kopf. „Nein, niemand. Wir fanden nur viele Gräber! Aber niemand weiß, wer gestorben ist oder noch lebt."

Die junge Frau senkte traurig den Kopf. Dann machte sie eine fahrige Handbewegung. „Ich habe es befürchtet. Ich muss mich gedulden, bis Wakoh zurückkehrt", meinte sie tapfer. Dann riss sie sich aus der Trauer und richtete den Blick wieder klar und entschlossen auf die fremde Frau. „Du bist also keine Gefangene mehr", stellte sie fest.

Maisblüte schüttelte den Kopf. „Nein, Awässeh-neskas sagt, dass ich seine Schwester sei. Und er ist nun der Vater von meinem Bruder."

Wasserlilie kniff schuldbewusst die Lippen zusammen. „Wir hätten erst fragen sollen, wer du bist!", stellte sie fest. „Wie geht es deinem Kopf?"

„Schlecht!", antwortete Maisblüte ehrlich. „Mir ist schwindelig."

„Leg dich doch etwas hin. Ich mache dir einen kühlen Umschlag. Das wird die Kopfschmerzen vertreiben."

Vorsichtig und mit eindeutig schlechtem Gewissen nahm die junge Frau Maisblüte das Baby aus dem Arm und drückte es dem verblüfften Krieger in die Arme. Maisblüte war etwas ängstlich, denn gerade eben noch hatte der Mann sie töten wollen. Nun die Tochter in seinen Armen zu sehen, beruhigte sie keineswegs. Aber ihr war so schlecht, dass sie sich gehorsam zur Seite sinken ließ und die Augen schloss.

Wasserlilie drückte ihr mit einem Stück Leder gegen die Stirn, um die Blutung zu stoppen, während der Mann vorsichtig das Baby schaukelte. Er war unbeholfen und seine Stimme war zu tief, als er wie ein Bär brummte, um das Baby zu beruhigen. Wanähsen Nuki jedoch wurde still und schaute den Mann mit großen Augen an. Wahrscheinlich hatte sie noch nie zuvor ein solches Brummen gehört.

***

Maisblüte schloss erschöpft die Augen und versuchte, die tanzenden Bilder in ihrem Kopf zu beruhigen. Die Angst steckte ihr noch in den Knochen. Sie nahm es kaum wahr, als Wapus schließlich als Erster mit den Jungen zurückkehrte und die beiden Ankömmlinge überschwänglich begrüßte. Dann kniete der Mann sich besorgt zu ihr hin und tastete nach der Kopfverletzung. Maisblüte war zu müde, um die Augen zu öffnen, und antwortete nur unwillig auf die Fragen des Medizinmannes. Warum ließ man sie nicht einfach schlafen? Die Worte ergaben keinen Sinn mehr und so ließ sie sich in den Schlaf treiben, der sie plötzlich übermannte. Sie merkte nicht mehr, wie Wapus sie sanft in den Wigwam trug und behutsam auf ein Lager legte und zudeckte. Kühle Umschläge bedeckten ihren Kopf, dessen eine Seite verräterisch anschwoll und sich verfärbte. Sie hörte nicht, wie wenig später Machwao und Awässeh-neskas zurückkehrten und sich entsetzt neben ihr Lager setzten. All die Wiedersehensfreude wurde getrübt, als die Männer merkten, wie schlecht es ihr ging.

In der Nacht fiel der erste richtige Schnee und bedeckte das Land unter einer weißen Decke. Noch hatten die Männer nicht alle Vorräte in den Gruben gelagert, sodass sie schnell die Körbe in den Wigwam brachten oder unter die schräge Wand des Kochgestells stellten, um die wichtigen Lebensmittel zu schützen. Es wurde Zeit, die letzten Vorratsgruben zu bestücken und mit einer Grasnarbe zu verschließen.

Wohin der Ahnherr sie führt

Machwao saß neben der Frau und strich besorgt über die blassen Wangen. Sein Herz schlug unregelmäßig, als ihm klar wurde, dass sie hätte tot sein können. Niemand hatte mehr mit einem Angriff gerechnet, also hatten sie die Frau allein im Lager gelassen. Eine Nachlässigkeit, die Shawano-Nuki fast mit ihrem Leben bezahlt hätte. Er machte Wasserlilie und Witcawa keine Vorwürfe, denn sie hatten die fremde Frau nicht gekannt und natürlich das Schlimmste befürchtet. Aber er wäre für ihre Sicherheit verantwortlich gewesen! Niemals hätte er das Dorf unbeaufsichtigt lassen dürfen. Aber es zeigte die Not, in der sie steckten. Sie hatten einfach nicht genügend Männer.

Auch Witcawa und Wasserlilie waren bedrückt, denn sie hätten die Frau fast getötet. Nur die Sprache hatte Shawano-Nuki gerettet. Hätte sie sich nicht verständlich machen können, dann hätte der Ho-Chunk sie mit Sicherheit getötet. Prüfend musterte Machwao die beiden, die deutlich von der Krankheit gezeichnet waren, die auch die Ho-Chunk heimgesucht hatte. Beide trugen Narben im Gesicht, die erst vor kurzem verheilt waren. Trotzdem lebten sie und das gab ihm Hoffnung. Vielleicht gab es auch bei ihnen Überlebende?

Betroffen hörte er die Ausführungen der Frau, die von den unglaublich hohen Verlusten bei den Ho-Chunk erzählte. Aber Machwao hatte die zerstörten Dörfer selbst gesehen und so glaubte er jedes Wort. Aber wie kam es, dass die beiden jetzt hier saßen? Wie hatten sie überleben können?

Wasserlilie zuckte hilflos mit den Schultern. Dafür gab es keine Erklärung. Sie hatte hohes Fieber bekommen und einen fürchterlichen Hautausschlag, dessen Pusteln schrecklich stanken, aber dann hatte sie sich wieder erholt. Auch Witcawa hatte den Ausschlag gehabt, aber nicht so schlimm. Während alle um sie herum gestorben waren, hatten sie sich wieder erholt.

Wapus hatte mit großer Aufmerksamkeit zugehört, denn er wollte als Heiler mehr über die Krankheit erfahren. Noch halfen ihm die Erzählungen nichts.

Wasserlilie fuhr mit leiser Stimme fort: „Besonders die Kinder und Alten starben zuerst. Aber auch viele junge Menschen. Die Überlebenden flohen in die Wälder, um neue Dörfer zu bauen. Aber ich wollte nach meinen Eltern sehen." Wasserlilie fing zu weinen an, als sie Machwao in die Augen sah. „Doch hier sind auch alle fort!"

Machwao schluckte schwer und senkte den Blick. „Ja, wir fanden das Dorf verlassen vor. Wakoh ist zum Sommerlager aufgebrochen, weil wir hoffen, dass sie sich vielleicht dort versteckt haben, aber er ist bisher nicht zurückgekehrt. Wir warten schon seit zwei Tagen auf ihn." Seine Stimme brach ab vor Sorge.

„Es tut mir so leid, dass wir Shawano-Nuki verletzt haben!", schluchzte Wasserlilie. „Ich kannte sie nicht und dachte …!"

Machwao machte eine begütigende Handbewegung. „Die Verletzung wird heilen! Ich bin froh, dass ihr hier seid, denn wir sind zu wenige. Ich hätte Shawano-Nuki niemals alleine lassen dürfen, aber wir müssen Vorräte für den Winter anlegen. Ihr könnt uns dabei helfen! Wir brauchen Männer für den Schutz der Frauen und Kinder und wir müssen jagen. Wir bauen das Dorf wieder auf und hoffen, dass noch mehr Überlebende heimkehren."

„Und was ist mit den Wigwams?" Wasserlilie deutete auf die vielen verlassenen Hütten.

„Wir richten sie her", meinte Machwao kurzangebunden. „Ich lebe auch noch im Wigwam meiner Mutter."

Wasserlilie nickte voller Verständnis. Dann wandte sie sich an ihren Mann. „Bleiben wir hier?", fragte sie bittend.

Witcawa nickte zögernd. „Ich habe alles verloren. Hier sind wenigstens meine Freunde. Es wird gut sein, wieder ein Dorf zu haben."

Machwao warf ihm einen fragenden Blick zu und unterließ es, die Frage laut auszusprechen. Es war klar, dass Falke nicht überlebt hatte. Ihm schwindelte, als er an all die Menschen dachte, die den Pfad zu den Sternen beschritten hatten. So viele! So viele!

Warum hatten die Geister sie nicht beschützen können? Und warum kehrte Wakoh nicht zurück? Dann hätte er endlich Gewissheit.

Er wischte die düsteren Gedanken beiseite und wandte sich freundlich an Wasserlilie. „Es ist gut, dass du nun hier bist. Shawano-Nuki kommt von weit aus dem Süden und viele Dinge sind ihr nicht vertraut. Ich bin froh, dass sie nun Gesellschaft hat und jemanden, der ihr helfen kann. Sie ist eine gute Frau, aber sie hat Schreckliches durchgemacht. Es wird gut sein, dass nun eine Frau hier ist, die ihr mit Frauendingen helfen kann und die ihr hilft, manche Dinge zu vergessen."

Wasserlilie machte eine hastige Handbewegung. „Aber gerne. Ich werde ihr eine gute Freundin sein!"

Sie nahm das Baby in die Arme und schaukelte es behutsam hin und her. Dann zwinkerte sie den beiden Jungen zu, die müde in einer Ecke hockten. „Habt ihr Hunger?"

Die beiden nickten verhalten und warteten dann ab, bis Wasserlilie ihnen etwas von der Kochstelle holte. Sie hatten den ganzen Tag den Manomäh geerntet und waren entsprechend müde. Die Körner lagen noch im Kanu und Wapus hatte sie mit einer Matte abgedeckt.

Am nächsten Tag würden sie den Wildreis im Wigwam trocknen müssen, wenn der Schnee nicht wieder schmolz. Dankbar nahmen die Jungen etwas Trockenfleisch entgegen und kauten es geduldig. Dann krochen sie unter eine Decke, um zu schlafen. Sie hatten nicht verstanden, warum es Shawano-Nuki so schlecht ging, und so fürchteten sie, dass sie vielleicht erkrankt war. „Wird sie wieder gesund?", erkundigte sich Nanih Waiya bei seinem Ziehvater.

„Aber ja!", versuchte Awässeh-neskas ihn zu beruhigen. „Witcawa hat sie am Kopf getroffen, aber nicht so schlimm."

„Warum?", wollte der Junge wissen.

„Er kannte sie nicht und dachte, dass sie in feindlicher Absicht hier ist."

„Tsss!" Nanih Waiya zischte ungeduldig durch die Zähne. „Eine Frau ist doch nicht gefährlich."

Awässeh-neskas konnte ihm da nur zustimmen. „Wir müssen die Frauen besser schützen! Wir werden sie in Zukunft nicht mehr allein lassen. Wir haben ja jetzt einen Krieger mehr."

Nanih Waiya verzog unwillig sein Gesicht. „Ich werde meine Schwester nie wieder alleine lassen!" Deutlich war die Angst im Gesicht des Jungen zu sehen.

Es war Machwao, der sich neben ihn setzte und seine Hand nahm. „Ich werde in Zukunft immer gut auf sie aufpassen! Das verspreche ich dir! Du hast andere Aufgaben!"

„Und welche?"

„Du musst groß werden! Erst dann kannst du Verantwortung für andere übernehmen. Noch bist du ein Kind und wir sind für dich verantwortlich. Aber du kannst uns helfen, den Winter zu überstehen, indem du Holz und Beeren sammelst oder Fische fängst. Das ist für ein Kind genug."

„Aber ich kann doch auch auf Wahkayoh oder das Baby aufpassen!"

„Natürlich kannst du das!" Machwao lächelte freundlich. „Aber du bist nicht verantwortlich, wenn ein Mann dieses Dorf angreift. Verstehst du das?"

Nanih Waiya nickte erleichtert. Ja, es war nicht seine Schuld, dass seine Schwester angegriffen worden war. Es tat ihm gut, das zu hören. Er drehte sich um und rutschte unter die warme Decke. Es war auch schön, wieder in einem warmen Wigwam zu schlafen. Es war fast wie die Chukka seiner Eltern. Kurz hob er den Kopf, um einen letzten Blick auf diesen fremden Krieger zu werfen, der bei ihnen wohnen würde. Er war jung und sah entsprechend gefährlich aus. Es war gut, dass er nun hier blieb, um sie zu schützen. Er sah aus, als könnte er es leicht mit mehreren Männern aufnehmen. Er war ein Krieger, ebenso wie Wakoh.

***

Am nächsten Tag taute der Schnee wieder, doch es war zu feucht, um den Manomäh im Freien zu trocknen. Also schoben sie die Schlafmatten zur Seiten und legten Matten im Wigwam aus, auf denen sie den Wildreis ausbreiteten. Die Jungen entfernten Getier und Dreck, während Wasserlilie ein Feuer brennen ließ, damit der Manomäh schneller trocknete. Er hatte noch seine Schale, aber das konnte warten, bis das Wetter wieder besser wurde, um

die Schalen zu entfernen. Solange verstauten sie ihn in Körben. Zwischendurch kümmerte sich Wasserlilie um die verletzte Frau und das Baby. Shawano-Nuki schlief fast den ganzen Tag und wachte immer nur kurz auf, um das Baby zu stillen. Die Seite ihres Kopfes schimmerte dunkelblau und sie hatte starke Kopfschmerzen, wenn sie sich aufrichtete.

Wapus half ihr mit der Rinde eines Baumes, die wie Salbei verbrannt wurde und den Schmerz etwas linderte. Der Medizinmann war bei den Frauen und Kindern geblieben, während die anderen wieder zur Jagd aufgebrochen waren. Am Nachmittag kehrten die Männer erfolgreich zurück und legten zwei erlegte Hirsche neben den Wigwam. Dann machten sie sich wieder an die Arbeit, den zweiten Wigwam fertigzustellen. Die Arbeit ging schnell vonstatten, denn sie hatten einen Mann mehr, der ihnen Rinde vom Baum schnitt oder half, die Baumschösslinge für das Gerüst zu biegen, oder die Rindenstücke aufeinanderzunähen. Außerdem nutzten sie die Zeit, um noch eine Vorratsgrube anzulegen und zu verschließen. Noch war der Boden nicht gefroren, sodass das Graben nicht so schwer war. Sie verwendeten hierfür das Schulterstück eines Hirsches, das an einer Seite zum Graben geschärft worden war. Manchmal lockerten sie die Erde auch mit einem spitzen Stock, ehe sie die Erde abschöpften. Sie mussten sich beeilen, denn jeden Tag konnte die Temperatur so fallen, dass das Graben nicht mehr möglich sein würde.

Mit gerunzelter Stirn übersah Machwao die Körbe mit Mais und Kürbis, die noch gelagert werden mussten. Einiges konnten sie gleich verwenden, aber er hoffte, dass das Wetter hielt, damit sie am nächsten Tag weitere Gruben ausheben konnten. Es würde einfacher sein, die Gruben zu verwenden, die schon in den letzten Jahren angelegt worden waren. Prüfend untersuchte er einige Stellen, die er selbst ausgehoben hatte und nickte zufrieden. Sie waren leer und mussten nur gesäubert werden. Aber durfte er sie auch verwenden, oder würden die Geister beleidigt sein? Er würde mit Wapus darüber reden. Immerhin waren diese Gruben leer. Also nahmen sie den Geistern auch nichts weg.

Etwas später liefen die Menschen gespannt aus den Hütten, als Wakoh sich mit einem Rufen ankündigte. Er war in Begleitung einiger Menschen, die mit schweren Bündeln beladen waren. Auch einige Hunde liefen mit ihnen und stürzten sich heulend auf die Menschen, die neben den zwei Wigwams standen und den Ankömmlingen entgeistert entgegenblickten. Wakoh hatte Überlebende gefunden! Aber so wenige! Machwao rutschte das Herz tief, als er erkannte, dass hier die Überlebenden seines Dorfes kamen. Alle! Sein Blick wanderte über die Menschen, die von den Geschehnissen, aber auch von der Krankheit gezeichnet waren. Nirgends sah er seine Mutter oder seinen Onkel oder seine Tanten. Wo waren Nepewin Nuki, Maciskaw Apähsos, oder Omanepi Nuki? Wo waren Biberherz, der Häuptling, oder Bärenauge, der Steinemacher? Wo steckten all die Kinder? Wo blieb seine Schwester? Seine Kehle wurde eng vor Verzweiflung und Trauer, als er den kleinen Haufen sah, der von seinem Dorf übrig geblieben war. Auch Wakohs Gesicht zeigte diese Trauer und ein tiefes Bedauern. Wie schwer musste es für ihn gewesen sein?

Machwao schwindelte, als er die Menschen musterte, die verstört und müde in ihr altes Dorf zurückkehrten. Er erkannte hier eine Cousine und dort einen Freund, aber niemanden aus seiner engeren Familie. Bis sein Blick auf einer jungen Frau haften blieb, die ihn mit großen Augen anstarrte. Nur mühsam konnte er fassen, wer da vor ihm stand. Kämenaw Nuki! Ihr Gesicht war von Narben entstellt, aber ihre Augen waren immer noch dieselben. Sie weinte vor Freude, als sie den Bruder erkannte, und fiel in seine Arme. Sie weinte ihren Schmerz heraus und vergrub ihr Gesicht an seinem Hemd. „Näknäh, großer Bruder!", flüsterte sie überwältigt. „Du bist zurück! Oh, wie sehr habe ich gefleht, dass du zurückkehrst!"

„Kleine Schwester!", hauchte er ebenso überwältigt. „Was ist nur geschehen?" Er erwartete keine Antwort, denn seine Schwester würde Zeit brauchen, um überhaupt Worte zu finden. „Komm, bringe deine Bündel in den Wigwam."

Wakoh hatte an die zehn Menominee mitgebracht, die für die Nacht untergebracht werden mussten. Machwao raffte sich zusammen, als er die Menschen musterte. Das waren also die Über-

lebenden? Drei Kinder, davon eines ein Säugling, der von einer Frau getragen wurde, zwei Frauen, drei Krieger und zwei junge Mädchen. Wo waren die Ältesten? Wo waren die Männer der Metewin-Gesellschaft? Der Verlust für ihr Volk war schier unerträglich. Wer sollte die Geschichten erzählen? Und wer würde die Zeremonien leiten? Ganze Familien waren verschwunden und in den Gesichtern der Überlebenden spiegelte sich das ganze Ausmaß der Tragödie. Diese Menschen waren unfähig, Entscheidungen zu treffen, und warteten einfach ab, was man ihnen sagen würde.

Wakoh wandte sich mit heiserer Stimme an Machwao: „Dies sind alle, die ich finden konnte. Sie waren im Sommer in das Lager am See geflohen, aber auch dort fand die Krankheit ihre Opfer. Auch dort sind viele Gräber. Ich überredete sie, hierher zurückzukehren, weil hier noch der Mais steht und der Manomäh geerntet werden kann. Dort wären sie im Winter verhungert." Er zögerte kurz. „Ich wünschte, dass Biberherz, Vielfraß und all die anderen ...", seine Stimme brach ab vor Trauer.

Machwao nickte verhalten. Seine Gedanken wirbelten durcheinander, denn ihm war klar, dass auch seine Mutter zu den Geistern gegangen war. Ein Hund kam näher und leckte ihm tröstend die Hand. Es war Kleiner-Fleck, die mit ihren Welpen ebenfalls zurückgekehrt war. Die Welpen waren inzwischen fast so groß wie die Mutter und hielten einen sicheren Abstand zu ihm. Es war so unwichtig, so seltsam, dass ausgerechnet dieser Hund hier wieder auftauchte, aber es rührte sein Herz. Warum durften diese Hunde leben, während so viele Menschen gestorben waren? Es ergab einfach keinen Sinn. Aber er stellte den Willen der Geister auch nicht in Frage. Hunde gehörten nun mal in ein Dorf. Es war ein Zeichen, dass dieses Dorf weiterexistieren würde. Er war jetzt der Hüter des Bärenclans und die Menschen erwarteten, dass er die Entscheidungen traf.

Mit geschürzten Lippen deutete er auf das Versammlungshaus. „Es wird dunkel. Legt eure Bündel dort ab. Die Männer werden heute Nacht dort schlafen. Morgen richten wir weitere Wigwams her. Die Frauen und Kinder sollen sich auf die zwei Wigwams verteilen. Wir haben Essen genug, doch in den nächsten Tagen

müssen wir weitere Vorräte für den Winter anlegen. Wir werden ernten, was noch auf den Feldern ist, Manomäh holen, Früchte sammeln, Hütten herrichten und die Männer werden jagen. Nur wenn wir zusammenhalten, werden wir überleben."

Die Menschen sahen ihn mit neuer Hoffnung in den Augen an. Ja, nur so konnte ihr Dorf überleben! Sie mussten zusammenhalten, wie sie es schon immer getan hatten.

„Aber wer soll mit wem leben?", fragte ein Mann. Seine Stimme war voller Verzweiflung. „Die Kinder haben keine Eltern mehr, die Frauen keine Männer und die Männer keine Frauen."

Machwao dachte darüber nach. Ja, die Krankheit hatte die Familien auseinandergerissen. Und nicht nur Familien, sondern auch Clans. Aber in anderen Menominee-Dörfern würde es ebenso aussehen. Sie mussten ihr Volk neu gründen. Sie standen wieder am Anfang! Ein Gedanke schoss durch seinen Kopf, als er darüber nachdachte. Sie würden zu ihrem Ursprung gehen! Zum oberen Teil des Menominee-Sipiah, an dem ihr Ahnherr, der große weiße Bär, aus der Höhle gekommen war. Dort würden neue Familien entstehen und die Clans sich finden. Vielleicht fanden sie noch andere Überlebende, die sie auf dem Weg dorthin mitnehmen konnten? Wieder wurde sein Blick klar, als er sich an seine Mitmenschen wandte: „Im Frühjahr gehen wir den Fluss hinaufziehen, dort, wo unser Ahnherr die Höhle verlassen hat. Dort wird unser Volk neu auferstehen. Wir werden sehen, wer mit wem lebt. Solange leben die Frauen und Kinder in ihren Hütten und die Männer in den anderen. Außerdem haben wir noch das Versammlungshaus, in dem wir uns treffen, um Erinnerungen auszutauschen und Geschichten zu erzählen. Wenn wir im Frühjahr an den Gräbern unserer Ahnen stehen, werden wir wissen, was die Geister von uns wollen. Wir werden solange nach Visionen suchen und den Winter nutzen, um Entscheidungen zu treffen. Wir alle brauchen Reinigung und Heilung."

„Kehren wir dann in dieses Dorf zurück?", fragte Wakoh mit belegter Stimme.

Unentschlossen wackelte Machwao mit dem Kopf hin und her. „Vielleicht! Wir werden die Ahnen fragen, was gut für uns ist.

Diese Fremden, die wir gesehen haben, sind eine furchtbare Bedrohung. Irgendwann kommen sie wieder und dann ist es besser, wir wissen eine Antwort auf diese Bedrohung. Die Wälder schützen uns und vielleicht finden die Geister auch einen Weg, diese Krankheiten zu heilen."

Es war vernünftig, was er sagte, und so nickten sie voller Hoffnung. Dort, wo ihr Ahnherr einst aus seiner Höhle gekommen war, würden sie Antworten finden. Nur wenige hatten bisher die alten Grabhügel der Vorfahren und die überwucherten Gärten gesehen. Es würde gut sein, sich mit den Geistern der alten Stätten zu verbinden und um Schutz zu suchen. Machwao sah den Menschen fest in die Augen. „Morgen werden wir tanzen und um eine gute Jagd bitten. So, wie wir es von jeher gemacht haben." Die Menschen nickten zustimmend. Es war gut, wenn die Sitten und Bräuche nicht verlorengingen.

Das Versprechen

Maisblüte dämmerte die nächsten Tage vor sich hin. Ihre linke Gesichtshälfte war geschwollen und leuchtete in allen Farben. Ihr Zustand schwankte zwischen Ohnmacht und Schlaf hin und her. In den wenigen lichten Momenten stillte sie ihre Tochter, zu mehr war sie nicht fähig. Sie merkte kaum, wenn die Frauen ihr die Binden wechselten oder das Baby versorgten. Vielleicht zum ersten Mal nach der schweren Geburt erholte sich ihr geschundener Körper. Sie lauschte den Stimmen im Wigwam, obwohl sie manchmal keinen Sinn ergaben. Aber es war schön, dass nun Frauen und Kinder um sie herum waren. Der Winter kam mit aller Macht, sodass die Frauen und Männer sich beeilten, die Wigwams fertigzustellen. Sie holten auch Schilf und Rohrkolben, um Matten zur Dämmung zu flechten, die innen an den Wänden der Wigwams angebracht wurden. Außerdem bauten sie erhöhte Bettgestelle, um gegen die Kälte am Boden geschützt zu sein. Zwei der Männer waren stets unterwegs, um Hirsche und Elche zu jagen. Sie brauchten dringend das Fleisch, aber auch die Felle, um genügend Schlafdecken zu haben. Um die Hütten standen Gestelle, an denen die Frauen die Häute gerbten und das Fleisch trockneten. Inzwischen gab es auch überdachte Kochgestelle, an denen die Maiskolben trockneten. Sie hingen an den vergilbten Blättern und das Korn leuchtete golden. Es war bereits spät und die Vorräte gehörten längst in die Gruben.

Maisblüte staunte über die Schnelligkeit, mit der diese Menschen alles für den Winter vorbereiteten. Es waren immer nur kurze Eindrücke, die sie gewann, wenn sie zweimal am Tag von einer Frau hinausbegleitet wurde, um sich zu erleichtern und ein wenig zu waschen. Sie musste gestützt werden, weil sich alles um sie herum drehte, und sie war jedes Mal wieder froh, wenn sie sich hinlegen konnte. Irgendwann erfuhr sie, dass eine der Frauen Machwaos Schwester war. Noch konnte sie sich den Namen nicht merken, weil ihr dröhnender Kopf jedes neue Wort dieser Sprache ablehnte. Auch Wasserlilie kümmerte sich rührend um sie und schien wiedergutmachen zu wollen, was der Ehemann

ihr angetan hatte. Sie versorgte das Baby, wenn Maisblüte schlief, und kümmerte sich um ein kleines Mädchen, das jetzt ebenfalls bei ihnen im Wigwam lebte. Es hatte die gesamte Familie verloren und suchte Geborgenheit bei den überlebenden Frauen. Besonders Wanähsen Nuki hatte es dem Kind angetan, denn das Baby erinnerte es an den Bruder, den es verloren hatte. Das Kind hieß Sprudelnde-Quelle, aber es dauerte eine ganze Weile, ehe es zum ersten Mal wieder sein Temperament und sein Lächeln fand. Auch ihr Gesicht war von Narben entstellt, die nur langsam verheilten und sie wahrscheinlich ein Leben lang zeichnen würden.

***

Dann wurde es ruhiger im Wigwam, denn Wasserlilie zog mit ihrem Mann in den Wigwam ihrer Eltern, während Kämenaw Nuki und Sprudelnde-Quelle bei Machwao und Maisblüte blieben. Awässeh-neskas hatte die beiden Jungen, die er bereits auf der langen Reise ins Herz geschlossen hatte, zu sich genommen und ebenfalls den überlebenden Jungen, den Wakoh zurückgebracht hatte, adoptiert. Er hieß Adlerkralle und war ungefähr im Alter von Nanih Waiya und Wahkayoh. So war es nur vernünftig, dass die Kinder beieinander blieben. Ohne große Worte war die Frau namens Sonne-am-Morgen mit dem überlebenden Baby zu ihm gezogen, denn irgendwie mussten die Kinder ja versorgt werden. Es war keine Liebe, sondern reine Sorge um das Wohlergehen der Kinder, das die beiden bewogen hatte, ihr Leben nun gemeinsam zu verbringen. Das Baby war knapp einen Winter alt und hieß Blauer-See. Auch von der Familie des kleinen Mädchens war niemand mehr am Leben.

Nanih Waiya erzählte seiner Schwester von all diesen Dingen und lächelte dazu. Er sah nicht hinter diese Tragödie, sondern bemerkte nur, dass er einen weiteren Bruder und eine kleine Schwester hatte, und eine neue Mutter, die sich um ihn kümmerte. „Sie ist nicht wie unsere Mutter, aber sie kocht für uns und kümmert sich darum, dass unser Wigwam schön warm ist", erzählte er seiner Schwester. „Sie liegt bei Awässeh-neskas und

manchmal machen sie in der Nacht seltsame Geräusche. So wie Vater und Mutter es einst gemacht haben."

Maisblüte verkniff sich ein Lachen, denn dies löste immer noch Wellen des Schmerzes aus. „So, so, sie machen Geräusche!" Nanih Waiya grinste breit. „Ja!" Seine klugen Augen richteten sich fragend auf seine Schwester. „Bleibst du bei Machwao?", erkundigte er sich. „Ich meine … wird er dein Mann?"

Maisblüte schloss die Augen und ließ sich zurücksinken. Sie hatte sich diese Frage auch schon gestellt, denn sie lebte wie selbstverständlich in dem Wigwam dieses Mannes. Machwao schlief auf der anderen Seite und war meist den ganzen Tag unterwegs. Aber nachts kam er zurück und unterhielt sich mit seiner Schwester oder erkundigte sich nach ihrem Wohlergehen. Sie fühlte sich wohl bei ihm, denn er hielt stets respektvollen Abstand. Sein Lächeln erfüllte den Raum und seine ruhige Stimme wirkte besänftigend. Er hatte ihr eine Babytrage gebastelt, die wunderschön war. An der Kopfstütze hingen Muscheln und zwei kleine geschnitzte Figuren, mit denen das Baby bald spielen konnte. Noch war es zu klein, um danach zu greifen, aber die braunen Augen blickten fasziniert auf die Figuren, wenn sie leicht hin und her schaukelten. Wanähsen Nuki schlief dort meistens, warm eingemummelt in ein weiches Fell. Maisblüte öffnete wieder die Augen und sah, dass ihr Bruder immer noch auf eine Antwort wartete. Sie seufzte, als sie an die Möglichkeiten dachte, die ihr blieben. Würde Wakoh sein Recht fordern? Denn er war es gewesen, der sie gefangengenommen hatte. Oder galt sie wirklich als die Schwester von Awässeh-neskas und durfte frei wählen? Sie war noch so jung, kaum älter als Kämenaw Nuki. Im Moment konnte sie sich nicht vorstellen neben irgendeinem Mann zu liegen und sich in Liebe zu vereinen. Sie war benutzt worden, auf schlimmste Weise misshandelt worden, und sie brauchte Zeit, all dies zu überwinden.

Mit einem Mal erkannte sie, dass Machwao ihr genau diese Zeit geben würde. Niemals würde er etwas fordern, was sie nicht bereit war zu geben. Ja, sie wünschte von ganzem Herzen, dass es Machwao war, der sie einst zur Frau nahm. Eines Tages, wenn sich ihr Herz wieder öffnete. „Ja!", antwortete sie mit fester Stim-

me. „Ich wünsche mir, dass Machwao einst mein Mann wird."

„Awässeh-neskas wünscht sich das auch. Er meint, dass Machwao gut für dich sorgen wird."

„So? Hat er darüber gesprochen?" Ihre Augen waren rund vor Staunen.

Nanih Waiya nickte wichtig. „Ich bin doch auch dein Bruder und muss dafür sorgen, dass du gut versorgt bist. Ich mag Machwao sehr! Weißt du, er wäre bestimmt ein guter Mann. Außerdem ist er dann mein Schwager."

„Das ist natürlich ein wichtiger Grund!", stimmte sie zu.

„Die anderen Männer kenne ich noch nicht so …", fuhr Nanih Waiya in seinen Überlegungen fort. „Vor Wapus habe ich ein bisschen Angst, denn er hat mächtige Zaubermittel. Und mit den anderen habe ich noch nicht viel geredet. Sie sind meist auf der Jagd. Einer ist ganz nett. Er heißt Roter-Luchs und er will mich mal zur Jagd mitnehmen. Er ist ziemlich jung. Ich glaube, der ist noch zu jung, um zu heiraten."

„Und Wakoh?" Maisblütes Stimme krächzte etwas.

„Oh, der …!" Nanih Waiya machte eine verächtliche Handbewegung. „Der hat nur Augen für Machwaos Schwester. Den kannst du vergessen."

Nun musste Maisblüte doch kichern. Einmal vor Erleichterung, aber auch, weil Nanih Waiya nicht erkannt hatte, dass Wakoh ihre letzte Wahl wäre. Er war ein guter Krieger und Jäger, aber sie hatte seine brutale Seite erlebt, und dies würde immer zwischen ihnen stehen.

Nanih Waiya deutete ihr Kichern, als wäre seine Aussage unglaubhaft, und nickte heftig. „Doch, doch! Ich habe die beiden gesehen, wie sie Blicke austauschen. Ich sage dir … Kämenaw Nuki schaut ihn ganz verliebt an. So …!" Er riss theatralisch die Augen auf und spitzte die Lippen zu einen Kussmund.

Maisblüte lachte laut und hielt sich erschrocken die Hand vor den Mund. „Und was macht er?", fragte sie neugierig. Sie konnte sich nicht vorstellen, dass Wakoh irgendetwas Nettes machen oder sagen würde.

Nanih Waiya wedelte mit seiner Hand. „Nichts!", erklärte er altklug. „Der weiß ja nicht, was man zu einem Mädchen sagt."

Maisblüte erstickte fast an ihrem Lachen und hielt sich ihren Kopf. „Oh, hör auf! Ich muss so lachen!", bat sie flehend.

***

Nanih Waiya schenkte ihr ein freches Grinsen, dann sah er auf, als Machwao die Türmatte beiseite schob und eintrat. Der Krieger strich mit einer fahrigen Handbewegung einige feuchte Strähnen seines kurzen Haars zurück. Er hatte, wie alle anderen auch, aus Trauer um die Verstorbenen seine Haare bis auf Schulterlänge gekürzt. Es war ein äußeres Zeichen. Die Trauerzeit würde beendet sein, wenn die Haare wieder nachgewachsen waren. Er blickte zwischen den beiden hin und her und zog die Augenbrauen hoch.

„Was lacht ihr?", fragte er freundlich.

„Ich habe meiner Schwester erzählt, dass Kämenaw Nuki ganz verliebt in Wakoh ist."

Machwao nickte und zog seinen Umhang aus. Vorsichtig hängte er seinen Bogen an die vorgesehene Stelle und legte einen Hasen neben die Feuerstelle. „Das wird ein schönes weiches Fell für Wanähsen Nuki!" Er lächelte und machte eine großzügige Geste in Richtung von Maisblüte. Dann wandte er sich wieder an den Jungen. „Und was ist so lustig, wenn meine Schwester Wakoh mag?"

„Na, er weiß gar nicht, wie er mit einem Mädchen sprechen soll!"

Machwao lachte dunkel und nickte ebenfalls. „Stimmt! Aber vielleicht findet er etwas anderes, um ihr Herz zu gewinnen?"

Der Junge legte neugierig den Kopf schief. „Und was?"

Wieder lächelte Machwao und zuckte dann mit den Schultern. „Das wirst du auch noch herausfinden, wenn du alt genug bist."

Nanih Waiya war sichtlich enttäuscht, weil Machwao ihm ein Geheimnis nicht mitteilen wollte. Er machte eine beleidigte Schnute und runzelte die Stirn.

Dann glättete sich sein Gesicht, als ihm etwas anderes einfiel. „Er braucht ihr Herz gar nicht mehr zu gewinnen, denn er hat es ja schon!" Er kicherte frech und verschwand hurtig nach draußen.

Machwao lachte ebenfalls und warf dann Maisblüte einen schel-

mischen Blick zu. „Meine Schwester hat wohl ihre Wahl schon getroffen!"

Maisblüte nickte vorsichtig und wich dann diesem unwiderstehlichen Lächeln aus. Zum ersten Mal fiel ihr auf, dass sie tatsächlich allein mit diesem Mann war. Wo waren Kämenaw Nuki und Sprudelnde-Quelle? Machwao rückte näher und tastete vorsichtig nach ihrer Kopfverletzung. Die Schwellung war zurückgegangen, aber immer noch schimmerte die Haut in allen Farben. „Geht es dir besser?", fragte er sanft.

Seine Augen ruhten aufmerksam auf ihr und sie konnte sich diesem Blick nicht entziehen. Es war Sorge, Mitgefühl und etwas, das sie sich nicht erklären konnte. Hatte er Angst, sie zu verlieren? Sie lächelte, um ihn zu beruhigen. „Ja, mir geht es gut."

Sein Lächeln wurde breiter und er wich ein kleines Stück zurück, um ihr wieder mehr Raum zu geben. Sie liebte diese Achtsamkeit, diese kleine Zeichen von Respekt und Geduld. Ja, sie fühlte sich wohl in seiner Gegenwart. Wenn er es wollte, dann würde sie gern seine Frau werden. Obwohl er vermutlich nie den Mut aufbrachte, sie dies zu fragen. Sie kicherte bei diesem Gedanken und er riss fragend die Augen auf. „Was lachst du?", fragte er verblüfft.

Sie riss sich zusammen, denn noch war nicht der richtige Zeitpunkt, ihm von ihren Plänen zu erzählen. „Ich dachte daran, was mein Bruder mir erzählt hat", wich sie aus.

„So? Und was hat er dir erzählt?"

„Nun, dass Awässeh-neskas und Sonne-am-Morgen sich gefunden haben."

Machwao nickte bestätigend. „Sie dachten, dass es gut für die Kinder sei. Unser Volk lebt in den Kindern. Wir müssen dafür sorgen, dass es ihnen gutgeht."

„Ist das alles?", überlegte Maisblüte. Ihr Blick fraß sich in dem seinen fest.

Wieder huschte dieses Lächeln über sein Gesicht. „Nein, ich glaube, dass ihre Herzen sich gefunden haben. Beide brauchen die Hoffnung. Awässeh-neskas hat bereits eine Frau und ein Kind verloren und auch Sonne-am-Morgen hat ihre Familie und zwei Kinder verloren. Die Kinder geben ihnen die Freude zurück.

Awässeh-neskas ist ein guter Mann und so hat Sonne-am-Morgen eine gute Wahl getroffen. Auch die anderen werden neue Familien gründen. Das Volk wird leben."

„Und du?" Maisblüte erschrak, denn eigentlich hatte sie diese Frage nicht stellen wollen. Das Herz schlug ihr plötzlich bis zum Hals vor Angst. Was, wenn er sie gar nicht wollte? Ihr Blick wurde unsicher und strahlte diese plötzliche Furcht aus. Sie beobachtete sein Zögern, sein Stutzen, und ihre Lippen zitterten plötzlich. Ihre Augen wurden feucht, als sie auf seine Antwort wartete. Dann erhellte wieder dieses Lächeln sein Gesicht, als er ihr ruhig in die Augen blickte.

„Ich habe schon gewählt!", erklärte er einfach. Mehr brauchte es auch nicht. Es wurde still, als das Lächeln der beiden den Wigwam erhellte. Maisblüte fühlte, wie ihr Herz leicht wurde und all die Schrecken der Vergangenheit im Nebel des Vergessens verschwanden. Hier war nun ihr Platz. Kurz zuckte der Gedanke durch ihren Kopf, was wohl ihr Vater zu dieser Wahl sagen würde. Immer hatte er sie an einen guten Mann verheiraten wollen. Immer hatte er nur das Beste für seine Tochter gewünscht. Sie schickte ihm ihre Gedanken. „Ich habe den Besten gewählt!", jubelte es in ihr. Ihr Vater würde diesen Mann wahrlich als guten Schwiegersohn anerkennen.

Sie lächelte immer noch, als Machwao wieder näherrutschte und ihre Hand ergriff. „Ich werde immer gut zu dir sein, wenn du mich willst!", versprach er sanft. Seine Nase berührte ihr Gesicht und sein warmer Atem strich über ihre Haut. Es trieb ihr einen Schauer über den Rücken, die Erwartung, was einst sein würde, wenn sie dazu bereit war. Dann zog er sich wieder zurück, doch die Vertrautheit zwischen ihnen blieb bestehen. Es gab nur wenige Augenblicke, in denen sie allein waren. Das Leben war bestimmt vom Leben in der Gemeinschaft, von der Sorge um die anderen, vom gemeinsamen Jagen, Kochen und Sammeln, sodass wenig Zeit für Zweisamkeit blieb. Und so wunderten sie sich nicht, als kurz darauf Kämenaw Nuki und Sprudelnde-Quelle in den Wigwam traten und Holz neben die Feuerstelle legten, das sie gesammelt hatten. Ihre Stimmen erfüllten den Raum

und rissen Machwao und Maisblüte aus dem kurzen Moment der Harmonie.

Das Baby war aufgewacht und Kämenaw Nuki beugte sich hinab, um es der Mutter zu bringen. Kurze Zeit später war nur noch das Saugen zu hören, als Maisblüte es an die Brust drückte und stillte. Sie hatte sich mit einem Umhang verhüllte, sodass ihre Blöße bedeckt wurde. Ihre Blutungen hatten fast aufgehört und sie merkte, dass ihre Kräfte zurückkehrten. Wenn nur die Kopfschmerzen endlich vergingen! Machwao hatte den Wigwam verlassen und so setzten sich Sprudelnde-Quelle und Kämenaw Nuki zu ihr ans Feuer. Sie legten einige Scheite nach, sodass das Feuer lustig flackerte. Es war warm. Auf einem flachen Stein stand ein Topf in der Glut, in dem die Suppe mit Mais und Fleisch köchelte. Die Frauen hatten das Kochen in den Wigwam verlegt, weil draußen ein Sturm drohte. Sie hörten, wie Machwao von außen den Wigwam überprüfte und die Rindenplatten mit Ästen verstärkte. Der Wind rüttelte an dem Wigwam und manchmal blies der Luftzug hinein und brachte die Funken zum Fliegen. Stimmen drangen herein, als die Menschen im Dorf noch schnell die letzten Dinge in Sicherheit brachten.

„Was ist mit dem Mais?", erkundigte sich Maisblüte.

Kämenaw Nuki winkte ab. „Wir haben gesehen, dass der Sturm kommt, und haben alles in die Gruben getan. Sie sind jetzt verschlossen, sodass der Schnee ruhig kommen kann."

„Das ist gut!" Maisblüte wandte ihre Aufmerksamkeit wieder der Tochter zu. Sie hatte in den letzten Tagen zugenommen und ihre Wangen waren rund. Ihr Blick wurde aufmerksamer, wenn sie in die Augen der Mutter schaute. Und dann lächelte sie zum ersten Mal, als sie die Aufmerksamkeit der Mutter zurückhatte. Es war ein winziges Verziehen der Mundwinkel und doch erkannte Maisblüte es als Lächeln. Ihr Herz schmolz dahin, als sie das Lächeln erwiderte. „Meine kleine Tochter", flüsterte sie in der Sprache der Chatah. „Du bist ganz allein meins."

Der große weiße Bär

Machwao stabilisierte den Wigwam mit starken Ästen, die er mit Schnüren aus Bast umwickelte. Dann band er die Türmatte an mehreren Stellen fest und ließ nur einen kleinen Durchschlupf am Boden. Der eisige Wind blies ihm ins Gesicht, als er nach den anderen Hütten sah. Die Männer und Frauen waren ebenfalls damit beschäftigt, sie abzusichern, während die Kinder alles nur für einen großen Spaß hielten. Die drei Jungen tobten durch den Sturm und freuten sich an den bunten Blättern, die durch die Luft wirbelten. „Hey!", rief Machwao mit lauter Stimme. „Helft mir beim Versammlungshaus!"

Sogleich sprangen die Kinder herbei und halfen Machwao, einige schwere Äste zum großen Versammlungshaus zu ziehen, um auch hier das Rindendach zu beschweren. Machwao bohrte in Abständen mit einem spitzen Stock Löcher in den Boden, in die sie die Äste stellten und dann nach obenhin mit Schnüren miteinander verbanden. Die Erde war leicht gefroren, sodass es schwierig wurde, die Löcher zu graben. Wenn die Temperatur weiter fiel, würde es gar nicht mehr möglich sein. Machwao wusste dies und beeilte sich, das Versammlungshaus abzusichern. Roter-Luchs half ihm dabei und kurz darauf kam auch Wapus. Mit einem schiefen Blick deutete er auf die lila- und graufarbigen Wolkenberge. „Es wird Schnee kommen!"

„Ja, und dieses Mal wird er bleiben!", stellte Machwao fest. Ihre Atempause war vorbei. Sie hatten Glück gehabt, dass sie noch die Ernte einbringen konnten. Von nun an ging es um ihr Überleben.

„Die Jagd wird schwieriger werden!" Auch das war eine einfache Feststellung.

Machwao nickte. „Meine Schneeschuhe sind noch da. Wir werden weiter zur Jagd gehen."

Wapus nickte erleichtert. „Das ist gut. Das Fleisch wird nicht reichen."

„Die Felle auch nicht. Wir brauchen noch mehr warme Kleidung und Decken."

Die Unterhaltung brach ab, als der Sturm ihnen die Worte von den Lippen riss. Unvermittelt setzte das Schneetreiben ein und

die Männer beeilten sich, die letzten Äste abzusichern. Ihre Finger wurden klamm, sodass sie kaum noch einen Knoten binden konnten. Machwao hauchte in seine Hände und steckte sie sich kurz unter die Achseln, um sie wieder zu wärmen. Der Winter würde hart werden! Dann sah er erstaunt auf zwei Gestalten, die durch den Sturm auf sie zu taumelten. Es waren Fremde, die er noch nie zuvor gesehen hatte. Eine Frau und ein Kind. Die Frau ging flehend auf die Knie und drückte das Kind schützend an ihre Seite. Sie hatte eine Hand erhoben und flehte etwas in einer fremden Sprache. Wakoh eilte bereits mit erhobener Keule auf sie zu und nur im letzten Augenblick konnte Machwao ihn aufhalten. „Wakoh!", schrie er mit überschnappender Stimme. „Hör auf!"

Der Krieger drehte sich verblüfft zu ihm um, ließ dann aber die Keule sinken. Mit einer fragenden Handbewegung drehte er sich wieder zu der Frau um. „Sie ist nicht von unserem Volk!", erklärte er vorwurfsvoll.

Machwao schluckte vor Zorn die Spucke hinunter, als er sich um eine ruhige Stimme bemühte. „Hast du so viele Frauen, dass diese eine hier nicht zählt?", fragte er bissig. Er drängte sich an seinem Freund vorbei, der beschämt die Augen senkte, und wandte sich der Frau zu. „Wo kommst du her?", schrie er gegen den Sturm.

„Anishinabe!", antwortete die Frau mit vor Schreck geweiteten Augen. „Bitte, helft mir!"

Machwao musterte die beiden und sah in das tränenüberströmte Gesicht des Kindes. Es war ein kleines Mädchen, das vor Kälte zitterte. Die beiden mussten Schreckliches erlebt haben. „Kommt!", befahl er freundlich. „Drinnen ist es warm. Dort werden wir mit dir sprechen."

Die Sprache der Anishinabe war dem Menominee ähnlich, obwohl es Ausdrücke gab, die in beiden Sprachen ganz verschieden waren. Doch mit Hilfe der Zeichensprache wäre es möglich, sich mit der Frau zu unterhalten. Auch andere Männer kamen näher, um die Frau in Augenschein zu nehmen. Machwao brachte die beiden ins Versammlungshaus und ließ sie sich am Feuer hin-

setzen. Zitternd saßen die beiden in der Wärme und blickten ängstlich auf die Männer, die über ihr Schicksal bestimmen würden.

Machwao ließ sich Zeit. Er hörte auf den Sturm, der draußen tobte, und wusste, dass die beiden in dieser Nacht gestorben wären. Warum waren sie hierhergekommen? Warum suchten sie ausgerechnet Schutz bei den Menominee? Er ahnte die Antwort und sein Herz wurde schwer vor Trauer. Die Anishinabe waren ein großes und mächtiges Volk. Auch sie waren von den Geistern der fremden Krankheit heimgesucht worden! Er sah es in ihren Augen, die das Entsetzen spiegelten, das sie gesehen hatten. „Wie heißt du?", fragte er freundlich.

Die Frau murmelte etwas, das wie Heller-Stern klang. Wieder flehte sie um Hilfe. Sie stammelte und klagte, als sie kurz erzählte, was ihrem Volk widerfahren war. Die Männer um sie herum schwiegen und Mitleid war in ihren Augen zu sehen, als sie erkannten, dass auch die Anishinabe hart getroffen worden waren. Es wurde still, als die Frau ihre Geschichte beendet hatte. „Bitte!", flehte sie. „Lasst uns bleiben! Ich weiß nicht, wohin ich gehen soll."

Machwao machte eine beruhigende Geste. „Keine Sorge. Unser Dorf ist groß und wir haben Vorräte für den Winter. Ihr könnt gerne bleiben. Vielleicht findet ihr im Frühjahr Überlebende?"

Die Frau schüttelte den Kopf. „In meinem Dorf lebt niemand mehr. Nur ich und meine Tochter überlebten. Aber ich weiß nicht, warum."

Machwao schüttelte leicht den Kopf. Darauf gab es einfach keine Antwort. Er wusste nicht, warum er und seine Freunde überlebt hatten und so viele seines Volkes zu den Ahnen gegangen waren. Genauso wenig wie es eine Erklärung dafür gab, warum diese Frau und das Mädchen überlebt hatten. Sie hatten noch nicht einmal die Narben dieser Krankheit. „Mäc-awätok hat euch hierhergeführt, damit ihr in Sicherheit seid. Nun wärmt euch auf. Ich bringe euch Decken und Essen. Morgen werden wir einen Platz für euch finden. Auch unser Volk wurde hart getroffen, doch im Frühjahr gehen wir zu unseren Ahnen und bitten um Führung. Wir werden unser Volk erneuern."

Die Frau nickte dankbar und drückte das Kind enger an sich heran. Flüsternd erzählte sie dem Mädchen, dass es in Sicherheit wäre. Das Kind warf Machwao einen flüchtigen Blick zu und lächelte dann. Zwei Zahnlücken zeigten sich, dann drückte das Mädchen sein Gesicht wieder in das Gewand der Frau. Machwao erhob sich mit einem freundlichen Brummen. „Lasst sie in Ruhe. Morgen sehen wir weiter und solange bleiben die beiden hier."

Alle nickten zustimmend und sahen Machwao nach, wie er in den Sturm verschwand. Einige verließen das Versammlungshaus, um in ihre Wigwams zurückzukehren, während die anderen zu ihren Schlafstätten gingen. Einige schliefen im Versammlungshaus, weil noch nicht alle Wigwams wieder hergerichtet waren. Außerdem war es Verschwendung von Ressourcen, wenn nur eine Person in einem Wigwam lebte. So hatten sich die Menschen, die keine Angehörigen mehr hatten, entschlossen, gemeinsam im Versammlungshaus zu wohnen. Eine Seite war für die Männer hergerichtet worden, die andere blieb den Frauen und Mädchen vorbehalten. Ohne große Worte wurden zwei weitere Schlafstätten vorbereitet. Es gab keine Feinde oder Freunde mehr. Allen war klar, dass es um das Überleben aller Menschen der Schildkröteninsel ging. Sie mussten lernen, ihre Vorbehalte zu überwinden und sich gegen diesen neuen Feind zu verbünden.

**

Machwao kam in Begleitung von Sprudelnde-Quelle zurück, die sich schüchtern zu dem kleinen Mädchen setzte. Sie hatte zwei Püppchen aus Maisblättern dabei, die Kämenaw Nuki sich gebastelt hatte, und bot dem Kind eine an. Das Kind griff dankbar nach dem einfachen Spielzeug und kurze Zeit später war leises Plappern und Kichern zu hören. Die Püppchen hatten kein Gesicht, denn die Legende erzählte, dass der Schöpfer vor langer Zeit eine Puppe bestraft hatte, die zu eitel wurde und vergessen hatte, welchen Zweck sie zu erfüllen hatte. Anstatt die Kinder zu erfreuen, war sie eingebildet und eitel gewesen. Damals hatte die

Puppe noch ein wunderschönes Gesicht gehabt, doch als sie sich wieder einmal über einen See gebeugt hatte, um ihr Spiegelbild zu bewundern, hatte der Schöpfer die Eule geschickt, um ihr auf ewig das Antlitz zu nehmen. Von nun an bastelten die Mütter diese Maispüppchen stets ohne Gesicht, damit die Töchter lernten, dass es wichtigere Dinge gab wie das Aussehen. So lernten die Mädchen Bescheidenheit und Tugendhaftigkeit.

Die Kinder spielten leise und unterbrachen ihr Spiel kurz, um hungrig die warme Suppe zu schlürfen, die Machwao am Feuer erwärmt hatte. Die beiden Gäste waren ausgehungert und so blieben alle still, bis diese ihren Hunger gestillt hatten. Dann verschwanden die beiden müde unter den warmen Decken, die man ihnen gegeben hatte.

Machwao setzte sich zu den Männern ans Feuer und horchte auf den Sturm, der um den Wigwam tobte. Er suchte den Blick von Wapus, als ihm ein Gedanke durch den Kopf schoss. „Wir sollten Kundschafter zu den anderen Dörfern ausschicken. Vielleicht gibt es Überlebende, die wir hierher führen können. Wenn diese beiden so lange überlebt haben, dann vielleicht auch andere. Was meinst du?"

Wapus nickte langsam. „Ja, selbst wenn sie in die Wälder geflüchtet sind, kehren sie vielleicht zurück. Niemand überlebt den Winter ohne Schutz."

„Das meinte ich. Wir könnten zumindest unten am Fluss nachsehen."

„Weiter im Norden ist auch noch ein Dorf …"

Machwao machte eine abschließende Handbewegung. „Wenn der Sturm vorbei ist, machen wir uns auf den Weg."

„Noch könnt ihr die Kanus nehmen. Der Fluss ist noch nicht zugefroren. Ihr wärt innerhalb von zwei Tagen wieder da", schlug Wapus vor.

Machwao kniff die Augen zusammen, als er darüber nachdachte. Es wäre auf jeden Fall leichter, als wenn er Männer mit Schneeschuhen losschickte. Er spitzte seine Lippen und deutete auf Roter-Luchs und einen Krieger namens Habicht-am-Boden. „Ich würde euch schicken, um nach den anderen Dörfern zu sehen."

Die beiden nickten kurz, um ihre Bereitwilligkeit anzuzeigen.

Habicht-am-Boden war der einzige Überlebende des Kranich-clans und so hoffte er natürlich, auf Überlebende in anderen Dör-fern zu stoßen. „Ich werde gehen!", erklärte er mit Nachdruck. „Ich werde mir eine Frau suchen und ihre Kinder werden dann meinen Clan mit Leben erfüllen. Ich werde das Wissen weiterge-ben!"

Machwao senkte traurig den Blick. Ja, der Kranichclan hatte im-mer das Wissen über viele handwerkliche Dinge bewahrt. Sie wussten, wie man Wigwams und Kanus baute, aber auch Waffen und andere Geräte. Mit ihrem Verschwinden war so viel Wissen verlorengegangen. Er hoffte, dass Habicht-am-Boden dieses Wis-sen bewahren und weitergeben konnte.

***

Bei Sonnenaufgang machten sich die beiden Männer mit den Ka-nus auf den Weg. Der Sturm hatte die Landschaft mit einer wei-ßen Decke aus Schnee bedeckt, doch der Fluss war noch eisfrei. Das war auch gut so, denn wenn der Fluss erst Eis führte, war er mit den Kanus nicht mehr befahrbar. Mit Proviant beladen paddelten die beiden los und Machwao blickte ihnen lange nach. Jedes Wesen, das sie fanden, würde den Fortbestand des Volkes sichern. Jeder wäre wertvoll, sei er noch so jung oder alt. Eine feuchte Schnauze riss ihn aus seinen Gedanken und er schaute zu der Hündin hinunter, die ihn angestupst hatte. Ein Welpe hielt et-was Abstand und schnüffelte interessiert im Schnee. Die anderen Welpen lebten inzwischen in anderen Wigwams, sodass sich das Gewimmel in seinem Wigwam gelegt hatte. „Na, du?", redete er den Hund an. Weißer-Fleck antwortete ihm mit einem Wedeln, dann lief sie ins Dorf zurück.

Machwao folgte ihr zu seinem Wigwam. Unterwegs liefen ihm die drei Jungen entgegen, die gerade eine Schneeballschlacht ge-macht hatten und nun ebenfalls die Wärme eines Wigwams such-ten. Sie folgten ihm und setzten sich an das Feuer, um etwas zu essen zu ergattern. Shawano-Nuki saß ebenfalls am Feuer und lächelte ihrem Bruder zu. Dann schenkte sie auch Machwao ein scheues Lächeln. „Habt ihr Hunger?", fragte sie.

Sie schenkte Suppe in einigen kleinen Tonschalen aus und reichte sie den Jungen. Es wurde still, als die Jungen hungrig die Suppe aßen. Sie schienen eigentlich immer hungrig zu sein. Auch Machwao ließ sich etwas Essen reichen und musterte die drei Jungen. Wie seltsam, dass nun ein Chatah-Kind und ein Kind der Illiniwek als Menominee aufwuchsen. Auch das Baby würde einst ein Menominee-Mädchen sein. Es wurde Zeit, dass diese Kinder, aber auch die Frau aus dem Süden ein wenig über sein Volk erfuhren. Er lehnte sich gemütlich zurück und streckte die Beine aus. „Im Frühjahr ziehen wir den Manomäh-Sipiah hinauf und ehren die Gräber unserer Ahnen", erzählte er langsam. „Dort begann unsere Geschichte, als der große weiße Bär des Untergrunds seine Höhle verließ und der Schöpfer ihm erlaubte, eine menschliche Gestalt anzunehmen. Er ist unser Ahnherr und der Begründer des Bärenclans. Er war unsagbar mächtig und er konnte auch sehr böse sein. Er hatte einen Kupferschwanz, der viel Schaden anrichtete, wenn er damit um sich schlug. Manchmal können wir kleine Stücke an den Ufern der Seen und Flüsse finden."

Nanih Waiya beugte sich interessiert vor. „Und warum hatte der Bär einen Kupferschwanz?"

Machwao zuckte etwas zusammen, denn diese Geschichte durfte nur zu bestimmten Zeiten und zu bestimmten Zeremonien erzählt werden. Jetzt war nicht der richtige Zeitpunkt, aber er sah die Neugier in den Gesichtern der Kinder.

Er grinste, als ihm eine andere Geschichte einfiel. „Wisst ihr, vor langer Zeit hatte der weiße Bär einen wunderschönen langen Schwanz. Er war sehr stolz und eingebildet darauf. Aber er war auch ein bisschen dumm. Eines Tages hatte er großen Hunger und auf der Suche nach Nahrung sah er einen Otter, der neben einem Eisloch im gefrorenen See saß und viele Fische gefangen hatte. Er tapste näher und fragte den Otter, wie er denn auch so viele Fische fangen könnte? Nun, ihr müsst wissen, dass der Otter gerne Spaß mit anderen macht. Also erzählte er dem Bären, dass er sich nur hinsetzen und seinen Schwanz in das Wasser halten müsste. Dann würden die Fische anbeißen und er müsste sie nur noch herausziehen …"

Mit hochgezogener Stirn sah Machwao auf die drei Jungen, die misstrauisch die Stirn runzelten. „Es kam, wie es kommen musste. Der Bär setzte sich hin, hielt den Schwanz in das Wasser, und während er darauf wartete, dass die Fische anbissen, wurde er sehr müde. Er schlief ein und das Wasser gefror um seinen Schwanz herum. Der freche Otter aber schlich näher, und als er ganz nah dran war, erschreckte er den Bären so, dass dieser aufsprang und dabei sein Schwanz abbrach. Und so kam es, dass die Bären nur noch einen kurzen Stummel als Schwanz haben."

Die Kinder lachten hell und Nanih Waiya legte nachdenklich den Kopf schief. „Und deshalb hatte der große weiße Bär dann einen Kupferschwanz?", fragte er. „Hat er sich den Kupferschwanz angeklebt?"

Machwao lachte laut, dann legte er den Kopf schief und zwinkerte verschwörerisch. „Vielleicht!"

Nanih Waiya schob enttäuscht die Lippen vor, denn er merkte, dass er die Antwort heute nicht bekommen würde. „Und wie sind die anderen Clans entstanden?", fragte er stattdessen.

Machwao nickte wohlwollend. „Nun, der erste Mensch wanderte am Fluss entlang und war sehr einsam. Also bat er den Donnervogel in Gestalt des goldenen Adlers herunter und bat ihn, sein Bruder zu sein. Auch dieser verwandelte sich in einen Menschen. Sie adoptierten dann den Kranich, den Wolf und den Elch, und diese fünf waren die ersten Clans der Menominee."

„Es gibt aber noch viel mehr Clans, nicht wahr?" Nanih Waiyas Augen leuchteten wissbegierig.

„Viel mehr. Jeder Clan adoptierte noch andere Tiere, die wiederum für Clans stehen. Sie begründen die Freundschaft zu den Völkern der Tiere und Vögel. In Notzeiten helfen sie uns, denn wir sind mit ihnen verwandt. Im Frühjahr kehren wir zur Höhle unseres Ahnherrn zurück und beten für die Erneuerung unseres Volkes."

„Bin ich denn auch ein Menominee? Genauso wie Wahkayoh?"

Machwao nickte voller Ernst. „Aber ja. Awässeh-neskas hat euch adoptiert. So wie der Ahnherr die anderen Gefährten adoptiert hat. Ihr gehört nun zum Bärenclan. So wie ich auch. Diese Din-

ge sind uns heilig, denn sie ehren den heiligen Bund, den unser Ahnherr damals geschlossen hat."

Nanih Waiya lächelte getröstet. Er hatte sein Dorf, seine Eltern und sein Volk verloren, aber diese Worte gaben ihm Hoffnung. Er war jetzt ein Menominee vom Bärenclan, aber auch ein bisschen Wolfsclan der Chatah. „Weißt du …", erklärte er leise, „… meine Mutter war vom Wolfsclan."

Machwao nickte. „Bei uns bestimmt der Vater die Clanzugehörigkeit. Ihr gehört zum Bärenclan, und wenn euch einst Kinder geboren werden, dann gehören sie auch zum Bärenclan."

„Wenn du meine Schwester heiratest, dann gehören eure Kinder auch zum Bärenclan, nicht wahr?"

„Ja!"

„Aber sie bleibt Wolfsclan?"

„Aber ja!"

„Heiratest du denn meine Schwester?"

Machwao lachte dunkel und warf Shawano-Nuki einen kurzen Blick zu. Sie errötete und versteckte sich hinter einer Flechtarbeit.

„Soll ich denn?", fragte er zum Schein.

Nanih Waiya nickte großzügig. „Das wäre schön. Ich muss mich gut um meine Schwester kümmern und du wärst ein guter Ehemann."

Machwao grinste erheitert. „Und wie hast du das festgestellt?"

Nanih Waiya musterte ihn empört. „Na … wir waren lange genug unterwegs. Da merkt man das doch."

Machwao grinste immer noch und warf Shawano-Nuki einen verschmitzten Blick zu. Dann erhob er sich unvermittelt, um wieder ins Versammlungshaus zu gehen. „Kommt ihr mit?", forderte er die Jungen auf. „Wir tanzen einen Jagdtanz und gehen dann wieder zur Jagd. Wakoh hat weiter westlich einige Büffel gesehen, die wir erlegen wollen. Ihre Felle werden uns im Winter schön warmhalten."

Eifrig sprangen die Jungen hoch, auch wenn sie nicht zur Büffeljagd mitkommen würden, aber Awässeh-neskas hatte ihnen gezeigt, wie sie Schlingen auslegen konnten, um Hasen zu jagen. Sie wollten die Schlingen überprüfen und weitere auslegen. Sie

gingen mit Machwao zum Versammlungshaus und sahen zu, wie die Krieger sich für die Jagd rüsteten. Wapus schlug auf der kleinen Trommel und sang ein heiliges Lied für die Geister der Tiere, während die Krieger ihre Köcher in die Mitte stellten und um sie herumtanzten. Sie beteten dafür, dass ihre Pfeile trafen und den Tieren, die sich zum Wohle der Menschen opfern wollten, keine unnötigen Schmerzen zufügten. Die Kinder saugten die Lieder und Zeremonien in sich auf, damit sie eines Tages genauso erfolgreiche Jäger wurden.

Winter bei den Menominee

Maisblüte hatte noch nie in ihrem Leben so viel Schnee gesehen. Jedes Mal, wenn sie den Wigwam verließ, stapfte sie durch knie-hohen Schnee und blickte in Bäume, die sich unter den Schnee-massen beugten. Die Luft war kalt und roch deutlich nach Tan-nen und faulem Holz. Sie fror eigentlich immer und so hatte sie es sich angewöhnt, immer wieder in die Kälte hinauszugehen, um Holz zu sammeln oder etwas Nützliches zu tun, weil es dann im Wigwam wieder schön warm war. Ihre ganze Aufmerksamkeit galt dem Baby und der schier unlösbaren Aufgabe, es warmzu-halten. Wie konnten diese Menschen diese Kälte seit Urzeiten aushalten? Warum waren sie nicht in den wärmeren Süden gezo-gen? Für sie würde das ein ewiges Rätsel bleiben! Machwao hat-te erklärt, dass sie eine besondere Beziehung zu dem Land und den Bäumen hatten, doch dies schien ihr unbefriedigend zu sein. Warum zog man Bäume einem Leben im warmen Süden vor? Ab-gesehen davon, dass auch der Süden bewaldet war. Aber dann erzählte Machwao von den Ahnen und den alten Grabhügeln. Ja, auch die Chatah hatten die Knochen ihrer Toten auf der langen Wanderung in den Osten mitgeschleppt, bis Nanih Waiya, ihr Prophet, schließlich die neue Heimat erreicht hatte. Dieses Kon-zept der Ahnenverehrung war ihr bekannt. Hatte Nanih Waiya, der einstige Führer ihres Volkes, in Gestalt ihres kleinen Bruders, sie erneut in ein neues Land geführt? Und warum hatte er nur sie und ihren Bruder bis hierher geführt? Welchen Sinn machte das? Aber es gehörte sich nicht, den Willen Nanapisas anzuzwei-feln, und so nahm sie es als ihre Bestimmung hin. Sie musste ih-ren Körper abhärten und sich an diese Kälte gewöhnen. Je öfter sie den warmen Wigwam verließ, umso besser schaffte sie es, der Kälte zu trotzen.

Sie bewunderte Nanih Waiya, der sich problemlos diesem Leben anpasste und mit seinen Freunden durch den Schnee tollte. Die Jungen hatten sich aus eingefetteten Knochen einen Schlitten ge-baut und rodelten damit einen kleinen Hang hinunter. Sie hatten eine Freiheit, wie sie selbst bei den Chatah nicht üblich gewesen war. Niemand schimpfte sie, niemand engte sie ein, niemand be-

fahl ihnen, was zu tun war. Einzig, dass sie angehalten wurden, zu träumen und manchmal zu fasten, um gute Träume zu haben, verwunderte sie, wenn Nanih Waiya ihr davon erzählte. Die Menominee maßen Träumen eine sehr große Bedeutung zu. Jede winzige Kleinigkeit des Handelns und Tuns hatte ihre spirituelle Bedeutung. Kämenaw Nuki murmelte stets ein Dankeschön an die Geister, selbst wenn sie nur einen Tontopf oder ein Werkzeug benutzte. Maisblüte war es gewohnt, dass diese Dinge von einem Priester gestaltet wurden, aber hier gestaltete jeder seine Beziehung zu den Geistern selbst. Manchmal machte ihr das Angst, denn sie scheute diese hohe Verantwortung. Was, wenn sie etwas falsch machte? Aufmerksam beobachtete sie Kämenaw Nuki bei ihren täglichen Arbeiten und ahmte sie in allem nach. Ihre Welt war verlorengegangen, vernichtet worden, und nun suchte sie verzweifelt nach Antworten.

***

Sie beobachtete, wie zwei der Männer mit weiteren Überlebenden zurückkehrten, und sah die gleiche Verlorenheit und Angst in deren Augen. Aus den anderen Dörfern der Menominee waren drei weitere Frauen, mehrere Kinder und Männer eingetroffen, doch die Verzweiflung stand ihnen ins Gesicht geschrieben. Machwao wies ihnen Hütten zu und teilte großherzig alle Vorräte mit ihnen. Er schien sich über jeden Einzelnen zu freuen. Jeder Überlebende würde das Volk stärken. Sie ahnte, dass es viel Zeit brauchte, ehe diese Menschen die Tragödie überwinden würden. Manchmal war das Schicksal der Überlebenden schwerer zu ertragen. Sie machten sich Vorwürfe, warum ausgerechnet sie überlebt hatten, während all ihre Lieben gestorben waren. Machwao kümmerte sich um diese Menschen und niemand zweifelte seine Autorität an, wenn er Nahrung verteilte, Wigwams zuwies oder Versammlungen einberief. Immer wieder redete er davon, dass die Frauen und Kinder heilig waren und den Fortbestand des Volkes darstellten. Niemand durfte sich ihnen ungebührlich nähern, und wenn ein Mann sich im Ton vergriff, dann suchten Machwao oder Wapus das ruhige Gespräch

mit ihm. Auch fremde Frauen und Kinder standen unter diesem Schutz. Es war ganz gleich, welchem Volk sie entstammten, sie alle genossen diesen Schutz. Immer wieder erzählte Machwao in diesem Winter die Legenden von Manaqpudz, der die bösen Geister des Untergrunds besiegt hatte und für den Frieden unter den Völkern eintrat. Als Enkel der Großmutter Erde war er mit besonderen Fähigkeiten ausgestattet worden, die es ihm erlaubten, die bösen Geister zu bezwingen. Die Kinder liebten diese Geschichten, denn Manaqpudz konnte sich auch in einen weißen Hasen verwandeln und die Menschen narren. Oft tat er lustige Dinge oder geriet in Schwierigkeiten, die er nur lösen konnte, wenn er sein Zauberbündel benutzte. Es kam immer wieder vor, dass er sich in die Gestalt eines kleinen weißen Hasens verwandelte, um die bösen Mächte der Unterwelt zu täuschen oder um tapfere Taten zu vollbringen. Die Kinder kicherten dann jedes Mal, denn sie sahen in einem kleinen Hasen keinen großen Helden. Abends, beim Feuer lauschten sie der weichen Stimme Machwaos und konnten nicht genug von den Geschichten hören. „Erzähl uns, wie Manaqpudz das Feuer gestohlen hat", bat Nanih Waiya eines Abends. Die Funken stoben gerade hoch und so passte die Geschichte zu der gemütlichen Stimmung. Machwao lächelte und begann zu erzählen: „Es war sehr kalt im Wigwam von Nokomäh, aber die Großmutter wusste, dass auf einer Insel ein alter Mann mit seinen Töchtern lebte. Sie besaßen Feuer und hüteten es eifersüchtig. ‚Geh und hole es', bat Nokomäh, ‚ich erfriere sonst'! Manaqpudz überlegte, wie er zu der Insel gelangen konnte und baute das erste Kanu aus einem Baumstamm. Mit ihm erreichte er die Insel, aber dann verwandelte er sich wieder in ein kleines Häschen und hoppelte zu dem Wigwam des alten Mannes. Die Mädchen hatten Mitleid mit dem kleinen Häschen und behandelten es gut. Der weiße Hase aber schnappte sich des Nachts einen Stock mit Feuer, rannte zu seinem Kanu und kehrte mit dem Feuer zu seiner Großmutter zurück. Seitdem haben auch die Menschen Feuer!"
Nanih Waiya rollte mit den Augen und machte eine verächtliche Handbewegung. „Sehr schlau! Alle Mädchen finden kleine Hasen süß!"

Machwao lachte gutmütig. „Stimmt! Aber die Geschichte zeigt auch, dass selbst kleine Wesen tapfere Taten vollbringen, denn es war das Häschen, das das Feuer stahl. Manaqpudz verwandelte sich wieder zurück und lehrte die Menschen viele Fähigkeiten. Zum Schluss verwandelte er sich in einen weißen Felsen. Doch manchmal hat er sich den Menschen noch in seiner Gestalt eines weißen Hasen gezeigt."

Die Kinder lachten voller Begeisterung, doch Nanih Waiya runzelte besorgt die Stirn. „Ist es denn gut, Hasen in der Schlinge zu fangen? Wie leicht wäre es möglich, dass wir aus Versehen Manaqpudz erwischten?"

Machwao lachte fröhlich, denn er sah keine Gefahr, dass Manaqpudz versehentlich gefangen wurde. „Wisst ihr!", beruhigte er die Jungen. „Manaqpudz lebt längst in der Gestalt des weißen Felsens. Auf diese Weise lebt er ewig. Im Frühjahr kehren wir dorthin zurück und dann werden wir Tabakopfer niederlegen, um sein Wohlwollen zu gewinnen."

„Warum leben Felsen ewig?", fragte Nanih Waiya.

„Nun, sie sind die ältesten Lebewesen auf dieser Erde. Sie sind seit dem Anbeginn der Zeit da. Sie tragen all die Erinnerungen allen Lebens in sich. Manche besitzen große Macht, die man sich zunutze machen kann. Deswegen verwenden wir sie in der Schwitzhütte. Sie setzen Kräfte frei, die uns unbekannt sind."

Die Kinder nickten ehrfürchtig. All diese Geschichten regten ihre Fantasie an und gaben ihnen eine Vorstellung, was gut oder schlecht auf dieser Welt war. Manaqpudz war ihr großer Held, dem sie nacheifern wollten.

**

Maisblüte liebte diese Geschichten, denn sie zeigten ihr, dass die Menominee genauso lebten wie die Chatah. Aber noch mehr schätzte sie die unendliche Geduld, die den Kindern gegenüber aufgebracht wurde. Immer nahmen sich die Frauen und Männer Zeit, die Fragen der Kinder zu beantworten. Immer legten die Menschen alle Arbeit nieder, wenn ein Kind der Aufmerksamkeit oder Hilfe bedurfte. Und immer beschäftigte sich irgendjemand

mit den Babys. Die Menominee waren wirklich erstaunliche Menschen.

Sie beobachtete, wie Machwao sorgfältig den Tabak auf einem kunstvoll geschnitzten Brett schnitt und in einen Beutel füllte. Sie freute sich, wenn er das Baby über seinen Kopf hielt, bis es vor Freude krähte, und wie er den Jungen die Geschichten seiner Ahnen erzählte. Sie freute sich, wenn Kämenaw Nuki oder Wasserlilie zu ihr kamen und ihre Sprachkenntnisse sich langsam verbesserten. Endlich erhielt sie nicht nur Anweisungen, sondern Frauen führten tatsächlich Gespräche mit ihr. Sie erfuhr mehr von den anderen Frauen und Kindern, die nun in dem Dorf lebten, und lernte auch die Frau der Anishinabe und ihre kleine Tochter kennen. Sie bewunderte die Großmütigkeit der Menominee, die diese Menschen einfach bei sich aufgenommen hatten. Nichts war mit dem vergleichbar, was sie bei den Spaniern erfahren hatte. Die Menominee versklavten niemanden. Nein, es war gut, dass Nanih Waiya und sie jetzt bei diesen Menschen lebten.

Dann kam der wirkliche Winter und alles, was sie sich je vorgestellt hatte, schien nur ein harmloses Bild gewesen zu sein. Noch nie hatte sie erlebt, dass Flüsse und Seen tatsächlich zufroren! Der Schnee knirschte unter ihren Mokassins, wenn sie in den Wald ging, um Holz zu sammeln. Das Eis des Flusses musste aufgehackt werden, wenn sie Wasser holen oder sich waschen wollte. Noch nie hatte sie so einen Frost erlebt, der wirklich alles erstarren ließ. Es wurde so kalt, dass sie befürchtete, dass die Vögel erfroren vom Himmel fielen. Wie konnten Menschen diese Kälte überleben? Selbst das Kochen wurde in die Wigwams verlegt, weil die Kochstellen unter den schrägen Dächern nicht mehr genügten. Sorgsam achtete immer eine Person darauf, dass die Feuer nicht erloschen und die Wigwams ein Hort der Wärme waren. Kinder, Frauen und Männer waren damit beschäftigt, Feuerholz für die ständig brennenden Feuer zu sammeln, damit wenigstens die Hütten der Kälte trotzten.

Die Vorratsgruben leerten sich, und mit Sorge beobachtete Maisblüte, dass die Lebensmittel zur Neige gingen. Das Wild in der Umgebung des Dorfes wurde spärlich. Natürlich machte sich

Machwao mit seinen Schneeschuhen auf den Weg, um zu jagen. Auch andere Krieger begleiteten ihn, doch immer öfter kam es vor, dass sie ohne Beute zurückkehrten. Kämenaw Nuki äußerte ihre Besorgnis und runzelte die Stirn, als der letzte Tontopf mit Wildreis aus der Grube geholt wurde. Aber gerade davon hatten sie am wenigsten geerntet und so beruhigte Machwao seine Schwester. „In den anderen Gruben sind noch Mais und jede Menge Nüsse. Es wird reichen, bis die Störe zurückkehren. Und Fleisch haben wir auch noch. Wir haben viel gejagt, um die Vorräte zu schonen, sodass wir noch das Trockenfleisch essen können." Er reichte Maisblüte seine Mokassins, die geflickt werden mussten. Dann hob er Wanähsen Nuki hoch, die ihn aus der indianischen Wiege heraus anlächelte. Ihre großen braunen Augen beobachteten alles, was um sie herum geschah, und so lachte sie begeistert, als sie die Aufmerksamkeit des Mannes hatte. Sie hatte lustige schwarze Locken, die die Menschen reizten, ihr durch die Haare zu streicheln. Solche Haare hatten sie noch nie zuvor gesehen. Maisblüte kicherte dann, denn auch sie fand die Haare ihrer Tochter lustig. Nie dachte sie daran, dass es dieser fremde brutale Mann gewesen war, der das Kind hatte entstehen lassen. Das war ihre Rache an ihm. Er war weg, nicht einmal einen Gedanken an ihn wollte sie verschwenden. Nie würde ihre Tochter erfahren, unter welchen Umständen sie entstanden war. Nie! Machwao würde der einzige Vater sein, den sie kennen würde.

Der Winter war lang, doch er hatte auch seine schönen Seiten. Im Wald lag der Schnee nicht so hoch, sodass Maisblüte jeden Tag hinausging, um Holz zu sammeln. Außerdem zeigte ihr Kämenaw Nuki ein grünes Blatt, aus dem man Tee kochen konnte. Es schmeckte gut, wenn man es kaute, obwohl man nicht zu viel auf einmal essen sollte. Die Kinder zeigten ihr ein Kegelspiel, das man auf dem Eis des Flusses spielen konnte, außerdem spielten sie ein Spiel, bei dem man einen flachen Stein mit Hilfe eines Schlägers auf ein Tor spielte. Der flache Stein rutschte über das Eis und die Jungen versuchten, ihn in ein kleines Tor zu spielen, das von der anderen Mannschaft verteidigt wurde. Es war ganz schön gefährlich, denn manchmal hüpfte der Stein hoch und traf

jemanden. Es waren nur wenige Kinder da, sodass auch die Männer bei diesem Spiel mitmachten.

Die Frauen vergnügten sich mit Würfelspielen oder nutzten das Licht des Tages, um Felle weichzugerben und Kleidung herzustellen. Maisblüte hatte begonnen, aus verschiedenfarbigen Binsen einen schönen Korb zu flechten, in den sie ein rautenförmiges Muster webte. Die Menschen gingen ihren Beschäftigungen nach und ehrten damit die Ahnen und die Menschen, die von ihnen gegangen waren. Das Leben ging weiter. Es war ihre Pflicht, an die zukünftigen Generationen zu denken.

***

In diesem Winter hatte Kämenaw Nuki zum ersten Mal ihre Blutungen und zog sich in die Hütte zurück, die für diese Zeit der Unreinheit hergerichtet worden war. Machwao hatte Maisblüte gewarnt, das Baby nicht dorthin zu bringen, denn es brachte Unglück, wenn eine unreine Frau dem Baby ins Gesicht hauchte. Also ging Maisblüte stets ohne ihre Tochter dorthin und brachte Kämenaw Nuki Feuerholz und Essen. Andere Frauen kamen und lehrten das junge Mädchen, was von ihr als Frau und Ehefrau erwartet wurde. Natürlich wusste Kämenaw Nuki all diese Dinge schon, doch das rituelle Aufzählen der Aufgaben und Pflichten einer Frau sollte die Moral des Mädchens stärken und ihr nochmals ein Gefühl für die wichtigen Dinge des Lebens geben. Es wurde erwartet, dass sie fastete und träumte, damit ihr späteres Leben einen guten Weg nahm.

Als das Mädchen nach der Zeit der Abgeschiedenheit wieder in den Wigwam zurückkehrte, schien es gereift zu sein. Sie galt nun als Frau und von ihr wurden Demut und Bescheidenheit erwartet. Wakoh frohlockte, denn er hatte schon längst ein Auge auf Machwaos Schwester geworfen. Maisblüte schüttelte darüber den Kopf, denn sie hatte Wakoh bisher nur als harten Krieger erlebt. Sie konnte sich nicht vorstellen, dass er die richtigen Worte für ein Mädchen fand. Das stimmte auch, aber Wakoh fand etwas anderes, um das Herz von Kämenaw Nuki zu rühren. Er schnitzte sich eine Flöte, auf der er die schönsten Melodien für

seine Angebetete fand. Er wusste vielleicht keine Worte, aber er berührte ihr Herz mit einer Musik, die aus seinem Herzen kam. Maisblüte staunte über die Veränderung, die in Wakoh vonstatten ging. Niemals hätte sie erwartet, dass er so eine sanfte Seite zeigen konnte.

Auch Machwao war überrascht, welche Gefühle Wakoh für Kämenaw Nuki empfand und auch offen zeigte. Er wusste, dass Wakoh viel gelernt hatte und eine Frau gut behandeln würde. Trotzdem bat er seinen Freund, noch ein wenig zu warten. Er wollte, dass die beiden ihren Bund bei den Gräbern der Ahnen eingingen, als Zeichen, dass das Volk erneuert wurde. Der Frühling wäre der richtige Zeitpunkt, um Ehen zu schließen und an eine neue Generation zu denken. Er erlaubte, dass Wakoh um die Schwester warb, und so wurde der Krieger ein gern gesehener Gast.

Hier erlebte Maisblüte noch eine andere unbekannte Seite des sonst so harten Mannes. Er schmolz förmlich dahin, wenn er mit Wanähsen Nuki spielen durfte. Sie hatte erlebt, dass er gerne mit Nanih Waiya und den anderen Jungen spielte, doch diese Spiele waren eher wild und dazu geeignet, die Jungen zu Jägern und Kriegern auszubilden. Aber mit dem Baby verwandelte sich Wakoh in einen liebevollen Welpen, der treuherzig irgendwelchen Unsinn machte und sich freute, wenn ihm mit einem Lächeln geantwortet wurde.

Der Winter war aber auch eine Zeit des rituellen Geschichtenerzählens. Immer wieder trafen sich die Menschen im Versammlungshaus, um den Schöpfungszyklus und andere Geschichten zu hören. Maisblüte erfuhr, wie der Schöpfer die Sonne und den Mond erschaffen hatte und dann die Großmutter Erde mit den Wesen des Untergrunds. Sie hörte, wie der Ahnherr in Gestalt eines großen weißen Bärens an die Oberfläche gekommen war und sich in einen Menschen verwandelt hatte. Sie lächelte, als der Bär andere Tiere zu seinen Gefährten ernannte und diese sich ebenfalls in Menschen verwandelten. Dies erklärte, warum diese Menschen eine so innige Bindung zu den Tieren hatten, denn

sie stammten von ihnen ab. Und sie lauschte den Geschichten, wie Manaqpudz den schwarzen Panter des Untergrunds und die gefährliche gehörnte Schlange, die am Grunde der Seen lebte, besiegt hatte. Manche Geschichten durften nur in der Nacht erzählt werden, andere nur zu bestimmten Zeremonien, wieder andere nur im Winter, wenn der Frost das Land gereinigt hatte. Sie erfuhr von den unzähligen Tabus, die mit vielen alltäglichen Dingen einhergingen. Sie war jung genug, um sich diesem Leben und diesen Vorstellungen anzupassen, auch wenn sie sich manchmal wunderte. Aber sie gehörte jetzt diesem Volk an und wollte sich keinesfalls von ihm unterscheiden. Auch die Sprache wurde ihr geläufig. Anfangs hatte sie sich die Wörter nur schlecht merken können, doch je mehr Wörter sie wusste, desto mehr erschlossen sich ihr Zusammenhänge und Ähnlichkeiten. Die Wiederholungen in den Geschichten taten ein Übriges, damit sich ihr die komplizierte Sprache erschloss. Auch Machwao erklärte ihr viele Dinge, aber auf manche Fragen erhielt Maisblüte einfach keine Antwort. „Frage die Geister!", meinte er dann. Ob manches Wissen den Männern vorbehalten war? Sie wusste es nicht. Also lernte sie, die Menschen in ihrem Tun genau zu beobachten. Und sie lernte auch, dass manchmal Fragen nicht erwünscht waren. Gedankenverloren strich sie dann der Hündin durch das wuschelige Fell. Sie hatte bemerkt, dass sie bald werfen würde, und freute sich auf die kleinen Welpen, die dann durch den Wigwam kriechen würden.

Die Mounds der Ahnen

Machwao traf sich mit Wapus im Versammlungshaus und besprach mit ihm die kommenden Ereignisse. Der Winter war ungewöhnlich lang und sie warteten auf die Schmelze des Eises und die Rückkehr der Störe. Sie hatten im Herbst die Ernte der Gärten eingebracht und konnten damit die wenigen Menschen leicht durch den Winter bringen. Fast schien es, als wären so viele Menschen gegangen, um den wenigen das Überleben zu erleichtern. Der Wildreis war zwar aus, aber Mais gab es noch zur Genüge. Trotzdem freuten sich die Männer auf das frische Fleisch der Störe.

„Ich freue mich darauf, den Stör im Lehm zu garen oder eine fette Gans über dem Feuer zu braten", hoffte Machwao sehnsüchtig.

Wapus schenkte ihm ein Lächeln. „Sie werden zurückkehren wie jedes Jahr. Jeder Winter hört irgendwann mal auf."

Machwao nickte beruhigt. „Ja, noch wandert die Sonne von Osten nach Westen und nachts zieht der Mond seine Bahn, so wie der Schöpfer es vorgesehn hat. Trotzdem ist es ungewöhnlich kalt."

Wapus schürzte nachdenklich die Lippen. „Vielleicht weil weniger Feuer brennen? Überall auf der großen Schildkröteninsel sind die Menschen dahingerafft worden. Denke nur an die Illiniwek, die Ho-Chunk oder Anishinabe. Shawano-Nuki sagte, dass auch im Süden die Menschen gestorben seien. Alle Völker sind davon betroffen. Vielleicht zeigt Mäc-Awätok mit dieser Kälte, wie sehr er um all diese Menschen trauert."

„Warum hat er sie dann nicht beschützt?" Es klang zynisch und passte so gar nicht zu Machwao.

Wapus runzelte die Stirn. „Es steht uns nicht zu, die Geister in Frage zu stellen. Niemand weiß, warum sie entschieden haben, all diese Menschen zu den Ahnen zu schicken. Vielleicht dachten sie, dass sie es dort besser hätten. Unser Leben hier ist hart und erfüllt vielleicht nur den Zweck, uns auf das andere Leben vorzubereiten. Vielleicht sind wir nur hier, um etwas zu lernen, was wir als Geister nicht lernen können."

Machwao senkte nachdenklich den Blick. Wapus' Worte klangen tröstend und er wollte nur zu gern daran glauben, dass es so war.

„Der Schnee bricht bereits", wechselte er das Thema. „Es wird also wärmer. Bald wird auch das Wasser der Ströme wieder fließen."

„Wann willst du zu den Ahnen aufbrechen?"

Machwao legte einen Ast in das Feuer und zuckte die Schulter. „Ich wollte abwarten, bis wir die Störe gejagt haben. Vielleicht auch noch den Mond, in dem wir den Ahornsaft ernten. Wir könnten dieses Mal die Bäume in der Nähe des Dorfes abernten und nicht in das Sommerlager ziehen. Das gibt uns Zeit, nach Norden aufzubrechen."

Wapus hob die Hand, als wollte er Machwao an weiteren Worten hindern, doch dann schwieg er eine Weile. Nur ungern ließ er es zu, dass Dinge, die sie schon immer gemacht hatten, geändert wurden. Aber die Zeiten verlangten vielleicht eine Umstellung ihrer gewohnten Abläufe. Auch hier standen Ahornbäume, die den süßen Saft lieferten. Warum also nicht? Ihr Volk wollte sich erneuern und sie hatten schon immer überlebt, weil sie sich den neuen Bedingungen angepasst hatten.

Zögernd legte er den Kopf schief und musterte seinen Freund. Machwao war noch reichlich jung, das Volk zu führen, aber als Mitglied des Bärenclans stand ihm dies zu. Machwao hatte die Verantwortung unfreiwillig übernommen, als das Volk seiner Führung bedurfte. Er hatte Mut gezeigt, als andere noch von ihrer Trauer wie gelähmt waren. Seine Worte hatten Gewicht und mussten ernstgenommen werden. Es war die besondere Gabe des Bärenclans, seinen Mitgliedern die Fähigkeit der Führung und des Sprechens zu geben, selbst wenn der Einzelne vielleicht so nicht geboren worden war. Auch Machwao hatte schnell in die verantwortungsvolle Aufgabe gefunden und wurde von dem Ahnherrn darin unterstützt.

„Du schlägst vor, dass wir nach dem Monat des Zuckermachens gehen?", wiederholte Wapus den Vorschlag.

Machwao sah ihn mit ruhigem Blick an. „Ja, dann können wir auch auf dem Rückweg jagen und wären rechtzeitig zurück, um die Felder zu bestellen. Es ist die einzige Zeit, in der wir gehen können. Oder wir warten bis zum Sommer."

Wapus nickte zustimmend. „Im Sommer möchte ich hier sein und das Spiel des Schöpfers spielen. Wir müssen dem Schöpfer gefallen und für unser Volk flehen."

Machwao sog tief die Luft ein. Das Medizin-Spiel, das Spiel des Schöpfers, das sie mit den Ho-Chunk zur Besiegelung des Friedens gespielt hatten. Es war eine gute Entscheidung, dieses heilige Spiel wieder für das Volk zu spielen. Ihre Kräfte würden zurückkehren und das Wohlwollen des Schöpfers würde ihnen zuteilwerden. „Hast du das in deinen Träumen gesehen?", fragte er mit heiserer Stimme.

Wapus nickte kurz. „Ja!"

Machwao hob überrascht die Augenbrauen. „Aber wer soll die Schläger bauen? Unser Stockbauer lebt auch nicht mehr." Die Kunst, den richtigen Baum auszusuchen, um daraus den Schläger zu schnitzen und die Krümmung zu biegen, war nur wenigen vorbehalten. Es gehörte viel Wissen und Kunstfertigkeit dazu."

Wapus lächelte sanft, als er eine leichte Bewegung mit der Hand machte. „Viele Dinge müssen wir neu lernen. Aber ich weiß, dass Roter-Luchs dabei zugesehen hat, wie die Schläger hergestellt werden. Er wird sich erinnern müssen."

Machwao schnaubte durch die Nase. „Er ist viel zu jung dazu."

„Du bist auch zu jung, unser Volk zu führen …", gab Wapus zu bedenken. „… und doch tust du es."

Machwao rollte die Augen, als er Wapus recht geben musste. Ja, er fühlte sich zu jung für diese Aufgabe, aber welche Alternative gab es denn? Die Alten waren gegangen. Nun mussten sie sehen, wie sie das alte Wissen zusammenkratzten oder Dinge einfach neu lernen.

„Wie viele Kanus haben wir noch? Reichen sie, das Volk nach Norden zu bringen?", erkundigte sich Wapus.

Machwao winkte nachlässig ab. „Genug! Wir müssen sie vielleicht flicken und wieder abdichten, aber sie reichen leicht, um alle unterzubringen."

„Das ist gut!", freute sich Wapus. „Dann sei es also entschieden. Wir gehen im Frühjahr … nach der Ernte des Ahornsaftes."

„Gut!"

„Entscheidest du auch, welcher Mann mit welcher Frau leben darf?", fragte Wapus mit einem unschuldigen Augenaufschlag. Machwao zog die Augenbrauen hoch. „Wenn ich muss!" Sein Lächeln wurde breiter. „Manche brauchen einen ziemlichen Schubs, ehe sie sehen, was offensichtlich ist."

„Und was ist gut für dich?"

Machwao senkte den Blick und dachte darüber nach. Er wusste, auf was sein Freund anspielte. „Shawano-Nuki ist gut für mich!", antwortete er ehrlich.

Wapus seufzte tief. „Das ist gut. Denn auch sie braucht dich. Sie muss viel vergessen und einen ganz neuen Weg für sich finden."

Machwao nickte stumm. Shawano-Nuki war für ihn manchmal ein Geheimnis, aber er genoss es, diese Geheimnisse zu lüften und sie näher kennenzulernen. Manche ihrer Fragen irritierten ihn, denn er hatte noch nie darüber nachgedacht, warum es manche Dinge gab oder nicht. Er hinterfragte sie nicht und so konnte er manchmal einfach keine Antwort geben. Manche Antworten durfte er auch nicht geben, weil die Zeit oder der Ort nicht richtig waren. Und manches musste sie auch nicht wissen. Er liebte diesen Blick von ihr, wenn sie ihn sprachlos anschaute, wenn er ihr eine Antwort nicht gab. Diese Mischung aus Staunen, Beleidigtsein, Unverständnis und Kichern. Er konnte sehen, dass sie ihm eigentlich eine scharfe Antwort geben wollte und es dann doch unterließ. Es zeugte von Liebe, Respekt und Geduld. Diese Eigenschaften gefielen ihm an ihr und es zeigte ihm, dass sie gern bei ihm war. Die Liebe würde wachsen und ein guter Boden für ihr gemeinsames Leben sein.

***

Die Sonne neigte sich bereits dem Horizont zu und er freute sich darauf, dass die Tage wieder länger werden würden. Der Schnee knirschte unter den Sohlen der Mokassins, als er sich seinem Wigwam näherte. Von drinnen kam das fröhliche Lallen des Babys und er wischte die schweren Gedanken beiseite. Es war gut, in der Nähe des Babys an schöne Dinge zu denken und seine Stimme nur sanft zu erheben. Das Kind war lebhaft und hatte gut

an Gewicht zugenommen. Auch das war ein gutes Zeichen, denn oft starben die Kinder im Winter. Dieses Mädchen mit den lockigen Haaren war stark und würde überleben. In ihr ruhten die kommenden Generationen, ebenso wie in Shawano-Nuki. Die nächsten Kinder von ihr wären wirklich vom Bärenclan! Auf ihr und den anderen Frauen lagen seine Hoffnungen. All sein Streben und all seine Gedanken waren nur den Frauen gewidmet, die das Überleben des Stammes sichern würden. Es war an der Zeit, diese Botschaft allen Völkern zu übermitteln. Frauen und Kinder waren heilig. Niemand durfte ihnen schaden oder sich an ihnen vergreifen. Auch nicht, wenn sie von einem anderen Volk stammten. Er wusste, dass Krieger wie Wakoh nur schwer davon zu überzeugen wären, aber er durfte sich nicht beirren lassen. Auch Wakoh hatte dazugelernt und zügelte sein Temperament.

Es war an der Zeit, den Kindern diese Botschaft zu überbringen und sie in diesem Sinne zu erziehen. Machwao würde sein Leben dafür einsetzen, diese Botschaft zu verbreiten. Wenn die Menominee es schafften, mit allen in Frieden zu leben, dann konnten es die anderen auch lernen. Der furchtbare Verlust an Menschen würde selbst die wildesten Krieger sanftmütig stimmen und offen für diese Worte machen. Was nützte denn der größte Mut, wenn es niemanden mehr gab, den man verteidigen konnte? Auch Manaqpudz war der Legende nach umhergereist und hatte den Dörfern sein Wissen gebracht. Nun würde er diese Aufgabe übernehmen. Machwao kannte auch die Legenden der Völker im Osten, die von einem ähnlichen Mann erzählten, der den Frieden gebracht hatte.

Gab es eine Wahrheit, die alle Stämme teilten? Wurde nur der Name manchmal verändert? Die Anishinabe erzählten ähnliche Geschichten von Nanaboso, ihrem Helden, doch die Ähnlichkeit des Namens sagte ihm, dass die Geschichten die gleiche Herkunft hatten. Warum hatten sie dann je Krieg gegeneinander geführt? Es war vorbei. Der Schrecken hatte völlig neue Ausmaße angenommen. Sie durften sich nicht schwächen, indem sie Kriege gegeneinander führten.

Machwao duckte sich, als er den Türvorhang beiseite schob und ins warme Innere des Wigwams schlüpfte.

Shawano-Nuki arbeitete an einem Korb, den sie aus geklopften Binsen flocht, während Wanähsen Nuki auf einem Fell lag und strampelte. Sie lutschte an einem Knochen und strahlte ihn an, als er sich über sie beugte. Behutsam nahm er das Baby hoch und setzte sich mit ihm an die Wärme des Feuers. „Na du?", fragte er leise. „Was machst du denn da?"

Er ließ sie auf seinen Knien wippen und schnalzte vergnügt mit der Zunge. „Hey, schau mal, wer da schon sitzen kann!" Es war eine maßlose Übertreibung, denn tatsächlich konnte das Baby gerade mal den Kopf halten, aber die Fäuste hielten schon kräftig fest, was es in die Finger bekam. Das Baby jauchzte vor Vergnügen, ließ den Knochen fallen und krallte sich stattdessen in seine Haare. „Autsch!", rief Machwao empört. „Wer reißt denn da an meinen Haaren? Du freches Mädchen!" Er lachte dabei, sodass Wanähsen Nuki noch lauter jauchzte. „Lässt du meine Haare los, du kleines Ding!", forderte Machwao mit sanfter Stimme. Vorsichtig löste er die Strähne aus den Fäusten und nahm das Baby dann vor sich auf den Schoß. „Hier, nage lieber an dem Knochen herum", murmelte er und gab dem Kind den Knochen in die kleinen Fäuste.

Shawano-Nuki lachte ebenfalls. „Sie möchte immer alles anfassen."

„Oh, da ist sie wie ich. Ich will auch immer alles anfassen!" Machwao grinste breit. Es amüsierte ihn, als Shawano-Nuki tatsächlich errötete. Sogleich machte er eine harmlose Bewegung mit der Hand in Richtung des Essens. Das Mädchen war viel zu jung für ein Baby gewesen und musste erst einmal erwachsen werden. Er hatte sich geschworen, sich solange in Geduld zu üben, bis sie wirklich zur Frau gereift und in die Hütte für menstruierende Frauen gezogen war. Er wusste, dass er vielleicht Jahre warten musste, auch um das Überleben des Babys zu gewährleisten, aber das machte ihm nichts aus. Eines Tages wäre sie bereit, ihn als Mann zu empfangen. Und dann wäre es voller Liebe und Leidenschaft, und ganz ohne Angst. „Ich habe Hunger!", meinte er harmlos.

Ihr Gesicht entspannte sich merklich und sie lächelte freundlich. „Oh, es gibt Maissuppe mit Fleisch. Magst du welche?"

„Gerne!", antwortete Machwao freundlich. Wieder schenkte er ihr ein warmes Lächeln, ohne jegliche Anzüglichkeiten. Er genoss es, wie sie ihm die Schale mit Suppe reichte. Es war nicht demütig, sondern anmutig und voller Dankbarkeit. Sie war bereits jetzt seine Ehefrau. Er hielt die Schale etwas von sich weg, da das Baby bereits danach greifen wollte. Umsichtig nahm Shawano-Nuki ihm das Baby ab, damit er in Ruhe essen konnte. Wanähsen Nuki drehte sogleich fordernd den Kopf in Richtung der Mutter und verlangte gestillt zu werden. Ihr forderndes Quengeln wurde erst still, als Shawano-Nuki ihren Umhang beiseite schob und das Baby an die Brust legte. Entspannt saugte das Kind und wickelte dabei eine Locke um seinen Finger. Das Saugen war alles, was zu hören war.

Machwao beobachtete, wie Shawano-Nuki sich auf das Kind konzentrierte, und lächelte erneut. Es war gut so, denn die Kinder standen schon immer im Mittelpunkt. Vorsichtig probierte er die nahrhafte Suppe und seufzte zufrieden. Er liebte es, wenn sie mit Zwiebeln und Kräutern abgeschmeckt war. Seine Frau hatte wirklich schnell gelernt, all die Kräuter und Früchte, aber auch das Gemüse zu nutzen, das es bei den Menominee gab. Seine Schwester und die anderen Frauen waren gute Lehrmeisterinnen.

***

Im Monat des Rindeschälens machten sich die Menominee schließlich auf den Weg flussaufwärts. Die Störe waren längst zurückgekehrt und hatten ihre Laichgründe aufgesucht. Der Fang war gut gewesen und die Menschen hatten sich an dem Fleisch sattgegessen. Längst war der Schnee geschmolzen und erste Knospen waren an den Bäumen und Büschen zu sehen. In den Zweigen wippten Singvögel und andere Zugvögel, und an die Seen und Flüsse waren Enten und Gänse zurückgekehrt. Shawano-Nuki hatte zum ersten Mal in ihrem Leben den süßen Saft geerntet und Machwao hatte laut lachen müssen, als ihre Augen rund vor Begeisterung wurden. Die Frauen sammelten den Saft in Tongefäßen und süßten im Grunde jede Mahlzeit mit Ahorn-

sirup. Nach dem langen Winter gab er Energie und Kraft. Ehe sie aufbrachen, brachten sie die Gärten in Ordnung, indem sie abgebrochene Zweige und Äste entfernten, die der Sturm von den nahestehenden Bäumen gedroschen hatte. Außerdem erschlossen sie einen weiteren Acker, indem die Bäume, die durch das Gürteln abgestorben waren, gefällt und verbrannt wurden. Die Asche, aber auch die verwelkten Blätter wurden als Dünger auf die Beete aufgetragen. Mit Hacken aus einem langen Ast, verstärkt durch einen Stein als Spitze, wurden der Boden gelockert und Erdklumpen zerhackt. Auf diese Weise entstanden mitten im Wald fruchtbare kleine Gärten, in denen Mais und Kürbis gediehen. Wapus hatte angeordnet, dass die Saat noch vor der Reise ausgebracht wird. Die Geister hatten ihm gesagt, dass kein Frost mehr kommen würde. Die Menschen vertrauten seinem Urteil und so waren die wertvollen Samen aus den Tontöpfen geholt und ausgesät worden. Zuvor hatte man im Tanzkreis für eine gute Ernte gebetet. Geduldig wurden die Samen von Bohnen, Mais und Kürbis nebeneinander in den Boden gesteckt, damit die drei „Schwestern" sich gegenseitig im Wachsen unterstützen konnten. Auch Shawano-Nuki hatte ihren Beutel mit Maiskörnern ausgesät und die Menschen waren neugierig, was daraus wachsen würde.

Machwao hatte sein Volk auf die Kanus verteilt und dafür gesorgt, dass je ein Kanu von zwei Männern gesteuert wurde, während Frauen und Kinder in der Mitte der Kanus Platz fanden. Sie führten nur das Nötigste und einige Lebensmittel mit, da sie in einigen Tagen zurückkehren würden. Das Wasser stand noch hoch, als sie an einem Morgen nach Norden aufbrachen. Das Ufer glitt an ihnen vorbei, unberührt und ruhig. Den ganzen Winter hatte Machwao gehofft, dass vielleicht noch andere Menominee überlebt hatten, doch seine Hoffnungen hatten sich bisher nicht erfüllt. Vielleicht waren die anderen Dörfer auch nur zu weit entfernt? Je weiter sie nach Norden steuerten, umso enttäuschter wurde er. An den Ufern zu beiden Seiten des Flusses rührte sich nichts. Aber das hatte er irgendwie schon geahnt, denn der Fluss war schon länger eisfrei und dennoch war bisher kein einziges Kanu auf ihm gesichtet worden.

Nach Tagen erreichten sie schließlich die Gegend der großen Inseln und den Ort, an dem vor langer Zeit die Vorfahren gelebt hatten. Eine alte Legende erzählte von einem Mädchen, das von einem Geist hierher entführt worden war. Sie hatte wunderschöne Haare gehabt, die sie gern gekämmt hatte, und der Geist hatte ihr erlaubt, sich den Eltern zu zeigen, wenn sie hierher kamen, um zu jagen und Früchte zu ernten. Sie zeigte sich den Eltern in ihren Träumen und erzählte ihnen, wie schön es hier wäre, und dass der Fisch und das Wild hier unerschöpflich seien. Die Eltern waren dem Ruf gefolgt und die Menominee hatten hier eine lange Zeit gesiedelt. Auch jetzt war es üblich, hier zu halten und ein Tabakopfer für die Geister zu geben.

Als die Kanus ans Ufer stießen, stiegen alle – ergriffen von der Heiligkeit dieses Platzes – aus. Obwohl die Vorfahren diesen Platz schon vor langer Zeit verlassen hatten, waren immer noch die Tanzkreise zu erkennen. Zwischen den Bäumen waren überwucherte Beete und Begräbnishügel zu finden. Niemand wagte vom Ufer wegzugehen, bis Wapus feierlich Tabak streute, um die Geister der Ahnen zu besänftigen. Erst dann wagten sich die Menschen ins Landesinnere, um ein Lager aufzuschlagen. Sie mieden dabei die alten Stätten und suchten sich Plätze unter den hohen Ahornbäumen. Ihre Stimmen waren gedämpft, denn niemand wollte die Geister stören oder gar wecken. Selbst die Kinder spürten, dass hier etwas Heiliges vonstatten ging und schauten den Erwachsenen mit großen Augen zu. Opfergaben wurden in die alten Tanzkreise gelegt und die Geister um Schutz gebeten.

***

Machwao begleitete Wapus die nächsten Tage zur Visionssuche. Sie suchten dabei die Orte auf, an denen früher die Ahnen gelebt hatten. Machwao setzte sich in die Nähe des Flusses und fiel in eine Art Trance, als er leise seine Gebete sang. Auch er suchte Antworten auf seine Fragen: Wo waren seine Mutter und all seine Verwandten hingegangen? Welchen Sinn machte es, so viele seines Volkes sterben zu lassen? Würde er hier Antworten finden? Oder wenigstens einen Hinweis, wohin er in Zukunft ge-

hen sollte? In der Luft lag der Duft des Frühlings, aber er nahm dies nicht mehr wahr. Knospen öffneten sich, Enten gründelten nach Futter, Insekten schwirrten in der Luft, aber er hockte mit geschlossenen Augen auf einem Felsen über dem Wasser und suchte das Gespräch mit den Geistern. Er bemerkte nicht, wie die Sonne unterging, denn er hatte vergessen, dass es so etwas wie Tag oder Nacht gab. Er flehte um Erleuchtung, um Erklärung, um Rat, aber die Geister schwiegen. Träumend saß er am Fluss, während er um Antworten flehte. Tage und Nächte vergingen, aber er verlor jedes Gefühl für die Zeit. Manchmal schaute Wakoh bei ihm vorbei, jedoch ohne ihn in seinen Träumen zu stören. Auch Awässeh-neskas kam bei ihm und Wapus vorbei, doch auch er kehrte kopfschüttelnd ins Lager zurück, um den anderen mitzuteilen, dass die beiden Anführer in ihre Träume versunken seien. Die Menschen nahmen es als etwas Heiliges hin, als eine Erneuerung allen Lebens.

An irgendeiner Morgendämmerung öffnete Machwao die Augen und sah die Himmelsfrauen, wie sie ihr Würfelspiel spielten. Doch auch sie schwiegen und starten ihn nur mit ihren grellen Augen an. Sein Körper wurde schwächer und so schloss er die Augen wieder. In seinen Träumen sah er all die Menschen, die von ihm gegangen waren: Nepewin Nuki, seine Mutter, Omanepi Nuki, seine Tante, Maciskaw Apähsos, seinen Onkel, und das kleine Mädchen Lachendes-Wasser … Sie starrten ihn mit dunklen Augen vorwurfsvoll an und mahnten ihn, das Volk gut zu schützen. „Was habe ich falsch gemacht?", schrie er in seiner Not. „Sagt es mir!"

Es war Lachendes-Wasser, die schließlich zu ihm kam und zutraulich seine Hand nahm. „Du hast nichts falsch gemacht. Aber es ist nun an dir, dich um unser Volk zu kümmern."

„Geht es dir gut?", fragte Machwao benommen. Der Verlust dieses kleinen Mädchens schmerzte so sehr, dass es ihm den Atem nahm. „Aber ja!", antwortete das Kind. „Ich bin doch nun bei den Ahnen. Aber eines Tages möchte ich zurück und wieder spielen. Dann komme ich zu dir."

Machwao nickte. „Das wäre so schön. Ich würde mich wirklich freuen."

Das Kind lachte mit heller Stimme. „Du wirst ganz viele Mädchen bekommen, sagt mein Großvater."

Machwao zog die Augenbrauen hoch. „Du redest von meinem Vater?"

Das Kind nickte heftig. „Ja, deinem Vater."

„Und wieso bekomme ich ganz viele Mädchen?", wunderte sich Machwao.

„Das weiß ich nicht!" Das Kind wurde schemenhafter und Machwao hatte Angst, dass es verschwand.

„Werde ich denn keine Söhne haben?", fragte er schnell.

Das Mädchen winkte beruhigend. „Doch, doch! Ich glaube, dass Großvater nur einen Scherz gemacht hat. Aber jetzt musst du zurück. Die Geister sagen, dass du zu schwach wirst. Du musst aufwachen!"

„Aber wenn ich aufwache, kann ich dich nicht mehr hören. Sage mir, was ich tun soll! Unser Volk ist nur noch so klein. Warum haben die Geister uns nicht beschützt?"

Das Mädchen runzelte die Stirn. „Die Geister haben uns doch beschützt! Sieh nur, wie glücklich ich hier bin. Das Volk lebt und eines Tages werden wir wieder groß und stark sein. Mach dir keine Sorgen! Geh zurück und baue das Dorf wieder auf. Es wird genügend Wild und Fisch geben und die Ernte wird gut sein."

Machwao griff nach der schemenhaften Gestalt, die sich langsam in Luft auflöste. „Bleib!", rief er verzweifelt. „Ich habe noch Fragen!"

„Ich komme doch zurück!" Das Kind lachte, ehe es gänzlich verschwand.

„Lachendes-Wasser!" Es war ein Schrei, der nicht enden wollte. Das Echo kehrte über das Wasser zurück und riss ihn aus seinen Träumen. Es war so mühsam, die Augen aufzuschlagen, aber immer noch hörte er das Drängen des Kindes. „Wach auf!"

Er wollte nicht aufwachen. Er wollte diese Verantwortung nicht. Wie sollte er weiterleben? Warum hatten die Geister nicht das ganze Volk zu sich gerufen? Warum überließen sie die Bürde des Überlebens so wenigen Menschen? Die Antworten, die er bekommen hatte, waren ihm nicht genug. „Kommt zurück!", schrie er seine Hilflosigkeit hinaus. Was sollte das bedeuten, dass

Lachendes-Wasser zurückkommen würde? Er schlug sich die Hände vor das Gesicht und atmete tief ein, um die Verzweiflung zu vertreiben. Er fühlte die Schwäche seines Körpers und überlegte, wie lange er hier schon gesessen hatte. Tage? Nächte? Sein Magen knurrte, aber am schlimmsten war der Durst. War er im Jenseits gewesen und hatte die Zeit vergessen? Und warum hatten ihn die Geister zurückgeschickt? Warum hatte er seine Mutter nicht sehen dürfen – oder seinen Vater?

Er beugte sich zum Wasser hinunter und nahm einige tiefe Schlucke. Sie vertrieben den Nebel seiner Gedanken und gaben ihm wieder die Klarheit, die er so dringend benötigte. Würden sie wiederkehren? Und warum schickten die Geister ein kleines Mädchen, um mit ihm zu reden? Noch nie hatte er nach einer Visionssuche so viele Fragen! Mit der Hand spritzte er sich kaltes Wasser ins Gesicht und blickte dann wieder über den Fluss, der friedlich an ihm vorüberfloss. Er versuchte abzuschätzen, welche Tageszeit gerade war, und kniff die Augen zusammen, um den Stand der Sonne zu überprüfen. In der Ferne hörte er Kinder kreischen und er schmunzelte. Die Geister hatten in ihrer Weisheit ein Kind geschickt, weil sie wussten, dass ein Kind am ehesten sein Herz erreichen würde. Sein Schmunzeln wurde zu einem dankbaren Lächeln, als er die Botschaft der Geister verstand. Ja, die Menschen würden wiederkommen. Sie würden wiedergeboren werden und das Volk würde wieder stark werden. Er kannte nun seine Aufgabe: Er würde das Volk beschützen und durch diese schweren Zeiten führen, damit die Ahnen wiederkehren konnten. Hier, an dieser Stelle würde ihr Volk wiedergeboren werden!

Maisblüte saß vor Machwao im Kanu, als dieser den Fluss stromabwärts paddelte. Auf ihrem Schoß hielt sie Wanähsen Nuki, die fröhlich vor sich hin brabbelte. Machwao hatte sich zwei Tage lang von seinen Träumen erholen müssen und bis jetzt hatte er kein Wort mit ihr darüber verloren. Aber er schien Klarheit gefunden zu haben. Er war ausgeglichen und traf besonnen seine Entscheidungen. Niemand zweifelte die Führungsposition an, die Machwao für sich beanspruchte. Er war vom Bärenclan und

somit war er der Sprecher des Volkes. Manchmal fürchtete sich Maisblüte schon vor der Rolle, die dann von ihr erwartet wurde. Sie war keine Gefangene mehr, sondern die Frau eines geachteten Kriegers und Anführers. Sie hielt sich an Kämenaw Nuki und Wasserlilie, die ihr gute Ratschläge gaben. Aber wenn sie erst ins Dorf zurückgekehrt waren, würde vieles anders werden. Kämenaw Nuki und Wakoh würden ihren eigenen Wigwam beziehen und somit würde eine wertvolle Hilfe wegfallen. Maisblüte sah dies mit Sorge, denn Kämenaw Nuki war ihr eine gute Freundin geworden. Sie sagte nichts, denn sie wusste, dass die Frauen ohnehin bei vielen Dingen zusammenarbeiteten oder sich an den Kochstellen trafen, aber irgendwie würde es seltsam sein, wenn Kämenaw Nuki nicht mehr bei ihnen wohnte.

Auch Nanih Waiya ließ sich nur noch selten blicken. Er war ein richtiger Junge, der mit den anderen Jungen herumtobte und Awässeh-neskas zur Jagd begleitete. Er hatte in Awässeh-neskas einen neuen Vater und in Sonne-am-Morgen eine neue Mutter gefunden. Manchmal hatte Maisblüte den Eindruck, dass er sein altes Leben einfach vergessen wollte – und alles, was damit zu tun hatte. Selbst wenn er seine Schwester besuchte, sprach er in der neuen Sprache mit ihr und vermied die Sprache der Chatah. Er sagte nichts, wenn Maisblüte in der alten Sprache antwortete, aber sie spürte, dass es ihm unangenehm war. Vielleicht wollte er ja auch nur so wie die anderen sprechen? Selbst der Illiniwek-Junge sprach inzwischen fließend Menominee und niemand kam mehr auf die Idee, dass er je einem anderen Volk angehört hatte. Er war nun Wahkayoh, der Sohn von Awässeh-neskas.

Sprudelnde-Quelle drehte sich zu ihr um und sagte etwas zu ihr. Das Mädchen gehörte jetzt zu ihrem Haushalt und Maisblüte hatte Freude an dem Kind gefunden. Jetzt, wo Kämenaw Nuki ausziehen würde, wäre sie eine wertvolle Hilfe. Sie war wie eine ältere Schwester für das Baby und hütete es oft, wenn Maisblüte mit Kochen oder Nähen beschäftigt war. Maisblüte runzelte die Stirn und hatte einen fragenden Ausdruck im Gesicht. „Wie bitte?" Sie war so in Gedanken versunken gewesen, dass sie die Worte des Mädchens überhört hatte.

„Wann erreichen wir unser Dorf?" Die Stimme von Sprudelnde-Quelle klang etwas vorwurfsvoll.

Maisblüte musterte das Ufer, das von Bäumen gesäumt wurde, die bis ans Wasser reichten. Die Blätter zeigten bereits ein helles Grün und es wurde merklich wärmer. Bald würde es die ersten Waldbeeren geben. Die Erntezeiten waren hier später als bei den Chatah. Sie freute sich darauf, dass es endlich wärmer wurde, obwohl sie sich im Laufe des Winters ganz gut angepasst hatte. Noch war sie jung genug, um sich an das harte Leben im Norden zu gewöhnen, und ihre Tochter würde nichts anderes kennen.

„Wir sind bald da!", antwortete sie mit einem Lächeln. „Hast du etwa Hunger?"

Das Kind nickte heftig. „Wir paddeln schon den ganzen Tag!" Deutlich war der Vorwurf zu hören.

Maisblüte beugte sich vorsichtig nach vorne und kramte in den Bündeln. Das Baby machte eine plötzliche Bewegung und das Kanu schlingerte leicht hin und her. Machwao korrigierte die Bewegung mit seinem Paddel und lachte leise. „Hey, willst du uns ertränken? Sitz still!"

Maisblüte richtete sich etwas auf und lachte ebenfalls. „Ich nicht, aber unsere Tochter will anscheinend ein Bad!"

Machwao hielt im Paddeln inne und grinste breit. „Ich habe auch Hunger! Gib mir etwas Fleisch."

Maisblüte holte einige Fleischstreifen aus dem Beutel und reichte sie Sprudelnde-Quelle und Machwao. Dann biss auch sie hungrig hinein und kaute an dem trockenen Fleisch. Ihre Tochter bettelte ebenfalls und so stopfte Maisblüte ihr etwas weichgekochtes Fleisch in den Mund.

Sprudelnde-Quelle verlagerte ihr Gewicht und drehte sich zu den Erwachsenen um. „Bin ich nun eure Tochter?", fragte sie leise. Ihr Blick verriet gleichzeitig Angst und Hoffnung. Sie wusste längst, dass ihre Eltern nicht wiederkehren würden. Sie wollte wissen, wohin sie gehörte. Maisblüte verstand den Wunsch des Kindes, aber sie wollte Machwao nicht vorgreifen. Immerhin war es seine Entscheidung. Sie blickte auf den Boden des Kanus, als sie seine Entscheidung abwartete. Wieder hörte sie sein leises Lachen und es füllte ihr Herz, denn es war sanft und voller Lie-

be. „Aber sicher bist du unsere Tochter!", erklärte er bestimmt. „Weißt du, die Geister haben mir gesagt, dass ich ganz viele Mädchen bekommen werde! Und nun habe ich schon zwei!" Wieder ertönte dieses tiefe, entspannte Lachen.

„Wirklich?", wunderte sich Sprudelnde-Quelle. „Bekomme ich denn noch mehr Schwestern?"

„Ganz viele!", versicherte Machwao. „Du wirst sehen!"

„Ja, aber willst du denn keine Söhne?"

„Vielleicht! Aber die bekomme ich ja auch, wenn meine Töchter einst heiraten! Man muss das Geschenk der Geister annehmen, so wie es kommt."

„Und die Geister haben mich dir geschenkt?", erkundigte sich das Mädchen.

„Ja! Du bist meine Tochter, so wie die Geister es bestimmt haben."

„Aber warum haben sie mir meine Eltern genommen?" Die Stimme des Kindes war heiser vor Trauer. Ihre dunklen Augen wirkten riesig in dem schmalen Gesicht, das immer noch leicht von den Narben der Krankheit gezeichnet war.

„Ich weiß es nicht. Sie sagten mir nur, dass alle wiederkehren würden. Vielleicht erkennst du deine Eltern in den Neugeborenen wieder? Deshalb müssen wir besonders behutsam mit den Babys umgehen. Du kannst nie wissen, ob es nicht eine Wiedergeburt ist."

Sprudelnde-Quelle nickte getröstet. „Ich werde gut aufpassen!", versprach sie. „Vielleicht finde ich ja meine Mutter wieder. Aber ist es nicht komisch, wenn ich ihr dann die Windeln wechsle?" Sie kicherte bei dem Gedanken.

Auch Machwao lachte und runzelte dann nachdenklich die Stirn. „Weißt du, das Leben ist ein Kreislauf. Wir werden geboren und jemand muss sich um uns kümmern. Wir werden älter und ziehen unsere Kinder groß; und eines Tages sind wir so alt, dass sich wieder jemand um uns kümmern muss. Warum also nicht eine Wiedergeburt? Alles geschieht in Kreisen und Zyklen. Geburt, Leben, Tod und Wiedergeburt. Ich weiß nur, was die Ahnen mir in meinen Träumen gesagt haben. Vielleicht solltest du ebenfalls fasten und hören, was die Geister dir zu sagen haben?"

Sprudelnde-Quelle nickte eifrig. „Das mache ich!" Sie drehte sich wieder um und das Kanu wackelte erneut heftig hin und her. Dieses Mal musste sich Maisblüte am Rand festhalten und mit ihrem Gewicht dagegen lehnen, damit es nicht kenterte. Machwao balancierte das Kanu ebenfalls aus und lachte laut. „Ich glaube, ihr wollt alle noch im Fluss baden. Aber wartet bitte, bis ich das Kanu ausgeladen habe!"
Er nahm wieder Fahrt auf und näherte sich dem Kanu von Wakoh, der kurz vor ihm lag. Mit einigen Paddelschlägen trieb er das Kanu neben Wakoh und deutetet dann an das Ufer. „Lass uns kurz rasten. Die Kinder müssen sich bewegen."

***

Wakoh nickte und änderte bereits die Richtung, während Machwao sich leicht umdrehte und den anderen Kanus das Signal gab, ebenfalls an Land zu gehen. Sie ließen die Kanus in den weichen Sand rutschen und sprangen an Land. Wakoh sicherte sofort die nähere Umgebung und gab dann das Zeichen, dass alles in Ordnung sei. Nach und nach folgten die anderen Kanus und die Menschen bevölkerten das Ufer. Sie blieben meist in der warmen Sonne und genossen das schöne Wetter. Die Kinder sprangen umher, erfreut darüber, ihre Beine ausstrecken zu können. Sprudelnde-Quelle hatte sich dem Mädchen der Anishinabe angeschlossen und war zwischen den Bäumen verschwunden.

Maisblüte machte sich keine Sorgen, denn sie hatte gesehen, dass Wakoh in Begleitung von Roter-Luchs bereits die Umgebung sicherte. Sie hatten schon so lange keine Menschen mehr gesehen, dass es höchst unwahrscheinlich war, dass jetzt hier, mitten im Gebiet der Menominee, welche auftauchten. Trotzdem blieben die Männer wachsam, sodass Maisblüte sich gemütlich unter einen Baum setzte, um das Baby zu stillen. Machwao legte sich neben sie und entspannte seinen Rücken. Blinzelnd sah er zu ihr auf und grinste, als er beobachtete, wie das Baby gierig saugte. „Für so ein kleines Baby hat sie ganz schön Hunger! Sieh nur, wie dick ihre Backen sind."

Maisblüte lächelte. „Das ist doch gut. Der Winter war kalt und doch ist sie gut gediehen."

„Ob diese Locken eines Büffels wohl bleiben?"

Maisblüte strich ihrer Tochter durch die Haare. „Bestimmt!"

„Auch wenn die Haare lang sind?"

„Warum fragst du?", wunderte sich Maisblüte.

Machwao streckte sich gähnend. „Nur so. Diese Locken sehen doch sehr hübsch aus. Bei ihr werden einmal viele junge Männer vor dem Wigwam stehen und um sie werben."

„Ach!" Maisblütes Stimme wurde ein wenig spitz. „Vielleicht sollte ich mir auch solche Locken drehen?"

Machwao runzelte die Stirn. „Wozu? Um dich braucht keiner mehr zu werben."

„Na ja … vielleicht gefalle ich dir dann ja besser?" Maisblütes Stimme zitterte ein wenig.

„So ein Unsinn!", wehrte Machwao ab. „Du gefällst mir so, wie du bist!"

Maisblüte kicherte erfreut und wandte sich wieder ihrer Tochter zu. Sie sang ein kleines Liedchen und stellte überrascht fest, dass es ein Wiegelied der Menominee war, das Kämenaw Nuki sie gelehrt hatte. Aber es war gut so: Sie war nun nicht mehr Maisblüte, sondern Shawano-Nuki, die Frau, die aus dem Süden kam! Hier war nun ihr Platz und hier war nun ihr Volk. Natürlich würde sie ihren Kindern auch die Legenden ihres Volkes erzählen, aber nachdem Geschichten ohnehin weit verbreitet waren, würden ihre Kinder als Menominee aufwachsen. Ihre Kinder würden wissen, wohin sie gehörten!

Nach einer kurzen Rast ging es weiter, denn sie wollten vor der Dämmerung das Dorf erreichen. Sprudelnde-Quelle erzählte von all den Neuigkeiten, die sie in der kurzen Zeit von ihrer Freundin erfahren hatte. „Stellt euch vor, meine Freundin Rote-Blüte bekommt auch einen neuen Vater!"

Maisblüte, die nun Shawano-Nuki hieß, kicherte erheitert. „So? Wen denn?"

„Roter-Luchs! Er ist jetzt der Mann von Heller-Stern! Sie wollen zusammen in einen Wigwam ziehen und dann hat Rote-Blüte ei-

nen neuen Vater. Sie spricht auch schon gut unsere Sprache. Jetzt ist es viel leichter mit ihr zu spielen."

Machwao lachte dunkel. „So anders ist die Sprache der Anishinabe nicht."

„Wenn ihr euch so ähnlich seid, warum habt ihr euch dann je bekämpft?", wunderte sich Shawano-Nuki.

Machwao zuckte mit den Schultern. „Es ist halt einfach so. Aber von nun an werde ich den Frieden mit allen Völkern suchen. Vielleicht wollten die Geister genau das! Wer weiß das schon?"

Shawano-Nuki nickte erleichtert. „Das ist gut. Ich habe die Gefahr gesehen, die uns allen droht, wenn diese Käfermenschen zurückkehren. Sie vernichten selbst große Völker und mächtige Herrscher. Sie haben Tuscalusa vernichtet, ebenso wie die mächtigen Völker der Chickasa und Illiniwek. Nur gemeinsam können wir die Fremden besiegen. Wir sollten alle Völker hier warnen und uns mit ihnen verbünden!"

„Du sprichst weise, denn du hast die Gefahr gesehen und erlebt." Gutmütig wandte er sich an das Kind: „Ich bin froh, dass du Rote-Blüte eine gute Freundin bist, denn sie gehört nun zu unserem Volk, ebenso wie ihre Mutter. Vielleicht finden wir noch mehr Überlebende, und dann wünsche ich mir, dass du sie genauso freundlich empfängst."

Sprudelnde-Quelle nickte eifrig. „Das mache ich, Vater!" Es war das erste Mal, dass sie Machwao mit „Vater" anredete, aber es war auch vielleicht das erste Mal, dass Machwao einen solchen Wunsch an seine Tochter richtete.

***

Gegen Abend erreichten sie schließlich das Dorf. Still und verlassen lag es im Licht der untergehenden Sonne. Einzig einige Hunde kamen bellend angelaufen und wedelten freudig, als ihre Gebieter wieder heimkehrten. Geschäftig entluden die Menschen die Kanus und verstauten die Bündel in ihren Wigwams. Kurze Zeit später leuchteten Kochfeuer in der Dämmerung und Rauch stieg aus den Öffnungen der Wigwams. Nanih Waiya rannte bereits mit seinen Freunden durch das Dorf und die Gärten und

vertrieb mit gezielten Steinwürfen die Krähen von der Saat. Die Mädchen knieten am Ufer und schöpften frisches Wasser; und einige Frauen waren aufgebrochen, um Feuerholz zu sammeln.

Wakoh und Roter-Luchs waren losgezogen, um sicherzustellen, dass sich niemand dem Dorf näherte, und Habicht-am-Boden inspizierte die Kanus, um festzustellen, welche ausgebessert werden mussten. In den nächsten Tagen wollte er den Bau von zwei neuen Wigwams beaufsichtigen, in die die neuen Familien ziehen sollten. Nach dem harten Winter und der langen Trauerzeit schien das Leben weiterzugehen.

Wapus ließ verkünden, dass es am nächsten Tag einen Tanz für die Vögel geben würde, und wies die Frauen an, hierfür ein Festessen auszurichten. Außerdem verkündete er, dass es im Wigwam von Witcawa und Wasserlilie wohl bald neues Leben geben würde. Die gute Nachricht gab allen Hoffnung, denn es zeigte, dass das Volk wachsen würde. Wohlwollend strichen die Frauen über den Bauch der werdenden Mutter und gaben ihr gute Ratschläge, was sie alles während der Schwangerschaft nicht essen durfte. Es waren Dinge, die Shawano-Nuki immer noch ins Staunen versetzten. Aber auch die Chatah hatten viele Tabus und so nahm sie diese Dinge einfach hin. Jedenfalls erschien es ihr ebenfalls sinnvoll, dass eine werdende Mutter kein rohes Fleisch verzehren sollte. Sie lauschte aufmerksam und merkte sich all diese Dinge, falls sie je wieder ein Kind in ihrem Leib tragen würde. Noch machte Machwao keine Anstalten, das zu tun, was ein Mann mit seiner Ehefrau machte, und sie war ihm dankbar dafür. Sie wusste, dass er Rücksicht auf das Kind nahm, aber insgeheim fürchtete sie sich auch ein bisschen davor, was er eines Tages fordern würde. Machwao würde sanft sein. Das wusste sie. Aber sie wusste nicht, was wahre Zärtlichkeit und Liebe war und wie sich das anfühlte. Sie kannte nur das Gefühl der Liebe und Geborgenheit von ihren Eltern, aber nicht, was ein Mann ihr geben konnte. Sie lächelte still in sich hinein, denn sie wusste, dass Machwao ihr niemals Gewalt antun würde. Bei ihm fühlte sie sich sicher und geborgen, genau so, wie es bei ihren Eltern gewesen war. Ihn wählte sie zu ihrem Gefährten und sie würde nun die Initiative

ergreifen! Sie war keine Sklavin, sondern bestimmte ihr Schicksal selbst. Voller Mut und Vertrauen. Es war für sie wie eine Befreiung, als sie sich von den Schatten der Vergangenheit löste. Ihr Herz schlug höher als sie ihn eines abends einfach ansprach. „Machwao?" Ihre Stimme zitterte leicht.

Er sah auf und unterbrach die Arbeit, die er gerade machte. „Ja?" Maisblüte senkte die Stimme, um die Kinder nicht zu wecken. „Ich wähle dich nun zu meinem Mann!" Ein ganz klein wenig fürchtete sie seine Reaktion, sodass sie ihn nun aufgeregt in die Augen sah. Würde er sich freuen, oder sich zieren oder gar abwehrend zeigen? Schließlich war es ungewöhnlich für eine Frau, so forsch zu reden. Seine Augen wurden rund vor Überraschung, aber irgendwo ganz hinten blitzte der Schalk in ihnen auf. „So, so!", murmelte er mit einem Glucksen.

Sie konnte sehen, wie er tief Luft holte und ihr einen Blick tiefster Liebe schenkte. Auch er war wohl unsicher gewesen, ob sie endlich bereit für ihn wäre. Sein Gesicht zeigte Erleichterung, Freude, Liebe und ein kleines bisschen Angst. Ruhig legte er seine Arbeit zur Seite und rutschte näher zu ihr hin. Sein Atem kitzelte sie am Hals und sie erschauerte. Dann saß er vor ihr und nahm ihre Hand in die seine. „Und ich habe dich gewählt!", sagte er mit fester Stimme. „Meine Shawano-Nuki!" Ihre Gesichter berührten sich und sie schliefen eng umschlungen ein. Es kam, wie Shawano-Nuki es erwartet hatte. Er ließ ihr viel Zeit und berührte sie so sanft, dass sie die Vereinigung schließlich herbeisehnte. Nach all der Zeit waren sie endlich Mann und Frau.

Awässeh Pameh

Fünf Winter später

Shawano-Nuki saß am Ufer des Menominee-Flusses und beobachtete die Kinder beim Baden. Sie hatte eine Stelle gewählt, an der der Fluss eine kleine Bucht bildete und das Wasser im Sommer bis in den Herbst hinein schön warm wurde. Vor ihr spielte ihr kleiner Sohn im Sand und patschte mit seinen Händen im Schlamm. Er krähte jedes Mal vergnügt, wenn das Wasser hochspritzte. Sein nackter Körper war bereits mit einer grauen Schicht bedeckt und auch die Mutter hatte einige Spritzer abbekommen. Er konnte gerade krabbeln und nutzte die neu gewonnene Freiheit aus, um die Welt für sich zu erkunden. Mit Schlamm werfen war gerade seine Lieblingsbeschäftigung. Shawano-Nuki kümmerte das nicht, denn sie hatte nur einen kurzen Schurz an und war ansonsten ebenfalls nackt. Die Mädchen kreischten im Wasser, gut beaufsichtigt von der ältesten Tochter Sprudelnde-Quelle. Wanähsen Nuki zählte inzwischen fünf Winter und sie hatte noch eine Schwester, die drei Winter zählte. Sie wurde Lachendes-Wasser genannt. Der Name schien besonders wichtig gewesen zu sein, denn Wapus hatte ihn mit Bedacht gewählt. Machwao waren die Tränen in den Augen gestanden, als der Medizinmann ihn verkündet hatte. Der kleine Sohn hatte ebenfalls einen eindrucksvollen Namen: Wapus hatte in ihm die Stärke eines Bären gesehen und ihm den Namen Awässeh-Pameh, Bärenfett, gegeben. Alle nannten ihn aber nur „der Kleine". Der wahre Name war heilig und sollte nur zu wichtigen Ereignissen ausgesprochen werden.

Manchmal in diesen ruhigen Momenten wünschte sich Shawano-Nuki, dass ihre Eltern dieses Glück sehen könnten. Große-Schlange hatte immer einen guten Ehemann für seine Tochter auswählen wollen, und sie wünschte, dass er sehen könnte, wie gut Machwao zu ihr war. Ihre Augen füllten sich mit Tränen vor Sehnsucht. Wie sehr hätten sich ihre Eltern über die vielen Enkelkinder gefreut! In diesen Momenten war sie wieder Maisblüte

vom Volk der Chatah, auch wenn sie sonst nun zu diesem Volk gehörte und dessen Sprache sprach. Aber wie sehr wäre ihr die Mutter jetzt eine Hilfe. Sie vermisste den Rat der Ältesten, die Geschichten und die Geduld. Im Dorf gab es sie nicht mehr. Keinen einzigen. Es waren mit der Zeit mehr Überlebende zurückgekommen, meist aus anderen Dörfern, aber es hatten kaum Ältere oder Kinder überlebt. Ihr Dorf wuchs und Kinder waren geboren worden, sodass das Volk überleben würde. Trotzdem fehlte die Weisheit der Ältesten oder das Wissen der alten Frauen und Medizinleute. Eine Frau war bereits bei einer schweren Geburt gestorben. Ein Tod, den man hätte verhindern können, wenn eine Frau mit mehr Erfahrung sie unterstützt hätte. Shawano-Nuki machte niemandem einen Vorwurf, denn die Zeiten waren einfach so. Jeder Ankömmling aus einem anderen Dorf wurde willkommen geheißen, denn er brachte Wissen mit, das sonst unwiederbringlich verloren wäre. Selbst einige Anishinabe und Ho-Chunk hatten sich ihnen angeschlossen. Machwao sprach von dem „großen Frieden", der unter den Völkern herrschte. Ehen waren geschlossen worden, auch zwischen den Völkern, und alle erfreuten sich an den vielen Kindern, die zwischen den Wigwams herumtollten. Ihr Spiel und ihr Lachen brachte Leben ins Dorf und ließ so manch düsteren Gedanken verschwinden. Aber es gab auch Rückschläge, denn im letzten Winter waren zwei Kinder gestorben. Die Winter hier waren lang und forderten ihre Opfer. Ein Baby, das gestorben war, war die kleine Tochter von Kämenaw Nuki und Wakoh gewesen. Die Trauer um dieses kleine Wesen war erschütternd gewesen. Wakoh hatte sich tiefe Schnitte zugefügt und tagelang geweint, während Kämenaw Nuki sich völlig in sich zurückgezogen hatte. Wapus hatte Heilungszeremonien mit ihnen gemacht und versucht, so gut es ging zu helfen. Inzwischen hatte Kämenaw Nuki einem weiterem Kind das Leben geschenkt. Es war ein kleiner Junge namens Stehender-Habicht, der etwas älter als Awässeh-Pameh war. Wakoh kümmerte sich voller Liebe um den kleinen Jungen, auch, weil er Angst hatte, dass vielleicht auch dieses Kind zu den Geistern ging.
Shawano-Nuki blinzelte, als sie an ihre Schwägerin dachte. Kämenaw Nuki war ihre beste Freundin und in dem schrecklichen

Winter dem Baby nicht helfen zu können, hatte auch sie hart getroffen. Doch Stehender-Habicht war kräftig und entwickelte sich prächtig. Sie freute sich schon darauf, wenn die beiden Jungen die Welt für sich entdecken würden. Sie wusste, dass die beiden genauso gute Freunde sein würden wie Machwao und Wakoh. Die Zukunft lag bei all den vielen Kindern, die geboren wurden und das Dorf mit Leben erfüllten. Jetzt hieß es nur, sie auch alle satt zu bekommen! Sie kicherte, als sie an den schier unstillbaren Hunger der Männer dachte. Shawano-Nuki achtete sehr darauf, dass ihre Felder gut bestellt waren. Ihr mitgebrachter Mais hatte im ersten Jahr gut getragen und so hatte sie das meiste als Saatgut für das nächste Jahr aufbewahrt, weil er höher und kräftiger war als der hiesige Mais. Mit dieser Ernte brachte sie alle gut durch den Winter.

Viele Sitten und Bräuche waren wieder eingeführt worden. So gab es stets den Jagdtanz, ehe die Männer zur Jagd gingen, ein Wildreis-Häuptling war ernannt worden, der die Reisfelder im Herbst zuteilte; es gab einen Friedenshäuptling und einen Kriegshäuptling, und stets gab es Zeremonien für die Rückkehr der Störe, der Aussaat, der Segnung der Felder, der Ernte und Gebete für die Ahnen. Strenger als zuvor wurden all die Regeln beachtet, vielleicht auch aus Angst, dass man sie sonst vergaß. Machwao und Wapus achteten streng darauf, dass die Geschichten nur zu bestimmten Anlässen erzählt wurden und die Tänze und Zeremonien auf die althergebrachte Weise abgehalten wurden.
Selbst der hochwachsende Mais war Anlass zu Gesprächen gewesen, denn er stammte aus einer anderen Gegend, und Wapus wollte sich vergewissern, dass die Geister nichts dagegen hatten. Machwao überzeugte ihn jedoch mit dem Argument, dass die Geister ja auch nichts gegen die Frau eingewendet hätten. „Wenn die Geister diesen Mais nicht wollten, so würden sie ihn nicht wachsen lassen!"
Auch andere Methoden hatte Shawano-Nuki eingeführt: So hatte sie den Frauen gezeigt, dass Tonwaren beim Brennen besser hielten, wenn man zerstoßene Muschelschalen dem Lehm bei-

mischte. Außerdem zeigte sie ihnen, wie man aus zerstoßenen Maiskörnern Mehl herstellte, um daraus ein Fladenbrot auf den Steinen der Feuerstelle zu backen. Zusammen mit Ahornsaft oder Beerenmus wurde es auch hier eine Delikatesse.

Shawano-Nuki wurde aus ihren Gedanken gerissen, als das Baby auf ihren Schoß kletterte und nach ihrer Brust verlangte. Behutsam nahm sie das Kind hoch und ließ es saugen. Zärtlich strich sie dabei über seine dichten schwarzen Haare. Schwarze Augen musterten sie eindringlich, dann verzog sich das kleine Gesicht zu einem Lächeln und sie sah Machwaos Züge darin. Sie lächelte zurück und schaute dann wieder zum Fluss, in dem die Töchter badeten. Sie wuschen sich gerade gegenseitig die Haare. Wanähsen Nuki schimpfte ein wenig, denn es war nicht leicht, durch ihre lockigen Haare zu kämmen. Der Kamm aus geschnitztem Holz verfing sich immer wieder, selbst wenn Sprudelnde-Quelle mit etwas Fett nachhalf. Daher legte sie daher die Haare ihrer Tochter immer in strenge Zöpfe, damit sie besser zu pflegen waren. Dadurch wurde das Haar aber noch lockiger, wenn man es aufband. Das war der einzige Nachteil, denn ansonsten bewunderten die anderen Mädchen Wanähsen Nuki wegen ihrer schönen Locken. Lachendes-Wasser wünschte sich manchmal auch solch schöne Haare, aber wenn sie sah, wie viel Arbeit sie machten, entschied sie doch, dass es so besser war.

Schließlich standen die Mädchen frisch gewaschen und in ihren Schürzen vor ihr und lachten fröhlich. „Mamah, warum habe ich keine solchen Haare wie meine Schwester?", wollte Lachendes-Wasser wissen. Sie schob ihren runden Bauch vor und steckte den Finger in den Mund.

Shawano-Nuki lachte. „Na, ihr seht doch alle anders aus. Deshalb! Wenn ihr alle gleich wärt, könnte ich euch gar nicht auseinanderhalten."

„Doch, an unserer Größe!", behauptete Lachendes-Wasser.

Shawano-Nuki nickte bestätigend. „Stimmt! Aber wäre es nicht langweilig, wenn wir alle gleich wären? Dann sähen wir ja aus wie Ameisen …"

Lachendes-Wasser dachte darüber nach. „Aber niemand sonst hat solche Locken!"

Shawano-Nuki kicherte. „Das liegt vielleicht daran, dass ich im Land der Büffel im Süden unterwegs war, als Wanähsen Nuki in meinem Bauch war. Man muss sehr achtgeben, was man isst, wenn man ein Baby im Leib trägt."

Lachendes-Wasser schaute sie mit glänzenden Augen an. „Wenn ich groß bin, werde ich ganz viel Büffelfleisch essen, damit auch mein Kind solche Haare hat!"

„Willst du das wirklich? Überleg doch mal, wie viel Arbeit das macht. Und vielleicht ist es ja so, dass das Kind die Haare der Eltern bekommt."

„Und warum hat dann Wanähsen Nuki keine glatten Haare so wie du und Vater?"

Auch Wanähsen Nuki musterte ihre Mutter interessiert. Diese Geschichte hatte sie noch nie gehört! Auch ihr Blick verriet, dass sie gern dieses Geheimnis gelüftet hätte.

Shawano-Nuki senkte geheimnisvoll ihre Stimme. „Das liegt daran, dass ich aus dem Süden bin. Dort gibt es Menschen mit diesen Haaren. Wenn ihr älter seid, werde ich euch die Geschichte erzählen. Aber nicht jetzt."

Die Mädchen schwiegen, protestierten aber nicht. Sie waren es gewohnt, dass es nicht immer Antworten auf ihre Fragen gab, oder Dinge mit Tabus belegt waren.

„Nun kommt, ihr könnt mir helfen, diesen Knaben sauber zu machen. Seht nur, wie verschmiert er ist!"

Sofort ließen sich die Mädchen ablenken, denn den kleinen Bruder zu baden war einfach zu schön. Kichernd zogen sie das Baby durch das warme Wasser, das mit seinen Füßen heftig zappelte. Dann wickelten sie es sorgfältig in eine lederne Decke und trugen es ins Dorf zurück.

Das Dorf war gewachsen. An die zwanzig Hütten waren wieder bewohnt und Feuer stieg von den Kochfeuern auf. Einige Männer arbeiteten am Rande des Dorfes an einem Kanu, während von der anderen Seite gerade ein Trupp von der Jagd zurückkehrte. Sie hatten zwei Hirsche dabei, die sie zur Mitte trugen, damit sie gerecht verteilt werden konnten. Einige Frauen arbeiteten in den Gärten und lockerten den Boden mit ihren Hacken. Andere

kamen mit Ästen beladen zurück. Bis auf das Fehlen von alten Menschen schien es ein Dorf wie jedes andere zu sein. Machwao kam ihr entgegen, wie immer im Sommer nur mit einem Lendenschurz bekleidet und barfuß. Immer noch wunderte sie sich, wie er es aushielt, denn er lief bis weit in den Herbst hinein meist barfuß durch den Wald. Wenn sie schon längst gefütterte Wintermokassins trug, schien ihm die Kälte nichts auszumachen. Aber sie erklärte es mit der Tatsache, dass sie eben aus dem Süden stammte. Shawano-Nuki.

Ihr Bruder dagegen hatte sich diesem Leben bereits vollständig angepasst. Bis auf die Narben auf seinem Rücken und den Stummel an der Hand deutete nichts darauf hin, dass er eine Tragödie erlebt hatte. Er zählte inzwischen zwölf Winter und war fast schon ein junger Mann, der sehr erfolgreich jagte und fischte. In der Hütte von Awässeh-neskas war es eng, denn zu den drei Jungen hatten sich noch das kleine Mädchen namens Blauer-See und inzwischen drei eigene Kinder gesellt. So verschwand Nanih Waiya mit seinen Freunden gern im Versammlungshaus, um der Enge des Wigwams zu entgehen. Nur die Jagdbeute lieferte er bei seinen Zieheltern ab, denn es war nicht leicht, eine so große Familie durchzufüttern. Aber auch Wahkayoh und Adlerkralle waren inzwischen geschickte Jäger und halfen bei der Versorgung der Familie. Awässeh-neskas war stolz auf sie! Er hatte es nie bereut, die Jungen bei sich aufgenommen zu haben.

Machwao nickte den Mädchen freundlich zu, dann nahm er seinen Sohn auf den Arm. Über das Gesicht des Kindes huschte ein fröhliches Lachen, als es den Vater erkannte, dann fasste es Machwao an der Nase und versuchte hineinzubeißen. Dieses Mal war Machwao schneller, denn er wich mit dem Kopf aus und pustete dann dem Baby gegen den Nacken. Quietschend wackelte das Baby mit dem Kopf hin und her, als der Luftzug es kitzelte. Machwao gab das Kind der Mutter zurück und musterte seine Familie. „Seid ihr baden gewesen?"
Die Mädchen nickten eifrig. „Ja, unser Bruder war ganz schmutzig vom Schlamm!"

Machwao lachte fröhlich. „Jungen sind immer schmutzig! Das muss so sein!"

„Aber Mädchen nicht?"

Machwao ließ seinen Blick über die Töchter schweifen. „Aber nein, Mädchen müssen doch schön und fleißig sein! So wie ihr!" Die Kinder wurden ein bisschen rot bei dem offensichtlichen Lob. Es geschah nicht oft, dass der Vater so etwas sagte, denn er wollte nicht, dass seine Kinder eitel wurden. Aber wie sie so vor ihm standen, war es tatsächlich die Wahrheit. Die Mädchen waren in seinen Augen wunderschön, abgesehen davon, dass tatsächlich nur die Jüngste seine leibliche Tochter war. Aber er machte keinen Unterschied zwischen ihnen, sondern behandelte alle Kinder gemäß ihrer Bestimmung. Manchmal zeigte der Name die Bestimmung, aber immer gab der Clan des Bären die Bestimmung vor. Auch der Name des Bären hatte eine hohe Verantwortung und das Kind musste gemäß dieser zukünftigen Aufgabe erzogen werden. Es erforderte hohe Sorgfalt der Eltern, denn es hieß, nicht den Willen des Kindes zu brechen. Von klein an wurde der eigenen Entwicklung ein hoher Stellenwert beigemessen. Die Eltern begleiteten es nur und achteten darauf, dass ihm kein Unglück widerfuhr.

„Ich habe Hunger!", erklärte Machwao mit einer Geste zu seinem Bauch. „Wie ein Wolf!"

Shawano-Nuki schüttelte empört den Kopf. „Du hast immer Hunger wie ein Wolf!", meinte sie mit Schalk in den Augen.

„Deswegen heiße ich ja auch so!", stimmte Machwao zu.

„Oje … das wird ein schlimmes Ende nehmen, wenn dein Sohn so viel isst wie sein Namensvetter!", befürchtete Shawano-Nuki. „Wie sollen wir ihn nur sattbekommen?"

Machwao warf sich selbstsicher in Positur. „Na, bin ich vielleicht kein guter Jäger?"

„Doch, doch, aber was ist, wenn du älter bist?"

Machwao runzelte verblüfft die Stirn und tippte dem kleinen Jungen in den Bauch. „Na, dann kann er doch für uns jagen!" Er hielt kurz inne und warf dann seiner Frau einen anzüglichen Blick zu. „Oder meinst du, dass wir noch mehr Söhne brauchen?"

Shawano-Nuki schnaubte empört. Im Moment brauchte sie

ganz gewiss kein weiteres Baby! Sie hatte das Gefühl, dass der kleine Junge alle Kraft aus ihr heraussaugte. Erst einmal wollte sie sichergehen, dass er aus dem Gröbsten heraus war, ehe sie an weitere Kinder dachte. Drei Geburten reichten ihr! „Das Essen steht neben der Kochstelle!", wich sie aus. „Für einen hungrigen Krieger und seine Familie wird es schon reichen. Aber ich bin mir nicht sicher, ob es für alle Bären reicht!"

Machwao lächelte weich und nahm seine jüngste Tochter an die Hand. „Ich glaube, dass wir genügend Bären in unserer Familie haben, aber vielleicht brauchen wir noch einen Wolf … was meint ihr?"

Die Mädchen lachten und schüttelten dann die Köpfe. „Nein, ein Wolf würde sich nicht so gut mit unseren Hunden vertragen. Lieber noch einen Bären!"

„Meint ihr?", wunderte sich Machwao.

„Aber ja! Außerdem bestimmt doch Wapus den Namen!"

Die Familie ging zu dem Kochgestell und setzte sich dort gemütlich in den Schatten. Sie warteten geduldig, bis Shawano-Nuki ihnen in einer Schale das Essen reichte. Es war gekochter Fisch mit den ersten Bohnen, die sie schon geerntet hatte. Hungrig vertieften sich alle in das Mahl. Sie waren Überlebende, aber sie trugen die Erinnerungen an all die Menschen, die gestorben waren, in ihren Herzen.

***

Und Nanih Waiya? Der Junge der Chatah wuchs zu einem großen Krieger der Menominee heran. Er lernte all die Sitten und Bräuche, all die Lieder und Zeremonien und vergaß nach einiger Zeit, dass er je einem anderen Volk angehört hatte. Er war klein gewesen, als die fremden Menschen ihn aus seinem gewohnten Leben gerissen hatten, und so verblassten die Bilder im Laufe der Zeit. Manchmal juckten die Narben auf seinem Rücken, wenn das Wetter wechselte, das war die einzige Erinnerung, die blieb. Awässeh-neskas war ihm ein guter Vater und er lehrte ihn all die Dinge, die ein Menominee-Krieger wissen musste. Nie wurde er laut, nie zwang er den Jungen, irgendetwas zu tun, was er nicht

wollte. Selbst als Nanih Waiya als Jugendlicher über die Stränge schlug, war Awässeh-neskas stets freundlich und geduldig. Er bat dann Wakoh, mit dem aufsässigen jungen Mann zu reden und ihn auf seine Erkundungen mitzunehmen. Manchmal redete auch Machwao als Sprecher des Dorfes mit ihm. So lernte Nanih Waiya all die Dinge, die wichtig für sein Leben, aber auch für das Überleben des Dorfes waren. Er hörte die alten Legenden und Geschichten und nahm sich ein Vorbild an ihnen. So wurde damals die Persönlichkeit eines Kindes gebildet. Aber warum der große weiße Bär einen Kupferschwanz besaß, hat er wohl nie erfahren. Und wenn doch, so hat er es niemandem verraten.

Die Menominee trafen erst wieder um 1634 auf die Weißen: Jean Nicolet war ein französischer Entdecker, der den Michigan-See und Wisconsin erforschte. Bis zu diesem Zeitpunkt waren die Menominee durch weitere Seuchen bis auf wenige hundert Personen geschrumpft.

Awässeh-Pameh wurde übrigens ein sehr geachteter Name: Einer der berühmtesten Häuptlinge der Menominee im 19. Jahrhundert hieß so. Da „Bärenfett" aber nicht romantisch genug war, wurde er einfach in „Grizzly-Bear" umgenannt. Das lag daran, dass die weißen Eroberer nicht wussten, dass der Bär für seine Heilkräfte geachtet wurde und „Bärenfett" magische Wirkung zugesprochen wurde.

Nachwort und historischer Hintergrund

Jedes meiner Bücher entsteht aus einer Grundidee, einem Gedanken, einer Szene oder einem Ereignis, das mich berührte und inspirierte. Manchmal sind es Ereignisse, die mich berühren, oder gar ein Ort, der eine ganz besondere Wirkung auf mich hat; oder Menschen, denen ich begegne; oder einfach nur ein angespannter Arm eines Mannes, der seine Hand zur Faust geballt hält. Dieses Buch entstand in meinem Kopf, als ich 2014 meinen Freund Wade Fernandez auf der Menominee-Reservation besuchte. Ich durfte am Leben seiner Familie teilnehmen und wurde zu einem Powwow und einigen Zeremonien eingeladen. Hier erfuhr ich viel über das Leben und die Geschichte der Menominee – und wie wichtig die Störe, der Wildreis oder der Ahornsaft für dieses Volk sind.

Der Anthropologe Professor Dr. Overstreet nahm mich zu den Ausgrabungsstätten auf der Reservation mit, und ich lernte immer mehr über das Volk meiner Gastgeber. In den Gesprächen mit Prof. Overstreet erfuhr ich, dass die neueste Forschung davon ausgeht, dass die Bevölkerung Nordamerikas in den Jahren zwischen 1540 und 1570 um etwa 90% zurückgegangen war. Satellitenaufnahmen zeigen, wo ursprünglich Siedlungen und bebaute Ackerflächen bestanden, und daraus kann man ableiten, wie hoch die ursprüngliche Bevölkerungsdichte war. Kontakte zu anderen Völkern belegen, dass es generell einen Bevölkerungsschwund in Nordamerika gab, der so gravierend war, dass ganze Kulturen buchstäblich verschwanden. Dies zeigen auch Aufzeichnungen früher Expeditionen, wie die der Spanier, die noch von vielen Dörfern und Völkern berichten, die es 100 Jahre später nicht mehr gab.

Als ich dies erfuhr, war ich zutiefst schockiert. Millionen von Menschen müssen gestorben sein. Wie viel Wissen, Zeremonien, Sprachen, Kulturen sind hier verschwunden? Wie gehen Menschen damit um, wenn fast alle Angehörigen sterben? Und

welche Ursachen gab es hierfür? Inzwischen weiß man, dass mit den spanischen Expeditionen auch Seuchen nach Nordamerika kamen. Ein Grund waren die von den Spaniern als Nahrungsquelle mitgeführten Tiere, wie z.b. Schweine, die als Krankheitsträger in Frage kamen. Wenig bekannt ist dabei, dass diese Seuchen auch Stämme trafen, die mit den Spaniern nicht in Kontakt kamen. Die nordamerikanischen Völker hatten weit verzweigte Handelsnetze, durch die die Krankheiten auch in abgelegene Gebiete getragen wurden.

Nach meiner Rückkehr stürzte ich mich, basierend auf dem, was ich inzwischen erfahren hatte, in die Recherche. Inzwischen weiß man auch, dass die Spanier wesentlich weiter in den Norden gekommen waren, als bisher angenommen. Ich stütze mich hierbei auf die Forschungen von Donald E. Sheppard, der akribisch nachweist, dass die ursprünglich angenommene Route, die z.b. die Expedition von Hernando DeSoto genommen hat, nicht stimmen kann. Er geht davon aus, dass die Spanier sogar den Ohio überschritten und seine Scouts den Michigan-See in der Gegend des heutigen Chicago erreicht hatten, nur um dort festzustellen, dass es nicht der Ozean und damit der Seeweg nach China war, sondern ein großer Süßwassersee. Die Expedition stand unter keinem guten Stern: Die „Indios" erwiesen sich als relativ kriegerisch, und nirgends war das erhoffte Gold zu finden. Die Spanier sprachen immer wieder von der Insel namens „Florida", bis sie irgendwann realisierten, dass es sich um einen riesigen Kontinent handelte. Fast vier Jahre lang durchquerten die Spanier den Osten des Kontinents und plünderten die einheimischen Dörfer in den jetzigen Bundesstaaten Florida, Georgia, South Carolina, North Carolina, Tennessee, Alabama, Kentucky, Indiana, Illinois, Missouri, Arkansas, Louisiana und Texas. Gleichzeitig überquerte von Westen her der Eroberer Francisco Vázquez de Coronado die Rocky Mountains, durchquerte dabei die heutigen Staaten Arizona, New Mexico, Oklahoma und stieß bis nach Kansas vor. Sie fanden kaum nennenswerte Reichtümer, aber hinterließen eine Spur der Vernichtung, deren Ausmaß erst noch erforscht werden muss. Ich verwende hierbei das Wort „Indios" für die

nordamerikanischen Indianer, weil es sich bei den Protagonisten um Spanier handelt, die zu diesem Zeitpunkt noch von „Indios" geredet haben. Grausamstes Kapitel dieser Expedition ist sicherlich die Vernichtung eines ganzen Dorfes der Choctaw, das sich dem Eroberer Hernando DeSoto entgegenstellte. Als Tuscalusa, der große Minko des Dorfes Mabila, sich weigerte, die neuen Herren anzuerkennen, brannte Hernando DeSoto es kurzerhand nieder. Seine Lanzenreiter, Soldaten und Arkebusier richteten ein Gemetzel unvorstellbaren Ausmaßes an. In den Chroniken wird stolz berichtet, dass fast alle 5000 Menschen des Dorfes zu Tode kamen, wobei auch über 200 eigene Gefallene zu verzeichnen waren. Dieser Kampf brach das Rückgrat der Expedition, von der sich die Spanier nie wirklich wieder erholen würden. Fast die gesamte Ausrüstung ging verloren, sodass die Spanier daraufhin noch mehr darauf angewiesen waren, die Dörfer der Einheimischen zu plündern.

Meine Geschichte beginnt mit diesem Dorf der Choctaw. Es erzählt von dem Leben der Menschen und ihren Hoffnungen und Sorgen. Nur ein Mädchen und ihr kleiner Bruder überleben das Gemetzel, und ihr Schicksal verwebt sich nun mit dem der grausamen Eroberer. Gleichzeitig erzähle ich die Geschichte von vier Menominee-Kriegern, die hoch im Norden leben und planen, auf eine friedliche Handelsreise in den Süden zu gehen. Die Kulturen der Menominee und Choctaw sind unterschiedlich, und doch zeigten sich Ähnlichkeiten in ihrer Spiritualität. Ich verwende in meinem Buch ganz bewusst das Wort „Menominee", um es deutschen Lesern zu vereinfachen, Nachforschungen über dieses Volk anzustellen. Sie selbst nennen sich Kiash Matchitiwuk, die Ältesten. Die anderen Völker habe ich in ihren damaligen Eigennamen belassen, weil sie für die Geschichte unerheblich sind.

Es war nicht leicht, Informationen zu den Völkern der Choctaw und Menominee zu bekommen. Die Geschichte meines Romans handelt sehr früh, und so gibt es nicht viele Quellen, die ich verwenden konnte. Als sehr hilfreich erwies sich der Kontakt zu bei-

den Stammeshistorikern: Dave Grignon, Stammeshistoriker der Menominee, und Ian Thompson, Stammeshistoriker der Choctaw. Sie unterstützten mich sehr, wussten aber auch auf die eine oder andere Fragen keine Antworten. Gerade bei den Menominee haben sich Bräuche und Zeremonien sehr verändert, sodass es schwierig war, diese frühe Zeit darzustellen. Natürlich gibt es entsprechende Fachliteratur, aber viele Details konnte ich darin nicht finden. So musste ich bei meinen Recherchen manchmal zu den Ojibwe ausweichen, bei denen noch mehr Wissen erhalten werden konnte, einfach weil sie als Volk viel größer sind. Beide Völker (Menominee und Ojibwe) sind sehr ähnlich und haben teilweise auch die gleichen Zeremonien und eine ähnliche Sprache. Durch Epidemien und den damit verbundenen Verlust an Menschen, aber auch durch die Boarding Schools ist auch hier viel Wissen verloren gegangen. Hinzu kommt, dass die Menominee schon früh christianisiert wurden, sodass auch hier Zeremonien verfälscht worden sind. Außerdem haben die Menominee frühere Zeremonien aufgegeben und stattdessen die Big-Drum-Zeremonie eingeführt, die über eine Sioux-Frau im Jahre 1870 zu ihnen kam.

Als Romanautorin habe ich die Möglichkeit, fehlende Quellen zu umgehen, weil ich in einem spannenden Roman nicht unbedingt das beschreiben muss, was ich nicht weiß oder recherchieren kann. Mir war es wichtig, dass meine Leser nachvollziehen können, welch ein Desaster diese Krankheiten für die indigene Bevölkerung Nordamerikas waren.

Ich bemühe mich immer, Kontakte zu den Völkern zu haben, über die ich schreibe. Daher kam auch die Idee, etwas über die Menominee zu schreiben, da ich hier gute und enge Freunde gefunden habe. Zudem ist dieses Volk, ebenso wie die Choctaw, bei uns kaum bekannt, da macht es umso mehr Spaß, meine Leser in diese neue Welt zu entführen.

Nachdem ich in Kanada gelebt habe, war mir das Waldland natürlich bekannt, und es hat mir große Freude bereitet, all die Bilder in meinem Kopf wiederzubeleben. Ich erinnerte mich an alte Dörfer, die ich besucht habe, wie z.B. St Marie among the Hurons,

meine Kanu-Touren im Algonquin Park, oder einen Besuch einer Maple-Farm, auf der auf traditionelle Weise der Ahornsaft gewonnen wurde. Es war schön, eine Landschaft mit Bäumen und Seen zu beschreiben und wie ein Kanu über das Wasser gleitet. Ich hoffe, dass meine Experten all die kleinen Fehler gefunden haben, die man trotz gewissenhafter Recherche noch macht, und wünsche all meinen Lesern einige faszinierende Stunden in einer fremden Welt.

Herzlicher Dank geht an Dave Grignon, Stammeshistoriker der Menominee, sowie an Ian Thompson, Stammeshistoriker der Choctaw, für ihre Unterstützung; an Annette und Ralf Springsguth für die wertvollen Hinweise und ihre Expertise; an Mario Koch für seine Unterstützung und Robert Götzenberger für das „Durchackern" des Manuskripts.

Ganz lieben Dank an meinen Freund Wade Fernandez für alle Informationen, die er mir über die Menominee und natürlich das Leben im Waldland geben konnte.

Und zuletzt danke ich meinem Mann … denn ohne ihn gäbe es all meine Bücher nicht.

Eure Kerstin

www.traumfaenger-verlag.de

Die Handlung ist frei erfunden, basiert jedoch auf historisch belegten Ereignissen.

Unsere Romane:

Der scharlachrote Pfad
Eine Sioux-Saga

Historischer Roman
von Kerstin Groeper

16,90 €   ISBN 978-3-941485-23-5

Indianisch für Anfänger
Ein Au-pair-Mädchen auf Pine Ridge

Roman
von Kerstin Groeper

9,90 €   ISBN 978-3-941485-46-4

Kranichfrau
Die Geschichte einer Blackfeet Kriegerin

Historischer Roman
von Kerstin Groeper

Neu als Taschenbuch!
14,90 €   ISBN 978-941485-14-3

Die Feder folgt dem Wind

Historischer Roman
von Kerstin Groeper

16,90 €   ISBN 978-3-941485-15-0

Im fahlen Licht des Mondes

Der lange Weg der Cheyenne

Historischer Roman
von Kerstin Groeper

16,90 €   ISBN 978-3-941485-48-8

Wie ein Funke im Feuer
Eine Lakota und Cheyenne Odyssee

Historischer Roman
von Kerstin Groeper

16,90 €   ISBN 978-3-941485-13-6